W0218782

HEYNE BÜCHER

Fantasy

Herausgegeben von Friedel Wahren

Von HARALD EVERS erschienen in der Reihe
HEYNE SCIENCE FICTION & FANTASY:

Höhlenwelt-Saga

1. Die Bruderschaft von Yoor · 06/9127
2. Leandras Schwur · 06/9128
3. Der dunkle Pakt · 06/9129 (in Vorb.)

HARALD EVERS

Leandras Schwur

Zweiter Roman
der
HÖHLENWELT-Saga

Originalausgabe

WILHELM HEYNE VERLAG
MÜNCHEN

HEYNE SCIENCE FICTION & FANTASY
Band 06/9128

Umwelthinweis:
Dieses Buch wurde auf chlor- und säurefreiem Papier gedruckt

Originalausgabe 4/2001
Redaktion: Angela Kuepper
Copyright © 2001
by Wilhelm Heyne Verlag GmbH & Co. KG, München
http://www.heyne.de
Printed in Germany 2001
Umschlagbild: Hans-Werner Sahm/Galeria Andreas S.L., Spanien
www.sahm-gallery.de
Umschlaggestaltung: Nele Schütz Design
Technische Betreuung: M. Spinola
Satz: Schaber Satz- und Datentechnik, Wels
Druck und Bindung: Ebner Ulm

ISBN 3-453-17902-1

Inhalt

1 ♦ Hellami

Mühsam unterdrückte Hellami ein Ächzen, kauerte hinter einem Strauch und starrte angespannt in die Dunkelheit.

Da hörte sie es wieder: das Geräusch durchs Gras eilender Füße und dazwischen manchmal, etwas weiter entfernt, das Klappern von Pferdehufen auf hartem Grund.

Verdammt! Die Kerle würden sie bald erwischt haben, und dann war es aus mit ihr. Wie sollte sie ihnen jetzt noch entkommen? Sie atmete so ruhig sie konnte, versuchte herauszuhören, in welche Richtung sich die Verfolger bewegten. Vielleicht hatte sie ja Glück und sie eilten an ihr vorbei.

Dann aber hörte sie ein Flüstern ganz in ihrer Nähe.

Sie packte ihren kleinen Dolch fester, wild entschlossen, ihn jedem in den Bauch zu rammen, der es wagen sollte, sie anzufassen. Schon vor Tagen hatte sie gehofft, es möge ihr gelingen, sich irgendwie zu verstecken, die Verfolger abzuschütteln und sich wieder unbehelligt nach Norden durch den Wald zu schlagen. Aber ständig tauchten diese Kerle auf.

Es waren die Gleichen wie zuvor, das wusste sie inzwischen. Anfangs hatte sie gedacht, sie wäre aus purem Zufall unterschiedlichen Suchtrupps über den Weg gelaufen. Aber dann wurde ihr klar, dass man sie verfolgte, sie immer wieder aufspürte – und dass es den Männern möglicherweise gar nicht darum ging, sie nur *einzufangen*. Sie schienen es ernst zu meinen. Vielleicht wollten sie sie gar töten!

Leise zog sie sich rückwärts ins Gebüsch zurück. Sie

Hammagor
Hochebene von Noor
Ob. Ishmar
Ost-Ramakorum
Ramakorum
Ishmar-Fälle
Unifar
Mogell See
Der Land-bruch
Mirnor
Palimbaan
Ruine von Thoo
Skyx
Der
Ikaal
Turliss
Westwacht
Abtei von Hegmafor
Weißwasser
Rote Ishmar
Wasserstein
Ikaal
Soligor
Takarta-Inseln
Boddna
Thelur
Akeanos
Kambrumer Küstenberge

Nordakranische Steppen
Mogellwald
Morne
Wyk
Savau
Festg. Laarbon
Felsengebirge
Akranisches
Lemsoor
Angadoor
Iser
Blaue Ishmar
Tharul
Schmiede
Tulanbaar
Gasthaus an der Morneschlucht
Mittelweg
Lakkamor
Waldenbruch
Südakr. Hügelland
Savalgor
Villtal
Bucht von Savalgor
Südfeste
Tronburg
Thuq
Usmar
Evers

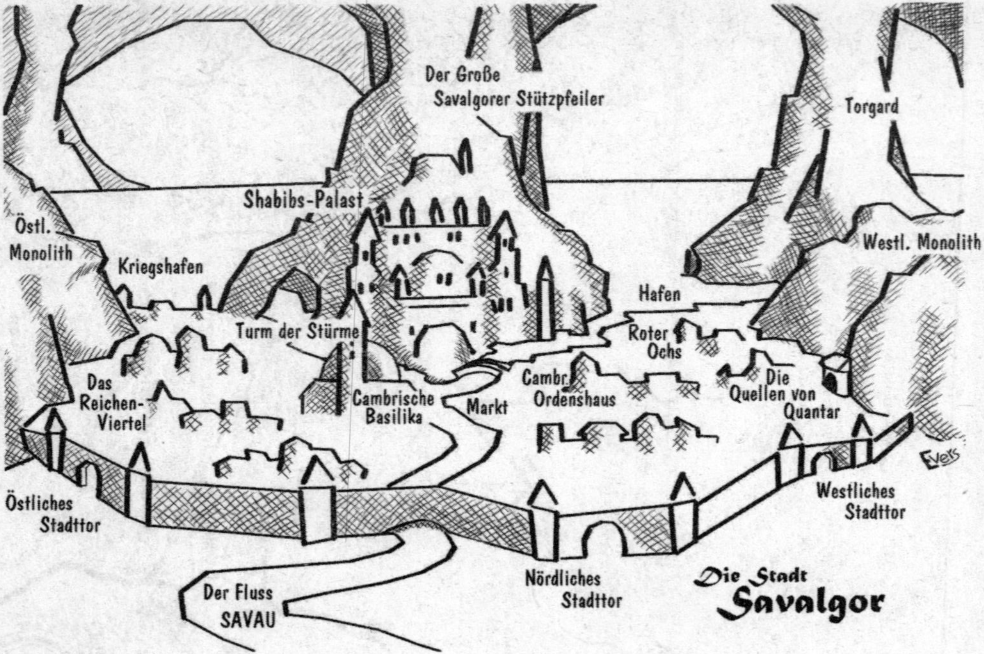
Der Große
Savalgorer Stützpfeiler
Torgard
Shabibs-Palast
Östl.
Monolith
Westl. Monolith
Kriegshafen
Hafen
Turm der Stürme
Roter
Ochs
Das
Reichen-
Viertel
Cambrische
Basilika
Markt
Cambr.
Ordenshaus
Die
Quellen von
Quantar
Evers
Östliches
Stadttor
Westliches
Stadttor
Der Fluss
SAVAU
Nördliches
Stadttor
Die Stadt
Savalgor

glaubte, in der Nähe irgendwo das schwache Rauschen von Wasser vernommen zu haben. Wenn das die Morne war, dann gab es vielleicht noch einen letzten Ausweg.

Sie eilte durch ein niedriges Wäldchen und setzte ihre Füße auf Inseln von weichem Gras, das hier und da zwischen den Bäumen wuchs. Raschelndes Laub würde sie verraten. Zum Glück konnte sie genug sehen; Mondlicht fiel durch ein Sonnenfenster in die Welt herab. Wäre sie nicht in einer so verflucht ernsten Lage gewesen, dann hätte sie diese warme, stille Nacht geradezu als romantisch bezeichnen können.

Sie duckte sich unter Zweigen hinweg, sprang leise über Wurzeln und Steine und nutzte den tiefen Schatten der Bäume und Büsche. Stellen, an denen das Mondlicht bis zum Boden durchbrach, mied sie. Für einige Minuten verbot sie sich, auf die Verfolger zu lauschen; nein, dazu hätte sie stehen bleiben müssen, und im Augenblick wollte sie so schnell, wie es nur ging, fort von den Männern. Sie wusste nicht, ob ein Waldläufer oder ein Krieger es ebenso wie sie gemacht hätte – woher auch? Sie war nur ein einfaches Mädchen aus einer schlechten Gegend von Savalgor. In den Gassen der Stadt, ja, da hätte sie sich sicherer bewegt, dort kannte sie sich aus und wusste, wie man sich unauffällig verhielt.

Dann aber erinnerte sie sich, was geschehen war, als sie zum letzten Mal durch die Gassen von Savalgor gelaufen war – auf welche Weise man sie von dort verschleppt hatte. Nein, dachte sie, selbst in den vertrauten Gassen lauerten inzwischen Gefahren auf einen, die man nicht mehr ermessen konnte.

Sie hielt im Schatten eines großen Waldfarns an und kauerte sich nieder. Ihr Atem ging schwer, und sie blickte sich angstvoll um, ob etwas von ihren Verfolgern auszumachen war.

Beinahe hätte sie es übersehen.

Dreißig oder vierzig Schritte hinter ihr waren die Umrisse einer Gestalt durch einen verirrten Strahl Mondlicht gehuscht. Hellami stieg ein Kloß heißer Angst in die Kehle. Kein Zweifel mehr, sie wurde regelrecht gejagt, mit klarer Absicht. Diese Männer wollten sie um jeden Preis erwischen und sie setzten erfahrene Leute dafür ein; solche, die sich in der Nacht lautlos zu bewegen und einem Opfer gnadenlos auf den Fersen zu bleiben vermochten.

Sie kroch voller Angst tiefer unter den großen Farn und lauschte angestrengt. Das Rauschen des Wassers war deutlicher geworden. Aber selbst wenn sie versuchen wollte, durchs Wasser zu entkommen, standen ihre Aussichten nicht gut. Sie war zwar eine recht gute Schwimmerin, aber in dem mondbeschienenen Fluss wäre sie so leicht zu erkennen gewesen wie ein Apfel in einem Badezuber.

Was war nur geschehen, dass man sie so hartnäckig verfolgte?

War es der Brief gewesen, den sie erhalten hatte? Möglicherweise hatte ihn jemand gelesen – der Weg von Savalgor bis nach Minoor war lang und Briefe waren in Zeiten wie diesen wahrscheinlich eine Seltenheit. Es mochte gut sein, dass jetzt alle Briefe gelesen wurden – es war schlichtweg *alles* möglich. Sie wusste einen Mann, der noch eine Rechnung mit ihr offen hatte. In dem Brief stand genug, um sie als eines der sechs Mädchen bestimmen zu können, die damals bei diesem Guldor in Gefangenschaft gesessen hatten. Das würde so manches erklären. Sie tastete nach dem Brief, den sie der Tasche ihrer Jacke trug. Ja, er war noch da.

In der Nähe war plötzlich ein leises Rascheln zu hören.

Sie fuhr hoch, blickte sich um und schalt sich im selben Augenblick, dass sie so viel Zeit damit verplempert hatte, irgendwelche Überlegungen anzustellen, die ihr jetzt auch nicht weiterhalfen.

Immerhin – hier, wo sie saß, war es stockfinster, und

der Kerl, wenn da einer war, hätte zu ihr unter den Farn kriechen müssen, um sie zu entdecken.

Und genau das tat er jetzt.

Hellami hätte beinahe aufgeschrien – und das wäre das Aus gewesen. In ihrem Schreck tat sie das Einzige, was wirklich half – und dass es half, war auch nur ein Zufall. Sie warf sich mit vorschnellendem Dolch nach vorn und stach blindlings zu.

Sie traf den Kerl. Sie wusste nicht, wo, aber er stieß ein Gurgeln aus, und da war sie schon unter dem Farn hervorgestürzt, taumelte zu Boden, rappelte sich wieder hoch und rannte los. Irgendwo stieß jemand einen Fluch aus, verhaltene Rufe waren zu hören, und dann sirrte irgendwas durch die Luft und klatschte, nicht weit von ihr, gegen einen Baumstamm.

Hellami quietschte auf und rannte, so schnell ihre Füße sie nur tragen konnten.

Ein weiteres Sirren erklang, und irgendetwas, möglicherweise ein Armbrustbolzen, pfiff erschreckend nah an ihrem rechten Oberschenkel vorbei. Sie meinte fast den Schmerz und den Schock spüren zu können – gerade so als hätte der Bolzen sie getroffen. Eine schreckliche Sekunde lang sah sie sich röchelnd zu Boden sinken – tödlich verletzt und ihre letzten, verzweifelten Atemzüge in die Stille des Waldes hinaushechelnd. Alles umsonst. Ihr kurzes Leben verspielt – außer einigen wenigen Höhepunkten. Die Vorstellung raubte ihr fast den Verstand. Während sie weiterhastete, fing sie verzweifelt an zu schluchzen. In wenigen Augenblicken konnte sie verloren sein. Dann würden sie sie töten.

Die Angst verlieh ihr Flügel, und sie schaffte es, in eine Gruppe von jungen Bäumen hineinzuhasten, ohne von etwas getroffen zu werden, und damit erst einmal außer Sichtweite zu gelangen. Doch im nächsten Augenblick zischte ein halbes Dutzend Pfeile in die Bäume hinein. Sie ließ sich mit einem Aufschrei zu Boden fallen und kugelte sich wie ein Igel zusammen, den Kopf unter den Armen versteckt.

Gleich darauf hörte sie einen trockenen Schlag und spürte einen Schmerz in der Fußsohle. Für den Augenblick jedoch wagte sie nicht, sich zu rühren. Weitere Pfeile pfiffen in die Bäume, aber wie durch ein Wunder traf sie keiner.

»Habt ihr das Miststück?«, rief es von irgendwoher.

»Ich glaube schon!« Die Stimme hatte erleichtert geklungen, so als wäre der Rufer sicher, sie nun endlich erledigt zu haben.

Das brachte sie in Wut, in rasende Wut. Was für ein Dreckskerl war das, der ein wehrloses Mädchen nachts durch den Wald jagte und sich dann auch noch brüstete, sie getötet oder verwundet zu haben – ohne ihr auch nur einmal im Leben ins Gesicht geblickt zu haben? Sie bekam Lust, hier auf ihn zu warten und in dem Moment, da er sich über sie beugte, aufzuspringen und ihm die Augen auszukratzen.

Aber die Vorstellung war dumm – immerhin erkannte sie das noch. Es ging um ihr Leben. Das Rauschen des Wassers war jetzt ganz deutlich zu vernehmen, und plötzlich sah sie durch einige Zweige direkt vor ihr das Wasser des Flusses heraufschimmern. Sie war nur noch ein paar Schritte entfernt – ja, dort ging es über eine felsige Kante direkt in die Morne hinab, nur wenige Armlängen von ihr entfernt.

Sie sah ihren Ausweg. Einer Eingebung folgend, fing sie an zu stöhnen und zu wimmern und kroch vorwärts.

»Hier!«, rief jemand. »Hier muss sie sein! Ich hab sie gehört! Los, her mit euch!«

Hellami erreichte schon im nächsten Moment das felsige Ufer des Flusses und sah ins Wasser hinab, zehn oder zwölf Schritte unter ihr. Sie hatte einen Pfeil in der rechten Stiefelsohle stecken, aber Zeit, den herauszuziehen, war jetzt keine mehr. Es war auch keine Zeit, überhaupt über *irgendetwas* nachzudenken. Das Wasser dort unten mochte flach sein oder es konnten sich Felsen oder Äste unter der Wasseroberfläche befinden. Ein Sturz aus dieser Höhe würde leicht reichen, ihr den Schädel oder das Rückgrat zu brechen. Aber es war ihre einzige Möglichkeit.

Sie ließ sich einfach fallen und hoffte, dass sie Glück hatte. Es wurde auch langsam Zeit, dass ihr das Glück endlich einmal weiterhalf.

*

Cathryn weinte wieder.

Die verfluchten Soldaten wurden in letzter Zeit immer brutaler. Wenn ein Kind eine Minute, nachdem die Glocke erklungen war, noch draußen spielte oder auch nur seine Spielsachen zusammensuchte, trieben sie es mit Tritten von der Straße weg und scheuchten es fluchend nach Hause.

Leandra nahm ihre kleine Schwester tröstend in die Arme und warf den beiden Kerlen einen hasserfüllten Blick zu. Sie hatten Cathryn diesmal zwar nicht geschlagen, aber das Gebrüll allein genügte, um das siebenjährige Mädchen zu Tode zu erschrecken.

»Wenn auch nur einer von euch sie jemals wieder anrührt«, rief sie voller Zorn, »dann bringe ich ihn um!«

Höhnisches Gelächter schallte ihr entgegen. »Womit denn, blöde Ziege? Mit 'nem Kochlöffel vielleicht?«

Der dumme Witz verstärkte das Gelächter noch und unter Flüchen und hässlichen Gesten zogen die Soldaten weiter.

»Ist schon gut, Trinchen, weine nicht«, sagte Leandra sanft und schloss ihre kleine Schwester noch fester in die Arme. Sie knieten im Garten des kleinen Steinhauses, das ihre Eltern vorletztes Jahr fertig gebaut hatten, und versuchte die Kleine zu trösten. Cathryn vergoss bittere Tränen, aber es waren vornehmlich Tränen der hilflosen Wut. In ihr schlummerte eine ebenso große Rebellin wie in Leandra.

Andererseits war Cathryn ein so liebes und hübsches Kind, dass Leandra einfach nicht verstehen konnte, wie jemand es übers Herz brachte, die Kleine roh und gemein zu behandeln.

Aber es hatte sich alles geändert. Vor einem Jahr noch war die Welt eine andere gewesen. Leandra seufzte schwer. Damals, als sie in dieses unglaubliche Abenteuer mit Munuel, Victor und den anderen hineingeraten war und es schließlich durchgestanden hatte, war sie in der Gewissheit in ihr Heimatdorf Angadoor zurückgekehrt, dass von nun an die Sonne wieder in einem helleren Licht in die Welt herabscheinen würde; dass sich die Menschen wieder offener begegnen konnten und all die dunkle Bedrohung aus Akrania und den Westreichen gewichen war. Und für eine kurze Zeit hatte es tatsächlich auch so ausgesehen.

Dann aber waren die Soldaten gekommen.

Reisebeschränkungen und nächtliche Ausgangssperren waren verhängt worden und nicht zuletzt mussten alle Kinder um Schlag sechs am Abend wieder in den Häusern sein. Schlag sechs – unvorstellbar! Jetzt, im späten Frühling, würde es noch mindestens für drei Stunden hell draußen sein. Den ganzen kalten Winter über hatten die Angadoorer Kinder gejammert und geklagt – und nun, da es wieder die Zeit war, draußen herumzutoben, durften sie es nicht. Es war schier unmöglich, den Kindern diese Freiheit zu nehmen. Im Jahr zuvor hatten sie um die gleiche Tageszeit noch ausgelassen am Fluss gespielt. Man hatte sie nur mit Hilfe von Drohungen zum Abendessen bewegen können, und das auch nur, damit sie gleich hernach wieder hinauseilen und noch für Stunden herumtollen konnten.

Der abendliche Hausarrest hingegen hatte unter den Angadoorer Kindern inzwischen eine regelrechte Verbitterung ausgelöst. Sie waren mürrisch, unzufrieden und launisch geworden. Selbst Cathryn, Leandras kleiner Sonnenschein, den sie über alles liebte, hatte oft Tage, an denen sie biestig und schlecht gelaunt war. Sollte das über Jahre so weitergehen, dann würde die Generation dieser Kinder zu einem Haufen verbitterter, missliebiger Personen heranwachsen.

Leandra erhob sich und führte Cathryn zur Haustür. »Komm, kleine Prinzessin«, sagte sie freundlich. »Wir spielen noch miteinander, ja?«

»Nein!«, schrie Cathryn weinend und riss sich los. »Ich will nicht!«

Sie stürmte die zwei Treppenstufen hinauf, stieß mit ihren Kinderkräften die Tür auf, war gleich darauf im Haus und bemühte sich, die Tür möglichst lautstark wieder zuzuknallen.

Leandra seufzte auf und eilte ihr hinterher. Als sie drinnen war, hörte sie nur noch die Tür von Cathryns Zimmer zudonnern. Sie ließ abermals einen Seufzer hören und wusste nicht, wie viele davon sie inzwischen Tag für Tag ausstieß.

Aber es hatte keinen Zweck, ihre Schwester jetzt zu etwas zwingen zu wollen. Sie musste erst ihre Wut abkühlen – dann würde sie schon von selbst wieder kommen.

Leandra änderte die Richtung und ging in die Küche. Mutter saß am Tisch und stickte an einem Kleidchen für Cathryn. »Ist sie wütend?«, fragte sie leise und blickte kurz auf.

Leandra ließ sich auf einen Stuhl fallen. »Diese Mistsoldaten haben sie schon wieder davongejagt.«

Mutter nickte nur trübsinnig. Sie hatte sich in den letzten Monaten ein dickes Fell zugelegt. Zulegen müssen. Niemand in Angadoor war mehr richtig froh und jeder Einzelne hatte unter seinen Mitmenschen zu leiden.

»So kann das nicht weitergehen!«, stellte Leandra fest.

»Ich weiß, mein Herz«, sagte Mutter. »Das wissen wir alle. Nur – was können wir schon tun?«

Leandra fuhr herum und rief: »Wenn Munuel jetzt hier wäre, dann ...«

Sie verstummte und sackte wieder auf ihrem Stuhl zusammen.

Munuel. Ja, Munuel, wenn *der* jetzt hier wäre! Sie hatte sich in all den Monaten noch immer nicht an den Gedanken gewöhnen können, dass er tot war. Munuel, der Dorfmagier von Angadoor – er war ein Fels in der Brandung gewesen, ein Mann von unerhörter Ausstrahlung und auch von einer Macht, von der hier nie jemand auch nur etwas geahnt hatte. Er hätte diese Kerle da draußen binnen kürzester Zeit davongejagt.

Nein – korrigierte sich Leandra. Inzwischen war ja die freie Ausübung von Magie in Akrania verboten. Das durften nur Männer, die dieser erschreckenden *Duuma* angehörten! Selbst wenn Munuel noch lebte, so wäre er nicht in der Lage, Eiwar, dem Korporal der Angadoorer Garnison, Respekt beizubringen. Nicht, wenn er nicht willens wäre, einen Krieg zu beginnen.

»Wann kommt Vater?«, fragte Leandra. »Hatte der Gemeinderat heute Nachmittag nicht ein Treffen – mit dem Kommandanten der Garnison?«

Mutter sah auf. »Vater war schon hier.«

Sie sprach in mutlosem Tonfall, der darauf schließen ließ, dass wieder nichts erreicht worden war.

Leandras Miene verfinstere sich. »Und?«, fragte sie.

Mutter schüttelte den Kopf. »Nichts. Eiwar lässt sich auf nichts ein. Er sagt, er wäre dem Kommandanten des Nordbezirkes unterstellt und der würde sich auf keine Lockerung der Vorschriften einlassen.«

Leandra wandte den Kopf und starrte an die Wand. »Verdammter Feigling!«, sagte sie – nicht eben leise.

Mutter sah zu den Fenstern, als habe sie Angst, jemand habe sie von draußen belauschen können. »Leandra!«, zischte sie. »Du solltest vorsichtiger sein!«

Leandra warf eine Hand in die Luft. »Es ist mir egal!«, rief sie wütend. »Sollen die Kerle doch kommen!«

Mutter ließ ihr Stickwerk auf den Tisch sinken, stieß den Stuhl zurück und kniete sich vor Leandras Stuhl hin. Sie fasste ihre älteste Tochter an beiden Händen und blickte zu ihr auf. Tränen standen in ihren Augen. »Leandra!«, sagte sie verzweifelt. »Ich habe Angst um dich! Es war schlimm genug … als du damals wiederkamst! Wir dachten alle, du würdest sterben! Bitte – so etwas darf *nie wieder* geschehen!«

Leandra blickte in das angsterfüllte Gesicht ihrer Mutter. Sie war immer stolz darauf gewesen, eine Mutter zu haben, die trotz ihrer fünfundvierzig Jahre noch immer so hübsch und anziehend aussah wie um zehn Jahre jüngere Frauen. Aber auch Mutters Aussehen hatte sich geändert. Ihre Züge waren verhärmt vor Sorge um ihre Familie, und der Schock, den sie damals erlitten hatte, als ihre eigene Tochter auf einem Karren liegend und fast völlig bewegungsunfähig nach Angadoor zurückgebracht worden war, hatte sie beinahe ihre Gesundheit gekostet.

Leandra beugte sich herab und umarmte sie. Mutter brach in bittere Tränen aus.

»Ich weiß nicht mehr, was ich tun soll«, schluchzte sie. »Vater wird von Tag zu Tag wütender, und ich fürchte, sie werden bald einen Aufstand machen. Sie werden die Soldaten angreifen – und nur *die Kräfte* wissen, was dann mit unserer Familie und unserem Dorf geschehen wird!«

Leandra schloss die Augen. Etwas, das Munuel einmal gesagt hatte, kam ihr wieder in den Sinn. Er hatte mit leidenschaftlicher Anteilnahme das Recht angezweifelt, gegen jede Unterdrückung bedenkenlos ankämpfen zu dürfen – wenn das unausweichliche Ergebnis nur aus noch größerem Elend und aus Tod bestand. Er hatte gesagt, dass dann nur noch das *Nichts* übrig bleibe. Ein Leben in Unterdrückung jedoch beinhalte wenigstens immer noch die *Hoffnung*. Und die sei allemal besser als der Tod. Leandra war sich inzwischen nicht mehr sicher, ob er wirklich Recht gehabt hatte. Welche Hoffnung hatte Munuel gemeint? Die Hoffnung, dass sich alles *von selbst* wieder bessern würde?

Das Leben in Großakrania, wie das Land jetzt wieder hieß, war fast unerträglich geworden. Der Hass der Bevölkerung auf die Unterdrückung durch den Hierokratischen Rat schwoll immer weiter an, und vielleicht war es dennoch eine edle Tat, diese Tyrannei zu bekämpfen, auch wenn es viele Leben kosten sollte. Was von einem Volk übrig blieb, das sich der Unterdrückung ergab, das konnte man an den Kindern ermessen. Kaum vorstellbar, dass ihre kleine Cathryn eines Tages zu einer verbitterten und freudlosen Person aufwachsen sollte. Nein, das durfte nicht sein. Leandra sehnte sich danach, Cathryn wieder einmal so lachen zu sehen wie früher. Ausgelassen, voller Wärme und Herzlichkeit. Aber sie verzichtete darauf, ihrer Mutter eine entsprechende Antwort zu geben.

Jetzt, da sie wieder so gut wie völlig genesen war, wurde es Zeit, sich etwas einfallen zu lassen. Es war nicht ihre Art, sich bei drohenden Gefahren angstvoll zu Hause zu verkriechen – in dem Fall wäre sie damals nicht mit Munuel nach Unifar gegangen. Nein, sie spürte, dass sie über kurz oder lang einfach etwas unternehmen musste.

»Mach dir keine Sorgen, Mutter«, sagte sie. »Es wird alles schon wieder besser werden.«

Mutter blickte auf und musterte Leandras Gesicht. Sie schüttelte den Kopf. »Ich kenne dich, mein Kind«, sagte sie. »Du bist eine Kämpferin. Irgendwann wirst du wieder fortgehen und dann …«

Ja. Leandra nickte sich innerlich zu. Wer sich in Gefahr begibt, kommt darin um, sagte ein altes Sprichwort. Aber es schreckte sie nicht. Das, was ihr an Gefahren schon begegnet war, konnte nur schwerlich übertroffen werden. Und dass alte Sprichwörter nicht immer zutreffen mussten, dafür war sie selbst ein lebender Beweis.

Leandra erhob sich. »Ich werde noch ein wenig lesen und dann gehe ich ins Bett«, sagte sie. »Ich bin müde. Ich hab heute, glaube ich, mindestens tausend Betttücher gewaschen.«

Mutter nickte, ließ sie los und stand auf. Ihr Tränenfluss war versiegt und sie sah ihre Tochter hoffnungsvoll an. Für einen Augenblick blitzte ihr schönes, offenes Gesicht wieder durch, und Leandra dachte, dass es alles auf der Welt wert wäre, dieses Gesicht endlich wieder einmal richtig lächeln zu sehen.

*

Einige Zeit, nachdem das Licht der Sonnenfenster über der Welt erloschen war, blies Leandra ihre Kerze aus.

Sie hatte noch lange gelesen, sich in Sachen Magie weiterzubilden versucht. Irgendwann war Cathryn hereingekommen, hatte sich entschuldigt und sie hatten für ein Weilchen miteinander geschmust. Dann war Cathryn wieder gegangen.

Später dachte sie an Victor und dass er jetzt schon so lange fort war. Sie fragte sich, wie es ihm wohl ergehen mochte. Oft wünschte sie sich, sie hätte ihn damals doch ein wenig näher an sich herangelassen. Seit ihrer Begegnung in Bor Akramoria hatte Leandra keine intime Beziehung mehr gehabt und allein schon das fehlte ihr mehr und mehr. Jetzt, da sie nicht aus Angadoor heraus konnte, wäre seine Nähe schön und tröstlich gewesen. Außerdem – und bei diesem Gedanken lächelte sie grimmig – hätten sie beide mit Sicherheit etwas angezettelt. Sabotage vielleicht, um diesem brutalen Soldatenpack das Leben schwer zu machen.

Wo mochte Victor wohl sein? Im Lande herumzuziehen war inzwischen schlechterdings unmöglich – es sei denn, er hielt sich sehr weit im Norden auf, im Grenzland zum Ramakorum vielleicht, wo die Hierokratie keine besondere Macht besaß. Sie hatte schon mehrmals überlegt, ob sie sich nicht auf die Suche nach ihm begeben sollte. Hätte sie nur den Hauch einer Vorstellung gehabt, wo sie beginnen könnte, dann wäre sie vielleicht schon fortgegangen. Aber ganz abgesehen von den Ausgangs- und Reisesperren war es heutzutage ja nicht einmal mehr möglich, irgendeine beliebige Person nach dem Weg zu fragen. Man musste fürchten, sofort gemeldet zu werden.

Mit einer seltsamen Gefühlsmischung aus Wut und Sehnsucht schlummerte sie ein.

Sie träumte wirre Dinge, aber die meisten hatten damit zu tun, dass sie gegen irgendetwas ankämpfte. Sie erblickte die Gesichter vergangener Feinde wie auch die alter Freunde, und ständig hatte sie das Gefühl, dass diese ganze Sache immer noch nicht vorbei war. Dann schälte sich immer mehr ein bekanntes Gesicht aus dem Hintergrund, ein Gesicht, das zu einer Person gehörte, für die sie eine überwältigende Liebe empfand. Aber das Gesicht war so unerreichbar fern, dass sie im Traum weinte. Aus irgendeinem Grund kam plötzlich ein seltsamer Hoffnungsschimmer auf, ein Gefühl, als wäre die Trennung doch nicht so schrecklich unaufhebbar. Dann verblasste das Gesicht langsam wieder und verschwand in der dunklen Ferne ihres Traums.

Leandra erwachte.

Sie schlug die Augen auf und starrte gegen die dunkle Decke. Dafür, dass sie eben noch so tief geträumt hatte, war sie seltsam wach. Sie konnte sich sogar noch an Einzelheiten des Traumes erinnern – was ihr nur selten gelang. Sie setzte sich im Bett auf.

Als plötzlich ein leises Klopfen erklang, erschrak sie. Es war nicht an der Tür gewesen – nein, am Fenster.

Sie sprang mit pochendem Herzen aus dem Bett und

eilte in die Mitte des Raumes. Vor dem Fenster waren die Umrisse einer Person zu erkennen. Leandra trug bloß ihr Nachthemd, und plötzlich wünschte sie sich, sie wäre bewaffnet, trüge ihr Kettenhemd und ihre Lederrüstung.

Dann sah sie, dass es nur Janina war.

Janina war eines der Mädchen aus der Nachbarschaft und Leandra seufzte erleichtert. Aus irgendeinem Grund, vielleicht wegen des Traumes, hatte sie gedacht, dort draußen könne plötzlich einer ihrer alten Gegner wieder aufgetaucht sein. Vielleicht der schreckliche Chast – aber nein, der war tot – oder am Ende noch Lorin von Jacklor oder dieser grässliche Guldor, der womöglich noch immer nach ihr suchte.

Sie trat ans Fenster und öffnete es leise. »Janina!«, flüsterte sie. »Was ist denn los? Weißt du nicht, wie gefährlich es ist, um diese Zeit draußen herumzuschleichen? Wenn dich die Soldaten ...«

»Pssst!«, machte Janina eindringlich und legte den Finger vor den Mund. »Zieh dir was an und komm mit!«

Leandra musterte das Mädchen. Sie war eine hübsche Blondine mit einer total schiefen Nase, aber einem Lächeln, dem die wenigsten Jungen im Dorf widerstehen konnten. Janina genoss einen etwas zwiespältigen Ruf und eigentlich verband sie und Leandra keine besondere Freundschaft. Dass sie nun hier stand, musste etwas zu bedeuten haben.

»Was ist denn?«, flüsterte Leandra.

»Nun komm schon! Die Wache ist gerade vorüber. Wenn du dich beeilst ...«

Leandra lief zu ihrem Bett und zog sich rasch an. Sie hatte irgendwann einmal gelernt, schnell und ohne weitere Fragen zu handeln, wenn Leute einen bestimmten Gesichtsausdruck zeigten. Janina hatte einen solchen getragen.

Eine Minute später war Leandra schon durch das

Fenster geschlüpft und stand hinter dem Haus im Garten. Janina war vollständig angekleidet, was auf irgendeine nächtliche Maßnahme hindeutete. Die kleine Blonde winkte ihr eifrig und eilte über die Wiese hinter dem Haus in Richtung des Waldrandes. Leandra blickte sich um – die Wache war nicht zu sehen. Sie folgte Janina.

Es ging durch den Buchenhain hinter Floriaans Haus und am Siebenbach entlang. Nach wenigen Minuten erreichten sie die kleine Lichtung am Rande des Siebenwäldchens, und Leandra sah schon, dass dort mehrere Personen warteten.

Ein mulmiges Gefühl überkam sie und sie blickte sich unruhig um. Wenn sie von den Soldaten überrascht wurden, würde es ernstliche Schwierigkeiten geben. Niemand durfte ohne Genehmigung des Garnisonskorporals nach Sonnenuntergang das Haus verlassen – und das hier waren mindestens sechs oder sieben Leute.

Als sie näher kam, erkannte sie, dass es junge Leute waren, allesamt aus ihrem Nachbars- und Freundeskreis. Sie hatten sich um eine weitere Person versammelt, die, in eine Decke gehüllt, auf dem Boden kauerte. Leandra hätte später nicht mehr sagen können, woher sie augenblicklich wusste, wer es war. Sie rannte auf sie zu, streifte die Decke beiseite und starrte ungläubig in das Gesicht ihrer besten, ihrer allerbesten Freundin.

»Hellami!«, rief sie.

*

Erst als sie im Schutz der Nacht zurückgeeilt und in Leandras Zimmer waren, gestattete sie sich, ihre Freude hervorsprudeln zu lassen.

Sie umarmte Hellami so heftig, dass ihrer Freundin beinahe die Luft wegblieb, und überdeckte ihr Gesicht mit Küssen. Dann bemerkte sie, dass Hellamis Kleider feucht waren. Es war dunkel im Zimmer, trotzdem konnte sie in dem Gesicht ihrer Freundin den Ausdruck von Erschöpfung und Abgekämpftheit erkennen. »Beim Felsenhimmel!«, stieß sie leise hervor. »Ich kann es fast nicht glauben! Wo kommst du nur her?«

Hellami ächzte, aber sie schenkte Leandra trotz ihrer Erschöpfung ein schwaches Lächeln. Sie antwortete nicht, schmiegte sich nur wieder an Leandra und umarmte sie, als gäbe es im Augenblick nichts Dringenderes für sie, als sich an einem Menschen, der ihr nahe stand, festhalten zu können.

»Weißt du, dass ich von dir geträumt habe? Vor nicht mal einer halben Stunde?«

Hellami sah müde auf. »Wirklich?«

»Ja!«, sagte Leandra. »Bei den Kräften, was bin ich froh, dich wieder zu sehen. Seit Wochen schon denke ich darüber nach, wie ich hier wegkommen könnte. Aber, es ist ja …« Leandra studierte Hellamis Augen, die von einer gefährlichen und aufreibenden Reise zeugten.

»Du hast dich in Lebensgefahr begeben, um hierher zu kommen«, stellte Leandra fest.

Hellami seufzte, löste sich von Leandra und setzte sich auf die Bettkante. »Das kann man wohl sagen«, erwiderte sie. »Sie hätten mich fast erwischt und umgebracht.«

Leandra schluckte. »Umgebracht?«

Hellami nickte matt. Sie wandte den Kopf und blickte sehnsüchtig zu dem einladenden Bett.

»Können wir das alles nicht auf morgen verschieben?«, fragte sie und deutete auf die Kissen und Decken. »Ich bin völlig erledigt. Ich würde gern schlafen.«

»Ja, natürlich!«, erwiderte Leandra. Sie erhob sich und half Hellami beim Ausziehen. Hellami verkroch sich dankbar seufzend tief zwischen Decken und Kissen. Leandra deckte sie zu und schlich anschließend aus dem Zimmer, um nachzusehen, ob jemand von der Familie etwas bemerkt hatte. Sie warf einen Blick in

Cathryns Zimmer, aber ihre kleine Schwester schlief schon längst. Aus dem Schlafzimmer ihrer Eltern war ebenfalls kein Laut zu vernehmen.

Es mochte morgen früh schwierig werden, denn es war ein ziemliches Wagnis, eine unangemeldete Fremde in seinem Haus zu verstecken. Sie würde sich eine gute Erklärung ausdenken müssen, um ihre Eltern zu beruhigen.

Sie ging noch in die Küche, um etwas zu trinken. Dann schlich sie leise zurück und setzte sich für einige Minuten neben ihrem Bett auf den Schemel. Sie studierte das Gesicht ihrer bereits schlafenden Freundin, die sie damals, vor sieben oder acht Monaten, in Savalgor unter so seltsamen Umständen kennen gelernt hatte.

Ihr fiel ein, wie sehr sie am Abend noch von dem Wunsch beseelt gewesen war, etwas zu unternehmen, etwas gegen die unerträglichen Umstände zu tun. Beinahe noch stärker als die Freude über Hellamis Kommen ergriff sie nun das deutliche Gefühl, dass *jetzt* tatsächlich etwas passieren würde. Es würde eine Veränderung geben, dessen war sie sich gewiss; Hellamis Ankunft bedeutete, dass sich etwas Wichtiges ereignet haben musste und dass es nun an der Zeit war ... *ja,* dachte sie, *wieder die Messer zu wetzen!*

Dieser Gedanke peitschte sie regelrecht auf. Der Seufzer, den Leandra jetzt ausstieß, war zum ersten Mal seit langer Zeit kein resignierter mehr; nein, es war ein Seufzer der Erleichterung. Sie wusste, dass die Zeit des dumpfen Herumhockens und der Schicksalsergebenheit nun beendet war.

Hellami lag in sich zusammengerollt im Bett und schlief. Leandra hob die Hand und fuhr Hellami liebevoll übers Haar. Hellami war eine zierliche, gleichermaßen aber auch zäh und kräftig gebaute junge Frau mit einer traumhaft schönen, wenngleich auch sehr mädchenhaften Figur. Leandra wusste gar nicht genau, wie alt sie war. Vielleicht zweiundzwanzig – ein Jahr älter als sie selbst. Sie hatte glatte dunkelblonde Haare, die aus einem geheimnisvollen Grund immer wie frisch gekämmt aussahen, selbst morgens nach dem Aufstehen. Wenn sie einen mit ihren hübschen Lachfältchen um Mund und Augen anstrahlte, konnte man sich kaum eines Mitlächelns erwehren – doch ebenso verhielt es sich, wenn Hellami traurig war. Ihre großen braunen Augen trugen dann einen Ausdruck, der einen beinahe zum Losheulen brachte.

Es war ihre unerhörte Lebenskraft, die Leandra so faszinierte. Hellami *lebte,* sie war ein wahres Bündel von Energien und Gefühlen. Nie kam es vor, dass ihre Gegenwart nicht wahrnehmbar oder auch nur unauffällig gewesen wäre. Sie stammte nicht gerade aus der besten Gegend von Savalgor; ihre Sprache war manchmal sehr unverblümt und direkt. Sie vermochte in einem Augenblick frech und provozierend zu sein und im nächsten niedergeschlagen und trübsinnig – nur um gleich darauf der Welt wieder ein Lächeln zu zeigen, das auch dem finstersten Kerl ein Grinsen abgerungen hätte.

Nein, sagte sich Leandra, das stimmte nicht ganz. Sie hatten gemeinsam ein paar Leute kennen gelernt, die selbst auf *so ein* Lächeln niemals reagiert hätten.

Leandra erhob sich. Sie zog ihre Kleider aus und kroch zu Hellami unter die Decke. Sie kuschelte sich an sie, umarmte sie, und als sie dann endlich, nach dieser langen Zeit, wieder ihre warme, seidige Haut spürte, kam ihr ein wohliger Seufzer über die Lippen. Anstelle einer Antwort schmiegte sich Hellami noch ein Stück enger an sie.

Leandra war noch immer aufgewühlt. Für einige Zeit konnte sie noch nicht einschlafen, denn zahllose Gedanken gingen ihr durch den Kopf. Nur langsam vermochte sie ihre Aufregung darüber zu zügeln, dass sich die Dinge jetzt wieder ändern würden.

2 ♦ Der Brief

Leandra stand schon sehr früh auf. Die schrägen Sonnenstrahlen, die durch das Fenster hereinfielen, verhießen einen weiteren schönen Tag. Sie schwang wohlgelaunt die Beine aus dem Bett und ließ Hellami, die noch immer friedlich schlief, allein zurück.

Sie zog sich an, begab sich in die Küche und nahm sich vor, für die ganze Familie ein großzügiges Frühstück zu bereiten. Sie würde Hellami vorstellen und erklären müssen, woher sie kam und was es mit ihr auf sich hatte. Solche schwierigen Dinge verdauten die Leute ihrer Erfahrung nach besser, wenn sie einen erfreulichen Morgen und einen wohlgefüllten Magen hatten.

In Leandras Familie war früher eigentlich ständig jemand zu Besuch gewesen. Bekannte und Familienangehörige aus Nachbardörfern, Freunde von Leandra oder Cathryn – ja, manchmal war sogar *irgendwer* untergebracht worden, der auf der Durchreise im Dorf nach einem Quartier gefragt hatte. Aber die Zeiten hatten sich geändert.

Sie waren wesentlich schwieriger geworden. Im Grunde konnte heute niemand mehr Besuch empfangen. Für den kleinsten Abstecher in ein Nachbardorf musste man sich eine Erlaubnis bei der örtlichen Kommandantur einholen, und da es in Nordakrania keine größere Stadt gab, befand sich Angadoor im Zuständigkeitsbereich von Savalgor, das dreihundert Meilen entfernt lag. Für die Reise dorthin hätte es wiederum einer Reisegenehmigung bedurft und allein die war nur unter größten Schwierigkeiten zu bekommen. Besuche waren genau genommen deshalb unmöglich.

Sie mussten Hellami verstecken, denn Leandra bezweifelte sehr, dass sie eine Reiseerlaubnis besaß. Leandra hoffte, dass Mutter nicht allzu unruhig werden würde. Zu viele schlimme Dinge waren geschehen, und es mochte sein, dass sie Angst bekam, erwischt zu werden.

Nachdenklich bereitete sie das Frühstück zu, kochte Eier und machte Tee, wärmte die Milch für Cathryn auf und stellte Brot, Schinken, Käse und Schmalz auf den Tisch. Als sie fast fertig war, öffnete sich die Tür und Cathryn sah herein. Es war nur ihr Gesicht zu sehen, aber Leandra erkannte sofort den ihr nur allzu vertrauten ›*Rate-mal-was-ich-hier-habe*‹-Ausdruck.

»Na?«, fragte Leandra.

Cathryn grinste, kam herein und zog an der ausgestreckten Hand Hellami hinter sich her. »Schau mal, was ich in deinem Bett gefunden habe!«, sagte sie, baute sich vor Leandra auf und deutete mit der freien Hand auf Hellami. »Ein *Mädchen!*« Sie sagte das, als wäre sie schon lang keins mehr, und dazu in einer Tonart, als hätte man sie erst um Erlaubnis fragen müssen.

Leandra tat erschrocken und schlug die Hände vors Gesicht. »Huh? Ein *Mädchen!*«

Cathryn kicherte. »Ja! Und was für ein großes! Schau nur!« Sie stemmte sich auf die Zehenspitzen und reckte die Hand hinauf.

Hellami lächelte. Sie schien einigermaßen ausgeschlafen zu sein, hatte sich eines von Leandras Leinenhemden aus dem Schrank geholt und übergestreift. Sie wühlte mit der freien Hand in ihrem Haarschopf herum, während Cathryn ihre andere Hand noch nicht loslassen wollte.

Leandra schlug sich in gespieltem Entsetzen die Hand vor den Mund. »Wo hast du sie nur gefunden?«, fragte Leandra. »Unter dem Kissen?«

»Nein!«, rief Cathryn. »Mitten im Bett – unter der Decke!«

Leandra ließ ein entrüstetes Stöhnen hören und Cathryn quietschte vor Vergnügen. »Ja! Ich dachte erst, du wärest es. Ich kroch zu ihr ins Bett und dann …!«

Hellami lachte auf und zerzauste Cathryns Haare. »Ja, wir können uns schon gut leiden, was?«

Die ausgelassene Szene wurde unterbrochen, als Mutter hereinkam.

Erstaunt musterte sie Hellami und blickte dann Leandra an. Leandras Vater, ein großer, vollbärtiger Mann namens Waldo, folgte ihr.

Leandra trat zu Hellami und legte ihr den Arm um die Schulter. »Das ist Hellami«, sagte sie. »Hellami – das sind meine Mam und mein Paps. Trinchen kennst du ja schon.«

Leandras Vater zeigte nur kurz einen erstaunten Gesichtsausdruck, dann nickte er Hellami zu und setzte sich an den Frühstückstisch. Eine gewisse Teilnahmslosigkeit demonstrierend, schenkte er Tee für alle ein. So war er nun mal. Mutter hingegen war nicht ganz so leicht zufrieden zu stellen.

»Hellami?«, fragte sie.

»Ja, Mam. Eine gute Freundin. Sie ist nicht von hier.«

Mutter beschloss offenbar, erst einmal nicht weiter zu fragen, und setzte sich auch. Ihrem Gesicht war jedoch eine gewisse Beunruhigung abzulesen.

»Sie ist *meine* Freundin!«, behauptete Cathryn und kletterte auf ihren Stuhl. »*Ich* habe sie schließlich gefunden!«

Leandra holte noch einen Stuhl herbei und schob ihn zwischen ihren und Cathryns Platz. Dort stand bereits ein Frühstücksgedeck. Während sich Hellami mit unsicheren Blicken hinsetzte, goss Leandra die Eier ab und holte den Marmeladentopf.

»Wir haben uns in Savalgor kennen gelernt«, erklärte Leandra. »Damals, nachdem ich mit Munuel von hier fortgegangen war. Wir …« Sie unterbrach sich und sah Hellami unschlüssig an. »Nun ja, wir haben einiges miteinander durchgemacht.«

Mutter deutete auf Hellami. »Ist sie eines der Mädchen, mit denen du damals … eingesperrt warst?«

Leandra setzte sich und hantierte geschäftig auf dem Tisch herum. »Stimmt, Mam. Sie ist eine davon.«

»Dann muss sie ja …«, sagte Mutter und sah Hellami verwundert an, »von *weit her* gekommen sein!«

Hellami nickte und Leandra sagte: »Ja, Mam, gestern Nacht. Janina hat mich aus dem Bett geholt. Hellami hat wohl … *keine* Reiseerlaubnis?« Damit sah sie Hellami fragend an, die bestätigend den Kopf schüttelte.

Mutter atmete tief ein, bewahrte aber die Fassung. Sie blickte zu ihrem Mann.

»Nun, sie wird uns sicher erklären können«, ertönte der warme Bass von Vaters Stimme, »warum sie die Gefahr auf sich genommen hat, hierher zu kommen. Es muss irgendetwas Wichtiges vorgefallen sein, oder?«

Leandra atmete auf. Sie wusste, dass sie ihre rebellische Ader wohl eher von Vater geerbt hatte, und sie sah ihm schon an, dass Hellami gute Aussichten auf sein Wohlwollen hatte – wenn ihre Gründe, hierher zu kommen, nur einigermaßen ehrenhaft waren. Leute, die sich nicht dem Druck der Soldaten beugten, genossen seinen Respekt. Mutter seufzte leise, und er legte seine mächtige Hand auf die ihre, um sie zu beruhigen.

Er nickte Hellami aufmunternd zu. »Ich heiße Waldo. Und meine Frau …«, damit blickte er freundlich zu ihr, »heißt Miram. Du musst keine Angst haben, Hellami. Bei uns bist du in Sicherheit.«

Hellami sah ihn dankbar an, blickte dann aber unsicher zu Leandra.

Leandra nickte ihr zu. »Erzähl nur. Ich habe keine Geheimnisse vor meiner Familie.«

Hellami nickte. »Es ist … wegen eines Briefes«, sagte Hellami leise.

»Ein Brief?«, fragte Leandra.

Hellami nickte. »Ja. Ich habe einen Brief bekommen. Von Azrani.«

Leandra zog die Augenbrauen hoch. *Azrani!* An Azrani hatte sie lange nicht mehr gedacht.

»Wer ist Azrani?«, fragte Cathryn neugierig.

»Sie ist *noch* eine von denen, die damals ... zusammen mit uns entführt wurden.«

Für Augenblicke stand dieses ungewöhnliche Wort zum Greifen über dem Tisch im Raum. »Du bist ... *entführt* worden?«, rief Cathryn. »Aber ...«

Waldo maß sie mit einem strengen Blick. »Sei lieb, Trinchen, und unterbrich uns nicht.« Er blickte wieder zu Hellami. »Und dieser Brief hat dich bewogen, zu uns zu kommen?«

Hellami nickte. »Ja. Durch ihn erfuhr ich erst, dass Leandra noch lebt.« Sie tastete unter dem Tisch nach der Hand ihrer Freundin.

Leandra verstand und nickte ihr zu. »Ja, jetzt verstehe ich. Du dachtest die ganze Zeit, ich wäre tot.«

»Das stimmt. Die Gerüchte, die damals durchs Land gingen, besagten, dass es einen furchtbaren Kampf irgendwo bei Tharul gegeben hätte. Einen Kampf, bei dem Limlora, die Thronfolgerin des Shabibs, getötet wurde. Von dir. Und dass du dabei selbst getötet wurdest.«

Leandra stieß einen Luftschwall hervor. Ihr Vater hatte sich aufgerichtet.

Cathryn konnte sich nicht beherrschen. »Wer ist denn Limlora?«, rief sie aufgeregt. »Und warum hast du sie *getötet?*«

Mutter stand auf und ging zu Cathryn. »Leandra hat niemanden getötet, Trinchen. Komm, wir gehen in dein Zimmer und spielen ein bisschen!«

»Aber Mama!«, protestierte Cathryn. »Ich will doch ...«

Ein weiterer strenger Blick von Vater folgte. »Geh mit Mam!«, befahl er seiner jüngeren Tochter. »Das hier ist nichts für dich!«

Er besaß zweifellos Autorität, bemerkte Hellami, denn Cathryn schlug die Augen nieder und gehorchte. Mutter ging mit ihr hinaus und schloss die Tür hinter sich.

Waldo verschränkte die Arme vor der breiten Brust. Vom Frühstück hatte er noch nichts angerührt.

*

Hellami war verunsichert. Sie wusste nicht, was Leandra ihren Eltern alles erzählt und bei welchen Dingen sie sich zum Schweigen entschlossen hatte. Sie wusste überdies selbst viel zu wenig von dem, was Leandra widerfahren war, nachdem sie und Hellami sich damals in den Hügeln von Südakrania getrennt hatten.

Leandras Vater sagte: »Ich weiß ja nicht, ob mich das alles etwas angeht, was ihr Mädchen da für Geheimnisse habt. Ich kann auch hinausgehen, wenn ihr wollt. Aber es würde mich doch verteufelt interessieren, was sich damals alles zugetragen hat.«

»Es ist eine schwierige Geschichte, Paps«, sagte Leandra. »Und das meiste hab ich dir ja schon erzählt. Nur …«

Hellami sah Leandra erwartungsvoll an.

»Dass Limlora starb, weiß das ganze Land«, sagte Vater und in seiner Stimme schwang eine gewisse Strenge mit. »Schließlich herrscht ja deswegen der Hierokratische Rat und wir haben keinen Shabib. Aber dass *du* sie umgebracht haben sollst – das ist mir neu!« Er schnaubte. »Und außerdem würde ich es kaum gutheißen können.«

Leandra schwieg eine Weile nachdenklich. Schließlich sagte sie: »Die Gerüchte sind wahr. Ich habe Limlora tatsächlich getötet.«

Hellami ächzte und Waldo richtete sich in seinem Stuhl auf. »Du hast … *was?*«

Leandra nickte schwer. »Ja. Ich musste es tun. In ihr

saß … ein dämonisches Wesen, Sardin, der Hohe Meister der Bruderschaft von Yoor, der eigentlich schon seit zweitausend Jahren tot ist. Er hätte uns alle vernichtet.«

Vater stieß die angehaltene Luft aus. Er schüttelte ungläubig den Kopf.

»Die *Bruderschaft von Yoor* war eine Gruppe abtrünniger Magier«, erklärte Leandra, »die damals, vor zweitausend Jahren, einen furchtbaren Kampf gegen die Magiergilde focht. Dabei kam es zu einer Katastrophe. Das gesamte *Trivocum* wurde niedergerissen und das Dunkle Zeitalter brach an.«

Vater nickte mit ernster Miene. »Ja, davon hast du schon erzählt.«

»Und jetzt, nach dieser langen Zeit«, fuhr Leandra fort, »erhob sich die Bruderschaft erneut. Munuel und ich gerieten in diese Geschichte hinein und auch … Hellami und die anderen Mädchen. Gewissermaßen verbindet uns alle diese schreckliche Sache mit der Bruderschaft.«

»Und … du hast tatsächlich Limlora getötet?«, fragte Hellami ungläubig.

Leandra schien nicht wohl in ihrer Haut zu sein. »Ihr könnt mir glauben, dass ich mir schon tausendmal gewünscht habe, ich hätte es vermeiden können. Aber … Sardin hatte Besitz von ihr ergriffen. Ich habe sie – oder besser: *ihn* – gesehen. So etwas könnt ihr euch gar nicht vorstellen!« Sie hob beschwörend die Arme. »Ich bin so manchen üblen Kreaturen begegnet, aber Sardin – der war einfach unbeschreiblich! Das Wort *Albtraum* ist noch milde gewählt. Ein Monstrum. Mit einer Macht, die völlig abwegig war. Kein lebendes Wesen dürfte je eine solche zerstörerische Kraft in sich tragen!«

Waldo runzelte die Stirn. »Und trotzdem hast du es geschafft, ihn … umzubringen?«

Leandra nickte. »Ja. Mit der *Jambala* – dem magischen Schwert, das nur *ich* berühren durfte. Keine andere Waffe hätte wohl die Macht gehabt, dies zu vollbringen.«

»Ja, aber dann …«

Leandra hob die Hand. »Es war nicht wirklich meine Entscheidung, es zu tun. Es war … wie ein Zwang. Limlora, von der Sardin Besitz ergriffen hatte, war die einzig verbliebene Thronerbin – nachdem Sardin den Rest der Shabibsfamilie hatte ermorden lassen. Sie hätte als Shaba den Thron von Akrania besteigen können – und in ihrem Körper hatte er sich eingenistet.«

Vater und Hellami sahen sich ungläubig an, aber es schien, als würde ihnen nun immer mehr von dem erklärlich, was ihnen zuvor grotesk und unverständlich erschienen war.

»Wir haben schließlich gesiegt«, sagte Leandra wie zur Entschuldigung. »Sardin starb … und mit ihm leider auch Limlora. Aber auch wir mussten bezahlen. Munuel kam um. Und auch Hennor. Tharlas, ein befreundeter Magier, verlor eine Hand. Und ich …« Sie blickte zu Boden. Vater nickte wissend.

»Was … war mit dir?«, fragte Hellami besorgt.

Waldo räusperte sich. Seine Blicke, die auf Leandra ruhten, zeigten Vorwurf, aber auch Stolz. »Sie kam halb tot hier an«, erklärte er. »Einer ihrer Gefährten brachte sie zurück. Sie war für Monate gelähmt. Eine Zeit lang rechneten wir jeden Tag damit, dass sie sterben würde. Aber … nun, es ist wohl eine Art Wunder. Sie hat sich wieder erholt.«

Für eine Weile saßen sie schweigend da. Waldo beschloss, seiner Tochter Zeit zu lassen.

Er blickte Hellami an. »Und du? Du hast durch diesen … Brief erfahren, dass Leandra noch lebt, und bist nun hierher gekommen? Ist das nicht ein ziemlich großes Wagnis? Bei all den Verboten? Das könnte uns in ziemliche Schwierigkeiten bringen …«

Trotz seiner Vorwürfe klang seine Stimme versöhnlich. Immer stärker spürte Hellami, dass Waldo in Wahrheit großes Wohlwollen für Leandras Taten hegte. Der Stolz, eine Tochter zu haben, die ihr Leben riskiert hatte, um das Land vor der Unterdrückung zu bewahren, stand ihm trotz seiner autoritären Würde ins Gesicht geschrieben. Das schloss offenbar auch Hellamis Taten mit ein.

Hellami hob den Blick und schüttelte den Kopf. »Ich bin nicht allein wegen der Nachricht gekommen, dass Leandra noch lebt.«

Eine bedeutsame Stille legte sich über den Raum.

Hellami rückte auf ihrem Stuhl herum, sodass sie Leandra direkt zugewandt war. Dann sagte sie: »Erinnerst du dich an unseren Schwur?«

Leandras Gesicht wurde ernst. Noch ernster, als es zuvor schon gewesen war. »Unseren *Schwur?*«

Hellami nickte langsam.

»Du meinst … wegen *Alina?*«

Hellami nickte wieder.

Leandra holte tief Luft. »Hör mal …«, sagte sie dann leise. »Ich muss dir was sagen. Alina … nun, leider ist auch sie tot. Sie kam in Unifar um.«

Leandra forschte in Hellamis Gesicht, doch sie schien diese schreckliche Nachricht nicht sonderlich zu beeindrucken.

»Hast du … verstanden, was ich gesagt habe?«, fragte Leandra. »Alina ist *tot!*«

Hellamis Mundwinkel zuckten, während Waldo gespannt die beiden jungen Frauen beobachtete.

Hellami blickte kurz zu ihm. »Bist du da sicher?«, fragte sie dann zurück.

Verwirrung stand in Leandras Zügen. Sie sah zwischen Hellami und ihrem Vater hin und her.

»Alina?«, fragte Waldo vorsichtig. »Wer ist das?«

Hellami antwortete. »Sie ist *noch* eine von uns. Von den sechs Mädchen, die damals entführt wurden. Na ja, zu jenem Zeitpunkt waren wir sieben. Alina war leider die Einzige, die nicht mit uns fliehen konnte. Sie wurde zuvor an einen … dunklen Mönch verkauft. Aber wir schworen damals, Alina wieder zu befreien.«

Waldo verzog das Gesicht. »Und deswegen bist du hier? Wegen dieses Schwurs? Aber Leandra sagt doch, dass dieses Mädchen – Alina – tot ist!«

Hellami schüttelte mit Bestimmtheit den Kopf. »Nein. Alina ist nicht tot.«

Leandras Augen wurden groß und rund.

»Nun mach aber mal langsam!«, stieß sie hervor. »Ich war schließlich dabei, als sie umkam!« Ihre Stimme erhob sich. »Es war der Augenblick, in dem auch Munuel umkam – die gesamten Katakomben stürzten ein! Chast starb – und Alina … und wir …« Ihre Stimme verebbte, als sie Hellamis Gesichtsausdruck sah.

Hellami schüttelte entschlossen den Kopf. »Ich habe den Brief leider nicht mehr – er weichte völlig auf, als ich letzte Nacht durch die Morne schwamm. Aber in diesem Brief schwor Azrani, dass sie Alina gesehen hätte. Zweimal sogar – mitten in Savalgor. In Begleitung des dunklen Mönches, der sie damals in Guldors Hurenhaus gekauft hatte. Azrani erinnerte mich an unseren Schwur. Und sie sagte, du müsstest das ebenfalls erfahren.«

»Ebenfalls …?«, echote Leandra tonlos.

Hellami nickte. »Genau. Azrani schien zu wissen, dass du noch lebst. Und wegen all dem bin ich hier!«

Leandra starrte fassungslos ins Leere. Und Hellami merkte mit einem Mal, dass die Anspielung auf ihren gemeinsamen Schwur mehr für Leandra bedeutete, als nur zu erfahren, dass ihre Freundin Alina offenbar dem Tode entronnen war. Leandra wirkte so, als würde eine ganze Welt für sie zusammenstürzen.

»Was ist?«, fragte Hellami irritiert. »Freust du dich denn gar nicht?«

Leandra senkte den Blick zu Boden und schüttelte den Kopf.

Hellami sah Waldo an und hob fragend die Schultern.

Leandras Kopf fuhr hoch. »Versteht ihr denn nicht?«,

rief sie aus. »Dieser dunkle Mönch! Das kann nur *Chast* sein!«

»Langsam!«, sagte Waldo und hob die Hände. »Wer ist dieser Chast? Seinen Namen hast du zuvor doch schon einmal erwähnt!«

Leandra winkte ab. »Stimmt«, ächzte sie. »Das ... alles wisst ihr ja gar nicht.«

Sie suchte nach Worten. »Chast, das war die zweite Heimsuchung – nach Sardin. Er war seine rechte Hand. Sein Plan war es, dass ich Sardin töten sollte – er machte mir im richtigen Moment die Jambala zugänglich. Ich packte sie und brachte Sardin um. Dann erst wurde mir klar, dass all das nur Chasts Plan gewesen war. Er wollte sich Sardins entledigen, um danach selbst an die Macht zu gelangen. Er aber konnte ihn nicht töten, dazu war nur *ich* in der Lage. Mit der Jambala, dem magischen Schwert. Deshalb benutzte er mich für seine Pläne.«

Waldo nickte langsam. »Und ... dieser Chast war der, der Alina entführt hatte? Dann muss es ja mit dieser Alina etwas auf sich haben!«

»Ja. Alina war sein Geheimnis«, erklärte Leandra. »Nur er wusste, dass sie in Wahrheit eine leibliche Tochter des Shabibs war. Nach Limloras – und Sardins – Tod war sie die einzig verbleibende Thronerbin. Durch sie wollte er auf den Shabibsthron gelangen.«

Hellami schluckte. »Alina ist eine Tochter des Shabibs?«

»Ja. Aus erster, geschiedener Ehe. Sie kam auf die Welt, als der Shabib bereits mit einer anderen vermählt war. In der Thronfolge steht sie nur an hinterster Stelle. Aber nachdem alle anderen ermordet waren, hätte der Thron ihr gehört.«

Waldo und Hellami schwiegen betroffen.

»Wenn Alina tatsächlich noch lebt«, fuhr Leandra fort, »wenn sie also aus dem Inferno von Unifar entkam – und Azrani sie in Begleitung eines *Mönches* sah, dann kann das nur eines bedeuten!«

»Ja«, folgerte Waldo – und die Pause, die er machte, verdichtete die Luft im Raum zu einer finsteren Drohung.

»Es bedeutet«, fuhr er fort, »dass dieser dunkle Mönch Chast sein muss und dass sie *beide* aus Unifar entkamen!« Nach einer Weile fragte er: »Könnte es denn sein, dass Alina nun auf *seiner* Seite steht?«

Sowohl Hellami als auch Leandra schüttelten auf der Stelle heftig den Kopf.

»Auf gar keinen Fall!«, sagte Hellami. »Sie muss sich in seiner Gewalt befinden!«

Leandra sah sie zweifelnd an. »Ist es denn sicher, dass Azrani sich nicht getäuscht hat?«, fragte sie. »Ich meine … ich habe mit eigenen Augen gesehen, wie die Katakomben einstürzten! Ich wurde aus dem Raum geschleudert, aber tausende von Tonnen Fels brachen über ihnen zusammen. Munuel starb; ich wüsste nicht, wie Chast und Alina von dort hätten entkommen sollen!«

Hellami hob die Schultern. »Mehr kann ich nicht sagen. Azrani jedenfalls klang überzeugt. Na ja – es wäre möglich, dass sie sich irrt. Aber sie sah Alina *und* den Mönch. Und sie schrieb, sie hätte sie *zweimal* gesehen – in der Stadt.«

Leandra schnaubte.

»Passt nicht schlecht«, sagte Waldo trocken. »Wenn dieser Chast tatsächlich noch lebt und dabei ist, seine Pläne mit Hilfe dieses Mädchens zu verwirklichen, so würde das erklären, warum wir noch immer keinen neuen Shabib haben. Vorausgesetzt, er hat Einfluss auf den Hierokratischen Rat. Aber die Vermutung liegt nahe. Ich wüsste keinen anderen Grund, warum der Rat seit über einem halben Jahr zögert, einen neuen Shabib – oder eine Shaba – auszurufen.«

Hellami nickte.

Leandra holte Luft. Sie sah ihren Vater an. »Wenn das stimmt … dann müssen wir nach Savalgor!«

3 ♦ Fremde

Leandra saß auf ihrem Bett, hatte sich angelehnt und las in einem Buch.

Hellami schloss leise die Tür, trat zum Bett und setzte sich auf die Kante. Sie sah Leandra ernst an. »Deine Mutter ist völlig verzweifelt«, sagte sie. »Auch deinen Vater lässt sie nicht mehr an sich heran. Sie hat schreckliche Angst, dass du wieder fortgehst.« Sie lächelte bitter. »Sie will sogar *mich* nicht mehr gehen lassen!«

Leandra seufzte schwer. »Ja, ich weiß. Aber sag doch – was sollen wir tun? Hier sitzen bleiben und warten, bis Chast endgültig die Macht erlangt hat? Nun – vielleicht ist das sogar schon längst geschehen.«

Hellami schüttelte den Kopf. »Dazu hätte er Alina heiraten müssen. Und sie müsste offiziell Anspruch auf den Thron erhoben haben. Nein, davon hätten wir gehört. Die Bevölkerung hätte unterrichtet werden müssen. Wochen im Voraus.«

»Na also!«, sagte Leandra und klappte das Buch zu. »Das bedeutet, dass es noch nicht zu spät ist und dass wir etwas unternehmen können. Können und müssen! Und zwar sofort.«

»Aber wie willst du von hier fortkommen? Der Garnisonskommandant würde deine Abwesenheit sehr schnell bemerken. Hier gibt es doch sicher auch Appelle, oder? Und wenn du weg bist, dann wird deine Familie ziemlichen Ärger bekommen. Man wüsste, dass du unerlaubt verschwunden bist, und würde nach dir suchen. Nach *uns* suchen!«

»Dann müssen wir uns eben etwas einfallen lassen.«

»Und was?«

Leandra schwang die Beine aus dem Bett und erhob sich. »Weiß ich auch noch nicht. Aber irgendwas muss geschehen. So gern ich Mutter auch beruhigen möchte – wir *müssen* etwas unternehmen!« Sie sprach ihre Worte mit einer seltsamen Ruhe aus.

»Du hast dich verändert«, stellte Hellami fest.

Leandra studierte ruhig das Gesicht ihrer Freundin. »Was hast du erwartet, Hellami? Dass so eine Sache wie Unifar spurlos an einem vorübergeht?«

Hellami schüttelte den Kopf. Sie lächelte schwach. »Nein, ganz und gar nicht. Ich meinte eher, dass wir uns ein bisschen ähnlicher geworden sind. Als ich dich damals kennen lernte, da warst du nur ein Blümchen vom Lande. Ich hatte zu dieser Zeit schon so manches durchgemacht. In Savalgor, meine ich. Inzwischen scheinst du diejenige zu sein, die vom Schicksal mehr Tritte in den Arsch gekriegt hat.«

Leandra lachte leise auf. »Du und deine unverblümte Ausdrucksweise. Ich hatte sie schon fast vergessen!« Einem Impuls folgend, setzte sie sich neben Hellami und umarmte sie. »Verdammt, was bin ich froh, dass du da bist! Langsam bekommt mein Dasein wieder einen Sinn!«

Hellami erwiderte die Umarmung nur zögernd. »Was hast du jetzt vor?«

Leandra zuckte die Achseln. »Einen genauen Plan habe ich noch nicht. Aber wir werden nach Savalgor gehen, das steht fest. Und zwar so bald wie möglich. Wir müssen uns nur einen Trick überlegen, wie wir von hier wegkommen, ohne dass meine Abwesenheit auffällt. Und wie wir Mutter beruhigen können.«

»Du meinst, dein Vater wird einverstanden sein, dass du gehst?«

Leandra lächelte vielsagend. »Hast du seine Augen nicht gesehen? Er würde am liebsten selber mitgehen – auch wenn er so tut, als wäre er empört, bestürzt und völlig außer sich zugleich.«

»Deine rebellische Art hast du wohl von ihm, was?«

»Ich weiß, dass er immer gern wenigstens *einen* Sohn gehabt hätte und nicht bloß zwei Töchter. Aber inzwischen ist es ihm schon beinahe so lieber, wie es ist. Er ist unheimlich stolz, eine Tochter zu haben, die nicht den Tod und nicht den Teufel fürchtet.« Sie rollte mit den Augen. »Du weißt schon: *Männer!*«

Hellami verzog ein wenig das Gesicht. »Stimmt das denn? Dass du weder Tod noch Teufel fürchtest?«

Leandra seufzte. »Ich mach mir in die Hosen, wenn ich nur dran denke. Aber sag's nicht weiter!«

Leandra ließ sich auf dem Bett zurücksinken und für Momente studierten die beiden jungen Frauen jeweils das Gesicht der anderen. Die kleinen Perlen, die Leandra nun im Haar trug – links und rechts des Gesichtes in kleine Zöpfchen ihrer rotbraunen Lockenpracht eingewirkt –, gefielen Hellami gut. Sie hätte sie gern danach gefragt, wie nach so vielen anderen Dingen auch. Aber es hatte sich noch keine entspannte Minute ergeben, um über belanglose Dinge zu plauschen.

»In Minoor war es einfach«, sagte Hellami. »Ich bin in den Wald marschiert und abends nicht mehr wiedergekommen. Ich habe dort keine Verwandten, niemanden, den man für meine Abwesenheit zur Rechenschaft ziehen könnte. Aber hier …?«

Leandra nickte. »Ja, ich weiß. Vielleicht sollten wir heute Abend weiter darüber reden. Ich muss jetzt gehen. Ich habe in dieser Woche Arbeitsdienst.«

»Arbeitsdienst?«

»Ja. Seit ich wieder gesund bin, haben sie mich am Wickel. Mich und ein paar andere. Wir müssen jeweils für eine Woche im Monat Arbeitsdienst bei den Soldaten leisten. Waschen, kochen, putzen, du weißt schon.«

Hellami stieß einen Laut des Bedauerns aus, während Leandra die Beine wieder aus dem Bett schwang. »In Minoor gab es das nicht. Da waren auch Soldaten, aber die haben ihren Dreck selber weggemacht.«

Leandra nickte und erhob sich. »Minoor liegt auch viel näher an Savalgor. Hier, im Hinterland, führen sich die Kommandanten der kleinen Garnisonen wie Halbgötter auf. Das haben wir auch schon aus anderen Dörfern gehört. Man kann nichts gegen diese Kerle unternehmen!«

Hellami nickte. »Tja, dann bleibe ich wohl tagsüber lieber hier. Ich werde versuchen … mich nützlich zu machen. Bei deiner Mutter. Meinst du, sie hat was gegen mich?«

Leandra schüttelte mit Bestimmtheit den Kopf. »Nein. Sie macht sich nur Sorgen. Am besten, du redest mit ihr gar nicht über das, was wir … vorhaben. Von hier weggehen und so.«

Hellami seufzte. »Gut. Ich werde mir Mühe geben.«

Leandra umarmte sie zum Abschied. »Ich werde heute den ganzen Tag nachdenken, was wir unternehmen können. Bis zum Abend ist mir bestimmt schon was eingefallen!«

*

Der Tag wurde nicht sehr angenehm für Leandra. Die Soldaten waren richtige Schweine. Im Bewusstsein dessen, dass sie ein paar Mädchen hatten, die für sie sauber machten, gaben sie sich nicht mehr die geringste Mühe, noch irgendeine Form von Ordnung oder Sauberkeit zu wahren. Es war sicher auch eine Art Rache dafür, dass die Mädchen, die hier wechselweise arbeiteten, nach einem gewissen Vorfall dafür gesorgt hatten, dass sie von den Soldaten nicht mehr belästigt werden konnten.

Es war Janina gewesen, die einen regelrechten Aufstand angezettelt hatte, als sie einmal von einem dieser Kerle angefasst worden war. Sie war damals zu ihrem Vater, danach zum Bürgermeister und zuletzt zum Garnisionskommandanten gelaufen. Sie hatte die anderen Mädchen aufgestachelt und ein Geschrei gemacht, dass man denken mochte, jemand hätte sie zu vergewaltigen versucht. Nein, es war nur ein einfacher, kleiner Klaps auf den Hintern gewesen. Ein anderes Mädchen, das dabei gewesen war, hatte es Leandra bestätigt. Aber es war Janina gelungen, eine derartige Empörung im Dorf auszulösen, dass Eiwar den Schuldigen hatte auspeitschen lassen und versetzen müssen. Danach hatte er seinen Soldaten bei Höchststrafe verboten, sich den Mädchen auch nur auf drei Schritt zu nähern.

Das war eine Erleichterung. Allerdings hatten sie nun auch darunter zu leiden. Die Schweinerei, die die Soldaten nun Tag für Tag in ihren Quartieren hinterließen, war eine Zumutung. Dass Eiwar trotz der Beschwerden der Mädchen hier nicht einschritt, nahm Leandra ihm sehr übel. Im Grunde seiner Seele war er eine genauso verrottete Person wie seine Untergebenen auch.

Den ganzen Vormittag war sie damit beschäftigt, die beiden Schlafsäle aufzuräumen, die Betten zu machen, das Geschirr abzuwaschen und die Essensreste wegzuschaffen. Es war Ekel erregend. Leider hatte sie lernen müssen, dass es besser war, sich zu fügen – so sehr es auch schmerzte. Der Ärger, den sie und ihre Familie im Falle ihres Ungehorsams abbekommen hätten, stand in keinem Verhältnis zu der Arbeit, die sie tun musste.

Aber das Gefühl, dass dies nun bald ein Ende haben würde, beflügelte sie. Tausend Gedanken gingen ihr durch den Kopf, was sie tun würde, um diesem verfluchten Chast das Handwerk zu legen. Kein Zweifel, dass *er* der Urheber dieser Zustände war! Nun erst wurde alles erklärlich, was sich derzeit in Akrania abspielte: der Druck gegenüber der Bevölkerung, das Magieverbot, die seltsamen Entscheidungen des Hierokratischen Rates, die Auflösung der Gilde bei gleichzeitiger Gründung der *Duuma* und schließlich die Besatzungstruppen, die es nun im ganzen Land gab.

Niemand im Volk verstand, warum sich die Entscheidungsfrage über die Nachfolge des Shabibs so lange hinzog. Seit alters schon setzte sich die Herrschaft über das Land aus fünfundzwanzig Stimmen zusammen, von denen der Shabib – oder die Shaba – zwölf in einer Person vereinte. Die verbleibenden dreizehn Stimmen lagen beim Hierokratischen Rat, der sich aus dreizehn Würdenträgern der großen Kirchen und Orden zusammensetzte. Waren die *Dreizehn* geschlossen einer Meinung, konnten sie den Shabib überstimmen. Aber das geschah selten.

Der Shabib hingegen setzte sich traditionell für die Belange des Volkes und der einfachen Leute ein. Dass es in diesen Tagen keinen Shabib gab und sich auch die Frage der Nachfolge so lange hinzog, erschien Leandra nun immer erklärlicher. Offenbar wollte der Rat seine Macht ohne den Shabib ausüben, und das deutete immer stärker darauf hin, dass ein übler Schurke am Werk war. Einer, der die Macht innehatte. Und das war zweifellos Chast!

Allerdings fragte sich Leandra, warum er dann Alina noch nicht geheiratet hatte. Hatte sie sich ihm widersetzen können? Oder fehlte Chast eine Magie, mit der er Alina so weit benebeln konnte, dass sie ihm gehorchte – und es andererseits keine Möglichkeit gab, diese Magie aufzudecken?

Um so wichtiger wurde es, Alina zu befreien. Nicht nur, um sie Chasts Händen zu entreißen. War sie frei, dann war sie eine neue Hoffnung für das Land – als rechtmäßige Herrscherin.

Leandra rief sich die Erinnerung an Alina ins Gedächtnis zurück.

Sie war eine junge Frau von fast übernatürlicher Schönheit. Sie war groß und trotzdem sehr zart gebaut, mit hohen Schultern, grazilem Gang und einem traumhaft schönen Körper. Ihre Haut war nur noch mit blanker Seide zu vergleichen, ihr Haar war glatt und rehbraun. Sie war erst neunzehn gewesen und in ihrer sanften Wesensart der brutalen Gewalt der Entführung hilflos ausgeliefert. Leandra hatte sie, als sie gemeinsam in ihrem Gefängnis in Guldors Hurenhaus schmachteten, nach Kräften zu trösten und zu beruhigen versucht. Und sie hatte rasch eine Zuneigung zu ihr entwickelt, wie sie sie nur noch für Cathryn empfand. Jetzt, da Leandra wusste, dass Alina noch lebte, konnte sie sie einfach nicht im Stich lassen. Außerdem hatten sie damals gemeinsam diesen Schwur geleistet, und Leandra erinnerte sich noch gut an den Tag, da es sie die Freundschaft von Hellami hätte kosten können, wenn sie ihr nicht klar bestätigt hätte, dass sie sich an den Schwur gebunden fühlte. Nein – es musste etwas geschehen!

Gegen Mittag hatte sie den Schweinestall der Soldaten wieder einigermaßen in Ordnung gebracht. Als die Ersten von ihnen in die Unterkünfte zurückkehrten, beeilte sie sich davonzukommen. Sie hatte Anrecht auf eine Pause zum Mittagessen. Mutter würde das Essen schon fertig haben; Leandra sollte frisches Brot vom Krämer mitbringen.

Sie verließ eilig die Holzbaracke, die am Südostende des Angadoorer Siebenplatzes errichtet worden war, und lief über den Platz zu Tennos Laden, einer kleinen Gemischtwarenhandlung, der einzigen, die es in Angadoor gab. Doch als sie über das Gras des Platzes lief und die kleinen Stege der sieben winzigen Wasserläufe des Siebenbaches überquerte, wurden ihre Schritte unwillkürlich langsamer. Sie hätte nicht sagen können, was ihr so plötzlich den Eindruck vermittelte, dass etwas nicht in Ordnung war.

Vielleicht waren es die Blicke der Leute oder ihre Bewegungen; oder jene unbestimmbare, bedrohliche Atmosphäre, die sich plötzlich über das Dorf zu legen schien. Sie blickte verunsichert umher, konnte aber nichts Besonderes entdecken. Um sie herum herrschte die übliche Geschäftigkeit; die Leute gingen zum Mittagessen nach Hause.

Dann erreichte sie Tennos Laden, und als sie die Tür aufstoßen wollte, sah sie es. Fremde Männer waren gekommen.

*

Es waren mehr als ein Dutzend, allesamt in dunkle Gewänder gekleidet.

Allein das Wort, das sich die Leute zuflüsterten – *Duuma* –, hatte einen bedrohlichen, hässlichen Klang.

Leandra hatte bisher kaum Leute von der Duuma gesehen. Man wusste jedoch, dass sie lange, dunkle Gewänder und gefährliche Blicke trugen; dass sie kein Lächeln und keine Vergebung kannten, dafür aber eine Menge unschöner Methoden, Leute zu verhören und zu verängstigen. Es gab Gerüchte über Verschleppungen ganzer Familien, und es hieß, man habe manche von ihnen später an abgelegenen Orten wieder gefunden – grausam gefoltert, verstümmelt und zu Tode gebracht. Die Duuma war an die Stelle des aufgelösten Cambrischen Ordens getreten – dem einst Munuel angehört hatte und letztlich auch sie selbst. Was aber die Duuma genau war, wusste keiner. Vielleicht so etwas wie eine Art Geheimpolizei.

Offiziell war die Duuma, wie Leandra wusste, die Nachfolgerin der Magiergilde. Nur wer zur Duuma gehörte, durfte heute noch Magie ausüben, und die Duuma hatte ihren Sitz in Savalgor. Zu ihr zählten noch weitere Ordenshäuser in Städten wie Usmar, Tharul oder Soligor. Das bedeutete, dass es nirgendwo sonst im Land ordentliche Magier gab; der Status des Dorfmagiers war somit praktisch erloschen.

Zusätzlich bestand die Duuma nicht allein aus den ihr zugehörigen Magiern, sondern noch aus einem kleinen Heer von Ordenssoldaten. Wann immer ein Duuma-Quästor zu einer Mission aufbrach, wurde er von zweien oder dreien seiner Ordensbrüder sowie einem kleinen Trupp Ordenssoldaten begleitet.

Und genau um einen solchen Trupp schien es sich hier zu handeln.

Sie waren überall verteilt, sprachen die Leute an und schienen Fragen zu stellen. Leandra überkam die heiße Vorahnung, dass dies Hellamis Verfolger sein könnten. Schnell wandte sie sich um und betrat Tennos Laden.

Der Tag war sehr warm und helle Sonnenstrahlen drangen durch die Sonnenfenster in die Welt herab. In Tennos Laden jedoch war es, wie immer, dunkel und kühl. Leandra nickte zwei Nachbarinnen zu, die, mit Einkaufskörben bewaffnet, leise miteinander tuschelnd darauf warteten, bedient zu werden. Leandra warf einen Blick durch das halbblinde Fenster und sah draußen einen hoch gewachsenen, dürren Mann in dunklem Mantel, der unweit des Ladens bei zwei weiteren Männern stand und mit ihnen redete. Sie überlegte, ob sie nicht lieber rasch nach Hause laufen sollte, um ihre Eltern und Hellami zu warnen. Aber dabei mochte sie am Ende einem der Kerle in die Arme laufen und ausgefragt werden. Hier drin schien sie für den Augenblick sicher zu sein.

Tenno kam aus dem Lager und warf Leandra ein Lächeln zu. Er war ein kleiner, rundlicher Mann, dessen Schwäche für alle hübschen jungen Mädchen im Dorf sprichwörtlich war. Besonders galt das Floris, Janina und Leandra.

»Hallo Lea!«, rief er gut gelaunt und hob im Vorübergehen die Hand.

Leandra nickte ihm zu, hielt sich aber höflich im Hintergrund. Die beiden Frauen waren eher als sie hier gewesen.

»Was darf es sein, meine Damen?«, fragte Tenno mit lauter Stimme. »Ich habe gerade frische Ziegenmilch von Gujs bekommen und Babbu-Eier von Ungolf. Oder vielleicht Bullerkohl?«

Eine der Frauen trat vor, sie hieß Giesa, wenn sich Leandra recht erinnerte, und war eine Tante von Karno, einem jungen Kerl, der ihr, Leandra, zur Zeit nachstellte. Giesa maß Leandra mit Blicken, nicht unfreundlich, aber eben in der Art, wie sich ältere Damen die jungen Frauen ansahen, denen ihre Schützlinge auf den Fersen waren. Leandra lächelte schwach.

»Zwei Krüge von dem hellroten Wein, den du aus Mornewald bekommen hast«, sagte Giesa. »Und ein Stück Knochenseife, dann zwei große Leinenputzlappen und …«

In diesem Augenblick wurde die Tür aufgestoßen. Der dunkle, hagere Kerl kam herein. Schlagartig erstarb Giesas Wortschwall und sie wandte sich um.

Leandra schluckte leicht, als sie in die stechenden Augen des Mannes sah. *Bruderschaftler,* schoss es ihr durch den Kopf, und plötzlich wurde ihr zu klarer Gewissheit, dass sie und ihre Gefährten die Bedrohung durch die Bruderschaft niemals wirklich ausgelöscht hatten. Die Bruderschaft – das war jetzt die *Duuma!*

Der Mann setzte ein maskenhaftes Lächeln auf, schloss die Tür und trat in die Mitte des Raumes. Da tat Leandra etwas, das sie eigentlich unter keinen Umständen hätte tun dürfen.

Sie berührte das Trivocum.

Ihre von Munuel ausgebildeten magischen Sinne fanden sofort jenen hellrötlichen Schleier, der die magische Grenzlinie zwischen dem Diesseits, der klaren, wirklichen Welt, und dem Stygium, der jenseitigen Sphäre des Chaos und der Unordnung, darstellte. Das Trivocum bildete die Grenze zwischen den beiden Sphären; nur Magier vermochten sie mittels ihrer Fähigkeiten durchlässig zu machen und die fließenden Energien nach ihren Wünschen zu lenken.

Nein, stellte erleichtert Leandra fest – dieser Mann war kein Magier.

Wäre er es gewesen, dann hätte er seinerseits Leandras Anwesenheit in der magischen Sphäre bemerken können. Aber sie hatte viel geübt in den letzten Monaten und war, wie sie fand, wirklich gut geworden. Inzwischen traute sie sich zu, das Trivocum für Momente unbemerkt beobachten zu können, selbst wenn sich ein Magier von hohen Graden in unmittelbarer Nähe aufhielt. Dennoch – ihre Tat war ein großes Wagnis gewesen.

»Guten Tag, meine Damen«, sagte der Mann mit durchdringender Stimme und richtete seine große, dürre Gestalt auf. Er hatte die Fäuste in die Hüften gestemmt und sah sich im Raum um, als wäre dies hier in Wahrheit *sein* Refugium, als hätte er sich herabgelassen, einmal vorbeizuschauen, um nachzusehen, ob hier auch alles seinen ordnungsgemäßen Gang ging.

Niemand antwortete. Tenno ließ es sich nicht nehmen, den Kerl mit einem krass abweisenden Gesichtsausdruck zu messen. Allein damit hatte er sich schon Leandras Wohlwollen verdient. Sie freute sich über jeden, der sich im Widerstand übte – auch wenn diese Art von Widerstand keine besonderen Ergebnisse brachte. Trotzdem gab Tenno damit klar zu verstehen, dass er sich nicht unterordnete, dass er Stolz und Würde besaß und dass er im rechten Moment auf der Seite derer stehen würde, die sich gegen die Unterdrückung erhoben. Eigentlich war das ganze Dorf so, und deswegen war Leandra stolz, eine Angadoorerin zu sein.

»Ein schöner Tag heute, nicht wahr?«, fragte der Mann.

»Ja«, brummte Tenno. »Besonders jetzt, wo ihr da seid! Was willst du?«

Leandra konnte ein Grinsen kaum unterdrücken. Der Fremde erwiderte Tennos aufreizende Worte mit einem finsteren Gesichtsausdruck. Und Leandra sah, dass der Mann keine Klasse hatte. Er war ein niederer Speichellecker, der sich großartig aufführte, weil er zur Duuma gehörte. Dem offenen und mutigen Widerstand Tennos hatte er nichts als Grobheit entgegenzusetzen.

»Pass auf, was du sagt, Krämer!«, bellte der Kerl. »Wenn du dein Maul zu weit aufreißt, dann bist du ganz schnell weg von hier, verstehst du?«

Tenno winkte ab. »So schnell geht das nicht! Ich bin ein ehrlicher Mann und habe nichts verbrochen! Was willst du nun – *Fremder?*«

»Eine Frau wird gesucht!«, stieß der Kerl unwirsch hervor und Leandra zuckte unwillkürlich zusammen. »Ein junges Mädchen, etwa sooo groß, vielleicht zwanzig Jahre alt, zierlich und mit dunkelblonden Haaren. Sie stammt aus dem Süden, und alles deutet darauf hin, dass sie hierher nach Angadoor unterwegs war! Habt ihr sie gesehen?«

»Ein junges Mädchen?«, fragte Tenno ungläubig. »Sag bloß, ihr Kerle braucht jetzt auch noch die Hilfe der Bevölkerung, um ein einfaches Mädchen einzufangen!«

Der Mann, der sich nicht vorgestellt hatte, machte einen Schritt auf Tenno zu. »Noch ein Wort und ich lasse dich verhaften, verstanden?«

Tenno winkte ab und wandte sich um. Giesa und ihre Begleiterin waren zwei Schritte zurückgewichen.

»Was ist mit euch?«, fuhr der Kerl sie an. »Habt ihr sie gesehen?«

Die beiden Frauen schüttelten wortlos den Kopf.

Nun kam er zu Leandra. Sie hatte schon darauf gewartet. Im Geiste betete sie sich wie in einer Litanei vor, die Ruhe zu bewahren, nicht die Beherrschung zu verlieren – egal, was der Kerl auch sagen mochte.

»Sieh an!«, sagte der Kerl. »Eines der hübschen Angadoorer Mädchen!«

So etwas in der Art hatte sie erwartet und gewöhnlich hatte sie für solche Typen die entsprechende Antwort bereit. Sie hielt aber an sich und senkte den Blick zu Boden.

Er fasste sie unwirsch am Kinn und riss ihren Kopf hoch. Leandra schrie leise auf und für Sekunden brodelte eine gefährliche Iteration fünften Grades in ihrem Kopf. Im letzten Augenblick beherrschte sie sich. Sie hätte den Kerl damit in zwei Teile zerreißen können.

Damals, als sie mit Munuel losgezogen war, hatte sie anfangs keine einzige Magie parat gehabt, mit der sie sich hätte verteidigen können, und das hatte sie nicht nur maßlos geärgert, es hätte sie beinahe auch das Leben gekostet. Es hatte genug Momente gegeben, in denen sie sich wirklich hätte helfen können, wenn sie eine Magie zur Verteidigung beherrscht hätte. Aber als frisch gebackene Adeptin war sie zu nicht mehr in der Lage gewesen, als ein einfaches Feuer zu entfachen, Wasser zu erhitzen oder sich nachts ein schwebendes Licht herbeizuholen. Victor hatte ihr damals das Leben retten müssen – in einer Lage, in der sich eine Magierin eigentlich selbst hätte helfen sollen.

Aber diese Zeiten waren jetzt vorbei. Sie hatte zwar die Grenzen des Kodex nach eigenem Ermessen ziemlich ausgeweitet – aber mit dem Ergebnis, dass sie heute nicht mehr so wehrlos dastand. Natürlich wusste niemand davon. Nach ihrer Rückkehr hatte keiner im Dorf auch nur einen Hauch davon mitbekommen, dass sie die Magie beherrschte – und das auf eine Art, die für eine Einundzwanzigjährige gar nicht schlecht war. Nicht einmal ihre Eltern wussten von ihren Fortschritten. So als ahnte sie, dass ihr ebendies noch einmal helfen würde.

»Na, junge Dame?«, fragte der Kerl. »Hast du von dem Mädchen gehört?«

Leandra setzte ihren unschuldigsten Gesichtsausdruck auf und schüttelte den Kopf. »Nein … nein, bestimmt nicht, Euer Gnaden!«, antwortete sie.

Der Kerl starrte sie böse an. »Wir sind sicher, dass sie hier ist!«, knirschte er. »Also sag es mir lieber, wenn du was weißt! Wir finden sie ja doch! Und dann … mögen *die Kräfte* gnädig mit euch Lumpenpack sein!«

Lumpenpack!, echote es in Leandras Hirn. Heiße Wut

schwappte in ihr hoch. Am liebsten hätte sie dem Kerl die Zunge herausgerissen und ihm um seinen dreckigen Hals gewickelt.

Der Mann drehte sich um. »Hier muss es einmal eine Adeptin gegeben haben«, bellte er. »Eine Adeptin der Magie! Ist die noch hier?«

Leandra sah, wie sie die erschrockenen Blicke von Tenno und den beiden Frauen kurz trafen. Leider entging das dem Mann nicht. Er fuhr herum und fasste sie scharf ins Auge. »Aha!«, rief er. »Du weißt also etwas! Los, raus damit!«

Leandra überlegte verzweifelt, was sie sagen sollte. Sie musste dem Kerl irgendeine befriedigende Antwort liefern, sodass er sie erst einmal in Ruhe ließ.

»Was ist?«, bellte er.

»Also ... ich ...«

»Na?«

Leandra hob den Kopf und starrte ihn trotzig an. »Sie hieß Leandra und sie war einmal meine beste Freundin!«, sagte sie und es gelang ihr mit einer emotionalen Kraftanstrengung, Tränen in ihre Augen treten zu lassen. »Sie ist ... *tot!*« Damit senkte sie den Kopf wieder.

»Tot?«, rief der Mann und seine Stimme überschlug sich dabei ein wenig. »Bist du sicher?«

»Natürlich!«, rief sie zurück und hob den Kopf wieder. »Das weiß doch jeder! Sie kam zusammen mit ihrem Meister um. Bei einem magischen Kampf – irgendwo in der Nähe von Tharul.«

Sein linker Nasenflügel zuckte, während er sie anstarrte. Irgendwie erschien ihm ihre Antwort befriedigend, und er beschloss offenbar, es dabei zu belassen. Leandra hätte allzu gern gewusst, wie er auf die Sache mit ihr kam. Hatten sie tatsächlich Azranis Brief abgefangen und gelesen, bevor dieser Hellami erreicht hatte? Ihre Freundin hatte diese Vermutung geäußert. Dann aber wäre klar gewesen, dass sie, Leandra, noch lebte, denn in diesem Brief stand es so geschrieben.

Woher hatte eigentlich Azrani gewusst, dass sie noch lebte? Es gab viele Rätsel, die noch zu lösen waren.

»Wenn so ein Mädchen, wie ich es zuvor beschrieben habe, bei euch auftaucht, dann sagst du mir Bescheid, verstanden?«, sagte der Mann.

Leandra nickte eifrig. »Ja, Euer Gnaden. Gibt es dann … ich meine …«

»Was denn?«

» … eine Belohnung?«, Sie blickte auf und sah ihn mit hoffnungsvollen Blicken an.

Er war erst verblüfft, dann schlich sich ein Lächeln in seine Züge. »Eine *Belohnung?*«

Leandra nickte bescheiden. »Meine Mutter … es geht ihr nicht sehr gut … wisst Ihr …« Ein Seitenblick zu Giesa, ihrer Begleiterin und Tenno sagte ihr, dass sie sich inzwischen auch über die Dummheit dieses Kerls amüsierten.

»Ja …«, antwortete er nachdenklich, und es war offenkundig, dass er sich in seiner gönnerhaften Machtposition gut gefiel. »Mal sehen. Mal sehen, Mädchen. Du kannst ja mal zu mir kommen. Ich meine, also … du weißt schon.« Er wurde unsicher, blickte sich um und nickte dann streng.

» … wenn du *was weißt*, verstanden?«

Leandra hauchte ein *Ja*.

Dann richtete sich der Kerl auf und verließ den Laden. Die Tür klappte hinter ihm zu.

Leandra hatte es plötzlich sehr eilig. Sie dankte Tenno und den beiden Frauen rasch für ihre Hilfe. Dann lief sie hinaus. Nun gab es für sie und Hellami gar keinen anderen Weg mehr, als von hier zu verschwinden. Die Sache wurde langsam brenzlig. Und irgendwie auch … *spannend!*

4 ♦ Flucht

Als Leandra zu Hause ankam, herrschte bereits große Aufregung. Mutter zog sie zur Tür herein und schloss sie schnell wieder. Sie eilten in die Küche. Cathryn hockte verängstigt auf einem Schemel in der Ecke und Vater marschierte nervös im Zimmer auf und ab. Hellami war nirgends zu sehen.

»Was ist denn los?«, fragte Leandra beunruhigt.

»Männer waren hier«, sagte Mutter und suchte die Nähe von Vater. Er blieb stehen und legte ihr beruhigend den Arm über die Schulter.

»Hier im Haus?«, fragte Leandra.

Mutter nickte. »Ja. Zum Glück machte Vater auf und ich konnte deine Freundin noch verstecken. Sie fragten nach einer jungen Frau mit blonden Haaren und ... nun ja, nach Hellami eben.«

Leandra stieß einen Fluch aus.

»Was sollen wir jetzt machen?«

Leandra ließ sich auf einen Stuhl sinken und starrte nachdenklich an die Wand. »Sie werden wiederkommen«, sagte sie schließlich. »Ich war eben bei Tenno und da hat mich auch so ein Kerl erwischt.« Sie blickte auf. »Ich bin sicher, das sind Duuma-Leute!«

Mutter wurde bleich. Sie sah, wie Vater einen Kloß im Hals herunterschluckte.

»Er fragte mich nach mir selbst«, fuhr sie fort, »nach der Adeptin, die früher hier wohnte. Ich bin sicher, sie haben irgendeine Verbindung zwischen mir und Hellami geknüpft. Wahrscheinlich haben sie tatsächlich den Brief gelesen. Mir ist nichts Besseres eingefallen, da hab ich ihm gesagt, die Adeptin wäre tot und ich wäre ihre beste Freundin gewesen.«

Vater ächzte und hob eine Hand. »Dann werden sie weitersuchen und ziemlich schnell herausfinden, dass diese Adeptin Leandra hier aus diesem Haus stammte!«

»Wo ist Hellami?«, fragte Leandra.

»Cathryn hat sie im Holzstadel hinterm Haus versteckt. Da ist so ein kleiner Hohlraum unter den Scheiten, wo sie eigentlich nicht spielen darf.« Mutter sah zu Cathryn, die verunsichert zu Boden blickte. »Jetzt sitzt Hellami dort. Lange können wir sie dort nicht lassen. Der Hohlraum muss winzig sein.«

»Och … so klein ist er auch wieder nicht …«, meldete sich Cathryn zu Wort.

»Ja, für *dich* vielleicht!«, sagte Vater und hob einen Finger.

»Der Kerl bei Tenno hat sich so komisch ausgedrückt – so als wüsste er nicht sicher, ob ich noch lebe oder tot bin. Wenn sie den Brief abgefangen haben, dann müsste ihnen eigentlich klar sein, dass ich noch am Leben bin. Ich verstehe das alles nicht ganz …«

»Ihr müsst verschwinden!«, sagte Vater fest. »Alle beide!« Mutter starrte entsetzt zu ihm auf und löste sich von ihm.

»Miram«, fuhr er fort, »du musst jetzt tapfer sein, hörst du? Leandra und Hellami sind hier nicht sicher! Und sie gefährden *uns* dazu! Wenn die Kerle herausgefunden haben, dass Leandra von hier stammt, dann werden sie erscheinen und das Haus auf den Kopf stellen. Wenn sie eins von den Mädchen finden – dann sind wir dran! Allesamt!«

Mutter hörte nicht auf ihn. Sie ging ein paar Schritte zurück und rief: »Du willst, dass sie in die Hauptstadt gehen – und dort einen Aufstand anzetteln! Das ist doch das Gleiche, was *ihr* hier tun wollt! Verstehst du das denn nicht – sie werden uns alle einsperren und dann umbringen …!«

Die Antwort auf ihren Gefühlsausbruch war ein heftiges Pochen an der Tür. Mutter fuhr zusammen.

Leandra sprang auf und peilte, ohne direkt ans Fenster zu gehen, durch die Scheibe hinaus. Der finstere Kerl aus Tennos Laden stand draußen und noch ein paar andere Männer.

»Verdammt!«, flüsterte sie. »Sie sind schon da!«

Vater eilte herbei. »Ich werde sie aufhalten. Verschwinde durch das Fenster in deinem Zimmer – und nimm dann Hellami mit. Bei Einbruch der Dämmerung treffen wir uns am Kinderfelsen, unten am Fluss, verstanden? Ich werde dir alles bringen, was du brauchst. Los, zisch ab, Mädchen!«

Vaters Entschlossenheit ließ kein weiteres Zaudern aufkommen. Während sie zu Mutter eilte, kam auch Cathryn mit feuchten Augen herbei. Wieder ertönte ein heftiges Pochen an der Tür.

Leandra umarmte sie beide. »Ich schwöre euch, dass ich wiederkommen werde! Heil und gesund, hört ihr?«

Mutter war in Tränen aufgelöst. Leandra drückte sie kräftig an sich, ließ sie dann los und umarmte nochmals ihre kleine Schwester. »Pass auf deine Mam auf, Trinchen, ja? Und hab keine Angst. Ich komme wieder!«

Dann eilte sie zusammen mit Vater aus der Küchentür hinaus auf den Flur. Während er ihr noch zuwinkte und auf die Haustür zuging, eilte sie leise nach hinten in ihr Zimmer. Kaum hatte sie die Tür hinter sich geschlossen, hörte sie wieder ein wildes Pochen an der Haustür und dann Stimmen – Vater hatte geöffnet. Jetzt war höchste Eile geboten.

Zeit, Sachen zusammenzupacken, hatte sie nicht mehr. Aber eins ließ sie sich nicht nehmen – sie eilte zu ihrem Schrank, öffnete die unterste Lade und zog von ganz hinten ihren kostbarsten Schatz hervor. Es war ein kleines Büchlein, das sie sich von Victor nach ihrer Rückkehr nach Angadoor aus Munuels Haus hatte holen lassen. Es war in ein Leintuch eingewickelt und sie schob es eilig unter ihre Jacke und prüfte, ob es auch an seinem Platz bleiben würde, wenn sie genötigt war, über Stock und Stein zu rennen oder irgendwo unter Büsche zu kriechen.

Als sie die Lade wieder zuschob, hörte sie stampfende Schritte auf dem Flur und Vaters laute, protestierende Stimme. Mit fünf Schritten war sie beim Fenster, riss es auf und war schon mit einem Satz draußen. Keine Sekunde zu früh.

Während sie draußen in die Knie ging und sich an die Hauswand duckte, hörte sie, wie drinnen die Tür aufgestoßen wurde und offenbar mehrere Personen hereinpolterten.

»Wessen Zimmer ist das?«, bellte drinnen jemand, und es war nicht die Stimme des Kerls, den sie bei Tenno getroffen hatte. Es gab da noch jemanden, offenbar einen, der ein wenig mehr im Kopf hatte und ein wenig schneller Verbindungen knüpfen konnte. Schlimm für sie.

Doch dann achtete sie nicht länger auf das, was drinnen geschah, denn plötzlich näherte sich eine neue Gefahr. Ein dicker Mann umrundete die Hausecke und stampfte auf die Wiese hinter dem Haus. Innerhalb eines Augenblicks hatte Leandra erfasst, dass er ein weiterer Duuma-Mann sein musste, denn sie hatte ihn noch nie zuvor gesehen und er trug die gleichen dunklen Kleider wie seine Gefährten.

Noch hatte er sie nicht erblickt. Seine Blicke schweiften über die Wiese, trafen den Holzstadel drüben bei den Bäumen, in dem Hellami sitzen musste, und bewegten sich weiter in Leandras Richtung. In wenigen Augenblicken aber würde er sie sehen und dann wäre ihr Fluchtplan wahrscheinlich gescheitert.

Es gab nur noch eins, was sie tun konnte, und das tat sie.

Die Entscheidung lag allein darin, ihn zu töten oder ihn am Leben zu lassen. Ohne dass sie weiter darüber nachdachte, sah sie, dass sie eine Möglichkeit hatte, ihn nicht umbringen zu müssen, nämlich dann, wenn sie schnell war. Noch während sie innerhalb von Augenblicken die erste Intonation im Geiste aussprach, schob sie sich an der Wand hoch, setzte dann den Schlüssel und ließ die zweite Intonation folgen. Das Aurikel ploppte vor ihrem Inneren Auge im Trivocum auf und eine Flutwelle kräftiger Energien schwappte ins Diesseits. Es war eine vierte Iteration, sie würde für ihre Zwecke genügen.

Das Gras richtete sich vor ihren Füßen auf und sie ließ die Welle los. Wie ein gefräßiger Morbol, der auf Beutesuche knapp unter der Wasseroberfläche dahinpflügt, raste eine Sphäre geballter Kraft auf den Mann zu und erreichte ihn einen winzigen Augenblick, bevor er den Kopf so weit gedreht hatte, dass er sie hätte erblicken können. Er stieß einen überraschten Schrei aus, als es ihm die Füße wegriss und er kopfüber zu Boden stürzte. Er schlug mit dem Gesicht im Gras auf, aber das war nicht hart genug. Leandra hatte damit gerechnet. Sofort bremste sie ihre Welle, formte sie zu so etwas wie einem geballten Knoten und änderte ihre Richtung.

Der dicke Mann lag erst seit wenigen Momenten am Boden und war damit beschäftigt, die Orientierung wiederzufinden. Er ächzte und versuchte sich hochzustemmen. In diesem Augenblick traf ihn die hart zusammengeformte Druckwelle am Kopf und Leandra hörte es knacken. Der Mann sank mit dem Gesicht zu Boden und erschlaffte.

Sie setzte das Norikel und ihre unsichtbare Faust aus magischer Kraft löste sich so unbemerkt und schnell wieder auf, wie sie entstanden war. Leandra biss die Zähne zusammen und hoffte, dass sie den Duuma-Mann nicht umgebracht hatte. Einen Grund hätte sie vielleicht gehabt: Es wäre ein Gegner weniger gewesen. Aber etwas in ihrem Denken verbot ihr, sich auf die Stufe ihrer Gegner hinabzubegeben. Wenn es nicht unabwendbar war, dann wollte sie auch in Zukunft darauf verzichten, Menschen einfach umzubringen – wie schlimm die Lage auch werden mochte. Sie hatte damals Sardin erlebt, dieses höllische Wesen – einen Begriff wie Skrupel im gleichen Atemzug mit seinen Namen zu nennen war geradezu aberwitzig. In seiner unbeschreiblichen Bösartigkeit stand er jenseits davon, überhaupt noch etwas zu empfinden. In diese Bereiche vollkommener Missachtung jeglicher menschlichen Regung vorzustoßen, das wollte sie sich wirklich ersparen.

Sie lauschte in den Raum hinein, in dem Vater mit den Männern wütend lamentierte, und blickte dann wieder zu dem reglosen Mann. Diesen Knoten aus geballter Kraft so zu lenken, dass sie jemanden nur bewusstlos schlug, ihn aber nicht umbrachte, war schwierig, und sie hatte zuvor noch nie Gelegenheit gehabt zu lernen, so etwas genau zu abzustimmen.

Sie war zufrieden mit ihrem Einfall und auch mit der gelungenen Iteration und der Durchschlagskraft ihrer Magie. Sie hoffte, sie würde ihre Wirkung tun. Sie hörte den Mann leise stöhnen – und atmete auf. Wenn er wieder zu sich kam, würde er vielleicht glauben, er wäre einfach nur unglücklich gestürzt. Das gab Hellami und ihr die Zeit, unbemerkt zu verschwinden. Aber sie musste sich beeilen.

Sie huschte an der Hauswand entlang, machte kurz an der Ecke Halt, um zu sehen, ob jemand in der Nähe war. Eine Sekunde später rannte sie schon los, erreichte die Büsche zum Nachbargrundstück und hastete in ihrem Schutz zum Waldrand hinüber. Dort angekommen, umrundete sie den Garten ihres Hauses und näherte sich dann von hinten dem Holzstadel. Pech war, dass er im Sichtbereich des Fensters ihres Zimmers lag – in dem sich immer noch ihr Vater und die fremden Männer aufhielten.

Der Mann auf der Wiese ächzte. Er würde sich fragen,

worüber er gestolpert war, aber selbst wenn er sich diese Frage nicht beantworten konnte – denn er stand auf einer einfachen Wiese –, hatte sie gute Aussichten, dass er gar nicht darauf kommen würde, mit Hilfe von Magie angegriffen worden zu sein.

»Hellami!«, flüsterte Leandra in die Holzscheite hinein. »Bist du da drin?«

»Leandra?«

»Ja. Wir müssen verschwinden! Kannst du da raus?«

»Schwierig«, flüsterte Hellami. »Der Ausgang liegt zum Haus hin. Und da ist ein Kerl. Er ist zwar hingefallen …«

Leandra konnte sich ein grimmiges Grinsen nicht verbeißen. Selbst auf Hellami schien es so gewirkt zu haben, wie sie es sich vorgestellt hatte. »Wir müssen weg!«, sagte Leandra leise. »Sie durchsuchen das Haus.«

Sie inspizierte den hinteren Teil des Holzstapels. Vater hatte schon einiges an Holz für den nächsten Winter gespaltet, er begann stets früh im Jahr damit. Und er hatte es unterhalb eines kleinen, auf Stützen stehenden Daches aufgerichtet. Sie nannten es ihren Holzstadel. Er war noch nicht voll, und vielleicht gab es eine Möglichkeit, ihn von hinten her abzutragen. Leandra peilte um die Ecke und sah den dicken Mann, wie er sich stöhnend aufrichtete. Er griff sich an den Hinterkopf.

Noch ein kleines Problem. Wenn er nicht völlig dumm war, würde er sich fragen, wie er einen Schlag auf den *Hinterkopf* abgekriegt hatte – wo er doch mit dem Gesicht zuerst ins Gras gestützt war. Leandra wartete nicht länger und begann damit, die Scheite, so leise es ging, nach hinten abzutragen. Sie hatte Glück – schon nach kurzer Zeit konnte Hellami ihre Hand herausstrecken. Sie half von innen mit, so gut es ging.

Der Mann hatte sich wieder erhoben und sah sich verunsichert um. Leandra zischte Hellami zu, sie solle leise sein. Aus dem Haus ertönten rüde Wortgefechte. Irgendwo dazwischen war Cathryns Weinen zu hören und kurz auch Mutters Stimme. Leandra hoffte inständig, dass es ihnen gelang, unbemerkt zu fliehen. Wenn sie gesehen wurden, so würde das für ihre Familie furchtbares Leid bedeuten. Nein – in dem Fall würde sie hier bleiben und kämpfen müssen! Sie konnte Vater, Mutter und ihre Schwester unmöglich im Stich lassen. Wenn sie doch nur eine Minute länger Zeit gehabt hätte, sich etwas auszudenken!

Der Mann auf der Wiese torkelte davon und Leandra wusste, dass jetzt ihre Gelegenheit gekommen war. Im Haus herrschte genug Lärm, dass sie nicht übermäßig leise sein mussten. Leandra begab sich in kurze Konzentration und sprach eine weitere Intonation aus. Sie machte sich im Augenblick gar keine Gedanken, ob vielleicht ein anderer Magier in Angadoor anwesend war – obgleich ihr klar war, dass sie sich damit auf eine ziemlich gefährliche Sache einließ. Ihre Magie könnte bemerkt werden und das würde ihre Probleme vervielfachen. Aber im Augenblick war einfach keine Zeit, sich etwas anderes auszudenken.

Sie setzte das nächste Aurikel, eine Magie, die ihrer ersten nicht unähnlich war. Damit gelang es ihr, das stabile Gefüge des Holzstapels an der Rückseite aufzulösen. Im nächsten Augenblick purzelten die Holzscheite nur so herunter. Leandra atmete auf. Befriedigt stellte sie fest, dass sie die Magie, ganz im Gegensatz zu der Zeit ihres Abenteuers mit Munuel und Victor, nun schon bedeutend besser beherrschte. Es war natürlich kein Vergleich zu dem, was Munuel hätte bewirken können – dennoch, für eine Adeptin war es gut. Sehr gut sogar. Und sie wusste, dass sie zu weit mehr in der Lage war.

Hellami wühlte sich schon durch ein Loch, während Leandra mit ihrer Iteration die stabile Struktur des Holzhaufens aufgelöst hielt.

»Magie, was?«, fragte Hellami leise ächzend und war schließlich hindurch.

Leandra setzte das Norikel und die Öffnung im Trivocum schloss sich wieder – sauber und kaum ein Echo hervorrufend. Sie nickte. »Ja. Ich habe ein bisschen geübt.«

Sie peilte hinter dem Holzstadel hervor und sah, dass der Dicke eben mit zwei anderen Männern zurückkam.

»Verdammt!«, zischte sie. »Er hat *doch* etwas gemerkt. Los, wir müssen verschwinden!«

Sie wandten sich auf der Stelle um und flohen, den Sichtschutz des Holzstadels nutzend, über das kleine Stück Wiese in den nahen Wald hinein. Sekunden später waren sie schon zwischen Büschen verschwunden und mit etwas Glück hatte sie tatsächlich niemand bemerkt.

Aus der Deckung des Waldrandes heraus beobachteten sie mit pochendem Herzen die drei Männer, die unschlüssig den Garten absuchten. Da niemand Anstalten machte, eine Verfolgung aufnehmen zu wollen, konnten sie tatsächlich davon ausgehen, dass sie unbemerkt geblieben waren.

*

Sie warteten den ganzen Nachmittag an einer sicheren Stelle weit draußen im Wald. Zeitweise beobachteten sie das Dorf, aber da war nicht viel zu sehen. Sie erblickten nur die Duuma-Leute und die Soldaten, die überall herumliefen und offenbar planvoll jedes einzelne Haus durchsuchten. Aber es geschah nichts, es wurde offenbar niemand festgenommen, und sie konnten auch keinen Suchtrupp ausmachen, der losgeschickt wurde. Nach einer Weile gaben sie die Beobachtung auf und zogen sich tiefer in den Wald zurück.

Da sie auf Leandras Vater warten mussten und den Nachmittag über nichts zu tun hatten, begaben sie sich an eine geschützte Stelle am Fluss, und Leandra erzählte Hellami, was sie seit ihrer Trennung damals erlebt hatte. Es gab vieles, was ihre Freundin nun wissen musste. Es war sogar so viel, dass sie fast den ganzen Nachmittag damit beschäftigt war zu erzählen. Hellami lauschte ihr gebannt.

Nur über Victor und ihre intime Begegnung mit ihm verriet Leandra nicht allzu viel, sie wusste nicht, wie Hellami dies aufnehmen würde. Sie nahm sich vor, es ihr bei einer anderen Gelegenheit zu erklären. Schließlich brach die Dämmerung an, und sie liefen los, nordwärts am Ufer des Iser entlang, um zum Kinderfelsen zu gelangen. Als sie ankamen, war Vater schon da.

Er saß auf einem kleinen Felsblock am Flussufer. Neben ihm lag ein Bündel Gepäck auf den Steinen. Es war schon von weitem zu erkennen, dass er eine blutige Schramme an der Wange hatte, und überhaupt sah er ziemlich missgestimmt aus.

»Paps!«, rief Leandra und eilte ihm entgegen. »Was ist passiert?«

Er erhob sich und grunzte. »Diese Duuma-Kerle sind ziemlich brutal. Ich hätte ihnen am liebsten ...«

Er setzte sich wieder, und Leandra kniete sich zu ihm, um sein Gesicht zu untersuchen. Er war ein durchaus wehrhafter Mann, groß und stark, und sie zweifelte nicht daran, dass er die gesamte Bande eigenhändig aus seinem Haus hätte werfen können. Aber so etwas war schlechterdings unmöglich – es sei denn, er hätte sich ernstliche Schwierigkeiten aufhalsen wollen.

»Wie geht es Mam? Und Cathryn?«

»Es geht«, brummte er. »Wir haben unsere liebe Not gehabt, den Kerlen einzureden, dass du tot wärest und wir kein junges Mädchen gesehen hätten, das ins Dorf gekommen wäre. Sie haben das halbe Haus verwüstet. Aber wir haben trotzdem noch Glück gehabt. Der Anführer dieser Kerle hat Eiwar und seine Leute an einen anderen Standort abkommandiert. Mit sofortiger Wirkung. Das heißt, dass wir jetzt einen neuen Soldatentrupp im Dorf haben und … nun, der dürfte von dir nichts wissen.«

Leandra schnaufte und ließ sich auf den Hintern fallen. »Ein Riesenglück«, sagte sie erleichtert. Doch dann kam ihr etwas in den Sinn. »Aber … die Bürgerliste …«

» … hat Matthes bereits geändert! Das war das Erste, was ich tat, als ich erfuhr, dass Eiwar abziehen muss. Zum Matthes zu laufen und ihm zu sagen, dass dein Name dort nicht mehr auftauchen darf.«

Leandra stieß einen Laut der Erleichterung aus. Sie nickte eifrig und sah zu Hellami hoch. »Dann haben wir eine echte Aussicht durchzukommen.«

Waldo hob die Hand. »Wartet. Da war noch einer dabei – ein ziemlich widerlicher Kerl, groß und mit Augenhöhlen, so schwarz und tief wie Kraterlöcher. Der hat keine Ruhe gegeben und ständig nach dir gefragt. Ihr solltet sehr vorsichtig sein.«

Leandra nickte ernst.

Der Iser plätscherte friedlich an ihnen vorbei und die Vögel zwitscherten ihre Abendgesänge – man hätte an diesem Ort in romantische Schwärmereien verfallen können. Leandra blickte zum Sonnenfenster auf, das sieben Meilen über ihnen mildes Abendlicht in die Welt herabschickte. Östlich davon ging die *Spindel* in den Felsenhimmel über – jener kurios in sich verdrehte Felspfeiler, das Wahrzeichen von Angadoor. Leandra seufzte. Es sah so aus, als würde sie wieder einmal ihr Heimatdorf mit unbekanntem Ziel verlassen müssen. Im Gegensatz zum letzten Mal herrschte in Angadoor jedoch kein Frieden mehr.

»Was wollt ihr nun tun?«, fragte Vater.

Leandra seufzte. »Wir müssen nach Savalgor gehen und herauskriegen, ob Alina wirklich noch lebt. Sie wäre die rechtmäßige Thronerbin, und wenn sie zur Shaba gekrönt würde, dann wäre es auf einen Schlag mit diesem Terror durch die Duuma und den Hierokratischen Rat vorbei!«

»Du vergisst etwas«, warf Hellami ein. »Wenn Alina noch lebt, dann ist dieser Chast ebenfalls am Leben. Und dann dürfte es nicht gerade leicht werden, an Alina heranzukommen.«

»Das habe ich nicht vergessen«, sagte Leandra leise und starrte finster ins Leere.

Sowohl Hellami als auch ihr Vater verstanden, dass Leandra keine große Freude daran hatte, sich eine neuerliche Begegnung mit diesem Erzschurken auszumalen.

»Ist er wirklich ein so mächtiger Magier?« fragte Hellami.

Leandra ging nicht darauf ein. »Dieser Dreckskerl!«, sagte sie. »Es würde vieles erklären, wenn er noch lebte. Die Zustände im Land sprechen eine deutliche Sprache.«

»Wenn Alina bei ihm ist«, sagte Hellami und kniete sich auch hin, »dann ist *sie* wirklich unsere Hoffnung! Niemand kann ihr den Thron verwehren, oder? Und dann … kann es eigentlich nur wieder besser in Akrania werden!«

Vater nickte mit Bestimmtheit. Man konnte ihm ansehen, dass das, was seine Tochter und Hellami vorhatten, durchaus nach seinem Geschmack war. Sicher wäre er am liebsten mitgekommen. Aber das war unmöglich, das wussten sie alle. Er musste sich um seine Frau und um Cathryn kümmern und letztlich wäre auch seine Abwesenheit nicht unbemerkt geblieben. Er war der Zimmermann des Dorfes.

»Ich muss wieder zurück«, sagte er, und Hellami wie auch Leandra hatten den Eindruck, er wolle sich so rasch wie möglich der Versuchung entziehen, doch mit ihnen zu kommen. »Ich schätze, sie beobachten unser Haus.« Er beugte sich nach links und hob dann einen kleinen und einen großen Rucksack hoch.

»Hier … Mutter hat euch etwas Verpflegung eingepackt. Es sind auch Kochgeschirr und ein paar andere nützliche Sachen drin. Und eine Makori. Die habe ich mir am Nachmittag von Josbaol, unserem Schmied, besorgt. Wisst ihr, was das ist?«

Leandra und Hellami nickten gleichzeitig. »Ja, so ein Mittelding zwischen einem Messer und einem Schwert«, sagte Hellami.

Waldo nickte und erhob sich. »Ich muss jetzt los. Wenn ihr irgendwie könnt, dann lasst mir eine Nachricht zukommen. Sollte tatsächlich dieser Chast an der Macht sein und ihr schafft es, ihn auszuschalten, dann ist ein anständiger Aufstand angesagt. Da möchte ich einer der Ersten sein, versteht ihr?«

Leandra umarmte ihn fest und zauste seine Haare. »Mach's gut, Paps. Du siehst uns wieder – alle beide! Ich versprech's dir. Wohlbehalten und gesund!«

Er umarmte Leandra und dann auch Hellami – so fest, als wäre sie seine eigene Tochter. »Gebt auf euch Acht, ihr zwei. Mutter würde verzweifeln, wenn euch etwas zustieße. Und ich auch!«

Hellami registrierte mit Dankbarkeit, dass er sie in seine Sorge ebenso mit einschloss wie Leandra. Es tat gut, jemanden zu haben, der sich um einen sorgte.

Er winkte zum Abschied und eilte davon. Sie sahen ihm hinterher bis er in der abendlichen Dämmerung verschwunden war.

»Hoffentlich passiert ihm nichts«, sagte Hellami. »Ihm und deiner Familie. Ich mag sie alle sehr.«

Leandra legte ihr freundschaftlich den Arm um die Schultern und schenkte ihr einen zuversichtlichen Blick. Dann wandten sie sich, am Flussufer entlang, nach Süden. »Vater ist stark. Und er hat sehr viel Vernunft. Was mir – zugegebenermaßen – manchmal fehlt. Aber um ihn mache ich mir eigentlich keine Sorgen. Eher um Mam. Ich kann sie verstehen. Wenn sie eines Tages Trinchen heimbringen würden, halb tot und bis zum Hals gelähmt – da würde ich auch verzweifeln.«

Hellami nickte verstehend. Dann sah sie Leandra

neugierig an. »Was ist das eigentlich für ein Wunder – dass du wieder gesund geworden bist? Warst du wirklich so schlimm verletzt?«

Leandra verzog das Gesicht ein wenig. »Es ist ein Geheimnis.«

»So?«

Sie nickte. »Aber *dir* werde ich es erzählen. Es ist … nun, ein Freund hat mich geheilt. Ein sehr guter Freund.«

»Ein sehr guter Freund?«

»Ja.« Ihr Gesichtsausdruck hellte sich auf. »Du wirst ihn gleich kennen lernen! Na ja … vielleicht. Los, komm mit!« Sie ließ Hellami los, wandte sich vom Flussufer ab in Richtung Westen und verfiel in einen leichten Trab. Hellami folgte ihr.

Sie durchquerten einen Schlangenbaumhain und strebten auf diese Weise wieder dem Süden des Dorfes zu. Hellami bemerkte bald, dass ihr Ziel irgendwo im Wald südlich von Angadoor liegen musste. Die Dämmerung war schon fortgeschritten und der Mond ging über dem Angadoorer Sonnenfenster auf.

5 ♦ Ulfa

Sie liefen eine Viertelstunde in Richtung Südosten und hatten dabei meist ein paar Lichter von Angadoor im Blickfeld. Aber sie hielten sich so weit abseits, dass sie keine Gefahr liefen, von jemandem gesehen zu werden. Es war durchaus möglich, dass die Duuma-Leute die Umgebung des Dorfes beobachteten. Dann hatten sie das Waldstück südlich von Angadoor erreicht. Leandra deutete durch die Bäume. »Dort ungefähr liegt unser Haus!«, flüsterte sie. »Und nun komm!«

Sie eilten geradenwegs südwärts, durchquerten an einer Furt den Iser, drangen wieder in den Wald ein und liefen noch ein gutes Stück, bis sich schließlich eine kleine Lichtung vor ihnen auftat. Leandra verlangsamte ihre Schritte und blieb mitten auf der Lichtung stehen. Ihre Blicke schienen die Baumwipfel abzusuchen. Es war seltsam still. Hellami gesellte sich zu ihr und sah sich neugierig um.

Leandra holte Luft und stieß ein leises Zischen aus, das fast schon ein Pfiff war. Hellami sah sich beunruhigt um – aber das Dorf lag inzwischen außer Sicht- und Rufweite.

Leandra zischte wieder und rief leise: »Ulfa!«

»Was tust du denn da?«, fragte Hellami verwirrt.

Leandra hob die Hand und lauschte. Wieder rief sie das seltsame Wort: »Ulfa!«

Plötzlich sah Hellami etwas aus den Augenwinkeln und wandte sich erschrocken um. Ein kleiner, dunkler Schatten kam auf sie zugeschossen. Vor Überraschung stöhnte sie auf und ließ sich ins Gras fallen.

Als sie sich wieder aufrappelte, blieb ihr vor Staunen der Mund offen stehen. Auf Leandras ausgestrecktem Arm ließ sich gerade etwas *Flatterndes* nieder.

Sie trat ein paar Schritte zurück und wäre beinahe wieder hingefallen. »Leandra!«, sagte sie entgeistert. »Das ist ja …«

Leandra nickte und ein breites Lächeln überzog ihr Gesicht. Sie betrachtete das Wesen, das mit immer noch ausgebreiteten Schwingen das Gleichgewicht auf Leandras Arm suchte. »Ja«, antwortete sie leise. »Ein Baumdrache!«

Ein heißer Schauer fuhr über Hellamis Rücken.

Inzwischen hatte sich das seltsame kleine Wesen ausbalanciert und faltete die Schwingen zusammen. Hellami blickte, starr vor Staunen und Überraschung, in das reptilienhafte Gesicht des kleinen Sagenwesens, das da auf Leandras Arm saß.

»Wie findest du ihn?«, fragte Leandra begeistert. »Ist er nicht … *umwerfend?*«

»Das kann man wohl sagen!«, ächzte Hellami.

»Du musst keine Angst haben, Hellami. Er ist sehr lieb. Du kannst ihn sogar anfassen.« Sie zuckte die Achseln. »Na ja, vielleicht.«

Hellami blieb noch eine Weile stehen und studierte kopfschüttelnd das kleine Wesen.

Sie hätte nicht für möglich gehalten, so etwas jemals in ihrem Leben zu Gesicht zu bekommen. Bis heute war sie nie sicher gewesen, ob Baumdrachen tatsächlich existierten oder ob sie nur eine Legende waren. Ihr Herz pochte vor Aufregung.

»Er heißt Ulfa«, sagte Leandra. »Nach einem anderen Drachen, der … nun ja, der mich auch sehr mochte. Glaube ich jedenfalls. Sonst wäre ich wohl nicht hier.«

Hellami atmete vernehmbar aus. »Ja«, sagte sie dann. »Der Drache in dieser Tempelstadt, nicht wahr? Der hieß doch Ulfa, oder? Das hast du jedenfalls heute Nachmittag erzählt.«

Leandra nickte. »Genau.«

Hellami trat einen vorsichtigen Schritt näher. Der kleine Baumdrache starrte sie unverwandt an. In seiner Haltung und seinem Blick lag etwas sehr Stolzes – und auf unerklärliche Weise auch Machtvolles.

Hellami deutete auf Ulfa. »*Er* … war es? Er hat dich geheilt?«

»Ja, stimmt.« Leandra nickte eifrig. »Ulfa war es.«

Hellami dachte, dass sie langsam die Fassung wieder zurückgewinnen sollte. Der Drache wirkte nicht bedrohlich – es war ihre Überraschung gewesen, die sie so befangen gemacht hatte. Ein Baumdrache. Das war wirklich eine unerhörte Entdeckung.

Ulfa war vom Kopf bis zur Schwanzspitze etwa zwei Ellen lang und so schmal wie eine Schlange. Er konnte nicht viel mehr als zwei oder drei Pfund wiegen. Seine schuppige Haut schimmerte metallisch schwarzgrün und seine kleinen, schwarzen Augen leuchteten ganz schwach rötlich in der vom Mondlicht durchfluteten Dunkelheit. Er besaß zwei kurze Beine mit kräftigen Klauen, mit denen er Leandras nacktem Unterarm jedoch offenbar nicht wehtat. Seine Schwingen hatte er am Leib zusammengefaltet und seinen langen Schwanz ein-, zweimal um Leandras Handgelenk geschlungen – um sich im Gleichgewicht zu halten. Sein Hals war, wie der eines Schwans, s-förmig gebogen. Er saß hoch erhoben auf seinem Platz und der Blick seiner schwarzen Knopfaugen schien Hellami förmlich zu durchdringen. Der Kopf war Drachen-typisch: lang gestreckt, schmal und mit einem beginnenden Hornkamm auf dem Hinterschädel. Kleine, spitze Zähne blitzten aus seinem Maul hervor.

»Weißt du etwas über Baumdrachen?«, flüsterte Leandra.

Hellami schüttelte den Kopf. »Bis heute war ich nicht einmal sicher, ob es sie überhaupt gibt. Und diese ganzen Märchen und Legenden, die man sich erzählt …«

»Sind alle wahr«, sagte Leandra knapp.

»Wie bitte?«

»Ja. Jedenfalls die Legenden, die *ich* gehört habe. Dass sie sich manchmal einem Menschen anschließen. Für ein, zwei Jahre. Und dass sie enorme magische Kräfte besitzen.«

»Wirklich?«

Leandra blickte sich um. »Ja. Aber ich will dir das lieber unterwegs erklären. Wir sind noch ein bisschen zu nahe am Dorf. Komm!«

Sie hob den Arm und Ulfa flog auf. Dabei bemerkte Hellami, dass er eigentlich ein bisschen *mehr* mit den Schwingen hätte arbeiten müssen, um so rasch und gewandt an Höhe zu gewinnen.

»Er fliegt mit Magie und seinen Schwingen zugleich«, erklärte Leandra. »Es ist gewissermaßen ein Schweben, das er mittels Magie bewerkstelligt. Die eigentliche, schnelle Vorwärtsbewegung erfolgt durch Flügelschlag.« Sie grinste. »Glaube ich jedenfalls.«

Hellami starrte fasziniert in die Höhe, wo Ulfa zwischen den Ästen der Bäume verschwand und gleich darauf wieder auftauchte. Er schien kein Blatt berührt zu haben. Sie betraten nun auch den Wald und Ulfa war wiederum über ihnen. Hellami war so fasziniert von dem Tier, dass sie beinahe gegen einen Baum lief. Sie vergaß völlig, die Fragen zu stellen, die sie zuvor noch so neugierig gemacht hatten. Schließlich fielen sie ihr wieder ein.

»Du weißt ja, dass mich Victor vor ungefähr einem halben Jahr hierher zurückbrachte. Nun ja, etwas länger muss es jetzt her sein. Sieben oder siebeneinhalb Monate. Ich konnte mich nicht mehr bewegen, vom Hals an abwärts. Ich lag nur im Bett oder draußen im Garten auf einer Liege. Dann war dieser Heiler aus Savalgor da, und als Mam nach einem Gespräch mit ihm in Tränen ausbrach, da wusste ich, was mir blühte. Ich heulte ungefähr eine Woche lang, dann hatte ich mich wieder einigermaßen gefangen. Ich wusste, dass ich mir mit Magie ein wenig helfen konnte, solange mein Kopf noch funktionierte. Ich wollte einfach nicht aufgeben, verstehst du?«

Hellami zog sie mitfühlend an sich heran und hakte sich unter. Sie liefen weiter.

»Dann, nach etwa vier Wochen, schickte ich Victor weg. Ich sah, wie sehr er sich um mich sorgte und dass er überhaupt kein eigenes Leben mehr lebte. Er kümmerte sich rührend um mich, aber das war eigentlich genau das, was ich nicht wollte. Ich wollte lernen, mir selbst zu helfen. Ich ließ mir aus Munuels Haus alles an Büchern über Magie holen, was nur zu finden war. Ich verlangte Victor das Versprechen ab, dass er mich in frühestens einem Jahr wieder besuchen dürfte.«

»Und?«

Leandra lachte leise auf. »Er war sehr verliebt in mich, weißt du? Es dauerte eine glatte Woche, bis ich ihn endlich soweit hatte. Mit Tränen in den Augen zockelte er schließlich los. Aber ich glaube, ich habe ihm auch Mut gemacht. Er sah, dass ich nicht aufgeben wollte. Also ging er tatsächlich.«

Hellami seufzte leise.

»Danach ging es mir schlechter. Ich wurde ziemlich schwach, weil mein ganzer Körper nicht mehr bewegt wurde. Mit der Magie war ich noch nicht so weit, dass ich etwas dagegen hätte tun können. Ich wollte versuchen, meine Arme und Beine mit Hilfe von Magie zu bewegen, verstehst du? Das ist eigentlich keine große Sache, obwohl ich damit niemals wieder hätte laufen können. Laufen, das ist, wie ich herausfand, ein sehr verzwicktes Zusammenspiel zwischen Muskeln, Sehnen und dem Gleichgewicht – und das wäre nicht möglich gewesen. Doch einfache Sachen, wie mit der Hand die Seite eines Buches umzublättern, hätte ich sicher geschafft. Aber dann ging es mir immer schlechter. Ich war am Verzweifeln. Ich weinte oft, weil ich so hilflos war und auch weil ich sah, wie sehr es meine Familie mitnahm. Cathryn weinte, glaube ich, noch öfter als ich und Mutter zusammen. Zum Glück hatten wir dann dieses schöne Wetter.«

»Schöne Wetter?«

»Ja. Draußen in der Sonne zu sein, das gab mir Kraft. Ich bestand darauf, dass ich morgens auf die kleine Lichtung gefahren wurde, südlich unseres Hauses. Vater hatte mir eine Liege mit Rädern gebaut.«

Hellami nickte. »Und dort hast du dann Ulfa getroffen.«

»Ja, stimmt.« Leandra blickte hinauf, wo der kleine Baumdrache ruhig und unnatürlich langsam zwischen den Ästen der Bäume hindurchglitt. Es wurde langsam dunkel und man konnte ihn kaum noch sehen. »Es waren ein paar Tage vergangen«, fuhr Leandra fort, »und ich konnte mich in meiner Verzweiflung nur über die Zeit retten, indem ich jeden einzelnen warmen Sonnenstrahl in mich aufsog. Dann, eines Tages, sah ich *ihn* in den Baumwipfeln.«

Sie machte eine kleine Pause, und Hellami, die einen halben Kopf kleiner war, blickte neugierig zu ihr auf.

»Er saß einfach nur da, auf einem Ast hoch droben in einem Baum, und beobachtete mich. Es war wie ein Geschenk, weißt du? Ich hatte noch nie einen Baumdrachen gesehen. Er faszinierte mich über die Maßen. Es war, als hätte ich eine neue Aufgabe gewonnen, indem ich ihn beobachten konnte. Anfangs saß er nur auf einer Stelle, flog dann weg und kam später wieder. Am nächsten Tag blieb er länger, wechselte den Baum und beobachtete mich. Stundenlang. Ich versuchte bald, mit ihm über das Trivocum Kontakt aufzunehmen, wie ich es früher mit Tirao, dem Felsdrachen, getan hatte. Ich hatte ja ein wenig von der Drachensprache lernen können.«

»Und? Antwortete er?«

»Nicht direkt. Baumdrachen sprechen sehr wenig,

weißt du? Also, ich meine – über das Trivocum. Manchmal kommt nur ein kurzes Bild, wie ein Gefühl – ein Ja oder so. Aber ich war sicher, dass er mich hörte.«

»Und dann kam er zu dir?«

»Ja. Am vierten Tag. Meine Leute wunderten sich, dass ich danach jeden Tag darauf bestand, den ganzen Vormittag und Nachmittag über, solange es hell war, auf der Lichtung zu bleiben. Am Nachmittag des vierten Tages kam er. Ich hatte zuerst ein bisschen Angst, aber ich konnte mir im Grunde genommen nicht vorstellen, dass er mir etwas tun wollte. Er flog zuerst ein paar Kreise über mir, verschwand dann wieder, kehrte aber jedes Mal zurück. Gegen Abend dann landete er neben mir im Gras und sah mich ein paar Minuten lang einfach nur an. Ich glaube, ich war in diesen Minuten genauso von den Socken wie du vorhin.«

»Hat ihn denn nie jemand von deiner Familie gesehen? Ich meine, wenn man dich holte oder brachte?«

Leandra schüttelte den Kopf. »Nein. Das ist das Geheimnis der Baumdrachen. Ich bin sicher, sie können spüren, wenn sich jemand nähert – sogar schon lange vorher. Dann verstecken sie sich. Deswegen bekommt so gut wie nie jemand einen Baumdrachen zu Gesicht. Nur, wenn der Drache es will.«

Hellami stieß einen leisen Pfiff aus. »Was geschah dann?«

»Am nächsten Morgen, als ich wieder auf der Lichtung war, kam er gleich. Er berührte mit seiner Zunge meinen Handrücken – natürlich konnte ich es nicht spüren. Ich hätte in diesem Moment alles gegeben, wenn ich diese Berührung nur hätte wahrnehmen können! Ich begann mit ihm zu reden, erzählte ihm einfach, was mir passiert war. Er blieb bei mir und hörte mir zu. Dann schließlich wurde mir klar, *wie* er fliegt: mit Hilfe seiner magischen Kräfte. Im Laufe des Tages kam er mir immer näher. Als er mir das erste Mal auf den Schoß hüpfte, bekam ich einen Riesenschreck. Ich konnte es nicht spüren – trotzdem war ich froh, dass mir jemand so nahe war. Als mich Vater dann am Abend abholte, hatte ich plötzlich das Gefühl, als könnte ich den mittleren und den kleinen Finger meiner rechten Hand wieder irgendwie spüren. Hier und hier.«

Sie zeigte Hellami die Stellen, die sie meinte. »Es war nur ganz schwach und ich war mir nicht sicher. Die halbe Nacht lag ich wach und bemühte mich, das Gefühl nicht wieder zu verlieren. Dann schlief ich schließlich ein, und als ich morgens aufwachte, war ich sicher, dass ich die Finger tatsächlich spüren konnte. Ich war unheimlich glücklich und wollte sofort wieder auf die Lichtung, obwohl es ein bisschen kühl und bedeckt war.«

»Und er kam wieder?«

»Ja, jeden Tag. Jeden einzelnen Tag, wenn ich draußen war. Langsam besserte sich mein Zustand. Ich konnte meine Glieder wieder spüren, dann langsam bewegen und so weiter. Wenn es kalt war oder regnete und ich nicht raus konnte, ließ ich mein Fenster offen und rief nach ihm. Nach ein paar Tagen kam er tatsächlich zu mir herein.«

»Wirklich? In dein *Zimmer?*«

Leandra nickte lächelnd. »Ja, das stimmt.«

»Und trotzdem hat ihn nie jemand gesehen?«

»Nein. Wie ich schon sagte – er kann es vermutlich lange vorher spüren, wenn sich jemand nähert.«

Hellami schüttelte ungläubig den Kopf. »Und … was machte er dann bei dir?«

Leandra zuckte die Achseln. »Er war einfach nur bei mir. Er berührte mich, schwebte manchmal um mich herum, spielte ein bisschen – stieß mich mit dem Mund an und züngelte nach mir. Es war … ganz eigenartig. Ich konnte bald jeden einzelnen Zungenschlag spüren. Am ganzen Körper. Und es ging immer weiter aufwärts mit mir.«

»Was sagte deine Familie dazu?«

»Ha – sie weinten vor Glück! Ich sagte ihnen, dass ich das selbst machte, mit Magie. Sie glaubten es.«

»So? Warum hast du ihnen denn nicht die Wahrheit gesagt?«

Leandra seufzte. »Ich weiß nicht. Ich glaubte, dieses Geheimnis bewahren zu müssen. Vielleicht wäre der Zauber vergangen, wenn ich es verraten hätte. Ich hatte Angst, dass Ulfa dann nicht wiederkäme.«

»Aber ... was ist mit *mir?* Du hast es *mir* verraten!«

Leandra schüttelte den Kopf. »Nein, hab ich gar nicht. Ich sagte dir nur, dass ich dir einen Freund vorstellen wollte. Es war Ulfas Entscheidung, zu mir zu kommen, als *du* bei mir warst.« Sie blieb stehen, sah Hellami bedeutungsvoll an und hob einen erklärenden Finger. »Du kannst jetzt sagen, dass du zu den persönlichen Freunden eines Baumdrachen gehörst! Darauf solltest du stolz sein!«

Zum ersten Mal, seit sie das Tier erblickt hatte, kam ein breites Lächeln über Hellamis Gesicht. Geschmeichelt und sehnsüchtig blickte sie auf; aber inzwischen war der kleine Drache in der Dunkelheit nicht mehr auszumachen. Sie liefen weiter und erreichten bald eine weitere Lichtung. Der Mond strahlte hell herab.

»Sie mögen Mädchen und junge Frauen!«, sagte Leandra.

»Was?«

Leandra deutete hinauf. »Die Baumdrachen. Ja, es ist wahr! Kennst du nicht die Legende, dass in jedem von ihnen ein verzauberter Prinz stecken soll?«

Hellami schüttelte verständnislos den Kopf. »Ja schon, aber ...«

Leandra grinste breit. »Doch! Es stimmt alles, was man sich erzählt! Man sagt doch, sie schlössen sich nur Mädchen an. Für ein, zwei Jahre, bis sie wieder verschwinden. Das ist wahr!«

Hellami blieb stehen. »Jetzt verkohl mich nicht!«, sagte sie.

Leandra grinste noch breiter. »Was weiß ich, ob ein Prinz oder eine Sumpfkröte in ihnen steckt! Tatsache ist, dass sie junge Mädchen mögen! Je schöner, desto lieber.«

Hellami verzog das Gesicht. »Eigenlob stinkt!«, gab sie bekannt.

Leandra überging das. »Sogar das mit dem Drachentanz ist wahr!«, sagte sie stattdessen aufgeregt. »Ich hab ihn selber schon probiert! Er funktioniert!«

»*Drachentanz ...?*«, fragte Hellami verwirrt.

»Ja, beim Felsenhimmel!« Leandra warf die Arme in die Luft. »Nie davon gehört? Es ist eine mächtige Magie! Hellsichtigkeit, Levitation, Heilzauber – was weiß ich nicht alles! Es geht tatsächlich!«

»Du spinnst!«

»Nein ...!« Leandra unterbrach sich plötzlich und starrte Hellami mit gerunzelter Stirn an. Hellami wusste sofort, dass sie etwas ausbrütete.

Dann tippte sie auf Hellamis Brust und fragte: »Willst du's ausprobieren?«

Hellami starrte sie entgeistert an. »*Ich?*«

Leandra nickte bedächtig. »Ja, das könnte was bringen«, murmelte sie nachdenklich. »Es hat bei mir zwar geklappt, aber nie sehr gut. Vielleicht zu zweit ...«

Hellami breitete die Arme aus. »Wovon redest du?«

Das Grinsen kehrte auf Leandras Gesicht zurück. Es war ein Grinsen hinterlistiger Vorfreude. »Genau!«, sagte sie mit Bestimmtheit. »*Das* machen wir!«

»*Was* denn, bei den Kräften?«

Leandra schüttelte den Kopf. »Wirst du schon sehen!« Sie zerrte plötzlich an Hellamis Kleidern. »Los, zieh dich aus!«

Hellami schnappte nach Luft. »Ich soll mich ... *ausziehen?*«

»Ja, doch!«, rief Leandra begeistert. Sie streifte ihr Hemd und ihr Unterhemd in einem Stück über den Kopf und schlüpfte schon im nächsten Moment aus ihrer Hose. »Ich sagte doch, sie mögen junge Mädchen! Am liebsten ... splitternackt!«

Hellami blieb mit offenem Mund stehen.

Aber da lief Leandra schon los, in die Mitte der Lichtung. Sie hatte sich in Rekordzeit entblättert, und der kleine Drache schoss zu ihr herab und kreiste aufgeregt über ihrem Kopf, stieg dann wieder in die Höhe. Leandra ließ sich in der Mitte der Lichtung auf die Knie ins Gras fallen, hob die Hände ein wenig und starrte mit leicht erhobenem Kopf für Sekunden zu den dunklen Baumwipfeln am Rande der Lichtung hinauf. Ein paar Augenblicke später begannen seltsame Klänge über die Lichtung zu schweben, ganz leise und zart, wie unendlich fein gespielte Töne von Harfen und Flöten. Leandra stand wieder auf, hob die Arme über den Kopf und fing an, sich leicht zu wiegen. Der kleine Drache schoss wie ein Pfeil herab und schmiegte sich eng um ihren Körper.

»Jetzt komm endlich!«, rief sie leise. »Es geht schon los!«

*

Es war die Verblüffung, die Hellami zögern ließ. Aber als sie Leandra so wundervoll im Mondlicht zu der geheimnisvollen leisen Musik mit dem Drachen tanzen sah, überkam sie ein geheimnisvolles Kribbeln. Sie gab sich einen Ruck und beschloss, ihren fünf Sinnen zu trauen und einfach das zu machen, was Leandra von ihr verlangte. Ein Gefühl, sie könnte etwas wirklich Erregendes versäumen, hatte sie gepackt und eine Sekunde später legte auch sie eilig ihre Kleider ab.

Kurz darauf war sie ebenso nackt wie Leandra und lief zu ihr.

Der Drache flatterte kurz auf, als sie ihr in die Arme fiel. Die warme Haut Leandras ließ aufregende Erinnerungen in Hellami aufsteigen. Sie löste sich wieder und blickte nach oben zu Ulfa.

»Was ist das für eine Musik?«, fragte sie leise. »Hast *du* das gemacht?«

Einige Sekunden vergingen, ehe Leandra antwortete. »Ja«, erwiderte sie leise. »Eine kleine Magie. Es sind die transzendenten Schwingungen allen Lebens hier. Man nennt es *Sphärische Musik*.«

Hellami drehte sich langsam einmal im Kreis und musterte die Baumwipfel, so als wollte sie die Quelle der Musik entdecken. Aber sie kam von überall her. Fast unhörbar leise – aber dennoch wahrnehmbar.

Dann stand sie wieder vor Leandra, die sich mit geschlossenen Augen leise im Mondlicht vor ihr wiegte. Lange war es her, dass sie Leandra so gesehen hatte, und ein hitziges Gefühl kam plötzlich in ihr auf und erfüllte sie mit Wärme.

»Was soll ich jetzt tun?«, fragte sie.

»Weiß ich nicht«, flüsterte Leandra. »Schließ die Augen und lass dich einfach treiben. Tu, was dir dein Gefühl eingibt. Und denk an gar nichts!«

Hellami tat, wie ihr geheißen. Sie schloss die Augenlider und hörte auf die leisen Klänge. Als ihr irgendetwas ein Muster von Bewegungen eingab, die sie ausführen sollte, gab sie sich dem Gefühl einfach hin.

Etwas ergriff Besitz von ihr, eine seltsame Kraft, die sie nicht kannte. Sie war kaum zu verspüren, aber so fremd, dass sie dennoch deutlich wahrzunehmen war. Hellami glaubte zuweilen zu schweben und dann wieder herabzusinken. Sie drehte sich, ohne zu wissen, wohin, und jedes Mal, wenn sie Leandra berührte, schwappte eine warme Welle durch sie hindurch. Dann spürte sie plötzlich etwas Kühles und Glattes – und wusste, dass es der Drache war. Sie verzichtete darauf, die Augen zu öffnen, tanzte nur ganz sacht und leicht in Harmonie zu der geheimnisvollen Musik und fieberte jedem Moment, in dem sie Leandra oder Ulfa berühren würde, mit Sehnsucht entgegen. Die warmen Berührungen ihrer Freundin und die gleichsam kühlen mit Ulfa wechselten sich in aufregendem Muster ab. Sie seufzte leise.

»Was willst du für eine Magie?«, flüsterte Leandra, fast unhörbar leise.

»Eine Magie?«

»Ja. Sagte ich doch«, erwiderte Leandra leise und wartete, bevor sie weitersprach. »Beim Drachentanz gibt es Magie.«

Gedanken wirbelten durch Hellamis Kopf. »Ja … hast du … nicht etwas von *Hellsicht* gesagt?«

»Hellsicht? Ja … das geht.«

Schon im nächsten Augenblick öffnete sich ein ungeheurer Strudel von fremden Bildern in Hellamis Kopf. Sie sah eine wirbelnde Spirale von Farben, aus der sich einzelne Bilder herausschälten – Leute, ein Wald, Städte und Dörfer, eine hügelige Landschaft mit knorrigen Felspfeilern, das Meer und wieder und wieder Leute. Ein unerhörter Tumult drang auf sie ein, verebbte dann aber bald wieder, und nur ein unbestimmbares Bild von endloser Weite blieb zurück. Sie wusste, dass Leandra auf etwas wartete.

»Savalgor!«, flüsterte sie. »Chast! Lass uns nachsehen, ob er wirklich dort ist!«

Leandra murmelte etwas, dann trieb Hellami plötzlich wie ein Vogel von oben auf eine riesige, nächtlich erleuchtete Stadt herab, und sie erkannte sie sofort – die Hauptstadt Savalgor. Dort war sie aufgewachsen. Die unzähligen, grotesk zu Türmen geformten Häuser, die sich zwischen den beiden gewaltigen Felsmonolithen zusammendrängten, die Cambrische Basilika, der Turm der Stürme und der Palast das Shabibs, hineingehauen in den Fels am Fuße des Savalgorer Felspfeilers. Hellami atmete unwillkürlich schneller, als diese gewaltige Bilderflut auf sie einstürzte. Im nächsten Moment schon flog ihr Blick durch Straßen und Gassen, über Plätze und Häuser hinweg, durchquerte Gebäude und Zimmer, in denen Personen mit irgendwelchen Dingen beschäftigt waren. Sie sah nächtliche Märkte, begleitete für Augenblicke den eiligen Ritt eines Mannes auf einem Pferd und sauste dann wie ein Vogel über die Köpfe von Menschen hinweg, die ihren abendlichen Geschäften nachgingen oder einfach nur in den Gaststuben der Wirtshäuser saßen und tranken. Der gedankliche Flug dauerte eine ganze Weile, und sie hatte das Gefühl, innerhalb von Minuten die ganze Stadt zu durchqueren – eine Reise, für die sie als gewöhnlicher Mensch mindestens einen Tag benötigt hätte.

»Wo ist er?«, flüsterte sie.

»Ich kann ihn nicht finden«, antwortete Leandra.

Hellami schnaufte. »Vielleicht ist er gar nicht da? Vielleicht hat Azrani sich doch getäuscht!«

Leandra erwiderte nichts. Der erstaunliche geistige Flug Hellamis ging weiter und dann erreichten sie unversehens den Palast. Sie glitt durch ein großes Fenster in das Innere des gewaltigen Baus hinein, den die Menschen vor tausend Jahren in den Felspfeiler gehauen hatten, der sich inmitten der Stadt zum Felsenhimmel aufschwang. Sie streifte unbemerkt zwischen den Leuten dahin, die sich dort in den Gängen und Hallen aufhielten, und eilte durch Korridore, Zimmerfluchten und erhabene Säle. Die Reise dauerte an; ihr geistiger Blick durcheilte Orte, die sie zuvor nie gesehen hatte und die doch ganz gewiss im Inneren des Palastes liegen mussten.

»Warum der Palast?«, flüsterte sie.

Leandra antwortete nicht. Hellami spürte den Drachen und Leandras Haut und merkte, dass sich ihr seltsamer Tanz wesentlich verlangsamt hatte. Dann stand sie still, ihre Hände berührten Leandras Hände, und auch der kleine Drache schien zitternd in der Luft zu verharren. Ohne die Augen geöffnet zu haben, glaubte sie, seinen kleinen Leib irgendwo zwischen sich und Leandra spüren zu können. Sie war in einem großen Saal angelangt, in dem viele Männer in einem großen Rund versammelt waren. Unten in der Mitte war ein Kreis aus schweren hölzernen Stühlen aufgebaut, auf denen dreizehn Männer saßen. Ein vierzehnter Stuhl war leer.

»Der Rat!«, flüsterte Leandra.

Hellami nickte schwach. Sie beobachtete die Szene, in der die dreizehn Männer lebhaft debattierten. Langsam kreiste ihr Blick über die Köpfe hinweg, und dann sah sie ihn. Den Schwarzen Mönch.

Ein kalter, unangenehmer Druck legte sich auf ihre Schultern. Sie studierte die abgehärmten, finsteren Züge des Mannes und seine kalten Blicke – kein Zweifel, das war der Mann, der damals in das Zimmer im Hurenhaus gekommen war und Alina mitgenommen hatte.

»Er ist da!«, keuchte Leandra. »Er ist ... *Mitglied des Rates!*«

Für eine volle Minute herrschte Schweigen. Sie konnten nicht hören, was die Männer sagten, offenbar war diese Magie des *Mithörens* nicht mächtig. Aber sie spürten, dass es keine freundschaftliche Debatte war. Die Männer zeigten abwechselnd mit anklagenden Fingern aufeinander und hin und wieder warf einer wütend die Arme in die Luft und wandte sich ab. In den Rängen über ihnen saßen Dutzende von anderen Männern, und Hellami hatte das Gefühl, dass manche von ihnen etwas Dunkles, Unnennbares ausstrahlten.

»Sie haben den Rat unterwandert«, hörte sie Leandras leise Stimme. »Die *Bruderschaft von Yoor!*«

Als Hellami nach dieser langen Zeit jene Worte wieder hörte, zog sich ihr Magen zusammen. *Bruderschaft von Yoor.* Sie waren damals, nachdem Munuel und seine Magierbrüder in den Hügeln von Südakrania gegen den Dämonen gekämpft hatten, zum ersten Mal ausgesprochen worden, und sie konnte sich lebhaft an jenen Augenblick erinnern. Obwohl sie nicht gewusst hatte, was diese Worte bedeuteten, waren sie wie eine dunkle Drohung über sie hinweggeschwappt.

Für eine Minute standen sie unbewegt da, starrten nur mit ihren geistigen Augen auf den Mann, der bewegungslos inmitten der aufgeregt debattierenden Personen saß. Irgendetwas in seinem Schweigen sagte Hellami, dass er erheblichen Einfluss besaß, mehr, als man dulden durfte, und dass es nur noch eine Frage der Zeit war, bis er die gesamte Macht über den Rat in seinen Händen hielt.

Der Zauber löste sich langsam wieder auf, und nach einer Weile begann Ulfa, sich leise zu bewegen. Die Musik, die für die Zeit ihrer Beobachtung des Rates fast zur Unhörbarkeit verklungen war, lebte wieder auf. Hellami fühlte, dass sie jetzt nicht einfach mit dem Drachentanz aufhören konnte – obwohl ihr vielleicht danach war. Es wäre nicht richtig gewesen. Sie spürte den kleinen Baumdrachen, der unter starker Spannung zu stehen schien, fühlte Leandras Hand und bewegte sich wieder sanft in Harmonie zu der sphärischen Musik. Die bedrückenden Bilder aus dem Palast wurden durch eine Flut lebhafter Farben verdrängt. Der Zauber des Tanzes kehrte zurück. Sie ließ bereitwillig die dunklen Gedanken los und dachte, dass auch später noch Zeit war, sich den Kopf über diese Dinge zu zerbrechen.

Ulfa drängte sich enger an sie und seine Berührung war aufregend und befremdlich zugleich. Hellami war jetzt Leandra näher als zuvor und sie fassten sich an den Händen. Der kleine Drache umschwebte sie in engem Kontakt und Hellami meinte geradezu, seine magischen Kräfte spüren zu können.

»Sagtest du nicht … du hast eine Verletzung?«, fragte Leandra leise.

Hellami atmete tief ein. Der Kontakt, den sie zu Leandra und dem Drachen hatte, war anders als jeder Kontakt, den sie bisher in ihrem Leben verspürt hatte; mystisch und abgründig – und fast ein wenig beunruhigend.

»An meinem rechten Fuß«, erwiderte sie leise. »An der Sohle. Aber ich merke es kaum noch.«

Schon im nächsten Augenblick geschah etwas. Das leise Stechen, das sie immerzu verspürt, an das sie sich aber gewöhnt hatte, verschwand mit einem Mal völlig. Sie trat probehalber fester auf – der Schmerz war wie weggewischt. Ein Lächeln flog über ihr Gesicht. »Unglaublich«, hauchte sie.

Der Tanz war wieder lebhafter geworden und Ulfa verwandelte sich in ein vibrierendes Bündel aus Energien. Obwohl die beginnende Nacht kühl war, fror sie nicht – warme Wellen schwappten durch ihren Körper und Leandra schien fast zu glühen. Langsam entstand ein Gedanke in Hellamis Kopf.

»Sagtest du nicht etwas von einem… Liebeszauber?«, fragte sie leise.

»Ein *Liebeszauber?*« Eine kurze Pause folgte. »Nicht dass ich wüsste«, lautete dann die leicht spöttische Antwort.

Hellami schlug die Augen auf und ihre Blicke suchten in der Dunkelheit Leandras Gesicht. Dann glitt es an ihr vorbei und sie sah ein Lächeln darauf. Von einer Sekunde auf die andere durchströmte sie wieder das prickelnde Gefühl, das sie schon zu Anfang verspürt hatte, als sie Leandras nackten Körper erblickt hatte. Leandra blieb stehen, und Hellami war sich plötzlich nicht mehr so sicher, ob der Drachentanz wirklich nackt vollführt werden musste oder ob es nur ein Trick von Leandra gewesen war.

Leandra schien den Zauber losgelassen zu haben, denn die Musik verklang und Ulfa löste sich von ihnen. Innerhalb von Augenblicken schoss er davon, Hellami sah nur noch, wie sein kleiner Schatten in den Himmel hinauf strebte und in der Dunkelheit verschwand.

Eine Sekunde später hatte sie alles andere um sich herum vergessen und genoss das heiße Gefühl, das sich in ihr ausbreitete. Dann spürte sie Leandras Hände auf ihren Brüsten und sie zitterten vor Erregung. Ihr Brustkorb hob und senkte sich, und Hellami wusste, dass Leandra ein ebenso großes Verlangen verspüren musste wie sie selbst.

Hellami atmete schwerer. Langsam hob sie die Hände, um Leandra zu berühren. Erinnerungen an ihre erste und einzige zärtliche Begegnung schossen ihr durch den Kopf – damals in dem kleinen Tal, nach ihrer Flucht aus Guldors Gewalt. Leandra war damals vor Angst beinahe weggelaufen – aber Hellami hatte sie dennoch halten können.

Jetzt, nach dieser langen Zeit, stand sie ihr abermals gegenüber, und sie fragte sich, wie sie so lange darauf hatte verzichten können. Langsam fuhren ihre Fingerspitzen Leandras Schenkel und Bauch hinauf, bis sie ihre Brüste berührten; sie waren beinahe hart wie Stein. Die Hitze, die sie verstrahlte, war deutlich zu spüren. Sie schloss wieder die Augen und gab sich ganz dem Gefühl des Verlangens und der Lust hin. Dann umarmten sie sich, langsam und zögernd. Schließlich sanken sie zu Boden und blieben für ein Weilchen eng umschlungen liegen.

»Hast du es bereut?«, fragte Hellami leise und wusste gleichzeitig, dass ihre Frage eigentlich überflüssig war. »Ich meine – was damals zwischen uns war?«

Leandra schüttelte den Kopf.

»Nein«, antwortete sie. »Aber …«

Hellami begann Leandra sanft zu streicheln. »Hm?«

Leandra atmete tief ein. »Nun, ich müsste dir … eigentlich etwas beichten.«

»Etwas beichten?«

»Ja. Ich bin … warte mal.«

Sie erhob sich und verschwand in der Dunkelheit. Kurz darauf kam sie mit allen Kleidern und den beiden Rucksäcken wieder zurück. Sie zerrte die beiden Schlafdecken heraus und breitete sie ein paar Schritte entfernt im Schutze eines Busches aus.

»Komm herüber! Mir wird langsam kalt!«

Hellami erhob sich, genoss für einen Augenblick die Abendkühle auf ihrer nackten Haut und gleich darauf wieder die Wärme Leandras, als sie sich zusammen in die Decken und abgelegten Kleider kuschelten.

»Du wolltest mir etwas beichten«, sagte sie.

Leandra schwieg.

»Nun? Was ist?«

Sie hörte Leandra leise schnaufen. »Na ja, ich … ach, vergiss es lieber. Es ist nicht so wichtig.«

»Hm. Eben schien es das aber noch zu sein«, bohrte Hellami nach.

Leandra erwiderte abermals nichts und nahm dafür Hellami fester in die Arme.

Hellami machte eine überraschte Feststellung. Die Art, mit der sie Leandra nun umarmte, schien plötzlich eine ausschließlich freundschaftliche zu sein. Sie waren beide nackt und berührten sich am ganzen Körper, aber innerhalb von Sekunden war Leandras Lust verflogen. Hellami spürte es – diese Art Umarmung war nicht geeignet, um weitere Zärtlichkeiten zu entfalten. Leandra hatte ihr Gesicht verborgen und Hellami seufzte leise.

Es wäre ihr nie in den Sinn gekommen, Leandra zu irgendetwas drängen zu wollen, und deswegen unterließ sie es. Vielleicht bereute sie es *doch,* was damals zwischen ihnen gewesen war.

Und schließlich waren da Leandras Andeutungen über Victor; das mochte es sein, was nun zwischen ihnen stand. Vielleicht hatte sie etwas mit ihm gehabt, was ihr nun die Zärtlichkeiten mit ihr, Hellami, verbot.

»Hat es etwas … mit diesem Victor zu tun?«, fragte sie leise.

Leandra seufzte und hob dann wieder ihren Kopf.

»Ja«, sagte sie leise. »Es war eine ganz komische Geschichte. Ich wollte eigentlich gar nichts von ihm. Aber trotzdem habe ich jedes Mal, nachdem es zu irgendeinem Kampf gekommen war, verzweifelt seine Nähe gesucht. Irgendwie, um wieder Kraft zu gewinnen. Wir waren uns eigentlich immer sehr nah – und ich mochte ihn wirklich. Und dann … in Bor Akramoria … na ja, da ist es dann eben passiert. Ich wachte nachts auf und hatte plötzlich nicht anderes im Kopf, als ihn zu haben. Und dann sah ich ihn, wie er Wache hielt. Ich bin einfach zu ihm hingeschlichen, habe nicht lange gefragt und ihn in eine dunkle Ecke gezogen.« Sie sah Hellami mit einem schiefen Grinsen an.

Hellami atmete ruhig, sagte nichts.

Leandra senkte wieder die Augenlider, so als schäme sie sich dieser Begebenheit, und hob an, es weiter zu erklären. Sie sagte: »Er war mächtig verliebt in mich, weißt du? Ich glaube, schon seit ich ihn damals aus der Festung von Tulanbaar befreit hatte. Er war zum Tode verurteilt, weil man glaubte, er hätte dieses Gasthaus in Brand gesteckt. Viele Leute waren dabei umgekommen. Aber ich wusste, dass er unschuldig war, und verlangte von Munuel, dass er ihn dort, aus der Todeszelle der Festung, herausholen müsste.«

Ein plötzlicher Gedanke schoss durch Hellamis Kopf. Sie blieb stumm und Leandra suchte beunruhigt ihren Blickkontakt. »Was ist?«, fragte sie vorsichtig.

»Nichts«, sagte Hellami. Ihre Augen waren seltsam blicklos geworden und sie starrte durch ihre Freundin hindurch.

Leandra schluckte.

»Hör mal, Hellami«, sagte sie besorgt, »es tut mir Leid, dass ich …«

»Vergiss es«, sagte Hellami und klammerte sich an Leandra. »Vergiss es einfach. Bitte!«

6 ♦ Morgengrauen

Sein rechter Oberschenkel tat heute wieder weh. Die Wunde war längst verheilt, aber die lange Narbe war wetterfühlig geworden. Er grunzte ärgerlich und humpelte durch den Raum, ließ sich achtlos auf den kostbaren alten Diwan fallen, den man vielleicht vorsichtiger hätte behandeln sollen. Das Möbel ächzte.

Unwillig blickte er zu Bruder Usbalor auf, der in seiner typischen versteinerten Haltung dastand, mit unbewegtem Gesichtsausdruck ins Leere starrend, so als könnte ihn diese Pose unempfindlich gegen die Wut seines Meisters machen.

»Wer hat diese Truppe angeführt?«, knurrte er.

»Ich weiß es nicht genau, Meister Chast«, antwortete Usbalor tonlos. Er richtete seinen Blick zwar auf seinen Hohen Meister, aber er schien durch ihn hindurchzusehen. »Es muss einer der Brüder aus dem Nordostbezirk gewesen sein; ich vermute, jemand aus der Garnison von Mornewald.«

Chast grunzte wieder und rieb seine schmerzende Narbe.

Er hätte mit Leichtigkeit eine Magie anwenden können, um sich den Schmerz zu erleichtern oder gar um die Wetterfühligkeit der Narbe gänzlich zu beseitigen. Aber das hatte er sich selbst verboten. Damals, als ihm diese verfluchte Göre das Schwert in den Oberschenkel gehauen hatte, war beinahe das gesamte Gefüge seines genialen Planes zusammengestürzt. Nur deswegen, weil er sich einige Augenblicke der Unachtsamkeit geleistet hatte. Er hatte sich damals geschworen, den

Schmerz der Narbe zu ertragen, um sich ständig an seinen beinahe verhängnisvollen Fehler zu erinnern. Nun war noch ein Grund hinzugekommen. Die Narbe sollte ihn an das verdammte Weibsstück selbst erinnern. Denn … *sie lebte noch!*

»Der Mann wird abgesetzt«, sagte Chast. »Samt seinen Leuten. Schmeiß sie ins Meer oder verfüttere sie an wilde Murgos. Es ist mir egal.«

Eine kleine Reaktion war in Usbalors Gesicht abzulesen. »Aber Herr!«, sagte er. »Es ist nicht wirklich ihre Schuld! Sie hatten kaum Kenntnis über diese Adeptin und das andere Mädchen …«

Chast schoss in die Höhe. »Was soll das heißen, Kerl!«, fuhr er Usbalor an.

Usbalor wich einen Schritt zurück. »Vergebt mir, Herr … ich wollte nicht …«

Zorn hatte Chast gepackt und der stechende Schmerz in seinem Oberschenkel machte ihn umso wütender. »Ich verlange, dass meine Befehle ausgeführt werden!«, brüllte er. »Es kümmert mich einen Dreck, ob irgendeiner von euch Schwachköpfen weiß, *wozu* er einen Befehl ausführen soll! Ich habe klar gesagt, dass diese Adeptin gefangen genommen und hierher gebracht werden soll – und das andere Mädchen auch! *War das nicht deutlich genug?*«

Usbalor war anzusehen, dass er trotz seines Schrecks eine Erwiderung auf der Zunge hatte – aber er verbiss sie sich und senkte den Kopf.

»Was ist?«, knirschte Chast.

Usbalor atmete schwer ein. »Nun, Hoher Meister, soweit ich weiß, behaupteten die Dorfbewohner, diese Adeptin sei tot. Und da dachten die Männer wohl …«

Chast warf die Arme hoch. »Das *Denken* habe ich nicht befohlen!«, schrie er. »Es sollte eigentlich genügen, wenn ich einen klaren Befehl erteile! Und nun sieh zu, dass du das wieder in Ordnung bringst, verstanden? Du wirst selbst aufbrechen! Und nimm dir Leute mit, die in der Lage sind, das zu tun, was angeordnet wird! Ich will diese beiden Frauen haben, und zwar innerhalb einer Woche. Tot oder lebendig!«

Usbalor war einen weiteren Schritt zurückgewichen. Dann nickte er dumpf, murmelte etwas und machte auf dem Absatz kehrt, um den Raum zu verlassen. Als die Tür hinter ihm ins Schloss klappte, ließ sich Chast ächzend wieder zurücksinken.

Er schloss die Augen und fluchte innerlich. Seit er wusste, dass diese Leandra noch lebte, war er unruhig. Sie war weder eine mächtige Magierin, noch besaß sie sonst irgendwelche besonderen Fähigkeiten. Aber sie hatte es geschafft, dem Inferno in Unifar zu entkommen – und er wusste nicht, *wie!* Sie war schon damals seine erbitterte Gegnerin gewesen, und sie dürfte inzwischen wissen, dass er ebenfalls noch lebte.

Er erhob sich, kümmerte sich nicht weiter um das unangenehme Ziehen in seinem Bein und ging zum Fenster. Er zog die dunklen Vorhänge ein wenig zurück und blickte mit zusammengekniffenen Augen hinab aufs Meer. Der Tag brach gerade an und die ersten hellen Sonnenstrahlen fielen durch das riesige, über zwanzig Meilen durchmessende Sonnenfenster in die Welt herab. Das verbesserte seine Laune wahrhaftig nicht. Er mochte Helligkeit und Sonnenschein nicht sonderlich.

Wieder kehrten seine Gedanken zu seiner Gegnerin Leandra zurück. Eigentlich war sie nur ein kleines trotziges Mädchen – ohne jede Macht. Aber sie hatte sich damals aus einem Käfig befreit, der mit einer Magie versiegelt gewesen war, die nicht einmal ihr Meister Munuel hatte aufbrechen können. Chast wusste bis heute nicht, wie ihr das gelungen war – es war eigentlich unmöglich gewesen. Aber trotzdem hatte sie es geschafft. Dieses kleine Biest hatte mit ihrem lächerlichen Häuflein von Gefährten die *Canimbra* wiederentdeckt, den Tempel von Yoor gefunden und mindestens drei Dämonen höherer Ordnung ins Stygium zurückgejagt.

Sie war seinen Häschern in den Katakomben entkommen, hatte den magischen Käfig aufgesprengt und hätte ihn damals beinahe – mit einem etwas glücklicheren Schwertstreich – ins Jenseits befördert!

Er stieß einen groben Fluch zwischen wütend zusammengebissenen Zähnen hervor. Immer wieder hatte dieses Miststück den Ablauf seiner Pläne gestört und beinahe hätte es mit dem Untergang der *Bruderschaft* geendet!

Chast schüttelte verbittert den Kopf. Er wusste nicht, wo diese Frau solches Glück und solches Geschick hernahm. Sie hatte Mut und war verteufelt schlau. Ihre Kräfte als Magierin waren geradezu lächerlich gering, aber sie war der lebende Beweis dafür, dass es darauf gar nicht ankam. Damals hatte er gelernt, dass Gegner wie Leandra die unangenehmsten von allen waren – ob sie nun über ein Heer verfügten oder nicht. Heere konnte man schlagen, jedenfalls dann, wenn man über solche Mittel verfügte wie er. Einzelne Gegner jedoch, die bereits so viel Gefährlichkeit bewiesen hatten wie dieses unscheinbare Mädchen – die musste man wahrlich fürchten!

Sein Plan duldete nun nicht mehr die geringste Störung. Jedoch war er bereit zu schwören, dass sie inzwischen wieder unterwegs war, um ihm abermals Schwierigkeiten zu bereiten. Allein dass sie seinen Häschern in Angadoor entkommen war, deutete schon darauf hin, wie gerissen und gefährlich sie war.

Doch es war im Grunde genommen sein eigener Fehler gewesen.

Hätte er früh genug darüber nachgedacht, an welchem Ort sie sich eigentlich aufhalten *musste*, wäre es überflüssig gewesen, dieses andere Mädchen verfolgen zu lassen, deren Brief seine Leute abgefangen hatten. Leandra war die Schülerin von Munuel gewesen und deswegen *konnte* sie nur aus Angadoor oder der unmittelbaren Umgebung dieses Dorfes stammen. Er hätte selber losgehen sollen, um sie dort zu stellen und zu vernichten.

Aber er hatte sich den Missgriff erlaubt, den abgefangenen Brief doch noch an dieses Mädchen Hellami weiterleiten zu lassen – damit seine Leute sie dann verfolgen konnten. Als man ihm Bericht darüber erstattete, dass sie tagelang nach Norden gewandert war, ging ihm endlich das auf, was ihm eigentlich schon lange vorher hätte klar sein sollen – Leandra war nach Angadoor zurückgekehrt! Er befahl seinen Leuten, die andere zu beseitigen. Als ihnen das misslang, war schon der nächste Fehler passiert. Diese Hellami hatte nun todsicher Leandra erreicht, ihr davon berichtet, was in dem Brief stand – nämlich dass *er* ebenfalls noch am Leben war –, und jetzt hatte er sie wieder am Hals, diese verfluchte Adeptin!

Aber immerhin war er gewarnt.

Es würde sie ab heute gnadenlos jagen lassen. Wenn es ihm gelang, sie zu beseitigen – und diesmal *musste* es gelingen –, dann hatte er keinen einzigen ernst zu nehmenden Gegner mehr. Niemanden, der seine Pläne vereiteln konnte. Munuel war tot, die Magiergilde aufgelöst und alle namhaften Mitglieder des Cambrischen Ordenshauses waren umgebracht oder vertrieben worden. Er hatte die Duuma gegründet, sie geschickt in der richtigen Position platziert – und er hatte den Hierokratischen Rat in der Hand! Sehr bald schon würde er ein persönliches Anrecht auf den Thron des Shabibs besitzen.

Dass es ihm und seinen Brüdern gelungen war, die Strukturen der alten Länder des Westens aufzulösen und das Großakranische Reich wieder auszurufen, war ein weiterer Geniestreich. Bald schon würde er der Herrscher des mächtigsten Reiches der Höhlenwelt sein! Dann gab es niemanden mehr, der ihm oder seinen Brüdern die Ausübung der einzig wahren Form der Magie verbieten konnte – wie es damals diese eitlen

Dummköpfe der Gilde getan hatten! Chast nickte. Ja, nicht mehr lange, dann würde er sein letztes, großes Ziel in Angriff nehmen können! Und das würde ihn unsterblich machen.

Es klopfte.

Er fuhr herum. Trotz seiner Macht- und Heldenträume hatte sich seine Laune immer noch nicht gebessert. »Was ist?«, bellte er in Richtung der Tür.

Die Tür öffnete sich und Usbalor erschien.

Schon von weitem konnte Chast sehen, dass der Magister totenbleich war und zitterte, als wäre er soeben dem Teufel persönlich begegnet. Chast verzog in Erwartung einer höchst unangenehmen Nachricht die Mundwinkel.

»Es ... es ist jemand gekommen!«, keuchte Usbalor.

Chast verzog das Gesicht noch mehr. Für einen kurzen Augenblick kam ihm der groteske Gedanke, dass diese Leandra mit ihrem magischen Schwert vor seiner Tür stand und ihn zum Kampf stellen wollte. Aber – nein, das war unmöglich. Selbst wenn sie sich tatsächlich nach Süden gewandt hatte, musste sie mindestens noch sieben Tagesreisen von Savalgor entfernt sein.

»Wer ist es?«, herrschte er Usbalor an.

Usbalor keuchte. Er schien nicht in der Lage zu sein weiterzusprechen.

Aber da wurde er schon zur Seite gedrängt, denn eine dunkle Gestalt trat in den Raum.

Chast schluckte, als er sah, wie *groß* die Person war. Sie hatte sich unter einem weiten, dunklen Umhang verborgen und eine Kapuze übergezogen. Er selbst war mit seinen beinahe vier Ellen schon sehr groß, aber diese Gestalt überragte ihn noch um mehr als einen Kopf.

Er wandte sich misstrauisch dem Ankömmling entgegen und wartete.

Der Fremde kam näher. Plötzlich spürte Chast eine Beunruhigung. Er wusste nicht, ob es an der Größe der

Gestalt lag, an ihrer Art der Bewegung oder ganz einfach nur an ihrer Ausstrahlung. Ein unerklärlicher kalter Schauer fuhr seinen Rücken hinab. Unwillkürlich fühlte er sich an Sardin erinnert, seinen Herrn und Meister. Aber Sardin? Das konnte nicht sein. Sardin war durch die magischen Kräfte der *Jambala* vernichtet worden – nein, er konnte unmöglich überlebt haben!

Chast beobachtete mit verwirrten Blicken den hoch gewachsenen Fremden, der mit federnden Schritten auf ihn zukam. Und mit jeder Elle, die er sich näherte, wuchs Chasts Beunruhigung in unerklärlicher Weise.

Als die Person dann fünf Schritte vor ihm stehen blieb, schrillten alle Alarmglocken in seinem Hirn. Für diesen einen Moment hätte er sich doch plötzlich sehr viel Sonnenlicht herbeigewünscht – um erkennen zu können, wer sich unter dieser Kapuze verbarg. Er wandte kurz entschlossen eine Magie an, um zu wissen, mit wem er es zu tun hatte. Aber das, was er verspürte, verwirrte ihn nur noch mehr. Es war eine Aura ungeheuerlicher Kälte und Härte. Aber er kannte sie nicht; er hatte noch nie eine Person mit auch nur annähernd ähnlicher Ausstrahlung getroffen.

Chast glaubte unter der Kapuze des Fremden den Widerschein von Licht erkennen zu können, so als würden sich die ersten durchs Fenster hereindringenden Sonnenstrahlen auf einer glatten Oberfläche spiegeln. Seine Beunruhigung wuchs.

»Bist du Chast – das Oberhaupt der Bruderschaft?«

Die Stimme klang sehr seltsam, wie ein gutturales Zischen, kaum moduliert und kalt, irgendwie als stamme sie von keinem *menschlichen* Wesen. Chast, dessen Autorität gewöhnlich niemals wich, der jeglicher Lage unter dem Druck seiner harten Persönlichkeit standhielt, nickte unwillkürlich – und eine kalte Unruhe packte ihn.

Die fremde Person streckte den rechten Arm aus und hielt Chast ein zusammengerolltes Pergament hin.

Chast wollte danach greifen, als er plötzlich sah, was es für eine *Hand* war, die sich ihm da entgegenreckte.

Er stöhnte auf und wich ein paar Schritte zurück.

Dann hob sich der andere Arm der Gestalt und streifte die Kapuze zurück. »Ich bin der *LiinMar*«, sagte das Wesen, »und ich bin wegen des *Paktes* gekommen.«

Chast glaubte, seine Knie würden nachgeben. Er blickte in ein Gesicht, das ihm fast den Verstand raubte – ein völlig fremdartiges, echsenhaftes Gesicht von abgrundtief bösen Zügen.

*

Schon beim ersten schrägen Sonnenstrahl, der durch das große Sonnenfenster im Südosten fiel, wachte Leandra auf. Nach einem kurzen Blick in die Runde wurde ihr klar, dass sie sehr bald aufbrechen mussten. Eigentlich befanden sie sich noch viel zu nah am Dorf, und die fremden Männer hatten zweifellos Gründe genug, sie zu suchen.

Dann erst nahm sie Hellami richtig wahr, die in ihren Armen lag, zusammengekauert wie ein kleines Kind, und ein lastendes Schuldgefühl legte sich über Leandras Brustkorb. Sie seufzte leise.

Hellami regte sich und Leandra schloss sacht die Arme um sie. Sie war ein bisschen wie Cathryn, ein hinreißendes kleines Mädchen, mit dem man den ganzen Tag schmusen konnte. Für einen Augenblick durchforschte sie verwirrt ihr Gedächtnis, ob sie in der Nacht irgendetwas mit Hellami gehabt hatte – so wie damals. Aber da war nichts, nur ein schwarzes Loch der Enttäuschung, für das sie Schuld empfand.

Dennoch lag Hellami in ihren Armen und sie war weich und warm. Aber ihr wurde bewusst, dass heute Nacht etwas zwischen sie getreten war. Und sie wusste nur allzu gut, was.

Es erschien ihr ein wenig verrückt, dass Hellami davon ausgegangen war, dass sie, Leandra, niemals mehr einen Mann anrühren würde. Aber dennoch schien nun genau dieses Problem zwischen ihnen zu bestehen. Leandra fühlte sich längst nicht mehr wie eine Person gewöhnlichen Zuschnitts, und sie hätte nicht das Geringste einzuwenden gehabt, wäre ihr einstiges Verhältnis zu Hellami wieder zu neuem Leben erwacht.

Zu viele *ungewöhnliche* Dinge waren ihr inzwischen widerfahren. Vor einem Jahr noch war sie nichts als eine ganz normale junge Frau aus einem ganz normalen Dorf in Nordakrania gewesen; inzwischen aber legte sie schon einen gewissen Wert auf all die Dinge, die sie von *normalen* Leuten unterschieden. Es waren nicht Eitelkeit oder Stolz, die sie dazu veranlassten, sondern der grimmige Anspruch auf so etwas wie eine erweiterte *Weltsicht* – auf die sie allein deswegen schon ein Anrecht empfand, weil sie Dinge hatte durchmachen müssen, die jenseits dessen lagen, was einem Menschen gewöhnlich widerfuhr.

Sie hatte mehrfach dem Tod ins Auge geblickt und Momente der Angst erlebt, die eigentlich dazu geeignet waren, ein junges Mädchen wie sie in den Irrsinn zu treiben. Wie sie das alles überstanden hatte, war ihr oft genug selbst ein Rätsel. Beinahe am schlimmsten war die Zeit gewesen, in der sie gelähmt gewesen war und für Wochen nichts als ihr Dahinsiechen und ihren Tod vor Augen gehabt hatte. Aber das Wunder, das Ulfa dann an ihr vollbracht hatte, hatte sie endgültig auf einen anderen Platz gerückt. Sie fühlte sich deswegen nicht besser als andere, aber dieser Platz war *anders* – und sie beanspruchte ihn für sich.

Vielleicht aber war es ganz einfach auch wegen der Genüsse, die sie dabei erlebt hatte. Selbst die schrecklichsten Begebenheiten hatten ihr Momente ganz besonderer Erhabenheit gebracht. Sie erinnerte sich an den furchtbaren Augenblick, da sie Sardin gegenübergestanden hatte, und an die Sekunde jenes Triumphgefühls, als es ihr gelungen war, dieses unbeschreibliche

Monstrum zu vernichten. Sie dachte daran, welche furchtbare Angst sie empfunden hatte, als sie damals, in der Senke von Tharul, auf den Rücken des Felsdrachen geklettert war; sie dachte an den mörderischen Start dieses unheimlichen Wesens, bei dem Kräfte aufgetreten waren, die sie, bildlich gesprochen, in zwei Teile hätten zerreißen können. Aber dann war sie geflogen. Bis heute hatte sie keine Worte finden können, jemandem dieses Gefühl beschreiben zu können, auf dem Rücken eines so unfassbar starken Geschöpfes in der Höhe von mehreren Meilen durch die unglaublich schöne Landschaft der Felspfeiler zu gleiten. Und dann erinnerte sie sich noch an die schreckliche Nacht in Bor Akramoria, als sie dem »echten« Ulfa begegnet war – und die Augenblicke heißer Leidenschaft, die sie nur wenige Stunden später mit Victor verbracht hatte.

Sie lächelte bitter, als ihr klar wurde, dass ihr das Schicksal für jeden Schlag, den sie hatte aushalten müssen, auch ein seltsames Geschenk des Glücks, der Freundschaft oder des Genusses beschert hatte.

Sie seufzte tief und sog die Nähe und Wärme Hellamis in sich auf. Der Frühling war noch nicht allzu weit fortgeschritten und trotz der warmen Tage wurde es nachts noch immer empfindlich kühl. Aber sie lagen, ähnlich wie damals in dem kleinen Tal nach ihrer Flucht aus Savalgor, unter ihren Decken und Kleidern und hatten sich gegenseitig in der Nacht gewärmt. Hellamis Haut fühlte sich seidig und warm an und Leandra wäre am liebsten gar nicht aufgestanden. Aber schließlich obsiegte das Bewusstsein über die noch immer gefährliche Lage, in der sie sich befanden, und Leandra wand sich aus Hellamis Umarmung und erhob sich. Auf der Lichtung war es hell geworden.

Fast provokativ stand sie in ihrer Nacktheit da und bot einen unübersehbaren Anblick für jeden, die sie verfolgen, beobachten oder ihr sonst irgendwie nachstellen mochte.

Und plötzlich verlangte es sie nach einem Kampf.

Ja, ein Kampf – Schwert gegen Schwert oder Magie gegen Magie, das wäre ihr jetzt recht gewesen. Sie verfluchte sich selbst für ihr *unnormales Dasein* und hätte am liebsten einen angriffslustigen Schrei in Richtung von Angadoor ausgestoßen, um die niederträchtigen Kerle hierher zu rufen und sich ihnen mit aller Verwegenheit zu stellen.

Sie wusste sehr gut, dass sie inzwischen gar nicht mehr so hilflos als Magierin war wie damals noch – nein, beileibe nicht. Vielleicht besaß sie sogar die Macht, dieses dreckige Dutzend Kerle niederzuringen, selbst wenn sich ein geübter Magier unter ihnen befand.

»Leandra … was ist?«

Leandra seufzte und ließ sich niedersinken. »Ich glaube, ich werde langsam ein bisschen verrückt«, sagte sie mit einem schiefen Grinsen.

Hellami hatte sich zum Sitzen aufgerichtet und wischte sich mit dem Handrücken den Schlaf aus den Augen.

»Was ist denn los?«

Leandra schüttelte nur den Kopf. »Nichts. Ich bin nur … etwas durcheinander. Hör mal …«

»Ja?«

»Was war mit dir gestern? Warum hat dich … nun, das mit Victor … so sehr …?«

Nun sah Hellami bedrückt zu Boden. »Nicht jetzt«, sagte sie leise. »Ich … muss erst nachdenken. Ich erzähle es dir dann.«

Leandra zuckte die Schultern – es blieb ihr nichts übrig, als es dabei bewenden zu lassen.

Sie machte sich daran, ihre Sachen anzuziehen und den Rest in den Rucksack zu stopfen. Als sie fertig war, spürte sie Hellamis Hand auf ihrer Schulter. Hellami war ebenfalls fertig angezogen.

»Wohin gehen wir nun? Durch die Wälder – Richtung Savalgor?«

Leandra schüttelte den Kopf. »Nein. Jedenfalls – nicht gleich. Es gibt da noch jemanden, den wir aufsuchen müssen.«

»So? Wen denn?«

Leandra zurrte ihren Rucksack zusammen und richtete sich auf. Sie seufzte. »Es ist … nun, ein alter Freund von Munuel. Ein Handwerker und Schmied. Er wohnt weiter südlich, dort, wo der Iser in die Morne fließt, am Fuße eines großen Pfeilers. Ziemlich abgelegen. Ich habe ihn einmal besucht, als ich mit dem Laufen wieder anfing. Es gibt dort noch etwas, was ich mitnehmen will.«

»Ausrüstung?«

Leandra nickte. »Ja. Ich habe etwas bei ihm hinterlegt. Aus Gründen der Sicherheit – wegen der Soldaten, die damals kamen. Man musste alle Waffen anmelden und so … da wollte ich dieses Zeug loswerden. Jetzt muss ich es holen.«

Hellami lachte leise auf. »Was hat er denn? Schwerter? Beim Felsenhimmel! Ich weiß nicht einmal, wie man ein Messer hält, um Kartoffeln zu schälen!«

Leandra winkte ab. »Dann musst du es lernen. Wir haben eine Aufgabe zu erfüllen. Unser Schwur – das weißt du doch!«

Sie sah Hellami fest in die Augen und ihre Freundin nickte nachdenklich.

Plötzlich fragte sich Leandra, ob sie nicht dauernd einen Schritt zu weit ging. Hellami war ein einfaches Mädchen, mutig und voller Kraft vielleicht, aber dennoch: Es war ein Unterschied, ob man einmal eine erfolgreiche Flucht hinter sich gebracht oder ob man solche Dinge wie sie selbst durchgemacht hatte.

Aber Hellami nickte. Sie schien es ernst zu meinen.

Leandra atmete auf und umarmte Hellami, einem plötzlichen Gefühl nachgebend. »Ohne dich schaffe ich das nicht.«

Hellami erwiderte die Umarmung sacht und nickte.

Dann bückte sie sich, um ihren Rucksack aufzunehmen. Als Hellami sich wieder aufrichtete, zeigte ihr Gesicht frischen Mut. »Los, du Dämonentöterin! Wo geht's in den Kampf?«

Leandra seufzte. »Hier entlang!«, sagte sie.

*

Sie liefen los, einem großen Sonnenfenster entgegen, das südlich von ihnen lag und durch das sich das Licht des jungen Morgens ausbreitete.

Ulfa war am Morgen nicht wieder aufgetaucht. Leandra meinte, es sei gut möglich, dass er sie begleitete, ohne dass sie ihn sahen. Als sie einmal nach ihm rief, rührte sich jedoch nichts.

Als sie dann die Lichtung verlassen hatten und wieder tiefer in den Wald eindrangen, verlangsamten sie ihr Tempo ein wenig. Der lichte Morgen kündete von schönem Wetter und hier draußen würden sie nicht so leicht jemandem über den Weg laufen.

»Sag mal – dieses magische Schwert …«, meinte Hellami. »Hast du das nicht mehr?«

»Die *Jambala?*« Leandra kaute auf ihrer Lippe. »Nun ja … du erfährst es ja doch. Die Jambala befindet sich dort, wo wir jetzt hingehen. Ich habe sie bei dem Schmied hinterlegt. Niemand weiß davon. Aber wenn ich Chast wieder gegenübertreten muss, dann tue ich das lieber mit diesem Schwert. Chast hat die Angewohnheit, einem Dämonen und anderes üble Getier auf den Pelz zu hetzen. Ansonsten würde ich das Schwert lieber dort lassen, wo es ist.«

Hellami zuckte die Achseln. »Warum das? Jeder Kämpfer würde sich doch mit solch einem Schwert an der Seite sicherer fühlen.«

Leandra verzog das Gesicht. »Erstens bin ich kein Kämpfer. Jedenfalls nicht in diesem Sinne. Es macht mir keinen Spaß, mit Schwertern auf jemanden einzuschlagen. Abgesehen davon steht man dabei immer mit einem Bein selbst im Grab.«

Hellami nickte verstehend.

»Zweitens zehrt einem dieses Schwert an den Kräften. Es hat ungeheure Macht, aber es scheint mir, als ziehe es diese nicht allein aus sich selbst.«

»Ja«, erinnerte sich Hellami. »Du hast erzählt, wie anlehnungsbedürftig du nach jedem Kampf warst.« Sie klopfte sich auf die Schulter. »Hier. Stelle ich dir kostenlos zur Verfügung.«

Leandra lächelte ihr dankbar zu.

Sie marschierten über eine Wiese, die geheimnisvoll unter einer goldenen, vom Sonnenlicht beschienenen Nebelbank lag. Weiter südlich ragten aus dem Morgendunst die Umrisse dreier schlanker Felspfeiler auf, die wie Brüder einträchtig nebeneinander standen. Mann nannte sie auch *Die Drei Brüder*. An ihnen konnte Leandra ermessen, dass sie nun schon über zwanzig Meilen Abstand zu Angadoor gewonnen hatten – was in Anbetracht ihrer Lage allerdings nicht sehr viel war. Sie blickte über die Schulter zum Waldrand, den sie gerade verlassen hatten. Dort aber war nichts und niemand zu sehen. Zum Glück. Es wurde Zeit, dass sie vorankamen.

Sie überquerten die Wiese und störten ein kleines Rudel Waldböcke auf, die im Nebel friedlich grasten. Hellami meinte, dass sie wohl einiges versäumt hätte, fast ihr ganzes Leben nur in der riesigen Stadt Savalgor verbracht zu haben. Hier draußen auf dem Land und in den Wäldern gefiel es ihr gut. In Savalgor konnte man sich morgens um diese Zeit nur am Matsch in den feuchten Gassen und den in den Ecken Herumlungernden erfreuen. Jedenfalls in dem Viertel, in dem sie bisher gelebt hatte.

Sie erreichten einen breiten Bach, überquerten ihn, indem sie über Steine hüpften, und wandten sich dann weiter nach Südosten, durch ein Geröllfeld am Fuße der Drei Brüder. Die Sonnenfenster in der Umgebung verteilten nun das Licht über das ganze Land, und da der Nebel sich immer noch nicht verzogen hatte, herrschte in der Höhe blendende Helligkeit, während sie an manchen Stellen durch so dichten Bodennebel wateten, dass sie ihre eigenen Füße nicht sehen konnten.

Meile um Meile entfernten sie sich von Angadoor, und mit jedem Hügel oder Wäldchen, das sie zwischen sich und das Dorf brachten, fühlte sich Leandra sicherer. Die Gegend südlich von Angadoor war unbesiedeltes Land bis fast in die Ebene von Savalgor hinab. Außer der alten Handelsstraße und dem *Wirtshaus zum Bären*, das jedoch viele Meilen weiter östlich lag, gab es hier nichts. Nichts außer Waldböcken, ein paar wilden Mulloohs und der freien Natur. Leandra deutete nach oben zu einer Sippe Fels- oder Sturmdrachen, die in großer Höhe um einen der Felspfeiler kreisten.

»Mit einem Drachen fliegen – das möchte ich auch mal!«, sagte Hellami sehnsüchtig.

»Ich wette, das wirst du noch«, meinte Leandra zuversichtlich. »Du musst nur lange genug mit mir zusammenbleiben.«

»Du meinst, dass sich dann bestimmt wieder irgend so ein gefährliches Abenteuer ergeben wird, bei dem du die Drachen um Hilfe bitten musst, was?«

Leandra nickte und grinste. »Ja, so ungefähr.«

»Sag mal ... wenn Chast Unifar überlebt hat und Alina auch, könnte dann nicht auch Munuel noch am Leben sein?«

Leandra blieb stehen. Ihr Blick sagte alles. Sie seufzte tief. »Darüber denke ich auch schon den ganzen Morgen nach.«

»Und?«

»Ich weiß es nicht. Ich denke, ich hätte irgendetwas von ihm hören müssen.«

Hellami hob die Schultern. »Bist du sicher?«

»Was hätte Munuel tun sollen? Sich für alle Zeiten irgendwo verstecken?« Sie schüttelte den Kopf. »Es ist eine ganze Menge Zeit seit damals vergangen. Er hätte sicher irgendwie versucht, mit mir Verbindung aufzunehmen.«

Hellami sah, dass Leandra noch einen weiteren Zweifel hatte – den auszusprechen ihr schwer fiel. Wenn sie es tat, dann würde sie damit die Wahrscheinlichkeit von Munuels Tod in eine Gewissheit verwandeln, die sie wohl selbst nicht wahrhaben wollte. Hellami wusste, dass Leandra ihren alten Meister sehr geliebt und bewundert hatte.

»In Wahrheit«, fuhr Leandra schließlich mit trüber Stimme fort, »befürchte ich, dass Chast ganze Arbeit geleistet hat.« Damit war die Feststellung heraus. »Wenn Chast sich retten konnte – in diesem Chaos –, dann hatte er es mit Sicherheit vorausgeplant. Es muss irgendeinen Trick gegeben haben, vielleicht eine Art letzte Rettung, ein Schlupfloch, durch das er sich in Sicherheit bringen konnte, wenn alles schief ging. Was dann ja auch geschah. Und es ist wohl kaum anzunehmen, dass er es für Munuel ebenfalls offen gelassen hat. Ganz im Gegenteil. Er wird es so vorausgeplant haben, dass mit Sicherheit nur *er* entkommen konnte.«

»Was ist mit dir? *Du* bist ja schließlich auch entkommen!«

Leandra nickte. »Stimmt. Ich war in dem Raum, als dort die Decke einstürzte, doch irgendein glücklicher Zufall hat mich in ebendiesem Moment herausgeschleudert. Aber Munuel …?« Sie seufzte. »Er war viel näher bei Chast. Ich fürchte …«

Hellami nickte. Ja, so ungefähr hatte sie sich das Argument vorgestellt. Traurig, aber wahr. Sie hatte Munuel damals ebenfalls kennen gelernt. Er war ein sehr beeindruckender Mann gewesen, er hatte eine Kraft und Autorität verstrahlt, in der man sich unwillkürlich sicherer fühlte. Sie seufzte.

Sie brachten den Geröllhang hinter sich und gelangten abermals in einen lichten Wald. Die Sonne hatte die

Welt in Besitz genommen und warme Luft kündete von einem weiteren schönen und sonnigen Tag.

Sie marschierten weiter durch den Wald, in dem die Bäume in frischem frühlingshaftem Hellgrün dastanden. Leandra deutete nach oben.

»Lass uns hoffen, dass wir so weit wie möglich kommen, solange das Wetter noch so schön ist. Um diese Jahreszeit gibt es oft ziemliche Unwetter hier im Hochland. Manchmal fällt sogar jetzt noch Schnee.«

Hellami blickte zum Sonnenfenster hinauf. »Sieht eigentlich gut aus, das Wetter. In ein paar Tagen sollten wir doch schon das Tiefland erreicht haben, oder?«

Leandra nickte. »Ja, sicher. Wenn man uns nicht vorher erwischt.«

»Schau mal!«, sagte Hellami und deutete zu den Baumwipfeln hinauf.

Leandra sah in die Höhe und erkannte Ulfa, der zwischen den Baumwipfeln schwebte.

»He, Ulfa!«, rief sie. »Da bist du ja! Komm herunter zu uns!«

Der kleine Drache blieb, wo er war.

»Hört er denn sonst, wenn du ihn rufst?«, wollte Hellami wissen.

Leandra runzelte die Stirn. »Schwer zu sagen. Manchmal ja, manchmal nein. Ich glaube nicht, dass er es wie einen Befehl auffasst, verstehst du? Eher wie eine Bitte. Und dann … na ja, entscheidet er selbst.«

Hellami zuckte mit den Achseln. »Ist ja auch egal. Hauptsache, er ist da. Denkst du, er wird uns noch weiter begleiten?«

»Darüber habe ich auch schon nachgedacht. Ich habe keine Ahnung – aber ich hoffe es. Er könnte sicher hilfreich sein.«

Der Morgen wurde zum späten Vormittag und sie brachten eine gute Strecke hinter sich. Gegen Mittag machten sie an einem Bach halt, denn ihr Hunger war inzwischen groß geworden. Endlich nahmen sie sich

Zeit nachzusehen, was Leandras Mutter ihnen zur Verpflegung eingepackt hatte. Sie fanden Brot, Käse, Hartwurst, Obst und zwei Wasserschläuche. Mutter hatte einen mit verdünntem Wein, den anderen mit Tee gefüllt.

»Was denkst du?«, fragte Leandra, als sie sich niedergelassen hatten und aßen. »Wie lange braucht man von Angadoor nach Savalgor?«

»Ich weiß nicht genau«, antwortete Hellami. »Von Minoor aus war ich beinahe zwei Wochen lang unterwegs. Aber ich bin auch fast nur nachts gelaufen – ständig durch den Wald. Auf die Straßen habe ich mich nicht getraut. Und als mir dann die Soldaten auf den Fersen waren, habe ich viele Umwege gemacht und mich oft für Stunden verstecken müssen.«

Leandra nickte. Sie belegte ein Stück Brot mit Scheiben von der Hartwurst, die sie mit der Makori auf einem Stein heruntersäbelte. Sie bot Hellami davon an. Kauend hob sie den Kopf und sah sich um. Bei diesem schönen Wetter durch Wald und Wiesen zu streifen und dann an einem Bach anzuhalten, um eine Essenspause zu machen, konnte einen dazu verleiten, unvorsichtig zu werden. Es hatte etwas von einem frühsommerlichen Ausflug an sich. Aber davon durften sie sich nicht täuschen lassen. Mochten die Duuma-Leute, die nach Angadoor gekommen waren, auch nicht besonders schlau gewesen sein – im Hintergrund stand jemand sehr viel Mächtigeres, der sie unbedingt kriegen wollte. Und dieser Jemand war, das wussten sie jetzt, Chast.

7 ♦ Der Pakt

Er hatte die Macht des Pergaments gespürt. Und das erschreckte ihn beinahe noch mehr als die Begegnung mit diesem höllischen Wesen – diesem *Drakken*.

Chast saß seit anderthalb Tagen in der dunkelsten seiner Kammern, und sein Verstand wollte nicht mehr so arbeiten, wie er es gewohnt war. Immer wieder erschien das abgründig verzerrte Gesicht seines ehemaligen Meisters Sardin vor seinem geistigen Auge; dieses Gesicht, das so unerträglich viel Boshaftigkeit und Verderbnis ausgestrahlt hatte. Chast hatte damals keine andere Erklärung mehr finden können, als dass Sardin komplett irrsinnig geworden sein musste – fern der Welt, in einem Kosmos des Wahnsinns treibend und von Gedanken beflügelt, die keinem auch nur halbwegs gesunden Hirn hätten entspringen können.

Und jetzt – jetzt gab es *zwei* Möglichkeiten: Entweder war nun *er selbst* vollständig verrückt geworden und konnte seinen Sinnen nicht mehr trauen, oder er lebte tatsächlich inmitten dieser Sphäre, dieses *Kosmos des Wahnsinns*.

Er hatte damals den genialen Plan ersonnen, sich Sardins zu entledigen – mit Hilfe der magischen Jambala, die seine Kraft nur in den Händen der Adeptin Leandra entfaltete. Chast hatte sich damals selbst zu diesem unerhört gerissenen Einfall gratuliert, und seine Befriedigung, diesen irrsinnigen Sardin los zu sein, war grenzenlos gewesen. Doch dass Sardin in Wahrheit gar nicht verrückt gewesen war … jedenfalls nicht *so* verrückt, dass diese unfassbare *Pakt*-Geschichte nur seinem kranken Hirn entsprungen war ...

Chast schüttelte zum hundertsten Male den Kopf.

Er war mit seinen Plänen weit gekommen – so weit wie nie zuvor; er hatte alle Fäden in der Hand, und es lag in seiner unmittelbaren Reichweite, sehr bald alle Macht im Land in die Hände zu bekommen und sich zum unwiderruflichen Herrscher aufschwingen zu können. Doch nun gab es einen winzig kleinen Unterschied: Er würde es nicht mehr für *sich selbst* tun können. Er würde es für die *Drakken* tun müssen!

Wieder streiften seine Blicke den kleinen Tisch, auf dem das zusammengerollte Papier lag, das ihm der *LiinMar* gebracht hatte: der Pakt. Und zum hundertsten Male hoffte irgendein kleiner Teil seines Gehirns, dass dies alles nur ein dummer, böser Traum war, dass sich das Pergament in Luft auflöste und er aufatmend aus diesem Albtraum erwachen würde.

Aber das Papier lag nach wie vor auf seinem Platz.

Es war natürlich nur eine Abschrift, ein auf geheimnisvolle Weise erzeugtes Zweitstück, das ihm der *LiinMar* überlassen hatte.

Aber Chast hatte die Urschrift ebenfalls zu Gesicht bekommen. Der *LiinMar* hatte ihn mitgenommen, mit Hilfe einer unbegreiflichen Kraft, die nicht Magie war, aber dennoch wie Magie funktionierte. Chast hatte sich plötzlich an einem fremden Ort wiedergefunden; einem Ort, der so beängstigend anders war als alles, was er je gesehen hatte, dass beinahe sein Verstand ausgesetzt hatte.

Er stand unvermittelt mit dem *LiinMar* in einer Röhre von so gigantischen Ausmaßen, dass es ihm in der kurzen Zeit, die er dort verbracht hatte, nicht gelungen war, die Orientierung zu gewinnen. Die Röhre hatte einen beinahe so großen Durchmesser, wie der Felsenhimmel vom Erdboden entfernt war. Blendendes Licht herrschte in dieser Röhre, und er stand mit dem *LiinMar* auf einer Konstruktion, die vollständig aus Metall gefertigt zu sein schien und die in der Mitte dieser gigantischen Röhre schwebte. Überall, über ihm und unter ihm, herrschte die Helligkeit und sie war von bläulicher Färbung gewesen. Ein seltsam breiiger Nebel stand in der Ferne, aus dem sich gigantische Konturen herausschälten, gewaltige Klötze und weitere Röhren von der Größe eines Felspfeilers – in verrückten fremden Farben. Aber er war nicht sicher, ob dies nur Einbildung gewesen war – denn er hatte dort nur eine knappe Minute verbracht.

Der *LiinMar* dirigierte ihn in einen metallenen Raum, und zwei dieser ekelhaften Wesen mussten ihn *anfassen* – um ihn zu stützen, denn ihm war schwindelig geworden. In Ermangelung irgendeiner Sitzgelegenheit setzte er sich einige Augenblicke auf den Boden und atmete tief durch.

Als er dann wieder zu sich kam, sah er es.

Er befand sich in diesem Raum, dessen Form irgendwie unbestimmbar war, denn er führte hoch hinauf, schien etliche Winkel und Ecken zu besitzen und war weitestgehend abgedunkelt. Nur eine Sache war hell erleuchtet: eine Art gläserner Kasten, in dem sich eine geöffnete Pergamentrolle befand, genau derjenigen gleichend, die jetzt vor ihm auf dem Tisch lag. Ein halbes Dutzend weiterer dieser *Drakken* befanden sich in dem Raum, jeder von ihnen hielt etwas auf ihn gerichtet, Dinge, die Chast für Waffen hielt.

Dann sah er genauer in den Kasten hinein und untersuchte das Pergament. Der einzige Unterschied zu jenem, in dessen Besitz er jetzt war, bestand darin, dass das Pergament in dem Kasten ein Siegel auf tiefviolettem Lack besaß. Er erkannte es sofort. Es war das Hohe Siegel der Bruderschaft. Darunter befand sich eine Namenszeichnung, und als er auch sie erkannte, stockte ihm der Atem.

Es war die eigenhändige Signatur seines ehemaligen Meisters Sardin!

Noch während Chast versuchte, wieder zu Atem zu kommen, begann der *LiinMar* mit einer Stimme, deren Klang ihn ständig an das Zermahlen von Eis erinnerte, seinem Gast den Grund für diese Zusammenkunft zu erklären: Die Bruderschaft hatte vor zweitausend Jahren darauf geschworen, einen Pakt zu erfüllen – einen Pakt, den *Sardin* mit den *Drakken* abgeschlossen hatte. Und die Erfüllung dieses Paktes wollten die Drakken nun endgültig einfordern …

Wenige Augenblicke später hatte sich Chast wieder in seinem Quartier befunden, allein und mit dem zusammengerollten Pergament in der Hand – der *Zweitschrift* der Paktes. Nur mit Mühe hatte er sich auf seine Bettstatt schleppen können und war dort regelrecht zusammengebrochen.

Bei der Erinnerung an diese Bilder entfuhr ihm ein gequältes Stöhnen.

Er glaubte, dass das schwere Klopfen seines Herzens in diesen anderthalb Tagen, seit er hier saß, um keinen Deut nachgelassen hatte. Noch immer fühlte er sich halb betäubt, hatte es bisher nicht geschafft, die Eindrücke, die ihn auf seiner kurzen wie auch unbeschreiblichen Reise überschwemmt hatten, in einen sinnvollen Zusammenhang zu setzen.

Der Anblick des Pergaments in dem gläsernen Kasten war ihm inmitten dieser Unbegreiflichkeiten fast wie ein rettender Anker der Wirklichkeit erschienen. Welcher Hohn des Schicksals war es jedoch, dass diese Wirklichkeit letztlich den größten Abgrund darstellte, in den er je gestürzt worden war!

Chast sah abermals zu dem Pergament – der *Abschrift* – hinüber.

Der Pakt verlangte, dass die Bruderschaft mit Hilfe ihrer *Rohen Magie* die Herrschaft über das Reich Akrania und dann über den Rest der Höhlenwelt an sich riss, um sie schließlich in die Hände der Drakken zu übergeben. Die Welt sollte zwar weiterhin unter der

Herrschaft der Bruderschaft stehen, aber die Drakken wollten in Wahrheit diejenigen sein, die zu bestimmen hatten. Ein verwegener Plan – er deckte sich jedoch durchaus mit den Zielen, die Sardin damals gehabt hatte.

Doch was hatten die Drakken damit zu tun? Woher kamen diese Wesen? Stammten sie von dieser Welt – vielleicht aus einem fremden, unbekannten Reich verborgener Höhlen, wie man sie allenthalben immer wieder einmal entdeckte?

Das war kaum vorstellbar. Nicht bei einer solchen Rasse, die offenbar über gewaltige Macht verfügte und auf einer Stufe der Entwicklung zu stehen schien, die weit jenseits dessen lag, was es in der Höhlenwelt je gegeben hatte. Nein, eine solch mächtige Rasse wäre in der Höhlenwelt nicht unentdeckt geblieben, zumal es sie ja offenbar schon so lange gab. Der Pakt war vor zweitausend Jahren geschlossen worden.

Es stellte sich die Frage, was die Drakken zu bieten hatten, das Sardin dazu veranlasst hatte, die gesamte Bruderschaft diesen Furcht erregenden Fremden auszuliefern. Sardin hatte damals tatsächlich nicht gelogen – er war nicht verrückt gewesen! Seine wirren Reden von den *Fremden*, dem *Pakt* und dem *Lohn*, den sie erhalten würden, seine Visionen von der Beherrschung der Welt waren die Wahrheit, wenn auch eine größenwahnsinnige Wahrheit gewesen.

Unfassbar!

Chast wusste nicht, ob er dieser Sache gewachsen war. Die Adeptin Leandra war in Sekunden zu seinem allerkleinsten Problem geschrumpft und er hätte sich gern ein ganzes Heer von Leandras im Tausch gegen diesen Irrsinn gewünscht.

Der Pakt enthielt, um seine Einhaltung durchsetzen zu können, ein höchst bedeutsames Merkmal: eine Doppelmagie, die man den *Kryptus* und den *Antikryptus* nannte. Vor zweitausend Jahren waren diese magischen Schlüssel offenbar eine verbreitete Methode gewesen, sich auf magischem Wege an Verträge zu binden. Aber diese beiden Krypti machten Chast Angst. Furchtbare Angst.

Es handelte sich um das Siegel, das sich auf dem Schriftstück befand – es enthielt, so hatte der *LiinMar* ihm erklärt, höchst verzwickte magische Verwebungen, die ausgelöst wurden, wenn man das Siegel erbrach und dazu eine geheime Schlüsselmagie wirkte. Sie gestatteten jeweils der Gegenseite, die Einhaltung des Paktes einzufordern.

Würde die Bruderschaft die Bedingungen des Pakts erfüllen und die Drakken die Gegenleistung schuldig bleiben, dann konnte der *Kryptus* angewandt werden. Wollten hingegen er, Chast, und seine Brüder sich weigern, den Pakt zu erfüllen, dann konnte der *LiinMar* den *Antikryptus* anwenden. Chast hatte keine genaue Vorstellung, was dann geschehen würde – aber es würde für die Bruderschaft ebenso tödlich enden wie im umgekehrten Fall für die Drakken, so viel stand fest. Und es würde kein schöner Tod werden.

Die Gegenleistung der Drakken sollte darin bestehen, dass die Bruderschaft ein geheimnisvolles Objekt namens *Okryll* erhielt. Als Chast zu wissen verlangt hatte, was dieser *Okryll* für eine Bedeutung hatte, hatte ihm der LiinMar mit seinem ekelhaften, kalten Echsenlächeln entgegengehalten, dass *Sardin* dies wisse. Man solle ihn nur fragen.

Chast war verstummt, sich im Unklaren darüber, ob der LiinMar wusste, dass *er* der Verantwortliche für Sardins Tod war. Dass die Drakken davon wussten, dass Sardin nicht mehr lebte, war klar – andernfalls hätten sie sich mit der Einforderung der Leistungen des Paktes nicht an ihn, Chast, gewandt.

Angesichts des Mordes an Sardin hatte er nicht mehr weiterzufragen gewagt. Dennoch – er hätte es tun sollen! Was, beim Stygium, war der *Okryll?* Welcher Art war dieser Gegenstand – wenn er denn ein Gegenstand war –, welches Geheimnis steckte hinter ihm?

Es waren Rätsel über Rätsel. Zweifellos hatte der LiinMar genaue Kenntnis über diesen *Okryll* und auch über die Pläne seiner Artgenossen, selbst wenn er vielleicht nicht der Höchste unter ihnen sein mochte. Aber er hatte Chast in ihrem kurzen, beängstigenden Gespräch nicht mehr mitteilen wollen. Es schien ihm zu genügen, mit dem Pakt die Macht in Händen zu halten, seine Ziele durchsetzen zu können – und das kalte, unbewegte Echsengesicht hatte keine Spur einer Andeutung verraten, was hinter all dem steckte.

Chast atmete schwer ein und wieder aus.

All seine Träume waren dahin, all seine Vorstellung von Macht und Reichtum und der einzigartigen Möglichkeit, die *Rohe Magie* als die einzig wahre und bestimmende Form der Magie auszurufen. Er war jetzt gezwungen, seine Pläne bis zum Ende auszuführen, ja sogar noch viel weiter, als seine Absichten zuerst gereicht hatten – er würde die Herrschaft über die ganze Welt erlangen müssen. Das war nicht einmal besonders abwegig – hatte er erst einmal Akrania vollständig in der Hand, und das stand kurz bevor, dann war er der Herrscher des bei weitem mächtigsten Reiches in der Höhlenwelt. All die anderen Länder – Veldoor, Chjant, Vulkanoor, Og oder die dunklen Küsten von Maldoor – waren nur sehr dünn besiedelt; sie hatten sich nach den Schrecken des Dunklen Zeitalters nie wieder ganz von den stygischen Kräften befreien können. Noch heute gab es weite Landstriche, die völlig unbewohnbar waren, da sich dort die schrecklichsten Monstrositäten tummelten. Nein – nach Akrania kam lange Zeit nichts; es gab kein Reich in der Höhlenwelt, das sich mit ihm hätte messen können. Beherrschte man Akrania, dann beherrschte man die ganze Welt. Und mit seinen Mitteln konnte es ihm in vergleichsweise kurzer Zeit gelingen, all die anderen Länder zu unterjochen, zumal er und seine Brüder über die bei weitem mächtigste Form der Magie verfügten, die es in der Höhlenwelt gab.

Aber dann – was kam danach?

Lieferte er die Welt tatsächlich an diese Drakken aus (was ihm noch immer als ein vollkommen irrwitziger Gedanke vorkam) – was würden diese Wesen dann tun? Würden sie alle Menschen versklaven, um sie Frondienste verrichten zu lassen? Würden sie in scheußlichen Riten irgendeiner Gottheit geopfert? Oder waren diese Drakken gar Menschenfresser?

Chast schwindelte. Es gab nur einen Weg – er musste herausfinden, worin das Geheimnis des *Okryll* lag, den er und seine Brüder erhalten sollten, und er musste ergründen, warum die Drakken diese Welt ausgeliefert haben wollten – wo sie doch zweifellos in der Lage waren, sie innerhalb dreier Tage gewaltsam zu unterjochen.

Er erhob sich ächzend und erklärte sich selbst gegenüber seine Zeit der Klausur für beendet. Er würde auf kein vernünftiges Ergebnis kommen. Er musste seine Schreiber und Skriptoren damit beauftragen, alte Aufzeichnungen zu durchforsten. Seine besten Spione sollten herausfinden, woher diese Drakken stammten und wo sie sich aufhielten. Er selbst und eine Gruppe seiner fähigsten Magier würden indessen nach einem Weg suchen, die Macht des *Antikryptus* außer Kraft zu setzen. Obwohl er eigentlich keinen großen Glauben hegte, dass es wirklich einen solchen Weg gab.

Trotzdem – sie mussten es versuchen. Er fühlte sich außerstande, diesem Befehl der Drakken wie ein kleiner Dienstbote Folge zu leisten. Notfalls würde er sogar nach einem Weg suchen, sie zu vernichten, wenn das irgendwie möglich war. Wo es keinen Gläubiger gab, da konnte auch kein Pakt mehr bindend sein.

*

Sie waren zwei Tage lang durch den Wald nach Süden gelaufen und hatten die Einmündung des Iser in die Morne erreicht. Ulfa war nicht wieder aufgetaucht und Leandra war traurig deswegen. Sie fragte sich, ob der ominöse Prinz, der in ihm stecken mochte, vielleicht Eifersucht empfand, denn Ulfa war in dem Moment wie ein Pfeil davongeschossen, als sie vorgestern Abend auf der Lichtung nach dem Drachentanz Hellami berührt hatte. Allerdings äußerte sie diesen Gedanken gegenüber Hellami nicht. Es war inzwischen auch reichlich überflüssig.

Hellami hatte eine andere Idee. »Vielleicht … ist uns jemand auf der Spur? Du sagst doch, Ulfa würde so etwas merken und sich dann verkrümeln!«

Leandra blieb stehen und sah sich um. Ihre Stirn hatte sich in Falten gelegt. »Daran habe ich noch gar nicht gedacht«, bekannte sie. Langsam und von plötzlichem Misstrauen beseelt, ließ sie ihre Blicke rundum schweifen.

Hellami zog ihren Verdacht selbst in Zweifel. »Obwohl … eigentlich ergibt das nicht viel Sinn«, meinte sie. »Ulfa ist seit zwei Tagen fort – das würde bedeuten, dass man uns seit zwei Tagen beobachtet. Warum sollte man uns dann nicht gleich einfangen?«

Leandra hob die Achseln. »Vielleicht, weil man rauskriegen will, was wir vorhaben.«

Hellami verzog das Gesicht. »Also – wenn Chast uns auf den Fersen ist – und ich wüsste nicht, wer es sonst sein sollte –, dann dürfte ihm sonnenklar sein, was wir tun wollen. Meinst du nicht?«

»Du meinst, nach Savalgor zu gehen und ihm Ärger zu bereiten?« Sie schüttelte den Kopf. »Nein. Ganz so einfach ist es nicht, glaube ich. Es könnte ihn zum Beispiel interessieren, ob ich die Jambala noch habe. Oder ein anderes der Drei Stygischen Artefakte.« Noch immer strichen ihre aufmerksamen Blicke über die Büsche und Bäume, das Flussufer und den angrenzenden Wald.

»Nichts zu sehen«, sagte sie leise.

Hellami folgte stumm ihren Blicken.

Der Wald um sie herum lag im warmen Abendlicht, und der Iser, der hier eine Breite von immerhin schon gut fünfzig Schritten erreicht hatte, strömte bereitwillig und ohne jedes Aufsehen in die Morne hinein – den viel breiteren Mutterfluss, der aus dem Norden kam, aus den Steppen von Nordakrania, wo es nur Gras, weite Ebenen und riesige Herden von wilden Mulloohs gab.

Hier, wo sich das Flüsschen aus Angadoor mit der Morne vereinte, strebte ein schmaler Stützpfeiler zum Felsenhimmel auf. An seiner Westseite klammerten sich die Ausläufer eines Fichten- und Kiefernwaldes bis in große Höhen an seiner steilen Flanke fest, während der graue Fels der Westseite des Pfeilers senkrecht in die Wasser der Morne hinabstürzte. Noch weiter westlich, jenseits des großen Flusses, begannen die dunklen Weiten des Mornewaldes, aus dem sich hier und dort andere, mitunter sehr mächtige Stützpfeiler erhoben und zu einem Teil des Felsenhimmels aufstrebten, der niedriger war und über weite Strecken keine oder nur winzigkleine Sonnenfenster aufwies.

Wie überall an Orten, die in ewigem Schatten lagen, rankten sich allerlei Legenden um diese dunklen Teile des Waldes. Meistens gab es jedoch nichts Besonderes, sah man einmal davon ab, dass das ewige Dämmerlicht die Vorstellungskraft der Menschen beflügelte. Es war eine Gegend von eigentümlicher Schönheit, hier, wo das lichte Hochland des Nordens, getrennt durch die grünen Wasser der Morne, auf den dunklen Mornewald traf. Leandra war noch nicht oft hier gewesen.

Sie deutete am Ufer der Morne entlang, dorthin, wo der steile Fels des Stützpfeilers das Ufer des Flusses bildete. »Dort oben, siehst du?«, sagte sie. »Da wohnt der Schmied. Er heißt Marthis.«

Erstaunt folgten Hellamis Blicke der deutenden Hand ihrer Freundin. Dann schließlich, nach einigem genauen Hinsehen, erkannte sie endlich seine Behausung. Sie lag mindestens hundert Ellen über dem Wasser und schien direkt in den Felsen gehauen zu sein. Sie stieß einen leisen Pfiff aus. »Da oben? Uh ... der Mann muss aber ziemlich schwindelfrei sein!«

Leandra lächelte. »Ja, wahrscheinlich. Er hat mir erzählt, dass er einmal, vor vielen Jahren, von da oben aus ins Wasser gesprungen ist. Einmal musste er es tun, sagte er.«

Hellami starrte sie mit ungläubigen Augen an. »Du verkohlst mich!«

Leandra schüttelte heftig den Kopf. »Nein, nein. Ist wirklich wahr. Ich glaube es ihm jedenfalls.« Sie setzte sich in Bewegung und zog Hellami mit sich. »Er erzählte, wie er damals an diesen Ort gezogen war, vor fünfundzwanzig Jahren oder so, weil er dort oben eine herrliche kleine Höhle entdeckt hatte, samt einem gangbaren Weg hinauf und einem kleinen Felsabsatz, auf dem er sich einen Balkon bauen konnte. Er meinte, dass es für ihn nur diese eine Schwierigkeit gab – nämlich jeden Tag mehrfach in diesen Abgrund hinab zu sehen und immer mit der Angst zu leben, dass er vielleicht irgendwann mal ausrutschte und hinunterfiel. Dieser ... *Balkon* ist nämlich sehr schmal, weißt du?«

Hellami schüttelte ungläubig den Kopf und sah zu der Stelle an der Felswand hinauf. Sie marschierten über einen kleinen Pfad am Ufer entlang, nicht mehr weit vom Fuß des Stützpfeilers entfernt. Der Pfad mochte von Mensch und Tier gleichermaßen benutzt werden, er war jedoch kaum zu erkennen – sicher kamen nicht viele Leute im Laufe eines Jahres hierher.

»Und da dachte er«, folgerte Hellami, »... bevor es mich irgendwann einmal erwischt, springe ich lieber freiwillig!«

Leandra nickte. »Ja, so ungefähr hat er sich ausgedrückt. Er sagte, er hätte einfach wissen müssen, wie es ist, wenn man da runterzischt, um die Angst verlieren zu können. Also atmete er eines Morgens, als er aufwachte, zehnmal tief durch, ging raus auf seinen Balkon und ließ sich fallen.«

Hellami starrte Leandra an. »Und?«

Leandra zuckte die Schultern. »Nun – ein paar Augenblicke später war er unten.«

»Ja doch! Ich meine – ist ihm etwas passiert?«

»Nein«, antwortete Leandra und schüttelte die Kopf. »Er sagte, er hätte vor lauter Aufregung ganz vergessen, die Luft anzuhalten. Aber als er dann wieder nach oben kam, wäre alles ganz leicht gewesen.«

Hellami stöhnte auf und schlug die Hand vor die Stirn. Sie musterte abermals die Steilwand und schüttelte den Kopf. »Da oben – da würde ich nie im Leben wohnen wollen! Geschweige denn von dort runterspringen!«

Leandra lächelte nur.

»Der Kerl muss verrückt sein!«, stellte Hellami fest.

»Ja, schon möglich.«

Sie marschierten weiter den Pfad hinab und erreichten bald den Fuß des Pfeilers. Er war eher schmal; in der Mitte, dort, wo die Pfeiler meist am dünnsten sind, mochte er nur etwa dreihundert Schritt Durchmesser haben. Hier oben im Hochland, zumal an Stellen, wo der Felsenhimmel niedrig war, strebten die meisten Pfeiler nur zwischen fünf und sieben Meilen in die Höhe, bis sie den Felsenhimmel erreichten. Nach Westen hin schloss sich ein großes Sonnenfenster an, das inzwischen in gelb-rötlichem Licht erstrahlte – die Dämmerung kündigte sich an.

Sie gingen ein Stück nach Westen, um den Pfeiler herum, und erreichten bald felsiges Gelände. Ein Pfad, der an der Flanke des Pfeilers hinaufführte, war gut zu erkennen. Hier und da, an ausgesetzten Stellen, waren rohe Stufen zu erkennen, die vor langer Zeit jemand in den Fels gehauen hatte.

Leandra ging voran.

»Denkst du, er freut sich über unverhofften Besuch?«, fragte Hellami.

»Er ist nett – er spinnt nur ein bisschen. Du wirst schon sehen …«

Wie auf ein gemeinsames Kommando fuhren beide herum, als sie hinter sich das Geräusch fallender Steine hörten. Leandra hätte vor Schreck beinahe das Gleichgewicht verloren.

Sie hatten bereits etliche Dutzend Schritte an Höhe hinter sich gebracht und befanden sich in steilem, felsigem Gelände, das aus herumliegendem Geröll bestand und von niedrigem Buschwerk durchsetzt war. Nicht weit hinter ihnen polterten Steine den Abhang hinab und kamen schließlich zur Ruhe.

»Warst *du* das?«, flüsterte Leandra beunruhigt.

»Ich? Blödsinn!«, gab Hellami zurück. »Die Steine sind doch da drüben abgegangen, das siehst du doch!«

Beide studierten mit misstrauischen Blicken den felsigen Hang. Erstes Dämmerlicht hatte eingesetzt – ein Verfolger hätte sich leicht an Dutzenden von Stellen verbergen können.

»Es war wohl nichts«, sagte Hellami leise. »Manchmal lösen sich einfach nur ein paar Steine. Vielleicht war es ein Tier.«

Leandra starrte weiter in die Umgebung.

»Ja«, sagte sie schließlich. »Hoffentlich hast du Recht. Los, lass uns hinaufsteigen. Ich bin froh, wenn wir endlich da sind. Mir tun die Füße weh.«

Damit wandte sie sich um und stieg voran. Leiser jedoch als zuvor, vorsichtiger auftretend und dabei genau lauschend, ob sich hinter ihnen abermals ein paar zufällige Steine lösen mochten. Hellami folgte ihr und sie war nicht minder beunruhigt.

8 ♦ Die Schmiede

Als sie den kleinen Felsabsatz erreicht hatten, den Marthis seinen *Balkon* nannte, war es still geworden. Marthis' Behausung lag auf der sonnenabgewandten Seite des Pfeilers und der Abend war hereingebrochen. Die Sonnenfenster in der Umgebung sandten rötlich goldenes Licht in die Welt hinab, das stetig abnahm. Es war windstill und bis auf den entfernten, gelegentlichen Schrei eines Felsdrachen war nichts zu hören. Aus Marthis' Behausung war ebenfalls kein Laut zu vernehmen.

»Ob er vielleicht nicht da ist?«, flüsterte Hellami beunruhigt.

Leandra musterte die Holzwand, die in den Felsen eingepasst war. Sie verschloss den Zugang zu der natürlichen Höhle, die sich Marthis zu seinem *Haus* ausgebaut hatte. Die Machart dieser Holzwand war eines geübten Handwerkers würdig. Sie hinterließ alles andere als den Eindruck einer heruntergekommen Behausung – im Gegenteil. Nur zwei, drei Schritte hinter den Mädchen ging es, durch ein stabiles Holzgeländer gesichert, hinab in schwindelnde Tiefen. Hellami wagte einen angstvollen Blick. Die Morne floss dort unten trügerisch ruhig dahin. Sie konnte sich nicht vorstellen, wie ein Mensch einen Sturz dort hinab überstehen sollte.

Es gab ein winziges Guckloch in der Tür und in der Wand daneben noch ein kleines Fenster, das vergittert war. Beide waren dunkel. Allein eine Pflanze in einem großen Topf neben der Tür kündete davon, dass hier zumindest in den letzten zwei Wochen noch jemand gewesen sein musste, denn sie war nicht vertrocknet. Leandra beugte sich hinunter und befühlte die Erde mit den Fingerspitzen. »Noch ein bisschen feucht«, stellte sie fest.

Hellami war ungemütlich zumute, das war ihr deutlich anzusehen. Sie blickte abwechselnd zwischen der Tür und dem Felssteig, über den sie gekommen waren, hin und her, so als mache sie sich darauf gefasst, dass in Kürze von irgendwo eine Gefahr auftauchen würde. »Vielleicht sollten wir lieber verschwinden«, sagte sie leise.

Leandra antwortete nicht. Sie trat vor die Tür und klopfte sachte an das Holz.

Nichts rührte sich.

Sie klopfte noch einmal, diesmal lauter, aber sie bekam wieder keine Antwort.

Leandra blickte Hellami kurz fragend an, nahm dann den Türgriff in die Hand und drückte ihn vorsichtig nieder.

Die Tür öffnete sich leise knarzend, aber es drang keine Helligkeit durch den Spalt nach außen. Drinnen musste es stockfinster sein. Abermals trafen sich Leandras und Hellamis Blicke. Dann stieß Leandra die Tür entschlossen auf. Vor ihnen lag die Dunkelheit des Raumes.

Nichts regte sich und keine Stimme ertönte. Drinnen war es kalt und leer.

Im nächsten Augenblick flammte ein Licht in der Mitte des Raumes auf und Hellami trat erschrocken einen Schritt zurück.

Leandra fasste sie am Arm. »Keine Angst – das war *ich*«, sagte sie leise.

Hellami verstand – ihre Freundin hatte eine Magie gewirkt.

»Daran muss ich mich erst gewöhnen«, ächzte sie. »Als Magierin habe ich dich noch nicht oft erlebt.«

Vor ihnen lag der vordere Raum von Marthis' Höhlenwohnung – im orangegelben Licht einer kleinen Flamme, die in der Mitte des Raumes unter der Felsdecke schwebte. Ein Durchgang an der gegenüberliegenden Wand führte in weitere Räume.

Vorsichtig traten sie in den ersten Raum und sahen sich um. Dies war so etwas wie Küche und Wohnraum zugleich. Ein Tisch mit ein paar rustikalen Sitzmöbeln stand gleich links, darüber hing an Seilen ein breites Brett an der Wand, auf dem sich hölzernes und tönernes Geschirr stapelte. Ein selbst gezimmerter Schrank schloss sich an; rechts gab es einen offenen Küchenherd mit einem Abzug in der Höhlendecke. Marthis hatte Leandra damals erklärt, dass er diese Höhle nur deswegen hatte beziehen können, weil es einige Spalten in der Felsdecke gab, die weit in die Höhe führten und durch die der Rauch seiner Schmiede abziehen konnte. Er hatte nie herausgefunden, wo diese Spalten wieder ins Freie mündeten – möglicherweise hoch droben im Felspfeiler. Aber als Kamine zogen sie hervorragend; Marthis hatte das nach Belieben regeln können, indem er die Eingangstür öffnete oder schloss.

»Es sieht ziemlich aufgeräumt auf«, stellte Hellami fest. Sie sprach noch immer sehr leise, so als wäre sie nicht überzeugt, dass Marthis' Behausung auch wirklich leer war.

»Ich möchte wissen, wo er ist!« Leandras Stirn hatte sich in Falten gelegt. »Gewöhnlich müsste er um diese Zeit hier sein. Es ist Abend.«

»Was ist mit dem Ausgangsverbot?«, fragte Hellami. »Ich meine … wissen die Leute von der Präfektur, dass er hier lebt – ganz allein?«

Leandra hob die Schultern. »Soweit ich weiß, ja. Er sagte, das Verbot gälte auch für ihn. Allerdings – hier ist ja niemand, der das überprüfen könnte. Ich bezweifle, dass sie extra einen Posten eingerichtet haben, um einen Einsiedler wie ihn zu überwachen.«

Hellami durchwanderte den Raum und sah sich genauer um. Der Tisch war leer geräumt; in einer tönernen Waschschüssel lagen ein einsamer Holzteller und ein Tonkrug – beides sauber und trocken. Auf einem Tisch, der Marthis für die Zubereitung seiner Mahlzeiten dienen mochte, lagen zwei Gabeln und ein Löffel. Hellami klappte einen Brotkasten auf.

»Das Brot ist noch frisch«, stellte sie fest. »Er muss wenigstens vor zwei Tagen noch hier gewesen sein.« Sie wandte sich um. »Was machen wir jetzt? Warten?«

Leandra wirkte unruhig. »Ich weiß nicht …«, sagte sie leise. Sie ging langsam auf den Durchgang zum nächsten Raum zu.

»Was ist denn?«, fragte Hellami angespannt. Leandras Nervosität wirkte ansteckend auf sie.

Leandra blieb stehen und wies in die Runde. »Es ist alles ein wenig zu sauber und aufgeräumt. Als ich das letzte Mal hier war, herrschte ziemliche Unordnung.«

»Er könnte unterwegs sein«, meinte Hellami. »Räumte alles auf und machte sich auf den Weg in irgendeine Stadt. Um … etwas zu besorgen.«

Leandra verzog das Gesicht. »Aber was? Er hatte doch alles hier. Er sagte, er ginge nur einmal im Jahr von hier weg.«

Hellami lächelte schwach. »Na ja – vielleicht ist es ausgerechnet jetzt, dieses eine Mal.«

Leandra erwiderte nichts und setzte sich wieder in Bewegung. Hellami bemerkte, dass Leandra das kleine Licht unter der Decke folgte. Sie tat es ebenfalls.

Als Nächstes erreichten sie die Werkstatt und Schmiede. Dieser Höhlenraum war sehr geräumig, mindestens viermal so groß wie der erste und doppelt so hoch. Hellami atmete erstaunt auf und sah in die Höhe. Dort oben verjüngte sich die Decke zu einem breiten Spalt, der in der Dunkelheit verschwand. In der Mitte des Raumes war eine große ummauerte Feuerstelle errichtet, von der Decke hingen an beweglichen Holzbalken allerlei Ketten, Flaschenzüge und Hebevorrichtungen herunter. Daneben waren zwei Ambosse auf großen Holzblöcken aufgebaut. Der Raum war annähernd rund; überall an den Wänden waren breite, hölzerne Werkbänke montiert. Darüber hingen, an Haken, Gestellen und Brettern, eine Unzahl von Werkzeugen. Es war kalt.

»Huh!«, machte Hellami. »Hier gibt es alles, was sich ein Handwerker nur wünschen kann!«

Sie trat zu einem der Tische und streckte die Hand nach einer großen eisernen Zange aus. »Das sieht eigentlich eher nach der Schmiede einer großen Stadt aus!«, sagte sie. »Eine, in der jeden Tag von früh bis spät die Hämmer geschwungen werden. Wie viel stellt denn dieser Marthis her? Und an wen verkauft er all seine Dinge?«

»Das habe ich mich auch schon gefragt«, antwortete Leandra. Sie stand an der Feuerstelle und befühlte mit den Fingerspitzen ein paar der Kohlen. Alles war kalt, auch in der Mitte. »Vielleicht macht er gar nicht so viel und hat nur seinen Spaß daran, so eine schöne, große Werkstatt zu haben. Allerdings ... nun, er ist weithin bekannt. Ein Meister seines Faches, wie man hört.«

Leandras Licht schwebte nun weit oben unter dem Spalt, der in die Höhe führte, und beleuchtete von dort aus den Raum. Hellami trat zu ihr und sah hinauf.

»Wie machst du das?«, wollte sie wissen.

Leandra stieß ein kurzes Lachen aus. »Weiß ich auch nicht. Ist mir selbst ein Rätsel. Ich spreche einfach nur ein, zwei Intonationen aus und schon ist es da!«

Hellami knuffte sie in die Seite. »Quatsch. Ich weiß, dass es eine richtige Wissenschaft ist. Meinst du, ich kann das auch? Kannst du es mir beibringen? Wenigstens ... so ein Licht zu machen?«

Leandra musterte ihre Freundin. Sie wusste, dass sie Hellami alles geben würde – was immer sie von ihr verlangte. Früher einmal wäre sie arg mit dem Kodex der Magiergilde in Konflikt geraten, hätte sie jemandem wie Hellami auch nur den Wortlaut einer Intonation verraten. Aber heute – nun, heute gab es keine Gilde mehr und in dieser Lage war das schon fast ein Vorteil. Jetzt, da es möglicherweise auf den Mut und das Geschick Einzelner ankam, um das Schicksal des Landes wieder aus diesem dunklen Abgrund zu reißen, wäre die Verbindlichkeit des Kodex nur ein Hindernis gewesen, komplizierte Aufgaben zu lösen.

Ja, dachte sie, es wäre durchaus möglich, einem Mädchen wie Hellami eine so einfache Sache wie das Erzeugen eines magischen Lichtes beizubringen. Sie hatte ja damals auch Victor beigebracht, das *Trivocum*, die Grenzlinie zwischen den Sphären des Diesseits und des Stygiums, erblicken zu können.

Nun, es kam auf das Talent des Schülers an. Intelligenz und ein möglichst großes Vorstellungsvermögen waren unabdingbar. Und, wie sich bei Victor herausgestellt hatte, auch der Umstand, dass der Schüler nicht mit einer fest verankerten und zugemauerten Vorstellungswelt verhaftet war. Letzteres wäre sehr hinderlich auf dem Weg gewesen, das Trivocum sehen zu können – diesen blass rötlichen Schleier, der die Welt durchzog und der nur von Menschen wahrgenommen werden konnte, die speziell dafür ausgebildet waren – die Magier der Höhlenwelt.

Victor hatte sich damals sehr schwer getan, den Schritt von seiner normalen Vorstellungswelt in die übersinnliche, unbekannte Welt der Magie zu vollführen. Sein Verstand hatte einfach nicht einsehen wollen, dass es *da noch etwas gab*, etwas Weiterführendes, Mystisches und dennoch Wirkliches – so sehr sein Wille es auch wahrhaben wollte.

»Jetzt nicht«, sagte Leandra. »Ein andermal, wenn die Gelegenheit günstiger ist.« Sie sah sich um. »Ich möchte lieber wieder von hier verschwinden. So schnell es geht. Mir ist die Sache hier nicht ganz geheuer.«

»Willst du die *Jambala* etwa hier lassen?«, fragte Hellami erstaunt.

Leandra schüttelte den Kopf. »Nein, das geht nicht. Ich brauche sie.«

Hellami folgte unsicher ihren Blicken. »Na, dann lass uns schnell machen! Weißt du, wo Marthis sie aufbewahrt?«

»Leider nein. Aber ich habe eine Idee ...«

Leandra durchquerte die Werkstatt und hielt vor einer breiten Holzwand an, die in einen Durchstoß der Höhlenwand eingebaut war. Sie zögerte kurz, trat dann vor und drückte kräftig gegen eines der Bretter. Ein Laut erklang und das Brett gab nach. Leandra griff in den Spalt und zog die komplette Holzwand nach außen. Ein riesiger Türflügel öffnete sich mit einem mahlenden Geräusch.

Hellami entfuhr ein überraschter Laut, als sie sah, was sich hinter der Wand verbarg.

Im orangegelben Schein des magischen Lichtes, das jetzt direkt über Leandras Kopf schwebte, enthüllte sich ein wahrer Schatz an Waffen. Blank poliertes Metall schimmerte und warf das warme Licht in allen Tönen zurück.

In einer breiten Waffensammlung, die sich hinter der Holzwand befand, waren Schwerter, Säbel, Dolche, Streitäxte und Spieße wie in einer Galerie aufgereiht. Der Größe nach sortiert, hingen dort eine Reihe von spitzen Messern und darunter eine Auswahl von schlanken Rapieren. Alle Waffen sahen schon auf den ersten Blick nach so hervorragender Machart aus, dass gar kein Zweifel aufkommen konnte, dass sie von allerhöchster Qualität waren. Sie bildeten einen Gegensatz zu der ansonsten derben Einrichtung dieser Schmiede, denn sie sahen sehr kostbar aus. Ein Schatz, den man eigentlich nicht für längere Zeit unbeaufsichtigt allein zurückließ. Das wurde nun auch Hellami klar.

Hellami schluckte. »Ist sie … dabei?«

Leandra musterte den Inhalt der Waffensammlung und schüttelte dann den Kopf. »Nein. Aber das habe ich auch nicht erwartet. Doch er hat mir einmal eine sehr kostbare Waffe angeboten. Ich sah nicht genau, woher er sie holte, aber irgendwo hier drin gibt es noch einen weiteren Platz …«

»Puuh!«, machte Hellami und trat neben Leandra. »Das sind teure Stücke. Was ist, wenn er jetzt …«, und damit deutete sie zur Tür, »… ganz plötzlich herein kommt?«

Leandras Blicke folgten Hellamis ausgestrecktem Finger. Doch die Tür zur Küche blieb dunkel, kein Marthis tauchte dort auf. Sie wandte sich der Sammlung wieder zu und ließ ihre Blicke über die Waffen schweifen.

»Hier, schau mal!«, sagte sie und löste eine schlanke, mittellange Klinge aus einem Halter. Sie hielt sie Hellami hin und maß sie dabei an ihrer Freundin, wie sie vielleicht ein Kleid an ihr messen würde.

»Meinst du, sie steht mir?«, fragte Hellami leicht belustigt.

Leandra schüttelte den Kopf. »Nein, nein. Ich meine nur die Länge. Und das Gewicht. Streck mal deinen Arm aus!«

Hellami tat, wie ihr geheißen. Leandra hielt das Leichtschwert an ihren Arm. »Fast ein bisschen zu kurz«, stellte sie fest. »Aber trotzdem: besser zu kurz als zu lang. Ich glaube, das behältst du!«

Leandra nahm eine passende Lederscheide aus dem Arsenal, steckte das Schwert prüfend hinein und reichte es dann Hellami.

Hellami sah sich unruhig um. »Warum ausgerechnet Waffen von hier? Ich fühle mich wie ein Dieb. Können wir nicht anderswo welche kaufen?«

Leandra schüttelte entschieden den Kopf. »Nein. Es muss so eine sein – aus Tharuler Stahl. Ich erkläre dir später, warum.« Damit wandte sie sich wieder den Waffen zu. Sie musterte eine Zeit lang einen bestimmten Teil der Rückwand und tastete dann die Kanten eines Brettes ab, das ein Teil der Rückwand war.

»Was tust du da?«, fragte Hellami.

»Ich suche was …«, ächzte Leandra, die inzwischen an irgendetwas zog, »ein … *Geheimfach.*« Kaum hatte sie das Wort ausgesprochen, gab etwas mit einem Knall nach und Leandra taumelte zurück und landete auf dem Hosenboden. Sie stand rasch wieder auf und machte sich abermals an der Rückwand zu schaffen.

»Ein Geheimfach?«

»Na ja, sagen wir: die Abteilung für besondere Stücke. Und jetzt …«

Leandra zog abermals an dem Brett – und diesmal schwang ein Teil der Rückwand herum und gab einen weiteren Teil preis, an dem noch mehr Waffen in Halterungen hingen. Waffen von exquisiter Machart.

Hellami streckte sofort die Hand aus. »Das da!«, sagte sie.

Leandra stieß einen Seufzer der Erleichterung aus, schüttelte dann aber den Kopf. »Nein, mein Goldstück, falsch geraten. Besondere Dinge, wie die Jambala, versuchen sich eher in der Masse zu verbergen. Das dort!«, sagte sie und deutete auf ein Schwert, das in einer ledernen Scheide ganz rechts hing.

Hellami trat neugierig vor und streckte die Hand nach der Waffe aus.

»Halt!«, rief Leandra, sprang vor und hielt Hellamis Arm zurück.

Hellami stieß einen erschreckten Laut aus und zog die Hand zurück, als sei sie im Begriff gewesen, versehentlich etwas glühend Heißes zu berühren. Leandra nickte ihr mahnend zu und griff selbst nach der Waffe. Mit einer gewissen Ehrfurcht nahm sie das Schwert von seiner Halterung herab.

»Man darf die *Jambala* nicht berühren! Weißt du nicht mehr?«

Hellami stieß einen Laut der Erleichterung aus. »Ja, verdammt. Das hatte ich vergessen.«

Leandra hielt das Schwert hoch. Es steckte in einer ledernen Scheide, und sah man einmal von dem Griff ab, der etwas ungewöhnlich geformt war, war im Augenblick nichts Besonderes daran zu erkennen.

»Schau mal«, sagte sie leise. »Marthis hat einen kleinen Lederschutz über den Griff gearbeitet. Damit erkennt man sie von außen eigentlich gar nicht mehr.«

Hellami ächzte. »Also … eben hast du noch gesagt, man dürfe sie nicht *berühren!*«

Leandra schüttelte den Kopf. »Stimmt schon. Aber dass ich dich zurückgehalten habe, war nur aus Vorsicht. Was man nicht darf, ist, sie aus der Scheide zu ziehen.«

Als wollte sie ihre eigene Rede widerrufen, tat sie nun genau dies. Mit einem hellen Singen glitt die Jambala heraus. Hellami trat einen Schritt zurück.

» … niemand außer mir«, fügte Leandra hinzu.

Sie hielt die Klinge in die Höhe, und es war für Hellami leicht zu erkennen, dass dieses Schwert weit mehr war als nur ein geschärftes Stück Metall. Es war, als hätte die Jambala im Augenblick ihres Erscheinens von der gesamten Schmiede Besitz ergriffen. Das Metall des Schwertes funkelte in hellem Gold und es war, als reflektiere es *mehr* Licht, als überhaupt in der Schmiede vorhanden war. So als besäße es eine eigene, innere Lichtquelle. Die Klinge selbst hatte einen delikaten Schwung, war unendlich fein gearbeitet, und Hellami dachte, dass der weibliche Name bestens passte: Dieses Schwert war von der Formgebung und der Ausstrahlung her eindeutig eine *Sie*. Allerdings eine äußerst kriegerische *Sie*. Was Hellami eigentlich nicht sonderlich gefiel.

»Spürst du es?«, flüsterte Leandra.

»Ich spüre eine ganze Menge«, antwortete Hellami befangen. »Meine Freude hält sich allerdings in Grenzen. Das ist ... ein *ziemliches* Mordinstrument, nicht?«

Leandra nickte langsam, während ihre Blicke in einer Art gebannter Abwesenheit an der Klinge hafteten. »Ja«, sagte sie dann und ließ das Schwert wieder sinken. »Du hast ein sehr feines Gespür.«

Im nächsten Moment trat sie zu Hellami und umarmte sie fest, die in der Scheide steckende Jambala noch immer in einer Hand haltend. »Ich bin sehr froh, dass du das so empfindest!«

Hellami war befremdet, erwiderte aber die Umarmung. »Geht es schon los?«, fragte sie, ein wenig provozierend.

Leandra ließ überrascht von ihr ab und trat einen Schritt zurück. Dann blickte sie auf die Jambala in ihrer Hand und nickte langsam. »Ja. Schon möglich.«

Hellami holte tief Luft. »Gut. Ich meine ... nun, lass uns verschwinden. Wir haben alles, oder?«

Leandra blickte zu dem Waffenschrank hinüber und dachte kurz nach. »Nein. Noch nicht ganz.« Sie legte die Jambala sacht zu Boden und trat noch einmal vor die Sammlung der Waffen. Unten befanden sich einige Schubladen und Türen und sie kniete nieder und öffnete sie der Reihe nach. Nach einigem Suchen fand sie, was sie noch haben wollte. Sie zog ein kleines, in Leder geschlagenes Bündel hervor.

»Was ist das?«, fragte Hellami.

»Das ist ...«, begann Leandra, lächelte dann schwach und winkte wieder ab. »Ich zeig es dir später. Lass uns jetzt lieber gehen.«

Hellami zuckte die Schultern. Von einer seltsamen Erregung ergriffen, beugte sie sich hinab und nahm vorsichtig die Lederscheide mit der Jambala vom Boden auf. Leandra beobachtete sie interessiert dabei.

Hellami hielt das Schwert befangen vor sich, so als erwarte sie, dass etwas passierte. Aber nichts tat sich. Sie atmete angespannt auf und sagte dann: »Hier. Dein Schwert.«

Leandra nahm die Jambala nicht gleich. Für Momente genoss sie das Einvernehmen zwischen sich und ihrer Freundin. Es tat ihr gut, dass Hellami die Jambala auf die gleiche Weise wie sie selbst fühlte. Das Schwert strahlte ohne Zweifel eine fremdartige Faszination aus. Aber seine Bedrohlichkeit und die ihm innewohnende Aura der Gefahr und der unheilvollen Verheißung waren ebenso deutlich zu spüren. Ja, Leandra hatte treffend gesagt, dass sie nicht in diesem Sinne eine Kämpferin sei; dass es ihr kein Vergnügen bereite, mit Schwertern auf Gegner einzuschlagen. So gesehen stellte die Jambala in ihrem Leben eine Nötigung dar. Eine harsche Nötigung sogar. Der Zugriff einer fremden Macht auf ihre Dienste – so rechtschaffen die damit verbundenen Ziele auch sein mochten. Schließlich nahm sie das Schwert.

Sie wandte sich um und schloss die Rückwand des Waffenschranks und den Schrank selbst. »Komm, lass uns verschwinden«, sagte sie dann.

Sie verließen die Schmiede und betraten wieder die vorderen Räume von Marthis' Behausung. Hellami bemerkte, dass das kleine Licht noch immer strahlte – und ihr nun abermals folgte. Leandra musste viel geübt haben. Sie war offenbar in der Lage, ihre Magie sogar dann zu kontrollieren, wenn sie einer ganz anderen Tätigkeit nachging.

»Was ist mit einer Nachricht? Sollten wir Marthis nicht wenigstens eine Nachricht hinterlassen?«

Leandra nickte. »Ja, du hast Recht. Komm, ich werde sie hier auf den Küchentisch legen.«

Als Hellami die Küche erreichte, machte sich Leandra

schon an ihrem Rucksack zu schaffen. »Ein wenig Papier hat Vater mir schlauerweise eingepackt«, sagte sie. »Schau mal, ob du irgendwo einen Kohlestift oder eine Feder und Tinte findest.«

Während Leandra das Papier hervorholte, ihren Rucksack gleich wieder sorgsam zusammenpackte und verschnürte und auch die Jambala an der dem Rücken zugewandten Partie die Rucksacks mit den Lederschnüren der Scheide befestigte, sah sich Hellami um. In einer Kiste unter einer Bank fand sie eine ganze Hand voll Kohlestifte.

»Hier!«, sagte sie und reichte Leandra einen davon.

Leandra setzte sich und begann zu schreiben.

»Und du meinst, es ist Marthis recht, wenn wir einfach eine seiner Waffen klauen?« Sie hielt ihr Schwert in die Höhe.

»Das ist sicher in Ordnung. Er war ein guter Freund von Munuel und ist auch so etwas wie ein Magier. Er stammt aus Tharul, weißt du?«

Hellami nickte. »Ja, du sagtest schon, dass die Waffen aus Tharuler Stahl sind. Das ist doch die Stadt der berühmten Waffenschmiede, nicht wahr?«

»Genau. Ich bin sicher, er würde es erlauben. Uns verbindet der Kampf gegen die Bruderschaft.« Sie schrieb ihre Notiz zu Ende. »So.«

Sie erhob sich entschlossen, schulterte ihren Rucksack und legte das Papier mitten auf den Tisch.

Hellami ließ es sich nicht nehmen, einen Blick darauf zu werfen. »Hm. Das sagt nicht viel aus, was hier steht. Du hast nicht mal deinen Namen darauf geschrieben.«

Leandra schüttelte den Kopf. »Zu gefährlich. Wer weiß, wer diesen Zettel in die Hände bekommt. Findet ihn hingegen Marthis, dann wird er schon wissen …«

Damit, dass in diesem Augenblick mit lautem Krachen die Tür auffliegen würde, hatte keine von ihnen gerechnet. Hellami prallte erschrocken zurück und Leandras Hand fuhr sofort über die linke Schulter in Richtung der Jambala, deren Griff zwischen ihrem Rücken und dem Rucksack hervorragte.

Es war nicht Marthis, der gekommen war.

Es waren fremde Männer und es waren viele. In Sekunden hatten sich schon fünf durch die Tür gedrängt und sie hatten ihre Schwerter gezogen. Dann kam ein weiterer Mann herein, er war groß und trug eine dunkle Mönchskutte.

Leandra stöhnte auf.

9 ♦ Abgründe

Leandra hatte den Namen »Chast« schon auf der Zunge. Doch einen Augenblick später erkannte sie, dass nicht er es war. Eine unsägliche Erleichterung überkam sie. Wer auch immer dies sein mochte, sie rechnete sich schon Momente später wieder Aussichten aus, entkommen zu können.

Jeder durfte es sein, nur Chast nicht. Für Chast würde sie zuvor ein besonders tiefes Durchatmen brauchen. Und sie hatte sich vorgenommen, dass *sie* es sein würde, die sich für diese Begegnung entschied – nicht er. Es war noch lange nicht soweit. Sie hatte vor, sich zu wappnen und sich auf diese Begegnung gründlich vorzubereiten. Sie wollte nichts dem Zufall überlassen.

Der hoch gewachsene Mönch, der ihr nun gegenüberstand, fünf Schritte entfernt, streifte langsam seine Kapuze zurück. Darunter kam ein Gesicht zum Vorschein, das sie glaubte schon einmal gesehen zu haben. Es war ein Gesicht wie aus Stein, mit dunklen Augen, die in tiefen Höhlen lagen, und einem kurz geschorenen schwarzen Kinnbart. Die Wangen waren hohl, die Wangenknochen schon fast überzeichnet scharf, sodass man den Knochenschädel, der unter der Haut lag, erahnen konnte. Das Haar das Mönches kräuselte sich in kurzen schwarzgrauen Locken. Um ihn herum standen sechs Männer mit gezogenen Waffen. Sie trugen unter grauen Wettermänteln dunkle Kleidung, und keiner von ihnen erweckte den Eindruck, als wäre mit ihm zu spaßen. Hellami suchte angstvoll Leandras Nähe.

»Ich kenne dich«, sagte Leandra in angespannter Ruhe zu dem Mann.

»Ja … Adeptin Leandra«, erwiderte ihr Gegenüber.

»Wer bist du? Einer von Chasts Leuten?«

Das Gesicht des Mannes blieb unbewegt. Leandra registrierte nebenbei, dass es noch immer *ihr* Licht war, das hier für Helligkeit sorgte. Ein kleiner Vorteil. Sie könnte es schlagartig erlöschen lassen und hätte damit einen kleinen Überraschungseffekt. Sie gab sich keine Mühe, mit dem Inneren Auge die Macht ihres Gegenübers erforschen zu wollen. Mit Sicherheit hatte Chast keinen Stümper geschickt, und auch bei all der Übung, die sie im letzten halben Jahr gesammelt hatte, war ihr dieser Mönch mit Sicherheit überlegen. Zudem benutzte er eine Magieform, die sehr wirkungsvoll war. Sie beschloss, ein wenig Zeit herauszuschinden und dann zu sehen, welche Möglichkeiten sich boten. Entkommen mussten sie auf jeden Fall. Es war nur die Frage, wie hoch der Preis sein würde.

»Nun? Willst du mir nicht die Ehre antun, mir deinen Namen zu nennen? Jetzt – wo du uns in deiner Hand hast und uns zweifellos umbringen wirst?«

Einer der Mundwinkel des Mönches zuckte leicht. »Mein Name ist Usbalor. Mein Meister hat mich persönlich entsandt, euch beide zu suchen. Wenn ihr keine Fluchtversuche unternehmt, kann keine Rede davon sein, dass ihr umgebracht werdet. Chast will euch sehen.«

»Du meinst, er will uns *persönlich* umbringen, nicht wahr?«

»Ich führe nur einen Auftrag aus. Was ist nun – kommt ihr freiwillig mit?«

Dieser Usbalor – Leandra wusste nun, dass sie ihn aus Unifar kannte – wollte sich wohl auf nichts einlassen. Er schien ein Mensch völlig ohne Emotionen zu sein, ein willfähriger Scherge seines Meisters. Wenn ihr nicht schnell etwas einfiel, dann gab es nicht mehr viel Zeit zu gewinnen. Aber bisher war ihr noch nichts Vernünftiges in den Sinn gekommen. Sie wurde nervös.

sie vorausgehen konnten. Der bösartige große Kerl ging eben durch die Tür.

Plötzlich sagte Hellami leise: »Tja, Leandra – ich hatte gehofft, wir würden anders wieder ins Tal hinab kommen. Aber ich fürchte, wir müssen jetzt den *gleichen* Weg nehmen wie Marthis.«

Leandra fand kaum Zeit, den Schock zu verdauen.

Hellami hatte auf ein Wort eine leise Betonung gelegt, und Leandra war sofort klar, was ihre Freundin meinte. Wenige Augenblicke später durchschritten sie schon die Tür und standen auf dem Balkon. Niemand schien einen Verdacht zu hegen. Jetzt kam es darauf an, schnell und ohne Zaudern zu handeln. Die Kräfte mochten wissen, ob sie überleben würden.

Leandra holte tief Luft und blieb stehen. Sie wartete, bis Hellami neben ihr war. Die beiden Männer kamen hinter ihnen heraus.

»Los, ihr zwei! Da geht's lang!«

»Den gleichen Weg wie Marthis?«, fragte Leandra mit zitternder Stimme.

»Ja, verdammt!«, flüsterte Hellami tonlos.

»Also … dann los!«

Eine Sekunde später war sie in der Luft und fühlte, wie ihr der Magen in die Kehle hochstieg. Sie hörte nur noch einige überraschte Rufe und Hellamis wimmernden Schrei in der Nähe.

*

Bruder Valerian schüttelte den Kopf, beugte sich herab und flüsterte Bruder Rasnor, der an seinem Schreibertisch saß, leise etwas zu.

Rasnor nickte, während Chast ihn, seinen Oberskriptor, misstrauisch von der Seite maß. Im fackelbeleuchteten Dämmerlicht dieser unterirdischen Katakomben waren die Gesichtszüge seiner Untergebenen kaum klar zu erkennen. Chast wusste, dass Rasnor ein machtgieriger kleiner Mistkerl war, der seine Untergebenen nach allen Regeln der Kunst schikanierte. Nicht, dass er der Einzige dieser Art in der Bruderschaft gewesen wäre. Nein, beileibe nicht.

Auf dem Tisch, an dem Rasnor vor Stapeln von alten Pergamenten saß und mit zusammengekniffenen Augen seine Aufzeichnungen studierte, stand nur eine einsame Kerze – und deren Helligkeit reichte nicht aus, um aus den Gesichtern von Rasnor und Valerian etwas Besonderes herauslesen zu können.

Schließlich wandte sich Rasnor seinem Meister zu. »Ich weiß nicht, ob dieser Antikryptus zu brechen ist«, sagte er mit seiner dünnen Stimme. »Wenn, dann werden wir Monate brauchen. Aber ... ich habe nicht allzu viel Hoffnung.«

Chast stöhnte auf.

Er erhob sich so heftig, dass sein Stuhl nach hinten kippte und zu Boden polterte. Er wandte sich um und hinkte wütend in Richtung der Tür. Der Zorn, den er in jeder Faser seines Körpers verspürte, war von urzeitlichen Ausmaßen. Er hatte Lust, diese ganze verdammte Bibliothek in Schutt und Asche zu legen. Vor dem Durchgang blieb er stehen und wirbelte herum.

»Warum, verdammt?«, brüllte er. »Woher *weißt* du das so genau?«

Rasnor und Valerian erschauerten. »Ich ... ich kann es Euch erklären, Meister Chast«, antwortete Rasnor kleinlaut.

Chast kochte. »Na los, du Versager!«

Während Valerian steif wie ein Stück Holz dastand und Chasts Blicke mied, wand sich Rasnor unter dem Druck, den sein Meister auf ihn ausübte. Dann aber mahnte sich Chast zur Beherrschung. Er erinnerte sich an das Streitgespräch, das er vor kaum mehr als zwei Stunden mit Magister Quendras ausgefochten hatte. Quendras hatte sich erlaubt, seinen Hohen Meister zurechtzuweisen, dass er nicht in die finsteren Absonderlichkeiten seines Vorgängers Sardin verfallen solle, der aus reiner Wut heraus manchmal einen seiner Untergebenen umgebracht hatte, der vielleicht nur der Überbringer einer schlechten Nachricht gewesen war. Ganz Unrecht hatte Quendras da nicht. Dennoch – häufig verspürte Chast ebenfalls diese Lust. Der Grund, dass Quendras Chasts Zorn nicht zu spüren bekommen hatte, lag schlicht und einfach darin, dass Quendras ein zu wertvoller Mann war. Chast konnte auf ihn nicht verzichten. Er überlegte, ob er seine noch immer vorhandene Wut nicht an Rasnor auslassen sollte. Aber Rasnor war ebenfalls ein wertvoller Mann. Er war zwar ein unangenehmer Kerl, aber er war verteufelt schlau. Chast entschied sich dagegen, ihm etwas anzutun – für den Moment – und atmete vernehmbar aus.

Rasnor schien sich ein wenig zu entspannen. Valerian hingegen stand noch immer unbewegt da – mit steinerner Miene. Chast musterte ihn einige Sekunden lang, diesen Burschen, den er immer noch nicht recht unterzubringen wusste. Das Feld für diesen Streit schien er jedenfalls seinem älteren Bruderschaftskollegen überlassen zu wollen.

Chast kam herbeigehinkt und blieb in beherrschender Haltung vor Rasnor stehen, die Fäuste in die Hüften gestemmt. Er fixierte ihn mit Eiseskälte im Blick, schwieg aber noch.

Der wahnsinnige Sardin hatte immer wieder seinen mörderischen Launen nachgegeben – wenn ihm sein Zorn befahl, seine Wut auszulassen. Das *Stygium* mochte wissen, um wie viele seiner fähigsten Brüder er sich damit selbst gebracht hatte. Und – was fast noch wichtiger war – er hatte sich damit immer wieder sämtliche Entscheidungen auf die eigenen Schultern geladen. Damit stieg die Möglichkeit, Fehler zu begehen, beträchtlich.

Chast schnaufte. Ihm war durchaus klar, dass er gar nicht die Zeit hatte, jede Kleinigkeit selbst zu entscheiden. Es gab Leute, die untergeordnete Maßnahmen auf eigene Verantwortung durchzuführen in der Lage waren – eine große Entlastung, derer er sich nur bedienen musste. Selbst so ein Insekt wie dieser Rasnor war dazu in der Lage. Aber ebenso – schmerzlich – klar war ihm auch, dass er es in der Hektik der letzten Monate einfach nicht geschafft hatte, die Bruderschaft von innen her so straff zu ordnen, dass er sich dies gefahrlos erlauben konnte. Im Augenblick rumorte ihm die Ungewissheit im Magen, dass *alles Mögliche* passieren konnte, wenn er einem seiner Brüder einen zu schwierigen Auftrag erteilte. Die Palette reichte von Irrtümern über Unfähigkeit bis hin zu Verrat.

Er hatte seinen Sitz im Rat wahrzunehmen und als Oberaufseher der Duuma musste er ständig in Bereitschaft sein. Auch den Posten des Kommandanten der Stadtwache hatte er inne – drei Aufgaben, die er nicht abzugeben wagte – jetzt umso weniger. Aber es war ebenso aberwitzig, sie alle zu behalten. Das, und dazu noch die Bruderschaft zu leiten, war einfach zu viel. Es fehlte ihm an Leuten, denen er wirklich vertraute. Er wusste nur allzu gut, dass er diesen Mist, der in Nordakrania passiert war, selbst zu verantworten hatte. Sein Befehl, die *Verantwortlichen* beseitigen zu lassen, hätte genau genommen ihn selbst treffen müssen. Er war damit in den Wahn des Sardin verfallen und hatte sich möglicherweise einiger fähiger Leute beraubt.

Im Moment versuchte er zu erwägen, ob er hier, stehenden Fußes, damit beginnen sollte, eine neue Form der inneren Ordnung für die Bruderschaft einzuführen. Zum Beispiel, dass er diesem Rasnor eine Lektion erteilte. Aber auf diese Weise behagte ihm das nicht. Es wäre zu überstürzt, zu unüberlegt gewesen. Er musste unbedingt mit Quendras über diese Probleme reden. Der kannte sich mit all den Burschen weit besser aus. Wenn es ihm gelang, die Fähigkeiten seiner Leute einzuschätzen, wäre es vielleicht möglich, ein paar Männer zu finden, die er an höheren Stellen einsetzen konnte. Er brauchte dringend Verstärkung im oberen Stockwerk.

»Also gut, Bruder Rasnor«, presste Chast hervor. »Erkläre es mir. Ich werde ruhig bleiben.«

Rasnor sprach zögernd. »Der Antikryptus ist sozusagen … ein Kontradikt des Bruderschaftseides«, sagte er.

»Ein … *Kontradikt?* Was ist das?«

»Nun …«, meinte Rasnor, »einfach ausgedrückt: Er ist eine Umkehrung des Eides. Es ist, als würde man das Wort rückwärts aussprechen. So, als wolle man die Wirkung einer Sache aufheben, indem man sie vollständig widerruft. Das ist natürlich nur bildlich gesprochen. In Wahrheit handelt es sich um eine Umkehrung auf der magischen Ebene. Wenn man es genau betrachtet, ist dieser Antikryptus eine höchst interessante Möglichkeit, die bindende Wirkung des Eides außer Kraft zu setzen. So eine Möglichkeit war uns bisher unbekannt. Wir könnten damit jemanden exkommunizieren, ohne ihn … nun, töten zu müssen.«

Chast verzog das Gesicht und winkte unwirsch ab. »Hör auf mit diesem Unsinn. Erklär mir lieber, warum der Antikryptus … derart tödliche Auswirkungen haben soll!«

Rasnor holte Luft. »Die Aufhebung des Eides ist nur ein Teil des Antikryptus. Wie Ihr wisst, Hoher Meister, ist es der Bruderschaftseid, der die Bindung an die Quellen der *Rohen Magie* herstellt, was bedeutet, dass ein Magier, dessen Eid aufgelöst ist, keine Magie mehr wirken kann, jedenfalls keine *Rohe Magie*. Nicht mehr auf der Ebene, die ihm durch den Bruderschaftseid eröffnet wurde.«

Chast verzog das Gesicht. »Das heißt, er wäre völlig hilflos?«

Rasnor nickte. »Ja, in der Tat. Danach aber tritt die eigentliche Wirkung des Antikryptus ein. Er ist nicht nur eine Aufhebung des Eides, er verkehrt ihn gewissermaßen ins Gegenteil.«

Chast versteifte sich. Immerhin schien dieser Rasnor ein gutes Stück Fachwissen zu besitzen.

»Wird der Antikryptus je angewandt«, fuhr Rasnor fort, »sprengt er zuerst einen Riss in das Trivocum, so gewaltig und roh, dass wahrscheinlich alle Magier im Umkreis von hunderten von Meilen, die in diesem Moment in Kontakt mit dem Trivocum stehen, sich vor Schmerzen winden werden. Dann eilt das Echo des Antikryptus durch das *Stygium* und beginnt dort, Energien auf eine Art verweben, gegen die ein Dämon höherer Ordnung … nun, wie eine … Kinderbastelei wirken dürfte. Diese Energien würden binnen kurzem durch den Riss ins Diesseits strömen und – nun, man könnte sagen: hier wie eine Meute ausgehungerter Bluthunde nach ihren Entsprechungen suchen.«

»Nach … ihren *Entsprechungen?*«

Rasnor nickte. »Ja. Sie liegen in den magischen Strukturen des Eides der Bruderschaftsmitglieder. Dass die Struktur dieses Eides über die Zeiten völlig gleich blieb, liegt im Hohen Siegel begründet. An dieses Siegel muss sich jedes Mitglied der Bruderschaft binden und erst dieser magische Schwur eröffnet den Zugriff zu den Quellen der *Rohen Magie.*«

»Ich wusste nicht, dass unser Eid eine so komplizierte Angelegenheit ist«, wandte Chast ein.

Rasnor hob die Schultern. »Sardin hat dies einst eingeführt. Leider. In anderen Magieformen gibt es das meines Wissens nicht. Es ist gewissermaßen eine Versicherung, dass sich niemand der Rohen Magie bedienen kann, der nicht auf das Hohe Siegel geschworen hat.«

Chast stöhnte leise. Die Hinterlassenschaft des Sardin schien noch viele Überraschungen parat zu haben. »Nun weiter. Was ist nun mit diesen … Entsprechungen?«

»Finden die herbeiströmenden stygischen Energien ihre Entsprechungen – was innerhalb von kurzer Zeit geschehen dürfte –, dann steht jedem einzelnen Magier der Bruderschaft, der je in Kontakt mit dem Trivocum tritt, ein wahrscheinlich grausamer Tod bevor.«

Chast richtete sich zu seiner vollen Größe auf und atmete tief ein.

Rasnor fuhr ungefragt fort. »Ich weiß nicht, welcher Art dieser Tod sein wird. Es ist nur allzu nahe liegend, dass etwas in dieser Art folgen muss. Sonst würde der Antikryptus … nicht allzu viel Sinn machen, nicht wahr?«

Chast stieß ein spöttisches Lachen hervor. »Von Seiten dieser Drakken her natürlich nicht – von unserer schon.«

Angespanntes Schweigen legte sich über den Raum. Dann fragte Chast: »Woher weiß dieser Pakt eigentlich – dieses Stück Papier –, wann die Bedingungen eines Vertrages erfüllt sind und wann nicht? Ich meine – die Drakken könnten den Antikryptus doch jederzeit zur Anwendung bringen, auch dann, wenn die Bedingungen des Paktes längst erfüllt sind. Oder vorher!«

Rasnor nickte. »Ja. Diese Art des Handels war ziemlich selbstmörderisch. Normalerweise wurde das Papier an die Seite zurückgegeben, die ihren Teil erfüllt hatte, sodass es vernichtet werden konnte. Aber es gab immer das Risiko des Missbrauchs. Man könnte sagen, dass nur solche Parteien Verträge dieser Art schlossen, die sicher waren, dass allein der Gegenstand des Paktes von überragender Wichtigkeit war, nichts anderes.«

»Ha!«, rief Chast aus. »Was für ein Irrsinn! Ein Vertrag, der wegen gegenseitigem *Misstrauen* so scharf ist, dabei aber auf dem *Vertrauen* basiert, sich nicht gegenseitig umzubringen? Wer hat denn *diese* Idiotie erfunden?«

Rasnor hob unschlüssig die Schultern.

Chast beugte sich zu ihm. »Denkst du nicht, Sardin war so schlau, diesen *Kryptus-Antikryptus* so zu gestalten, dass er ein Schlupfloch offen ließ? Ich kann mir kein Geheimnis auf der Welt vorstellen, das kostbar genug ist, das Leben aller Magier der Bruderschaft darauf zu verpfänden! Er *muss* einfach einen Ausweg eingebaut haben!«

Rasnor blieb stumm. Er schien keine Antwort parat zu haben.

Bruder Valerian meldete sich überraschend zu Wort. »Es kommt darauf an, ob Sardin diesen Kryptus selbst erfunden hat!«, meinte er. Chast musterte ihn abermals. Diesen Valerian kannte er von irgendwoher, aber er vermochte nicht genau zu sagen, von wo. Er hatte scharf geschnittene Gesichtszüge, und seine Augen waren von unbestimmbarer Farbe, irgendwo zwischen Grau, Grün oder Blau. Der Blick des jungen Mannes zeugte von Intelligenz. Für einen Skriptor war er fast ein wenig zu massig gebaut; diese Männer der Bücher und Schriften waren häufig mager und wenig muskulös, und wenn sie es doch auf etwas mehr Gewicht brachten, dann lag das fast immer an einem kugelrunden Bauch, der auf erhöhte Genüsse von Wein oder auf Schlemmerei zurückging. Bruder Valerian hatte einen dunklen Kinnbart, der Haarschopf hingegen war in der Art der Brüder sehr kurz geschoren – er war fast glatzköpfig. Er trug die dunkle, erdbraune Robe der Bruderschaftsmitglieder mittleren Ranges, wahrscheinlich war er ein Adept oder Jungmagier. Nein, korrigierte sich Chast. Die einfache Kordel, mit der sein Gewand zusammengeschnürt war, zeugte davon, dass er kein Magier war, nur ein Skriptor – aus welchen Gründen auch immer.

Chast sog langsam Luft durch die Nase ein und fixierte den Bruder mit scharfen Blicken. »Wer soll es denn sonst gewesen sein?«, fragte er dann. »Diese Drakken?« Er schüttelte den Kopf. »Nein – diese Wesen sind nicht magiebegabt. Ich hätte es gespürt, als ich dem *LiinMar* gegenüberstand.«

»Sie ... müssen es aber eigentlich sein«, sagte Valerian vorsichtig.

Chast versteifte sich abermals.

»Wie«, fragte Valerian und hob fragend die Handflächen nach oben, »sollten sie sonst den Antikryptus zur Anwendung bringen? Er besteht, soweit ich weiß, aus einer Reihe von Intonationen, die innerhalb eines verzwickten Ritus gesprochen werden müssen. Dazu wird das Pergament mit dem Siegel selbst benötigt und es ist ein Kontakt mit dem Trivocum notwendig. Kein Magier ohne eingehende Kenntnisse wäre dazu in der Lage.«

Chast musterte Valerian, der trotz der Tatsache, dass er kein Magier war, genaue Kenntnisse über die Gesetzmäßigkeiten der *Rohen Magie* zu besitzen schien.

Inzwischen hatten sich ein paar andere Mönche zögernd genähert und einer hatte den umgefallenen Stuhl aufgerichtet. Chast zog ihn sich mit dem Fuß heran und setzte sich. Er lehnte sich zurück, verschränkte die Arme vor der Brust und bedeckte für Momente nachdenklich die Augen mit der Handfläche. Rasnor saß noch immer, Bruder Valerian war respektvoll vor dem Tisch stehen geblieben. Chast nahm die Hand herunter und musterte das Dokument, das mitten auf dem Tisch lag – die Abschrift jenes unheilvollen *Paktes*. Dann schüttelte er kaum wahrnehmbar den Kopf. »Nein. Keine Magie. Ich weiß, dass ich es gespürt hätte. Ich beobachte gewohnheitsmäßig bei jeder mir fremden Person das Trivocum. Dieser Drakken besaß keinerlei magisches Potenzial.«

Rasnor lehnte sich, ob der zwanglosen Haltung Chasts, in seinem Stuhl zurück. »Vielleicht nicht *er*«, schlug er vor. »Aber andere Drakken schon?«

Chast schüttelte wieder den Kopf. »Nein, auch das hätte ich gespürt.« Er schwieg eine Weile und dachte nach.

Valerian meldete sich wieder zu Wort. »Ich frage mich«, sagte er, »was dieses ganze Spiel für einen Sinn hat – ich meine, aus Sicht der Drakken? Angenommen, dieser Pakt versprach der Bruderschaft einen Lohn, der so wertvoll ist, dass Sardin ihn mit Recht abschloss. Welchen Gewinn könnten die Drakken von unserer Welt haben?«

Rasnor blickte zu Valerian auf. »Die Herrschaft über alle Menschen?«

Chast stieß einen spöttischen Laut aus. »Ich war bei ihnen! Für Minuten nur, aber das genügte. Diese Wesen sind uns so weit überlegen, dass sie diese ganze Welt überfallen und in nur drei Tagen vollständig unterjochen könnten! Um die Herrschaft über die Höhlenwelt zu erlangen – dazu brauchen sie *uns* nicht!«

»Aber ... wozu dann der Pakt?«, fragte Valerian. »Wenn ich diese uralte Schrift richtig deute, dann verpflichtete sich Sardin darin, die Herrschaft über die Welt zu erlangen, sie danach in die Hände dieser Drakken zu spielen, um sie dann gemeinsam mit ihnen zu regieren!«

Chast nickte. »Ja, das ist richtig. Das steht auf dem Pergament!«

Valerian schüttelte den Kopf. »Aber ... wenn sie uns wirklich so überlegen wären ... nun, dann würde der Pakt keinen Sinn ergeben!«

Chast starrte nachdenklich in die Ferne. Dann wanderte sein Blick wieder auf den jungen Kerl, denn ihn überkam das Gefühl, dass dieser durchaus eine Antwort auf seine Frage hatte.

»Es kann nur einen Grund geben: die Magie!«, meinte Valerian.

Seine Worte verhallten in der Weite der Katakomben und verliehen ihnen so etwas wie eine Aura von enormer Bedeutung.

Chast versteifte sich. »Die *Magie?*«

Valerian nickte entschlossen. Seine Augen funkelten kühl. »Ja. Ein Pakt von so gewichtiger Art, dass er selbst nach zweitausend Jahren noch eingefordert wird, würde doch nur dann einen Sinn machen, wenn er auch den Austausch wirklich besonderer Leistungen beinhaltet, nicht wahr?«

Chast und Rasnor nickten unentschlossen.

Valerian hob einen erklärenden Finger. »An welcher Sache könnte es Wesen von derart hohem Fortschritt mangeln, dass sie mit … nun, Hinterwäldlern wie uns einen solchen Vertrag abschließen?«

Rasnor verzog das Gesicht in Erwartung einer wütenden Entgegnung von Chast, aber dieser blieb ruhig. »Die Magie? Du meinst … die Drakken kennen keine Magie und wollen sie von uns haben?«

»Richtig.«

»Aber …«

Gemurmel erhob sich. Valerian gebot den aufkommenden Einwänden mit einer Handbewegung Einhalt. Seine Haltung war selbstbewusster geworden und Chast starrte ihn mit gewissem Erstaunen an.

»Wartet!«, rief Valerian und holte sich mit einem kurzen, fragenden Blick Chasts Erlaubnis ein, seine Darlegungen weiter ausführen zu dürfen. »Stellen wir uns vor, die Drakken kämen über uns und wollten uns die Magie entreißen! Würde ihnen das gelingen?«

Man hob allgemein die Schultern und das Gemurmel ging weiter. Chast saß bewegungslos und ließ seine Blicke auf Valerian geheftet. Ihm dämmerte etwas.

»Nein, natürlich nicht!«, stieß Valerian hervor. »Sie hätten ein ganzes Volk gegen sich und würden sich unendlich schwer tun, von uns auch nur die kleinsten Geheimnisse zu erfahren!« Valerian schüttelte den Kopf. »Nein. Ein versklavtes, unterdrücktes Volk würde niemals freiwillig all seine Geheimnisse preisgeben!«

»Was ist mit Überläufern?«, warf jemand ein. »Die Drakken könnten Magiern, die sich ihnen unterordnen, große Vorzüge einräumen – und auf diesem Weg alles von ihnen erfahren!«

Valerian verzog das Gesicht und wandte sich, um Bestätigung suchend, seinem Meister Chast zu. »Ich glaube nicht, dass das klappen würde. Die Magie ist ein Jahrtausende alter Wissensschatz, von ungezählten Generationen fähiger Magier zusammengetragen. Wer von uns verfügt auch nur über einen Bruchteil des gesamten Wissens?«

Auch das war wieder, in Gegenwart von Chast, einem der mächtigsten Magier der Welt, eine gewagte Aussage. Die Brüder verstummten. Aber Chast blieb erstaunlich ruhig. Er nickte nur – wenn auch mit grimmigem Gesichtausdruck. Valerian hatte schlicht und einfach Recht. Chast war auf seine Folgerung gespannt.

»Das Problem liegt doch darin«, sagte Valerian, wieder an die Allgemeinheit gewandt, »dass man ein Volk, das über Magie verfügt, wahrscheinlich kaum gewaltsam zu unterjochen vermag. Diese Drakken könnten uns möglicherweise mit ihren Geräten und ihren Waffen auf einen Schlag auslöschen – wie aber könnte es ihnen gelingen, uns zu versklaven? Wie wollten sie sich dagegen schützen, immer wieder mit magischen Kräften angegriffen zu werden? Allein unser Meister hier könnte eine ganze Schwadron ihrer Truppen mit einem Fingerschnippen vernichten – und das aus dem *Verborgenen* heraus! Es würde tausende von Magiern geben, die aus dem Untergrund gegen sie kämpften – und diese Aktionen wären von furchtbarer Wirkung. Bevor die Drakken auch nur einen Bruchteil des Wissens über die Magie erlangten, hätten sie einen Großteil ihrer Soldaten, die uns beherrschen wollten, verloren. Das alles würde damit enden, dass sie uns eines Tages vollständig vernichteten – weil sie uns niemals gänzlich beherrschen könnten!«

»Das aber scheint nicht ihre Absicht zu sein«, folgerte ein weiterer Bruder. »Der Pakt ist der Beweis dafür.«

Chast hatte begriffen. »Richtig!«, sagte er und stand auf. »Bravo, Valerian! Deine Gedanken sind klug! Sie wollen von uns so viel wie irgend möglich über Magie erfahren. Das muss der wahre Grund für den Pakt sein!

Sie brauchen einen Verbündeten in unserer Welt – um all die Rebellen, die gegen sie aufstehen würden, beherrschen zu können! Und die Bruderschaft ist wie geschaffen für diese Aufgabe! Wir haben die Gilde zerschlagen, ein Magieverbot verhängt, die Macht im Akrania übernommen und sind in der Lage, alle magischen Aktivitäten zu kontrollieren. Und wir besitzen Zugang zu allen Bibliotheken der Gilde!« Er blickte auf und seine Augen spiegelten den Triumph, den die Bruderschaft bis zum heutigen Tage erreicht hatte. »Wir beherrschen heute bereits das mächtigste Reich der Welt und könnten in ein oder zwei Jahren schon die ganze Welt unter uns haben!«

»Ja«, sagte einer der Brüder leise. »Die Bruderschaft stellt schon jetzt die stärkste Quelle der Magie dar. Sowohl in der Macht als auch im Wissen!«

Chast verspürte einen heftigen Stich und wandte sich ab. Kaum waren die Worte des Triumphes ausgesprochen, meldeten sich auch schon die Eitlen zu Wort. Jeder der Brüder, die an dieser Diskussion teilgenommen hatten, würde sich zu Höherem berufen fühlen – allein aus dem Grund, dass Chast zugelassen hatte, seine Gedanken mit ihnen zu teilen. Plötzlicher Zorn brandete in ihm auf. Er schalt sich einen unsäglichen Narren. Er hatte tatsächlich in der *Wir*-Form gesprochen, so als befänden sich diese kleingeistigen Idioten und Nachplapperer – einmal abgesehen von Valerian und vielleicht noch Rasnor – auf *einer* Stufe mit ihm! Unter Aufbietung aller inneren Kräfte zwang er sich zur Beherrschung und kam damit nur einmal mehr zu dem verbissenen Entschluss, dass etwas geschehen musste!

Dennoch – das verfluchte Dilemma bestand darin, dass Chast dringend kluge Köpfe brauchte. Möglicherweise wäre er erst auf die Gedanken dieses Valerian gekommen, wenn es bereits zu spät gewesen wäre! Er hatte einfach nicht die Zeit, den Rat zu überwachen, diese Bruderschaft im Griff zu halten, seine nächsten

Züge zu planen und nebenbei auch noch Forschungsarbeit zu betreiben. Immer klarer wurde ihm, welch katastrophal zusammengewürfelten Haufen von Wirrköpfen er von seinem verfluchten Vorgänger Sardin geerbt hatte. Es waren eigentlich nicht mehr als ein paar Hundert ausgestoßene Fanatiker, die durch ihre Machtgier, ihren Hass auf die Allgemeinheit und den charismatischen Zwang eines Wahnsinnigen wie Sardin zusammengehalten worden waren. Sardin hatte diese Bruderschaft durch nichts als seine tödliche Autorität geformt. Damals, da Chast noch unter Sardin als Verantwortlicher für die Ausbildung einer kleinen Gruppe von Mönchen zuständig gewesen war, hatten ihn die Missstände in der Bruderschaft aufs Äußerste erregt, was letztlich, nach seinem Aufstieg, dazu geführt hatte, dass er beschloss, sich des wahnsinnigen Meisters der Bruderschaft zu entledigen.

Und nachdem ihm dieser Schlag gelungen und ihm die Flucht aus Unifar geglückt war, hatten die Festigung seiner Machtposition in Savalgor und die Erschließung der alten Festung von Torgard seine ganze Aufmerksamkeit gefordert. Nun aber stand er vor einem hoffnungslos verrotteten Haufen von Schwachköpfen, die allesamt darauf hofften, in kürzester Zeit zu höchsten Ehren innerhalb einer durch die Bruderschaft gesteuerten Gesellschaft zu gelangen. Was für ein Irrsinn! Es musste etwas geschehen – und zwar so schnell wie irgend möglich!

Er wandte sich um und überlegte für Sekunden, ob er nicht einfach ein magisches Feuer entfachen sollte, um dieses gefährliche Dutzend Emporkömmlinge, das hier vor ihm stand, zu Asche zu verbrennen. Das wäre eine Sorge weniger.

Aber wieder beherrschte er sich – eine solche Maßnahme würde irgendwann für ihn den Tod bedeuten, auf ähnliche Weise, wie es Sardin ergangen war. Nein – in Gedanken verwarf er für den Moment sämtliche

Pläne, die er bearbeitete, und entschloss sich, noch heute die Neuordnung der Bruderschaft einzuleiten.

Aber Valerian riss ihn mit neuen Überlegungen aus seinen verbissenen Gedanken.

»Angenommen, wir würden unseren Teil des Paktes erfüllen«, sagte der Jung-Bruder. »Wie sollen wir, falls die Drakken sich weigern, ihren versprochenen Preis zu bezahlen, den *Kryptus* anwenden – wenn wir die Urschrift nicht besitzen?«

Jeder Einzelne der Anwesenden sah Valerian betroffen an. Ein Blitz zuckte durch Chasts Gehirn. Er fürchtete, dass ihm bald die Kontrolle entglitt. Es war mehr als peinlich, dass ihm diese entscheidend wichtige Frage bisher noch nicht in den Sinn gekommen war.

»Daran habe ich auch schon gedacht«, sagte er geistesgegenwärtig und trug eine gelassene Miene zur Schau. »Deswegen sollt ihr ja, meine Brüder«, und damit erhob er sich mit effektvoller Geste, »die alten Aufzeichnungen durchforschen. Und zwar Stück für Stück. Es muss noch eine zweite Ausfertigung des *Paktes* geben, jene, die das magische Potenzial des Ur-*Kryptus* enthält. Sardin muss damals, beim Abschluss des Paktes, ein solches Pergament erhalten haben.«

In dem Moment, da er seine eigenen Worte hörte, kam ihm plötzlich eine außerordentlich wichtige Sache in den Sinn. Aber er sprach nicht darüber. Diese Angelegenheit würde er selbst verfolgen. Er musste sich einen Wissensvorsprung gegenüber seinen Brüdern bewahren.

Er erhob sich, nickte den im Raum Anwesenden zu und wandte sich zum Gehen.

»Eine Frage noch, Meister, wenn Ihr erlaubt«, sagte jemand und Chast wandte sich um. Es war abermals Bruder Valerian.

Chast fasste ihn scharf ins Auge. Die Treffsicherheit der Vermutungen Valerians war schon beinahe beängstigend. Chast beschloss in diesem Moment, dass er sich um diesen Mann als einen der Ersten kümmern musste. Er ließ einige Sekunden verstreichen und verspürte mit Befriedigung, wie seine Autorität den Raum wieder zu durchdringen begann.

»Welche Frage hast du, Valerian?«, sagte Chast mit seiner altgewohnt beherrschenden Stimme.

»Ich frage mich, Hoher Meister, warum der LiinMar, wie Ihr sagtet, mit einer *Abschrift* des Paktes bei euch auftauchte. Hätte er nicht davon ausgehen müssen, dass sich diese ... *zweite* Ausfertigung des Paktes in Euren Händen befindet?«

Wieder zuckte der Blitz der Erkenntnis durch Chasts Denken, und wieder musste er schnell reagieren, um nicht als Mann mit allzu geringem Weitblick dazustehen. »Klug bemerkt, Valerian«, sagte Chast und nickte dem jungen Mann zu. »Wie ihr alle wisst, ahnte keiner von uns, dass es diese ... Drakken gibt und dass ein Pakt existiert, den Sardin vor langer Zeit mit ihnen schloss. Sardin weihte niemanden der heutigen Bruderschaft in diese Geheimnisse ein. Deswegen sind wir nun in der misslichen Lage, mühsam all das alte Wissen um diese Dinge zusammentragen zu müssen. Der LiinMar und seine Helfer allerdings scheinen bestens über die Vorgänge in der Bruderschaft unterrichtet zu sein. Er muss gewusst haben, dass wir heute nichts mehr von dem Pakt wissen, und ... brachte deshalb die *Abschrift* des Pergaments mit.«

Er machte eine kurze Pause und musterte seine Brüder.

»Ich werde mich persönlich um diese Fragen kümmern«, fügte er hinzu. »Ich werde herausfinden, woher oder ... *von wem* der LiinMar so gut über uns Bescheid weiß.«

Seine Rede verfehlte ihre Wirkung nicht. Die Worte, die er wie eine schreckliche Drohung über seine Brüder aussprach, ließen jeden Einzelnen von ihnen erzittern, so als müsse er fürchten, als Verräter entlarvt zu werden. Innerlich atmete Chast auf. Er hatte wieder einen Punkt gewonnen. Trotzdem war dieser eine Punkt kaum dazu geeignet, seine Leute dauerhaft in ihre Grenzen zu weisen.

»Bruder Rasnor!«, sagte er mit barscher Stimme.

»Ja, Meister?«

»Suche Magister Quendras und sag ihm, er soll zu mir kommen. In genau einer Stunde. Ich brauche vom Zeugmeister die Listen aller Bruderschaftsmitglieder, die bereits den Hohen Eid geleistet haben. Wir müssen neue Maßnahmen ergreifen!«

Rasnor erhob und verbeugte sich. »Jawohl, Meister!«

Chast wandte sich um und ging.

Obwohl seit drei Tagen eine schier erdrückende Bürde auf seinen Schultern lastete, fühlte er sich wieder etwas besser. Die Erkenntnis, dass er trotz des Paktes das drückendste Problem erkannt hatte, und der Entschluss, sich *jetzt* mit ihm zu beschäftigen, klärte unvermittelt seine Sicht und gab ihm neue Hoffnung.

10 • Neue Wege

Mit jedem Bruchteil eines Augenblicks, den sie in die Tiefe raste, wuchs ihre Gewissheit, dass sie den Sturz nicht überleben würde. Es war dunkel um sie herum und es dauerte seltsam lange. Das Einzige, was sie wahrnahm, war Hellamis langgezogener Schrei – und sie war froh, dass ihre Freundin bei ihr war, dass sie in der gleichen Sekunde den tödlichen Mut gefasst hatte zu springen und nicht bei den Männern oben geblieben war. Sie würden jetzt zusammen entkommen oder aber so hart auf dem Wasser auftreffen, dass sie besinnungslos wurden und ertranken.

Dann schlug sie auf und alles wurde dunkel um sie herum.

Das Nächste, was sie spürte, war ein stechender Schmerz in der rechten Schulter und ein linkes Bein, das brannte, als hätte sie sich verbrüht. Sie fuhr in die Höhe – da meldete sich auch schon ihr Kopf, dröhnend wie eine Bronzeglocke.

Zuerst wusste sie nicht, ob sie die Augen geöffnet hatte, denn es war stockfinster um sie herum. Dann aber schälten sich langsam einige Schemen aus der Dunkelheit.

»Leandra? Bist du in Ordnung?«

Etwas tropfte ihr in die Augen – es war Wasser, das von den nassen Haaren Hellamis stammte, die sich über sie beugte. Leandra keuchte und rappelte sich auf, allen Schmerzen zum Trotz. Sie merkte, dass sie noch halb im Wasser lag.

»Beim Felsenhimmel!«, keuchte sie. »*Leben* wir noch?«

»So wie es aussieht – ja. Noch!«

Langsam wurden ihre Gedanken wieder klarer. Sie begriff, was Hellami meinte. Usbalor und seine Männer würden versuchen, sie zu verfolgen.

»Wie lange war ich bewusstlos?«, fragte sie.

»Nicht lange. Wir sind gerade erst angekommen. Eine Minute oder so.«

»Du … du hast mich an Land geschleppt?«

»Hätte ich dich ertrinken lassen sollen?«

Sie ließ sich stöhnend zurücksinken. »Nein. Ist mir lieber so.«

»Glaubst du, sie werden uns verfolgen?«, fragte Hellami besorgt.

»Darauf kannst du wetten«, antwortete Leandra matt. »Dieser Usbalor ist einer von den höheren Brüdern. Ich kenne ihn aus Unifar. Noch einer, der überlebt hat. Den schickt Chast nicht nur zum Spaß.«

Hellami ließ ein kurzes, bitteres Lachen hören. »Zum Spaß! Nett gesagt.«

»Was ist daran so lustig?«, ächzte sie.

Hellami schüttelte den Kopf, und Leandra sah, dass sie wütend war. »Sag mal«, hob sie an, »sehen wir nun eigentlich aus wie hässliche Vogelscheuchen – oder was?«

»Was meinst du …?«

»Ich wundere mich nur immer, wie brutal die Kerle zu einem sind!«, beschwerte sie sich mit echter Wut. »Ich dachte, wenn du einigermaßen nett aussiehst, dann sind selbst die bösen Kerle auch einigermaßen nett zu dir. Verstehst du?«

Leandra winkte ab. »Das vergiss mal lieber. Die Bösen sind immer böse. Das macht ihnen Spaß.« Sie rieb sich ihre schmerzenden Stellen. »Meine Schulter tut weh. Und mein Hals und mein Bein. Verdammt.«

Hellami ließ sich zurücksinken. »Ich hatte Glück«, sagte sie. »Bin mit den Füßen nach unten ins Wasser gefallen. War gar nicht so schlecht, der Sprung. Huuiii!«

»Schönen Dank …«, erwiderte Leandra und massierte sich mit der linken Hand die Schulter.

Hellami kam ihr zu Hilfe. »Wir sind auf der anderen Seite der Morne. Ich glaube, sie werden uns nicht so schnell erwischen können …«

»Schau mal!«, rief Leandra plötzlich und deutete auf den Fluss. »Da draußen! Ist das nicht einer von unseren Rucksäcken?«

Hellami fuhr in die Höhe. »Ja! Warte, den hol ich!«

Sie zauderte nicht lange und sprang ins Wasser. Die Morne strömte an dieser Stelle gemächlich dahin und deswegen war es nicht weiter gefährlich – sofern man nicht verletzt war wie Leandra.

Sie beobachtete Hellami, die mit kräftigen Zügen ins offene Wasser hinausschwamm. Der Rucksack trieb ein kleines Stück flussabwärts, einen halben Steinwurf vom Ufer entfernt. Sie befanden sich außerhalb des Schattens des Pfeilers und helles Sternenlicht drang durch das Sonnenfenster in die Welt herab.

Leandra suchte mit Blicken die Steilwand des Pfeilers ab, der nun schon ein kleines Stück flussaufwärts lag, konnte aber den Balkon von Marthis' Heim nicht erkennen. Sie waren offenbar ein wenig den Fluss hinab getrieben. Die Gefahr, dass sie hier, am Ufer liegend, von Usbalors Leuten entdeckt wurde, war momentan nicht sehr groß. Anders war das allerdings bei Hellami. Sie schwamm mitten auf dem sternenbeschienenen Fluss und konnte gut gesehen werden.

Dann entdeckte Leandra den zweiten Rucksack.

Sie stieß ein Zischen aus und Hellami wandte sich sofort um. Leandra stand ächzend auf und deutete mit heftigen Bewegungen ein Stück flussabwärts. Hellami hob kurz darauf den Arm zum Zeichen, dass sie auch diesen Rucksack gesehen hatte.

Leandra ließ sich schnaufend wieder niedersinken. Ihre Schulter und ihr Bein taten höllisch weh. Sie überlegte, ob sie eine Magie kannte, mit der sie ihre Verletzungen bessern konnte. Was war jetzt gut – Kühle oder Wärme? Sie war unschlüssig.

Sie lehnte sich zurück und schloss die Augen. Sie würde es zuerst über das Trivocum versuchen. Inzwischen war sie so geübt, dass sie glaubte, an den Verfärbungen im Trivocum erkennen zu können, welcher Art ihre Verletzungen waren.

Sie beruhigte ihren Atem und begann mit der Konzentration. Vor Jahresfrist hätte sie dafür noch eine halbe Minute benötigt – inzwischen dauerte es nur noch Augenblicke. Sie öffnete das Innere Auge. Im nächsten Moment schon sah sie das *Trivocum* – den rötlichen Schleier, der die Welt durchzog. Sie tastete sich am hellroten Faden einer Verwebung entlang und hatte gleich darauf den richtigen Blickwinkel erreicht. Ihr Bein glühte in hellem Rot, während ihre rechte Schulter an einer bläulichen Verfärbung zu erkennen war. Instinktiv wusste sie, was zu tun war. Es war ein bisschen riskant, weil ihre magische Aktivität von Usbalor erspürt werden konnte. Deshalb entschied sie sich dazu, nur eine erste Iteration zu wirken, eine sehr schwache Magie, die sie jedoch für einige Minuten aufrechterhalten wollte. Wenn sie sich konzentrierte, dann würde sie das Trivocum kaum in Bewegung versetzen.

Sie sprach die erste Intonation aus.

Ter-In-Prim.

Das Trivocum spannte sich ein wenig. Sie dosierte ihr magisches Potenzial genauer – und die Spannung ließ nach. Leandra beglückwünschte sich dazu, mit der Elementarmagie umgehen zu können. Diese sehr kultivierte Form der Magie konnte man, wenn man genug Übung besaß, in höchstem Maße kontrollieren und lenken. Sie war sicher, sie über die Entfernung hin vollständig vor Usbalor verbergen zu können. Jedenfalls in der ersten Stufe. Sie hoffte, dass sie damit auskommen würde.

Dann setzte sie den Schlüssel für Stabilität. *Ras.*

Im Trivocum erglühte eine kleine Fläche in hellem Gelb – bereit dazu, sich zu öffnen und stygische Energien freizugeben. Nun die zweite Intonation.

Aurim-Prim-Mar.

Ein kleines Aurikel entstand, dessen Ränder in kraftvollem Gelb leuchteten. Durch die Öffnung strömte ein sanfter Fluss fast reinweißer Energie. Sie lenkte ihn auf die bläulich rote Verfärbung, die den stygischen Zustand ihrer Schulter darstellte. Die Energie begann in ihren Körper zu fließen und die verletzten Strukturen wieder zu ordnen. Sie spürte dies als nicht ganz schmerzlosen Vorgang, der viel Hitze erzeugte. Bald begann sie zu schwitzen.

Es war nicht gerade die angenehmste Sache der Welt, aber in dieser Iterationsstufe war es einigermaßen gut auszuhalten. Trotz der Hitze spürte sie, wie die Spannung in ihrer Schulter nachließ. Sie atmete auf. Für eine weitere Minute hielt sie die Energien im Fluss. Dann glaubte sie, dass es genug war, und setzte das Norikel.

Prim-In-Nor.

Sanft ploppte das Aurikel zu, und ein schwacher Wellenschlag breitete sich aus, wie von einem kleinen Stein, den man in die unbewegte Oberfläche eines Tümpels warf. Allenfalls *dies* hätte Usbalor spüren können – aber es war die Frage, ob man mit der *Rohen Magie*, derer er sich bediente, das Trivocum so gut beobachten konnte. Sie bezweifelte es. Sie hatte gesehen, die wie *Bruderschaft* mit dem Trivocum umging, und das war mehr als grob und verantwortungslos.

Probehalber bewegte sie die Schulter.

Bis auf ein schwaches, dumpfes Gefühl war nichts zurückgeblieben. Sie atmete erleichtert auf. Wieder etwas gelernt. Nun wusste sie auch, wie man mit Prellungen umging. Sie begann sich auf ihr linkes Bein zu konzentrieren. Offenbar war sie damit flach aufs Wasser aufgeschlagen und hatte sich, trotz ihrer Hose, einen schmerzhaften Schlag auf der Hautoberfläche eingefangen. Das Bein brannte noch immer und sie konnte es kaum bewegen, ohne dass sich neue Schmerzschübe ausbreiteten.

Sie breitete eine Aura von Kälte über das Bein. Das war eine sehr leichte Magie, sie musste nur Acht geben, dass sie ihre Muskeln dabei nicht unterkühlte. Während des Wirkens der Magie streckte und beugte sie das Bein in langsamen Bewegungen. Auch hier konnte sie den Erfolg ihrer Arbeit beobachten.

»He! Was machst du denn da?«, hörte sie plötzlich Hellami flüstern.

Sie schlug die Augen auf und sah ihre tropfnasse Freundin neben sich knien. Sie hielt zwei Bündel, von denen das eine höchst seltsam geformt war.

»Hier, sieh mal! So was passiert in tausend Jahren nur ein Mal!«

Sie hielt das Bündel hoch und Leandra sah, dass es von einem Schwert glatt durchbohrt war. Sie fuhr in die Höhe und merkte gerade noch, dass sie das Aurikel beinahe losgelassen hätte.

»Mist!«, sagte sie, schloss die Augen und setzte das Norikel. Dass sie einen Wellenschlag verursacht hatte, konnte sie gut erkennen. Er war zum Glück nicht besonders stark gewesen.

»Was ist denn?«, fragte Hellami.

»Nichts«, erwiderte Leandra. »Hab mich bloß ein bisschen heile gemacht. Mit Magie. Was ist denn *das?*«

Hellami hob die Schultern. »Das kleine Schwert«, sagte sie. »Dieser Blödian hat es fertiggebracht, es so zu werfen, dass es deinen Rucksack glatt durchbohrt hat. Unglaublich!«

Leandra schüttelte ungläubig den Kopf. »Das ist *wahre* Magie!«, sagte sie.

Hellami nickte. »Ja, schon möglich. Hier! Deine … *Jambala* ist zum Glück auch noch da. Aber meine Schlafdecke ist weg. Abgesoffen, würde ich sagen.«

Hellami seufzte und Leandra stemmte sich auf die

Knie. Sie stellte fest, dass ihre Schulter tatsächlich wieder fast in Ordnung war. Ihr Bein fühlte sich noch ein wenig heiß an, aber der Schmerz war ebenfalls großenteils verflogen.

»Hier, sieh mal!«, sagte Hellami und deutete auf die Unterseite des Rucksacks, wo die Klinge des Schwertes wieder herausschaute. »Es hat den ganzen Rucksack durchschlagen. Das nenne ich einen Stahl! Tharul, was?«

»Fragt sich nur, was es noch alles aufgeschlitzt hat!«

Leandra zog die Klinge aus dem Rucksack und an dem Widerstand, den sie bot, konnte sie schon ermessen, dass sie diesmal nicht so viel Glück haben würde.

»O nein!«, stieß sie hervor. Sie zog ihr kleines Büchlein aus dem Rucksack und ließ sich mit unglücklichem Gesichtsaudruck wieder auf den Hintern fallen. Es war von der Schwertklinge glatt durchbohrt worden.

»Was ist das für ein Ding?«, wollte Hellami wissen.

Leandra seufzte. »Ein Buch von Munuel. Ein ganz besonderes. Wohl auch sehr kostbar.« Sie schlug es auf und bemühte sich, die durchbohrten Seiten glatt zu streichen. Es war zum Glück kaum nass geworden, aber die Schwertklinge hatte die Seiten deutlich verletzt.

»Ist es noch zu gebrauchen?«, fragte Hellami besorgt.

»Ja, ich denke schon. Allerdings ... nun, ich muss es mir bei Licht ansehen.«

Hellami sah sich um. »Wir sollten von hier verschwinden. Dieser Usbalor ist mir noch zu nahe.«

Leandra stand auf. »Ja, du hast Recht.«

Hellami verfolgte Leandras rasche Bewegungen mit Erstaunen. »Du scheinst ja wieder völlig in Ordnung zu sein.«

»Na ja, das wäre übertrieben. Aber es ist besser als vorher.« Sie machte eine Pause. »Danke, übrigens!«

»Danke? Wofür?«

»Dass du mich aus dem Wasser gezogen hast. Magie hin oder her – ohne dich wäre ich ertrunken.«

Hellami winkte ab.

*

Quendras war pünktlich auf die Minute.

Chast grunzte zufrieden. Er schätzte das. Er saß an dem großen Schreibtisch in seinem Arbeitszimmer und blätterte einen Stoß alter Pergamente durch. Es handelte sich um alte Schriften, und er hoffte, darin einen Hinweis auf weitere Aufbewahrungsorte von alten Dokumenten der Bruderschaft zu finden.

Magister Quendras war ein großer Mann, der überraschend jung für jemanden in seiner Stellung war – Chast schätzte ihn auf kaum über dreißig Jahre. Er war muskulös, hoch gewachsen und besaß einen Bass in der Stimme, der an das Grollen eines fernen Gewitters erinnerte. Er trug ständig einen leichten Ausdruck von Zweifel, Misstrauen und Ungläubigkeit in seinem kantigen Gesicht, noch unterstrichen durch seinen kurz geschorenen, dunklen Kinnbart, der den Worten, die durch die Lippen seines Mundes grollten, eine unterschwellige Bedrohlichkeit verlieh. Quendras war auf gewisse, einschüchternde Weise ein ziemlich gut aussehender Mann. Chast beneidete ihn manchmal ein wenig. Und er war auch ein hoch fähiger Magier, nach Chast sicher einer der stärksten in der gesamten Bruderschaft. Als Vorgesetzter war Quendras gefürchtet, wenngleich er kein Tyrann war – nein, es war Quendras' Ehrfurcht gebietende Ausstrahlung und ganz sicher wohl auch seine überlegene Intelligenz. Chast schätzte sich glücklich, ihn zu seiner Führungsriege zählen zu können.

Dennoch: Chast bemühte sich nach Kräften, ihm immer wieder zu zeigen, wer hier der Herr im Haus war. Zunächst achtete er nicht auf Quendras, der geduldig vor dem Schreibtisch stehen geblieben war und wartete, dass Chast seine Arbeit beendete. Schließlich war Chast soweit. Er lehnte sich zurück, massierte mit der Rechten nachdenklich sein Kinn und musterte dabei seinen Magister.

»Usbalor ist derzeit unterwegs«, sagte er.

Quendras nickte.

»Setz dich«, sagte Chast mit ruhiger Stimme und wies auf einen gepolsterten Stuhl, der gegenüber seinem Schreibtisch stand.

Quendras musterte den Stuhl mit misstrauischen Blicken, so als argwöhne er, dass unter seinem Polster eine gefährliche Falle lauere. Dann brummte er etwas, nickte und setzte sich. Ganz im Gegensatz zu seinem eben noch gezeigten Misstrauen nahm er gleich darauf voll und ganz Besitz von dem Sitzmöbel, breitete seine massige Gestalt darin aus, schlug die Beine übereinander und erweckte im nächsten Augenblick den Eindruck, als habe er diesen Stuhl soeben seinem Hoheitsgebiet einverleibt – und werde ihn bis zum letzten Atemzug verteidigen, sollte ihm jemand diesen Anspruch streitig machen.

Mit einer Mischung aus Erstaunen und Belustigung verfolgte Chast das Tun seines Magisters – er verzog dabei natürlich keine Miene. Es bereitete ihm Vergnügen, Menschen genau zu beobachten, besonders solche ungewöhnlichen und eindrucksvollen Leute wie Quendras. Meist half ihm das, sie früh und klug einzuschätzen, um sie dann im Sinne seiner Absichten zu manipulieren. Bei Quendras allerdings war das schwierig.

»Wie stehst du zu der Zurechtweisung, die du dir heute mir zu erteilen erlaubt hast?«, fragte Chast.

Quendras sah ihm geradenwegs in die Augen, mit wachen Blicken, aber kaum beunruhigt. »Zweifellos eine Anmaßung meinerseits«, sagte er. »Dennoch – ich denke, ich lag nicht unbedingt falsch damit.«

Chast nickte kaum merklich. Dass der Mann Mut hatte, bestätigte sich wieder einmal. Gut. Er beugte sich vor und nahm einen Schluck aus einem Wasserglas, das vor ihm stand. Für ein Weilchen studierte er das Glas, das er in der Hand hielt, und setzte es dann wieder ab.

»Ich gebe zu«, sagte er mit fester Stimme, »dass mir mitunter Fehler unterlaufen. Aber das hat einen Grund.«

Quendras starrte ihn nur unverwandt an, und Chast fragte sich, wer hier im Raum eigentlich der Vorgesetzte und wer der Untergebene war. Das Auftreten dieses Quendras hatte ihn in der Tat dazu verleitet, sich rechtfertigen zu wollen.

»Wie schätzt du die Lage der Bruderschaft ein?«, fragte Chast.

»Miserabel«, sagte Quendras – ohne einen Moment zu zögern.

Chast schnaufte. Leiser Unmut stieg in ihm auf.

»So?«

»Ja«, stellte Quendras fest und setzte sich ein wenig aufrechter zurecht. »Wir sind ein miserabel geordneter Haufen.« Damit schloss er offenbar sich selbst mit ein. »Niemand weiß, was anderswo passiert. Es gibt keine vernünftige Kontrolle über die Duuma, die draußen im Land unsere Befehle ausführt, und unser Einfluss auf das Militär ist … Zufallssache. Gewissermaßen nicht vorhanden.«

»Du übertreibst«, warf Chast scharf ein.

»Ich weiß«, antwortete Quendras. »Aber ich sehe es unter dem Druck der neuesten Ereignisse. Jetzt, da wir handeln müssen, steht zu befürchten, dass uns wichtige Dinge schlicht und einfach misslingen. Und zwar gründlich.«

Chast atmete tief und angespannt ein. Er fasste sein Gegenüber mit stechenden Blicken ins Auge. »Und wessen Schuld ist das?«, fragte er leise.

Quendras starrte ebenso stechend zurück. Für eine Weile erwiderte er nichts. »Sardins Schuld«, sagte er dann.

Chast bemühte sich, seine Erleichterung über Quendras' Urteil nicht nach außen dringen zu lassen. Wäre das Urteil anders ausgefallen – gegen ihn gerichtet –, hätte er nicht einmal sonderlich widersprechen können. Gut, es gab etliche Argumente, die Chast entlasteten, wie zum Beispiel die Unmasse an Dingen, um die er sich kümmern musste, und natürlich, wie Quendras schon eingeworfen hatte, die katastrophale Hinterlassenschaft Sardins, der die Bruderschaft sozusagen im Alleingang regiert hatte. Aber dennoch: Wäre er jetzt gezwungen gewesen, Quendras' Meinung zu entkräften, hätte das seinem Status als Hoher Meister der Bruderschaft schweren Schaden zugefügt.

»Es ist zum Teil auch meine Schuld«, fügte Quendras kalt hinzu.

Chast zog überrascht die Augenbrauen hoch. »Deine?«

»Ja«, bestätigte Quendras finster. »Ebenso wie Ihr, Hoher Meister, bin ich mit Arbeit überlastet. Ich habe mir erlaubt, die Missstände, die unsere Lage außerhalb von Savalgor betreffen, zu lange zu übergehen. Erst jetzt, da wir uns einer Krise gegenübersehen, wird mir das wahre Ausmaß unserer Probleme bewusst. Ich hätte Euch früher unterrichten müssen.«

Chasts Hochachtung vor seinem Magister wuchs. Er hatte die Verantwortung für die Missstände von den Schultern seines Hohen Meisters genommen und sich damit ihm ausgeliefert. Aber dumm war das beileibe nicht. Er wusste allzu gut, dass er damit Punkte gemacht hatte und nicht, wie ein Außenstehender vielleicht gedacht hätte, eine Bestrafung fürchten musste. Chast fing den Ball auf. Ein unausgesprochenes Band des Vertrauens festigte sich zwischen den beiden Männern.

»Hast du Vorschläge?«, fragte Chast tonlos.

»Ja«, antwortete Quendras. »Bruder Rasnor, einer der Skriptoren, die unten im ...«

Chast nickte. »Ja, ich kenne ihn. Fahre fort.«

Quendras schnaufte. »Dieser Rasnor … Er und seine Leute haben eine interessante Sache in den alten Büchern ausgegraben. Es handelt sich um eine Art Geheimpolizei innerhalb der Bruderschaft, die es damals unter Sardin gab. Leider fand ich noch keine Zeit, mich genauer damit zu beschäftigen. Aber ich denke, etwas in dieser Art könnte uns weiterhelfen. Es wäre möglich, eine viel bessere Kontrolle auszuüben. Und man könnte so eine … Polizei innerhalb kurzer Zeit aufbauen. Keine sehr schöne Maßnahme, aber wohl sehr zweckmäßig.«

Chast hatte die Stirn gerunzelt. »Nun, eine *Geheimpolizei …?*«, wiederholte er nachdenklich.

Quendras blieb stumm.

»Erzähl mir mehr!«, forderte Chast ihn auf.

»Es ist besser«, erwiderte der Magister ausweichend, »Ihr lasst Rasnor herkommen. Ich weiß bedauerlicherweise noch zu wenig über diese Sache. Doch ich bin sicher, Rasnor hat sich bestens darüber in Kenntnis gesetzt.«

Chast blickte Quendras stumm an und versuchte dahinter zu kommen, was er mit seiner Anspielung meinte. Eine Geheimpolizei. Quendras hatte angedeutet, dass ihm eine solche Sache nicht sonderlich gefiel, wiewohl er offenbar doch ihren Zweck guthieß. Rasnor hingegen … ja, Chast konnte sich gut vorstellen, dass sich dieser kleine Kriecher, der dazu neigte, seine wenigen Untergebenen wie ein Tyrann herumzukommandieren, für solche Dinge erwärmte.

»Angenommen, mir erschiene diese Idee tauglich«, fragte Chast, »wen könnte ich mit dem Aufbau einer solchen Geheimpolizei betrauen?«

Wie Chast erwartet hatte, hob Quendras abwehrend die Hände. »Am besten, Ihr holt Euch jemanden aus dem Militär oder einen vertrauenswürdigen Mann aus der Duuma oder aus der Bruderschaft, hier in Torgard.«

»Dir ist eine solche Arbeit zu schmutzig, was?«

Quendras sah Chast zunächst stumm an. Dann nickte er ernst. »Ja. Das stimmt.«

Chast war neugierig geworden. Er fragte sich, was das damals, unter Sardin, wohl für eine Geheimpolizei gewesen war. Ideen dieser Art waren Neuland für ihn – bisher hatte er sich noch nie mit so etwas auseinandergesetzt. Aber vielleicht gab es interessante Aussichten.

»Gut, Quendras«, sagte er. »Ich werde mich selbst darum kümmern. Wie geht es mit deinen Forschungsarbeiten voran?«

Quendras' Züge entspannten sich ein wenig. »Gut«, sagte er. »Es ist uns gelungen, einige Schlüssel aus verzwickten Verwebungs-Mustern herauszulösen. Wir kommen langsam dahinter, wie wir die grauen Energien besser beherrschen können. Es muss in den höheren Ebenen des Stygiums noch Bereiche geben – wir haben sie *Kalte Zonen* genannt –, in denen komplizierte Muster aus irgendeinem Grund sehr dauerhaft und unbeweglich verankert sind. Wenn es uns gelingt, das Prinzip dieser Dauerhaftigkeit herauszufinden, dürfte es uns bald möglich sein, die Öffnungen im Trivocum, durch welche die Energien fließen, besser zu kontrollieren.«

Chast lächelte böse. Wenn die ehemaligen Mitglieder des ehrenwerten Cambrischen Ordens auch nur geahnt hätten, wie sehr sich die Bruderschaft derzeit darum bemühte, die *Rohe Magie* zu kultivieren, wären ihnen sicher die Münder offen stehen geblieben. Quendras war in der Tat dabei, ein Gegenstück zu den *Aurikeln* der Gilde zu finden. Die rohen Risse im Trivocum, durch welche die Magier der Bruderschaft bislang ihre Energien zu beziehen pflegten, sollten beherrschbarer werden. Und wenn es gelang, sie so sicher wie den Energiefluss in der Elementarmagie zu machen, würde die Rohe Magie (die man dann vielleicht umtaufen musste) den unerhörten Vorteil besitzen, dass man mit ihr auch diesseitige Energien ins Stygium lenken konnte. Das wäre *der* Durchbruch in der Erforschung der Magie. Die Macht eines Magiers würde sich vervielfachen.

»Gut gemacht, Quendras«, sagte Chast anerkennend. »Hast du genug Leute? Brauchst du noch irgendetwas für deine Forschungen?«

Quendras schüttelte den Kopf. »Nein. Nur Zeit und Ruhe. Dann werden wir bald verwertbare Ergebnisse haben.«

Chast nickte. Von dieser Seite aus gesehen, stand es mit der Bruderschaft zum Allerbesten. Bald schon, wenn alles nach seinen Vorstellungen lief, würde die Bruderschaft die Urheberin wie auch Inhaberin der wirklich entscheidenden Fortschritte dieser Welt sein und dann konnte ein neues Zeitalter beginnen. Ein Zeitalter, an dessen Spitze *er* stand! Seit er damals beschlossen hatte, sich Sardins zu entledigen, seit er erkannt hatte, welche ungeahnten Möglichkeiten die Rohe Magie bot, die so krass von diesen überheblichen Cambriern abgelehnt wurde, träumte er von diesem neuen Zeitalter, das er einläuten und zur Blüte bringen würde! Nun standen er und seine Leute kurz davor. Und wenn das geschafft war, würde er sich endlich der letzten großen Frage widmen können …

Schlagartig erlosch sein Traumbild der neuen Welt, das so glanzvoll in seinen Gedanken aufgegangen war. Für Momente hatte er völlig vergessen, welche Störfaktoren plötzlich seinen Traum niederreißen wollten.

Quendras schien zu ahnen, welchen Hintergrund Chasts plötzlich veränderte Züge hatten. »Die Drakken«, stellte er fest.

Chast fühlte sich von einer Sekunde auf die andere wie in einen eiskalten, fauligen Tümpel gestoßen. »Ja. Die Drakken«, bestätigte er und nickte dumpf. »Und nicht nur die. Da ist auch noch diese Adeptin Leandra, die es sich zur Aufgabe gemacht hat, unsere Pläne zu zerstören …«

»Leandra?«, stieß Quendras erstaunt hervor. »Ich dachte, die wäre damals in Unifar umgekommen!«

Chast nickte. »Das dachte ich auch. Es ist mir ein Rätsel, wie sie den Einsturz des Tempels von Yoor überleben konnte. Dennoch – sie lebt. Meines Wissens ist sie schon wieder auf dem Weg hierher, um mir Schwierigkeiten zu bereiten. Usbalor ist ihr auf den Fersen, aber ich fürchte, er wird sie nicht erwischen!«

Quendras richtete sich auf. »Eine *Adeptin* der Magie?«, sagte er ziemlich verächtlich. »Warum sollte er sie nicht …?«

Chast musterte seinen Bruder. Dann tippte er sich mit dem Finger an die Stirn. »Hier oben«, sagte er und tippte noch ein paar Mal. »Gegner, die hier oben stark sind, sind die gefährlichsten. Du kannst mir glauben, dass ich eine Menge dafür geben würde, jemanden wie sie auf unserer Seite zu wissen.« Er lachte bitter auf. »Aber das ist eine verrückte Vorstellung. Sie war meine schlimmste Gegnerin, und ich fürchte sie. Nicht so sehr wie die Drakken, aber dennoch.«

Quendras brummte etwas, das Chast nicht verstand. Er beschloss, dieses Treffen zu beenden. Seine Laune war verdorben und ihn dürstete danach, sich ins Gefecht zu werfen und Gegenmaßnahmen zu ergreifen. Gegen diese Adeptin konnte er im Augenblick nichts ausrichten – aber Rasnor, den konnte er herholen, um sich von ihm über die Geheimpolizei berichten zu lassen.

»Wende dich wieder deinen Forschungen zu«, befahl Chast. »Und sieh zu, dass es Ergebnisse gibt. Halte mich darüber auf dem Laufenden. Es könnte sein, dass wir bald alles brauchen, was uns an Macht zur Verfügung steht. Besonders wegen der Drakken.«

Quendras erhob sich.

»Sag draußen Bescheid, dass man Rasnor zu mir schickt. So schnell es geht. Er soll aber noch nicht erfahren, was ich von ihm will. Du kannst jetzt gehen.«

Quendras nickte wortlos und verließ den Raum.

Chast wandte sich, entgegen seinen Gewohnheiten, dem offenen Fenster zu und blickte hinaus aufs Meer. Er, der er die Dunkelheit und Abgeschiedenheit liebte, fühlte plötzlich eine Sehnsucht nach Weite und Offenheit, denn es schien, als wäre nun nicht mehr *er* der Herr der verborgenen und düsteren Orte, sondern die Drakken, die von irgendwoher gekommen waren, wahrscheinlich von jenseits dieser Welt, und deren Geheimnisse bei weitem finsterer und abgründiger waren als die seinen.

*

Eine halbe Stunde später klopfte es und Chast erwachte bei dem Pochen an der Tür wie aus einem Traum. Verwundert stellte er fest, dass er die ganze Zeit über am Fenster gestanden und nachgedacht hatte.

Er wandte sich seinem Schreibtisch zu und rief: »Herein!«

Die Tür öffnete sich und Rasnor trat in den Raum.

Chast beobachtete, wie der untersetzte Mann hereinkam und näher trat, schließlich in gebührendem Abstand vor seines Meisters Schreibtisch stehen blieb und den Blick senkte. Chast fühlte sich ein wenig abgestoßen. Nach der Begegnung mit einem Respekt gebietenden Mann wie Quendras war der Auftritt dieses kleinen Widerlings entmutigend. Aber dennoch – Chast hatte sich bereits etwas ausgedacht und manchmal waren selbst solche Kriecher wie Rasnor zu etwas nutze.

»Setz dich!«, forderte er seinen Gast mit mühsam beherrschter Enttäuschung auf. Er ließ sich selbst nieder, während sich Rasnor zögernd auf der vordersten Kante des gepolsterten Stuhles platzierte. Chast schnaufte innerlich. Gewöhnlich bereiteten ihm Verstellungs- und Täuschungsmanöver Vergnügen, diesmal aber war es ihm zuwider. Er setzte eine betont gelassene Miene auf.

Als er Rasnor ins Auge fasste, sah er, dass sein Gegenüber nichts von seiner wahren Laune ahnte.

»Dieser Valerian«, sagte Chast im Plauderton. »Ein kluger Bursche, nicht wahr?«

Rasnors Blicke sprachen Bände. Ihm war deutlich anzusehen, dass er Valerian seinen heutigen Erfolg neidete. »Nun, wir hatten zuvor über all diese Dinge gesprochen«, behauptete er. »Ich habe ihm etliche der Zusammenhänge erklärt. Daraus zog er, wie ich zugeben muss, recht kluge Schlüsse.«

Chast hätte Rasnors eitle Darstellung der Tatsachen mit Leichtigkeit zerpflücken können. Aber er verbiss es sich – das war es nicht, was er von ihm wollte. »Wo stammt er her, dieser Valerian? Kennst du ihn schon länger?«

Rasnor hob die Schultern. »Er kam aus Hegmafor. Wir haben vor ein paar Monaten einige Leute von dort angefordert – als wir die Feste von Torgard bezogen. Wir benötigten noch Schreiber, um all die alten Bibliotheken in den unteren Katakomben durchforsten zu können. Bruder Valerian war allerdings der Einzige, den sie uns schickten.«

»Hatte er ein Schreiben bei sich? Eines aus Hegmafor, das ihn auswies?«

Rasnor nickte. »Ja. Ich habe es selbst geprüft. Außerdem hat er ein umfassendes Wissen über die Bücher und Schriften und ...« Rasnor unterbrach sich, und es war nur allzu klar, dass er Valerian soeben auf eine Art gelobt hatte, die ihm in Wahrheit gar nicht behagte. »Nun ja, er hat uns schon einige Dienste geleistet«, gab er zu. »Er ist recht gut im logischen Denken, könnte man sagen.«

»Fein«, sagte Chast. »Vielleicht habe ich eine kleine Aufgabe für ihn. Sorge dafür, dass er nachher zu mir kommt.«

»Ja, Hoher Meister.«

Chast setzte nun eine etwas strengere Miene auf.

»Wie geht es mit deinen Nachforschungen voran?«, fragte er.

Rasnor hob unbestimmt die Schultern. »Das ist schwer zu sagen. Aber ich bin zuversichtlich, dass wir ein Mittel gegen den Antikryptus finden werden.«

»So? Also doch?«, rief Chast aus. Im nächsten Moment richtete er sich mit einem Schwung auf und begann, im Raum umher zu spazieren. »Woher kommt dein plötzlicher Meinungswechsel?«

Rasnor geriet ins Stottern. »Also ich … äh, nun … ich meine, dass wir es durchaus versuchen sollten«, brachte er hervor. »Schließlich bleibt uns kaum etwas anderes übrig! Irgendwie müssen wir diese Gefahr doch beseitigen, nicht wahr?«

Chast war noch mehr enttäuscht von Rasnors flachem Getue und überhörte seine Worte zum großen Teil. »Du bist diesen Drakken nicht begegnet«, sagte er. »Ich schon! Es handelt sich um ein fremdes Volk von außerordentlichem Fortschritt. Sie sind kriegerisch und werden sich holen, was sie brauchen. Ich fürchte, wir haben selbst mit unserer stärksten Magie keine Aussicht, gegen sie zu bestehen. Und sie haben mir unmissverständlich klar gemacht, dass sie die Einhaltung des Paktes von uns einfordern werden.«

»Wir müssen Zeit gewinnen«, stieß Rasnor hervor und erhob sich. »Zeit, ein Mittel gegen den Antikryptus zu finden. Wir müssen sie glauben machen, dass wir im Sinne des Paktes handeln.«

Chast blieb stehen und musterte Rasnor. »Wem sagst du das? Ich weiß sehr gut, dass wir Zeit gewinnen müssen. Die Frage ist nur: Wie? Wir haben noch ein paar andere Probleme, die zu lösen sind.«

Rasnor zögerte. »Welche sind das?«

Chast holte Luft. »Vielleicht weißt du nicht, dass unsere Macht auf nicht mehr als achthundert Brüdern beruht! Die meisten davon sind jetzt Angehörige der Duuma. Wir kontrollieren mit ihrer Hilfe das Militär und mit ihm das gesamte Land. Aber nichts garantiert mir, dass jeder von ihnen so handelt, wie ich es erwarte. Ich hatte in den letzten Monaten so viel mit den Belangen des Hierokratischen Rates und anderen, vordringlichen Dingen zu tun, dass mir erst jetzt bewusst wird, in welch traurigem Zustand sich die Bruderschaft befindet!«

Rasnor stieß einen ungläubigen Laut aus.

Chast machte einen Schritt auf ihn zu und deutete mit einem anklagenden Zeigefinger auf Rasnors Brust. »Das glaubst du nicht?«, rief er scharf. »Gut! Dann nenne mir einmal die Zahl der Skriptoren, die in unseren Bibliotheken arbeiten! Nur ungefähr!« Er machte eine Pause. »Oder sag mir wenigstens, wie viele Duuma-Ordenshäuser wir besitzen. Haben wir eines in Soligor? In Usmar oder Tharul? Wer heißt der Kommandant der Präfektur von Nordakrania? Wer sammelt regelmäßig sämtliche Berichte, damit sie gesichtet und zusammengefasst werden, hm?« Er stieß Rasnor mehrfach schmerzhaft mit dem Finger auf die Brust. »Das sind alles Dinge deines Fachgebietes, Bruder Rasnor! Als Leitender Skriptor müsstest du darüber unterrichtet sein. Kannst du mir auch nur eine dieser Fragen einigermaßen befriedigend beantworten?«

Rasnor hatte stumm den Blick zu Boden gesenkt.

Chast wandte sich von ihm ab. »Sei froh, dass dieser Missstand nicht *deine* Schuld ist!«, sagte er und konnte fast spüren, wie sich Rasnors Anspannung löste. »Dieser Misthaufen ist ein Erbe unseres bewundernswerten Meisters Sardin! Ich *höre* nur manchmal, was in Usmar geschehen sein soll, in Wasserstein und in Tharul, aber wirklich *wissen* tue ich es nicht! Hätte ich geahnt, dass diese Bruderschaft überhaupt keine Ordnung besitzt, hätte ich von Anfang an ganz anders durchgegriffen!« Er kam zurück und starrte Rasnor an. »Es ist mir ein Rätsel, wie Sardin glauben konnte, mit diesem wirren Haufen jemals ein Land beherrschen zu können!«

Rasnor fühlte sich aufgerufen, etwas zu sagen. »Ihr habt Recht, Hoher Meister«, sagte er. »Sardin regierte die Bruderschaft nur mit den Mitteln der Gewalt. Jeder zitterte vor ihm. Niemand wagte zu versagen. Beim geringsten Fehler war man des Todes. Damit hielt er uns alle unter Druck, aber wir waren … nun, nicht wirklich handlungsfähig!«

»Aha!«, rief Chast aus. »Sieh da! Also scheint es doch Leute zu geben, die gewisse Zusammenhänge erkennen können.«

Er konnte fast sehen, wie Rasnor aus diesem Lob, das fast keines mehr war, neue Kräfte heraussaugte. Jetzt war es an der Zeit, ihn wieder aufzubauen und zu sehen, ob er für die Aufgabe taugte, die Chast für ihn vorgesehen hatte.

»Magister Quendras berichtete mir«, sagte er, »dass du auf eine interessante Idee gekommen wärest. Irgendetwas, das du in deinen Büchern gefunden hast.«

Rasnor blickte ihn verständnislos an.

Chasts Mundwinkel zuckten. Er hoffte, dass dieser Blödian von selbst darauf kommen würde, schließlich hatte er die Frage so gestellt, als würde er glauben, diese *Idee* zu der Geheimpolizei stamme von Rasnor selbst – und er habe nur den *Anstoß* dazu in seinen Büchern gefunden.

Schließlich ging ein kleines Leuchten in Rasnors Zügen auf, das er aber zu verbergen suchte. »Also … nun … eine Idee?« Er zögerte und suchte nach Worten. »Ich berichtete ihm vor einigen Tagen von diesem Orden von Yoor …«

Chast musterte Rasnor scharf. »Orden … *von Yoor*? Was ist das?«

»Nun, die Idee ist nicht wirklich von mir«, sagte Rasnor vorsichtig. »Aber während meiner Studien habe ich in geheimen Dokumenten von einem Orden gelesen, den Sardin damals, vor zweitausend Jahren, im Begriff war, ins Leben zu rufen.«

Chast legte den Kopf schief. »So …?«

Rasnor nickte. »Ja. Es handelte sich um einen Orden innerhalb der Bruderschaft. Es war eine Art Quästur; eine geheime, streng geführte Abteilung, die nur Sardin selbst gegenüber verantwortlich war.«

Chast blieb stehen und studierte für Sekunden seinen Leitenden Skriptor. Dann ging er langsam zu seinem Stuhl zurück, setzte sich und massierte wieder sein Kinn. Seine Blicke waren scharf auf Rasnor gerichtet. »Setz dich. Erzähl mir mehr darüber«, befahl er.

Rasnor tat, wie ihm geheißen. »Der Orden war im Entstehen begriffen, als der Krieg zwischen der Magiergilde und der Bruderschaft aufkam«, berichtete er. »Deswegen wurden seine Strukturen nie vollendet. Er sollte den Namen *Orden von Yoor* tragen – das bezieht sich auf die Hochburg der Bruderschaft in Unifar, wie Ihr ja wisst. Die Mitglieder des Ordens waren Männer, die sich Quästoren nannten. Sie waren mit fast unbeschränkten Machtmitteln ausgestattet und wurden nur aus Kreisen gewählt, die Sardin vollständig ergeben waren. Jeder von ihnen verfügte über eine mehrköpfige Gefolgschaft, die aus Ordenssoldaten und einem Ordensritter bestand. Die Quästoren besaßen fast uneingeschränkte richterliche Gewalt; sie konnten überall im Land sofortige Urteile verhängen – sozusagen im Standrecht. Wie gesagt – dieser Orden von Yoor kam nie wirklich zum Einsatz, denn zu dieser Zeit brach der Krieg zwischen den Gilden aus.«

Chast spitzte nachdenklich die Lippen und nickte dann leise.

»Und … welche Aufgabe sollte dieser Orden von Yoor übernehmen?«, fragte er.

Rasnor hob die Schultern. »Nun – das weiß ich leider nicht genau. Ich vermute jedoch, dass er die Gesinnung der Mitglieder der Bruderschaft überwachen sollte. Sardin rechnete offenbar damit, innerhalb einer gewissen Zeitspanne die Macht im Lande innezuhaben, und ich nehme an, dass er den Orden dazu einsetzen wollte, die Einhaltung des neuen Rechts und die Ergebenheit seiner Brüder und Soldaten zu überwachen.«

Chast starrte mit scharfen Blicken auf einen Gobelin mit einem abwegigen Motiv, der gegenüber an der Wand hing. Lange Zeit schwieg er. Dann holte er tief Luft, wandte sich zu Rasnor und fragte: »Einmal angenommen, wir würden diese Idee wieder ins Leben rufen. Angenommen weiterhin, du hättest dies zu überwachen. Wie könnte man diesen Orden einsetzen?«

Chast sah, wie sich zuerst ein gewisser Schrecken in Rasnors Zügen abzeichnete, dann aber ein kleines Leuchten in seinen Augen aufging. Aber noch hielt er sich zurück. »*Ich* …?« Er schluckte. »Vergebt mir, Meister! Ich weiß nicht, ob ich der richtige Mann für so etwas bin …«

Chast hieb mit der Faust so heftig auf den Schreibtisch, dass rechts eine Papierlawine abging. »Vergiss deine Bücher, Rasnor!«, rief er mit scharfer Stimme. »Du hast mich auf eine Idee gebracht, und ich gebe dir jetzt die Gelegenheit, dich zu beweisen! Ich selbst habe keine Zeit für so etwas!«

Chast stand so heftig auf, dass sein Stuhl wieder nach hinten kippte und zu Boden polterte. Er liebte diese Aufsehen erregende Geste und wusste, dass man ihm deswegen im Geheimen schon einen entsprechenden Titel verliehen hatte. Er marschierte in den Raum hinein, und während er weitersprach, umkreiste er Rasnors Stuhl wie ein Habicht.

»Das ist genau die Idee, nach der ich gesucht habe!«, rief er aus. »Als Quendras das Wort *Geheimpolizei* erwähnte, wusste ich augenblicklich, dass dies genau die Sache ist, die uns retten kann! Eine Quästur innerhalb der Bruderschaft! Ein Instrument der Überwachung, dem ihr gnadenloser Ruf vorauseilt! Ja! Das ist ein Mittel, um Ordnung in die Bruderschaft zu bringen!«

Chast fuhr herum und maß den kleinen Rasnor, dem

die Erkenntnis, dass dies *die* Gelegenheit für ihn war, förmlich ins Gesicht geschrieben stand.

»Du hast diese Idee gehabt, Bruder Rasnor«, rief Chast mit gespielter Begeisterung aus, »und nun gebe ich dir die Möglichkeit, sie umzusetzen! Ich schätze deine Fähigkeiten und gerade *jetzt* benötige ich dringend fähige Männer! Jetzt, da wir der Bedrohung durch die Drakken gegenüberstehen! Vergiss deine Bücher! Nimm dir ein Dutzend Brüder und setze sie daran, den Aufbau dieses Ordens zu organisieren. Heuere Söldner für die Gefolgschaften an! Ich selbst werde die ersten zehn Quästoren auswählen!«

Rasnor war bleich geworden.

»Ja!«, rief Chast und hob beschwörend die Arme. »Das ist wirklich großartig! Damit können wir die Bruderschaft und nicht nur sie allein überwachen! Wir statten die Quästoren mit den höchsten Befugnissen aus! Und *du* …«, damit deutete Chast mitten in Rasnors schreckensbleiches Gesicht, »wirst die Verantwortung innehaben!«

»Meister …!«, keuchte Rasnor.

Chast erhob die Stimme und die Fäuste. »Beweise mir, dass du ein echtes Mitglied der Bruderschaft und mir bedingungslos ergeben bist! Zur Belohnung wird es dir ab heute an nichts mehr mangeln! Du wirst hier in oberen Stockwerk der Feste von Torgard einziehen, ein Schreibzimmer und Gemächer erhalten. Weiber, Wein und Bequemlichkeiten, so viel du willst!« Dann beugte er sich vor und musterte Rasnor mit gefährlich funkelnden Augen. Er hob einen drohenden Finger. »Aber rufe mir diesen Orden ins Leben, hörst du? Und zwar innerhalb einer Woche! Seine erste Aufgabe wird sein, dieser verfluchten Leandra drei Hundertschaften auf den Hals zu hetzen, wenn sie Savalgor erreicht!«

Er richtete sich wieder auf, stemmte entschlossen die Fäuste in die Seiten und starrte in die Dunkelheit unter der hohen Decke hinauf. »Das Zweite ist«, fuhr er fort,

»dass ich ab sofort genaue Berichte, und zwar *erfolgreiche,* über die Handlungen der Duuma und des Militärs in den Städten des Landes haben will! Es sollen Häuser als Stützpunkte für den Orden beschlagnahmt werden! Und zwar höchst nachbarschaftlich zu den Duuma-Ordenshäusern! Ich will innerhalb einer weiteren Woche ein Instrument in Händen halten, das mir die wirkliche Kontrolle über das Land gewährt! Und *dann* wenden wir uns dem Problem mit dem Antikryptus zu, verstehst du? Ohne dass uns dabei noch irgendwer stören kann! Im Übrigen steht uns in weniger als einem Monat die Ernennung des neuen Shabibs bevor, und dieses Ereignis soll unsere Macht festigen, die Drakken täuschen und sie weiterhin hinhalten!« Chast hatte die Rechte zur Faust geballt und seine Augen sprühten beinahe Funken.

»Ein ... ein neuer Shabib?«, stotterte Rasnor. »Aber ... wie soll das gehen? Der Rat ist zerstritten! Es gibt keinen Thronfolger mehr! Die Shabibsfamilie ist ausgelöscht! Und der Rat muss einen neuen Shabib einstimmig billigen ...«

Chast winkte heftig ab. »Lass dies meine Sorge sein! Noch vor der Shabibs-Ernennung will ich alles, aber auch alles über die Strukturen, den Einfluss und die Macht der Bruderschaft wissen! Ich ernenne dich hiermit zum ... *Erzquästor*! Ha, das klingt gut!« Chast hob beschwörend seine Handflächen nach oben. »Die Quästoren sind nur uns beiden gegenüber verantwortlich, mir als ihrem Herrn, aber dir als ihrem Kommandanten! Verstehst du? Halte dich nur an die Frist! Und unterstehe dich, auch nur einer lebenden Seele von dem neuen Shabib zu berichten, bevor ich es dir erlaube. Hast du mich verstanden?«

Rasnor nickte. Er war immer noch bleich, aber man konnte sehen, dass in ihm die Flamme der Begeisterung brannte. Chast stand mit in die Hüften gestemmten Fäusten vor ihm und starrte ihn an. Ja – dieser Rasnor würde sein willfähriges Instrument sein! Für diesen Posten benötigte er niemanden von großer Menschenliebe oder von Gerechtigkeitsempfinden – nein, die einzigen Fähigkeiten, die vonnöten waren, waren Skrupellosigkeit, Machtgier und eine gewisse Gerissenheit. Und davon besaß, nach allem, was Chast wusste, dieser Rasnor ein wahrhaft ausreichendes Maß.

»Ich danke Euch für Euer Vertrauen, Meister«, erklärte Rasnor und verbeugte sich. »Ich werde mein Bestes geben!«

11 ♦ Erkenntnisse

Hellami streichelte vorsichtig mit dem Zeigefinger über den rauen, schuppigen Kopf des Baumdrachen. Ulfa schien das zu gefallen. In katzenhafter Manier reckte er sich dem Finger entgegen und lenkte ihn durch Wendungen seines kleinen Reptilienkopfes an die Stellen, an denen ihm die Liebkosung offenbar besonders wohl tat.

»Komm!«, sagte Leandra ungeduldig. Ihre Freude über die Rückkehr von Ulfa war schon wieder der Sorge um ihre Sicherheit gewichen. »Wir müssen weiter!«

Hellami nickte und schulterte ihren Rucksack. »Wäre gut«, sagte sie, »wenn wir bald eine geschützte Stelle fänden, wo wir ein Feuer machen könnten. Wir sind nass bis auf die Knochen.«

»Ja. Aber wir müssen erst mal hier weg. Ich weiß nicht, wie schnell Usbalor und seine Leute unsere Spur finden. Ich möchte ohnehin gern wissen, wie sie darauf kamen, uns bei Marthis aufzulauern!«

Sie setzten sich wieder in Bewegung und verlegten sich darauf, einige Schritte tiefer in den Wald hineinzugehen, um in seinem Schutz flussabwärts zu laufen. »Wir haben ja einen guten Aufpasser«, sagte Hellami und deutete auf Ulfa. »Er wird sicher wieder davonfliegen, wenn er spürt, dass sich jemand nähert.«

»Ja, das stimmt«, sagte Leandra. »Aber mir wäre es trotzdem lieber, wenn es gar nicht mehr so weit käme.«

Sie marschierten in strammem Tempo südwärts und versuchten dabei, so wenig Spuren wie möglich zu hinterlassen. Es ging hauptsächlich durch Föhrenwald, der hier und da, nahe den Ufern der Morne, mit Birken durchsetzt war. Der Abend war noch nicht weit fortgeschritten und sie hatten noch die ganze Nacht Zeit zu laufen. Vielleicht würden ihre Kleider ja unterwegs trocknen.

»Sie werden uns flussabwärts suchen«, bemerkte Hellami nach einer Weile.

»Ja. Aber wahrscheinlich nicht auf dieser Seite der Morne. Vielleicht geben sie auch auf, weil sie denken, wir wären ertrunken!«

Hellami zuckte die Achseln. »Darauf würde ich mich nicht verlassen«, meinte sie.

Ulfa begleitete sie, indem er auf seine seltsam magische Art durch die Baumwipfel schwebte, ohne sie dabei zu berühren.

Hellami deutete nach oben. »Kann *er* uns nicht helfen? Mit irgendeiner Magie?«

Leandra lächelte sie schief an. »Willst etwa schon wieder den *Drachentanz* machen?«

Hellami sah mit gerunzelter Stirn zu ihrer Freundin. »Sag mal … muss man den wirklich nackt machen? Oder war das nur … weil du *Lust* dazu hattest?«

Leandra blickte wieder geradeaus. Sie antwortete nicht sofort. »Nun, ich hab's bisher nie anders probiert, weißt du? Kann sein, dass es auch so geht.«

»Aber es ist nicht so aufregend, was?« In Hellamis Tonfall schwang ein Hauch von Vorwurf mit.

Leandra nickte missmutig. »Ja, stimmt.«

Sie marschierten noch zwei Stunden in forschem Tempo südwärts, ohne viel miteinander zu reden. Dann blieb Leandra schnaufend stehen. »Lass uns eine Pause machen. Ich muss mich an solche Eilmärsche erst wieder gewöhnen.«

»Dafür, dass du vor einem halben Jahr noch völlig gelähmt warst, bist du ohnehin schon wieder recht gut zu Fuß«, meinte Hellami wohlwollend. Sie deutete auf eine Gruppe von Findlingen am Ufer. »Gehen wir nach da drüben! Dort können wir uns verstecken und haben trotzdem eine gute Sicht!«

Leandra nickte matt und folgte Hellami.

Sie kletterten zwischen die Felsbrocken und fanden eine Stelle, an der sie einigermaßen bequem lagern konnten. Zwischen den Felsen hindurch konnte man flussaufwärts blicken, ohne selbst gesehen zu werden. Ulfa blieb bei ihnen und hielt, in sich zusammengerollt, auf einem der Felsen Wacht – jedenfalls sah es so aus.

Es tauchte das Problem mit der fehlenden Schlafdecke auf, aber Hellami bestand ohnehin darauf, dass jemand Wache halten müsse. Sie wussten nicht, ob der kleine Drache irgendeine Art von Zeichen von sich gäbe, wenn er die Anwesenheit einer weiteren Person spürte, oder ob er einfach nur davonflöge. Letzteres würden sie nicht bemerken, wenn sie beide schliefen. So blieb Hellami bis tief in die Nacht wach und verlegte sich darauf, Ulfa zu beobachten. Aber er blieb da. Als sie zu müde wurde, um auch nur ein Auge offen zu halten, weckte sie Leandra und legte sich schlafen. Leandra schien sich einigermaßen erholt zu haben.

Als Hellami am nächsten Morgen in der frühen Dämmerung wieder aufwachte – es war noch fast dunkel –, lag Leandra wieder friedlich schlafend neben ihr.

Hellami richtete sich auf, und Ulfa, der noch immer auf der Spitze des Felsblockes neben ihr saß, entfaltete aufgeschreckt die Schwingen.

»Ruhig, Ulfa!«, sagte sie leise und streckte die Hand nach ihm aus. Zu ihrer Überraschung hüpfte der Baumdrache kurz entschlossen darauf.

Es gelang ihr, den Schreck zu unterdrücken, sodass er nicht scheu davonflog. Noch während sie über die plötzliche, entschlossene Annäherung des Drachen staunte, fühlte sie sich ganz unvermittelt einem Strom ungewöhnlicher Eindrücke ausgesetzt.

Zunächst einmal war da die sanfte Berührung des Tieres. Ulfa besaß kräftige Klauen an den Beinen und sie wirkten auf den ersten Blick mindestens so gefährlich wie die Klauen eines Raubvogels. Dennoch spürte sie kaum einen Schmerz, obwohl sich Ulfa an ihrer Hand und dem Handgelenk festklammerte. Seine Berührung war kühl und warm zugleich. Sein langer Schwanz ringelte sich um ihr Handgelenk und seine dunklen, geschlitzten Augen musterten sie ruhig und aufmerksam.

Was ihr beim Drachentanz nur bruchstückhaft zuteil geworden war, spürte sie nun überdeutlich. Von dem kleinen Wesen ging eine magische Aura aus, die wie ein leichter Rausch Besitz von ihr ergriff. Sie hatte das Gefühl, dass sie, solange Ulfas Berührung andauerte, niemals krank, müde oder verletzt werden könnte. Eine rätselhafte Kraft durchströmte ihren Körper und ließ ihn vor Ehrfurcht und Erstaunen erschauern.

Dann spürte sie auch seine geistige Gegenwart. Sie war für den Augenblick ein Teil von ihm – oder er von ihr, sie wusste es nicht zu beschreiben. Keine Frage, dass eine magiebegabte Person, wie Leandra es war, ganz ungewöhnliche und erstaunliche Magien mit Ulfas Hilfe wirken konnte. Und da war noch etwas. Seine Nähe war angenehm. Sie hätte noch stundenlang so sitzen, ihn auf ihrem Arm halten und ihn ansehen können. Sie kam zu dem Schluss, dass der kleine Drache eine unerhört angenehme Gesellschaft war.

Ein schwaches Lächeln huschte über ihre Züge. »Wenn wirklich ein Prinz in dir steckt«, sagte sie leise, »dann solltest du dich mir lieber nicht zeigen. Könnte sein, dass ich mich in dich verliebe!«

Ulfa blinzelte mit den Augen, so als wolle er ihr mitteilen, dass er sie durchaus verstanden hatte. Sie war ziemlich sicher, dass er mehr als nur den Verstand eines klugen Tieres besaß. Wie viel allerdings, das wusste sie nicht zu sagen. Möglicherweise war sein Verstand von ganz anderer Art als der eines Menschen.

Leandra regte sich.

Ulfa entfaltete in plötzlicher Aufregung seine Schwingen und schlug ein paarmal auf und ab.

»Guten Morgen«, sagte Hellami freundlich.

Leandra zog die Brauen hoch, als sie Ulfa auf Hellamis Hand sitzen sah.

Hellami seufzte wohlig und betrachtete den kleinen Drachen. »Er ist wirklich wundervoll«, sagte sie.

Ein kleines Lächeln breitete sich auf Leandras Gesicht aus.

»Komm, zieh dich an!«, sagte Hellami. »Du erkältest dich sonst. Wir sollten weiter, solange Ulfa noch ruhig ist.«

Leandra seufzte leise und ließ sich wieder zurücksinken.

Sie rückte ein wenig zu Hellami und sah in die Morgendämmerung hinaus. Auf der anderen Seite des Flusses schälten sich die entfernten Umrisse eines Stützpfeilers, der über einem weitläufigen Hügel aufragte, aus der Dämmerung. Links davon lag ein großes Sonnenfenster im Felsenhimmel, dessen Helligkeit langsam zunahm. Der Morgen war ruhig, dunkel und friedlich.

Als sie zu Leandra hinabblickte, sah Hellami Tränen in ihren Augen. Sie starrte zur Seite. Die Tränen überraschten sie. Sie streckte ihre Hand nach Leandras aus.

»Hör mal«, sagte Hellami. »Ich glaube, du missverstehst etwas.«

Leandra blickte auf. Ihr Gesicht spiegelte nur eine gewisse Traurigkeit – so als hätte sie Hellamis Zuneigung verloren. Aber das stimmte gar nicht. Sie musste es Leandra erklären.

»Es ist wegen Victor, nicht wahr?«, fragte Leandra.

Hellami nickte langsam.

Leandra richtete sich auf. »Aber … ich verstehe das nicht, Hellami! Wir haben uns doch niemals irgendwelche Versprechungen gegeben. Wir wussten ja nicht einmal, ob wir uns je wieder sehen würden …«

»Warte, Leandra. Du verstehst das falsch …«

Leandra schien sie nicht gehört zu haben. Sie schüttelte entschlossen den Kopf. »Ich kann auf die Erinnerung an Victor nicht verzichten!«, sagte sie entschlossen, aber es mangelte ihrer Stimme an Festigkeit. »Er hat mir so viel Kraft gegeben – und mir mehr als nur einmal das Leben gerettet. Du ahnst nicht, wie oft ich völlig am Ende war, und wäre er nicht für mich da gewesen … ich weiß nicht, ob ich es geschafft hätte. Er hat mich, als ich mehr tot als lebendig war, nach Angadoor zurückgebracht, ist fast den ganzen Weg zu Fuß neben dem Karren hergelaufen …«

»Ja, Leandra, ich verstehe dich doch!«

Leandra blickte hoffnungsvoll auf. »Wirklich?«

Hellami winkte ab. »Natürlich. Es geht um etwas ganz anderes. Seit Tagen denke ich darüber nach.«

Leandras Blicke waren voller Fragen. »So?«

»Nun … ich glaube, ich kenne ihn auch. Deinen Victor.«

Leandra richtete sich nun ganz auf. »Wie meinst du das?«, fragte sie.

Hellami zuckte die Schultern. »Er … war in Minoor. Vor einem halben Jahr.«

»*Was*? In Minoor?«

Hellami starrte auf einen Punkt an dem großen Stützpfeiler. »Ich habe nicht gewusst, wer er ist«, versuchte sie zu erklären. »Ich … nun, es ist mir erst klar geworden, als du diese Sache von diesem … *zum Tode Verurteilten* erzähltest.«

Leandra holte Luft und schüttelte den Kopf. »Ich verstehe gar nichts.«

Hellami suchte nach Worten. »Also, es war vor … etwa einem halben Jahr – da kam ein Kerl nach Minoor. So ein großer Bursche mit leuchtenden Augen und struppigem braunem Haar.«

Leandra starrte sie nur verwirrt an.

»Aber er hatte etwas Trauriges in seinem Blick«, fuhr Hellami fort, »ich kann dir auch nicht sagen, was mir an ihm so sehr gefiel. Zuerst beachtete er mich gar nicht, aber dann, nach ein paar Tagen, kam er auf mich zu. Ganz offen und mit seinen leuchtenden Augen. Er sagte, er heiße Vincent.«

»Vincent?«

Hellami hob entschuldigend die Schultern. »Was soll ich sagen – ich verknallte mich in ihn. Er war wahnsinnig nett, weißt du? Sehr respektvoll, warmherzig und lieb. Einfach lieb. Ich hatte wochenlang Royas große Schwester gespielt und fühlte mich gar nicht mehr wie ich selbst. Roya war zu diesem Zeitpunkt nicht da, sie besuchte irgendwo in den Wäldern einen Einsiedler, glaube ich. Deswegen kam ich wieder ein bisschen zu mir. Plötzlich war er da, genau in dieser Zeit – und auf einmal war ich wieder ich selbst.«

»Aber … ich verstehe nicht!« Leandra schüttelte den Kopf. »Wie kommst du darauf, dass er *Victor* war?«

»Nun – er war etwa eine Woche da, bevor er spurlos wieder verschwand. Ich heulte ungefähr noch mal so lange, bis ich mich wieder eingekriegt hatte. Als ich ihn einmal fragte, woher er komme, sagte er mir nur, allerdings ziemlich traurig, eine wunderschöne Prinzessin hätte ihn aus einer Todeszelle befreit. Ich konnte lange nichts mit diesem Satz anfangen … nun, bis neulich. Als du sagtest, er wäre ein zum Tode Verurteilter gewesen, den du und Munuel frei bekommen hattet.« Sie machte eine kleine Pause. »Munuel hat dich manchmal *Prinzessin* genannt, nicht wahr?«

Leandra nickte.

»Also … ich denke, das ist wohl dein Victor gewesen.«

Leandra starrte verwirrt ins Leere. »Victor? Aber … was sollte Victor denn in Minoor gewollt haben?«

Hellami zuckte die Schultern.

Leandra starrte ins Leere. Dann stellte sie die Frage, vor der sich Hellami fürchtete. »Und warum wolltest du mir das nicht erzählen?«

Hellami holte tief Luft. »Na ja, es war mir peinlich«,

sagte sie. »Ich denke, du wirst ihn irgendwann wieder treffen. Und wenn du dann erfährst ...«

»Was denn? Hattest du etwas mit ihm?«

Hellami schüttelte heftig den Kopf. »Na ja. Ich meine ... ein bisschen rumgemacht haben wir halt. Geküsst und so. Ich war schrecklich verliebt in ihn ...«

Leandras Gesicht verfinsterte sich. »Rumgeküsst? Mit Victor?«

»Ich ...«

»Er ist also schnurstracks nach Minoor gegangen und hat sich an dich rangemacht!«, sagte sie. »Dieser Mistkerl!«

Hellami hob abwehrend die Hände. »Nein – so darfst du das nicht sehen. *Ich* war es! Ich habe mich an *ihn* rangemacht!«

»Ha! Das sagst du nur, um seine Ehre zu retten!«

»Nein, nein! Das stimmt nicht! Er kann gar nichts dafür!«

»Blödsinn!«, rief Leandra. »Er ging geradewegs nach Minoor. Vor einem halben Jahr. Das war genau die Zeit, als er Angadoor verließ! Willst du mir erzählen, er ging dorthin, weil da die Aussicht so schön ist?«

Hellami wurde plötzlich traurig. Das war genau das, was sie hatte vermeiden wollen. Sie wusste inzwischen, wie wichtig Victor für Leandra war, und nun würde sie ihn für ein mieses Schwein halten. Und das war er nicht – das wusste sie.

Leandra warf die Arme in die Luft. »Ich fasse es einfach nicht! Dieser Hundesohn.«

Hellami fühlte eine leise Wut in sich aufsteigen. Aber sie bemühte sich, sie zu unterdrücken. »Du musst ihm von mir erzählt haben!«, sagte sie plötzlich scharf.

»Ja!«, rief Leandra. »Natürlich habe ich das!«

»Und? *Was* hast du ihm erzählt?«

»Was soll ich schon erzählt haben? Dass du dort lebst und so.«

»Nichts über unsere ... besondere *Beziehung?*«

Leandra schüttelte heftig den Kopf. »Quatsch! Glaubst du, so was erzähle ich einem *Mann?*«

Trotz ihrer Aufgewühltheit musste Hellami leise grinsen. »Er muss es geahnt haben!«, sagte sie dann.

Wieder fuhr Leandra in die Höhe. »Wieso?«

Hellami wusste plötzlich, dass sie auf dem richtigen Weg war.

»Pass auf – es ist doch ganz einfach!«, sagte sie. »Du hast mir selbst erzählt, wie verliebt er in dich war, dass du ihn aber meist zurückgewiesen hast. Als du dann gelähmt warst und ihn abermals wegschicktest – zu einer Zeit, wo er vielleicht nichts anderes wollte, als sich um dich kümmern zu dürfen, da hat er sich in seiner Wut gedacht: Wollen wir doch mal sehen, was das für eine blöde Ziege ist, die da in Minoor wohnt und gegen die ich keine Chance habe!«

Leandra blickte auf und mimte die Verständnislose. Hellami wusste aber, dass sie sehr wohl verstand.

»Ich wette, du hast ihm jeden Tag dreißigmal von mir erzählt. Wie toll ich bin und was für eine gute Freundin und so. Stimmt's?«

Leandra zuckte die Schultern. »Also … ich weiß nicht …«

»Klar hast du's. Frauen tun so was. Ich kenne das von mir selber. Also ist er losmarschiert. Vermutlich wollte er mir den Schädel einschlagen. Aber dann …«

»Was dann?«

Hellami grinste breit. »Nun, woher sollte er wissen, dass ich so ein süßes Mädchen bin?«

Leandra stieß einen Keuchen aus.

»Vielleicht hat er bei mir sogar etwas gefunden, was du ihm nicht gegeben hast, du eigensüchtiges Stück. Jedenfalls …«, und sie ließ in ihre Stimme einen verträumten Tonfall einfließen, »hab ich mich in ihn verliebt. Und er sich sicher auch in mich.«

»Ja, ja«, sagte Leandra spöttisch. »Weil du so ein *süßes* Mädchen bist!«

Hellami grinste. »Richtig. Jedenfalls für eine Woche. Dann hat ihn sein Gewissen geplagt und er ist schnell wieder verschwunden. In Wahrheit liebt er nur dich. So einfach ist das.«

Leandra seufzte tief. Nach einer Weile fragte sie: »Und du?«

Hellami stöhnte übertrieben leidenschaftlich. »Tja. Das ist das Problem«, sagte sie bedauernd. »Wenn ich ihn jemals wieder sehe, dann werde ich ihm erst mal eine schmieren und mich vermutlich Augenblicke später wieder in ihn verlieben.«

Leandra ließ einen spöttischen Laut hören. »Ist das der Grund, warum du mir nichts von ihm erzählen wolltest?«

Hellami sagte eine Weile nichts. Dann schüttelte sie den Kopf. »Nein. Ich wollte deine Erinnerung an ihn nicht zerstören. Ich kenne dich. Du hast eine feurige Seele.«

Leandra seufzte und sank dann in sich zusammen. Sie schüttelte den Kopf. »Und du hast wirklich nichts mit ihm gehabt? Ich meine, bis auf diese ... *Küsse?*«

Hellami grinste und hob abwehrend die Hand. »Nein. Ich schwöre es.«

Leandra seufzte und ließ die Schultern hängen. »Ich habe ihn schlecht behandelt. Eigentlich habe ich ihn gar nicht verdient. Du warst vermutlich zehnmal so nett zu ihm wie ich.«

Hellami lachte auf. »Du hättest seine Augen sehen sollen. Seit er die Sache mit dieser ›Prinzessin‹ erwähnt hatte, wusste ich, dass es da eine andere gab. Eine, die er wirklich liebte. Ich war bloß ein Ersatz.«

Leandra winkte ab. »Ach, das sagst du nur so!«

»Nein!«, widersprach Hellami heftig. »Außerdem ist etwas ganz anderes von Bedeutung!«

»So? Was denn?«

»Nun, ich frage mich, wo er jetzt ist. Ich frage mich, warum er mir einen falschen Namen nannte und dann wieder verschwand. Er hätte doch sagen können, dass er Victor ist, dass er dich kennt und dass es dir schlecht geht. Ich verstehe das Ganze irgendwie nicht.«

Plötzliche Zweifel kamen in Leandra auf. »Und wenn er gar nicht Victor war?«

Hellami hob abermals die Schultern. »Deswegen habe ich ja so lange darüber nachgedacht. Aber diese Sache mit der Todeszelle ... und der Prinzessin ...«

»Hm. Das könnte Zufall sein.«

»Jaa ... aber das glaube ich nicht. Er trug irgendein Geheimnis mit sich herum. Das spürte ich. Und dann schließlich verschwand er – spurlos, von einem Tag auf den anderen. Ohne sich zu verabschieden. Das wundert mich. Er hätte mich ohne Probleme ins Bett kriegen können. Da verschwinden Männer nicht so einfach, verstehst du?«

»Soso«, sagte Leandra vieldeutig.

»Mach mir keinen Vorwurf daraus! Damals hatte ich nicht die leiseste Ahnung, wer er war.«

Leandra seufzte noch einmal. »Und was sollen wir nun tun?«

»Das weiß ich auch nicht. Eigentlich wäre es nicht schlecht, wenn wir ihn bei uns hätten. Ich meine, jetzt, wo wir nach Savalgor gehen. Aber wo sollen wir ihn suchen?«

»Denkst du, er ist vielleicht schon dort? Um etwas gegen Chast zu unternehmen?«

»Na ja – dann müsste er bereits vor einem halben Jahr gewusst haben, dass Chast noch lebt. Ich weiß nicht recht ... Aber nehmen wir mal an, er ist wirklich dort. Hast du eine Ahnung, wo er sich in der Stadt aufhalten könnte?«

»Nicht die geringste. Er hat nie davon gesprochen, dass er dort jemanden kennt.«

Für eine Weile saßen sie schweigend da, in Gedanken versunken. Leandra wie auch Hellami überlegten, wie sie ihren kleinen Trupp um die Person von Victor verstärken könnten. Aber für den Moment gab es in dieser Sache mehr Fragen als Antworten.

Leandra stemmte sich schließlich in die Höhe. »Wir sollten jetzt aufbrechen«, sagte sie. »Es ist schon hell und Usbalor wird sicher nicht so schnell aufgeben.«

Hellami nickte und erhob sich. Sie stopfte ihre und Leandras Sachen in die Rucksäcke. Dabei stieß sie auf das kleine Bündel, das Leandra aus Marthis' Schmiede mitgenommen hatte. »Was ist das hier eigentlich?«, wollte sie wissen.

Leandra sah es kurz an. »Ach ja, das hatte ich ganz vergessen«, sagte sie und nahm es Hellami aus der Hand. »Ich sollte es endlich mal anziehen.«

»Anziehen?«

Leandra lächelte leicht. »Ja. Du hast mir damals doch das ganze Geld von Guldor gegeben, erinnerst du dich? Du sagtest, ich solle mir dafür eine Festung zum Anziehen kaufen. Das hier ist sie!«

Leandra öffnete das Bündel und ließ es ausrollen. Hellami zog die Augenbrauen hoch, als sie sah, dass es sich um ein Kettenhemd handelte. Allerdings um ein sehr ungewöhnliches. Es schien außerordentlich dünn zu sein, obgleich es aus unzähligen winzigen Gliedern bestand, und schimmerte geheimnisvoll in der Morgensonne.

»He!«, sagte sie, und befühlte es neugierig. »Ist das etwa dieses magische Ding, mit dem du dich aus Chasts Käfig befreit hast?«

Leandra nickte. »Ja. Ich habe es von Hilda, einer Waffenhändlerin aus Tharul. Ein sündhaft teures Ding. Aber sie hat es mir halb geschenkt.«

Hellami nahm es und hielt es in die Höhe. »Das soll eine Festung sein? Das ist ja nur ein Teil – sieht eher aus wie ein Stück Unterwäsche! Ist ja verrückt.«

Leandra machte ein verträumtes Gesicht. »Stimmt. Es ist verdammt kleidsam. Dennoch – es hat mir mehrmals das Leben gerettet. Ich glaube, es wird Zeit, dass ich es wieder trage.«

Leandra fragte sich, ob sie den Mut aufbringen würde, sich vor Hellami auszuziehen. Sie beschloss, alle Schuldgefühle zu verwerfen, und tat es. Hellami beobachtete sie nur neugierig. Nach einer Weile hatte Leandra das Kettenhemd angelegt.

»Man trägt es direkt auf der Haut?«, fragte Hellami erstaunt.

Leandra nickte. »Ja. Hat etwas mit seiner Magie zu tun, glaube ich. Ist anfangs ein komisches Gefühl. Aber dann wird es immer besser.«

Hellami trat einen Schritt zurück und betrachtete Leandra. »Kein Wunder, dass Victor hinter dir her war«, kommentierte sie. »Das ist ja ...«

Leandra winkte ab. »So hat er mich nie gesehen.« Sie dachte kurz nach. »Nein, stimmt nicht. Damals in der Scheune ...« Plötzlich stemmte sie die Fäuste in die Hüften und blickte Hellami scharf an. »Sag mal ... hast du *wirklich* nichts mit ihm gehabt?«

»Also ...«, meinte Hellami gedehnt, » ... ich muss mal nachdenken. Nun, er war eine ganze Woche da. Wenn ich recht überlege ...«

»Du kleine Kröte!«, zischte Leandra. »Du bist zwar meine beste Freundin, aber eines Tages ziehe ich dir die Haut ab und mache mir einen Teppich daraus!« Mit forschen Bewegungen zog sie ihre normale Kleidung über das Kettenhemd.

Hellami grinste vergnügt. »Was ist denn los?«

»Wir gehen jetzt nach Savalgor und machen diesen Chast fertig. Danach kette ich dich irgendwo fest und suche Victor. Dann sehen wir weiter!«

Hellami lachte. »Ich hab noch eine viel bessere Idee!«

»Und?«

»Wir suchen ihn gemeinsam, und wenn wir ihn gefunden haben, dann probieren wir's zu dritt!«

Leandra zog eine Grimasse. »Du altes Ferkel!«, sagte sie.

12 ♦ Valerian

Bruder Valerian war nicht ganz wohl in seiner Haut, als er von Bruder Rasnor mit knappen Worten zu Chast bestellt wurde. In Rasnors Mundwinkel hatte sich ein spöttisches Lächeln abgezeichnet, das Valerian kaum zu deuten wusste. Bisher hatte er sich nicht weiter von Rasnor beunruhigen lassen, heute jedoch war klar, die sie sich verfeinden würden. Rasnor gönnte niemandem außer sich selbst, dass er sich bei Chast besser stellte. Und genau das war geschehen, als Valerian seine Gedanken über den Pakt und den Kryptus geäußert hatte.

Möglicherweise hatte Rasnor ihn bei Chast angeschwärzt, mit welchen Anschuldigungen auch immer. Dennoch – Valerian fürchtete sich nicht wirklich. Jedenfalls sagte ihm sein Verstand, dass es dazu keinen Grund gab. Der Hohe Meister war, trotz allem, was man über ihn denken musste, ein kluger Mann und würde sich nicht von dummen Verleumdungen beeinflussen lassen. Und überdies war er, Valerian, durchaus in der Lage, diesem kleinen Schleimer von Rasnor zuvorzukommen. Rasnor war ihm in Sachen Verstand einfach nicht gewachsen.

Als die Tür des Skriptoriums hinter Rasnor zugefallen war und Valerian allein auf dem Gang stand, wartete er nicht länger und machte sich auf den Weg, hinauf in das weit oben liegende Stockwerk, in dem die Arbeitsräume des Hohen Meisters lagen. Es war ein weiter Weg, denn diese geheime Festung von Torgard war geradezu riesig. Soweit Valerian wusste, beschäftigte sich noch immer eine Schar der Brüder damit, die Weiten der Gänge, Hallen und Korridore zu erforschen.

Man hatte eine erstaunliche Hebeapparatur entdeckt – zwei hölzerne Gondeln, die in einem senkrechten Schacht, von Wasserkraft getrieben, auf und ab fuhren. Sie vollführten dies selbsttätig, nachdem man ein bestimmtes Räderwerk in den Tiefen der Keller entdeckt und in Betrieb genommen hatte. Eine wahrhaft erstaunliche Erfindung, die seit hunderten von Jahren stillgelegen hatte. Genau genommen war es nur den höheren Mitgliedern der Bruderschaft und der Duuma vorbehalten, diese Gondeln zu nutzen. Aber Rasnor hatte Valerian zur Eile angetrieben, und so fühlte er sich berechtigt, diese Gondeln zu benutzen.

Er lief den unteren Gang des Skriptoriums nach Süden, erklomm die steinerne Wendeltreppe zur Unteren Haupthalle und marschierte zielstrebig auf die beiden nebeneinander liegenden Gondelschächte am südlichen Ende der Halle zu. Einem Wachmann, der dort auf Posten stand, erklärte er mit barschen Worten, dass er eiligst zum Hohen Meister befohlen sei, und der Mann ließ ihn mit missmutigem Brummen durch.

Dann stand Valerian vor einer der gähnenden Röhren und dachte, dass man wohl besser ein Gatter dorthin baute, damit niemand versehentlich in den bodenlosen Schacht fiel. Es dauerte noch Minuten, bis die Gondel, an drei riesigen Kettensträngen hängend, rasselnd aus der Tiefe auftauchte. Als sie da war, sprang Valerian mutig hinein, drückte sich sogleich gegen die rückwärtige Wand und blickte etwas ängstlich zur Unteren Haupthalle, die langsam zu seinen Füßen verschwand. Dann wurde es dunkel und ihm wurde klar, dass er sich eine Lichtquelle hätte besorgen sollen.

Mit Geknirsche und Gerumpel fuhr die Gondel langsam aufwärts, und nach einer halben Ewigkeit öffnete sich der Zugang zum nächsten Stockwerk vor ihm. Dennoch – hätte er die endlosen Wendeltreppen genommen, so hätte er wohl doppelt so viel Zeit gebraucht – und wahrscheinlich zuletzt eine Viertelstunde Verschnaufpause benötigt. Im nächsten Stockwerk stieg jemand zu. Es war ein Duuma-Mann in dunkler Kutte – jemand, den Valerian nicht kannte-, und er senkte respektvoll den Kopf, als dieser in die Gondel trat.

Der Bruder war offenbar Magier, denn kaum wurde es in der Gondel wieder dunkler, flammte ein bläulich weißer, knisternder Funke unter der hölzernen Decke der Gondel auf.

»Weißt du nicht, dass einfache Mönche die Treppen zu benutzen haben?«, fragte der Magier. Sein Tonfall war eher ein wenig gutmütig als vorwurfsvoll, wahrscheinlich fühlte er sich nur aufgerufen, seiner Pflicht als Vorgesetzter Genüge zu tun. Valerian wiederholte die Erklärung, die er dem Posten unten in der Halle gegeben hatte, und der Magier gab sich mit einem kaum hörbaren Brummen zufrieden. Zwei Stockwerke später stieg er wieder aus und mit ihm verschwand auch das Licht aus der Gondel.

Es ging in schleppender Langsamkeit weiter aufwärts. Das Gerumpel der Gondel, das in dem Felsschacht widerhallte, verschaffte Valerian in der Dunkelheit ein bedrückendes Gefühl. Nach einer weiteren kleinen Ewigkeit hatte er es schließlich geschafft. Vor ihm tauchte der Ausgang zum elften Stockwerk der Festung von Torgard auf und er sprang erleichtert hinaus. Draußen standen zwei Posten, denen Valerian abermals erklären musste, was er hier wollte und warum er die Gondel benutzt hatte. Schließlich durfte er passieren und erreichte nach zuletzt etwa halbstündiger Reise sein Ziel. Vor ihm lag eine schwere Holztür, auf der das Zeichen des Hohen Siegels der Bruderschaft angebracht war. Inzwischen war Valerian doch etwas unruhig geworden.

Er klopfte und vernahm Chasts Stimme, die ihn zum Eintreten aufforderte. Er öffnete die Tür und betrat einen hohen, weiten Raum, der drei große Fenster besaß – eine Seltenheit hier in der Festung. Sie mussten sich hoch über dem Meer befinden, eine halbe Meile oder gar mehr – doch die Fenster waren weitestgehend mit schweren Vorhängen zugezogen. Valerian bedauerte das. Seit er hier in der Festung seinen Dienst verrichtete, hatte er nur allzu selten echtes Tageslicht erblickt.

»Ah, Bruder Valerian!«, begrüßte ihn die Stimme Chasts, die irgendwo von rechts aus der Dunkelheit zu ihm drang. Valerian wandte sich um und erblickte ein Monstrum von einem Schreibtisch – ein Möbel, für dessen Transport wohl vier Mann nötig gewesen waren. Oder Magie. Hinter ihm saß sein Meister, und für Momente hatte Valerian plötzlich das ungute Gefühl, dass ihm jetzt etwas widerfahren könnte, gegen das er keine Gegenwehr aufzubringen in der Lage war. Hier, in diesem düsteren Raum voller Bücher, uralter Regale und seltsamer Artefakte, inmitten derer sich Chast offenbar wohl fühlte, war die Macht dieses gewaltigen Magiers förmlich mit Händen zu greifen.

Chast stand auf und umrundete seinen Schreibtisch. Er winkte Valerian heran und bedeutete ihm, sich auf einen Stuhl zu setzen. Zögernd gehorchte Valerian und Chast lehnte sich gegen seinen Schreibtisch.

»Du bist aus Hegmafor zu uns gekommen, nicht wahr?«, fragte Chast in freundschaftlichem Ton.

Valerian nickte. »Ja, aus Hegmafor.«

Chast nickte zurück. »Wie geht es dem alten Karlos? Trinkt er noch immer so viel Dunkelbier?«

Trotz seiner inneren Unruhe war Valerian wachsam und darauf vorbereitet, Fangfragen gestellt zu bekommen. Doch er war auch ein geübter Redner, der schon so manchem den Wind aus den Segeln genommen hatte.

»Karlos?«, fragte er.

Chast nickte. Er hatte ein unverfängliches Lächeln aufgesetzt und seine Augen spiegelten Erinnerungen an alte Tage mit einem alten Gefährten. »Ja, der alte Karlos. Er muss schon seit Urzeiten in Hegmafor arbeiten. Früher haben wir …«

»In Hegmafor gibt es keinen Karlos«, unterbrach ihn Valerian mit fester Stimme. »Ich kenne alle Brüder des Skriptoriums bestens. Mir ist dort nie ein Karlos begegnet.«

Chasts Miene zeigte einen Ausdruck, den Valerian kaum zu deuten wusste. Es war eine Mischung aus Misstrauen und Interesse, Verwunderung und Vorsicht.

Valerian senkte mit einem wohlgewogenen Ausdruck von Demut den Blick. »Wenn Ihr mir gestattet, Hoher Meister: Ich vermute, Ihr wollt mich prüfen. Ich komme tatsächlich aus Hegmafor. Ich habe dort drei Jahre die Alten Schriften studiert. Unter dem Leitenden Skriptor Kandher und danach unter Gelhar. Einen Karlos gab es dort in dieser Zeit auf keinen Fall. Das weiß ich gewiss.«

Chast hob das Kinn und blickte Valerian von noch weiter oben herab an.

»Du bist ziemlich dreist, mein Lieber!«, sagte er scharf. »Um nicht zu sagen: überheblich. Aber dennoch – du hast Recht. Dieser Karlos war nie in Hegmafor. Obwohl es ihn gibt. Wie, sagtest du, hießen deine Vorgesetzten?«

»Kandher und Gelhar, Meister. Kandher starb zwei Jahre, nachdem ich gekommen war, bei einem tragischen Sturz von einer Leiter, als er in den Regalen der alten Katakomben nach verlorenen Schriften suchte. Er war schon alt. Daraufhin übernahm der Skriptor Gelhar seine Aufgaben.«

Chast atmete tief ein. »Soso«, sagte er und erhob sich.

Valerian blickte auf und sah Chast hinterher, während dieser zurück zu seinem Platz schlenderte und sich setzte. Valerian war unruhig geworden.

»Hast du eine Vorstellung, warum ich dich zu mir befahl?«, fragte Chast.

Valerian beschloss, sich mutig zu geben. »Ja, Meister«, sagte er.

»Und?«

»Ich vermute, ich bin Euch heute Morgen durch meine Reden aufgefallen. Ob im Guten oder Schlechten, vermag ich nicht zu sagen. Ich glaube jedoch, dass Ihr ein Interesse haben könntet, ein zweites Mal mit mir über meine Vermutungen zu sprechen.«

Chast stieß ein überraschtes Lachen hervor. Trotzdem lag eine unterschwellige Drohung in den Worten, zu denen er anhob. »Ich gebe zu, du überraschst mich, kleiner Skriptor. Woher nimmst du den Mut, so mit mir zu reden?«

»Aus dem Umstand, dass Rasnor mir den Befehl überbrachte, zu Euch zu kommen.«

Chast lehnte sich vor und schüttelte den Kopf. »Unglaublich!«, rief er. »Das musst du mir erklären! Aber sieh dich vor in der Wahl deiner Worte, *kleiner Skriptor!*«

Chasts Worte hatten erheblich an Schärfe gewonnen, aber Valerian zwang sich, fest zu bleiben. »Nun, Rasnor war gut gelaunt. Ich vermute, weil Ihr, Hoher Meister, zufrieden mit seiner Leistung wart. Ich denke jedoch, dass auch meine Schlussfolgerungen treffend waren. Ich kann mir nicht vorstellen, dass ich zu Euch kommen sollte, weil Ihr mich zurechtweisen wolltet. Das könnte ein Geringerer übernehmen – Rasnor selbst, zum Beispiel. Ich vermute, dass Ihr jetzt, da wir von den Drakken bedroht werden, Eure fähigsten Leute zusammensuchen wollt.«

Chast stieß ein heiseres Lachen hervor.

Dann stand er, wie es seine Art war, mit heftiger Bewegung auf und zeigte mit einem drohenden Finger auf Valerian. »Du bist ziemlich frech, Bursche!«, stieß er hervor. »Woher nimmst du plötzlich den Mut, so mit mir zu reden? Heute Morgen warst du noch ziemlich kleinlaut!«

Valerian leistete sich, einfach nur die Schultern zu zucken. Er hielt den Blick gesenkt.

Chast stand für Momente bebend da, und Valerian fürchtete, dass der berüchtigte Zorn des Hohen Meisters durchbrechen würde. Aber es geschah anders.

Chast beruhigte sich ganz plötzlich wieder. Eilig marschierte er auf das Fenster zu, hob einen der schweren Vorhänge an und warf einen kurzen Blick hinaus. Dann wandte er sich wieder Valerian zu.

»Dein Verhalten macht mich gehörig misstrauisch!«, zischte er mit gefährlichem Unterton. »Wie kommt es, dass ein kleiner Skriptor wie du solche hochtrabenden Gedanken wälzt? Woher willst du wissen, ob ich nach ... *fähigen* Leuten suche? Vielleicht will ich mich nur derer entledigen, die allzu frei denkend und ohne Disziplin sind? Wie du!«

Valerian schwieg eine Weile auf diese Frage hin. »Wie hat denn *Euer* Aufstieg in der Bruderschaft begonnen, Meister?«, fragte er dann unter Aufbietung allen Mutes.

Dies war der Augenblick der Wahrheit. Entweder würde Chast ihn jetzt zur Hölle jagen oder gar Schlimmeres mit ihm anstellen, oder aber er hatte es geschafft.

Chast gestattete sich ebenfalls eine dramatische Pause. Dann nickte er langsam. »Du bist nicht nur unverschämt dreist, kleiner Skriptor, sondern auch noch ein kluger Kopf – du bist geradezu gerissen! Ich weiß nicht, ob ich dich in höhere Ämter befördern oder lieber auf der Stelle ins Stygium jagen sollte.« Er setzte sich wieder und begann mit den Fingern auf dem Tisch zu trommeln. »Leute wie du können eine unschätzbare Hilfe sein oder sie können unbeschreiblich gefährlich werden. Zu welcher Sorte gehörst du?«

Valerian leistete sich ein hinterlistiges Grinsen. »Zu den Gefährlichen, Meister.«

Chasts Gesicht spiegelte ein abgründiges Vergnügen. Der Verlauf dieser Unterhaltung schien ihm zu gefallen. »Ich will deinen Verstand noch ein wenig auf die Probe stellen, kleiner Skriptor. Bei unserer Unterhaltung heute Morgen blieb eine entscheidend wichtige Frage offen. Kennst du sie?«

Valerian dachte einen Augenblick nach. Dann nickte er. »Ich denke ja, Meister. Sie lautet: Warum wollen die Drakken unbedingt die Herrschaft über alle *Menschen* in der Höhlenwelt innehaben? Ein Pakt mit der Bruderschaft sollte ihnen eigentlich genügen, um die Geheimnisse der Magie zu erfahren. Aber offensichtlich wollen sie zusätzlich auch noch die gesamte Menschheit beherrschen. Auch diejenigen, die nichts mit Magie zu tun haben. Warum?«

Chast nickte respektvoll. »Ja, das ist richtig. Ich hätte es zwar anders formuliert, aber deine Darstellung trifft den Kern der Sache. Hast du eine Antwort?«

Valerian schüttelte den Kopf. »Nein. Nur die, dass es einen sehr triftigen Grund geben muss und dass wir gut daran täten, ihn schnellstens in Erfahrung zu bringen.«

Chast erhob sich wieder und ging im Raum auf und ab. Für eine Minute sagte er nichts und Valerian beobachtete ihn geduldig. Dann drehte sich Chast um und deutete abermals auf ihn. »Also gut, kleiner Skriptor! Du sollst deine Gelegenheit bekommen! Du hast mich gefragt, wie ich in dieser Bruderschaft aufstieg, und du hast Recht – ich fing es genau wie du an! Mit Verstand und Mut. Ich war zwar nicht derartig frech wie du, aber das will ich für heute übersehen. Damals, unter Sardin, herrschten auch noch andere Verhältnisse.«

Chast nahm seinen Finger wieder herunter und marschierte aufs Neue umher. »Ich erteile dir hiermit die verantwortliche Leitung über die Erforschung unserer dringendsten Fragen. Du unterstehst ab heute niemand anderem als mir persönlich. Keiner hat dir mehr etwas zu sagen, kein Rasnor und auch sonst niemand. Nimm dir ein paar kluge Leute – ich nehme an, du wirst welche kennen – und mach dich daran, die Zweitausfertigung des Paktes zu finden, die den Kryptus enthält. Ein solches Dokument muss existieren! Sardin wird es versteckt haben – an welchem Ort auch immer. Außerdem musst du herausfinden, ob Sardin in diesem seltsamen Kryptus nicht ein Hintertürchen eingebaut hat, das es uns erlaubt, den magischen Schlüssel außer Kraft zu setzen! Sardin war zwar ein Tyrann und ein Wahnsinniger – aber er war auch einer der mächtigsten Magier aller Zeiten – wenn nicht gar der Mächtigste von allen. Ich kann nicht glauben, dass er sich keinen Fluchtweg offen gelassen hat!«

Valerian nickte. »Ja, dieser Ansicht bin ich auch.«

Chast musterte ihn eindringlich. Da er aber nichts sagte, hob Valerian zu einer Frage an. »Sardin muss von den Drakken doch eine Gegenleistung verlangt haben, Hoher Meister. Welche ist das?«

Chasts Augen blitzten auf. »Ich will es dir sagen, Bruder Valerian. Nur eine Andeutung, weil dies nicht dein Gebiet ist. Bei dieser Gegenleistung handelt es sich offenbar um ein Objekt, das sich *Okryll* nennt. Genaueres wissen wir noch nicht, aber ich habe bestimmte Leute darauf angesetzt. Sie stehen kurz davor, es zu entschlüsseln.« Er machte eine Pause. »Mehr wirst du nicht erfahren. Ich sage es dir nur, weil es möglicherweise in Zusammenhang mit deiner Aufgabe steht. Du wirst dieses Wort weder irgendjemandem gegenüber aussprechen noch dich selbst in irgendeiner Form damit beschäftigen. Hast du das verstanden?«

Valerian nickte gehorsam und blieb stumm auf seinem Stuhl sitzen. Er war sicher, dass nun noch eine massive Warnung folgen würde. So war es auch. Chast trat an seinen Stuhl heran und baute sich in seiner ganzen Größe vor ihm auf. »Ich will ständig über deine Erfolge auf dem Laufenden gehalten werden. Und sollte es dir einfallen, mich auch nur im Mindesten zu hintergehen, *kleiner Skriptor,* wirst du dir wünschen, dass deine Mutter und dein Vater niemals auf die verfluchte Idee gekommen wären, einen Bastard wie dich in die Welt zu setzen!«

In diesen letzten Worten lag eine so finstere Drohung, dass sich Valerian trotz all seines Mutes innerlich zusammenkrampfte. Er zweifelte nicht im Mindesten daran, dass Chast im Falle seiner Untreue jeder Silbe seiner Drohung zur vollen Geltung verhelfen würde.

*

Als Valerian zurück im Skriptorium war, hatte sich sein Puls wieder beruhigt. Das hieß nicht, dass er sich fühlte wie gewohnt – so, als ob er nur eine schwierige Audienz absolviert hätte und nun alles wieder seinen gewohnten Weg ging.

Nein, im Gegenteil: Er war aufgewühlt und die Gedanken über seine neue Aufgabe und deren Möglichkeiten und Gefahren brandeten wie die sich überschlagenden Wellen an einem stürmischen Hafenpier durch sein Gehirn. Er hatte das, was er eigentlich wollte, zehnfach schneller und zehnfach besser erreicht, als er es sich jemals ausgemalt hätte. Von Chast persönlich zum Leiter einer bevorzugten Gruppe bestellt! Kein Vorgesetzter mehr, außer dem Meister persönlich. Valerian fragte sich, ob dies ein Vor- oder ein Nachteil war. Aber immerhin musste er nun nicht mehr vor Kerlen wie diesem Rasnor kuschen.

Wie im Traum tappte er zwischen zwei langen Regalzeilen hindurch und versuchte seiner Gedanken Herr zu werden. Er würde nun ein eigenes Arbeitszimmer erhalten, dazu vielleicht sogar einen persönlichen Helfer, und seine Befugnisse würden Möglichkeiten und Bequemlichkeiten umfassen, wie sie nur den höchsten Bruderschaftsmitgliedern zustanden. Er konnte schalten und walten, wie er wollte. Er durfte sogar wieder die Festung verlassen! Es war unglaublich.

»Wo hast du dich so lange herumgetrieben?«, bellte

plötzlich eine Stimme von rechts. Valerian sah auf – es war natürlich Rasnor. »Los! Stürz dich an deine Arbeit! Ich muss mich nun anderen Aufgaben widmen und will, dass du, bis neue Befehle kommen, die Bücher aus den Regalen zwölf bis achtzehn ins Skriptorium schaffst …«

»Einen Augenblick!«, sagte Valerian und hob die Hand.

Rasnor blieb vor ihm stehen und starrte ihn hasserfüllt an. Es war erstaunlich – allein die Begebenheit von heute Morgen schien ausgereicht zu haben, um Rasnors Eifersucht in Hass gegen ihn umschlagen zu lassen. Valerian war beinahe versucht, dem miesen, kleinen Kerl eine Lektion zu erteilen.

»Keine Befehle mehr«, sagte Valerian barsch. »Ab jetzt untersteht *mir* dies alles hier!« Damit wies er in die Runde.

Rasnor funkelte ihn mit gefährlich blitzenden Augen an. Er besaß eine Ausbildung als Magier, so wie die meisten Bruderschaftsmitglieder, aber seine Kräfte waren nicht bedeutend. Soweit Valerian wusste, stand Rasnor im Rang eines Jungbruders. Außerdem bestand keine Gefahr, dass er ihm etwas antat. Einen Angriff mit Magie hätte er erklären müssen, besonders jetzt, da Valerian so weit aufgestiegen war.

»Soso«, sagte Rasnor, der offenbar schon mit gewissen Veränderungen gerechnet hatte. »Dann bist *du* also jetzt der Herr hier unten, was?«

Valerian sah ihn nur mit kalten Blicken an und verschränkte die Arme vor der Brust.

»Bitte sehr!«, sagte Rasnor und hob die Handflächen nach oben. »Ich habe ohnehin kein besonderes Interesse mehr an diesen Unmassen von altem Papier. Ab morgen werde ich ebenfalls mit etwas anderem beschäftigt sein, ich warte nur noch darauf, dass man mir mein neues Schreibzimmer einrichtet – im *elften* Stockwerk, falls dich das interessiert! Aber freue dich nicht zu früh!« Damit ließ er Valerian stehen, ging davon – und die Überraschung war ihm gelungen.

Verwirrt starrte Valerian ihm hinterher. Er kam zu keinen Schlüssen. Welcher Art Rasnors neue Beschäftigung sein mochte, und dazu noch im elften Stockwerk, droben bei Chast, war ihm schleierhaft. Achselzuckend wandte er sich um und ging zurück ins Skriptorium, wo die Schreibpulte und Tische standen, an denen sich seine Brüder mit der Erforschung alter Schriften beschäftigten. Schnaufend ließ er sich an einem der Tische nieder. Er mahnte sich, die Dinge ab jetzt nicht leichter zu nehmen als vorher. Er besaß nun weitaus größere Befugnisse, aber auch wesentlich mehr Verantwortung. Und dass allein Chast ab jetzt sein Herr und Meister war, und nicht mehr Rasnor, mochte sich eher als ein Nachteil herausstellen.

Der Rest des Tages verlief ohne weitere besondere Ereignisse. Rasnor tauchte nicht mehr auf, und die Nachricht, dass Valerian nun der Leiter des Skriptoriums war, nahmen seine Brüder zwar erstaunt, aber mit Erleichterung entgegen. Keiner von ihnen war ein großer Anhänger Rasnors gewesen.

Valerian entschied sich dazu, Martiel zu seinem persönlichen Assistenten zu machen. Martiel war ein großer, rothaariger Bursche, meist gut gelaunt und in der Lage, eine ganze Truppe mit seinen verrückten Witzen zu unterhalten. Auf der anderen Seite verfügte er über ein beachtliches Talent beim Sichten und Erfassen alter Schriften. Besonders dann, wenn die Anzahl der Schriften das Ausmaß einer Flut annahm. Und genau das stand ihnen nun bevor. Valerian würde von überall her im Land weiteres Schriftgut anfordern; aus Hegmafor, den alten Bibliotheken in Kambrum und auch aus Orten wie Wasserstein, Usmar und welche ihm sonst noch einfielen. Es würde viel zu tun geben. Sehr viel.

Neben Martiel würde er die meisten Skriptoren aus

Rasnors alter Gruppe behalten, vielleicht noch den einen oder anderen hinzunehmen. Den Nachmittag verbrachte er damit, seine Arbeit neu zu ordnen und einige Kuriere loszuschicken, die aus den besagten Orten neues Schriftwerk für seine Leute holen sollten.

Gegen Abend, nachdem er einige Erkundigungen über Rasnors geheimnisvolle neue Aufgabe eingezogen hatte, rief er die Gruppe zu einer Besprechung zusammen. »Jetzt, da wir diesen Rasnor los sind«, sagte er mit offenem Bekenntnis in die Runde, »wollen wir sehen, ob wir nicht wirklich etwas *Vernünftiges* zu leisten imstande sind!«

Beifälliges Gemurmel erhob sich.

»Ich weiß, dass jeder von euch etwas kann!«, sagte er. »Wir wollen sämtliche Förmlichkeiten unter uns beiseite lassen und sehen, was wir dieser Bibliothek entreißen können. Ich habe heute Schriften von überall her angefordert – die Kuriere sind schon unterwegs. Und ihr braucht mich nicht mit ›Meister‹ anzureden, obwohl ich diesen Titel jetzt habe. Jedenfalls nicht dann, wenn wir unter uns sind. Kommt jemand wie der Hohe Meister oder Rasnor vorbei, sollten wir uns an die allgemeinen Umgangsformen halten. Um Ärger zu vermeiden. Einverstanden?«

Wieder folgte beifälliges Gemurmel.

»Bedeutet das, dass wir nur noch dem Hohen Meister und Rasnor und dir unterstehen?«, fragte Yannas, ein schmächtiger Bursche aus Nordakrania.

Valerian nickte. »Was Meister Chast und mich angeht – ja. Dass Rasnor euch in Zukunft etwas zu sagen hat, bezweifle ich. Wenngleich ihr vorsichtig sein solltet. Nach allem, was ich gehört habe, wird Rasnor in einen anderen Bereich überwechseln – es muss irgendetwas mit Aufsicht und Schnüffelei zu tun haben. Er hat mir heute Morgen einen ziemlich undurchsichtigen Spruch an den Kopf geworfen. Und seit heute hasst er mich regelrecht. Lasst uns lieber wachsam sein, damit er uns keine Knüppel zwischen die Beine wirft. Denn das wird er versuchen, wenn er kann – da bin ich sicher!«

Betroffenes Schweigen breitete sich aus.

»Ich vertraue darauf, dass ihr mich unterstützen werdet«, fuhr Valerian fort. »Sowohl in der Arbeit als auch persönlich. Wir alle sollten das füreinander tun, denn wir haben eine verdammt schwierige Aufgabe vor uns und müssen praktisch das Unmögliche schaffen: nämlich hinter ein Geheimnis kommen, das eigentlich so angelegt wurde, dass man es auf keinen Fall je aufdecken sollte. Außerdem reicht es bis in das Dunkle Zeitalter zurück, also zweitausend Jahre!«

Valerian blickte in die Runde, aber er sah nur neugieriges Interesse in den Augen seiner Mitbrüder. Keiner schien die Aufgabe zu scheuen. Alle verspürten offenbar Lust auf eine neue Herausforderung.

»Unsere Aufgabe ist folgende«, sagte er. »Zuerst müssen wir die Zweitausfertigung des Paktes finden – jene, die Sardin von den Drakken erhalten haben muss. Währenddessen kann sich ein anderer Teil von uns damit beschäftigen, die magischen Strukturen der Krypti aus dieser Zeit zu ergründen. Gelingt es uns, dann müssen wir nur noch den Pakt finden und können uns mit einer gewissen Aussicht auf Erfolg an die Arbeit machen, den Antikryptus endgültig zu entschlüsseln. Die Zeit ist dabei wohl unser größter Gegner!«

»Was für eine Aufgabe«, meldete sich Martiel zu Wort. »Wer soll sich welchem Gebiet zuwenden?«

Valerian hob die Hand und deutete auf drei Personen. »Hano, Chet und Yannas – ihr werdet weiterhin die Schriften durchforsten. Aber wir machen das anders als bisher. Ihr werdet nicht mehr die Bücher und Pergamente auflisten, sondern unmittelbare Spurensuche betreiben. Verfolgt alle Hinweise direkt und kümmert euch nicht mehr um das genaue Erfassen der Schriften. Macht euch kurze Notizen über eure Schritte und versucht, schnell voranzukommen. Die meisten Spuren werden sicher ins Leere führen, aber vielleicht haben wir Glück und finden etwas. Die Zeit drängt. Also los – ihr könnt gleich anfangen. Haltet mich auf dem Laufenden!«

Die angesprochenen Männer erhoben sich unter Gemurmel, aber Valerian hörte, wie sich, noch während sie an ihre Arbeitsplätze marschierten, angeregte fachliche Gespräche erhoben. Er schöpfte Mut.

»Ihr anderen«, fuhr er fort und deutete auf Gyndir, Toi, Carl und Jolnas, »stürzt euch auf diese Krypti. Dazu werdet ihr ebenfalls Bücher und Schriften wälzen müssen, aber ich bin zuversichtlich, dass sich zu diesem Thema einiges findet. Ich werde alle Werke zu diesem Gebiet aus Hegmafor und Usmar anfordern. Das sind die ältesten Bibliotheken in Westakrania, wie ihr wisst. Tragt alles zusammen, was ihr über diese Dinger in Erfahrung bringen könnt. Wenn wir eine Vorstellung davon entwickeln, wie sie aufgebaut sind, dann vermag uns Magister Quendras sicher weiterzuhelfen. Soweit ich weiß, kann er alles an magischen Strukturen auflösen, wenn er nur eine Vorstellung vom Aufbau hat.«

Die angesprochenen Männer nickten.

»Ich und Martiel werden währenddessen versuchen, die Geschichte der Bruderschaft zu durchforsten, um herauszukriegen, was es an geschichtlichen Aufzeichnungen über Sardin gibt. Aufenthaltsorte, irgendwelche besonderen Begebenheiten und so weiter. Wir müssen wissen, wo Sardin gewirkt hat. Die zweite Ausfertigung des Paktes wird mit Sicherheit nicht hier in Torgard sein. Wir müssen sie so schnell wie möglich finden.«

»Schafft ihr das allein?«, fragte Toi. »Ich meine – all diese Bücher und Pergamente zu sichten …?«

Valerian hob die Schultern. »Wir werden uns noch Leute hinzuholen, wenn es zu umfangreich wird.« Er erhob sich. »Also, an die Arbeit!«

Die Versammlung löste sich auf und die verbliebenen

Skriptoren strebten ihren Arbeitsplätzen zu. Valerian beauftragte Martiel damit, alles zusammenzutragen, was er über die Zeit vor dem Dunklen Zeitalter aufspüren konnte. Er selbst musste sich um die Einrichtung seines neuen Arbeitszimmers kümmern. Wie es ihm nun zustand, hatte er sich einen kleinen Raum hinter der Haupthalle des Skriptoriums als künftigen Stützpunkt auserkoren. Er brauchte jetzt einen Ort, an dem er in Ruhe forschen und nachdenken konnte. Besonders nachdenken.

13 ♦ Sturm

Abermals waren sie gut vorangekommen, doch gegen Abend bezog sich der Himmel und weit im Süden hatten die Wolken zu leuchten begonnen. Ein ziemlich warmer Wind war von Süden her aufgefrischt und blies nun schon seit Stunden fette, dräuende Wolken vor sich her, bis schließlich der ganze Himmel voll von ihnen war.

Leandra blickte nach oben. »Höchste Zeit, dass wir uns einen Unterschlupf suchen. Wenn das alles runterkommt, dann gute Nacht.« Sie senkte ihren Blick wieder und musterte die Ebene, die vor ihnen lag.

Hellami nickte bestätigend. »Und die Blitze erst. Hier auf dem freien Land sind wir völlig ungeschützt. Wusstest du, dass die meisten Blitze von unten nach oben gehen?«

»Wie … von unten nach oben?«

Hellami nickte. »Ja. Das hat mir mal ein Mönch erklärt. Aber ich hab vergessen, warum.« Sie grinste.

Leandra schüttelte den Kopf. Dann deutete sie an den Waldrand, ein Stück weiter unten im Tal. »Sieh mal. Da liegt eine Hütte.«

Hellamis Blick folgte Leandras deutendem Finger, und sie erkannte eine kleine Holzkate, die sich eine Viertelmeile entfernt dunkel unter den Schutz des Waldsaumes duckte. Kein Licht drang durch die Fenster und es gab offenbar auch keinen Gemüsegarten oder Pferch. Womöglich war sie unbewohnt. Dann würde sie ein gutes Quartier für die Nacht abgeben. Sie marschierten zügig darauf los, und als sie bei ihr anlangten, fiel Leandra ein erster dicker Tropfen auf die Stirn.

Die Hütte war tatsächlich verlassen und nicht einmal die Tür war abgesperrt. Sie traten ein und fanden einen kleinen, kargen Innenraum mit einer gemauerten Feuerstelle und ein paar einfachen Möbeln vor. Auch eine schmale Pritsche und eine uralte, aber noch einigermaßen taugliche Wolldecke gab es. Leandra äußerte die Vermutung, dass die Hütte vielleicht einmal einem Einsiedler gehört hatte, der nach Einführung der neuen Gesetze in eine Stadt oder ein Dorf gezogen war. Es befand sich kein einziges verwertbares Werkzeug oder Stück Geschirr mehr hier. Die Hütte war gänzlich ausgeräumt worden, wie von jemandem, der absichtsvoll diesen Wohnort aufgegeben hatte. Nicht einmal Feuerholz war noch vorhanden.

Sie beschlossen, die Nacht hier zu verbringen, und teilten sich die Arbeit. Im beginnenden Regen eilte Leandra hinaus und versuchte, so viel Klein- und Bruchholz wie möglich aus dem nahen Wald zusammenzusuchen. Hellami befreite das Innere der Hütte notdürftig von Staub und Schmutz. Der kleine Ulfa hatte sich verzogen – wann, das hatten sie nicht bemerkt. Als Leandra, vor Nässe tropfend, mit einem Arm voll Holz wieder in der Hütte erschien, hatte Hellami schon ein wenig Ordnung geschaffen und ihre Sachen verstaut. Auf dem wackeligen Holztisch, zu dem es keinerlei Sitzgelegenheit gab, lagen einige ihrer Vorräte für das Abendessen. Leandra ging noch einmal hinaus und holte eine zweite Holzladung.

»Lass uns versuchen, das Feuer ganz normal anzuzünden«, sagte sie und machte sich an der Feuerstelle zu schaffen. »Solange wir nicht sicher sind, ob uns dieser Usbalor noch auf den Fersen ist, möchte ich so wenig Magie wie möglich wirken.«

Im nächsten Moment kam ihr dieser Gedanke schon wieder unsinnig vor, denn sie hatte heute noch einiges vor. Sie winkte ab, konzentrierte sich kurz und ließ eine kleine, nicht allzu helle Lichtkugel in der Mitte des

Raumes unter der Decke entstehen. Der dazu passende Donnerschlag drang prompt vom Gewitterhimmel herab und tauchte die abendliche Szene in jene halb romantische, halb bedrohliche Atmosphäre, die sturmdurchtoste Nächte so an sich haben.

Hellami blickte fragend nach oben.

Leandra schüttelte den Kopf. »Ist eigentlich egal«, erklärte sie. »Ich wollte heute Abend ohnehin noch etwas erledigen. Außerdem wird uns das Gewitter schützen. Da sind so viele Elementarkräfte zugange, dass es selbst für einen geübten Magier schwierig ist, irgendetwas zu erspüren.«

Hellami gab sich bescheiden und hinterfragte nicht, was Leandra noch vorhatte. Sie schien sich langsam daran zu gewöhnen, dass das Zusammensein mit einer Magierin ständige Geheimnisse mit sich brachte.

Leandra machte die Feuerstelle bereit, und als sie das Feuer mit magischer Hilfe entfacht hatte und die kleine Lichtkugel unter der Decke wieder erlöschen ließ, war das Gewitter draußen bereits richtig in Fahrt gekommen. Es krachte, donnerte und die Auren der Blitze schossen breite Lichtspeere durch die zwei kleinen Fenster der Hütte herein. Schweigend saßen sie auf der Kante der herbeigerückten Pritsche vor dem Tisch und aßen ein kärgliches Abendmahl.

»Hast du schon mal was vom Kodex gehört?«, fragte Leandra dann, als sie sich nach dem Essen auf der Pritsche zurückgelehnt hatte und mit einem Holzsplint zwischen den Zähnen pulte.

»Vom Kodex? Dem der Gilde?«

Leandra nicke.

Hellami spitzte nachdenklich die Lippen. »Nun ja, ihr dürft, glaube ich, euch nicht in den Dienst von Handel und Politik stellen und so.«

»Stimmt. Das sind die *ethischen* Gesetze des Kodex. In Wahrheit ist das Ding aber ein dickes Buch, in dem alle möglichen Regeln stehen.« Sie deutete mit Daumen und

Zeigefinger an, wie dick es war. Dann erhob sie sich, schritt zu dem kleinen Fenster, das rechts neben der Eingangstür lag, und lugte hinaus. Das Gewitter hatte in seiner Gewalt ein wenig nachgelassen, aber es rumpelte und blitzte noch immer aus allen Richtungen, während ein kräftiger Regen nieder rauschte. Dass es draußen merklich kühler geworden war, konnte man hier, in der Nähe des Fensters, schon deutlich spüren.

Hellami erhob sich und trat neben Leandra. »Welche davon hast du vor zu brechen?«, fragte sie nüchtern.

Leandra lachte auf und sah Hellami an. »Die wichtigste«, sagte sie.

Hellami sah sich im Raum um. »So?«, fragte sie. »In den Dienst welcher Politik willst du dich denn stellen? Die der Mäuse und Spinnen hier?«

Leandras Gesichtsausdruck wurde ernst. »Nein. Es gibt noch wichtigere Gesetze als die der Ethik. Zum Beispiel die der Magieform.«

Hellami sah sie fragend an.

Leandra durchquerte den Raum und zog entschlossen die Jambala unter ihrem Rucksack hervor. Sie zog die Klinge aus der Scheide und hielt sie im Schein des Feuers in die Höhe. Das Schwert glänzte hell auf – und augenblicklich verspürte Hellami wieder die seltsame, bedrohliche Aura, die ihm zu eigen war. Für Sekunden hielt das Gefühl noch an, verlosch dann aber unvermittelt. Auch der mystische Glanz des Schwertes versiegte und im nächsten Augenblick wirkte es wie ein einfaches, kaltes Stück Metall.

Hellami war plötzlich verwirrt. Sie richtete sich auf.

»Was … was ist denn *jetzt*?«, fragte sie.

Leandra drehte das Schwert unvermittelt und warf es mit dem Griff voran zu ihrer Freundin. Hellami fing es am Griff auf, stieß dann einen Schrei aus und ließ es sofort wieder los. Die Jambala polterte zu Boden, während Hellami zu Tode erschrocken aufgesprungen war und sich zur Rückwand der Hütte flüchtete.

»Verdammt!«, schrie sie. »Willst du mich *umbringen?*«

Leandra blickte sie kalt an. »Wäre das die *echte* Jambala, dann wärest du jetzt wahrscheinlich schon tot!«

Hellami schüttelte fassungslos den Kopf. Für den Augenblick versagte ihr die Stimme und sie stieß nur ein ungläubiges Krächzen aus.

Leandra trat zu dem Schwert und hob es auf. Mit einer geringschätzigen Bewegung warf sie das Schwert auf die Pritsche. »Ja, du hast richtig gehört. Das ist nicht die echte Jambala. Nur eine Nachbildung.«

»Was sagst du da? Aber ... ich habe es doch *gespürt!*«

Leandra schüttelte den Kopf. »Eine Illusion. Ein kleines Lob für mich selbst, aber nur eine Illusion. Ich habe sie dir vermittelt. Neulich, in Marthis' Schmiede – und gerade eben auch.«

Hellami atmete mit einer gewissen Erleichterung aus. Dann aber stieg die Wut über Leandras Tat wieder in ihr hoch. »Verdammt!«, rief sie aus. »Musste das denn sein? Deine Scherze haben mir auch schon mal besser gefallen!«

Leandra zeigte ihr ein schiefes Lächeln. »Tut mir Leid. Ich hielt es für angemessen. Um dir zu zeigen, wie wichtig die Sache ist.«

»Dass dies nicht die echte Jambala ist?«, Hellami kochte noch immer. »Hätte es nicht genügt, mir das zu *sagen?*«

Leandra überging die Frage. »Wäre das die echte Jambala gewesen, hätte dieser Usbalor es bemerkt. Nein, das ist eine Nachbildung, die Marthis nach meinen Zeichnungen angefertigt hat.«

Hellami atmete ein paarmal tief ein und aus. Schließlich trat sie zur Pritsche und betrachtete das Schwert mit abschätzigen Blicken.

»Nur zu!«, sagte Leandra. »Du kannst es berühren. Es ist völlig ungefährlich.«

Hellami blickte zu Leandra und streckte dann zögernd die Hand aus. Noch einen Augenblick lang hielt sie inne, dann nahm sie den Griff der *Jambala* in die Hand – und nichts geschah.

Sie hielt das Schwert vor sich in die Höhe. »Das war eine Illusion? Von dir?«, fragte sie.

Leandra nickte. »Ja. Ich habe ein wenig geübt. Sagte ich ja.«

»Und die echte Jambala? Wo ist die?«

Leandra hob die Schultern. »Verloren. Wohl ein für allemal. Unter Massen von Fels begraben – in Unifar.«

Hellami ließ das Schwert wieder sinken. »Also … wenn das nicht die echte Jambala ist, warum sind wir dann zu Marthis gegangen? Ich meine – dieses Ding hier ist doch wertlos! Jedenfalls im Kampf gegen Chast!«

Leandra schürzte die Lippen. »Nun ja, das stimmt nicht ganz. Ich müsste dieses Schwert mit einer … bestimmten Fähigkeit versehen«, sagte sie. »Damit ließe sich der Verlust wieder … ausgleichen. Ich könnte dann Chast damit gegenübertreten und er würde glauben, ich besäße die echte Jambala immer noch.«

»Eine Täuschung?«

Leandra seufzte leise, antwortete aber nicht.

Hellami hob das Schwert wieder und studierte seine feinen, geschwungenen Linien. Für sie sah es durchaus echt und bedrohlich aus – sah man einmal davon ab, dass jenes seltsame und beklemmende Gefühl nicht mehr vorhanden war, das Leandra ihr offenbar vermittelt hatte. Die Klinge war sanft geschwungen und wies feine Gravuren auf. Nur eine der Seiten war durchgehend geschärft, die Rückseite des Blattes hingegen besaß am unteren Drittel keinen Schliff und ging in einem sanften, geradezu delikaten Schwung in das Heft über, dessen unteres Ende sich zu einem breiten, golden schimmernden Handschutz heraufbog. Er ließ für die schwertführende Hand eine breite Öffnung zurück – eine Öffnung, durch die auch die Hand eines großen Mannes gepasst hätte. Dennoch wirkte ihre zierliche Hand nicht unverhältnismäßig klein darin.

»Du musst Marthis eine ziemlich genaue Beschreibung der echten Jambala gegeben haben«, stellte Hellami fest. »Das Schwert wirkt nicht gerade wie ein behelfsmäßiger Nachbau.«

Leandra lächelte in Bewunderung von Marthis' Arbeit. »Ja. Ich machte ihm mehrere Zeichnungen und gab mir alle Mühe. Ich kannte jeden Fingerbreit der echten Jambala ganz genau.« Sie seufzte. »Es stimmt. Marthis hat hier wohl ein Meisterstück abgeliefert.« Sie hob entschuldigend die Schultern. »Wahrscheinlich ist er tot. Ermordet von Usbalors Leuten.«

Hellami nickte. Dann sagte sie: »Und du meinst, du kannst dieses Schwert so ... *hinkriegen*, dass Chast es für die echte Jambala hält?«

Leandra nickte.

»Das heißt also, dass du damit rechnest, ihm persönlich damit gegenübertreten zu müssen.«

Wieder nickte Leandra.

»Aber ... brauchst du das Schwert denn überhaupt? Ich meine, Sardin war ein Dämon, aber Chast ist doch nur ein Mensch! Was sollte dir dieses Schwert nützen? Du könntest ihn auch mit einer ganz normalen Waffe besiegen!«

Diesmal schüttelte Leandra den Kopf. »Du vergisst die Mittel, mit denen er kämpft. Er wird nicht warten, bis ich ihm gegenüberstehe und das Schwert erheben kann. Er wird wieder Dämonen herbeirufen, und ich befürchte, dass er mindestens so Schlimmes aufbieten wird wie in Unifar.«

Hellami runzelte die Stirn. Sie warf die Jambala-Nachbildung auf die Pritsche und setzte sich dann. »Da stimmt was nicht«, stellte sie fest. »Wenn du wieder gegen seine Dämonen kämpfen musst, dann hilft es dir nicht, wenn dieses Schwert die *Illusion* hervorruft, sie sei die Jambala. Eine Illusion kann dir gegen diese Gestalten nicht helfen. In diesem Fall müsste das Schwert *echt* sein. So echt wie die wirkliche Jambala.«

Leandra atmete angespannt ein und aus und trat dann zum Tisch, um sich gegen ihn zu lehnen. Durch die kleinen Fenster fiel das Licht eines aufzuckenden Blitzes herein und tauchte das Innere der Hütte in ein fahles Bild aus grellem Licht und tiefem Schlagschatten. Der Regen draußen rauschte und Donner rollte über die Hütte hinweg.

»Du hast Recht, Hellami«, sagte Leandra und ihre Stimme klang weich und gefasst. »Was ich vorhabe, ist nicht, eine Illusion in das Schwert zu stecken, sondern ich will es mit wirklicher Kraft erfüllen. Mit der Kraft einer echten Jambala.«

Hellami starrte sie nur an.

»Ich muss es tun«, sagte Leandra ruhig. »Sonst sind wir Chast nicht gewachsen.«

Hellami wandte den Blick und starrte die Jambala an. Die *unechte* Jambala.

»Und was willst du nun genau machen?«

Leandra kaute eine Weile auf den Lippen herum. »Ich brauche deine Hilfe. Ohne dich geht es nicht. Aber … es ist eine … wie soll ich sagen – eine wirklich heikle Sache. Um nicht zu sagen: ein dreckiges Geschäft. Ich weiß nicht, ob du das tun willst.«

Hellami versteifte sich.

»Ich muss dir zuerst eine Geschichte erzählen«, sagte Leandra. »Komm, wir setzen uns ans Feuer.«

*

Munuel war in Wahrheit ein Mann voller Geheimnisse«, sagte Leandra. »Ich meine damit keine gewöhnlichen Geheimnisse, so wie du und ich sie vielleicht haben. Ich meine *wirkliche* Geheimnisse, gefährliche Geheimnisse! Dinge, von denen niemand auf der Welt erfahren durfte; Dinge, die so heikel und schrecklich waren, dass bestenfalls eine Hand voll Eingeweihter davon wusste.«

Hellami starrte sie an. Sie wirkte, als fürchtete sie die Offenbarung einer Ungeheuerlichkeit.

»Unser Kodex«, fuhr Leandra fort, während sie nachdenklich ins Leere starrte, »ich meine, der Kodex der Gilde, gründet darauf, dass die Gildenmitglieder sich nur einer einzigen, als sicher und beherrschbar geltenden Magieform bedienen – der Elementarmagie. Allein sie erachtet man als ein Werkzeug, mit dem man den Menschen wirklich helfen kann, ohne sie dabei in furchtbare Gefahr zu bringen. Die Bruderschaft von Yoor hingegen bedient sich, wie du weißt, der Rohen Magie, einer Form, die viel wirkungsvoller, aber auch viel gefährlicher ist.«

»Darüber kam es ja zum Streit«, stellte Hellami fest. »Und deswegen brach damals auch der Krieg zwischen den Gilden aus.«

Leandra nickte. »Ja. Nun stelle man sich aber einmal vor, dass es unter den vielen Magieformen, die man je erfand, dennoch die eine oder andere gab, die möglicherweise sehr wirkungsvoll und dennoch gut beherrschbar war. Es muss ja nicht so sein, dass die Magiergilde mit ihrer Elementarmagie alle Weisheit der Welt besaß. Vielleicht saßen im Rat der Gilde damals Holzköpfe, die niemals in der Lage gewesen wären, etwas anderes als die Elementarmagie als gut und beherrschbar anzuerkennen.«

»Willst du damit sagen, dass die Rohe Magie trotz allem eine *gute* Magieform war?«, fragte Hellami erstaunt.

Leandra schüttelte den Kopf und hob abwehrend die Hände. »Nein, nein. Es gibt für Magieformen keine Unterscheidung nach gut oder böse«, erklärte sie. »Nur nach beherrschbar oder gefährlich. Aber das meine ich nicht. Ich meine nicht die Rohe Magie, sondern eine weitere, eine ganz andere Form!«

»Ah, jetzt kapiere ich!«, sagte Hellami und nickte. »Munuel hatte eine ganz neue Form der Magie erfunden, und …«

Leandra schüttelte heftig den Kopf. Sie wandte sich um, kramte in ihrem Rucksack und zog das kleine Büchlein hervor. »Nein, er hatte nichts selbst erfunden. Aber er hatte etwas entdeckt. Dies hier.«

Hellami nahm das Buch in die Hand und stellte fest, dass von der Beschädigung, die das Schwert verursacht hatte, nichts mehr zu sehen war. »Hast *du* das wieder in Ordnung gebracht?«, fragte sie ungläubig.

Leandra nickte. »Ja. War gar nicht schwer. Allerdings …«

Hellami starrte sie fragend an.

Leandra hob die Schultern. » … nun, ich habe es nicht mit *Elementarmagie* gemacht.«

Man konnte Hellamis Gesicht ansehen, wie es im Innern ihres Kopfes tickte. »Dann ist wohl Munuel nicht der Einzige, der den Kodex gebrochen hat, was? Du hast es ihm nachgetan.«

Leandra nickte. »Der Entdecker dieser Magieform hieß Darios. Er lebte vor zweitausend Jahren. Er war es, der die *Drei Stygischen Artefakte* erschuf, jene magischen Waffen, die damals den Sieg gegen die Bruderschaft ermöglichten. Die *Jambala*, die *Canimbra* und den *Yhalmudt*.«

» …und die in der Folge auch für den Ausbruch des Dunklen Zeitalters verantwortlich waren«, fügte Hellami trocken hinzu. »Du selbst hast mir erzählt, dass Sardin die *Canimbra* an sich brachte und mit ihr das gesamte Trivocum niederriss.«

Leandra starrte sie an und schnaufte. Es war ihr anzusehen, dass sie Hellamis Kritik in diesem Moment nicht sonderlich begrüßte. »Nun«, sagte sie, »jedes Ding ist zu einem bösen Zweck zu gebrauchen. Ein Hammer kann ein nützliches Werkzeug sein oder aber ein tödliches Mordinstrument, oder nicht?«

»Es gibt Dinge«, konterte Hellami, »die anders sind als ein Hammer. Die nur dazu erschaffen wurden, um ein tödliches Mordinstrument zu sein. Von solchen Dingen lässt man besser die Finger.«

Leandra wandte sich ab. Sie wusste, dass Hellami Recht hatte – und dennoch: Sie musste sich jetzt gegen diese Argumente verschließen.

»Du hast das Ziel, diesen Chast aufzuhalten«, sagte Hellami in vorwurfsvollem Ton. »Aber dazu ist nicht jedes Mittel recht. Wir können heute nicht die Fehler wiederholen, die vor zweitausend Jahren gemacht wurden!«

»Was redest du da?«, fuhr Leandra ihre Freundin an. »Will ich etwa das Trivocum niederreißen?«

Hellami rückte von ihr ab und schüttelte den Kopf. »Nein, das nicht gerade. Aber wenn ich dich recht verstehe, willst du so etwas wie die Kräfte dieser Stygischen Artefakte wiedererschaffen. Und damit könnte man das tun, oder etwa nicht? Das Trivocum niederreißen?«

Hellamis Worte verklangen bedeutungsvoll wie der Hall in einer Kathedrale, und für Momente blieb so etwas wie eine gespenstische Stille in der Hütte zurück. Leandra sah Hellami unbewegt an.

Hellami sagte nichts.

»Verdammt«, zischte Leandra, wandte den Kopf und starrte mit leeren Blicken ins Feuer. »Genau das wollte ich tun. Du hast vollkommen Recht.«

Hellami verzog ungläubig das Gesicht. »*Das* wolltest du tatsächlich tun?«

Leandra holte tief Luft. »Ja. Diese Stygische Magie, die hier in diesem Buch beschrieben ist, ist ein ungeheuer mächtiges Werkzeug. Sie funktioniert fast genauso wie die Elementarmagie, umgeht dabei jedoch ihre größte Schwachstelle. Mit dieser Magieform kann man Dinge herbeiführen, die leicht an das heranreichen dürften, was die Rohe Magie der Bruderschaft zu leisten vermag.«

Hellami verstand nun. »Du glaubst, dass die Stygische Magie das geeignete Mittel gegen Chast ist? Aber um welchen Preis?«

Leandra hob die Schultern. »Kein Preis!«, sagte sie. »Die Stygische Magie *ist* gut beherrschbar! Ich habe es vielfach ausprobiert. Wenn man mit ein wenig Verstand herangeht, ist sie auch nicht gefährlicher als Elementarmagie. Lässt man eine Iteration zu früh los, dann kann man als Magier auch in der Elementarmagie getötet werden, verstehst du?«

»Das kann doch nicht sein, Leandra!«, widersprach Hellami. »Das weißt du ebenso gut wie ich! Ganz offensichtlich hat dieser Darios damals seine Tricks für sich behalten, oder nicht? Sonst wäre doch wohl die gesamte Elementarmagie von seinen Erkenntnissen umgewälzt worden. Es muss einen Grund gehabt haben, dass er schwieg!«

Leandra hob die Schultern. »Keine Ahnung. Mir kommt es so vor, als hätte sich einfach nur die Gilde gegen alles gesträubt, was nicht Elementarmagie hieß. Ich habe nachgeforscht, habe diese Stygische Magie wirklich zu durchleuchten versucht. Aber ich habe nichts gefunden. Es gibt keine wirkliche, unkontrollierbare Gefahrenstelle!«

Hellami starrte nun ebenfalls ins Feuer. Es knackte laut und ein Funken stob davon. »Und dennoch hat Darios die Sache für sich behalten. Und Munuel hat es offenbar auch niemandem verraten – außer dir!«

Sie schüttelte verdrossen den Kopf. »Nein. Hat er nicht. Ich fand später – nach seinem Tod, als ich zurück in Angadoor war – dieses Büchlein in seinem Haus. Es ist gar nicht so schwer zu verstehen, wenn man etwas über Magie weiß.«

»Sag mir eins, Leandra«, forderte Hellami. »Glaubst du nicht, dass Munuel und dieser Darios einen triftigen Grund hatten, diese Stygische Magie geheim zu halten?«

Leandra antwortete nicht gleich. Ihr war anzusehen, dass sie nicht damit gerechnet hatte, dass Hellami so stark Partei ergreifen würde. Dann aber seufzte sie. »Ja. Schon möglich.«

»Vielleicht ist sie einfach zu mächtig!«, schlug Hellami vor. »Zu mächtig für uns Menschen! Und deswegen so gefährlich.«

Leandra zuckte die Schultern.

»Meinst du nicht, dass Munuels und Darios' Gründe für dich ebenso triftig sein sollten, die Finger von dieser Magie zu lassen?«

Leandra gab nicht auf. »Beide haben diese Magie dennoch benutzt! Doch wohl auch aus triftigen Gründen, oder?«

Hellami schwieg eine Weile. Dann fragte sie: »Was war vorhin, als du zugabst, die Stygischen Artefakte zurückholen zu wollen? War das ernst gemeint?«

Wieder seufzte Leandra. »Ja. Darios tat das mit Hilfe der Stygischen Magie. Ich habe herausgefunden, wie es geht. Es steht gewissermaßen in diesem Büchlein hier. Wenn auch in sehr verschlüsselter Form.«

»Du meinst, du könntest damit die Jambala, die Canimbra und den Yhalmudt aus Unifar, wo sie unter Unmassen von Fels begraben liegen, wieder hierher zaubern?«

Leandra schüttelte heftig den Kopf. »Nein, das ist es nicht. Ich könnte nur eine einzige Sache machen – ich könnte eine neue Jambala erschaffen. Ein magisches Schwert mit der Macht des Schwertes, das ich früher trug.«

Hellami machte große Augen. »Wirklich? *Das* … könntest du?«

Leandra nickte. Ihr war offenbar selbst nicht ganz wohl dabei.

»Aber … das gibt es doch gar nicht!«, stieß Hellami hervor. »Du bist eine Adeptin! Woher willst du solche gewaltigen Kräfte nehmen?«

Leandra schüttelte den Kopf. »Es kommt nicht auf meine Kräfte als Magierin an. Ich bin in dieser Sache nur eine kleine Handwerkerin. Es geht um die Kräfte der *Wesenheit*, mit der die Jambala erfüllt werden soll.«

»Jetzt verstehe ich«, sagte Hellami langsam, »warum du Marthis' Jambala-Nachbildung so dringend benötigt hast.«

Leandra nickte niedergeschlagen. »Ja, das stimmt. Sie ist sozusagen … das Rohmaterial.«

»Und wie soll das gehen?«

Leandra sah Hellami schief an. »Du bist nicht sehr dafür, was? Ich weiß nicht, ob wir die Sache nicht lieber vergessen sollten.«

Hellami schnaufte. »Jetzt will ich es wissen!«

Leandra fühlte sich nicht besonders. Das war ihr deutlich anzusehen.

Hellami wartete eine Weile, dann entschloss sie sich, einen etwas versöhnlicheren Gesichtsausdruck aufzusetzen. Dadurch, dass sie es Leandra jetzt schwer machte, kamen sie nicht weiter. »Nun sag schon. Ich werde dich schon nicht in der Luft zerreißen.«

Leandra wand sich noch ein wenig, dann seufzte sie. »Gut, wie du willst«, meinte sie. Sie suchte nach Worten. »Also – das Problem liegt darin, dass die Jambala tatsächlich ein *lebendes* Schwert war. Sie besaß eine Seele, einen Willen. Das war sozusagen … das Glück mit ihr.«

»Das Glück?«

Leandra nickte und hob die Klinge des Schwertes in die Höhe, um sie nachdenklich zu studieren. »Ja. Sie ließ sich nicht missbrauchen. Sie weigerte sich, von jemandem berührt zu werden, den sie nicht akzeptierte. Jeder, der sie aus ihrer Scheide zog, ohne dass sie ihn akzeptiert hatte, lief Gefahr, von ihr getötet zu werden. Durch einen gewaltigen Stoß stygischer Energie.«

Hellami nickte stumm.

»Sie setzte auch ihre Kräfte nur nach eigenem Ermessen frei«, fuhr Leandra fort. »Kein Gedanke daran, dass ich ihre Macht immer zur Verfügung hatte, wenn ich sie nur zog. Das war manchmal schwierig, aber es gab mir auch das beruhigende Gefühl, dass sie niemals für einen bösen Zweck eingesetzt werden konnte – oder für einen falschen.« Sie sah Hellami an. »Verstehst du? Es war keine schlechte Sache, dass die Jambala die Entscheidungen, die ich fällte, immer mit mir trug. So war ich gewissermaßen dagegen geschützt, ihre Macht im falschen Augenblick einzusetzen.«

Hellami schürzte die Lippen. »Gefällt mir eigentlich nicht schlecht, diese Sache«, gab sie zu.

»Obwohl …«, fuhr Leandra unsicher fort.

»Was denn?«

»Nun – Chast schaffte es irgendwie, sie berühren zu können. Damals, als er sie mir wegnahm. Er konnte zwar ihre Macht nicht gebrauchen, aber immerhin – er wusste irgendeinen Trick, mit dem er sie quasi außer Gefecht setzen konnte. Das gab mir zu denken.«

»Meinst du, er könnte es schaffen, sie sogar zu benutzen?«

Leandra zuckte die Schultern. »Kaum anzunehmen. Die Jambala richtet sich gegen stygische Kräfte. Ich kann mir nicht vorstellen, dass sie gegen Ziele, wie Chast sie verfolgt, einzusetzen wäre. Gegen Menschen an sich … oder so.«

»Und – warum gibt dir das dann zu denken?«

Leandra zögerte. »Ich weiß auch nicht. Sardin benutzte damals die Canimbra, um das Trivocum niederzureißen. Er verwendete die Kräfte der Canimbra für einen bösen Zweck – einen, für den sie nie vorgesehen war. Ich bin nicht sicher, ob einer wie Chast mit den Kräften der Jambala nicht doch etwas ausrichten könnte, für das sie nicht vorgesehen ist. Irgendetwas Böses, an das wir heute gar nicht denken.«

»He – warte mal! Das würde ja heißen …«

Leandra studierte Hellamis Gesicht, schien herausfinden zu wollen, ob sie das Richtige vermutete.

Hellami lief es eiskalt den Rücken herunter. »Glaubst du, Chast könnte vielleicht … im Besitz der *echten* Jambala sein?«

Leandra holte tief Luft. »Ich habe keine Ahnung. Ich habe nur so meine Befürchtungen. Er hat seinen Sieg in Unifar damals auf geradezu … beängstigende Weise vorbereitet. Vielleicht war alles, was geschah, von ihm geplant. Nicht nur Sardins Tod, sondern auch seine Flucht, zusammen mit Alina, unser aller Tod – und vielleicht auch, dass er in den Besitz der drei Stygischen Artefakte gelangte.«

»Uuh!«, machte Hellami.

Leandra nickte nur niedergeschlagen.

»Könnte das denn sein? Ich meine … damals sind doch die ganzen Katakomben von Yoor eingestürzt, oder? Hätte er in diesem Chaos noch an die Artefakte kommen können? Bevor er von dort verschwinden musste?«

»Ehrlich gesagt – ich weiß es nicht. Ich war bewusstlos und bin nie auf die Idee gekommen, Victor oder Jacko zu fragen, *wie* die Katakomben eingestürzt sind. Ob Chast die Stygischen Artefakte vielleicht im letzten Moment noch hätte bergen können. Ich war mit der Jambala im gleichen Raum wie er, als es zu der Entladung und dem Einsturz kam. Die Jambala könnte er vielleicht haben. Aber die anderen Artefakte … nein, das kann ich nicht sagen.«

Hellami nickte verstehend. »Ja, jetzt bekomme ich eine Vorstellung davon, warum du glaubst, diese zweite Jambala so dringend zu brauchen. Aber … was ist nun das Geheimnis? Welche Rolle soll ich dabei spielen?«

Leandra sah Hellami ratlos an. »Es ist ein widerliches und dreckiges Geschäft«, sagte sie. »Du solltest das wissen, bevor ich weitererzähle.«

Hellami schnaufte. »Das sagtest du bereits. Na gut, dann leg los.«

Leandra ließ sich noch einen Augenblick Zeit. »Die Jambala wurde mit Blut gemacht.«

Hellami nickte bitter. »So etwas dachte ich mir schon.«

Leandra deutete auf das kleine Büchlein. »In einem sehr seltsamen Gedicht, das ganz vorn in dem Buch steht und das ich nie verstand – bis vor kurzem jedenfalls –, erwähnt Darios, dass er sein Liebstes opferte, um dem Schwert seine Macht zu geben. An einer anderen Stelle steht etwas, aus dem ich jetzt ableiten kann, dass er mit dem Schwert, das er offenbar zuvor jemandem hatte stehlen müssen, seine Liebste tötete – ebenfalls eine Magierin aus der Gilde. Die Kraft der Magierin floss in die Jambala und verlieh ihr diese Macht. Diese Frau muss … Jambala geheißen haben.«

Hellami war bleich geworden.

Leandra grinste sie schief an. »Keine Angst, ich habe nicht vor, dich damit abzumurksen.«

Hellami ließ einen lauten Seufzer der Erleichterung hören.

»Obwohl – es wäre vielleicht *auch* eine Möglichkeit«, räumte sie grimmig ein.

»He!«, rief Hellami ärgerlich. »Jetzt reiß dich zusammen! Solche Witze finde ich echt blöd.«

Leandra reagierte kaum auf Hellamis Ärger. Sie hob das Schwert vor sich in die Höhe und studierte abermals die Klinge. »Nein, es ist anders«, gab sie bekannt. »Du sollst nur … *mich* damit töten!«

Hellami sprang auf. Sie warf die Arme in die Luft und legte alle Schärfe, derer sie fähig war, in ihre Stimme. »Verflucht!«, schrie sie. »Du blödes Biest! Bist du vollkommen irrsinnig geworden? Lieber gehe ich zu Chast und liefere dich ihm aus! Lieber würde ich …« Sie ballte die Fäuste, stieß einen Wutschrei aus und lief, wie von einem giftigen Insekt gestochen, im Raum umher.

Leandra sagte nichts und blieb nur sitzen. Sie betrachtete die Jambala und ignorierte Hellami, die den Wutanfall ihres Lebens zu haben schien.

Schließlich sagte sie ruhig: »Es ist nicht, wie du denkst. Ich werde nicht sterben. Oder jedenfalls nur für einen Moment. Ein paar Sekunden später hast du mich zurück, heil und munter.« Sie schickte ein verkniffenes Lächeln hinterher.

Hellami blieb stehen und peilte sie an.

Leandra nickte. »Ja – es ist ein Trick, verstehst du? Die Magie hat sich seit damals weiterentwickelt. Darios hätte damals seine Liebste vielleicht auch wieder zurückholen können – mit den heutigen Mitteln. Es war nicht notwendig, dass sie sterben musste.«

»*Vielleicht*?«, rief Hellami. »Aber es gibt eine Gefahr dabei, oder nicht?«

Leandra zuckte die Schultern. Sie war ein bisschen abwesend. »Ja, schon …«

Hellami kam zurück, von heißer Wut beseelt. »Schlag dir das aus dem Kopf, hörst du? Niemals werde ich so etwas tun. Niemals!«

Leandra hob verdrossen die Schultern. »Siehst du? Ich sagte ja, dass es dir nicht gefallen würde.«

Hellami setzte sich wutschnaubend auf die Kante des Bettgestells, während Leandra das Schwert sinken ließ, die Knie heranzog, sie mit beiden Armen umschloss und dann den Kopf senkte, um das Gesicht zu verbergen. Nach einer Weile bemerkte Hellami, dass Leandra weinte. Plötzlich bedauerte sie jedes grobe Wort, das sie gesagt hatte, wandte sich zu Leandra und versuchte sie zu umarmen.

»Verdammt – es tut mir Leid«, keuchte sie und merkte, dass ihr ebenfalls die Tränen kamen. »Ich wollte dir nicht wehtun. Ich weiß, dass du keine bösen Absichten hast. Im Gegenteil – du willst es nur … *zu* gut machen.« Sie legte eine kurze Pause ein. »Können wir nicht einfach … das alles vergessen? Diesen widerlichen Chast, diese Bruderschaft und überhaupt alles? Können wir nicht einfach in ein fernes Land gehen und diesen ganzen Mist hinter uns lassen?«

Leandra hob den Kopf. Ihr Gesicht war tränenüberströmt. »Er hat Munuel ermordet«, sagte sie leise. »Meine Familie und das ganze Dorf leidet. Ganz Akrania leidet. Durch seine Schuld ist Jasmin gestorben. Und Hennor und Meakeiok und was weiß ich, wer noch alles. Und Alina ist in seiner Gewalt ...«

»Das wissen wir doch gar nicht sicher ...«, warf Hellami schwach ein.

» ... und das ganze Unheil geht weiter!« Leandra holte mühsam Luft. »Du kennst Cathryn nicht – wie sie früher war. Und meine Mutter, meine Freunde ... Alle gehen zugrunde.«

Hellami blieb stumm.

»Wenn nicht irgendwer den Mut aufbringt, ihn aufzuhalten, dann wird alles schlimmer, viel schlimmer noch, als du es dir vorstellen kannst. Erinnere dich nur an den Totenzug.« Leandra verbarg wieder ihr Gesicht.

Hellami wusste, dass Leandra nicht aus Kummer über die Zukunft weinte, sondern wegen all dem Druck, der auf ihr lastete. Weil sie derzeit die einzige Person auf der Welt zu sein schien, die gegen Chast etwas zu unternehmen vermochte. Obwohl sie das eigentlich nicht einmal wirklich konnte. Ihr fehlte es an Macht. Hellamis Blicke glitten hinab auf das fein gearbeitete Schwert, das auf dem Boden lag. Es schien wie eine Verheißung, wie eine rettende Möglichkeit, dem Unheil zu begegnen – Hellami zweifelte nicht daran, dass Leandra dieses Schwert zu einer gewaltigen Waffe machen konnte. Aber zu welchem Preis? Selbst wenn es so gelang, wie sie es sich vorstellte – würde sie damit nicht ihre Seele wegwerfen? Sie an dieses kalte Stück Metall verkaufen – so gut und ehrenwert ihre Ziele auch sein mochten? Hellami schüttelte leise den Kopf. Nein, das würde sie nicht fertig bringen. Sie würde damit nicht ihre Freundin verletzen können, geschweige denn töten – wie kurz der Moment auch sein mochte, den sie – unter Einsatz ihrer magischen Künste – nicht mehr lebte. Die Vorstellung war völlig absurd, sie widersprach allem, was es für Hellami an Werten in diesem Leben gab.

Sie seufzte, als suche sie den Mut, die Bereitschaft für diese Tat dennoch zu finden – aber tief in ihrem Inneren wusste sie längst, dass es ihr vollkommen unmöglich war. Sie mussten einen anderen Weg finden.

Für eine Weile saßen sie schweigend da und Hellamis Gedanken kreisten um eine andere Lösung. Draußen nahm das Gewitter wieder an Heftigkeit zu. Es war wie das wütende Grollen der Naturmächte, die sich um sie beide herum versammelt hatten – um sie und Leandra, zwei kleine, unbedeutende Menschlein – in der grimmigen Erwartung, dass es nun an ihnen war, einen gangbaren Ausweg für die furchtbare Gefahr zu finden, die ihrem Land drohte.

Plötzlich wandte sich Hellami um. Irgendein Geräusch war da gewesen, das nicht in die Kulisse des Gewitters gepasst hatte. Während Leandra nichts bemerkt zu haben schien und noch immer mit gesenktem Kopf dasaß und Tränen vergoss, erhob sich Hellami zögernd und ging zum Fenster.

14 • Der Orden

Während sich in den folgenden Tagen in der Umgebung von Valerians Gruppe immer mehr Betriebsamkeit entwickelte, breiteten sich in Torgard dunkle Gerüchte aus. Einige der Mönche und Brüder liefen plötzlich in gänzlich unbekannten Gewändern umher – in vollkommen schwarzen Roben mit blutroten Kordeln um den Leib. Sie arbeiteten nicht mehr in den Bereichen, in denen sie zuvor tätig gewesen waren, und hatten nur sehr ausweichende Antworten für all jene, die neugierig fragten, was die neue Kluft zu bedeuten habe. All diese Brüder waren plötzlich sehr wortkarg und trugen einen finsteren Gesichtsausdruck. Die Übrigen, die über sie debattierten, waren zu der Auffassung gelangt, dass keiner von den *Neuen* früher ein besonders beliebter oder geselliger Mensch gewesen sein konnte. Und so fragte man sich, ob nicht vielleicht eine neue Gruppe innerhalb der Bruderschaft gegründet worden war.

Dies passte bestens zu dem Begriff *Orden von Yoor,* der kurz darauf überall getuschelt wurde. Gerüchten zufolge handelte es sich dabei um eine Art Polizei innerhalb der Bruderschaft, und es blieb nicht mehr lange geheim, wer das Oberhaupt des Ordens von Yoor war. Valerian war längst darauf vorbereitet: Natürlich war es Rasnor. Dieser *Orden* war ihm wohlbekannt – schließlich hatte er selbst die alten Aufzeichnungen in den Dokumenten aus Hegmafor aufgespürt und Rasnor über diesen erstaunlichen Einfall Sardins in Kenntnis gesetzt.

Dann wurde ein erstes Zeichen gesetzt, als man plötzlich einen Jungbruder verhaftete, angeblich folterte und dann in irgendeinen der alten, vergessenen Kerker warf, wo er wohl verschmachten würde. Valerian war alarmiert und angewidert von dieser Tat. Er hatte den Betroffenen flüchtig gekannt und wusste, dass er ein lebenslustiger, frecher Geselle war; harmlos zwar, aber offensichtlich genau die richtige Person, um dem Ruf des Ordens von Anfang an die gewünschte Richtung zu verleihen. Valerian zweifelte nicht im Mindesten daran, dass dieser Orden ein Instrument der Angst und des Schreckens werden sollte – um die weniger von der Disziplin und der Bruderschaftsgesinnung überzeugten Brüder zu verängstigen. Er fragte sich, ob die Idee, diesen Bruder zu foltern und einzusperren, von Chast oder von Rasnor stammte.

In diesen Tagen gelangte er zu dem wütenden Entschluss, dass er von Anfang an diese Ordensbrüder von seinen Leuten fern halten musste. Er hatte nun eine gewisse Machtposition inne und deren Möglichkeiten musste er in angemessenen Fällen auch ausspielen. Nein, auf keinen Fall würde er sich von Rasnor einschüchtern oder schikanieren lassen!

Eines Morgens, als eine zweite Meldung über eine Festnahme innerhalb der Festung von Torgard bekannt wurde – diesmal handelte es sich um eines der Mädchen aus dem berüchtigten *siebenten* Stockwerk –, machte sich Valerian ärgerlich auf den Weg zu Chast. Genau dieses Mädchen war die bevorzugte Gespielin eines seiner Männer gewesen. Valerian hatte nicht selten dessen schwärmerische Reden über den angeblich unglaublichen Körper jener Frau mit anhören müssen. Fest stand für ihn, dass es sich bei ihr um eine von den Entführten und auf magischem Wege Blockierten handelte; ein armes Geschöpf, das zur Hurerei gezwungen worden war und allenfalls mit der einen oder anderen Bemerkung, die sie von einem ihrer Freier aufgeschnappt hatte, hausieren gegangen war.

Wütend klopfte er am späten Vormittag an Chasts

Tür und trat mit heftigem Schwung in den Raum, nachdem sein Meister ein ›Herein‹ gerufen hatte.

Chast spürte sofort, dass Valerian sehr aufgebracht war, und kam hinter seinem Schreibtisch hervor. Als Valerian sich der Autorität seines Gegenübers bewusst wurde, verpuffte ein Teil seines Zornes und verwandelte sich in unbestimmte Furcht. Chast musste schließlich der Urheber dieses Ordens von Yoor sein.

Dennoch, Valerian konnte seinen Zorn nicht gänzlich unterdrücken. »Verzeiht mir, Hoher Meister«, begann er, seine Aufgebrachtheit nach besten Kräften zurückhaltend. »Wenn Ihr erlaubt, möchte ich eine Frage bezüglich dieses … *Ordens* stellen!«

Chast hob das Kinn – diejenige seiner Gesten, die am deutlichsten die Worte ›*Vorsicht mit dem, was du sagst!*‹ ausdrückte. Doch im nächsten Augenblick wandte er sich um, schritt zurück hinter seinen Schreibtisch und setzte sich wieder.

»Gut, dass du kommst, Valerian«, sagte er. »Genau darüber wollte ich mit dir sprechen.«

Valerian stutzte. »Über den … Orden?«

Chast nickte bedächtig. »Allerdings. Aber zuerst möchte ich wissen, welche Frage du hast.«

Valerian zögerte. »Nun … mir scheint, als würden sich die Verhältnisse hier in Torgard sehr plötzlich und sehr durchgreifend ändern.«

»Das ist auch notwendig«, erwiderte Chast.

Valerian blieb fest. »Ich finde diesen Wandel zu einschneidend.«

»Wegen dieser *einen* Festnahme?«

Valerian schüttelte den Kopf. »Nein. Es sind nun schon zwei. Dabei handelt es sich in beiden Fällen offensichtlich nur um harmlose Leute – wenngleich sie vielleicht auch lockere Zungen besaßen. Ich denke, die Tatsache, dass hier in der Festung plötzlich diese … *Schwarzkutten* mit ihren blutroten Leibriemen herumlaufen und dabei die geheimnisvollen Worte ›Orden von Yoor‹ herumgehen, ist Schreck genug für alle. Die Verhaftung dieser beiden jedoch …«

»Es war nur eine Person«, sagte Chast ruhig. »Das Mädchen starb an einer Droge, die sie selbst eingenommen hatte. Aus bestimmten Gründen verbreitete Rasnor das Gerücht, sie sei verhaftet worden. Um die Furcht der Leute vor dem Orden zu schüren.«

Valerian verzog das Gesicht. »Wie ärmlich«, stellte er fest.

Chast hob die Schultern. »Ich habe Rasnor den Aufbau und die Leitung des Ordens übertragen. Das Ganze geht auf einen Einfall von ihm zurück und ist, obwohl ein wenig heikel, genau das, was ich im Augenblick benötige. Eine starke Hand, mit der ich innerhalb kürzester Zeit Ordnung in diesen miserabel geordneten Haufen von einer Bruderschaft bringen kann, den mir Sardin hinterlassen hat.«

Valerian holte Luft. Er überlegte, ob er Chast einfach sagen sollte, dass dieser Orden beileibe keine Entdeckung des Speichelleckers Rasnor war. »Bei allem Respekt – Rasnor ist nun wahrlich keine Geistesgröße! Die Idee mit dem Orden hatte er aus Dokumenten, die *ich* fand und ihm vorlegte. Im Gegenteil – er ist ein eitler, machtgieriger Eiferer, der sich gern an den Errungenschaften anderer bereichert. Zudem ist er grausam und tyrannisch …«

» …ich weiß«, erwiderte Chast kalt. »Genau aus diesem Grund hat er diesen Posten inne.«

Das verschlug Valerian die Sprache. »Ihr meint, dass Ihr absichtlich einen so skrupellosen, ehrlosen Kerl zum Führer dieses Ordens ernannt habt …?«

» … zum *Erzquästor* des Ordens«, korrigierte Chast und schickte ein höhnisches Lächeln hinterher. »Hübsches Wort – findest du nicht?«

Valerian war völlig verwirrt. Auf Chasts Plauderton und seine geradlinige Anerkennung aller Vorwürfe konnte er sich keinen Reim machen. Chast stand auf.

Wie immer, wenn er zu einer Rede anhob, ging er im Raum auf und ab.

»Du solltest eigentlich wissen«, sagte er, »dass ich kein Dummkopf bin. Ich bin mir durchaus im Klaren darüber, was Rasnor für eine Art Mensch ist. Genau wegen seiner Eigenarten habe ich ihn ausgewählt. Seine Nachteile und Schwächen sind in diesem Plan mit einbezogen.«

Valerian verfolgte mit ungläubigem Staunen Chasts Gang. Dass man offensichtliche Schwachköpfe für höhere Posten einsetzte, war ihm neu. Auch wenn man etwas Bestimmtes erreichen wollte. Verantwortliche Berufungen erforderten in jedem Fall auch kluge, befähigte Leute. Das sagte er Chast auch.

Dieser schüttelte abweisend den Kopf. »Stell dir vor, *du* wärest an seiner Stelle. Denkst du, du könntest diese Berufung erfüllen – in meinem Sinne?«

Valerian zögerte. »Durchaus!«, sagte er dann.

Chast lächelte spöttisch. »Ha! Ich glaube dir, dass du dir Mühe geben würdest«, sagte er. »Aber du würdest scheitern. Binnen kurzem schon würde man dich als den *gerechten* und *ehrbaren* Erzquästor Valerian kennen!« Seine Stimme triefte vor Verächtlichkeit. »Valerian, der vielleicht pflichtbewusst, aber doch milde urteilt. Jeder würde wissen, dass er von dir nichts zu befürchten hat, wenn er sich nur halbwegs an die Regeln hält. Und dass selbst auch ein übler Missetäter mit einem schonenden Urteil rechnen könnte, wenn er dir nur ausreichend reumütig erschiene.« Er machte eine Pause, blieb dann stehen und fasste Valerian scharf ins Auge. »Genau das aber brauche ich *nicht!*«

Valerian hielt die Luft an. Chast war auf seine Weise beeindruckend. Er vermochte Reden zu führen und selbst dann noch überzeugend zu wirken, wenn er höchst zweifelhafte und unmoralische Dinge von sich gab.

»Weißt du, was ich brauche?«, rief Chast plötzlich aus

und warf die Arme in die Luft. »Ich brauche einen gemeinen, bösen, rücksichtslosen Dreckskerl, der über Leichen geht, wenn *ich* es ihm befehle! Vielleicht ist es dir entgangen, dass wir die *Bösen Buben* sind! Ich weiß nicht, wie du jemals in die Bruderschaft kamst, aber die allermeisten der heutigen Mitglieder sind bereits in unsere Bewegung hineingeboren worden. Schon seit Urzeiten entführt die Bruderschaft junge Frauen und zwingt sie, unseren Nachwuchs auszutragen. Noch bis vor wenigen Jahren wurden alle weiblichen Säuglinge sofort getötet! Die männlichen hingegen wurden schon als Kleinkinder in die Schule der Bruderschaft gesteckt und dort gnadenlos auf das ausgerichtet, was unsere Gesinnung und unsere Ziele sind. Sardin war seit zweitausend Jahren der alleinige Führer und Gesinnungsschmied dieser Bruderschaft, die man draußen, bei den *normalen* Menschen, früher gar die *Schwarze Bruderschaft* nannte! Und das nicht ohne Grund. Die meisten der Mitglieder sind bis ins Mark verderbt. Sie sind wahrlich böse, fanatisch und von unsäglichem Hass auf die Gesellschaft geprägt. Dies alles wurde ihnen auf magischem Wege und mit Hilfe der altbekannten Methode, Menschen schon im Kindesalter zu beeinflussen, eingetrichtert! Diesen Leuten kommst du nicht bei, wenn du *gerecht* zu ihnen bist! Sie sind seit Anbeginn der Zeiten die tödliche Brutalität und Willkür eines Sardin gewohnt! Jetzt, da Sardin tot ist, sind sie sozusagen führerlos! Sie weichen auf, genießen nie gekannte Freiheiten und schrumpfen zu einem Häuflein von verrückten Wirrköpfen zusammen. Wenn jetzt keine Drohung in der Art eines *Ordens von Yoor* zum Greifen kommt, können wir die Bruderschaft binnen Jahresfrist zu einem … nun, sagen wir: zu einem Verein der *Blumen- und Wanderfreunde* umwandeln!«

War Valerian bis jetzt nur erstaunt und durcheinander gewesen, dann traf ihn nun die vollkommene Verwirrung. Das, was Chast da äußerte, machte ihn gewissermaßen zu so etwas wie dem *gerechten* Meister der *Bösen Buben*. Valerian schüttelte ratlos den Kopf.

»Aber ... seid Ihr denn nicht selbst ... in die Bruderschaft hineingeboren worden?«, fragte er.

Chast hatte wieder umherzuwandern begonnen und sah Valerian kurz an. »Ich ...? Nein.« Er schüttelte den Kopf. »Ich kam aus freien Stücken dazu.«

Valerian bemerkte rechtzeitig, dass er sich auf gefährlichem Terrain bewegte. Er stand kurz davor, Chast nach seinen Beweggründen zu fragen, die Bruderschaft anzuführen. Diese Bruderschaft der *Bösen Buben*. Allein dieses Eingeständnis, das Chast geäußert hatte, erhob ihn über seine Leute und stellte klar, dass er von ganz anderen Motiven geleitet war als sie. Er war nicht im Kindesalter durch die magische Beeinflussung der Bruderschaft gegangen – ihn aber zu fragen, welches denn nun wirklich *seine* Gründe waren, das Oberhaupt dieser verderbten Gilde zu sein – das war mehr als gefährlich. Einer wie er konnte sich nicht erlauben, einem Untergebenen von seinen wahren Beweggründen zu erzählen. Dieses Wissen weiterzugeben wäre für einen Mann in seiner Stellung viel zu gefährlich. Valerian konnte nur mutmaßen, was dem zugrunde lag. Ein Hass auf die Menschen vielleicht, weil er von brutalen Eltern oder Geschwistern oder Nachbarn misshandelt worden war? Ein Erlebnis in der Kindheit, das seine Weltsicht gefährlich verdreht hatte? Valerian wusste es nicht. Er musste nur feststellen, dass er vom Scharfsinn dieses Mannes auf seltsame Weise beeindruckt war – welche finsteren Beweggründe für sein Tun auch immer er besaß.

»Ich habe bereits jemanden eingesetzt, der Rasnor beobachtet!«, sagte Chast. »So sehr seine Skrupellosigkeit für den Orden nützlich sein kann, so sehr fürchte ich auch, dass er in seiner Machtgier damit beginnen wird, wirklichen Terror auszuüben. Das ist nicht in meinem Interesse. Wie wir aus Sardins Zeiten wissen, lähmt so etwas die Leistungsfähigkeit der Leute. Ich kann keine völlig verängstigte Bruderschaft gebrauchen. Die Leute sollen Furcht verspüren, sie sollen auf der Hut vor Untreue sein; vor Disziplinlosigkeit und Schlendrian. Aber den Terror eines machtbesessenen Ordensführers zuzulassen, das wäre blanke Dummheit.«

Valerian stieß leise die Luft aus. Spielte Chast ihm hier eine Posse vor? Versuchte er ihn zu verwirren und für seine Zwecke einzuspannen? Valerians Misstrauen kehrte zurück.

»Soviel also zu deinen Befürchtungen, was Rasnor und den Orden von Yoor angeht«, sagte Chast. »Wie steht es nun mit deinen Fortschritten?«

Valerian erhob sich. »Wir kommen gut voran. Zu gut beinahe. Leider aber sind wir auf ein Problem gestoßen. Ein ernstes Problem.«

»So? Und welches ist das?«

Valerian gab sich Mühe, fest zu wirken. »Tja … es ist dieser Orden. Es ist bei uns zwar noch nichts vorgefallen, aber ich und meine Leute merken, dass sich die Überwachung dieser … Geheimpolizei in Torgard ausbreitet. Ihr müsst verstehen, Hoher Meister, dass sich meine Leute auf gefährlichem Grund bewegen. Wir sammeln Wissen aller Art, um die Ziele der Bruderschaft zu erreichen, und dabei stoßen wir auf Dinge, die häufig nicht unseren Lehren entsprechen. Es sind sozusagen *ketzerische* Schriften darunter. Und wenn ich ehrlich sein soll: Es gibt sie in Massen. Meine Leute wissen Dinge, zu denen sonst kein Mensch hier Zugriff hat. Folglich …«

»Was soll das?«, herrschte Chast ihn an. »Bist du etwa nicht in der Lage, deinen Haufen zu disziplinieren? Wenn das so ist, dann kommt der Orden gerade recht!«

Valerian schüttelte heftig den Kopf. »Ich kann Euch keine brauchbaren Ergebnisse bringen, Hoher Meister, wenn ich mit einem Haufen verängstigter Leute forschen muss! Es sind eben Freigeister – das gehört nun mal dazu! Sie müssen einfach die Möglichkeit haben, auch über andere Lehren, über diese … ketzerischen Schriften und abwegigen Gedanken sprechen zu können, denn irgendwo dort drin könnte der Hinweis verborgen sein, den wir so dringend suchen! Sie sind gebildet – gebildeter noch als die meisten Magister oder Bibliothekare in der Bruderschaft. Sie lesen vom Morgen bis zum Abend in alten Schriften, geschichtlichen Aufzeichnungen, philosophischen Abhandlungen und ethischen Betrachtungen. Wenn sie den Mund verboten bekommen und sich fürchten müssen, beim Abendmahl im Refektorium ein lockeres Wort zu äußern und infolgedessen sogleich von einem Quästor verhaftet zu werden – dann können wir die ganze Sache gleich aufgeben. Wir werden so niemals die Ergebnisse bringen, die von uns verlangt werden.«

Chast schwieg. Sein Gesicht spiegelte Misstrauen und Unmut.

»Außerdem brauchen wir zusätzliche Freiheit«, fügte Valerian hinzu. »Wir müssen hinaus aus Torgard!«

Chasts Kopf zuckte in die Höhe wie der eines Habichts. »Was sagst du da? Hinaus aus Torgard?«

Valerian nickte.

»Unmöglich! Niemand weiß von dieser Festung. Es soll so lange wie möglich geheim bleiben, dass wir sie wieder entdeckt und bezogen haben. Diese jungen Kerle kann ich nicht hinaus lassen. Das ist völlig ausgeschlossen!«

»Aber wir brauchen Rohmaterial! Neue Schriften, Bücher und Folianten. Wenigstens aus Savalgor, aus der Cambrischen Basilika und dem ehemaligen Ordenshaus! Von anderen Orten habe ich schon Schriften angefordert, aber hier – in Savalgor – befinden sich die größten Bibliotheken von ganz Akrania! Allein die Geschichtliche Sammlung im Turm der Stürme … Wir *müssen* dorthin!«

»Ich lasse das Zeug herschaffen! Worin liegt das Problem?«

Valerian winkte ab und schüttelte den Kopf. »Wisst Ihr, wie groß die Bibliotheken sind? Wir würden Wochen benötigen, um all die Bücher herschaffen zu lassen. Danach wäre ihre Ordnung zerstört – wir müssten sie neu sortieren. Und schließlich der Platz! Wohin mit diesen hunderttausenden von Folianten, Schriftrollen und Bänden?«

»Wohin? In Torgard ist Platz für eine Million Bücher!«

Valerian lächelte milde. »Ja, Meister, sicher. In Kellern, Sälen und Zimmerfluchten. Aber für Bücher braucht man Regale und eine Ordnung. Es wäre völlig hoffnungslos. Das würde uns Monate, wenn nicht Jahre zurückwerfen. Wenn wir allerdings einfach in die Cambrische Basilika gehen könnten …«

Chast starrte ihn eine Zeit lang unentschlossen an – dann hob er die Hand. »Gut – du hast mich überzeugt.«

Valerian seufzte erleichtert. »Wir dürfen also hinaus?«

»Nein. So leicht ist das nicht. Lass mich eine Weile nachdenken.«

Chast marschierte nun wieder im Raum hin und her. Valerian beobachtete ihn gespannt. Dann schließlich blieb Chast stehen und wandte sich um.

»Also gut. Ich ordne hiermit Folgendes an: Du und deine Leute – die du mir namentlich nennen wirst – ihr werdet vom Orden von Yoor nicht behelligt. Ich erteile Rasnor die notwendigen Weisungen. Er wird zwar murren, denn … er hasst dich inzwischen …«

Valerian hob seufzend die Hand. »Das ist mir bekannt.«

»Gut. Ihr habt also Rede- und Handlungsfreiheit – innerhalb eures Skriptoriums und eurer Quartiere. Was die Zusammentreffen mit den anderen Brüdern angeht – die werden vorläufig eingestellt.«

Valerian zog die Brauen hoch.

»Glotz mich nicht so ungläubig an! Es ist notwendig. Ihr erhaltet einen eigenen Speisesaal. Solange ihr an dieser Sache forscht, unterbleiben jegliche Treffen mit anderen Mitgliedern der Bruderschaft, verstanden?«

Valerian schluckte. »Gilt das auch für mich selbst?«

Chast schüttelte den Kopf. »Nein, das nicht. Ich gehe davon aus, dass du nicht so dumm sein wirst, mit irgendwem über deine Forschungen zu sprechen, oder?«

»Nein, Meister, nein.«

»Gut. Zweitens darfst du einige deiner Brüder in die Basilika entsenden oder wohin auch sonst sie gehen müssen. Aber sie haben sich *unmittelbar* dorthin zu begeben.« Chasts Stimme wurde schärfer. »Ein Aufenthalt an irgendeinem Ort in der Stadt oder Gespräche mit irgendwelchen Stadtbewohnern sind strengstens verboten! Wer dem zuwider handelt, den übergebe ich Rasnor. Und zwar mit meinen besonderen Empfehlungen! Hast du das verstanden?«

Valerian nickte abermals pflichtschuldig.

»Letzter Punkt. Ich werde euch einen Aufpasser zuteilen! Jemand, der mir gnadenlos darüber Bericht erstattet, wenn einer von euch nur den geringsten Fehler begeht. Und wenn ... dann mögen ihm die Kräfte gnädig sein!«

Valerian schluckte. » ... einen *Aufpasser*?«

»Ja, allerdings!«, herrschte Chast ihn an. »Glaubst du vielleicht, ich vertraue dir vollständig, bloß weil du zuletzt ein paar kluge Gedanken hattest?«

Valerian verzog das Gesicht. »Etwa ... jemanden von diesem *Orden* ...?«

Chast starrte ihn nur an, erwiderte aber nichts.

Valerian schüttelte entsetzt den Kopf und hob abwehrend die Hände. »Nein, nein ... das könnt Ihr mir nicht antun!« Eine leise Wut stieg in ihm auf. »Ich will niemanden von diesen verdammten Schwarzkutten unter meinen Leuten haben! Das geht nicht!«

»So? Und warum nicht?«

Valerian suchte nach Worten. »Das haben wir doch schon besprochen, Meister! Ein Mitglied dieses Ordens von Yoor würde meine Leute nur einschüchtern, ihnen Angst machen und …«

Chast winkte missgelaunt ab. »Es wird kein Ordensmitglied sein. Aber dennoch – einen Aufpasser wird es geben. Niemand wird eure Gespräche im Einzelnen überwachen, dafür aber eure Taten umso genauer! Ich kann dich nur warnen, Bruder Valerian! Wenn du oder einer aus deiner Gruppe die Bruderschaft verrät – dann wird es schlimm für euch werden. Sehr schlimm – für euch alle!«

Valerian atmete innerlich auf.

Chast beobachtete Valerian, dem seine Erleichterung anzusehen war. »Es ist eine schwierige Zeit«, sagte Chast ärgerlich. »Zu viele Probleme auf einmal. Die Drakken, der Pakt, die Missordnung der Bruderschaft und dann noch diese Adeptin … Ich hoffe, du hast nicht vor, mich zu hintergehen. Mag sein, dass es eine Menge Verwirrung geben wird, aber glaube mir – auch ich ganz allein bin in der Lage, alle Verräter zur Rechenschaft zu ziehen. Und das werde ich!«

Valerian hatte Chasts Drohung nur am Rande wahrgenommen. Ihm war etwas ganz anderes aufgefallen. »Die … *Adeptin*?«, fragte er.

Chast kniff die Augen zusammen und musterte ihn scharf. »Ja. Kennst du sie?«

»Ich … ich bin mir nicht sicher. Meint Ihr diese … äh, Lenora?«

»Leandra«, sagte Chast und seine Augen spiegelten Misstrauen. »Woher kennst du sie?«

Valerian schüttelte den Kopf. »Ich … ich kenne sie nicht. Aber … man redet ja über sie. Ich dachte, sie wäre in Unifar umgekommen. Lebt sie etwa noch?«

»Allerdings«, antwortete Chast. »Und ich fürchte sie. Aber trotzdem – es wird bald ein Ende mit ihr haben. Die Duuma wird nicht eher nachgeben, bis wir sie erwischt haben. Und das wird mir – trotz all der anderen Schwierigkeiten – ein persönliches Fest sein!«

Valerian nickte matt. »Ja, das kann ich verstehen.«

Chast starrte Valerian eine Weile an. Dann sagte er: »Und nun geh mir aus den Augen, bevor meine Laune völlig dahin ist. Mach deine Arbeit und vergiss meine Warnung nicht!«

15 • Stygische Magie

Leandra blickte auf, als sie spürte, dass irgendetwas nicht stimmte. Hellami war aufgestanden, zu einem der kleinen Fenster getreten und blickte hinaus. Es war die Art, wie sie dastand, etwas in ihrer Haltung, das Leandra sagte, dass ihre Freundin etwas gehört oder gesehen haben musste, das nicht hierher gehörte.

Unwillkürlich tasteten ihre Sinne nach dem Trivocum, und schon im nächsten Augenblick war ihr klar, dass sie sich in höchster Gefahr befanden. Blaue und hell- bis dunkelviolette Farben schwappten wie die trägen Wellen eines kochenden Schlammlochs entlang der magischen Grenzlinie, und Leandra wusste sofort, dass da Rohe Magie am Werk war.

Aber es ging alles viel zu schnell.

Bevor sie sich innerlich auf die drohende Gefahr einstellen konnte und bevor es ihr möglich war, aufzufahren und Hellami etwas zuzurufen, handelte ihre Freundin schon. Irgendetwas musste sie durch das Fenster gesehen haben, vielleicht im Licht eines Blitzes, vielleicht aber hatte sie auch nur ein Geräusch vernommen. Es veranlasste sie offenbar dazu, augenblicklich etwas zu unternehmen, und Leandra ahnte nicht, was Hellami vorhaben könnte. Als sie es begriff, war es schon zu spät. Später hatte sie die Szene immer wieder vor Augen; so als würde alles in verlangsamter Geschwindigkeit nochmals vor ihrem geistigen Auge ablaufen – immer und immer wieder … Ihre Ohnmacht, etwas dagegen zu unternehmen, nahm ihr oft den Atem.

Sie sah, wie Hellami, die eben noch mit ungläubigen

Blicken durch das kleine Fenster gespäht hatte, plötzlich die Fäuste ballte, als steige eine gewaltige Wut in ihr hoch, dann mit zwei, drei Schritten nach links zur Tür der Hütte stürmte und die Hand nach dem Riegel ausstreckte. Leandra wusste noch, dass sie in diesem Augenblick irgendein unartikuliertes Geräusch zustande gebracht hatte, etwas, das Hellami warnen sollte – denn ihr war vollkommen klar, dass es das Dümmste auf der Welt war, dem dort draußen lauernden Gegner unbewaffnet und ohne Deckung gegenüberzutreten.

Aber genau dies war Hellami im Begriff zu tun.

Leandra konnte es sich später nicht anders erklären, als dass Hellami allein mit ihrer Wut den feigen Kerlen da draußen gegenübertreten wollte, um ihnen ihre Verachtung entgegenzuschreien, ihnen zu sagen, was sie von Männern hielt, die mit Schwertern und Magie bis an die Zähne bewaffnet zwei einfachen jungen Frauen nachstellten, so als gehe es um den Kampf gegen ein gewaltiges Monstrum, das man mit einem Riesenaufgebot an Kämpfern aus der Welt schaffen musste. Hellamis Wut war verständlich, aber die Wahl ihrer Mittel war mehr als dumm.

Einen Augenblick später schon hatte sie die Tür aufgerissen, und während Leandra sich in die Höhe kämpfte, dabei merkte, wie sich im Trivocum etwas Gewaltiges aufbaute und Hellami dazu anhob, etwas in die regendurchpeitschte Nacht hinauszuschreien, wurde ein hohes Pfeifen hörbar, das unvermittelt in einem dumpfen Klatschen endete.

Hellamis Worte brachen ab, sie taumelte zurück. Einen Augenblick später fiel sie rücklings zu Boden.

Leandra schrie auf. Sie stürzte zu ihrer Freundin, die röchelnd auf dem Rücken lag, während die Tür der Hütte im Sturm auf und zu knallte. Ein Pfeil, fast anderthalb Ellen lang, ragte mitten aus ihrer Brust. Leandra sackte, von Entsetzen gepackt, vor ihr auf die Knie.

Das rettete ihr selbst vorerst das Leben, denn ein zweiter Pfeil sirrte herbei, fand die Lücke der für diesen Moment aufklaffenden Tür, zischte über Leandra hinweg und blieb mit einem scharfen Knall und hässlich zitternd in der gegenüberliegenden Holzwand stecken.

Leandra fiel über Hellami, war für endlose Momente nicht in der Lage, irgendetwas zu tun. Dann rappelte sie sich hoch und sah entsetzt, wie Hellamis Brust sich nur noch mühsam hob und senkte. Ihre Augen starrten ungläubig zur Decke hinauf; aus ihrem Mundwinkel sickerte Blut.

Doch Leandra blieb nicht einmal die Zeit zu begreifen, was soeben geschehen war.

Ihre aufgestachelten Sinne spürten schon wieder etwas. Dabei wusste sie nicht einmal, ob noch ein Funken Leben in ihrer Freundin war oder ob schon alles vorbei war. Mit einem ohnmächtigen Aufheulen und einer unvermittelt losbrechenden Tränenflut rettete sie sich vor dem, was sie heranrasen spürte, in eine Zimmerecke.

Kurz darauf wurde die gesamte Vorderwand der Hütte eingedrückt, als bestehe sie aus Papier. Im nächsten Augenblick zerfiel sie zu einem Haufen verkohlter Trümmer, ohne dass dabei irgendeine Entwicklung von Hitze zu spüren gewesen wäre. Das Feuer im Kamin war schlagartig erloschen und der Sturm heulte durch die riesige Öffnung herein.

Zwischen ihren verzweifelt hechelnden Atemzügen und Strömen von Tränen wurde Leandra klar, mit welcher Gewalt die hier arbeitende Magie am Werk war. Eine mächtige Verwebung stygischer Energien im Diesseits – eine Verwebung, die, nach allem, was sie wusste, die Gegenwart eines Dämonen bedeuten musste.

Der Regen prasselte mit unverminderter Wut herab, und das freie Feld, das sie durch das riesige Loch in der Vorderwand der Hütte erblicken konnte, wurde von zuckenden Blitzen erhellt und unter dem Krachen und

Dröhnen der unmittelbar nachfolgenden Donnerschläge begraben.

Dann sah sie es.

Dort draußen hatte sich ein nebelhaftes, schwarzes Ding gebildet, mindestens so groß wie die Hütte selbst, und seine stygischen Auswüchse waberten und peitschten in alle möglichen Richtungen. Durch das Ding hindurch glaubte sie im Hintergrund immer wieder eine menschliche Gestalt im Regen erkennen zu können; eine Gestalt, die in hingekauerter Haltung die Arme nach vorn gestreckt hielt wie ein Dirigent, der sein Orchester leitet. Sie konnte nicht erkennen, wer es war, aber es schien nur allzu klar, dass es sich um Usbalor handeln musste. Der oder die Bogenschützen waren nicht zu sehen.

Sie versuchte, ihre verzweifelten Atemzüge zu beruhigen, und fuhr sich mit beiden Händen durchs Gesicht, um die Tränen fortzuwischen und wieder besser sehen zu können. Ihre Blicke suchten Hellami im Dunkel der Hütte und fanden sie dann – gekennzeichnet durch den hoch aus ihrer Brust aufragenden Pfeil. Sie lag vollkommen still da, und so sehr sich Leandra auch bemühte, konnte sie kein Heben oder Senken ihres Brustkorbes mehr erkennen.

Sie hätte sich durch das Trivocum an sie herantasten können, hätte dabei ganz leicht zu sehen vermocht, ob ihr Herz noch schlug – doch sie wagte es nicht. Sie fürchtete die Brutalität der Wahrheit; sie wusste, dass sie vielleicht aufgeben würde, hätte sie Gewissheit über Hellamis Tod. Diesen Hoffnungsschimmer, der wohl gar keiner mehr war, brauchte sie, um sich überhaupt noch wehren zu können. *Diese Schweine hatten am Ende Hellami getötet!* Den einzigen Menschen, der ihr im Augenblick noch hätte weiterhelfen können, unter diesem wahnsinnigen Druck der Verfolgung, den Chast ihr auferlegte.

Wut brandete in ihr auf. Größere Wut noch, als sie

sich erinnern konnte, jemals verspürt zu haben. Sie schwappte wie eine Woge glühender Lava aus ihrem Herzen die Kehle herauf, und ihr Wunsch, zuerst den hinterhältigen Bogenschützen zu zerreißen und anschließend den feigen Usbalor, verlieh ihr einen übernatürlichen Willensschub.

Doch sie war schon zu erfahren, um jetzt so unbedacht zu handeln wie die arme Hellami. Sie schloss die Augen, lehnte den Kopf zurück und kalte, präzise Gedanken traten die Reise durch ihr Hirn an. Mit einem Mal wusste sie, dass der Moment gekommen war, alle Skrupel, welche die eigene Sicherheit betrafen, fallen zu lassen und die furchtbaren Kräfte heraufzubeschwören, deren Schlüssel sie in Munuels kleinem Büchlein gefunden hatte.

Ein spöttischer Ausdruck überzog ihr Gesicht, als sie die Gegenwart des Dämonen dort draußen näher rücken sah. Mit einer Konzentration, die ihrer überstei-gert verhärteten Seele entsprang, öffnete sie ein gefährliches Aurikel der sechsten oder siebenten Iteration im Trivocum – wo es genau lag, wusste sie nicht einmal zu sagen. Auf jeden Fall lag es viel höher, als es für eine Adeptin wie sie in irgendeiner Weise vernünftig gewesen wäre. Es erstrahlte hell und stark mit seinen typischen hellgelben Rändern vor ihrem Inneren Auge. Aber anstatt jetzt die Energien aus dem Stygium herüberströmen zu lassen, wie es die Elementarmagie vorsah, setzte sie einen völlig andersartigen Schlüssel und drängte dann durch Willensanstrengung diesseitige Energien ins Stygium. Sie konnte förmlich spüren, wie sich die Kräfte des Chaos und der Unordnung auf ihren Energiestrom stürzten – aber sie ließ sich nicht beirren. Schon in diesem Moment spürte sie, dass es funktionierte – in viel stärkerem Maße als bei ihren zaghaften ersten Versuchen. Mit Macht hielt sie den Energiestrom aufrecht und begann, im Stygium nach komplexen Verwebungen zu suchen.

Sie wurde bald fündig. Ein kraftvoller Knotenpunkt schoss herbei und versuchte, ihren Energiefinger zu durchdringen, aber das Aurikel der siebenten Stufe, oder was auch immer sie da erzeugt hatte, war viel zu stark. Machtvolle diesseitige Kräfte umschlangen den stygischen Knoten knapp jenseits der Grenze des Trivocums und hielten ihn gefangen. Der Knoten, den sie dort gebunden hatte, begann zu toben, aber er war zu schwach, um gegen die massiven vitalen Kräfte ankämpfen zu können, die sie durch ihr Aurikel aufrecht erhielt. Und dann war sie soweit. Sie hatte ihr Medium gefunden, hatte eine Verwebung niederer oder mittlerer Ordnung im Stygium herbeigezwungen und war nicht länger in Gefahr. Dafür aber der Dämon, den Usbalor im Diesseits manifestiert hatte – aber der ahnte noch nichts davon.

An der Stelle, an der ihr Energiestrom den stygischen Knoten gefangen hielt, baute sich eine Kraft auf. Es kostete sie gewaltige Anstrengungen, den Energiestrom nicht abreißen zu lassen, ja, ihn noch weiter zu stärken; aber je mächtiger er wurde, desto stabiler wurde auch ihr Konstrukt. Im Stygium entstand ein Gegendämon, eine Verwebung diesseitiger Kräfte, die das Stygium in furchtbaren Aufruhr versetzte.

Die Kräfte um sie herum tobten. In dem Augenblick, in dem der Dämon Usbalors seine Klauen nach Leandra ausstreckte, begann er sich von innen heraus zu zersetzen. Sie beobachtete mit Schrecken und Unglauben, was geschah. Schreckliche Klauen und Reißzähne entstanden aus dem Nichts und bissen Usbalors Dämon Gliedmaßen ab. Ein abgründiges Gebrüll wurde hörbar. Leandra wollte es sich nicht nehmen lassen, Usbalor dabei zu beobachten, aber plötzlich fiel ihr ein, dass da noch die Bogenschützen waren, und gegen die konnte ihre Magie in diesem Augenblick nichts ausrichten. Sie spielte derzeit auf einem anderen Feld – auf der anderen Seite. Dort, wo auch Usbalors Geist arbeitete und den anderen Dämon mit stygischen Energien fütterte. In ihrer verzweifelten Wut pumpte sie ihren Gegendämon voller Energien und Usbalors Konstrukt fiel immer schneller in sich zusammen. Und mit ihm der Magier der Bruderschaft von Yoor. Sie konnte es nicht sehen, aber sie vermochte es durch das Trivocum wahrzunehmen. Usbalor gelang es nicht, sich aus seiner Verwebung zu lösen. Was seinem Dämon geschah, das geschah auch ihm.

Sie hörte sein überraschtes, hohles Gebrüll durch das Trivocum hallen, und in dem Moment, in dem sein Dämon von Leandras Gegendämon zerrissen wurde, wurde auch Usbalor zerrissen. Auf einen Schlag war das abgründige Spektakel vorbei.

Sie atmete angestrengt und versuchte, sich zu beruhigen.

Als sie dann aber das Norikel setzen wollte, erkannte sie, dass ihr Gegendämon im Stygium noch immer existierte. Er musste dort drüben ein wahres Gewitter der Energien hervorrufen, welches die Kreaturen des Stygiums, wie auch immer sie aussehen mochten, in schreckliche Angst und furchtbares Chaos stürzten.

Nein – korrigierte sie sich, nicht in Angst und Chaos. In Frieden und wohlgefällige Ordnung. Das nämlich waren die Erzfeinde des Stygiums, so grotesk es auch klang. Alles, was sie dort an Aufruhr erzeugte, entstammte den Prinzipen der Ordnung. Wahrscheinlich, dachte sie grimmig, flogen dort jetzt Engelchen und bunte Schmetterlinge umher und versetzen die Welt des Stygiums in namenloses Entsetzen. Blumige Düfte ließen die stygischen Wesen erschauern, wie es Leichengestank bei den Menschen im Diesseits tat. Ruhe und lichtvolle Auren zerschmetterten die Knotenpunkte des Chaos zu kosmischem Staub. Und dann plötzlich erkannte sie ihre Möglichkeiten. Wenn im Augenblick auch nur schemenhaft.

Mit einer neuerlichen Anstrengung sandte sie ihren

Gegendämon aus, andere Knoten aufzuspüren. Bald schon fand sie genau das, wonach sie suchte: rasche Zusammenballungen von blendenden Energien, welche die auslösenden Kräfte für die Blitze waren, die im Gewitter des Diesseits vom Himmel herabzuckten. Sie erkannte, dass sie diese würde lenken können.

Noch immer bedrohten sie die Bogenschützen und Schwertkämpfer.

Einer davon hatte Hellami getötet. Ihre Blicke glitten nach links, wo der leblose Körper ihrer Freundin lag, und für diesen einen Augenblick ergab sich aus irgendeinem Zufall eine Linie, ein kleiner, magisch verwobener Kontakt zu ihr, und Leandra sah, dass es zu spät für sie war. Zu oft schon hatte sie im Trivocum die Auren sterbender Wesen erblickt, hatte manchmal sogar zusehen können, wie die hellroten, pulsierenden Farbtöne des Lebens aus ihnen wichen und zu tiefem Graublau verblassten.

Dieser Anblick hätte sie an anderen Tagen vor Verzweiflung zusammensinken lassen. Jetzt aber nährte er nur das Maß des Zorns, den sie empfand. Todesmutig richtete sich Leandra auf und suchte nach den Männern. Ihre geistigen Kräfte hielten Kontakt zu ihrem Dämon im Stygium, der inzwischen unerhört stark geworden war. Doch ihre Augen konnten keinen der Gegner erblicken. Gleich darauf schoss ihr die Lösung durchs Hirn. Sie schickte ihren Dämon weiter durchs Stygium und befahl ihm, sich aufbauende Knoten anzustoßen. Augenblicklich knatterte eine Reihe von Blitzen im Gewitter des Diesseits herab – gefolgt von krachenden Donnerschlägen. Dann hatte sie einen der Männer draußen auf dem Feld erkannt. Es war nur ein kurzer Gedanke, so schnell, dass sie es selbst kaum verstand, und der Mann wurde von dem wabernden Energiefinger eines Blitzes getroffen und stand augenblicklich in Flammen.

Ein verirrter Pfeil schlug mehrere Schritte neben ihr

ins Holz. Schon hatte sie den nächsten Schützen ausgemacht. Von der tödlichen Leidenschaft ihrer neuen Macht gepackt, sprang sie durch das verkohlte Loch in der Hütte und rannte aufs freie Feld hinaus. Ein weiterer Pfeil sirrte heran und eine Woge von mörderischer Befriedigung erfasste sie, als sie den Pfeil, der sie ohnehin weit verfehlt hätte, mitten im Flug durch einen herabzuckenden Blitz abschoss! Ein scharfer Donnerschlag, der augenblicklich folgte, hob sie beinahe von den Füßen. Was für eine Macht! Leandra stöhnte auf. Ihr Denken war nicht mehr von dieser Welt, sie war sich dessen sogar am Rande bewusst – aber sie überging es.

Rache – das war ihr Beweggrund! Der Mann, der den Pfeil abgeschossen hatte – er stand gar nicht weit von ihr –, stöhnte entsetzt auf, als er sah, was mit seinem Pfeil geschehen war. Er wurde das nächste Opfer. Ein Blitz schoss herab und fällte ihn dort, wo er stand. Sie hörte das entsetzte Aufschreien der anderen. Wieder traf sie einen der Männer, dann einen letzten. Sie hatte irgendwie das Gefühl, dass es noch einen oder zwei geben musste, aber die waren zweifellos bereits kopflos auf der Flucht.

Dann stand sie siegreich und schwer atmend mitten auf dem Feld.

Der Regen strömte noch immer herab – sie wusste, dass sie ihn vielleicht sogar aufhören lassen konnte. Doch plötzlich wurde ihr schwindelig. Sie schloss die Augen, setzte ein sorgfältiges Norikel und mit einem Schlag war der Spuk vorbei. Kurz noch hörte sie das Echo der heranbrandenden Kräfte, die sich auf ihren zurückgelassenen Dämon im Stygium stürzten, aber sie hatte nun genug von diesem Chaos und löste sich völlig aus der Sphäre der Magie.

Sie sackte zusammen und kniete keuchend auf dem Feld.

Sie hatte gewonnen und verloren zugleich.

Hellami lag tot dort in der Hütte, und irgendwie

dachte Leandra, dass sie jetzt auch sterben wollte. Es war zu viel, einfach zu viel. Sie wusste, dass sie eine Macht erschlossen hatte, mit der sie vielleicht sogar gegen Chast ankämpfen konnte, aber sie wusste nicht mehr, wofür.

Alles war ihr genommen worden. Sie hatte in den letzten Tagen endgültig gelernt, dass sie ein Nichts ohne ihre Freunde war, ohne die Leute, die sie liebte und die ihr Liebe geben konnten. Der Gedanke an den Tod ihrer Freundin war fast nicht zu ertragen. Er wütete schlimmer in ihrem Hirn, als ihr Dämon es eben im Stygium getan hatte. Sie suchte verzweifelt nach einer Möglichkeit, einem anderen Gedanken, der sie festhalten konnte; der die Macht hatte zu verhindern, an Hellami denken zu müssen.

Für einen furchtbaren Augenblick spürte sie einen ekelhaften Schwindel, von dem sie instinktiv wusste, dass er von jener Art war, einem das Hirn zu zerstören, einen zu einem sabbernden Idioten zu machen. Sie ließ sich fallen und presste das Gesicht ins nasse, kalte Gras. Dann rollte sie sich herum und stieß einen Schrei aus, der auf eine seltsame Weise die Erinnerung an ihren Kampf zurückbrachte – an Usbalor, die beiden Dämonen und die Bogenschützen, die sie umgebracht hatte. So wahnsinnig dieses Ereignis auch gewesen war – für diesen gefährlichen Augenblick stellte er sich als ein rettender Anker der Wirklichkeit heraus, der ihr Halt bot.

Sie blieb, wo sie war.

Sie versuchte, ihren Atem zu beruhigen, und hieß die Kälte des Regensturmes auf ihrem Körper willkommen, der ihr Denken auf eine gewisse Weise beanspruchte. Erst als sie fast taub vor Kälte und Schmerzen war und spürte, dass das Entsetzen über Hellamis Tod sich in eine kalte, böse Wahrheit zu verwandeln begann und dabei die vernichtende Glut in ihrem Hirn abklang, erhob sie sich langsam.

Vor ihr lag das freie Feld im Regen. Noch immer

zuckten gelegentliche Blitze und der Donner des abziehenden Gewitters rollte heran. Ihr Atem bildete Wolken, die sich in nichts auflösten.

In nichts. Ja, das erschien ihr wie ihr eigenes Schicksal. Allzu schnell hatte sich ihr mutiges Aufbäumen gegen Chast in eine bittere Niederlage verwandelt. Auch wenn Usbalor nun tot war.

Es gab jetzt nur noch ihre Familie in Angadoor. Sie atmete zitternd ein und dachte sich, dass dies jetzt ihr einziger Weg war. Dorthin würde sie zurückgehen. Mochte Chast mit dieser Welt tun, was er wollte.

Als sie sich mühevoll aufrichtete und mit taubem Gefühl den Rückweg zur Hütte antrat, dachte sie für einen Moment daran, geradewegs die Richtung nach Angadoor einzuschlagen. Jetzt zurück zu Hellami zu gehen würde ihre Kräfte übersteigen. Sie blieb stehen. Dann aber fragte sie sich, wie sie sich später fühlen würde, ließe sie jetzt ihre beste Freundin dort einfach so liegen. Tot und einsam im Dreck der zerstörten Hütte.

Sie fing wieder zu weinen an.

Dann hatte sie die Hütte erreicht und blieb schluchzend vor der halb zerstörten Ruine stehen. Noch einmal bäumten sich ihre Gefühle auf, wollten sie von hier wegtreiben, an einen warmen, sicheren Ort, wo sie sich in den Armen irgendeines Menschen verkriechen konnte, der sie liebte. Dann aber ging sie weiter. Sie stieg über die Trümmer der zerstörten Außenwand und sah in der Dunkelheit den furchtbaren Pfeil aufragen. Sie holte tief Luft und kniete sich neben ihre Freundin. Ulfa war bei ihr.

16 ♦ Roya

Valerian hätte sich beinahe verplappert. An diesem Morgen hätten sie sich beinahe alle verplappert – jeder auf seine Weise. Denn der Aufpasser, den Chast ihnen geschickt hatte, war eine *Sie* – und sie erwies sich schon in der ersten Minute als ein so zauberhaftes Wesen, dass Valerian beinahe der Verstand stehen blieb.

Nicht ihretwegen, sondern wegen Chasts absolut unergründlicher Maßnahme, ihnen eine *Frau* als Aufpasser zuzuweisen. Und dazu noch eine so junge. Sie hatte pechschwarzes Haar, war von leicht ostländischer Statur, klein und zierlich, und sie besaß eine Reihe blendend weißer Zähne, die sie immer zeigte, wenn sie eines ihrer zahlreichen Lächeln auf einen der Brüder abschoss. Valerians Gruppe hatte sich binnen Minutenfrist in einen Haufen wilder Gockel verwandelt, die sich um die Gunst des Mädchens rissen. Sie musste noch unter zwanzig sein und das allein rang Valerian ein weiteres Kopfschütteln ab.

»Erstens«, sagte er zu Martiel, als er ihn mit Mühe in eine ruhige Ecke des Skriptoriums gedrängt hatte, »ist sie ein *Mädchen!*«

»Na und?«, erwiderte Martiel wohlgelaunt.

»Seit wann, verdammt noch mal, gibt es *Frauen* in der Bruderschaft?«, stieß Valerian hervor.

Martiel winkte leichthin ab. »In den Monaten, seit wir Torgard bezogen haben, hat sich schon so vieles geändert – da wundert mich *dies* auch nicht mehr.«

Valerian grunzte. »Sie ist höchstens achtzehn Jahre alt!«, sagte er. »Was soll das? Chast sagte mir unmissverständlich, dass wir einen Aufpasser bekommen! Sag mir bitte, wie eine Göre in diesem Alter so eine Aufgabe übernehmen soll. Das ist doch lächerlich!«

Martiel drohte Valerian freundschaftlich mit dem Finger. »Das mit der Göre will ich überhört haben, ja? Schau sie dir an! Sie ist das entzückendste Geschöpf, das ich je gesehen habe. Ehrlich! Keines der Mädchen aus dem siebten Stockwerk kommt auch nur annähernd an sie heran!«

»Bist du etwa verliebt, du balzender Gockel?«, zischte Valerian.

»Blödsinn!«, empörte sich Martiel. Dann folgte eine kurze Pause. »Allerdings … wenn ich es mir recht überlege …«

Valerian stieß ein lautstarkes Stöhnen aus.

»Jetzt hab dich nicht so!«, fuhr Martiel ihn mit leichtem Ärger an. »Vielleicht ist sie gar nicht der Aufpasser! Vielleicht kriegen wir den noch und sie ist nur …«

»Na was denn? Hat sie etwa eine Befähigung als Skriptorin? Mit achtzehn? Oder ist sie gar eine großartige Magierin? Vorzeitig aus der Novizenschaft in höchste Ränge aufgestiegen? Wie heißt sie überhaupt?«

»Roya«, antwortete Martiel.

Irgendetwas rastete in diesem Augenblick bei Valerian ein. Er wusste nicht, was, suchte in seinem Kopf nach einer Erklärung für seine Verblüffung. Aber so sehr er sich mühte, er kam nicht darauf. Spontan beschloss er einen Rundumschlag.

»Wir sprechen uns noch!«, sagte er mit plötzlicher Kühle zu Martiel. »Und bleib ihr von der Wäsche, hast du verstanden? Sag das auch den anderen. Sonst könnt ihr mich kennen lernen!«

Damit ließ er den verdutzten Martiel stehen, trat zwischen den Regalen hervor und marschierte mit forschen Schritten in die Mitte des Skriptoriums, wo eine ausgelassene Stimmung herrschte wie auf einer Geburtstagsfeier. Mühevoll vertrieb er den Ausdruck des Ärgers von seinem Gesicht und mischte sich, angeblich wieder gut gelaunt, unter seine Leute.

»Schluss jetzt mit der Aufregung!«, rief er in die Runde. »Ihr habt alle eine Aufgabe, erinnert ihr euch? Ihr wisst, dass wir bald Zugang zur Cambrischen Basilika erhalten, doch vorher brauche ich noch jede Menge Ergebnisse – damit wir wissen, wonach wir dort zu suchen haben. Also los, an die Arbeit!«

Murrend machten sich die Männer an ihre Aufgaben. Zurück blieb das Mädchen Roya, das ein wenig verschüchtert in der Mitte des Raumes stehen geblieben war. Valerian baute sich vor ihr auf und stützte die Hände in die Hüften.

»Wie du sicher gesagt bekommen hast, bin ich der Häuptling dieser Bande«, sagte er in einer unentschlossenen Mischung von Kameradschaftlichkeit und Autorität. »Du heißt also Roya, was?«

Sie nickte schüchtern, während hier und da einige murrende Laute auf das Wort ›Bande‹ ertönten.

»Gut, Roya. Ich heiße Valerian. Komm mit, ich möchte ein wenig mit dir reden.«

Wieder ertönte Geraune, diesmal lauter, aber Valerian überhörte es. Er wandte sich um und das Mädchen folgte ihm gehorsam. Er marschierte voran und trat in den kleinen Seitenraum, den er sich zu seinem persönlichen Schreibzimmer erkoren hatte. Er schloss die Tür hinter sich, umrundete Roya und setzte sich auf die Kante seines Schreibtisches.

Roya sah zu Boden. Er nahm sich eine halbe Minute Zeit, sie zu betrachten. Offengestanden – sie war wirklich zum Verlieben. Wäre er auf diesem Gebiet anfälliger gewesen, hätte er sich allein in den Anblick dieses Mädchens vernarren können. So aber wähnte er sich in der glücklichen Lage, jenseits der Anziehungskraft dieses – zugegebenermaßen zauberhaften – Geschöpfes zu stehen. Es kostete ihn keine – oder nur wenig – Mühe, vergleichsweise forsch auf sie zuzugehen.

»Du bist sehr hübsch«, stellte er fest und fühlte sich einen Moment wie Chast.

Sie blickte kurz zu ihm auf und murmelte dann ein leises »Danke«.

»So habe ich das nicht gemeint«, sagte er. »Ich sollte wohl besser sagen: Du bist eigentlich *zu* hübsch. Zu hübsch und zu jung, und wahrscheinlich auch zu unerfahren und was weiß ich nicht noch alles, um uns plötzlich zugeteilt zu werden. Wir sind … sozusagen eine Gruppe von Forschern, die spezielle Dinge herausfinden sollen. Ich kann mir nicht vorstellen, wie du uns dabei helfen willst.«

Sie blickte wieder auf. »Ich soll euch nicht helfen«, sagte sie mit glockenklarer Stimme, die so hell war, dass Valerian noch sicherer wurde, dass sie keinesfalls älter als achtzehn oder neunzehn sein konnte.

»Keine Hilfe?«, fragte er erstaunt.

Sie schüttelte den Kopf. »Nein. Ich unterstehe direkt dem Hohen Meister und soll ihm berichten, was Ihr tut.«

Valerian sackte die Kinnlade herab. Chast hatte ihm wohl gesagt, dass sie einen Aufpasser erhalten würden, aber Valerian hatte nicht damit gerechnet, dass dies als ein höchst offizieller Auftrag preisgegeben würde.

»Hast … hast du denn die Erlaubnis, dies zu *äußern*?«

Sie hob die Schultern. »Ich denke ja«, sagte sie unschuldig.

Valerian richtete sich auf und ging kopfschüttelnd umher. Irgendetwas war hier faul, das wurde ihm immer klarer. Hatte Chast den Verstand verloren? Oder wollte er ihm durch diese völlig wirre Maßnahme nur seine Macht beweisen? Ihm schwirrte der Kopf.

Er blieb vor Roya stehen. »Woher stammst du?«, fragte er.

Sie schüttelte den Kopf. »Darüber darf ich nicht reden.«

Valerian horchte auf. »Du meinst also …«, sagte er gedehnt, » …du bist noch nicht allzu lange in der Bruderschaft!«

Sie ließ sich nicht übertölpeln. »Das darf ich auch nicht sagen.«

»Hm«, machte Valerian. »Vielleicht kannst du mir dann sagen, ob du das einzige Mädchen hier bist. Ich meine … bislang gab es keine Frauen in den Reihen der Bruderschaft.«

»Bitte stellt mir keine Fragen mehr, Meister«, sagte sie leise. »Ich darf über mich selbst nicht sprechen. Es ist mir verboten worden.«

Valerian schnaufte. Chasts Geheimnisse waren ebenso unergründlich, wie sie ihm langsam über den Kopf wuchsen. »Nenn mich nicht Meister«, meinte er abwesend. »Jedenfalls nicht, wenn wir unter uns sind. Ich heiße Valerian und damit hat es sich.«

»Ja«, sagte sie nur.

»Wie wirst du Chast über uns berichten?«, wollte er wissen. »Täglich? Wirst du zu ihm gehen? Oder machst du das … auf magischem Wege? Beherrschst du Magie?«

Sie nickte. »Ja. Ein wenig. Ich muss ihm über das Trivocum berichten. Jeweils sofort, wenn etwas Wichtiges geschieht.«

»Aha. *Das* also darfst du sagen!«

Sie nickte.

»Ist ja fabelhaft!«, stieß Valerian ärgerlich hervor. »Wir werden also ständig überwacht. Hast du ihm jetzt schon übermittelt, dass wir hier stehen und ich dich auszufragen versuche?«

Sie schüttelte den Kopf, sah dabei zu Boden, so als ob sie schwere Schuld auf den Schultern trage. »Nein«, sagte sie leise.

Plötzlich tat sie Valerian Leid. Das Mädchen war ganz offensichtlich noch so jung und unerfahren, dass sie diese Aufgabe der Bespitzelung eine Menge Kraft kostete. Zumal sie offensichtlich von so frohsinniger Natur war. Nun glaubte er, Chasts Tücke zu erkennen. Zweifellos hatte er das arme Ding so eingeschüchtert, dass sie nicht wagen würde, ihm etwas zu verheimlichen. Möglicherweise hatte er so etwas wie ein Druckmittel gegen sie – vielleicht einen kleinen, hilflosen Bruder in seiner Gewalt, was auch erklären würde, dass sie über persönliche Dinge nicht sprechen durfte. Dabei war sie selbst wahrscheinlich eine entbehrliche Person. Sie hatte vermutlich keine wichtige Aufgabe irgendwo sonst – und schließlich und endlich würde sie mit Hilfe ihres Liebreizes Zugang zu jedem der Brüder haben und sicherlich mehr Dinge aufschnappen können, als es zum Beispiel einem Rasnor möglich gewesen wäre. Wirklich – sehr schlau eingefädelt!

Valerian zog einen Stuhl herbei und drückte sie sanft hinein.

»Hör mich an, Roya«, sagte er, so freundlich er konnte. »Es tut mir Leid, wenn ich dich eben ein wenig hart angepackt habe. Ich habe eine ganz besondere Aufgabe zu erfüllen und bin deswegen etwas beunruhigt. Du musst wissen, dass wir alle hier Schreiberlinge sind, verstehst du? Wir lesen täglich Dutzende von Schriften, in denen oft ganz andere Arten von Gesinnung und Gedankengut verzeichnet sind, als sie in der Bruderschaft gelten. Deswegen sind wir gewissermaßen eine gefährdete Gruppe. Ich habe das Chast auch schon gesagt. Bei uns herrschen andere Sitten als unter den streng überzeugten Brüdern und Magiern der oberen Stockwerke. Sicher hast du das auch schon gemerkt. Wir treiben Unfug miteinander und niemand nennt mich hier Meister. Ich habe Angst, dass jemand in unserer Gruppe herumschnüffelt und falsche Schlüsse zieht. Und nun kommst du – eine Person, die ich mir für eine solche Aufgabe niemals vorgestellt hätte, verstehst du? Ich hätte eher damit gerechnet, irgendeinen miesepetrigen oder fanatischen Duuma-Magister zugewiesen zu bekommen.« Er machte eine kurze Pause. »Ich möchte dich bitten, diese besondere Lage zu überdenken – und meinetwegen auch mit Chast zu besprechen. Wir müssen für die Erfüllung unserer Aufgabe ungestört sein, das ist wirklich enorm wichtig.« Plötzlich fiel ihm etwas ein. »Du gehörst doch nicht etwa zu diesem … *Orden von Yoor?*«

Sie blickte lächelnd auf, doch er sah ein paar Tränen in ihren Augen. »Nein«, sagte sie und schüttelte den Kopf.

Plötzlich hatte Valerian den Eindruck, dass Chast gar keine so große Chance hatte, von ihr allzu viel zu erfahren. Valerian spürte, dass dieses Mädchen sehr zart und lieb war und dass sie wohl nur ungern jemanden aus seiner Gruppe verraten würde, auch wenn sie von ihm ein größeres Geheimnis erfuhr. Mit Sicherheit besaß sie gar nicht das notwenige Maß an Heimtücke und Verrätertum, das für eine solche Aufgabe vonnöten gewesen wäre. Umso undurchsichtiger wurde wiederum Chasts Plan. Valerian schnaufte. Er musste in der nächsten Zeit besonders vorsichtig sein. Nein, nicht nur in der nächsten Zeit. Er würde es sein müssen, bis diese Sache ganz ausgestanden war. Und das konnte lange dauern. Er vermochte nicht zu sagen, inwieweit er in seiner Position als Bruderschaftsmitglied noch Zugeständnisse machen musste, wenn man das Problem der Drakken mit einbezog.

*

Es war die Dunkelheit des Todes, die sie umgab.

Lichtlosigkeit war nicht das richtige Wort. Es war das Nichts, die vollkommene Leere, ohne Ziel, ohne Zweck, ohne Hoffnung. So hatte sie es sich nicht vorgestellt. Kein heller Fleck, kein spürbarer Ort, an dem sie sich aufhielt, keine Gegenwart von irgendwem. Nur Zeit. Dumpfe, dahintropfende Zeit.

Sie suchte eine Weile verzweifelt nach irgendetwas, an dem sie sich orientieren konnte. Aber da war nichts.

Nur eine zähe Ewigkeit und das Gefühl einer existierenden Seele – die aber keine Bedeutung hatte. Aber dann schließlich stellte sich doch ein kleines Gefühl ein. Es kam heran wie aus weiter Ferne, kaum zu spüren … doch leider nicht von der Art, die Trost spenden konnte. Es war der Nachhall eines dumpfen Schmerzes – ein Schmerz, der mit Tod zusammenhing und der sie (das wusste sie plötzlich) wie eine nie verheilende Wunde auf ewig begleiten würde.

Dann klang der Schmerz wieder ab, zurück blieb nur die Ahnung davon, und die Dunkelheit des Todes wurde wieder vollkommen.

Stille.

Eine Ewigkeit.

Warten.

Warten auf was? Dass der Schmerz wiederkam? Eine Aussicht von so kosmischer Traurigkeit, dass sie sich fragte, welchen Sinn das alles haben sollte. Wäre da wenigstens eine Erinnerung an irgendetwas, an einen Ort, ein Gefühl, ein Wesen … sie wusste nicht einmal, wer oder was sie war. Sie wusste nur, dass sie tot war.

Wieder Stille.

Wieder eine Ewigkeit.

Moment …!

Es gab doch etwas. Sie hatte das unbestimmbare Gefühl, ein Geschlecht zu besitzen. Sie fühlte sich nicht als ein ›es‹. Nein, sie war … weiblich. Weiblich gewesen.

Ein Aufatmen.

Ein Aufatmen?

Wieder etwas. Was war ›Aufatmen‹?

Sie versuchte sich zu erinnern. Ein weibliches Etwas, ein Aufatmen. Woher kam das?

Nachdenken. Erinnern.

Schon wieder etwas. Nur Gedankenblitze, keine echten Worte. Worte?

Sie hielt still. Versuchte, die Gedankenblitze nicht wieder in der Ferne verschwinden zu lassen. Langsam gelangte sie zu der Gewissheit, dass es dennoch etwas gab, etwas gegeben haben musste, an das eine Erinnerung möglich war. Weiblich, dachte sie. Aufatmen, Nachdenken, Erinnern, Worte.

Und Zusammenhänge.

Der Moment kam, da sie spürte, dass sich aus der unendlichen, dunklen Ferne etwas zu formen begann. Eine Erinnerung. Ja – der Schmerz! Das war das Erste gewesen. Schmerz, weiblich, erinnern …

Lange Zeit kam nichts hinzu. Außer vielleicht dem tröstlichen Gefühl, dass etwas geschah. Geduld, mahnte sie sich, nur Geduld.

Das tröstliche Gefühl verlor sich nicht – nicht, nachdem sie entdeckt hatte, dass all die Leere letztlich doch nicht so leer zu sein schien. Ein tröstliches Gefühl.

Mit ihm kam Wärme.

Sie hatte nicht gefroren, nein, es war eine Wärme des Geistes. Irgendetwas näherte sich, das Wärme gab. Sie versuchte sich umzublicken, gab es aber gleich wieder auf. Sie wusste gar nicht, was das war: umblicken. Sie fühlte eine schwache Bedeutung dessen, konnte dem Gefühl aber keine Handlung zuordnen.

So ging es weiter. Lange Zeit, sehr lange Zeit.

Neue Eindrücke kamen spärlich, so spärlich, dass sie sich fragte, ob ihr verzweifelter Geist sich einfach nur bewegte, sich etwas zurechtdachte, das gar keinen Sinn hatte und kein Ziel. Außer vielleicht dem, diesen winzigen Faden des Bewusstseins der eigenen Existenz nicht loszulassen.

17 • Bruderschaft

Es war eine von Chasts besonderen Fähigkeiten, Schwierigkeiten schon spüren zu können, wenn sie noch im Anmarsch waren. Er wusste selbst nicht zu sagen, ob ihm die Magie dabei half oder ob es einfach eine Gabe war. Eine Gabe, die ebenso nützlich wie auch lästig war. Manchmal wünschte er sich, die wenigen Minuten, die andere Menschen in Ahnungslosigkeit verbrachten, ebenso für sich zu haben. Er aber merkte es meist schon im Vorhinein, wenn sich etwas anbahnte. Dadurch verlängerte sich das Gesamtmaß der durch schlechte Botschaften verdorbenen Zeit.

Auch diesmal war es so. Er saß an seinem Schreibtisch und prüfte die Aufzeichnungen, die Rasnor über seine Fortschritte beim Aufbau des Ordens von Yoor angefertigt hatte. Es war erstaunlicherweise recht viel, was Rasnor da vorzulegen hatte, und das hatte Chast eigentlich gar nicht erwartet. Dass Rasnor gerissen war, hatte er geahnt, aber was den Orden von Yoor anging, schien er beachtlich gut voranzukommen. Manche Leute, so sagte sich Chast, brauchten womöglich nur die richtige Aufgabe, dann vermochten sie über sich selbst hinauszuwachsen. Und Schnüffelei, Arglist und Boshaftigkeit schienen genau das zu sein, was Rasnor am besten konnte. Irgendwie behagte ihm das nicht, aber er mahnte sich, dass es nicht Behaglichkeit war, was er wollte. Er brauchte ein Instrument der Härte und der Brutalität für seine Zwecke.

Der Orden besaß nun schon etwa vierzig Mitglieder, sieben davon im Rang eines Quästors. Rasnor hatte sechs von ihnen mit je einer kleinen Gefolgschaft von Soldaten und einem Magier nach Wasserstein, Usmar, Soligor und noch ein paar anderen größeren Städten entsandt. Es hatte bereits eine Aburteilung gegeben – die auf magischem Wege nach Torgard übermittelt worden war. Ein Garnisonskommandant in einem Nest im Westen, dessen Name Chast schon wieder vergessen hatte, war mit seiner Macht etwas zu großzügig umgegangen. Er hatte die Bauern ausgeplündert, sich mehrere Frauen gefügig gemacht und sich mitten in einem mächtigen Saufgelage befunden, als der Quästor in seinem Lager eingetroffen war. Man hatte ihn und seine Offiziere kurzerhand festgenommen und die meisten davon hingerichtet. Zudem hatte sich der Vorteil ergeben, dass die Bauern in dieser Gegend nun gut auf die Duuma – unter deren Name der Orden von Yoor dort auftrat – zu sprechen waren.

Als Chast gerade mit dem Lesen dieses Berichtes fertig war, hob er den Kopf. Ein dunkles Gefühl hatte ihn plötzlich beschlichen, ein fader Geschmack hatte sich auf seiner Zunge eingestellt. Er kniff misstrauisch die Augen zusammen und da hörte er es schon: Draußen auf dem Gang hatten sich Stimmen erhoben. Offenbar kamen Leute. Und sie hatten schlechte Nachrichten. Das konnte er förmlich riechen.

Er atmete tief und angespannt ein, ließ die Blätter sinken und lehnte sich in seinem hohen Stuhl zurück. Er maß die Tür zu seinem Schreibzimmer mit missgestimmten Blicken. Längst wusste er, dass es gleich klopfen würde.

So geschah es auch.

Es war ein hässliches Klopfen – wenn es das gab –, ein Klopfen, das zögerlich und dringend zugleich klang, das gleichsam fürchtete, mit einem *Herein* beantwortet zu werden, wie es auch aus Gründen der Wichtigkeit hoffte, gehört zu werden.

Chast nickte. »Herein!«, rief er dann.

Die Tür öffnete sich und Chast stellte erleichtert fest, dass Quendras eintrat. Immerhin einer, mit dem man etwas anfangen konnte, auch wenn die Nachricht vermutlich unangenehm sein würde. Dann sah er weitere Männer hinter Quendras. Das verschlechterte seine Laune wieder. Es schien sich um zwei einfache Soldaten zu handeln; sie sahen ziemlich mitgenommen aus. Hinter ihnen standen Rasnor und einer seiner engeren Mitarbeiter. Rasnor hatte eine üble Miene aufgesetzt – so als hätte er neuerdings herausgefunden, dass er damit die Drohung durch seinen Orden von Yoor gegen alles und jeden in der Bruderschaft noch erheblich verstärken konnte. Vermutlich stimmte das auch. Chast fragte sich mehr und mehr, ob er diesen kleinen Mistkerl, trotz seiner augenscheinlichen Erfolge, nicht lieber doch irgendwann zur Hölle schicken sollte. Er ging ihm mittlerweile gehörig auf die Nerven.

Die Männer traten in den Raum. Die beiden Soldaten blickten angstvoll zu Boden. Chast fragte sich, warum man die Burschen hierher gebracht hatte. Es bedeutete, dass man sie entweder töten musste oder nie mehr aus Torgard herauslassen durfte. Leute wie sie durften nichts von der Existenz des geheimen Stützpunktes der Bruderschaft wissen.

Dann aber erkannte er sie plötzlich wieder, und ein Schreck durchzuckte ihn. Es waren Usbalors Leute – Männer, die hier in Torgard zu dessen unmittelbarer Mannschaft gezählt hatten. *Hatten*, echote es durch Chasts Hirn. Damit war ihm schon alles klar – ihm, der schlechte Botschaften erspüren und oft sogar ihren Inhalt vorausahnen konnte. *Leandra* – hallte es in seinem Kopf, und er fühlte, wie ein hässlicher, eiskalter Zorn in seiner Brust aufstieg. Er erhob sich und ging um seinen Tisch herum.

»Was ist geschehen?«, knirschte er, als er vor den Männern stand.

Die beiden Soldaten wichen angstvoll zurück, Rasnor

drängte sich jedoch in den Vordergrund. »Sie sagen, Usbalor wäre tot!«, stieß er hervor.

Chast warf ihm einen giftigen Blick zu, der ihn verstummen ließ – unwillig, wie es schien. Quendras hielt sich zurück.

Einer der Soldaten blickte auf. Er war dreckverschmiert, sein linker Arm war schlimm verbrannt und in seinen Augen bebte Angst vor seinem Meister. »Wir ... haben diese beiden Frauen verfolgt«, sagte er und bemühte sich trotz seiner offensichtlichen Furcht, einigermaßen fest zu klingen. »Zuerst ... erwischten wie sie, aber sie konnten fliehen. Dann haben wir sie wieder gestellt, und ...«

»Na?« Chasts Ausruf durchschnitt die Luft wie ein blitzendes Messer und der Mann verstummte vor Angst.

»Es kam zu einem Kampf«, sagte Quendras ruhig von der Seite her. »Magie. Offenbar war diese Adeptin ... Usbalor überlegen. Er wurde getötet. Und mit ihm vier Männer. Diese hier konnten entkommen.«

Chast kniff die Augen zusammen und fragte sich, ob er vielleicht etwas falsch verstanden hatte. Dann holte er Luft. »Wie? Wie konnte das geschehen?« Seine Stimme schnitt durch den Raum. Er blickte die beiden Soldaten an. »*Wie* wurde er getötet? Mit einem ... *Schwert?*«

Beide Männer schüttelten zugleich den Kopf. »Nein«, sagte der eine. »Sie war gar nicht in seiner Nähe, als es passierte. Es war Magie.«

Chast hätte beinahe die Fassung verloren. »*Waas*?«, ächzte er. »Mit ... *Magie?*«

Niemand antwortete ihm.

Er wandte sich ab und marschierte einen kurzen Kreis durch den Raum. Usbalor war der Adeptin ... *unterlegen?* Das konnte nicht sein! Chasts Verstand weigerte sich, das zu glauben. Usbalor war einer der besseren Magier in der Bruderschaft. Diese Leandra hingegen ... Chast schüttelte den Kopf. Das war unfassbar!

Er hob den Arm und winkte die Männer hinaus. »Geht«, sagte er leise. »Wascht euch, lasst eure Wunden versorgen.« Die Männer atmeten auf und beeilten sich zu verschwinden.

»Eine Sitzung«, sagte Chast, der zu Boden blickte und die Hand an die Stirn gelegt hatte. »Jetzt gleich. Nein, in einer halben Stunde. Nur wir drei ... und Großmeister Karras.« Er sah auf. »Ist der überhaupt hier?«

Quendras nickte.

»Gut. Jetzt fort mit euch.«

Rasnor lag augenscheinlich noch viel auf der Zunge, aber Chast warnte ihn mit einem deutlichen Blick. Rasnor beherrschte sich und wandte sich um.

»Warte«, sagte Chast. »Valerian. Hol ihn. Er soll auch dabei sein.«

Rasnors Nasenflügel bebten plötzlich vor schlecht verborgenem Hass. »Valerian?«

Chasts Stimme war schneidend. »Soll ich es vielleicht *wiederholen?*«

Rasnor schnaufte leise, schüttelte den Kopf und ging.

Quendras jedoch war mit unbewegter Miene stehen geblieben. Chast blickte ihn an, eine stumme Frage in den Augen. Quendras wandte sich um, folgte Rasnor drei Schritte weit und schloss die Tür sorgfältig hinter ihm. Dann wandte er sich Chast wieder zu.

»Was ist?«, fragte er, die Stimme nur mühsam beherrscht. Er hatte Lust, in die Luft zu gehen, aber er wusste, dass das Quendras nicht beeindrucken würde. Seine Wut verpuffte zu einem guten Teil an der Unerschütterlichkeit seines Magisters.

»Dieser Rasnor!«, sagte Quendras nur.

Chasts Wut kehrte zurück.

»Er ist nichts als eine dreckige kleine Ratte«, erklärte Quendras mit ungewohnter Gefühlsaufwallung. In seiner Stimme schwang sogar ein wenig Wut mit. »Ich verstehe Eure Entscheidung nicht, Hoher Meister. Dieser Kerl wird uns noch in Schwierigkeiten bringen.«

Chast knirschte so heftig mit den Zähnen, dass sogar Quendras ein wenig erschrak. Er blickte auf. »Ich sage dir dies nur einmal, Quendras. Ich bin mir der Eigenarten meiner Leute durchaus bewusst. Rasnor ist aus ganz bestimmten Gründen auf diesem Posten. Aus Gründen, die ich mir gut überlegt habe. Ist das jetzt *ein für allemal klar*?«

Quendras musterte Chast eine Weile mit zweifelnden Blicken. Dann nickte er knapp.

»Gut. Und jetzt fort mit dir. In einer halben Stunde sehen wir uns.«

Quendras wandte sich wortlos um und verließ den Raum.

Als die Tür zu war, hob Chast beide Hände vors Gesicht und massierte es heftig – so als könne er diesen Albtraum auf die Weise vertreiben. Aber es half nichts. Leandra hatte offenbar tatsächlich Usbalor besiegt. Und das *nicht* mit ihrem magischen Schwert! Besaß sie es überhaupt noch? Er hatte schon etwas in dieser Art von ihr erwartet – es war ihm klar, dass sie nicht mit leeren Händen nach Savalgor kommen würde. Aber dass sie innerhalb dieser kurzen Zeit zu einer solchen Macht gelangt war! Das war mehr, als sein Vorstellungsvermögen fassen wollte. Usbalor war einer der Männer, die von Kindesbeinen an die Rohe Magie erlernt hatten. Vierzig oder mehr Jahre in der Bruderschaft! Und dann von einer *Adeptin* der Magie – der Elementarmagie! – besiegt und getötet … Chast schüttelte den Kopf.

Und wieder empfand er so etwas wie grimmige Bewunderung für diese junge Frau. Sie sah gut aus, das sagte ihm sein kalter Verstand, obwohl er für solche Dinge keinen allzu großen Sinn besaß. Und sie war mutig, gerissen und hochintelligent. Eine Mischung, die ihn unwillkürlich faszinierte. Für Momente gab er sich (zum wiederholten Male) der Vorstellung hin, wie es wäre, sie an seiner Seite zu haben. Er hatte eine Schwäche für solche Leute. Dann lächelte er kalt. Sie würde ihm eher die Augen auskratzen, als sich auch nur eine Sekunde mit diesem Gedanken zu beschäftigen. Aber dennoch – vielleicht würde es ja auch in dieser Angelegenheit eine Überraschung geben. Sie war zwar klug, aber es war doch sehr die Frage, ob sie sich mit ihm messen konnte. Er hatte nämlich einen gewaltigen Vorteil ihr gegenüber – er besaß keinerlei Skrupel.

Abermals war er vor sein Fenster getreten und blickte hinaus aufs Meer. Er überraschte sich selbst wieder einmal damit. Zunehmend überkam ihn das Bedürfnis, offene Weite zu erblicken und zu fühlen. Seit er sich dieses verdammten Sardins entledigt hatte, nahm der Druck stetig zu, der auf seinen Schultern lastete – womit er einfach nicht gerechnet hatte.

Wenn es ihm nicht bald gelang, sich diese Adeptin vom Hals zu schaffen, dann lief er Gefahr, zu dem entscheidenden Zeitpunkt, da er gegen die Drakken anzutreten hatte, größeren Schwierigkeiten aus einer zusätzlichen Richtung ausgesetzt zu sein. Das Bündel der Maßnahmen, die er sich gegen sie ausgedacht und das er in die Wege geleitet hatte, war durchaus gewitzt und mochte seine Wirkung tun. Aber er fürchtete dennoch, nicht zur rechten Zeit damit fertig zu werden. Wenn er nur wüsste, was die Drakken im Sinn hatten und worum es sich bei diesem rätselhaften *Okryll* handelte!

Für lange Zeit starrte er wieder hinaus aufs Meer und tausendfache Gedanken strömten durch sein Hirn. Wiederholt wünschte er sich, einfach nur mehr Zeit zum Nachdenken zu haben. Dann aber war die halbe Stunde schon vorbei und die Männer, die er herbestellt hatte, fanden sich bei ihm ein.

*

Großmeister Karras war ein kleiner Mann, zu dem sein Titel nicht recht passen wollte. Das lag aber nur an seiner unscheinbaren Gestalt und seiner Körpergröße. Karras war bisher der Einzige gewesen, der so etwas wie eine Kampftruppe innerhalb der Bruderschaft angeführt hatte. Er war einer der bestausgebildeten Magier der Bruderschaft – sein blankes Wissen über die Spielarten und Tricks der Rohen Magie ging weit über das seines Hohen Meisters hinaus, das wusste selbst Chast. Wenngleich Karras' magisches Potenzial geringer war. Karras war früher ein ergebener Untertan von Sardin gewesen, und Chast war lange Zeit unentschlossen gewesen, Karras auf seinem Posten zu belassen. Bis er herausgefunden hatte, dass der kleine, graue Mann, der nun vor ihm stand, ein Magier aus Eitelkeit war und dass seine Ergebenheit zu Sardin nur daher rührte, dass er dessen überwältigende magische Kraft ehrfurchtsvoll bewundert hatte. Chast hatte ihm eines Tages eine Kostprobe seiner eigenen Kräfte gegeben. Seitdem war Karras *sein* ergebener Untertan.

Er war der Kommandant einer Gruppe von zehn oder zwölf ausgesuchten Kampfmagiern, die damals leider nicht dabei gewesen waren, als es in Unifar zur entscheidenden Schlacht zwischen der Bruderschaft und der kleinen Gruppe der cambrischen Magier gekommen war. Karras und seine Leute hatten sich in Hegmafor aufgehalten. Wäre er in Unifar gewesen, wäre der Kampf damals wahrscheinlich anders verlaufen.

Jetzt, da die Männer, die Chast herbefohlen hatte, vor ihm standen, machte Rasnor eine geradezu erbärmliche Figur. Seine Haltung verriet schon, dass er sich nach Kräften aufblies, um der persönlichen Ausstrahlung der anderen Anwesenden standhalten zu können. Valerians Gesichtsausdruck spiegelte Verachtung für den neuen Führer des Ordens von Yoor. Quendras strahlte allein schon so viel Überlegenheit aus, dass Rasnor daneben wie ein Witzbild wirkte. Aber jetzt war der Moment gekommen, einen weiteren Schachzug zu tun. Chast war gespannt, ob er die gewünschte Wirkung erzielen konnte. Er wandte sich als Erstes an Rasnor. Nun kam es darauf an.

»Hast du die beiden Soldaten genau verhört?«, fragte er.

Rasnor bestätigte.

Chast atmete innerlich auf. Damit hatte Rasnor sich selbst und seinem Meister einen großen Gefallen getan. »Gut«, sagte Chast knapp, ohne seine Erleichterung zu zeigen. Er blickte in die Runde. »Wie ihr sicher alle schon gehört habt, ist Usbalor in einem magischen Kampf umgekommen.«

Er studierte die Gesichter. Karras, ein alter Kampfgefährte von Usbalor, seufzte und zeigte einen Anflug von Trauer und Bedauern. Quendras war nichts anzusehen. Valerian ebenso – er hatte Usbalor kaum je gesehen. Rasnors Gesicht schien eine gewisse Missbilligung auszudrücken, so als wolle er sagen: ›Selbst schuld, der Mann, wenn er gegen eine *Frau* verloren hat!‹

Chast überging das. »Wie ist das geschehen?«, fragte er.

»Sie waren in einer Hütte«, begann Rasnor beflissen. »Irgendwo auf einem Feld nördlich der Tiefebene von Savalgor. Usbalor und seine Leute griffen an. Einer der beiden, die überlebt haben, sagte, dass er eine der beiden Frauen mit einem Pfeil getroffen habe. Er ist sicher, dass sie tot ist. Dass es nicht diese … Leandra war, scheint sich dadurch zu bestätigen, dass Usbalor anschließend mit Magie angegriffen wurde. Diese andere, ich weiß nicht, wie sie hieß …«

»Hellami«, warf Chast ein.

» … ja, diese Hellami war unseres Wissens nach keine Magierin …«

»*Hellami*?«

Der erstaunte Ausruf war von Valerian gekommen. Alle sahen ihn an.

»Kennst du sie etwa?«, fragte Chast.

Valerians Betroffenheit war unübersehbar. Unsicher blickte er in die Runde. »Ja, also …«

Chast blieb gelassen. »Was ist?«

Valerian schluckte. Er suchte augenscheinlich nach Worten. »Nun … ich kannte einmal eine Frau, die so hieß …«

Chast verzog das Gesicht. »Deswegen bist du plötzlich so verblüfft? Was soll das? Es gibt tausende von Frauen, die diesen Namen tragen.«

»Ich …« Valerian versuchte, seine Aufregung zu beherrschen. »Ich war mal mit einem Mädchen zusammen, das so hieß«, gab er leise zu. »Wir hatten eine sehr starke …«, er schnaufte und hob dann den Kopf. »Wir waren ein Paar. Für kurze Zeit. Ich …«

Er blickte in die Runde und sah, dass irgendwelche Ausflüchte jetzt keine Wirkung mehr erzielen konnten. Er seufzte tief. »Nun, da ich mich jetzt schon verplappert habe, muss ich zugeben, dass ich von ihr die Geschichte über diese … Adeptin hörte. Auf dem Weg von Hegmafor hierher kam ich in einem kleinen Dorf vorbei. Es hieß ….«

»Minoor«, sagte Chast.

»Richtig.« Valerian schluckte. »Minoor. Dort lernte ich sie kennen. Sie sagte mir, dass sie eine Leandra gekannt habe und dass …«

»Minoor liegt nun beileibe nicht auf dem Weg von Hegmafor nach Savalgor!«, warf Rasnor triumphierend ein, dem Valerians Patzer offensichtlich großes Vergnügen bereitete.

»Stimmt«, gab Valerian zu. »Ich hatte mich verlaufen und hing ein paar Tage in diesem Minoor fest. Damals wurden die Reisebeschränkungen verhängt.«

»Das ist aber wirklich eine blöde Geschichte!«, rief Rasnor und baute sich vor Valerian auf. Er stemmte beide Fäuste in die Hüften, so als wolle er hier, in Gegenwart seines Hohen Meisters, seines Amtes als Anführer des Ordens von Yoor walten. »Das kommt mir ziemlich verdächtig vor, dass du dieses Weib kanntest! Eine Freundin der Adeptin Leandra!«

Valerian schoss einen hasserfüllten Blick auf Rasnor

ab. »Das kann ich mir vorstellen, du kleiner Kriecher!«, knirschte er.

Seine Worte ließen die angespannte Stimmung in Chasts Arbeitszimmer überschwappen. Während Chast kaum eine Regung zeigte, atmete Karras hörbar ein; sein Gesicht zeigte eine Mischung aus Empörung und Überraschung. Quendras leistete sich ein leises, schadenfrohes Lächeln. Zweifellos zu Ungunsten Rasnors.

Rasnor hingegen schnaubte vor Wut. Er suchte Chasts Unterstützung, denn Valerian hatte soeben einen der wichtigsten Männer der Bruderschaft mit einer derben Beleidigung bedacht. Chast jedoch ignorierte Rasnor vollständig. Seine scharfen Blicke hafteten auf Valerian.

»Bist du von Sinnen!«, knirschte Rasnor wutentbrannt, wieder an Valerian gewandt. »Wie kannst du es wagen …«

»Halt die Luft an!«, zischte Valerian zurück. Sein Gesicht spiegelte nicht minder großen Zorn als Rasnors. »Du hast mir gar nichts zu sagen! Ich bin der Leiter des Skriptoriums und stehe jenseits deiner Aufgabengebiete. Willst du mir etwa Untreue anhängen, du Kröte? Pass nur auf, dass ich dir nicht das Maul stopfe!«

Chast hätte beinahe gelächelt. Alles verlief mal wieder im Sinne seiner Interessen – besser noch, als er es sich zuvor ausgemalt hatte. Er erhob sich und schritt zwischen die beiden Männer. »Langsam, ihr Streithähne!«, sagte er milde. »Dass ihr euch nicht ausstehen könnt, weiß inzwischen der kleinste Novize hier in Torgard.« Dann gewann seine Stimme an Schärfe. »Aber hier ist weder die Zeit noch der Ort, solche Streitigkeiten auszutragen.«

Dann wandte er sich Valerian zu und maß ihn mit warnenden Blicken. »Was ist das nun für eine Geschichte mit dieser Hellami?«

Valerian antwortete nicht gleich. Er studierte Chasts

Gesicht, und seine Augen verrieten, dass er nicht allzu beunruhigt war. »Ich gebe zu, dass dies ein Fehltritt meinerseits war«, räumte er ein. »Als Ihr mir diesen Posten gabt, Hoher Meister, habe ich nicht gewagt, davon zu berichten. Ich fürchtete, dass dies mein Ansehen bei Euch trüben würde.«

Chast nickte böse. »Vollkommen richtig. Nun ist es geschehen.«

Valerian nickte seinerseits in Anerkennung dieser Tatsache. »Ich hätte nicht im Traum daran gedacht, dass diese Geschichte jemals ans Licht kommen würde. Ich habe mich eben nur ... verplappert. Außerdem ist diese Sache ebenso unbedeutend wie irgendein komischer Zufall. Bis zu dieser Zeit, da ich Hellami traf, hatte ich noch nie von einer Leandra gehört. Zudem sagte Hellami mir, dass ihre Freundin Leandra tot sei. Mein eigentliches Vergehen bestand wohl nur darin, dass ich mich ein paar Tage zu lang in Minoor aufhielt. Wegen Hellami.«

Chast schürzte nachdenklich die Lippen und erwiderte eine Weile nichts. »War sie wenigstens hübsch?«, fragte er dann.

Valerian glaubte für eine Sekunde, falsch gehört zu haben. Was war *das* nun wieder für eine seltsame Reaktion seines Meisters? Er hielt krampfhaft den Blick gesenkt. »Ja. Es betrübt mich zu hören, dass sie tot ist. Offen gestanden ... es tut mir sehr weh. Ich mochte sie sehr. Auch ... wenn sich nun herausstellt, dass sie mit dieser Leandra unter einer Decke steckte.«

Chast schien zufrieden zu sein. Er wandte sich ab und nahm wieder Platz auf seiner Schreibtischkante. Valerians Stimmung näherte sich vollständiger Verwirrung, dennoch schien sich die Atmosphäre im Raum zu entspannen. Er versuchte, ruhig zu atmen.

»Was ist nun weiterhin passiert?«, fragte Chast, an Rasnor gewandt.

Dem stand noch immer der helle Zorn ins Gesicht geschrieben und er schoss Blicke wie Pfeile auf Valerian ab. Endlich wandte er sich wieder Chast zu.

»Genaueres konnten die Männer auch nicht sagen«, presste er hervor. »Es gab zur Zeit des Kampfes ein Gewitter in der Gegend. Es scheint, als hätte diese Leandra die Blitze kontrollieren können ...«

»Die *Blitze* ...?«, kam es gleichzeitig aus dem Munde von Quendras, Chast und Karras. Rasnor zeigte sich verunsichert und nickte. Das verriet, dass der Bursche wenig Ahnung von Magie hatte.

Quendras wandte sich an Chast. »So etwas gibt es in der Elementarmagie nicht«, stellte er fest.

Chast starrte ihn nachdenklich an, dann nickte er. Quendras war nicht nur ein Fachmann für Möglichkeiten der Rohen Magie, sondern wusste auch viel über andere Magieformen. »Was bedeutet das?«, fragte er.

Quendras schnaufte. »Also ... wenn das tatsächlich wahr ist, dann muss sie sich einer anderen Magieform bedient haben.«

Chasts Augen blitzten. »Der *Rohen Magie?*«

Quendras schüttelte langsam den Kopf. »Nein. Woher sollte sie das Wissen haben und woher die Bindung an die Quellen der Rohen Magie? Außerdem braucht es einen Meister, um solche Dinge zu wirken. Ich bin nicht einmal sicher, ob *mir* das gelingen würde.«

Chast wandte sich an Karras. »Was sagst du?«

Karras, der kleine Mann mit dem strengen Gesicht, schüttelte den Kopf. »Wie Quendras schon sagt: eine schwierige Sache, selbst mit unserer Magieform. Und mir ist nicht bekannt, dass ein Magier Rohe Magie wirken könnte, ohne den Bruderschaftseid auf das Hohe Siegel abgelegt zu haben. Nein – das dürfte unmöglich sein.«

»Also tatsächlich eine andere Magieform? Nicht Elementarmagie und nicht Rohe Magie?«

Karras hob die Schultern. »Wenn das stimmt, was Rasnor berichtet ...«

Chast schnaufte und starrte in Richtung Fenster. »Das passt zu ihr.«

Valerian räusperte sich. Chast wandte sich ihm zu.

»Darf ich fragen, Hoher Meister, woher *Ihr* von dieser Hellami wisst? Ich meine … wie seid Ihr auf sie gekommen …?«

Chast erwog, ihn wegen dieses störenden Themenwechsels zu maßregeln, verzichtete dann aber darauf. »Wir haben einen Brief aus Savalgor abgefangen, der an sie gerichtet war«, sagte er. »Reiner Zufall. Darin stand, dass Leandra noch lebt und … nun, dass *ich* auch noch lebe.«

Valerians Blicke drückten weitere Fragen aus.

Chast schnaufte und sah wieder aus dem Fenster. »Wir haben den Brief dann doch weitergeleitet. Wollten, dass diese Hellami uns zu Leandra führt. Ein dummer Einfall.«

Niemand antwortete auf Chasts Bemerkung. Für eine Weile herrschte Schweigen.

Dann wandte sich Chast wieder um. »Wir müssen unsere Maßnahmen verschärfen«, sagte er und seine wohl bekannte Wut schien sich wieder aufzubauen. »Karras. Du wirst dich mit deinen Leuten auf die Spur dieser Leandra machen. Sie muss gefasst werden. Unbedingt!« Er machte eine Pause. »Ich würde etwas dafür geben, sie noch einmal zu sehen. Das muss ich zugeben. Aber sie muss beseitigt werden! Töte sie, wenn du sie findest. Ich verlasse mich auf dich. Sind deine Leute in guter Form?«

»Besser denn je!«, erwiderte Karras mit Stolz in der Stimme. Er nickte Quendras anerkennend zu. »Wir haben einige wichtige und nützliche Erkenntnisse gewonnen. Auch wenn sie tatsächlich Blitze beherrschen kann, wird sie uns nicht entkommen!«

Chast nickte. »Gut. Du, Rasnor, wirst ebenfalls einen Teil deiner Leute auf sie ansetzen. Ich meine damit, dass alles, was ihr über sie in Erfahrung bringen könnt, sofort mir oder Karras gemeldet werden muss. Befrage die Leute, die sich in der Nähe dieses Kampfplatzes mit Usbalor aufhielten …« Er winkte ab. »Nein, das ist ja schon wieder etliche Tage her! Sie wird bereits hier in der Nähe sein.« Er machte eine Pause. »Wenn du etwas über sie erfährst oder sie gar findest, sollen deine Leute erst einmal gar nichts unternehmen. Das Einzige ist, dass Karras sofort unterrichtet werden muss. Der wird sich mit seinen Männern um sie kümmern. Alles andere ist mir zu gefährlich. Hast du verstanden?«

»Ich werde alle verfügbaren Leute auf sie ansetzen!«, versprach Rasnor eifrig. »Ich habe schon gute Kontakte zu gewissen Kreisen hier in Savalgor aufgebaut …«

Chast nickte wieder bestätigend. »Gut. Quendras – du wirst jetzt stärker mit Valerian zusammenarbeiten. Valerian wird mit seinen Leuten bald die Bibliotheken des Cambrischen Ordens durchforsten. Wenn die ersten Ergebnisse seiner Leute vorliegen, müsst ihr versuchen, das Prinzip dieser Krypti zu entschlüsseln.« Er wandte sich an Valerian. »Das Mädchen, das nun bei deiner Gruppe ist, hat eine besondere Befähigung: Sie kann Nachrichten über das Trivocum übermitteln. Sie wird Quendras über eure Ergebnisse ständig und sofort auf dem Laufenden halten. Quendras wird seine Forschungen unterbrechen, sobald ihr etwas gefunden habt. Die Zeit drängt – die Drakken werden nicht mehr lange warten!«

Valerian nickte.

Chast marschierte hinter seinen Schreibtisch und setzte sich. »Gut. Ihr könnt jetzt gehen. Jeder von euch wird sofort mit seinen Aufgaben beginnen. Keine Verzögerung mehr, verstanden? Karras – dich brauche ich noch für einen Moment.«

Alle Männer nickten. Kurz darauf war Chast allein mit Karras in seinem Schreibzimmer. Dieser sah seinen Hohen Meister erwartungsvoll an.

18 • Verschwörung

Ich weiß jetzt, wer du bist!«, sagte Valerian.
Roya blickte ihn erstaunt an.

Er nickte. »Ja. Du stammst aus Minoor, nicht wahr? Bist eine Freundin von Hellami. Sie hat mir mal deinen Namen genannt. Dass deine große Schwester umgekommen wäre und sie mit dir nach Minoor gegangen wäre, um sich um dich zu kümmern. Stimmt's nicht?«

Royas Augen waren groß und rund geworden. Ihr Mund stand offen.

»Du kennst auch Leandra. Bist mit ihr in diesem Hurenhaus eingesperrt gewesen. Da staunst du, was?«

Roya war einen Schritt zurückgetreten. Sie hatte beide Fäuste vor der Brust erhoben und starrte Valerian mit vor Entsetzen geweiteten Augen an. Dann wich sie noch weiter an die Wand zurück. Aber Momente später blitzte so etwas wie ein heißer Widerstand in ihrem Gesicht auf. Ihre hübschen Augen funkelten in einer Mischung aus Furcht und gleichzeitig dem Willen, sich nicht kampflos zu ergeben. Sie hatte gesagt, sie beherrsche ein wenig Magie.

Im nächsten Augenblick schon fühlte Valerian sich plötzlich von einer unheimlichen Kraft gepackt und gefangen. Ein Druck wie von einem Mühlstein lastete auf seiner Brust. Seine Schultern waren eingeschnürt und seine Beine fühlten sich an, als trage er einen Felsblock. Er taumelte zurück, konnte sich fast nicht mehr bewegen. Er ächzte.

Mit aller Kraft versuchte er, die Arme zu heben. »He! Bist du verrückt?«, zischte er mühsam. »Hör auf damit – das wird dich verraten!« Er versuchte zurückzuweichen und Luft zu bekommen. »Hier sind überall … Magier! Elementarmagie … spüren die … wie einen Schlag gegen die Glocke der Basilika!«

Er stöhnte. Dann ließ die Kraft ein wenig nach. Aber nur ein wenig.

Er ächzte noch einmal. »Ich bin dein Freund …«, keuchte er, » …merkst du das nicht? Jetzt hör endlich auf … bevor es zu spät ist!«

Es dauerte noch einen Augenblick. Roya sah zur Tür, als fürchte sie, dass im nächsten Moment Leute hereingestürmt kämen.

Valerian keuchte und krümmte sich. Seine Lungen waren so zusammengepresst, dass er nur ganz flach atmen konnte. »Roya!«, flüsterte er eindringlich. »Nun hör schon auf damit!«

Endlich verebbte die magische Kraft; das Mädchen jedoch wich weiter vor ihm zurück. Verwirrung stand in ihren Augen. Valerian ließ sich zu Boden fallen und stieß ein Stöhnen aus. Die Magie, die sie gewirkt hatte, war nicht von schlechten Eltern gewesen. Er atmete ein paarmal tief durch. Während er sich langsam erholte, fragte er sich verwundert, wozu sie wohl noch fähig war.

Er stand langsam und mühevoll auf, trat einen Schritt zurück und hob beide Handflächen abwehrend nach vorn. »Keine Magie mehr, ja? Lass mich erst erklären!«

Royas Brustkorb hob und senkte sich heftig. Er vermochte nicht zu sagen, ob dies wegen ihrer Aufregung oder wegen der Anstrengung durch die Magie war. Sie stand noch immer angstvoll zurückgezogen an der Wand, beobachtete ihn wachsam und schien bereit, ihn jederzeit wieder zu packen.

Valerian ließ langsam die Arme sinken und ging vorsichtig rückwärts zu seinem Schreibtisch. Er unterließ schnelle Bewegungen, um ihr zu signalisieren, dass er sie nicht angreifen wollte. Hinter seinem Tisch blieb er schwer atmend stehen. Wieder hob er die Hände. »Ich will dir nichts tun! Wirst du mir zuhören?«

Langsam schien sie ein wenig ruhiger zu werden. »Woher wisst Ihr das?«, fragte sie zögernd.

Valerian seufzte. Sie gab sich gar keine Mühe, die Wahrheit zu verbergen. Er rollte die Schultern, um die Verkrampfung loszuwerden. »Puh«, machte er. »Das hätte ich dir gar nicht zugetraut. Was war das? Eine dritte Iteration? Kannst du noch mehr?«

Ihre Augen blitzten auf. »Es wird reichen!«, sagte sie entschlossen.

Valerian seufzte. Sie war wirklich ein süßes Ding. Bildhübsch und sehr mutig. Er ließ sich ächzend auf seinen Stuhl sinken.

»Also ... nun, setz dich erst mal. Es wird eine längere Geschichte.«

Sie schüttelte den Kopf. »Ich stehe lieber.«

Valerian seufzte. »Na gut. Wie du willst.« Er überlegte kurz, wie er am geschicktesten anfangen sollte. »Nun gut ... du fragst dich, woher ich das alles weiß.«

Sie nickte. Ihr Misstrauen war offenkundig.

»Nun, Hellami hat mir einiges berichtet. Das meiste weiß ich von Leandra. Sie ist ...«, er breitete seine Arme aus, » ... eine gute Freundin.« Er hatte das letzte Wort wie eine Frage betont. »Ich liebe sie jedenfalls. Und sie mich bestimmt ... auch ein bisschen.« Er schickte ein unsicheres Grinsen hinterher. Royas Züge hatten sich zum Widerspruch verzogen. »Was soll das?«, fragte sie geringschätzig. »Leandra kann niemanden lieben. Sie ist tot!«

Valerian sah sie mit hochgezogenen Brauen an, so als wolle er ihr signalisieren, dass sie mit solchen Behauptungen lieber vorsichtig umgehen solle.

»Wir haben zusammen gekämpft«, stellte er fest. »In Unifar. Ich bin einer ihrer Begleiter gewesen. Ich habe sie nach dem Kampf nach Angadoor zurückgebracht.«

Roya schüttelte den Kopf. »Zurück nach Angadoor? Aber … das ist *nicht wahr!* Jeder weiß, dass sie starb!«

Valerian sah sie herausfordernd an. »Woher weißt *du* das so genau?«, fragte er. »Von den Gerüchten? Die man überall hörte?« Er winkte ab. »Ich wette, mancher von diesen Gerüchteschmieden hat auch behauptet, sie hätte Flügel besessen und Feuer spucken können. Hältst du etwa ein Gerücht für eine zuverlässige Quelle?«

Sie hob unschlüssig die Schultern.

»*Ich* war bei ihr!«, sagte Valerian eindringlich und hob beschwörend die Arme. »*Ich* habe Schulter an Schulter mit ihr gekämpft! Und als dann alles um uns herum in Trümmer fiel – in Unifar –, habe ich sie aus den Ruinen geborgen und sie nach Angadoor zurückgebracht. Du kannst mir glauben. Es ist die Wahrheit! Natürlich haben wir niemandem davon erzählt.«

Roya schien nicht so einfach bereit, das hinzunehmen. Dass ihr die Geschichte ziemlich abwegig vorkam, konnte man ihr leicht ansehen. »Angenommen, es stimmt, was Ihr da sagt …«

Valerian verzog das Gesicht. »Nun hör endlich auf, mich mit ›Ihr‹ anzureden. Willst du mir den Gefallen tun? Sag einfach Valerian zu mir!«

Sie nickte nur leicht, ihr Gesicht blieb jedoch ernst.

» … also angenommen«, fuhr sie fort, » …ihr … du … sagst die Wahrheit. Was tust du dann *hier?* Warum bist du nicht bei ihr?«

Er hob unschuldig die Schultern. »Ich habe mich eingeschlichen. Ich wollte für Leandra Rache üben.«

»Rache – für Leandra?« Roya schüttelte den Kopf. »Langsam verstehe ich gar nichts mehr. Ich dachte, sie lebt noch!«

Valerian hob die Hände. »Ja, natürlich, das stimmt. Aber bis vor einer Stunde dachte ich selbst noch, sie wäre tot. Ich …«

Er sah, wie sich Roya wieder verkrampfte. Irgendwas in ihrem Gesicht sagte ihm, dass sie gleich wieder eine Magie wirken würde. Kein Wunder – das, was er von sich gab, machte so wenig Sinn, dass ihr Misstrauen nur allzu verständlich war. Alarmiert erhob er sich.

»Roya – bitte!«, rief er flehentlich. »Gib mir noch eine Minute! Ich kann dir alles erklären!«

Er hatte offenbar Glück, denn nichts geschah. Er glaubte zu spüren, dass sie irgendetwas mit Magie tat, denn er vermochte das Trivocum zu beobachten, auch wenn er selbst nicht in der Lage war, Magie zu wirken. Aber sie griff ihn nicht wieder an.

»Also gut«, sagte sie. Eine leise Drohung lag dennoch in ihrer Stimme.

Valerian atmete ein wenig auf. Nach allem, was er bisher durchgemacht hatte, zählte ein Angriff mit Magie nicht gerade zu den Dingen, die er schätzte. Nein, im Gegenteil. Ganz egal, wie gering oder ungefährlich die Magie auch sein mochte. Ein Nichtmagier war solchen Dingen schutzlos ausgeliefert und allein die Bedrohung durch Magie vermochte Valerian sehr fahrig zu machen. Er setzte sich wieder.

»Also, es ist so: Als ich Leandra damals wieder nach Angadoor brachte, war sie … nun, halb tot, könnte man sagen. Vom Hals an abwärts gelähmt.« Mit der Hand am Kinn verdeutlichte er, was er meinte. »Sie siechte förmlich dahin. Eines Tages bat sie mich, Angadoor zu verlassen. Ich sträubte mich, aber sie gab nicht nach. Sie sagte, sie wolle sich darauf konzentrieren, genügend zu lernen, sodass sie sich mit Hilfe ihrer Magie wieder auf die Beine helfen könne. Aber ich war sicher, dass sie mir nur ersparen wollte, sie sterben zu sehen.«

Er betrachtete Roya, konnte aber von ihrem stummen Gesicht nichts ablesen.

»Ich ging dann schließlich doch«, fuhr mit entschuldigendem Schulterzucken fort. »Vielleicht hätte ich es nicht tun sollen. Ich war zu dieser Zeit völlig erledigt.

Ich liebte sie mehr als alles andere auf der Welt, und ich wusste nicht, wie ich es ertragen sollte, wenn sie wirklich stürbe. Ich ging, weil ich dachte, dass sie spürte, wie es mit ihr zu Ende ging. Ich dachte, sie wolle nicht, dass ich es mit ansah, und ich wollte ihren Wunsch respektieren.« Er senkte den Blick. »Vielleicht … hatte ich auch nicht den Mut dazubleiben.«

Für einige Momente herrschte Schweigen. »Und … in Wahrheit überlebte sie?«, fragte Roya. Ihre Stimme schien einen Hauch von Mitgefühl auszudrücken, und das erleichterte Valerian.

Er nickte. »Ja. Aber das habe ich vorhin erst erfahren – vor kaum mehr als einer Stunde. Ich habe diese Frage immer verdrängt – wohl weil ich innerlich überzeugt war, dass sie tatsächlich tot sein müsste.«

»Und … *wie* hast du es erfahren? Dass sie noch lebt?«

Valerian lächelte bitter. »Von der einzigen Person, der ich in dieser Frage vollständig vertraue. Von Chast selbst!«

Roya erwiderte nichts, sie beobachtete ihn nur.

»Es gibt wohl niemanden«, sagte Valerian, »der sie lieber los wäre als er. Wenn ausgerechnet Chast behauptet, dass sie noch lebt, dann können wir sicher sein, dass es stimmt.«

Das Wort *wir*, das Valerian gebraucht hatte, ließ Royas Züge sofort wieder verhärten. Er spürte, dass er einen winzigen Schritt zu weit gegangen war. Nein, sie hatte ihn noch lange nicht als *ihrer* Seite zugehörig anerkannt, und er musste aufpassen, dass er sie nicht durch solche vertraulichen Vorstöße wieder von sich entfernte.

Plötzlich wurden seine Gedanken dumpf und kalt. Er begann mit einem Stift auf seinem Schreibtisch zu spielen. Roya merkte, dass sich seine Gemütsverfassung plötzlich getrübt hatte.

»Was ist?«, fragte sie.

Er holte tief Luft. »Leider gibt es auch eine sehr traurige Nachricht. Ich wünschte, ich könnte sie dir ersparen.«

Ihre Miene wurde vollends steinern; er konnte förmlich sehen, wie sie sich innerlich auf eine sehr unangenehme Mitteilung vorbereitete.

»Ich weiß nicht, wie es Leandra geschafft hat, wieder gesund zu werden«, begann er in dem Versuch, das, was er nun sagen musste, in mildere Worte zu kleiden. »Jedenfalls ist sie offenbar wieder so stark, dass sie gegen Chast zieht. Und dass sie hierher kommt, nach Savalgor. Sie wurde in einen Kampf verwickelt und tötete dabei einen der mächtigsten Kampfmagier der Bruderschaft. Sein Name war Usbalor. Kanntest du ihn?«

Roya schluckte. »Usbalor? Die rechte Hand von Chast?«

Valerian nickte stumm.

»Und …? Ist er …?«

Valerian winkte ab. »Nein, natürlich nicht. Um ihn wird sicher keiner von uns beiden trauern. Ich …« Er unterbrach sich und suchte nach Worten. »Nun, weißt du, Hellami war bei Leandra. Sie waren zusammen unterwegs. Hierher nach Savalgor.«

Roya wurde blass. »Hellami …?«, hauchte sie.

Valerian senkte den Blick.

»Du meinst … *Hellami* ist etwas passiert?«

Er sah auf. Sein Gesicht spiegelte ein Elend, das nicht geringer war als das von Roya. »Ja. Sie ist tot. Sie kam bei dem Kampf ums Leben. Ein Pfeil traf sie. Das habe ich ebenfalls bei Chast erfahren.«

Roya starrte ihn an. Sie schien nicht glauben zu wollen, was er soeben gesagt hatte.

Er erhob sich. »Glaub mir – es trifft mich genauso wie dich. Ich …«

Die Tränen, die sich unvermittelt in seinen Augen gesammelt hatten, schienen ihr zu bestätigen, dass er die Wahrheit sprach. Sie sank plötzlich an der Wand zusammen. Auf dem Boden sitzend, vergrub sie das Gesicht unter den Armen.

Valerian wusste nicht, was er tun sollte. Am liebsten hätte er sie tröstend in die Arme genommen, aber das wagte er in diesem Augenblick nicht. Erst nach einer Weile vernahm er ihr Schluchzen. Er wusste nicht, ob sie ihn zurückstoßen würde, aber er entschied, es darauf ankommen zu lassen. Langsam ging er zu ihr, ließ sich vorsichtig an der Wand neben ihr nieder und legte seine Hand beruhigend auf ihre Schulter.

Sie sträubte sich nicht, näherte sich ihm aber auch nicht. Nach einer Weile blickte sie auf. Ihr Gesicht war schmerzverzerrt und tränenüberströmt. »Bist du sicher? Ich meine … ist sie wirklich *tot?*«

Valerian schüttelte den Kopf. »Genau weiß ich es natürlich nicht. Aber soweit ich erfahren habe, hat der Mann, der sie tötete, den Kampf überlebt und ist hier. Er selbst hat es berichtet.«

Roya ließ den Kopf wieder sinken.

*

Es dauerte lange, bis sie sich wieder gefasst hatte.

Aber ihre Reaktion auf die Nachricht von Hellamis Tod bestand darin, Valerians Aussagen und Behauptungen abermals in glühenden Zweifel zu ziehen. Sie hatte seine tröstende Hand abgestreift und innerhalb des Raumes die größtmögliche Entfernung zu ihm gesucht. Sie saß auf einem Hocker an der anderen Wand, und es gelang ihr fabelhaft, ihn in eine Stimmung zu versetzen, als befinde er sich in einem Verhör der Duuma.

»Woher kanntest du Hellami überhaupt?«, fragte sie scharf. »Wenn du um sie weinst, dann musst du sie auch näher gekannt haben, oder?«

»Wie ich schon sagte – ich war in Minoor«, erklärte er ruhig. »Nachdem ich Angadoor verlassen hatte, wanderte ich einen Monat ziellos umher. Es war der

Monat, als die Ausgangssperren verhängt wurden. Ich landete in eurem Dorf. Leandra hatte mir erzählt, dass ihre Freundin Hellami in Minoor lebte. Auch deinen Namen erwähnte sie ein paarmal. Als ich dann aber dorthin kam und Hellami kennen lernte, warst du nicht da.«

Roya musterte ihn mit kaltem Blick.

»Das kann gar nicht sein«, stieß sie hervor. Ihr Gesicht war noch immer blass und von Tränen gerötet. »Wie lange warst du in Minoor?«

»Etwa eine Woche.«

Sie schüttelte entschieden den Kopf. »Da hättest du mich sehen müssen. Und ich dich. Ich glaube dir nicht.«

Er probierte es mit einem Lächeln. »An ein so hübsches Mädchen würde ich mich erinnern.«

Die Quittung war ein giftiger Blick, nicht mehr.

»Ich bin nie länger aus Minoor fort gewesen!«, sagte sie fest. »Du lügst!«

»Aber Roya …!«

Sie fuhr in die Höhe. »Weißt du, was ich glaube?«, rief sie. »Dass du einer von Chasts Leuten bist! Dass er rausgekriegt hat, wer ich bin, und dass er dich beauftragt hat, mich einzuwickeln! Mit dieser Nachricht von Hellamis angeblichem Tod sollst du mich nur …«

Er hob die Arme. »Was?«, fragte er. »Wozu sollte das dienen? Um dir Angst zu machen? Glaubst du, dass Chast dich nicht ganz leicht beseitigen könnte, wenn er von dir wüsste? Was sollte ich da für eine Rolle spielen?«

Roya versteifte sich innerlich immer mehr, das konnte er deutlich spüren. Er wusste, dass Chast ihre Schwester getötet hatte. Jetzt auch noch den Tod von Hellami hinnehmen zu müssen war ganz offensichtlich zu viel für sie.

»Hör mal!«, sagte er. »Ich bin sicher, dass du dich an eine Zeit erinnern kannst, in der du nicht in Minoor warst. Denn ich *war* dort! Und ich habe dich kein einziges Mal gesehen!« Er bemühte sich, seine Stimme fest klingen zu lassen. »Folglich *musst* du weg gewesen sein – mindestens für eine Woche. Auch wenn es dir blöde vorkommt – ich weiß ganz sicher, dass ich mich an dich erinnern würde. Tut mir Leid, aber ein Mädchen, das so aussieht wie du, würde ein *Mann* niemals übersehen. Und *ich* im Besonderen nicht, weil du eine Freundin von Hellami warst und dich zwangsläufig irgendwo in ihrer Nähe aufgehalten hättest!«

»Du hast doch angeblich meinen Namen schon vorher von Leandra erfahren! Warum hast du Hellami dann nicht gefragt, wo ich bin?«

Er warf die Arme in die Luft. »Ich habe mich Hellami nie zu erkennen gegeben!«, rief er und wandte sich ab. Er kam sich plötzlich vor wie ein Schwein. »Sie hätte mir ebenso misstraut, wie du es jetzt tust. Außerdem ...«

»Was?« Ihre Stimme war scharf wie ein Messer.

»Ich brachte es nicht übers Herz, ihr zu sagen, dass ... nun, wie es um Leandra stand. Dass sie aller Wahrscheinlichkeit nach tot war. Außerdem hätte das alles nur noch schwieriger gemacht. Hellami hätte am Ende geglaubt, dass ich ein Lügner bin – genauso, wie du es jetzt tust. Dass ich sie von Minoor fortlocken sollte – in Chasts Auftrag. Die Ausgangssperren wurden gerade verhängt, es hätte nur eine einzige Verwirrung gegeben. Ich wollte nicht, dass Hellami Minoor verließ, denn es war nur allzu klar, dass sie dabei den Wachtruppen in die Arme laufen würde.« Er winkte niedergeschlagen ab. »Ach, ich weiß auch nicht, was mir damals alles durch den Kopf ging.«

Sie warf ihm einen schwer zu deutenden Seitenblick zu. »Soll ich dir was sagen? Das alles klingt für mich wie ein Haufen ziemlich dummer Ausreden.«

»Ach, du hast doch keine Vorstellung davon, wie es mir damals ging«, erwiderte er ärgerlich.

Sie starrte ihn nur an.

»Außerdem erfuhr ich zu jenem Zeitpunkt, dass Chast noch lebt.«

»In Minoor?«

»Ja. Und ich sah plötzlich einen Weg für mich, in die Bruderschaft eindringen zu können. Ich fasste augenblicklich den Entschluss, Minoor zu verlassen und alles daran zu setzen, Chast gegenüberzutreten und ihn für das zur Verantwortung zu ziehen, was er uns allen angetan hat.«

Ihr Blick war voller Zweifel – aber dennoch war sie offenbar ein wenig neugierig geworden.

»Ein junger Mönch war in Minoor aufgetaucht«, fuhr er fort, in der Hoffnung, sie mit dieser Geschichte ein wenig beeindrucken zu können. »Er stammte aus Hegmafor und war auf dem Weg nach Savalgor. Er hatte sich verlaufen und landete in Minoor. Ich wusste, dass Hegmafor zuvor eine Hochburg der Bruderschaft gewesen war, und ich wunderte mich, dass jemand von dort nach Savalgor beordert wurde.«

Er spähte zu Roya und sah, dass sie ihre Neugierde zu verbergen versuchte.

»Er hatte Angst«, fuhr Valerian fort, »weil er sich verlaufen hatte und um Tage zu spät kommen würde. Aber … nun, bei einer so weiten Reise und auch noch zu Fuß – wer könnte ihm da einen Strick daraus drehen, dass er ein wenig später kam? Das erschien mir sehr seltsam. Und wie gesagt: Er stammte aus Hegmafor.«

Roya starrte ihn mit finsteren Blicken an. Doch Valerian bildete sich ein, dahinter ein Fünkchen Hoffnung erkennen zu können. Hoffnung, hier nicht ganz allein zu sein und vielleicht einen wirklichen Freund finden zu können. Was er ihr erzählte, war die Wahrheit, und er ging davon aus, dass er sie irgendwann davon überzeugte. Es konnte nur noch eine Frage der Zeit sein.

Valerian erzählte weiter. »Nun, jedenfalls begann ich damit, ihn auszufragen. Ich wollte wissen, was es mit

Hegmafor auf sich hatte. Ich hegte die Befürchtung, dass wir in Unifar die Bruderschaft doch nicht ganz zerschlagen hatten. Und dann schließlich erwähnte dieser junge Mönch seinen ›Hohen Meister‹. Du weißt ja, was das ist. Der Titel des Oberhaupts der Bruderschaft.«

Roya runzelte die Stirn. »Erwähnte er denn auch den Namen Chast?«

Valerian schüttelte den Kopf. »Nein, das tat er nicht. Er kannte seinen Namen wahrscheinlich gar nicht. Aber ich überredete ihn, mir sein Überstellungsschreiben zu zeigen. Es stammte aus Savalgor und war von Usbalor unterzeichnet.«

»Von Usbalor? Der, den Leandra jetzt …«

» … getötet hat – ja. Ich erinnerte mich an seinen Namen. Chast hatte ihn einmal ausgesprochen. Usbalor war damals in Unifar gewesen – und er hätte eigentlich unter denen sein müssen, die dort umkamen. Ich wusste sofort, was das bedeutete.«

Roya holte tief Luft. In ihrem Hirn arbeitete es, das war ihr deutlich anzumerken. »Ich weiß nicht, ob ich dir das glauben kann … Valerian«, sagte sie.

Er erkannte den Hinweis. Sie hatte, ziemlich klug, seinen Namen ganz leicht betont.

Er erhob sich lächelnd, nahm sie vorsichtig bei den Schultern und zog sie hoch. Sie ließ es zögernd geschehen, starrte ihm furchtsam, gleichzeitig aber auch erwartungsvoll in die Augen.

»Damals nannte ich mich nicht Valerian«, sagte er. »Sondern Vincent. In Wahrheit heiße ich Victor. Lauter Vs. Hübsch, nicht wahr?«

Roya schloss die Augen und stieß einen großen Seufzer der Erleichterung aus. Sie schlug die Hände vors Gesicht. Sie blieb eine Weile so stehen und er ließ ihr die Zeit. Schließlich nahm sie die Hände wieder herunter und blickte ihn an. Er sah eine Träne in ihrem linken Auge, aber auch den Anflug eines Lächelns. Das Lächeln nach einer ungeheuren Anspannung, die sich langsam löste. »Vielleicht kann ich dir ja doch glauben«, sagte sie ganz leise.

»Wirklich?«

Sie holte Luft. »Hellami erzählte mir von … einem Vincent. Sag mir nur noch eins: Weißt du auch, wie Leandras Lehrer hieß?«

Er verzog das Gesicht. »Keine gute Frage. Das weiß hier jeder. Er hieß Munuel.«

»Und wie nannte er Leandra manchmal? Wenn er gut gelaunt war?«

Das Gesicht des Mannes, der in Wahrheit Victor hieß, begann zu leuchten. »Ja, ich weiß. Er nannte sie *Prinzessin*. Das habe ich mir auch ein paarmal erlaubt. Aber sie mochte es nicht so sehr. Das war wohl Munuel vorbehalten.«

Noch immer unschlüssig, noch immer ein paar letzte Zweifel im Kopf, überlegte sie. »Munuel hatte so ein Ding bei sich. Einen kleinen magischen Gegenstand. Wie hieß der?«

»Yhalmudt.«

Das schwache Lächeln auf ihrem Gesicht wurde entspannter. »Wie sah er aus, dieser Yhalmudt?«

»Eine kleine Muschel.«

»Wo trug er ihn?«

»An einem Lederband. Um den Hals.«

»Weißt du auch …« Sie unterbrach sich. »Ach, mir fällt nichts mehr ein.«

»Ich weiß, dass du damals in dem Hurenhaus erzählt hast, du seist schwanger. Und dass ihr euch beinahe verraten habt, weil ihr loslachen musstet.«

Roya gluckste leise. Ein paar Tränen mehr standen in ihren braunen Augen. Er setzte ein Gesicht des Bedauerns auf. »Und ich weiß auch, dass deine Schwester Jasmin hieß. Sie ist auf dem Wagen des Totenzuges gestorben. Eine gebrochene Rippe hat ihr die Lunge durchstoßen. Es tut mir sehr Leid um sie.«

Roya senkte den Blick.

Er erkannte, dass er gewonnen hatte. Es erleichterte ihn ungemein, aber ein wenig wunderte er sich auch, dass Roya so plötzlich und vollständig ihre Abwehr aufgab. Aber sie war noch so jung – er konnte nur erahnen, was sie alles durchgemacht hatte. Plötzlich empfand er Bewunderung für ihren Mut, sich ganz allein und ohne Hilfe in diese gefährliche Bruderschaft einzuschleichen.

»Und warum bist *du* hier?«, fragte er und wusste im selben Augenblick, dass er die Antwort erst kurz zuvor ausgesprochen hatte.

Ihre Züge verhärteten sich. »Ebenfalls ... Rache«, sagte sie. »Wegen meiner Schwester. Als Hellami aus Minoor verschwand, wusste ich, dass sie gegangen war, um Leandra zu suchen. Sie hatte mir einen Brief aus Savalgor gezeigt, aus dem zu schließen war, dass Leandra noch lebte. Da blieb für mich nur eines: hierher zu kommen.«

»Aber ... dann *wusstest* du ja schon, dass Leandra überlebt hatte!«

Sie nickte. »Ja. Aber hätte ich dir vorhin schon trauen können? Wo ich noch nichts über dich wusste? Ich hoffe nur, dass ich *jetzt* keinen Fehler mache.«

»Nein«, sagte er sanft.

Sie war wirklich fast noch ein kleines Mädchen. Bildschön und mit allem, was eine Frau begehrenswert machte, aber wirklich noch nicht so recht erwachsen zu nennen.

»Wie hast du es bloß geschafft, in die Bruderschaft zu kommen?«

Jetzt wurde Royas Lächeln offener. Sie wischte ihre Tränen weg. »Ich hab ihnen was gezeigt, das sie noch nicht kannten.«

Er wollte gerade sein Erstaunen ausdrücken, als es an der Tür klopfte.

Er ließ Roya schnell los und eilte hinter den Schreibtisch. Das Mädchen wich wieder zur Wand zurück.

»Ja?«, rief Victor mit derber Stimme.

Ein Soldat kam herein. Er salutierte und legte ihm ein Papier auf den Tisch. Gleich darauf war er wieder verschwunden. Victor überflog kurz das Schreiben und seine Miene hellte sich auf. Schwungvoll stand er auf.

»Es geht los!«, sagte er. »Wir dürfen jetzt in die Basilika. Vielleicht können wir nun Chast einen Schritt vorauseilen!«

19 ♦ Heimkehr

Das Kaninchen saß mit gespitzten Ohren im Gras und lauschte. Leandra war stehen geblieben. Sie wagte nicht zu atmen. Aber plötzlich meldete sich ihr hungriger Magen – ein deutlich vernehmbares Knurren erklang. Und das reichte aus, um das Kaninchen aufspringen zu lassen. Haken schlagend flitzte es zwischen Tannen davon. Leandras im letzten Moment unentschlossen abgefeuerter Pfeil landete irgendwo zwischen den Bäumen.

Sie stöhnte und ließ sich auf den Boden sinken. Die Jagd mit Pfeil und Bogen war deprimierend. Jetzt musste sie den Pfeil auch noch suchen – es war ihr einziger. Sie blickte zum wolkenverhangenen Himmel auf, der durch die Baumspitzen hindurch zu erkennen war, und fragte sich, wie lange sie das noch durchstehen würde. Sie hatte Hunger wie selten zuvor in ihrem Leben und ihre Kräfte waren am Ende. Seit sieben Tagen machte sie das nun schon durch.

Seufzend erhob sie sich und stampfte über den weichen Waldboden in die Richtung, in die der Pfeil geflogen war. Zum Glück war der Boden noch trocken, aber das würde sich in den kommenden Tagen ohnehin ändern. Eine Schlechtwetterfront kündigte sich an. Spätestens morgen früh würde sich hier alles in herrlichsten Matsch verwandelt haben und das ließ ihre Laune nur noch weiter sinken.

Es dauerte eine Weile, bis sie den Pfeil fand. Zum Glück war er heil geblieben. Zwei andere Pfeile, die sie besessen hatte, waren schon ruiniert. Das war alles gewesen, was sie noch bei den toten Gegnern hatte finden können – das und ein kleines Päckchen mit Verpflegung, das längst aufgebraucht war. Als sie den Pfeil aufhob, hörte sie ein Geräusch. Schnell duckte sie sich nieder und lauschte.

Es kam von links und schien von etwas Größerem zu stammen. Sie spähte durch Büsche und Bäume. Dann erblickte sie in einiger Entfernung wieder das Kaninchen, mit erhobenen Löffeln, aber es lauschte nicht auf sie, sondern auf etwas anderes.

Und dann sah sie es.

Es war ein großer Waldmurgo, schon mit dunkelgrauem Sommerfell; ein Tier, das entfernt an einen Hund erinnerte, aber auf seinen zwei massigen Hinterbeinen aufrecht gehen konnte. Sie hatte noch nicht oft einen Waldmurgo zu Gesicht bekommen, geschweige denn einem gegenübergestanden. Sie staunte, wie groß das Tier war. Es hatte sie gewittert.

Ihr Herz begann zu pochen. Sie überlegte, ob sie es schaffen konnte, das Biest mit Pfeil oder Schwert zu erledigen. Ein geübter Kämpfer konnte das vielleicht – sie jedoch auf keinen Fall. Sie wusste nicht zu sagen, ob sich Waldmurgos auch an Menschen heranmachten. Dieser hier jedoch war groß und offenbar hungrig. Stand er auf seinen Hinterbeinen, war er beinahe so groß wie sie.

Der Murgo kauerte auf allen vieren hinter einem Baum und peilte in ihre Richtung. Er besaß eine beängstigende Reihe von Zähnen, zwischen denen der Speichel troff. Langsam setzte er sich in Bewegung – zögernd wie eine Katze; sprungbereit, die Augen voller Mordlust. Leandra wusste, dass diese Tiere ein schwaches magisches Potenzial besaßen, stark genug, um zu erspüren, ob ihre Opfer Angst hatten. Das half ihnen bei der Jagd. Sie vermochten auf diese Weise einzuschätzen, ob eine mögliche Beute ihnen gewachsen war.

Leandra wappnete sich. Sie versuchte eine Aura der Furchtlosigkeit zu verbreiten. Allerdings war das ein

Schuss ins Blaue – sie hatte nur eine schwache Vorstellung davon, wie man eine solche Aura glaubhaft vortäuschen konnte. Jedenfalls so, dass sie bei einem geübten Jäger wie diesem Murgo Wirkung zeigte. Sie hoffte, dass es ihr gelang. Zumal sie es vermeiden wollte, hier und jetzt eine Magie zur Verteidigung wirken zu müssen.

Der Murgo zeigte sich unbeeindruckt. Sie spürte innerlich, dass sie tatsächlich Angst hatte. Die Bestie schlich weiter in ihre Richtung – nur noch etwa dreißig Schritte trennten sie. Zwischen ihnen lag eine kleine Senke mit Sträuchern, etwas, das ihr zwei, drei Sekunden Zeit verschaffte – würde der Murgo jetzt angreifen.

Leandra verstand plötzlich, wie gefährlich die Lage wirklich war. Sie musste handeln. Sie erhob sich und das Kaninchen im Hintergrund sauste wieder Haken schlagend davon. Der Murgo stellte sich nun ebenfalls auf seine Hinterbeine und stieß ein grollendes Knurren aus. Der Speichel, der aus seinem Maul troff, und das Funkeln seiner Augen verrieten, dass er entschlossen war, Leandra anzugreifen.

Sie legte schnell den Pfeil in ihren Bogen, zog die Sehne durch und visierte den Brustkorb des Murgos an. Sie wusste, dass sie alles andere als eine gute Schützin war und dass sie nur treffen konnte, wenn das Tier still hielt. Spontan entschloss sie sich, den Angriff zu eröffnen. Vielleicht gelang es ihr, die Bestie zu vertreiben.

Im nächsten Augenblick schon sirrte der Pfeil ab. Zitternd blieb er in dem Baumstamm neben dem Murgo stecken.

Dann, von einer Sekunde auf die andere, stieß die Bestie ein wütendes Brüllen aus und sprang auf sie los. Eine Schrecksekunde benötigte Leandra, dann ließ sie den Bogen fallen, holte mit dem frei gewordenen rechten Arm aus und eine kleine, glitzernde Form entstand in ihrer hohlen Hand. Noch während sie sich über die pyramidenähnliche Form des von ihr auf magischem

Wege erzeugten Gebildes wunderte, warf sie es schon in Richtung des Murgos. Gleichzeitig ließ sie sich nach rechts fallen.

Zehn Schritte vor ihr traf ihr Geschoss den heranstürmenden Angreifer.

Das Tier jaulte auf und fiel zu Boden, als die glitzernde Pyramide es mitten in die Brust traf. Augenblicklich stieg beißender Qualm auf, während sich das Fell der getroffenen Stelle schwarz verfärbte. Leandra kroch betroffen ein Stück rückwärts, während der getroffene Murgo sich jaulend auf dem Waldboden wand.

Sie hatte gehofft, das würde genügen. Eine vierte Iteration, die aufgrund ihrer Natur als Kampfmagie sicher eine heftige Welle durch das Trivocum gesandt hatte. Aber der Murgo war nicht tot. Er wand sich zappelnd und jaulend im Laub. Leandra sah gleich, dass er überleben würde, vielleicht gar nur eine Narbe davontragen würde, wenn sie ihn jetzt nicht tötete. Aber dann wurde ihr klar, was das Tier auch noch bedeutete: Nahrung für etliche Tage!

Sie erhob sich, zog ihr Schwert und ging auf den sich windenden Murgo zu.

Als sie vier oder fünf Schritte vor dem hechelnden und wimmernden Tier stand – mit halb erhobenem Schwert –, wurde ihr mulmig zumute. Sie traute sich weder näher heran, noch brachte sie die Kaltblütigkeit auf, es jetzt mit dem Schwert abzuschlachten.

Aber wie als ein Hinweis auf das, was sie zu tun hatte, begann ihr Magen wieder zu knurren. Mit Betroffenheit erkannte sie, dass der gnadenlose Jäger nun verspeist werden sollte – wobei sie nicht einmal wusste, ob Murgofleisch überhaupt genießbar war. Aber wie sollte sie das Biest töten?

Langsam schien sich der Murgo wieder zu sammeln. Er hatte sich herumgewälzt und auf die Beine gelegt, kauerte keuchend da wie ein verletzter Hund. Seine Augen spiegelten Furcht. Er sah sie mit gar nicht mehr so gefährlich funkelnden Augen an und sie bekam Mitleid. Keine Frage, dass er kampfunfähig war – er konnte sich jetzt bestenfalls vom Schlachtfeld davonschleppen. Möglicherweise würde er verhungern – wenn er für mehr als eine Woche nicht in der Lage war, wieder auf die Jagd zu gehen. Leandra schnaufte. Sie wusste, dass sie es tun musste – schließlich wollte sie überleben.

Für Momente lauschte sie ins Trivocum, ob ihre Magie dort irgendetwas hervorgerufen hatte – eine Reaktion, eine Aktivität eines Dritten. Aber das war beinahe überflüssig. Jemand, der sie bemerkt hatte, würde nicht den Fehler begehen, sich selbst bemerkbar zu machen. Sie grübelte nach, wie sie das Tier töten konnte, ohne dabei wieder das Trivocum übermäßig zu erschüttern. Ihre Kampfmagie war eine örtliche Zusammenballung von Hitze gewesen – sie erkannte, dass es sich um einen ziemlich unvollkommenen Zauber gehandelt hatte. Kam er nicht in einer hohen Iterationsstufe, sodass er das Opfer auf einen Schlag verbrennen ließ, war er zu nicht mehr als einer Verletzung nütze. Eine höhere Stufe jedoch – wahrscheinlich musste sie dazu bis in die fünfte oder sechste gehen – wäre nicht ungefährlich zu wirken, und dies würde das Trivocum so heftig erschüttern, dass man es wahrscheinlich in einem Umkreis von fünfzig Meilen erspüren konnte. Immerhin – in dieser Stufe hatte sie ihren vordringlichsten Zweck erfüllt.

Schließlich fiel ihr eine Möglichkeit ein, wie sie das Tier töten konnte, ohne sich mit Blut zu besudeln. Es war eine langwierige, eklige Angelegenheit, aber in dieser Lage sicher das Vernünftigste. Sie wandte sich ab und ging ein paar Schritte, wollte dabei nicht zusehen. Dann baute sie eine schwache mechanische Kraft auf, etwas in der dritten Stufe, das sie ohne große Schwierigkeiten flach halten konnte und das keinen wesentlichen Wellenschlag im Trivocum verursachte.

Sie würde dem Murgo die Luft abschnüren. Er war schwach, konnte keine große Gegenwehr mehr aufbringen oder davonrennen. Sonst hätte sie eine wesentlich größere Kraft einsetzen müssen. Sie suchte im Trivocum nach der dunkelrot verfärbten Gestalt des verletzten Tieres, fand seine Atemwege und presste sie mit Hilfe ihrer mechanischen Kraft zusammen. Augenblicklich fing der Murgo hinter ihr an zu röcheln.

Sie war angewidert von ihrer Tat. Doch sie erkannte, dass dies einen sehr wirkungsvollen Mordtrick abgab, den man vielleicht auch gegen Menschen einsetzen konnte. Ein Mord, den man niemandem so leicht nachzuweisen vermochte. Aber vermutlich gab es in der Magie noch viele andere Möglichkeiten, jemanden unerkannt umzubringen. Das Röcheln des Murgos ließ nach und es ging erleichternd schnell mit ihm zu Ende. Leandra vermutete, dass der Treffer der Hitzeballung in die Brust die Lunge schon geschädigt hatte.

Sie setzte das Norikel, seufzte, wandte sich um und ging zurück. Das Tier lag mit gebrochenen Augen da, seine Seele war bereits bei seinen Ahnen. Unsicher piekste sie das reglose Tier mit der Spitze ihres Schwertes an, bis sie sicher war, dass es tatsächlich nicht mehr lebte. Dann machte sie sich voller Beklemmung an die Arbeit, ihre Beute transportfähig zu machen.

Als sie etwa eine Stunde später mit dem erlegten Murgo im Schlepptau an der Höhle auftauchte, spürte sie sofort, dass sich etwas verändert hatte. Sie ließ das Tier fallen und rannte zu dem notdürftig hinter Ästen verborgenen Zugang.

Als sie eintrat, umfing sie schlagartig Wärme – in einem Dunst stickiger, verbrauchter Luft. Auf dem Boden hockte Ulfa und starrte sie matt, aber neugierig an. Hellami saß aufrecht da und hielt sich den Kopf mit beiden Händen.

Leandra setzte sich neben sie und legte ihr liebevoll

die Hand auf die Schulter. »Willkommen im Reich der Lebenden«, sagte sie lächelnd. »Willkommen daheim!«

*

Immer wieder tastete Hellami ungläubig nach der Stelle knapp oberhalb ihrer linken Brust. Dort saß das Herz – und es war genau getroffen worden. Sie benahm sich wie eine Schwerkranke, machte keine heftigen Bewegungen, erhob sich nicht, nahm winzige Schlucke aus ihrem Becher und biss nur sehr zaghaft in das Murgofleisch, das Leandra zubereitet hatte. Obwohl es ihr eigentlich wieder einigermaßen gut ging.

Leandra beobachtete sie von der Seite mit einer Mischung aus Belustigung und Freude – aber ebenso Ehrfurcht und einem gewissen Schuldgefühl. Sie wusste, dass das, was hier passiert war, eigentlich nicht hätte passieren dürfen – so schrecklich die Tragödie dann auch gewesen wäre.

»Und ich war … *tot?*«, fragte sie zum zehnten Male. »Richtig *tot?*«

Leandra hob zum zehnten Mal die Schultern. »Ich kann es wirklich nicht genau sagen, Hellami. Nur Ulfa weiß das. Vielleicht hat er dich gerade noch bei deinem allerletzten Atemzug erwischt.«

Hellami tastete wieder nach ihrer Wunde. Ein winziger Verband zeugte noch von der tödlichen Verletzung. Sie schüttelte den Kopf und sah den kleinen Baumdrachen an, der sich zu ihren Füßen zusammengerollt hatte und zu schlafen schien.

Leandra deutete auf ihn. »Er ist ganz schön erledigt, glaube ich. Das dürfte ihn eine Menge Kraft gekostet haben.«

Hellami seufzte tief. »Ich fühle mich … ziemlich mies«, gab sie zu. »Ich …«

Leandra nickte. »Ja, so ging es mir auch. Man fragt

sich, ob man überhaupt noch das Recht hat, unter den Lebenden zu weilen.«

Hellami blickte auf und ihre Augen spiegelten großes Elend.

Leandra schluckte, als sie merkte, wie grob ihre Antwort gewesen war. So hatte sie das gar nicht gemeint. Schnell rückte sie ein Stück näher und legte Hellami den Arm über die Schultern. In der freien Hand hielt sie ein Stück Murgofleisch und biss herzhaft hinein.

Das Zeug schmeckte nicht besonders, aber sie wollte sich unbefangen geben. »Das vergeht wieder«, erklärte sie kauend. »Bald wirst du dich lebendiger fühlen als je zuvor. Falls dich das beruhigt: Mit Magie wäre das nicht zu machen gewesen. Jedenfalls nicht mit *unserer* Magie – die wir Menschen kennen. So etwas vermag nur ein Wesen wie Ulfa zuwege zu bringen. Vielleicht nur er allein.«

Hellami seufzte wieder. Ihr Augenaufschlag war langsam und vorsichtig, so als fürchte sie, mit einer zu heftigen Bewegung ihr neu gewonnenes Leben wieder zu verlieren.

»Sieh mal – es ist ja nicht so«, bemühte sich Leandra zu erklären, »dass du auf … natürliche Weise gestorben wärest. Ich meine, dass deine Zeit abgelaufen war oder wie immer du das nennen willst. Mag sein, dass niemand auf der Welt das Recht hat, einen anderen wiederzuerwecken, der *normal* gestorben ist. Aber es war ein feiger Mord. Ein Schuss auf einen unbewaffneten, wehrlosen Menschen, ohne Notwendigkeit und ohne Vorwarnung.«

Hellami sah sie nur matt an.

»Und weil Ulfa ein Wesen ist, dessen … Entscheidungen von ganz woanders her stammen als unsere menschlichen – nun, nimm es einfach so, wie es ist. So etwas wird nicht wieder passieren. Dieses Glück wirst du sicher nicht noch einmal haben. Sieh es als eine Entscheidung *der Kräfte*. Sie schickten Ulfa, weil dein Tod nicht gerecht gewesen wäre.«

Hellamis Stimmung schien sich nicht bessern zu wollen.

Leandra warf das Stück Murgofleisch in die Ecke. »Bah!«, machte sie. »Das schmeckt wirklich scheußlich.« Sie wischte sich den Mund ab und sah Hellami wieder an. »Nach allem, was ich über Magie weiß, kannst du eigentlich gar nicht richtig tot gewesen sein. Dann wäre es aus und vorbei gewesen. Ulfa hat ganz sicher deinen letzten Lebensfunken gerettet.«

Abermals seufzte Hellami, diesmal aber klang es um eine Winzigkeit besser. Leandra wusste, dass sie es in Wahrheit nicht wirklich nachfühlen konnte. Sie war damals nur gelähmt gewesen, als Ulfa begonnen hatte, sie zu heilen. Hellami lehnte sich an sie.

»Und wie lange war ich … weggetreten?«

»Ungefähr eine Woche. Ich habe versucht, Ulfa zu helfen. Ein langer, tiefer Schlaf auf magischem Wege, verstehst du?«

Hellami blickte wieder zu dem kleinen Drachen und streichelte mit zwei Fingern sanft seinen Kopf.

Leandra versuchte sie mit einem Lächeln aufzumuntern. »Er ist nicht von deiner Seite gewichen. Die ganze Woche. Ich konnte richtig sehen, wie er abmagerte. Ich habe zwei Kaninchen erwischt, aber das Fleisch mochte er nicht fressen. Ich weiß bis heute nicht, wovon sich Baumdrachen eigentlich ernähren.«

»Ich bin müde«, sagte Hellami. »Ich lege mich wieder hin.«

Leandra nickte. Sie half Hellami, deckte sie zu und machte sich dann daran, die Höhle aufzuräumen. Als sie wieder zu Hellami sah, war ihre Freundin schon eingeschlafen. Aber sie bewegte sich ein wenig und ihre Gesichtsmuskeln zuckten. Leandra schalt sich eine Närrin wegen ihrer dummen Antwort. Sie entsprach zwar der Wahrheit, das wusste sie; sie hatte sich damals die

Frage oft genug selber gestellt. Aber sie war gewiss nicht das, was jemand hören wollte, der gerade dem Tod entronnen war.

Als sie fertig war, legte sie sich zu Hellami und nahm sie fest in den Arm. Ulfa lag schon bei ihr – offenbar hatte er sein Werk noch immer nicht ganz vollendet.

»Vielleicht kannst du ihr Gemüt wieder ein bisschen aufhellen«, flüsterte sie dem kleinen Drachen zu. Dann schloss sie die Augen und schlief bald ein. Sie war müde und außerdem überzeugt, dass sie ihre Kräfte in nicht allzu langer Zeit in vollem Umfang wieder brauchen würde.

20 ♦ Die Basilika

Es war das erste Mal, dass Victor die Cambrische Basilika betrat. Sie war ein so riesiges, Ehrfurcht gebietendes Gebäude, dass er schon beim ersten Schritt in die Haupthalle unwillkürlich stehen blieb. Roya war an seiner Seite und auch sie blickte in die Höhe, zu der gewaltigen Kuppel hinauf, deren Rund mit riesigen Malereien und Fresken bedeckt war.

Sie zeigten Bilder aus der Geschichte der Höhlenwelt, vom Dunklen Zeitalter über die großen Kriege bis hin zur Errichtung dieses Bauwerkes vor ungefähr vierhundert Jahren – was die Zeit der Neugründung des Cambrischen Ordens markierte. Gewaltige Säulen, der Art der Stützpfeiler nachempfunden, die den Felsenhimmel trugen, strebten in einem monumentalen Kreis in die Höhe auf, um dort die riesige Kuppel zu stützen. In der Mitte unter der Kuppel befand sich ein großes, rundes Stufenpodest. Auf seiner obersten Ebene war das *Ewige Feuer* aufgebaut – ein kunstvoll gestaltetes Schmiedewerk mit einer großen Schale, in der ein heißes Feuer aus geheiligtem Öl loderte.

Victor wunderte sich, dass es brannte – war dies doch ein Symbol des *Prinzips der Kräfte,* zu dessen Wahrer sich der Cambrische Orden berufen hatte und nicht die Bruderschaft.

Überhaupt schien die Bruderschaft diesen Ort, welcher den geistlichen und weltlichen Mittelpunkt der Cambrier dargestellt hatte, mit erstaunlichem Respekt zu behandeln. Nirgends konnte Victor etwas sehen, das beschädigt, geschändet oder entstellt worden war.

»Wir verleugnen nicht das *Prinzip der Kräfte*«, erhob sich eine Stimme von links. »Wir begreifen die Ordnung der Dinge nur auf eine andere Weise!«

Chast war aus dem Schatten getreten und schlenderte mit hinter dem Rücken verschränkten Händen herbei. Victor und Roya wandten sich ihm zu, während die achtzehn Skriptoren, die zu Victors Gruppe zählten und nun nacheinander die Haupthalle der Basilika betraten, sich hinter den beiden versammelten. Alle blickten zu Chast – die Ausstrahlung des Hohen Meisters schlug stets einen jeden in Bann.

Chast wies auf das Ewige Feuer. »Es spricht nicht das Geringste dagegen, dass es weiterhin brennt«, räumte er ein. »Allein die Art und Weise, in der die Cambrier die Alleinherrschaft über die Regeln und Bestimmungen der Ausübung von Magie für sich beanspruchten, war nicht länger hinzunehmen. Der Magie steht eine große Reform bevor!«

Chasts Stimme hallte in der Basilika wider, was seinen Worten scheinbar eine noch größere Bedeutung verlieh. Er wandte sich seiner Skriptorenschar zu – heute ganz das väterliche, wohlwollende Oberhaupt seiner Schäfchen. Victor wusste, dass das alles nur berechnende Schau war. Als Chast zu sprechen anhob, wies seine Stimme einen dunklen Unterton auf.

»Ihr habt einen sehr ernsten Auftrag, meine Brüder!«, sagte er. »Zum ersten Mal dürfen Bruderschaftsmitglieder von geringerem Rang die Cambrische Basilika betreten. Ich bin mir darüber im Klaren, dass hier fast ausschließlich Schriftwerk auf euch wartet, das in unserem Sinne als ketzerisch und abweichend gilt. Dennoch – ich vertraue auf eure Weitsicht. Ihr wisst, was zu tun ist – findet mir Hinweise auf die Krypti und erforscht alles, was über das Dunkle Zeitalter an Aufzeichnungen vorhanden ist. Wir müssen herausfinden, an welchen Orten sich vor zweitausend Jahren die wichtigsten Konflikte zwischen der Gilde und der Bruderschaft zutrugen und was die Cambrier über die Bruderschaft wussten. Es muss Hinweise geben – viele Hinweise – und es muss uns gelingen, Orte zu finden, von denen wir in der Bruderschaft heute nichts mehr wissen. Nach allem, was ich selbst und Magister Quendras bisher herausgefunden haben, gab es damals rege Bemühungen, jeweils die Gegenseite zu unterwandern und auszuspionieren. In den Aufzeichnungen der Bruderschaft wurde viel über die damaligen Strukturen, die Verbindungswege und die geheimen Stützpunkte der Gilde erfasst. Leider jedoch kaum etwas über die eigenen. Wir sind zu der Auffassung gelangt, dass es sich bei den Cambriern umgekehrt verhalten sollte. Hier werden wir mit Sicherheit Einzelheiten über die Bruderschaft erfahren können, die die Cambrier einst zusammentrugen. Wenn ihr gewissenhaft arbeitet, werdet ihr schnell wichtige Dinge herausfinden können – und vielleicht entdeckt ihr den entscheidenden Hinweis auf einen geheimen Ort, an dem wir die Zweitausfertigung des Paktes suchen müssen.«

»Wäre es nicht möglich, Hoher Meister«, fragte Yandir, ein dünner Kerl aus Nordakrania, »ehemalige Mitglieder der Cambrier zu befragen? Wahrscheinlich könnten wir mit entsprechenden Hinweisen diese Bibliotheken sehr viel schneller erforschen!«

Chast schüttelte den Kopf. »Leider sieht es in dieser Hinsicht schlecht aus. Obwohl im Moment etliche unserer Leute nach verbliebenen Cambriern forschen, haben wir bis jetzt noch niemanden von höherem Rang finden können. Jemanden, der sich in den Bibliotheken gut auskannte. Als die Gilde vor Monaten zerschlagen wurde, flüchteten die meisten von ihnen übers Meer nach Veldoor oder Chjant. Andere wurden in Kämpfen getötet. Dass wir heute jemanden von ihnen brauchen würden, konnte keiner ahnen. Bis wir das Glück haben werden, einen von ihnen aufzuspüren – falls überhaupt –, müsst ihr allein forschen.« Er senkte den Kopf und seine Stimme erhielt einen weiteren Unterton, einen warnenden Unterton. »Und deswegen erwarte ich von euch verdoppelte Anstrengungen! Solltet ihr Erfolg haben, werdet ihr reich belohnt. Solltet ihr allerdings nicht das Äußerste geben oder mich in irgendeiner Form hintergehen, werdet ihr das sehr bereuen. Ist das klar?«

Ein allgemeines ›Ja‹ wurde gemurmelt.

Innerhalb von Augenblicken hatte sich Chasts väterliche Art in finsterstes Drohgehabe verwandelt. Victor war wieder einmal fasziniert und erschrocken zugleich.

»Nun noch die Regeln!«, fuhr Chast mit leiser Stimme fort. »Niemand von euch verlässt die Basilika allein oder ohne ausdrückliche Erlaubnis. Niemand von euch wird mit einem Außenstehenden auch nur *ein* Wort über diesen Auftrag reden – abgesehen von eurem Meister Valerian, Magister Quendras oder mir selbst. Ihr werdet hier Quartier nehmen, hier essen und schlafen und so lange bleiben, bis ihr den entscheidenden Hinweis gefunden habt oder sich die Lage sonst irgendwie klärt. Muss einer von euch nach Torgard zurück, wird er den Wagen nehmen, der draußen bereit steht. Niemals jedoch ohne ausdrückliche Erlaubnis! Mit dem Kutscher wird keine Silbe gewechselt! Es halten sich ständig einige Brüder in eurer Nähe auf, die auf euch achten. Das junge Mädchen hier«, sagte er und nickte damit Roya zu, »ist in besonderer Weise ausgebildet, über das Trivocum Nachrichten zu übermitteln. Wann immer ihr wichtige Einzelheiten herausfindet, wird sie deren Inhalt Magister Quendras auf schnellstem Wege mitteilen. Geht also zu ihr, wenn ihr etwas entdeckt. Habt ihr das alle verstanden?«

Wieder ertönte ein allgemeines ‚Ja'.

»Gut.« Chast deutete nacheinander in verschiedene Richtungen, wo sich weitere Zugänge zu Treppenfluchten befanden. »Die Bibliotheken befinden sich hier unter der Haupthalle in den Kellern, dort oben in den

Stockwerken des Westflügels sowie im Osten, wo der Turm der Stürme liegt. An die Arbeit!«

Während die Brüder sich zögernd in alle Richtungen davon bewegten, die meisten in Gruppen, aber dennoch schweigend und befangen von den finsteren Worten ihres Meisters, trat Chast auf Victor und Roya zu. »Ihr beide werdet die Arbeit beaufsichtigen. Für dich, Meister Valerian, wurde bereits ein Schreibzimmer eingerichtet.« Er nickte in Richtung einer breiten Wendeltreppe im Westen. »Dort oben, im ersten Stockwerk der Cambrischen Bibliothek.«

Victor registrierte mit einem gewissen, abwegigen Stolz, dass Chast ihn erstmals mit seinem neuen Titel anredete.

»In der Nähe befinden sich Räume, in denen Schlafplätze für die Brüder eingerichtet wurden.« Er wandte sich Roya zu. »Und du … du weißt ja, was du zu tun hast. Du hältst Magister Quendras ständig auf dem Laufenden. Wenn etwas Entscheidendes herausgefunden wird, hast du mir selbst sofort Bericht zu erstatten. Und du hältst dich von diesen Burschen fern, verstanden? Eure Gespräche werden ausschließlich fachlicher Natur sein.« Er schwieg einen Augenblick und in seiner typischen Art und Weise verfinsterte sich seine Miene abermals. »Wenn mir zu Ohren kommt, dass du dich auf irgendein Abenteuer mit einem von ihnen einlässt, wirst du ernste Schwierigkeiten bekommen! Du weißt, was ich meine!« Roya senkte den Blick und nickte kaum merklich.

*

Drei Tage nach Hellamis wundersamem Erwachen erreichten sie und Leandra die Hauptstadt Savalgor. Die Umgebung der Stadt glich einem riesigen Militärlager.

Überall waren Zelte und Posten errichtet. Streifen und Truppen waren auf allen Wegen unterwegs und durchforsteten sogar die Felder und Wälder in der Nähe der Stadtmauern.

Leandra und Hellami hatten Mühe, ihnen allen aus dem Weg zu gehen. Vor zwei Tagen – noch ein gutes Stück von Savalgor entfernt – hatten sie es gewagt, einen fahrenden Händler auf der Straße anzuhalten und ihm zwei Decken und einige Vorräte abzukaufen. Nun aber war nicht mehr daran zu denken, sich irgendjemandem zu zeigen. Im Laufe des Vormittags sank ihre Hoffnung, die Stadt überhaupt betreten zu können. Allzu klar war, dass man jede einzelne Person aufs Genaueste überprüfte – ganz besonders an den drei Stadttoren. Ihre Möglichkeiten, auf diesem Weg unerkannt nach Savalgor hinein gelangen zu können, waren völlig aussichtslos.

»Was sollen wir jetzt machen?«, fragte Hellami, als sie in einem kleinen Wäldchen hinter ein paar Büschen kauerten und hinunter in die Ebene schauten, vier oder fünf Meilen von der Savalgorer Stadtmauer entfernt.

Leandra musterte nachdenklich die Mauern, die sich im Vordergrund des riesigen Stützpfeilers erhoben, in dem der Palast des Shabibs und die Feste lagen. Savalgor war immer wieder ein atemberaubender Anblick. Nach Osten und Westen hin war die Stadt von den beiden riesigen Savalgorer Monolithen begrenzt, gewaltig hohen Felswällen, die einen natürlichen Schutz gegen Angriffe boten. Nach Süden hin lagen der Hafen und das Meer, und hier nach Norden hin, wo sich die beiden in einem der vielen kleinen Wäldchen versteckt hielten, bildete eine gewaltige, über einhundert Ellen hohe Trutzmauer die Grenze der Stadt – sie schloss links und rechts an die riesigen Monolithen an. Savalgor galt als eine uneinnehmbare Festung. Genauso kam es Leandra nun auch vor.

»Ich wüsste vielleicht einen Weg, wie wir dennoch hineingelangen könnten«, sagte sie nach einer Weile.

»So? Und wie sollte das gehen?«

Leandra deutete nach Westen, an der Stadt vorbei. »Wir müssen warten, bis es Abend wird. Kannst du klettern?«

»Klettern?«

Leandra nickte. »Ja. Mir ist etwas eingefallen. Als ich damals entführt wurde, du weißt schon, zu Guldors Hurenhaus, da schleppten mich die zwei Kerle über einen geheimen Weg aus den Quellen von Quantar hinauf in die Stadt.«

Hellami folgte Leandras Finger, so als könne sie in dieser Richtung etwas erkennen.

»Es war ein Gang, der aus den Quellen mitten durch den Monolithen hinauf führte. Dann folgte eine Tür und plötzlich standen wir weit droben in der Wand des westlichen Monolithen und konnten hinab aufs Land schauen.«

»Weit droben? *Wie* weit droben?«

Leandra hob die Schultern. »Zwei- oder dreihundert Ellen vielleicht. Der Monolith ist, glaube ich, an die achthundert Ellen hoch.«

»Aber … ich dachte, er wäre unbezwingbar!«

Leandra hob die Schultern. »Na ja, damit ist wohl gemeint: für ein Heer. Und oben sind ja auch Wachen und Ausgucke. Aber senkrecht ist er nicht gerade. Jedenfalls nicht bis zu dieser Stelle. Ich denke, wir könnten bis dort hinauf klettern.«

»Puh!«, machte Hellami. »Sind die Wände der Monolithen nicht völlig glatt? Und wie willst du dann in der Dunkelheit die Stelle finden, an der diese Tür war?«

»Wir müssen jetzt gleich losmarschieren. Solange es noch hell ist, können wir den Punkt vielleicht von unten erkennen. Und wenn die Dämmerung anbricht, klettern wir.«

Hellami schüttelte zweifelnd den Kopf. »Du weißt, wie hoch die beiden Monolithen sind! Und da willst du einen kleinen Einstieg irgendwo in dreihundert Ellen

Höhe erkennen? Ich glaube, das stellst du dir zu einfach vor!«

»Ich kann mich erinnern, einen kleinen Bauernhof von dort oben gesehen zu haben. Direkt quer ab. Wenn wir den finden, können wir von dort aus die Stelle vielleicht entdecken. Ich weiß auch noch, dass kurz unter der Stelle ein kleiner Baum aus dem Fels ragte, irgend so eine Art Gebirgskiefer. Das müsste doch zu finden sein!«

Hellami sah nicht besonders glücklich aus, aber für den Augenblick schien sie ihre weiteren Zweifel für sich behalten zu wollen. Leandra war froh darum. Seit ihrem ›Erwachen‹ war Hellami nicht mehr die Alte; sie stellte alles in Frage – sich selbst am häufigsten.

»Ich kann uns vielleicht ein wenig mit Magie beim Klettern helfen«, schlug Leandra vor. »Jedenfalls dann, wenn niemand sonst in der Nähe ist.«

»Könntest du uns denn nicht mit Magie durch eines der Stadttore bringen?«

Leandra verzog das Gesicht. »In normalen Zeiten vielleicht schon. Es gibt ein paar Illusionen, mit denen ich uns … nun, in so etwas wie eine Aura der Unauffälligkeit hüllen könnte. Allerdings befürchte ich, dass die Stadttore zur Zeit von Magiern bewacht sind, die auf so etwas achten. Ehrlich gesagt halte ich das Klettern für die ungefährlichere Möglichkeit.«

Hellami blickte nach oben. »Und Ulfa? Könnte uns der nicht helfen?«

»Ich habe ihn seit heute Morgen nicht mehr gesehen«, sagte Leandra und blickte ebenfalls hinauf in die Luft.

Hellami seufzte. »Na gut. Was bleibt uns übrig? Sehen wir es uns an.«

Sie zogen sich Richtung Norden wieder zurück, bis sie sich vollständig außerhalb der Sichtweite der Stadt befanden. Mit äußerster Vorsicht bewegten sie sich voran, ständig auf der Hut vor Wachtrupps. Mehrfach umgingen sie freie Stellen, die zu gute Einsicht boten.

Und zweimal mussten sie sich im Wald verstecken, als Soldaten des Wegs kamen. Bis sie die Stadt so weit umrundet hatten, dass sie wieder Richtung Süden gehen konnten, waren zwei Stunden vergangen. Der Nachmittag schritt voran, und wenn sie das Licht des Tages noch ausnutzen wollten, um den Zugang zu entdecken, mussten sie den kleinen Bauernhof bald finden.

Inzwischen erhob sich rechts von ihnen die rötlich graue Felsbarriere des westlichen Monolithen. Er lag wie ein träger Klotz in der Landschaft, gewaltig und unzerstörbar, und nichts deutete darauf hin, dass hinter ihm die größte Stadt des Landes Akrania lag. Nur den Savalgorer Pfeiler sah man dahinter aufsteigen, und etwas weiter nördlich, hoch droben im Felsenhimmel, der an dieser Stelle gute zehn Meilen über der Stadt lag, öffnete sich das Nördliche Savalgorer Sonnenfenster, etwa fünf Meilen im Durchmesser. Im Süden der Stadt, schon über dem Meer, lag das Südliche Savalgorer Fenster; es war noch sehr viel größer.

»Warum …«, fragte Hellami unschlüssig, »sind diese Sonnenfenster eigentlich … *durchsichtig*? Ich meine – sie sehen doch aus, als wären sie aus Fels. So wie der Himmel auch.«

Leandra sah Hellami ein wenig erstaunt an. Solche Fragen interessierten sie selbst zwar schon, seit sie denken konnte, sie hatte jedoch die Erfahrung gemacht, dass sie damit ziemlich allein stand. Man dachte nicht über Dinge nach, die ein fester, unabänderlicher Bestandteil der Welt waren. Selbst Leandras Vater, ein kluger und interessierter Mann, hatte ihre diesbezüglichen Fragen immer nur mit einem Achselzucken abgetan. *Das weiß keiner, Kind,* hatte sie stets zu hören bekommen, *und keiner wird es je erfahren!*

Sie blickte zum Himmel auf, wo die blendende Helligkeit des Sonnenfensters wie eine Aura in den Fels des Himmels eingebettet war. »Munuel hat einmal so einen Brocken gefunden«, antwortete sie. »Er sagt, es habe ausgesehen wie Kristall. Wahnsinnig hart, sodass man es mit einem Hammer kaum zertrümmern konnte.«

»Und warum ist dieses Zeug nur dort oben – am Himmel?«

Wieder starrte Leandra ihre Freundin überrascht an. Das war eine Frage, die sie sich selbst noch gar nicht gestellt hatte. Erstaunt blickte sie wieder hinauf. »Du hast Recht – dieses Kristall gibt es sonst nirgends!«

»Wusstest du das nicht?«

Leandra schüttelte, während sie erstaunt weiterhin in die Höhe blickte, kaum merklich den Kopf. »Irgendwie schon ... aber ich habe mir das nie klar gemacht. Das ist ja wirklich ... seltsam.«

»Wie könnte es entstanden sein – nur da oben?«, fragte Hellami weiter.

»Das weiß keiner«, sagte Leandra und merkte, dass sie das Echo der Stimme ihres Vaters war. Den Satz musste sie anders beenden. »Aber ich wollte es schon immer herausfinden. Deswegen bin ich eigentlich Novizin bei Munuel geworden, weißt du? Gar nicht so sehr, weil ich Magierin werden sollte, sondern weil der Cambrische Orden schon immer die Wissenschaft ...«

Hellami war langsam weitergegangen, ließ sie stehen. Das gab Leandra einen kleinen Stich. Offenbar interessierte sich Hellami für die Geheimnisse der Welt, jedoch nicht mehr für sie. Sie schnaufte leise und folgte ihr. Die Kluft zwischen ihnen schien immer tiefer werden zu wollen.

Sie marschierten weiter durch die frühsommerlichen Wälder um Savalgor herum. In dieser Gegend war die Jahreszeit schon weit fortgeschritten, da das Wetter hier in Küstennähe meist milder war. Es war wärmer als im Hochland um Angadoor und man konnte die bevorstehende Sommerhitze schon förmlich in der Luft schmecken.

Hellami starrte die ganze Zeit über zum Monolithen hinauf. Leandra wollte mit ihr reden, suchte nach einem

Grund. Dass Hellami so beharrlich ihre Anwesenheit überging, tat weh.

»Was ist?«, fragte Leandra leise. »Du guckst die ganze Zeit schon da hinauf.«

Hellami schüttelte den Kopf. »Ach nichts«, sagte sie. »Ich staune nur. Savalgor ist schön und hässlich zugleich. Die schöne Seite kannte ich bisher eigentlich gar nicht.«

Leandra folgte Hellamis Blicken. Groß und rötlich grau ragte der gewaltige Monolith vor ihnen auf. Fanden sie den Zugang nicht, würde der Monolith mit Sicherheit nicht mehr als ein unüberwindliches Hindernis für sie sein. Dann würden sie vielleicht gar nicht in die Stadt hineinkommen.

Als das Licht der Sonnenfenster schon merklich abnahm, fanden sie einen kleinen Schotterweg, der durch ein Wäldchen in Richtung eines Hofes führte, wie ein Schild ankündigte. Sie folgten dem Weg und erreichten bald ein Gehöft. Ein großer Hund entdeckte sie, bevor sie sich noch zwischen die Bäume zurückziehen konnten, aber sie hatten Glück: anstatt zu bellen, kam er nur schwanzwedelnd auf sie zu.

»Du bist mir ein schöner Wachhund!«, sagte Leandra leise und kraulte den Hund am Kopf, der sich ihr wohlig grummelnd hingab.

»Wir werden ihn ein Stück mitnehmen müssen«, sagte Hellami nachdenklich und stemmte die Hände in die Seiten. »Manche Hunde fangen an, Krach zu machen, wenn man sie verlässt. Dieser hier sieht mir verdächtig danach aus!«

Leandra maß verwundert zuerst Hellami, dann das Tier. Es war ein großer, braunweißer Hirtenhund mit struppigem Fell. Er trug ein ledernes Halsband mit einem kleinen Holzschildchen daran. »Hier, sieh mal. Er heißt Benni.«

»Schön für ihn«, murmelte Hellami abweisend. Sie blickte hinauf zum Monolithen und untersuchte aufmerksam die Felswand. »Wo ist er nun, dein Zugang?«

Leandra sah auch hinauf. Sie suchte den Fels ab, konnte aber ebenfalls nichts ausmachen.

»Womöglich ist es der falsche Hof. Lass uns weiter nach Süden gehen. Wenn ich mich recht erinnere, liegen die Quellen von Quantar nicht allzu weit vom Händlerviertel. Das müsste weiter da unten sein.«

Hellami nickte und erhob sich. »Komm, du Bestie!«, sagte sie und streckte die Hand nach dem Hund aus. Der sprang bereitwillig zu ihr. Zusammen wandten sie sich in Richtung Süden.

Leandra starrte ihrer Freundin einige Momente hinterher. Hellami war in den letzten Tagen, nach ihrer wundersamen Rettung, noch abweisender geworden als zuvor. Teilweise richtiggehend grob. Das war vielleicht erklärlich – nach allem, was ihr zugestoßen war –, aber es wurde für Leandra zunehmend schwerer, es zu verkraften. Sie hoffte inständig, dass Hellami sich wieder beruhigen würde. Seufzend folgte sie den beiden.

Der Hund blieb bei ihnen, und sie marschierten weiter nach Süden, dabei immer den Monolithen genau betrachtend. Das Schicksal jedoch wollte es, dass sie den Zugang einfach nicht fanden.

Der nächste kleine Hof lag nur eine halbe Meile weiter und der dritte eine weitere Meile. Von keinem der beiden Höfe war jedoch irgendetwas, das nach einer Einbuchtung, einem Absatz oder einem Bäumchen aussah, in der Felswand zu erkennen. Sie gab sich grau, glatt und völlig abweisend. Einen weiteren Bauernhof erkunden zu wollen – sollte es denn noch einen geben – war aussichtslos. Die Dämmerung war so weit fortgeschritten, dass sie nichts mehr hätten sehen können, auch wenn sie ihn schnell fanden.

Hellami deutete die Feldwand hinauf. »Vielleicht ist der Zugang ja doch dort oben, und es ist schon zu dunkel, um ihn erkennen zu können«, meinte sie.

Leandra nickte. »Ja. Wir sollten für die Nacht rasten und morgen weitersuchen. Heute werden wir sicher nichts mehr finden.«

Der Hund war die ganze Zeit über bei ihnen geblieben. Hellami hatte ihn zu ihrem Begleiter erkoren, während sie Leandra weitestgehend übersah. Ohne auf sie zu warten, marschierte sie weiter – tiefer in den Wald hinein, offenbar auf der Suche nach einem Lagerplatz.

Leandra seufzte leise und folgte ihr. Sie stellte fest, dass sie in dieser Hinsicht ein sehr empfindsamer Mensch war. Ein Verhalten wie Hellamis vermochte sie sehr zu belasten. Als sie ihre Freundin wieder einholte, hatte diese schon einen Lagerplatz gefunden; der Ort, den sie entdeckt hatte, war für sie schon beschlossene Tatsache. Leandra schluckte ihren Widerspruch herunter und fügte sich. Alles andere hätte die Sache nur noch schwieriger gemacht.

Abgesehen davon war der Platz zum Glück gut gewählt. Er lag unter dem Überhang eines kleinen Felsens. Trockenes Laub lag darunter – windgeschützt, abgelegen und genug Platz bietend für zwei. Für drei, berichtigte sich Leandra. Der Hund schien sie nicht mehr verlassen zu wollen. Die ganze Zeit über hielt er sich an Hellami und hatte offenbar die Absicht, auch über Nacht noch bei ihnen zu bleiben.

»Mist!«, sagte Hellami und ließ sich auf den Hintern fallen. Sie deutete zum Himmel hinauf, der sich in der letzten Stunde verzogen hatte. Ein ziemlich kühler Wind frischte von der See her auf. »Es wird heute Nacht kalt werden. Und nass.« Der Hund setzte sich brav neben sie. Er war so groß, dass er sie sitzend sogar noch überragte. Leandra zuckte nur die Schultern. Sie begann damit, ihr Nachtlager herzurichten.

Als sie dann etwas gegessen hatten, wandelte sich Hellamis Stimmung vollständig. Sie seufzte und ächzte, wickelte sich wärmesuchend in alles, was sie an Decken und Kleidung fand, und wenn sie sprach, waren ihre Worte voller Sehnsucht, Schmerz und Melancholie. Leandra wagte dennoch nicht, sich ihr zu nähern.

Schließlich legten sie sich nieder. Hellami schien durchaus das Bedürfnis zu haben, sich bei jemandem anzulehnen – nur wählte sie dazu den Hund. Das Tier besaß ein dichtes Fell und schmiegte sich wohlig an sie. Leandra sehnte den Augenblick herbei, da sie den Einstieg der Felswand erreichten – sollten sie das Glück haben, ihn überhaupt zu finden –, weil dieses Vieh dann zurückbleiben musste. Ja, es war Eifersucht, blanke Eifersucht, die sie empfand. Auf einen Hund! Wütend wickelte sie sich in ihre Schlafdecke und drehte sich weg von Hellami.

21 ♦ Entdeckungen

Tage angestrengten Forschens waren vergangen. Victor hatte sich ausgiebig mit alten Aufzeichnungen des Cambrischen Ordens auseinandergesetzt; Aufzeichnungen, die damals vor dem Beginn des Dunklen Zeitalters verfasst worden waren und die über die Strukturen der Bruderschaft von Yoor und die Orte berichteten, an denen sie ihre Hochburgen und Stützpunkte eingerichtet hatten. Er hatte viele Berichte über Sardin gefunden, leider jedoch nichts von wirklich größerer Bedeutung.

Victors Skriptoren hingegen hatten die riesigen Schriftsammlungen der Cambrischen Basilika durchforstet und inzwischen konnte Martiel recht gute Auskünfte über all die Sparten, Untergebiete, Themenkreise und Abteilungen geben. Man hatte sich daran gemacht, viel versprechende Gebiete genauer zu sichten.

Chasts Warnungen zeigten noch immer Wirkung – die Männer hielten sich von Roya fern. Und Victor war fest entschlossen, jeden von ihnen aufs Schärfste zurechtzuweisen, der auch nur den Versuch einer persönlichen Unterhaltung mit ihr beginnen sollte. Im Hintergrund dessen stand nichts weiter als ihr gemeinsames Geheimnis, aber das warf genügend Probleme auf. Victor wusste, dass es irgendwann *ernst* werden würde und sie möglicherweise auf eigene Faust etwas unternehmen mussten. Etwas, das sogar gegen seine eigenen Leute gerichtet sein mochte. Zum Beispiel dann, wenn Leandra auftauchte oder wenn sie tatsächlich etwas Wichtiges finden sollten. Sollte Roya zu diesem Zeitpunkt irgendwelche freundschaftlichen Kontakte zu einem der Skriptoren aufgebaut haben, würde das ihre Probleme nur vervielfachen. Selbst Victor mochte inzwischen den einen oder anderen seiner Männer gern, leider wohl *zu* gern, und er fürchtete den Augenblick, da es zu einer Abkehr und einem ersten Konflikt kommen würde. Denn in Wahrheit waren all die jungen Skriptoren, mit denen er und Roya zur Zeit zusammenlebten, arbeiteten und scherzten, ihre Feinde. Es waren Bruderschaftler, aus welchen Motiven auch immer, und er und Roya waren keine. Sie beide waren hier, um Chast zu Fall zu bringen, und jetzt, nachdem ihnen bekannt war, dass Leandra noch lebte und auf dem Weg nach Savalgor sein musste, würde es in der Tat irgendwann *tatsächlich* ernst werden.

Für eine eigene Unterhaltung hatten sie bisher jedoch kaum Zeit gefunden. In diesen Tagen, da die Forschungen in der Cambrischen Basilika gewisse Ausmaße annahmen, wurden sie von Leuten der Duuma scharf bewacht. Erst nach einigen Tagen ließ deren Aufmerksamkeit so weit nach, sodass Victor und Roya sich endlich einmal unbeobachtet in seinem neuen Schreibzimmer treffen konnten.

»Was könnte Leandra im Augenblick tun?«, fragte Roya. »Denkst du, sie wird versuchen, Chast anzugreifen?«

Victor hob die Schultern. »Mir wäre wohler, wenn ich irgendeine Ahnung hätte.«

»Was würde ihr denn am ähnlichsten sehen?«, wollte Roya wissen.

»Ich nehme an, sie ist wegen des Schwurs gekommen – wegen dieser Alina. Hellami wird ihr davon berichtet haben.«

»Du meinst, dass Alina noch lebt? Und dass sie hier ist – in Chasts Gewalt?«

»Das stand doch in diesem Brief, oder? Und deswegen ist Hellami schließlich nach Angadoor gegangen.«

Roya nickte. »Ja. Es war Hellami sehr wichtig, dass Leandra das erfuhr. Und Leandra selbst hat uns dazu gebracht, den Schwur abzulegen.«

Victor nickte. »Offenbar ist Alina die einzig überlebende Thronfolgerin. Da kann man sich leicht ausrechnen, was Leandra tun wird. Sie wird versuchen, sie zu befreien und gleichzeitig Chast zu vernichten. Euer kleiner Schwur hat eine ganze Menge mehr an Bedeutung gewonnen, als ihr es euch damals ausgemalt habt.«

Roya verzog empört das Gesicht und ließ die Arme sinken. »Unser *kleiner Schwur*? Was soll das heißen?«

»Entschuldige«, beeilte sich Victor ihr zu versichern. »So hab ich das nicht gemeint. Aber ihr hattet ja damals, als ihr Alina kennen lerntet, keine Ahnung, wer sie in Wahrheit ist, oder?«

Roya schüttelte den Kopf. »Nein. Aber das ändert nichts an der Ernsthaftigkeit des Schwurs ...«

Er hob besänftigend die Arme. »Verzeih mir«, sagte er lächelnd. »Ich hab mich einfach nur dumm ausgedrückt. Ich hab's nicht so gemeint. Wirklich.«

Roya schnaufte unmutig und schoss einen warnenden Blick auf ihn ab.

Seine Gesichtszüge wurden ein wenig sanfter, als er weitersprach. »Leandra ist schlau. Ich glaube kaum, dass sie sich einfach nur ein Schwert schnappt, um Chast damit gegenüberzutreten. Sie wird sich irgendeinen Trick einfallen lassen. Wahrscheinlich einen so gewieften, dass auch wir unmöglich darauf kommen können. Sie wird sicher versuchen, Alina zu befreien, um dann alles daran zu setzen, dass sie Shaba wird – und zwar ohne Chast. Das würde seine Pläne vollständig zunichte machen.«

»Alina spaziert sicher nicht frei irgendwo in Savalgor herum«, wandte Roya ein. »Sie wird in Torgard sein – und vermutlich von einem ganzen Heer bewacht werden.«

»Das stimmt. Vielleicht sollten wir davon ausgehen, dass Leandra versuchen wird, nach Torgard zu gelangen.«

»Ganz allein?«

Victor schüttelte den Kopf. »Nein. Das wohl nicht. Als Magierin ist sie nicht gut genug. Außerdem … nun, sie ist ein Mensch, der nicht gern allein geht. Sie hat immer Freunde um sich herum …« Er unterbrach sich. Sowohl er als auch Roya hatten an das Gleiche gedacht – an Hellami.

Roya wandte sich ab; Victor sah, dass ihre Augen feucht wurden. Nach ein paar Momenten wagte er sich zu ihr und legte ihr sacht eine Hand auf die Schulter. »Hör mal«, sagte er, »es ist eine schreckliche Sache – es tut mir nicht weniger weh als dir. Aber gerade wegen Hellamis Tod haben wir jetzt eine besondere Pflicht. Wir müssen diesem Chast das Handwerk legen!«

Roya sah mit gequältem Blick zu ihm auf. Er spürte, dass sie das Vertrauen zu seinen Worten finden wollte, aber dass ihr das nicht leicht fiel. »Vielleicht werden wir bei dem Versuch ebenfalls sterben«, sagte sie leise.

Er schüttelte wieder den Kopf. »Wir werden nicht unvernünftig sein. Notfalls warten wir, bis Leandra Chast geschlagen hat.«

Sie blickte auf. »Bist du so sicher, dass ihr das gelingt?«

Er nickte einfach nur.

»Aber …« Sie verstummte. »Und du willst ihr dabei nicht helfen?«, fragte sie.

Er hob die Schultern. »Schon – aber *wie?* Wie sollen wir sie von hier aus finden oder uns mit ihr in Verbindung setzen?«

Roya sah nur zu Boden, eine Antwort fiel ihr nicht ein.

Victor nahm die Hand wieder von ihrer Schulter. »Wenn Chast sie derzeit sucht – und das tut er bestimmt –, dann wird sie sich verstecken. Da hätten *wir* die allergeringsten Aussichten, sie zu finden. Wir können ja nicht einmal hier heraus.«

Roya starrte nachdenklich auf den Boden. »Und eine Nachricht? Wenn wir versuchen, ihr eine Nachricht zukommen zu lassen?«

Wieder hob er die Schultern. »Aber wohin? Wohin sollen wir sie schicken? Und vor allem: Wie sicher ist es, dass diese Botschaft Chast nicht in die Hände fällt? Wenn das geschieht, sind wir tot!«

Roya nickte. »Ja. Er hat schon den Brief nach Minoor abgefangen. Das wäre viel zu gefährlich.«

»Wir können leider nur eins tun: warten, bis sich vielleicht irgendeine günstige Gelegenheit ergibt, etwas zu tun. Wenn jemals eine kommt. Solange müssen wir versuchen, Chasts Absichten zu stören.«

Roya seufzte. »Nicht sehr erhebend, diese Aussicht. Ich hab es mir etwas anders vorgestellt, als ich hierher kam.«

Victor lächelte schief. »Ja, ich auch.« Er hob die Arme. »Ich dachte, sobald ich Chast zu Gesicht bekomme, zieh ich ein Messer und schneide ihm die Gurgel durch!«

Roya nickte ihm verstehend zu. So ungefähr hatte sie sich ihren Teil auch ausgemalt.

»Aber sieh dich hier um«, seufzte Victor. »Hunderte von Leuten. Ich wäre tot gewesen, bevor ich meinen Dolch auch nur gezogen hätte.« Er machte eine kurze Pause. »Ganz abgesehen davon, dass ich das wahrscheinlich gar nicht fertig bringen würde. Einen Mord, meine ich. Von Angesicht zu Angesicht.«

Roya verstand, was er meinte, und sah betroffen zu Boden. Sich hier einzuschleichen war eine mutige Tat gewesen, sowohl für sie als auch für ihn. Aber solch ein Vorhaben zu Ende zu bringen war etwas ganz anderes. Besonders auch angesichts dessen, dass man dabei selbst sterben würde. Das war so gut wie sicher.

»Wir haben nicht nur Chast zum Feind, sondern auch diese Drakken«, sagte sie in dem Versuch, ihnen eine

Aufgabe zu geben, die ihrem Hiersein einen echten Sinn verlieh. »Allein wegen ihnen sollten wir den Pakt in die Hände bekommen. Er enthält den Kryptus, womit wir sie vielleicht zum Rückzug zwingen können. Wenn es uns irgendwie gelingt, die Spur des Pakts zu finden, und er dabei nicht *Chast* in die Hände fällt, dann haben wir etwas Wichtiges erreicht. Es wird uns und Leandra helfen.«

Sie erschraken beide, als sich die Tür plötzlich öffnete – und ein Mann des Ordens von Yoor unvermittelt in den Raum trat. Victor schoss in die Höhe.

»Was soll das?«, herrschte er den Kerl an. »Kannst du nicht anklopfen?«

Der Mann musterte ihn mit kalten Blicken. Er war hager, groß und sah dem verblichenen Usbalor ein wenig ähnlich. Victor versuchte sich darüber klar zu werden, ob der Kerl von seinen letzten Worten womöglich etwas mitbekommen hatte.

»Der Hohe Meister wartet auf deinen täglichen Bericht«, sagte der Ordens-Mann. »Warum wurde er noch nicht abgegeben?«

Victor spannte sich innerlich. Offenbar war der Bursche auf einen direkten Befehl hin hierher gekommen; das sprach dafür, dass er eingetreten war, ohne zuvor zu lauschen. Außerdem war die Tür des Raumes von der dickeren Sorte – wie alle Türen hier in der Basilika. Spontan beschloss er, zum Gegenangriff überzugehen. Er trat mit ein paar raschen Schritten auf den Kerl zu und baute sich vor ihm auf. An Körpergröße und Masse war er ihm überlegen.

»Chast kriegt seinen Bericht – wenn wir den Inhalt *fertig besprochen* haben!«, fuhr er ihn an. »Und wenn du hier noch einmal reinstürmst, ohne dich vorher bemerkbar zu machen, dann kriegt er dich gleich dazu. Sauber verschnürt als Paket, verstehst du?«

Der Bursche wich keine Handbreit zurück. »Mäßige dich!«, gab er giftig zurück. »Du hast mir keinerlei Anweisungen zu erteilen, wie ich mich zu verhalten habe!«

»Da täuschst du dich aber, mein Lieber!«, fuhr ihn Victor mit immer lauter werdender Stimme an und trat einen weiteren Schritt auf ihn zu. Nun musste der Ordensmann zurückweichen. »Ich bin hier in der Basilika derjenige, der den Ton angibt, verstehst du? Wenn du meine Leute beobachten willst, dann tu das! Aber *ich* unterstehe allein dem Hohen Meister und nicht eurem verfluchten Orden von Yoor. Wenn du willst, können wir das sofort klären – bei Chast persönlich!«

Ein Hauch von Unsicherheit spiegelte sich auf dem Gesicht des Mannes. Victor war richtig in Fahrt gekommen.

»Und jetzt verschwinde, bevor ich wirklich wütend werde!«, zischte er.

Mit Zorn im Gesicht fügte sich der Ordensmann. Es war allzu offensichtlich, dass er sich an die Unantastbarkeit gewöhnt hatte, welche die Ordensleute überall genossen. Dass ihm jemand auf diese Weise gegenübertreten könnte, hatte er vermutlich nicht für möglich gehalten.

»Wir sehen uns noch«, knirschte er und seine Nasenflügel zuckten vor kaum beherrschter Wut. Dann wandte er sich um und verließ den Raum.

»Das würde ich mir an deiner Stelle nicht wünschen!«, rief Victor ihm nach und warf mit Schwung die Tür hinter ihm zu. Krachend fiel sie in Schloss.

Roya sprang auf und eilte zu Victor. »He!«, rief sie leise aus. »Weißt du nicht, wer das war?«

Victor, der für diesen Auftritt eine gewisse Energieleistung hatte aufbringen müssen, versuchte seinen Puls und seinen Atem zu beruhigen. »Ist mir egal! So was lasse ich mir nicht gefallen!«

Roya lächelte ihn an. In ihren Augen stand ein Ausdruck von überraschter Bewunderung. »Das war Piamos – der zweithöchste Mann in der Duuma überhaupt! Und jetzt die rechte Hand von Rasnor, dem Erzquästor des Ordens von Yoor! Wenn das mal gut geht!«

Victor grinste bissig zurück. »Ich hab schon ein wenig Erfahrung mit so was«, sagte er leichthin. »Je weiter du hier in der Bruderschaft das Maul aufreißt, desto mehr achten dich die Leute.«

Roya schüttelte schwach lächelnd den Kopf. »Soso. Hast du dich etwa auf diese Weise in die Bruderschaft eingeschlichen?«

Victor ließ seine angestaute Wut los und stieß die Luft aus. Er setzte sich auf den Rand seiner Pritsche. »Nein. Durch diesen jungen Mönch, der in Minoor hängen geblieben war«, erklärte er.

Er beobachtete Roya und stellte fest, dass sie ihn durch ihr Lächeln und ihre sanfte Art gleich wieder beruhigt hatte. Menschen mit solchen Fähigkeiten waren selten – und er mochte sie.

»Ich habe einfach mit ihm die Rolle getauscht«, erklärte er.

Roya verzog erstaunt die Mundwinkel. »Tatsächlich? Das hat er mit sich machen lassen?«

»Er war sogar glücklich«, sagte Victor. »Er hatte gewaltige Angst, zu spät in Savalgor anzukommen – und er hatte auch keine sonderliche Lust, dort zu arbeiten. Dazu kam noch, dass er sich in eines der Mädchen in Minoor verliebt hatte. Er wollte dort bleiben, und da fiel es mir leicht, ihn zu dem Rollentausch zu überreden.«

»Wie hieß er – dieser Mönch?«, wollte Roya wissen.

»Nun, er hieß tatsächlich Valerian. Interessanter Zufall, dass sein Name auch mit einem V begann. Das brachte mich erst auf die Idee. Als er sich dann entschied, in Minoor zu bleiben, änderte er seinen Namen in Sandral.«

»Und wie hieß das Mädchen, in das er sich verliebt hatte?«

»Du willst mich schon wieder prüfen? Sie hieß Marlys. Na, glaubst du mir jetzt?«

Sie nickte grinsend. »Ja, so langsam … aber sag mal: Wie bist du denn dann Skriptor geworden? Dazu braucht man doch eine Ausbildung!«

Victor winkte ab. »Das war kein Problem. Früher einmal habe ich alte, beschädigte Bücher wieder hergestellt und sie dann weiterverkauft. An Wandermagier, Einsiedler und manchmal auch an Ordenshäuser. Ich schätze, ich kannte mich schon damals mit Büchern besser aus als dieser Grünschnabel. Das hab ich ihm auch gezeigt. Andernfalls hätte er wohl in den Rollentausch nicht eingewilligt. Die Gefahr wäre ihm zu groß gewesen, dass man mich erwischte und danach ihn auch.«

»Und was hast du ihm erzählt … warum du das tun wolltest?«

»Nichts Besonderes. Ich schwärmte ihm Leidenschaft für alte Bücher vor und so. Bequasselte ihn ein bisschen, und als er dann von Marlys seinen ersten Kuss bekommen hatte, war er soweit. Er gab er mir sein Überstellungsschreiben, erzählte er mir ein paar Einzelheiten über Hegmafor und seine Ausbildung und dann durfte ich gehen. Als ich hier in Savalgor ankam, wurde ich direkt ins Skriptorium von Torgard abgestellt.«

Roya nickte befriedigt.

»Da wir nun schon dabei sind – wie hast *du* es nun geschafft, hierher zu kommen?«

Sie erklärte ihm, dass er natürlich Recht gehabt habe: Sie war zu der Zeit, da er sich in Minoor aufgehalten hatte, tatsächlich nicht dort gewesen. Und das wäre nicht das einzige Mal gewesen.

»Hellami spielte meine Rolle – die ganze Zeit über«, berichtete sie. »Während ich Tag für Tag und manchmal sogar für ein, zwei Wochen verschwand.«

»Und wo warst du dann?«

»Bei Jerik. Einem Einsiedlermagier, der nördlich von Minoor in den Hügeln lebt. Niemand kennt ihn außer den Leuten von Minoor. Und von denen erfuhren die Soldaten nichts.«

»Sieh an!«, sagte Victor. »Und von ihm hast du wohl deine Künste in der Magie erlernt.« Er nickte verstehend. »Ich denke, Leandra hätte es mir gegenüber wenigstes einmal erwähnt, wenn du damals schon Novizin oder Adeptin gewesen wärest.«

»Stimmt. Ich habe alles bei Jerik gelernt. Ich war gut. Ich hatte mir vorgenommen, alles über Magie zu erlernen, was mir nur möglich war. Ich war über fünf Monate lang seine Schülerin. Eines Tages wollte ich den Mönch, der Alina entführt hatte, und denjenigen, der für Jasmins Tod verantwortlich war, zur Rechenschaft ziehen. Dass hinter beiden nur eine Person steckte, nämlich Chast, erfuhr ich erst später.«

Victor nickte. »Du bist wirklich gut geworden. Obwohl es für Chast kaum genügen dürfte. Was war das nun für ein Trick, mit dem es dir gelang, hier aufgenommen zu werden? Diese Sache ... die sie noch nicht *kannten*?«

Roya setzte sich neben ihn auf die Pritsche. Ganz brav, mit geschlossenen Beinen und ganz vorn auf die Kante. »Etwas, das ich bei Jerik lernte«, erklärte sie. »Soweit ich das heute beurteilen kann, hatte er wirklich ein unerhört großes Wissen. Es handelt sich um eine uralte Methode aus der Elementarmagie ... na ja, ich weiß nicht einmal, ob sie wirklich daher stammt. Es ist fast ein bisschen zu viel Stygium enthalten, verstehst du? Es gibt da eine Grenzlinie zwischen dem Diesseits und dem Stygium, die nennt man das ›Trivocum‹ ...«

Er winkte ab. »Ja, ja, das weiß ich. Schließlich bin ich Skriptor und forsche nach solchen Sachen. Außerdem hat mir Leandra damals beigebracht, das Trivocum sehen zu können.«

Sie zog die Augenbrauen in die Höhe. »Du beherrschst Magie?«

Er schüttelte den Kopf. »Nein. Ich kann nur das Trivocum sehen. Wenn ich mich sehr anstrenge. Erzähl weiter.«

»Nun – es ist eine Methode, mit der man Nachrichten über das Trivocum übermitteln kann. Und zwar auch über sehr weite Entfernungen und ohne, dass jemand lauschen kann. Soll ich es dir genauer erklären?«

Er nickte. »Ja. Das interessiert mich.«

»Also … Jerik hat es mir so beschrieben: Wenn du von einem Ort zu einem anderen gehst und nur dem normalen Weg folgst, dann wirst du zwar irgendwann ankommen, aber du wirst nicht genau sagen können, in welche Richtung du eigentlich gegangen bist. Vielleicht krümmt sich der Weg in einer langen Kurve, zweigt ein paarmal ab, und so weiter. Einer, der geht, hat immer das Gefühl, er gehe zumeist geradeaus. Zeigt man ihm das später auf einer Landkarte, dann ist er erstaunt, dass er vielleicht einen See umrundet hat, ohne ihn zu bemerken.«

»Ja, gut. Und weiter?«

»Nun, das bedeutet im Fall des Trivocums, dass uns manche Orte vielleicht näher sind als wir glauben. Magier neigen dazu, das Trivocum als eine Art Grenze oder Mauer zu sehen. Sie bewegen sich oft an ihr entlang. Aber es gibt eigentlich fast immer einen kürzeren Weg. Je weiter der Ort entfernt, desto häufiger trifft das zu. Denn das Trivocum ist keine Mauer. Es ist überall zugleich. An jedem Ort der Welt.«

Victor nickte verstehend. »Und wo führt dieser kürzere Weg nun entlang?«

»Durch das Stygium«, antwortete sie. »Mitten hindurch. Man muss sich nur einen markanten Punkt des Ortes merken, den man erreichen will. In Savalgor wäre es … nun, sagen wir, hier! Die Aura dieser alten Cambrischen Basilika. Oder besser noch die Aura eines Magiers – wie zum Beispiel Chast.«

»Und diese Aura suchst du dann?«

»Ja. Entlang des Trivocums. Wenn ich sie gefunden habe, sende ich die Botschaft. Aber nicht entlang des Trivocums, sondern durch es hindurch, dann durch das

Stygium, und an der Stelle, wo sich der Empfänger aufhält, wieder durchs Trivocum hinaus ins Diesseits.«

»Klingt gut«, stellte Victor fest. »Das erklärt, dass man nicht lauschen kann. Aber … musst du da nicht zu gleicher Zeit *zwei* Aurikel öffnen?«

Sie lächelte. »Ja, du kennst dich aus. Das stimmt. Darin liegt die Besonderheit. Jerik hat es mir beigebracht. Das ist der Grund, warum ich bei euch bin. Mit dieser Methode kann ich Chast oder Quendras jederzeit, ohne belauscht werden zu können, über euch berichten. Sogar über sehr weite Strecken hinweg und ohne dass jemand mithören kann.«

»Aber … ich nehme an, *er* kann dir keine Nachricht – sagen wir: einen Befehl zukommen lassen, oder?«

»Doch, das kann er. Solange die beiden Aurikel geöffnet sind. Wir können regelrecht miteinander reden.«

Victor sah sie forschend an. »Unglaublich. Diese Magie scheint so schwierig zu sein, dass die Leute von der Bruderschaft nicht von allein darauf gekommen sind. Was ist das für ein Trick?«

Sie schüttelte verschmitzt den Kopf und grinste. »Mein Geheimnis. Und meine Sicherheit. Außerdem würdest du das ohnehin nicht verstehen. Ich verstehe es selbst kaum und wüsste gar nicht recht, wie ich es erklären soll. Es ist wirklich schwierig. Ich habe Monate gebraucht, bis ich es kapiert habe.«

Victor schenkte ihr ein säuerliches Lächeln. »Also gut – wenn du meinst. Aber … wie bist du damit in die Bruderschaft gelangt?«

»Als Hellami plötzlich fort war, wusste ich, dass sie gegangen war, um Leandra zu suchen. Aber ich wusste nicht, wohin. Also beschloss ich, selber loszuziehen. Da war noch immer unser Schwur, der jetzt, da wir durch den Brief von dem Mönch und Alina gehört hatten, wieder neue Gültigkeit gewonnen hatte. Ich machte mich einen Tag später auf den Weg nach Savalgor. Ich marschierte einfach ins Ordenshaus – das frühere Ordenshaus der Cambrier. Die Leute sagten, dass dort jetzt eine andere Gilde sitze – und das konnte wohl nur die Duuma sein.«

»Du gingst dort einfach hinein?«

»Ja. Ich ließ mich beim Primas melden. Die Leute waren so erstaunt, dass ein einfaches Mädchen zu ihm wollte, dass ich keine Schwierigkeiten hatte. Sie waren alle sehr neugierig. Da traf ich dann Andermas, den Primas der Duuma – und sah auch diesen Piamos. Er verhörte mich regelrecht. Ich erzählte ihm von dieser Magie. Ich sagte, mein Meister sei gestorben und ich beherrsche etwas, von dem ich glaube, dass sie es nicht beherrschten. Ich sagte, ich sei bereit, es an sie weiterzugeben, wenn ich von ihnen die Möglichkeit erhielte, mich als Magierin ausbilden zu lassen.«

Victor schüttelte den Kopf. »Unglaublich. Was für eine Idee! Hat es funktioniert?«

Sie breitete die Arme aus. »Ich bin hier!«, stellte sie fest. »Ich gab ihnen eine Kostprobe und sie verstanden nicht, wie ich es machte. Einen Tag später schon wurde ich nach Torgard verfrachtet. Zuerst zu Chast und dann direkt zu Magister Quendras. Seitdem versucht er, hinter meinen Trick zu kommen.« Sie grinste.

»Du hast ihm nicht alles gesagt, was?«

Mit verschwörerischer Miene schüttelte sie den Kopf. »Nein. Natürlich nicht. Sonst könnten sie mich ja wieder nach Hause schicken.«

Victor verzog das Gesicht. »Ich fürchte, da käme Schlimmeres auf dich zu.«

Sie nickte wieder. »Ja, ich weiß. Deswegen hab ich ja auch darauf geachtet, mich nicht so leicht ersetzbar zu machen.«

»Du bist eine durchtriebene kleine Göre!«, stellte Victor wohlwollend fest. »So etwas traut man dir gar nicht zu!«

Sie grinste wieder.

Im nächsten Augenblick war ein Klopfen an der Tür

zu vernehmen. Es war eher zaghaft und leise, und Victors Befürchtung, dieser Piamos könne wieder auftauchen, zerstreute sich rasch.

»Ja?«, rief er.

Die Tür öffnete sich und Martiel sah herein. »Wo steckt denn Roya ...?«

Victor stand auf. »Kümmere du dich um deine Bücher und Schriftrollen – ich kümmere mich um Roya, verstanden? Und nun zisch ab. Wir sehen uns heute Abend, bei der Besprechung!«

Victor wusste, dass Martiel ziemlich hinter Roya her war, und wollte ihm früh genug Einhalt gebieten. Martiel indes warf ihm einen säuerlichen Blick zu. »Du wirst von Tag zu Tag tyrannischer!«, beschwerte er sich. »Was soll das? Es hieß doch, sie soll Ergebnisse direkt an Quendras übermitteln, wenn wir was gefunden haben!«

Victor zog überrascht die Brauen in die Höhe und hob dann entschuldigend die Handflächen. »Tut mir Leid. Aber ... was ist denn? Habt ihr etwas entdeckt?«

*

Dies ist eine alte Landkarte von Westakrania!«, sagte Chet, einer von Victors Leuten. Er hatte eine große, uralte Rolle auf einem Tisch ausgebreitet. In filigraner Federschrift waren unzählige Eintragungen darauf verzeichnet. Die Karte wirkte altertümlich und sehr kostbar. Das Kerzenlicht, das von einem schweren, gusseisernen Schwebeleuchter auf den Tisch herabfiel, um den sich an die zehn Leute versammelten hatten, tauchte die Szene in das geheimnisvolle Licht einer Verschwörung, die in einem tiefen, verborgenen Keller abgehalten wurde. In der Tat befand man sich tief unter der Basilika – in Kellern, die selbst damals, als die Cambrier hier noch wirkten, nicht oft betreten worden sein dürften.

Victor betrachtete die Karte mit sachkundigen Blicken. »Die Umrisse des Landes stimmen gar nicht«, bemerkte er.

»Doch, das ist Westakrania«, warf Yannir ein. »Die Karte dürfte mehr als zweitausend Jahre alt sein, und damals war man mit der Landvermessung noch nicht so weit. Hier, sieh nur! Das da ist Soligor, dort drüben liegt das Ramakorum und hier ist der Mogellsee.«

Victor nickte. Die Lage der Orte stimmte, obwohl er die Schrift nicht entziffern konnte. »Die Karte ist ziemlich gut erhalten – für dieses Alter«, stellte er fest.

»Das sind alle Bücher hier«, erwiderte Yannir und machte eine Geste, die die gesamte Basilika mit einschloss. »Mit Magie. Ein Steckenpferd der Cambrier, wie es scheint.«

»Was ist das für eine Sprache?«, fragte Victor und deutete auf die zahllosen kleinen Eintragungen. »Alt-Akranisch?«

»Eine noch frühere Form«, meldete sich Gerrold, ein Spezialist für Schriften und Sprachen. »Wir nennen sie heute Paskript, der Vorläufer der Veldoorer Federschrift. Veldoor war vor langer Zeit einmal der Nabel der Welt. Akrania wurde von dort aus besiedelt, vor ungefähr … dreitausendfünfhundert Jahren.«

Victor blickte auf und musterte den rundlichen Gerrold. Er war jung, mit tomatenroten Wangen und einer Haut wie ein Säugling. Aber sein fast noch kindliches Aussehen täuschte. Er verfügte über ein fundiertes Wissen.

»Hast du es entziffern können?«

Gerrold nickte. Sein unsicherer Seitenblick fiel auf Roya. Er wollte ihr gefallen. *Jeder* wollte ihr gefallen. »Es ist mühselig«, sagte er. »Aber ich habe etliches übersetzen können. Demnach muss die Karte kurz nach dem Ende des Dunklen Zeitalters angefertigt worden sein. Hier, hier und hier: Das sind Eintragungen mit Jahreszahlen.«

»Mit Jahreszahlen?«

»Richtig. Damals hatte sich der Rat der Gilde dazu entschlossen, den Beginn des Dunklen Zeitalters mit einer neuen Zeitrechnung gleichzusetzen. Das geschah nicht, weil man glaubte, man müsse irgendwie an diese Zeit erinnern. Er war, weil man zuvor keine einheitliche Zeitrechnung besaß. In verschiedenen Ländern gab es verschiedene Jahreszahlen. Die einen rechneten nach den Geburtsdaten bestimmter Volkshelden, andere nach den Auffassungen ihrer Forscher, wann die Menschen mit der Geschichtsschreibung in der Höhlenwelt begannen. Und allein darüber weiß man bis heute allzu wenig.«

»Und was ist nun aus dieser Karte zu schließen?«

Mehrere Mitglieder der Gruppe sahen Victor unentschlossen an. Gerrold kaute auf seiner Unterlippe. »Also … diese Karte muss eigentlich älter sein. Älter als das Dunkle Zeitalter.«

Victor zog die Augenbrauen hoch.

»Wie kommst du darauf?«

Gerrold deutete wieder auf die Karte. »Es gibt dort einige Einzelheiten, die sich nicht mit der tatsächlichen Landschaftsform decken. Der Landschaftsform, die nach dem Dunklen Zeitalter zutrifft.«

Victor schürzte nachdenklich die Lippen. Nach einer Weile meinte er: »Aber ihr sagtet doch, die Landvermessung sei damals noch nicht so weit gewesen …«

»Das stimmt. Aber darum geht es nicht. Hier, sieh dir mal den Mogellsee an. Er ist hier wesentlich kleiner eingezeichnet, als er tatsächlich ist. Oder aber der Landbruch, hier, nördlich des Salmlandes. Hier ist nichts davon zu sehen. Das ist eine Felswand von einer Meile Höhe und 430 Meilen Länge. Sie reicht bis nach Kambrum, am Südrand des Ramakorums entlang. Die kann man damals schlecht übersehen haben!«

Victor blickte unschlüssig drein. »Tut mir Leid. Aber ich verstehe rein gar nichts.«

Aus dem Hintergrund drängte sich Hano an den Tisch. Victor wusste, dass sein Steckenpferd die Erd- und Landeskunde war. Er brachte eine weitere Karte mit und breitete sie über die alte. Man konnte sofort erkennen, dass sie wesentlich neueren Datums war.

»Es ist so«, begann er, »dass der Anbruch des Dunklen Zeitalters nicht nur eine gewaltige Horde von stygischen Dämonen über die Welt brachte. Das Gleichgewicht der Welt selbst geriet aus den Fugen. Es gab Erdbeben, Vulkanausbrüche, Sintfluten – alles, was du dir nur denken kannst. Wenn du nur einmal die Form des Mogellbeckens, hier auf der alten Karte, mit der Form des heutigen Mogellsees vergleichst ... nun, fällt dir da nicht etwas auf?«

Victor beugte sich über die Karte. »Ja, stimmt. Sieht ungefähr gleich aus.«

Hano nickte. »Wenn man annimmt, dass durch das Dunkle Zeitalter sich das Land dort so verändert hat, dass es zu einer großen Überschwemmung gekommen ist, dann füllt der heutige Mogellsee das damalige Mogellbecken vollständig aus.«

»Aber ... ist das denn ein Beweis?«

Hano hob die Schultern. »Es gibt noch weitere Einzelheiten. Wie gesagt, der Landbruch. Es ist nichts von ihm aus der Zeit vor dem Dunklen Zeitalter überliefert. Wir haben Dutzende von Büchern gewälzt. Die Geschichte des Salmlandes und so. Keine Silbe von einem Landbruch, einer Klippe, oder etwas Ähnlichem. Wenn du hingegen heute irgendwas über das Salmland liest, wird der Landbruch schon meist in der ersten Zeile erwähnt.«

»Du meinst, er könnte erst durch das Dunkle Zeitalter entstanden sein?«

»Sehr wahrscheinlich. Ich würde sagen: mit Sicherheit. Und hier, auf dieser alten Karte von Westakrania, ist er ebenfalls *nicht* eingezeichnet. Wie gesagt – er dürfte schwer zu übersehen sein. Man könnte ihn, finde ich, eigentlich als die wichtigste landschaftliche Besonderheit unseres Erdteils bezeichnen. Sieh mal – nach dieser Karte ist das ganze Salmland eine Hochebene. Dieser Teil hier jedoch – die Halbinsel von Salmland – liegt heute ganz klar auf Meereshöhe. Ich bin selbst einmal in Morimar gewesen, der Hauptstadt. Dann gibt es noch den Verlauf der Savau, der heute ganz anders ist, und hier den Küstenverlauf vor Kambrum. Und einiges mehr.«

Victor kratzte sich am Kinn. »Also etliches, das darauf hindeutet, dass die Karte in Wirklichkeit *vor* dem Dunklen Zeitalter gezeichnet wurde.«

»Richtig«, sagten Hano und Gerrold zugleich.

»Und wie bringt uns das weiter?«

Nun meldete sich Chet wieder zu Wort. »Wir vermuten, dass derjenige, der durch seine Eintragungen der falschen Jahreszahl den Eindruck zu erwecken versuchte, die Karte sei jünger als sie eigentlich ist, keine Ahnung von den Landverwerfungen besaß, die das Dunkle Zeitalter ausgelöst hatte. Wahrscheinlich deswegen, weil es ab dieser Zeit Jahrhunderte dauerte, ehe man wieder neue, verlässliche Karten zeichnen konnte. Deswegen fiel ihm die Offensichtlichkeit seiner Irrtümer nicht auf. Er beschriftete diese Karte nachträglich und ahnte dabei nicht, dass man es später erkennen könnte.«

»Hm«, machte Victor. »Schön und gut. Aber was nützt uns das?«

»Er machte einen großen Fehler«, sagte Chet und deutete auf eine Stelle an der Küste des nördlichen Salmlandes. Hier!«

Victor beugte sich über die Karte. Dort befand sich das Symbol für eine Stadt. *Palimbaan* stand daneben.

»Palimbaan?«, Victor schluckte. »Ist das nicht …?«

Alle in der Runde nickten bedeutungsvoll.

Ein heißer Schauer kroch Victor den Rücken hinauf. »Palimbaan!«, ächzte er. »Die ehemalige Hauptstadt des

Landes Noor – und der sagenhafte Geburtsort Sardins! Während des Dunklen Zeitalters im Meer versunken! Niemand konnte bis heute herausfinden, wo dieses Palimbaan einst lag!«

Chet nickte. »Ja. Es gibt allerdings diese eine Unstimmigkeit. Die Jahreszahlen in den Eintragungen sprechen vom Jahre 148 nach dem Dunklen Zeitalter. Zu dieser Zeit kann Palimbaan nicht mehr existiert haben. Es würde keinen Sinn machen, es auf einer Karte wie dieser einzutragen. Die Karte muss also von früher stammen. Und hier, sieh mal! Auch die Festung von Laarbon ist eingetragen und selbst Bor Akramoria. Beides Bauwerke, deren Lage man nach dem Dunklen Zeitalter nie wieder entdecken konnte. Diese Karte jedoch kennt sie. Unauffällig versteckt zwischen hunderten winziger Eintragungen. Und das alles, obwohl sie angeblich aus der Zeit nach dem Dunklen Zeitalter stammt. Die Karte ist ein komplettes Verwirrspiel.«

»Aber … wozu?«, rief Victor aus. »Wozu wurde sie gefälscht?«

Chet verzog das Gesicht. »Das ist heute schwer zu sagen. Vielleicht wollte jemand einen Hinweis hinterlassen. Jemand, der dachte, dass es für die Cambrier noch einmal wichtig sein könnte, die Lage von Palimbaan, Laarbon oder Bor Akramoria zu erfahren.« Er lächelte grimmig. »Dass die Karte *uns* heute nützen würde, hatte er sich sicher nicht ausgemalt.«

»Unglaublich!«, sagte Victor. »Palimbaan. Dass man das noch einmal entdecken würde …!«

»Sardin soll das Kind des Fürsten des Landes Noor gewesen sein«, berichtete Chet. »Ein tyrannischer, grausamer Herrscher, der mit finsterer Magie im Bunde stand. Seine Gattin betrog ihn mit irgendeinem Höfling und Sardin, der Sohn der beiden, und noch ein Kind sollen davon gewusst haben. Der Fürst erschlug seine Frau vor den Augen seines Sohnes. Sardin selbst sperrte er für Jahre in die Verliese des Palastes von Palimbaan, weil er ihn als Verräter und Ausgeburt des betrügerischen Weibes bezeichnete. Erst als Sardin erwachsen war, soll er frei gekommen sein. Er ermordete seinen Vater, riss die Quellen der Magie seines Vaters an sich und verließ dann Palimbaan, um die Bruderschaft zu gründen.«

Victor sah seine Männer forschend an. »Und ... wo geschah das? Ich meine, an welchem Ort wurde die Bruderschaft gegründet?«

Ratloses Schulterzucken war die allgemeine Antwort.

Victor stieß einen leisen Pfiff aus. »Dann sucht nach diesem Ort!«, sagte er. »Wenn wir herausfinden, wo der Ursprungsort der Bruderschaft ist, dann haben wir vielleicht *den* Ansatzpunkt! Der Pakt muss sich irgendwo an einem der früheren Wirkungsorte von Sardin befinden! Wir müssen den Weg der Bruderschaft zurückverfolgen – ihre Entstehungsgeschichte!«

Allgemeine Zustimmung erhob sich. Victor blickte in die Runde. Diese Sache mit Palimbaan hätte er allzu gern für sich behalten. Aber das war schlechterdings unmöglich. Er beschloss spontan, ein Wagnis einzugehen. Ein gewaltiges Wagnis.

»Ihr habt hervorragend gearbeitet!«, lobte er seine Leute. »Ich verspreche euch, dass ich dafür sorgen werde, dass sich das für euch lohnen wird!« Er wandte sich an Roya. »Nimm Kontakt mit Quendras und dem Hohen Meister auf. Wir müssen das sofort weiterleiten.« Er wandte sich wieder um.

»Und ihr – macht euch wieder an die Arbeit. Findet noch mehr Material! Wenn es uns gelingt, diese Sache weiter einzukreisen, dann werden wir eine Menge Lob einstecken!«

Zustimmende Bemerkungen erhoben sich und man gratulierte sich gegenseitig. Gleich darauf zerstreuten sich die Brüder wieder in alle Richtungen, um weiteres Schriftwerk zutage zu fördern.

Victor wandte sich um und gab Roya ein Einhalt gebietendes Zeichen. »Warte noch!«, flüsterte er. »Lass uns in mein Schreibzimmer gehen!«

Mit einem Kloß in der Kehle wandte er sich um, nahm Roya bei den Schultern und marschierte mit ihr davon. Das, was er nun vorhatte, konnte seinen und Royas Tod bedeuten – oder eine gewaltige Wende im Verlauf der Dinge.

22 ♦ Wagnis

»Und wer soll dann die Aufsicht über deine Leute wahrnehmen?«, fragte Chast ziemlich scharf.

»Das macht Martiel!«, sagte Victor eindringlich. »Er ist vollkommen vertrauenswürdig. Ich schwöre Euch, Hoher Meister – ich bin in fünf, spätestens sechs Tagen wieder hier. Ich kenne mich in Hegmafor bestens aus. Schließlich habe ich jahrelang dort studiert. Wenn Ihr jetzt *irgendwen* dorthin schickt, kann es Wochen dauern, bis er findet, was wir brauchen. Wenn überhaupt! Ich hingegen habe jetzt schon genaue Vorstellungen, wo ich suchen muss!«

»Und warum kannst du das nicht einem deiner Leute sagen und ihn dorthin schicken?«

Victor ächzte. »Hoher Meister – bei allem Respekt! Kennt Ihr Hegmafor? Die endlosen Keller und Seitentrakte der Bibliothek? Niemand von diesen Burschen kennt sich dort so gut aus wie ich! Es geht jetzt darum, dass wir *schnell* sind. Mit den richtigen Hinweisen haben wir in kürzester Zeit gefunden, wonach wir suchen! Diesen Triumph dürft Ihr mir nicht vorenthalten! Schließlich ist es ja auch zum Zweck der Sache!«

Chast war missmutig und nicht so leicht zu überzeugen. »Und warum willst du unbedingt dieses Mädchen mitnehmen? Hast du dich etwa in sie vernarrt?«

Victor winkte heftig ab. »Unfug!«, rief er aufgebracht. »Was soll ich denn mit so einem Küken? Sie ist ja noch ein Kind! Nein – es ist, weil ich möglicherweise Kontakt hierher nach Savalgor benötige. Wenn ich nicht sofort finde, wonach ich suche, muss ich möglicherweise Fragen an meine Leute stellen. Das geht nur mit Royas Hilfe.«

Chast schnaubte. »Mir gefällt das überhaupt nicht! Was, wenn du dich einfach mit ihr aus dem Staub machst?«

»Aber Hoher Meister!« Victor schrie beinahe. »Jetzt, wo ich kurz vor dem Triumph stehe? Jetzt, wo ich ... so viel Ruhm einstecken könnte? Die Bruderschaft vor der Bedrohung durch die Drakken retten könnte? Ich kann nicht glauben, dass Ihr denkt, mir würde jetzt ausgerechnet *so etwas* einfallen!«

Chast holte tief Luft. Dann fuhr er herum.

»Also gut, Valerian. Du sollst deinen Willen haben. Du bekommst einen Drachen. In einer Stunde. Ich werde den Drachenpiloten selbst auswählen und er wird ein Meistermagier sein! Er wird dich und dein ... Mädchen jede Minute beobachten. Fliege nach Hegmafor und besorge dieses Zeug, das du brauchst. Spätestens in sechs Tagen erwarte ich dich zurück! Und die Kräfte mögen dir gnädig sein, wenn du mich zu hintergehen versuchst oder keine vernünftigen Ergebnisse mitbringst! Ist das klar?«

»Ja, Meister«, Victor nickte gehorsam. »Ich werde Euch ganz sicher nicht enttäuschen. Aber den Drachen bitte erst in zwei Stunden. Ich muss zuvor noch in die Basilika und meinen Leuten genaue Anweisungen geben. Außerdem ... nun, wir benötigen einen guten Magier, der bei ihnen ist und mit dem Roya gegebenenfalls Kontakt aufnehmen kann.«

Diese Aussage schien Chast ein wenig zu beruhigen. »Gut. Ich werde Meister Polmar schicken. Roya kennt ihn. Er wird ... nun, ab morgen Abend in der Basilika sein. Früher werdet ihr Hegmafor nicht erreichen. Wenn ihr dort ankommt, erwarte ich eine sofortige Nachricht!«

»Danke, Meister. Kann ich jetzt ...?«

Chast hob den Kopf zur Tür und bedeutete ihm, dass er entlassen war.

*

Als Victor die Tür von Chasts Arbeitszimmer hinter sich geschlossen hatte, stieß er angespannt die Luft aus. Zu spät erst bemerkte er den Wachsoldaten neben der Tür. Aber seine Befürchtung, sich verraten zu haben, war überflüssig. Der Soldat lächelte und deutete mit einer Geste an, dass er durchaus verstehen konnte, wenn jemand, der gerade aus diesem Zimmer kam, einen solchen Laut ausstieß.

Victor lächelte verkniffen zurück. Die Szene in Chasts Zimmer hatte ihm einiges an Verstellungskünsten abverlangt. Gut, dass Roya nicht dabei gewesen war. Er wusste nicht, ob sie die Nerven gehabt hätte, diese haarsträubende Lüge über die Zeit des Empfangs zu retten.

Er hingegen hatte nun sein Schicksal besiegelt. Es gab kein Zurück mehr. Entweder sein Plan klappte oder er war tot. Und Roya auch. Aber sie waren beide hierher gekommen, um Chast zu schlagen. Ohne Risiko war das kaum möglich.

Entschlossen wandte er sich um und marschierte zum Schacht der Kettengondel. Die Fahrt hinab kostete ihn wegen der schleppenden Langsamkeit sämtliche noch verbliebenen Nerven. Er rannte durch den langen unterseeischen Tunnel, der Torgard mit dem Palast verband, und stürmte drüben durch die Gänge bis hin zum Palastportal, wo das Gespann auf ihn wartete. Eine Dreiviertelstunde später erreichte er atemlos die Basilika. Zuerst suchte er Roya auf.

Sie wartete schon in fiebriger Unruhe in seinem Schreibzimmer. Vor kaum zwei Stunden hatte sie Chast eine todeswürdig gefälschte Nachricht zukommen lassen.

»Wir fliegen!«, sagte Victor leise, als er hereinkam.

Roya schoss in die Höhe.

Er schloss die Tür, ging zu ihr und zog sie neben sich auf die Kante der Pritsche. »Hör zu«, sagte er leise und eindringlich. »Willst du Alina retten? Und Leandra auch? Deine Schwester rächen, Chast vernichten und diese ganze verfluchte Bruderschaft zur Hölle jagen?«

Roya stieß einen leisen, angstvollen Laut aus und nickte dann befangen.

»Bist du sicher?«, fragte er noch einmal.

»Ja, verdammt!«, ächzte sie.

»Gut. Dann mach dich auf was gefasst. Wir kriegen einen Aufpasser mit – den Drachenpiloten. Angeblich einen Meistermagier. Wir müssen ihn loswerden. Wenn *ich* es nicht schaffe – wirst du es hinkriegen? Mit Magie?«

Roya stöhnte auf. »Jemanden *umbringen?*«

»Ja, verflucht! Darauf wird es hinauslaufen. Glaub nicht, dass mir so etwas Spaß macht.«

Roya stieß die Luft geräuschvoll aus. »Also, ich … ich … werde versuchen, mir etwas einfallen zu lassen!« Sie nickte ihm unsicher zu.

»Gut!«, sagte Victor. Er wollte sich erheben, aber Roya zog ihn wieder zu sich herunter. Sie war noch unruhiger als er selbst. »Nun sag endlich: Weißt du wirklich, wo dieser Pakt ist? Und wo willst du hin? Wir fliegen doch nicht nach Hegmafor, oder?«

Victor war ungeduldig. Aber diese Antwort schuldete er ihr noch. »Erinnerst du dich an die Karte?«, fragte er.

Roya nickte.

Victor erhob sich und ging zu seinem Schreibtisch. Er zog unter einem Stapel ein großes, aufgeschlagenes Buch hervor – ein sehr altes Buch. »Hier, sieh dir das an! Kannst du Alt-Akranisch?«

Sie verneinte.

Victor deutete mit dem Finger auf das Buch. »Hier steht ebenfalls etwas über Palimbaan. Genau das, was Chet erzählte. Die Geschichte über Sardins Vater und so weiter. Aber hier steht noch etwas. Sardin hat seinen Vater erschlagen – aber nicht in Palimbaan! Nein, hier ist ein ganz anderer Ort verzeichnet, nämlich der, von dem sein Vater stammte, wo er wirkte und lebte. Die Hauptstadt des Landes Noor war Palimbaan, dort wurde Sardin geboren – aber als sich sein Vater dann zum Fürsten von Noor aufschwang, verlegte er seinen Herrschersitz in eine Festung – die *Festung von Hammagor.* Derjenige, der dieses Buch schrieb, behauptet, man habe später die Lage dieser Festung nie bestimmen können – ebenso wenig wie die von Palimbaan. Aber er schreibt, dass *Hammagor* die Wiege der Bruderschaft sei! Dass Sardin sie gründete, nachdem er dort seinen Vater getötet und dessen Quellen dunkler Magie an sich gerissen hatte!«

Roya sah ihn verwirrt an.

Victor lies das Buch los und setzte sich direkt neben sie auf die Kante der Pritsche. »Ich habe in der Karte einen weiteren Eintrag gesehen«, sagte er leise. »Einen kleinen Fleck, ganz oben an der Steilküste des Salmlandes – des ehemaligen Reiches von Noor. Dort, wo die hohen Berge des Ramakorums beginnen.«

»Etwa … *Hammagor?*«, keuchte Roya.

Victor nickte.

Roya ächzte. »Du meinst, dort könnte der Pakt …?«

Victors Brustkorb hob und senkte sich vor Aufregung. »Aber *ja* – wo denn sonst? An welchem Ort sollte Sardin sonst den Pakt verstecken – als dort, wo er herstammt? An dem Ort, der vollkommen sicher ist, weil ihn niemand kennt! Einem Ort, der versteckt am äußersten Ende der Welt liegt.«

»Aber … warum nicht in Unifar – im Tempel von Yoor? Oder in Bor Akramoria?«

Victor schüttelte den Kopf. »Überleg doch mal: Das kann erst viel später gewesen sein. Er baute in Hammagor seine Bruderschaft auf. Dann kamen die Drakken, nachdem er und seine Leute bereits mit der Gilde in

Streit geraten waren. Die Drakken suchten einen Verbündeten – zu dieser Zeit muss die Bruderschaft schon eine ernst zu nehmende Gruppe gewesen sein!«

Roya nickte langsam. »Ja, du hast Recht!«

»Dann schloss er den Pakt mit ihnen ab«, fuhr Victor fort. »Erst danach, als die Forderung niedergeschrieben war, dass er die Macht über das Land und die Welt erlangen sollte, zog er nach Unifar, um den damaligen Herrscher zu stürzen. Bor Akramoria ist außerdem kein Bauwerk der Bruderschaft. All diese Orte kamen erst später ins Spiel. Zur Zeit des Abschlusses des Paktes gab es nur einen entscheidenden Stützpunkt der Bruderschaft: Hammagor. Und später wurde offenbar alles getan, um diesen Ort in Vergessenheit geraten zu lassen! Nein, ich bin sicher, dass der Pakt in Hammagor zu finden ist! Da wette ich alles, was ich habe!«

Sie verzog das Gesicht. »Das ist nicht sehr viel, was?«

Er grinste schief. »Immerhin mein Leben«, erwiderte er. Dass er eigentlich bereits auch ihres darauf verwettet hatte, erwähnte er nicht.

Roya schien sich einen innerlichen Ruck zu geben. »Wann fliegen wir los?«

»In etwas mehr als einer Stunde. Fahr zurück nach Torgard und schicke den Wagen gleich wieder her. Dann packst du deine Sachen. Nimm dir was Warmes mit – so ein Drachenflug hat es in sich. Wir treffen uns dann in Torgard oben im Drachenhorst. Weißt du, wo der ist?«

Sie nickte.

Er drückte sie fest an sich und küsste sie auf die Stirn.

Dann stürmte er hinaus und rannte hinunter in die Katakomben, auf den Treppen immer gleich drei Stufen auf einmal nehmend. Während der letzten Schritte wappnete er sich für seine nächste große Lüge. Was er vorhatte, war geradezu irrwitzig. Aber er war ein Mann, der mit der Magie der Worte recht gut umzugehen wusste. Und in diesem Fall war er sicher, dass ihm gelingen würde, was er vorhatte.

Drei Minuten später hatte er seine Leute zusammengerufen. »Hört zu, Männer«, sagte er. »Ich habe in den letzten Tagen selbst viel nachgeforscht. Und ich weiß nun, wie wir herausfinden können, wo sich der Pakt befindet! Ich habe lange in Hegmafor studiert und ich habe eine ziemlich genaue Vorstellung davon, wo ich den Namen des Ortes finden kann, an dem die Bruderschaft gegründet wurde. Ich werde schon in einer Stunde mit einem Drachen losfliegen. Zusammen mit Roya ....«

»Nach Hegmafor? Und *mit* Roya?«, ertönte es im Rund.

»Ja. Ich habe Chast nicht gesagt, dass ich so nah dran bin. Aber ich bin sicher, dass ich in ein paar Tagen wieder hier bin – und dann sind wir die Sieger! Wir werden ...«

»Warum mit Roya?«, fragte Martiel ärgerlich. »Sie soll uns doch ständigen Kontakt mit Magister Quendras ermöglichen. Da ist es doch ...«

Victor hob die Hand. »Langsam! Ich brauche Roya, damit sie Kontakt mit euch aufnehmen kann. Möglicherweise brauche ich noch Einzelheiten von euch, wenn ich in Hegmafor nicht schnell genug weiterkomme.«

»Aber – wie soll denn das ...?«, rief jemand aufgebracht. Victor stellte mit Bestürzung fest, dass Roya hier offenbar in kürzester Zeit zum uneingeschränkten Liebling geworden war. Hoffentlich bedeutete das jetzt keine Schwierigkeiten. Er konnte sie unmöglich zurücklassen.

Victor hob nun beide Hände. »Morgen Abend wird hier ein Magier eintreffen – Meister Polmar. Er ist es, mit dem Roya Kontakt aufnehmen wird. Da ich vollkommen sicher bin, dass ich Erfolg haben werde, solltet ihr euch solange auf die Krypti stürzen. Erzählt keinem davon. Macht einfach eure Arbeit – versucht mit aller Kraft, das Geheimnis der Krypti zu entschlüsseln. Wenn ich den Gründungsort der Bruderschaft habe und es euch gleichzeitig gelingt, etwas Entscheidendes über die Machart der Krypti herauszufinden, werden wir einen Triumph davontragen, wie ihr ihn euch nicht vorstellen könnt! Jeder Einzelne von euch wird Ruhm und Ehre einstecken! Leiter eines Skriptoriums werden! Geld und Frauen, so viel ihr wollt. Und endlich raus hier – aus diesen muffigen Kellern. Wir werden die Retter der Bruderschaft sein!«

Victors aufpeitschende Rede schien die Stimmung der Gruppe zu heben. Doch es gab noch Zweifel.

»Woher bist du so sicher, dass dieser Pakt unbedingt dort zu finden sein wird, wo die Bruderschaft gegründet wurde?«, fragte Chet.

Victor lächelte verschmitzt. »Überlasst das mir. Ich habe noch eine Trumpfkarte im Ärmel. Ihr werdet staunen!«

Yannir trat vor. »Eine Trumpfkarte?«, rief er. »Da bin ich aber gespannt! Los, raus damit!«

Victor machte eine abwehrende Geste und grinste noch breiter. »O nein! Diesen Spaß müsst ihr mir lassen! Das verrate ich nicht! Vertraut mir einfach!«

Stirnrunzeln und unschlüssige Bemerkungen waren die Quittung auf Victors Ankündigung. Dennoch – er konnte sehen, dass seine gespielte Begeisterung langsam auf seine Leute überspringen wollte.

»Was ist? Macht ihr mit? Vertraut ihr mir?«

»Ich weiß nicht«, sagte Gerrold zweifelnd. »Ist das nicht reichlich gefährlich? Wie wird Chast reagieren, wenn er erfährt, dass wir dich gedeckt haben?«

Victor winkte ab. »Ach, ich kenne ihn inzwischen. Er wird vielleicht ein bisschen toben, aber er wird sehr bald wissen, dass hinter der ganzen Aktion eine große Chance steckt! Das wird er nicht übergehen können! Und zuletzt stehen wir als Sieger da. Er mag

Leute mit Mut, versteht ihr? Da muss man auch mal was wagen!«

»Und was, wenn du diesen Gründungsort nicht herausfinden kannst?«

»Ich *werde* ihn finden! Das garantiere ich euch! Ich weiß geradezu, wo er ist! Ich kann ihn schon förmlich in meinen Händen spüren!« Er verdeutlichte das mit einer eindringlichen Geste.

Martiel trat vor. »Verdammt! Warum *sagst* du es uns dann nicht?«

Victor schnitt eine Grimasse. »Ein winziges Bruchstück fehlt mir noch. Aber das werde ich bald haben!« Er blickte in die Runde und sah zweifelnde Gesichter. »Hört zu, Brüder!«, sagte er eindringlich. »Was ihr mir verschaffen sollt, ist ein kleiner Zeitvorsprung! Wenn ich den habe, dann kann uns niemand diesen Triumph mehr abjagen! Wenn ich es ausposaune, dann schickt Chast seine verfluchte Duuma los oder seinen Orden von Yoor, und wir sitzen hier und gucken nur dumm! Aber so werden *wir* die Sieger sein, versteht ihr? Bin ich erst einmal weg, kann es Chast mit all seinen Drohgebärden nicht mehr aus mir herausquetschen! Wenn ich es euch aber sage …? Nun, Martiel, denkst du, du würdest es wagen, es Chast zu verschweigen, wenn er dir befiehlt, damit herauszurücken?«

Martiel verzog das Gesicht. Victor gratulierte sich zu diesem Schachzug. Er hob die Schultern und wandte seinen Leuten die offenen Handflächen zu. »Seht ihr? Versteht ihr nun, warum ich es so machen will?«

Zustimmendes Gemurmel erhob sich, wenn auch spärlich.

»Vertraut mir einfach. Wir kennen uns nun doch schon so lange. Sagt einfach gar nichts. Sagt, ihr dächtet, Roya und ich wollten einfach nur ein paar Schriftrollen aus Hegmafor holen. Das mit Palimbaan und dem Gründungsort der Bruderschaft wird er direkt von mir erfahren! Erwähnt Palimbaan erst gar nicht – dann kann euch auch gar nichts passieren!«

Yannir meldete sich. »Valerian hat Recht!«, rief er. »Stellt euch nur vor: für jeden von uns ein hoher Posten! Wein, Weiber und Gesang! Und endlich mal wieder raus in die Stadt!«

Plötzlich schien die Stimmung umzuschwenken. Alle redeten durcheinander. Victor atmete auf; er sah, dass er gewonnen hatte.

*

Eine weitere Stunde später erreichte er den Drachenhorst.

Roya war bereits da; mit ihrem Bündel stand sie ein wenig verloren mitten auf dem riesigen Landeplatz. Sie hatte sich dick angezogen, Victors Hinweis beachtend, dass es bei einem Flug auf einem Drachen sehr kühl werden konnte. Auch Victor hatte eine Lederweste dabei.

Etwas abseits standen zwei Männer, ein großer und ein kleiner – sie unterhielten sich. Victor gesellte sich zu Roya. Noch immer schlug sein Herz einen kräftigen Rhythmus und er hatte nicht allzu viel Hoffnung, dass sich das allzu bald legen würde. Auch Roya war nervös und aufgeregt.

Sie befanden sich innerhalb der riesigen, natürlichen Höhlung, die man den Drachenhorst nannte. Es handelte sich um eine tiefe Einbuchtung im Fels des Stützpfeilers, etwa zweieinhalb Meilen hoch über dem Meer. Auf der riesigen freien Fläche hätten sich leicht fünfzig oder sechzig Tiere von der Größe eines Felsdrachen, die etwa zwanzig Schritt Spannweite besaßen, tummeln können. Nach oben hin war ausreichend Platz, um die gesamte Cambrische Basilika unterbringen zu können, und in der Höhe gab es genügend Einbuchtungen, Nischen und Felsvorsprünge, dass weitere hundert Drachen dort Platz gefunden hätten.

Victor hatte gehört, dass man hier oben einst einen echten Drachenhorst angetroffen hatte; eine ganze Kolonie von Sturmdrachen sollte hier gelebt haben. Als der erste Mann der Bruderschaft jedoch seinen Fuß an diesen Ort gesetzt hatte, waren die scheuen Tiere geflohen. Seitdem benutzte man den Drachenhorst als Start- und Landeplatz für die Drachen, die im Dienste der Bruderschaft standen – aber das waren, wie Victor gehört hatte, nicht sehr viele. Im Augenblick war kein Einziger von ihnen zu sehen.

Nach links und rechts schlossen sich Höhlungen an, die durch riesige Holztore verschlossen waren. Dahinter mussten die Drachenquartiere liegen. Victor bezweifelte, dass sie wohl gefüllt waren; der Mangel an Tieren, nicht nur bei der Bruderschaft, war sprichwörtlich. Seit Jahrhunderten bemühten sich die Drachenmeister, den Kontakt zu den Dachen wieder in dem Maße herzustellen, wie er früher, vor über zweitausend Jahren, einmal existiert haben musste. Aber ihnen war kein allzu großer Erfolg beschieden. Allein ein paar Sonnendrachen waren den Menschen zu Diensten – vielleicht zwei Dutzend in ganz Akrania und noch einmal so viele – oder ein paar mehr – im Rest der Höhlenwelt. Aber das war mehr als bescheiden.

Victor hätte den Drachenmeistern so manches zu diesen Tieren sagen können, denn er wusste einiges über die Drachen – wovon hier allerdings niemand etwas ahnte. Bei seiner Reise mit Leandra nach Unifar waren sie auf den Rücken der Drachen der Grauautsippe geflogen und hatten später sogar gemeinsam mit ihnen gegen die Bruderschaft von Yoor gekämpft. Eine Sache, die innerhalb der letzten Jahrhunderte wohl einzigartig gewesen sein dürfte. Er bewunderte die unbändige Kraft und die sagenhaften Flugfähigkeiten dieser wunderschönen Tiere und er wusste, dass sie weitaus intelligenter waren, als die meisten Menschen glaubten.

Er starrte gedankenverloren in die Höhe, als ihm eine

glatte Fläche auffiel, die er nach kurzer Zeit als eine riesige, dunkel-metallene Platte erkannte. Sie befand sich hoch über seinem Kopf, schräg oben in der Höhlung des Drachenhorstes, und sie war so gewaltig, dass man einen kleinen Marktplatz damit hätte verdecken können. Sie war annähernd quadratisch und das Metall war dunkelbraun und matt – offenbar befand sich die Platte schon seit Jahrhunderten oder noch länger an diesem Ort. Victor fühlte sich an den geheimnisvollen Wasserkraft-Aufzug mit der Kettengondel erinnert und an die riesigen Apparaturen in dem unterseeischen Tunnel zwischen Torgard und dem Palast. Er vermutete, dass dieses riesige Ding da oben wohl ebenfalls von den alten Baumeistern von Torgard stammte. Er fragte sich, welchem Zweck diese Platte wohl diente und wie man ein so gewaltiges Ding schmiedete und anschließend dort hinauf bekam.

Schließlich kamen die beiden Männer herbei; ein rundlicher, glatzköpfiger Mann mit einer großen Lederschürze und ein sehr breit gebauter Bursche mit vierschrötigem Aussehen. Der kleine stellte sich als Peet vor, seines Zeichens Drachenmeister.

»Wir warten noch auf unseren Drachenflieger«, erklärte Victor.

»Das bin ich«, meldete sich der große Mann mit grollender Stimme. Er baute sich vor Victor auf und maß ihn mit finsteren Blicken.

Na wundervoll, gratulierte sich Victor. Ein Aufpasser, wie er im Buche steht. Grob, gemein und wahrscheinlich ein echtes Kampfschwein. Victor sah gleich, dass es sich bei diesem Kerl nicht um einen Künstler in Sachen Magie handeln konnte. Vermutlich hatte man ihm ein paar üble Kampfmagien beigebracht, die er endlos geübt hatte. Sicher konnte er mit seinen rohen Kräften eine Kirche zum Einsturz bringen – aber bei der Heilung einer Verletzung würde er kläglich versagen. Ein Wunder, dass dieser Kerl gleichzeitig Drachenflieger war. Victor hätte eher einen feinsinnigen Menschen mit Verstand und Gefühl erwartet.

Peet, der Drachenmeister, kratzte sich am Kinn. »Dann seid ihr insgesamt ja nur … *drei* Leute!«, stellte er fest.

Victor nickte.

Peet verschränkte die Arme vor der Brust. »Und wozu braucht ihr dann einen Sonnendrachen? Der kann über zwanzig Leute befördern!«

»Habt ihr denn noch andere?«, fragte Victor.

»Sag ich doch!«, raunte der große Magier. »Gib uns den kleinen Felsdrachen, der vorhin angekommen ist. Der ist ohnehin schneller.«

Peet warf ihm einen Seitenblick zu. »Ich weiß nicht, Scolar. Hab keine Ahnung, wo der Drache herstammt. Er trägt keine Marke. Ich muss erst fragen, was das für ein Tier ist.«

»Ihr … habt *Felsdrachen?*«, fragte Victor verwundert.

Der große Kerl, offenbar Scolar mit Namen, winkte heftig ab. »Wen kümmert das schon! Dass er hierher geflogen ist, sagt doch genug. Er muss von hier sein. Und dieser Sonnendrache ist noch immer nicht da!«

Victor erinnerte sich an die Felsdrachen, mit denen er geflogen war, und mischte sich ein. »Ja, gib uns den Felsdrachen! Wir haben es eilig. Wer weiß, wann der Sonnendrache endlich ankommt.«

Peet peilte hinaus in die Lüfte. Unter ihnen lag glitzernd das Meer, und weit draußen ragte eine lange Reihe gewaltiger Stützpfeiler im milchigen Dunst des Nachmittags zum Felsenhimmel auf. Von einem Sonnendrachen war nichts zu sehen.

Peet zuckte mit den Achseln. »Also gut, ihr sollt ihn haben. Wenn er eigentlich gar nicht hier sein dürfte, dann kann er nachher auch nicht fehlen. Ihr bringt ihn ja eh wieder zurück, oder?«

Victor nickte eifrig. »Ja, spätestens in sechs Tagen.«

Peet ging davon, verschwand hinter einer Tür und einige Minuten später öffneten zwei Männer eines der großen Holztore. Ein grauer Felsdrache kam zum Vorschein. Roya wich angstvoll ein paar Schritte zurück.

*

Sie war noch nie zuvor einem Drachen so nahe gewesen, geschweige denn mit einem geflogen. Das Tier war groß, viel größer als sie gedacht hatte. Obwohl er nur einer der mittelgroßen Drachenarten angehörte.

Das Laufen schien nicht die Stärke der Drachen zu sein, denn er kam in ulkigem Watschelgang aus dem Stall heraus, von Peet an einer langen Lederleine geführt. Roya spürte sofort, dass der Drache mit Hilfe einer Magie, die man *Mentaler Block* nannte, gefügig gemacht worden war. Andernfalls hätte er sich wahrscheinlich sofort hinauf in die Lüfte gestürzt und wäre auf Nimmerwiedersehen verschwunden.

Sie holte tief Luft, als Peet mit dem Tier näher kam.

Der Drache war ein reines Bündel aus Muskeln und Sehnen, seine unbändige Kraft war spürbar wie eine Aura, die er mit sich trug. Die gewaltigen ledernen Schwingen hatte er halb geöffnet und Roya wurde ein bisschen flau vor Angst. Dieses Tier würde sie alle mit einem einzigen Streich einer seiner Schwingen in Fetzen hauen können. Die Muskelstränge an seinem Brustkorb und an den Flügelansätzen waren geradezu beängstigend, und der lange, s-förmig gebogene Hals wirkte wie eine Feder aus Stahl, die unter Spannung stand, bereit herabzuschnellen, damit das Tier mit seinem langen, knöchernen Maul sein Opfer fassen konnte.

Aber dennoch – trotz seines wilden, ungezähmten Aussehens wirkte der Drache nicht wie ein Wesen, das auf Kampf erpicht war. Der Stolz in seiner Haltung und die tiefschwarzen Augen seines langgestreckten Schädels strahlten etwas Überlegenes aus – etwas, das jenseits von Kampf und Krieg stand. Ja, es war ein schönes und stolzes Tier, und Roya empfand plötzlich Bedauern darüber, dass man es mit Hilfe von Magie zu Diensten zwang, die nicht seiner Natur entsprachen.

»Ein schönes Tier!«, sagte Peet stolz und sah zu dem Drachen auf. »Bringt es mir heil wieder!«

Dann bemerkte Roya, dass der Drache so etwas wie einen Sattel trug. Mit Riemen war auf seinem breiten Rücken eine Vorrichtung befestigt, die teils aus Leder, teils aus beweglichen, miteinander verbundenen Holzstücken bestand. Dieser ›Sattel‹ war in den Hornkamm eingepasst, der vom Kopf des Drachen bis zu seiner Schwanzspitze verlief. Er schien dafür gedacht zu sein, sicheren Halt auf dem Rücken des Tieres zu verschaffen.

Das Nächste, was Roya spürte, bereitete ihr beinahe Übelkeit. Es war Scolar, dieser Widerling, der dem Drachen auf magischem Wege einen weiteren *Mentalen Block* ins Hirn trieb, so brutal, dass das Tier gepeinigt aufbrüllte. Augenblicke später war der Drache vollkommen ruhig. Der Glanz seiner Augen war gebrochen und er kauerte leise zitternd am Boden. Scolar winkte sie herbei. »Es geht los!«, rief er.

Peet legte eine kleine Holzleiter an den Sattel an und Scolar erklomm den Drachenrücken. Mit einem wilden Gemisch widersprechender Gefühle stieg Roya hinter Victor auf den Rücken des Drachen hinauf. Sie verspürte Angst vor dem riesigen Tier, gespannte Neugier auf den Flug und unsägliche Abscheu vor Scolar, diesem Vieh von einem Drachenflieger. Sie erinnerte sich daran, dass sie diesen Mann *loswerden* mussten, und sagte sich, dass sich der Verlust für die Allgemeinheit wohl sehr in Grenzen hielt, wenn es ihnen gelang.

Victor half ihr, als sie auf einem der vier Sitze des Sattels Platz nahm. Es gab noch einen fünften – weiter vorn, auf dem zum Glück Scolar Platz genommen hatte. So waren sie von diesem Widerling zumindest während des Fluges möglichst weit entfernt.

Vom Kopf bis zur Schwanzspitze mochte der Drache vierundzwanzig Ellen messen – die Flügelspannweite war wohl ebenso groß. Roya registrierte erstaunt, dass das Tier metallisch roch, wie nach heißem Kupfer, das in einer Schmiede frisch verarbeitet worden war.

Und dann, fast ohne Vorwarnung, ging der höllische Ritt schon los. Scolar schien es egal zu sein, ob sich seine beiden Fluggäste hinreichend gesichert hatten. Nach einem kurzen Blick nach hinten und dem Ruf: »Festhalten! Wir fliegen los!« lockerte er den Mentalen Block des Drachen und sandte ihm gleichzeitig einen Befehl – offenbar den zum Losfliegen.

Fast ansatzlos sprang der Drache mehr als zehn Schritt hoch in die Luft, entfaltete seine Schwingen und schoss Sekunden später mit beängstigender Geschwindigkeit in die Luft. Roya schrie entsetzt auf und krallte sich verzweifelt an der Lederschlaufe ihres Sitzes fest. Bis sie aber ihren Schreck überwunden hatte, befanden sie sich schon weit draußen und hoch über dem Meer und der Drache ging in ruhigen Gleitflug über.

Ihr stieg der Magen in die Kehle, als sie nach unten sah, aber im nächsten Augenblick legte ihr Victor den Arm fest über die Schulter und drücke sie an sich. Das beruhigte sie ein wenig, sodass sie ihre Angst verdrängen konnte und mutig hinabblickte.

Es war ein unglaublicher Anblick. Ganz etwas anderes, als nur vom Drachenhorst hinab auf das Meer zu sehen. Um sie herum herrschte in alle Richtungen eine nie gekannte Weite. Das Meer lag blaugrün und ruhig unter ihnen, von unzähligen winzigen Wellen gesprenkelt, sodass es wie ein fein gewebtes Tuch aus weicher Seide wirkte. Dort, wo die hellen Strahlen der Sonnenfenster auf das Wasser trafen, glitzerte es silbern. Weit vor ihnen ragte die monumentale Gruppe der Stützpfeiler in den Himmel hinein, und rechts konnte Roya die lange Reihe der südakranischen Hügel erkennen, die sich entlang der Küstenlinie bis nach Usmar zog.

Der Wind pfiff gehörig, war aber zum Glück nicht allzu kalt.

»Na?«, rief ihr Victor ins Ohr. »Ist das nicht unglaublich?«

Sie nickte eifrig und klammerte sich an ihn. Ja, das war wirklich ein ungeheures Erlebnis. »Ich wusste nicht, dass die Welt von oben *so* aussieht!«, rief sie zurück.

Dann ging der Drache tiefer und beschrieb einen sanften Bogen in Richtung der Hügelkette an der Küste. Sie flogen wohl fünfmal so schnell, wie das schnellste Pferd hätte galoppieren können – genau konnte sie das nicht einschätzen. Kurz schoss etwas unter ihnen vorbei; Roya fragte sich, ob es ein anderer Drache gewesen sei, aber es war eigentlich viel zu klein gewesen. Dann glitt zuerst der Savalgorer Stützpfeiler und dann der von Torgard ins Blickfeld. Roya stieß einen überraschten Laut aus, als sich rechts unter ihnen die Stadt Savalgor ausbreitete, wohl schon an die drei Meilen entfernt.

Auch Victor war fasziniert. Der Anblick der gewaltigen Zahl dieser typischen, turmartigen Savalgorer Häuser war kaum beschreibbar; sie wirkten wie ein Meer von buntem, unregelmäßig verteiltem Graupel, mit dunkel- und hellroten Hütchen. Wie ein fein gesponnenes Netz zogen sich Straßen und Gassen zwischen ihnen hindurch, hier und da waren kleine, hellgraue Tupfen von Plätzen zu sehen, und an die Spitze des überraschend hoch aufstrebenden Turmes der Stürme, der die Kuppel der Cambrischen Basilika überragte, hatte sich ein winziges Wölkchen geheftet – offenbar abtrünnig von einem anderen kleinen Wolkenfeld, das sich oberhalb der Stadt an den Stützpfeiler schmiegte. Sie konnten von oben auf die Wolken blicken, und ihre ungewohnte, blendende Weiße machte ihnen auf geheimnisvolle Weise die Einzigartigkeit ihres Blickwinkels klar: Von hier oben bekam nur einer unter Zehntausend jemals die Welt zu Gesicht.

Aber es gab eine Sache, die bei all dem Zauber entsetzlich störend war: Roya konnte bei jedem Flugmanöver mitverfolgen, wie Scolar dem Drachen seine Befehle ins Hirn trieb. Sie beugte sich nahe zu Victors Ohr.

»Bekommst du das mit?«, fragte sie mit verhaltener Stimme. »Wie er den Drachen kommandiert?«

Victor nickte.

Sie sah ihn fragend an.

»Es geht auch anders«, gab er zurück. »Man muss die Tiere nicht so misshandeln. Eine einfache Bitte genügt.«

Sie zögerte. »Aber ... angenommen, wir werden den Kerl los ... wie willst du den Block lösen, den der Drache im Hirn hat? Und ihn dann lenken?«

Victor sah sie eine Weile ernst an. Dann schnaufte er angespannt und sah wieder nach vorn. »Ja«, gab er zu. »Das habe ich mir viel zu einfach vorgestellt.« Er schwieg eine Weile, während sein Gesicht sich immer mehr verfinsterte. »Möglicherweise habe ich einen schlimmen Fehler gemacht.«

Roya spürte, wie sie neue Angst beschlich. Diesen Scolar da vorn hinterrücks zu ermorden war eine ekelhafte Sache, so widerlich der Kerl auch sein mochte. Wenn es überhaupt gelang. Sie bezweifelte, dass sie die Kaltblütigkeit dazu aufbringen konnte.

»Denkst du, *du* könntest den Block lösen?«, fragte Victor nach einer Weile.

»Ich zerbreche mir schon die ganze Zeit den Kopf«, antwortete sie leise. »Ich weiß es leider nicht.«

Dann überquerten sie die Küstenlinie, in etwa zwei Meilen Höhe, wie sie schätzte. Sie wünschte sich, mehr Sinn für den Zauber dieses Fluges aufbringen zu können, aber ihr wurde immer elender zumute. Langsam stellte sie sich darauf ein, dass sie wohl in Hegmafor ankommen würden – obwohl ihre Pläne ganz anders aussahen. Und geschah dies, dann würden sie in Schwierigkeiten geraten. In ernstliche Schwierigkeiten.

Sie mussten den Mut aufbringen, es zu tun – diesen Scolar anzugreifen.

Für einige Zeit saßen sie schweigend nebeneinander, während Scolar ungerührt seinen Drachen weiter nach Nordwesten befehligte. Roya wusste nicht, wie lange so ein Flug dauerte, aber da sie erst übermorgen am Vormittag in Hegmafor ankommen sollten, würden sie heute und morgen Nacht sicher irgendwo landen, um zu rasten. Vielleicht ergab sich dann eine Möglichkeit, Scolar *loszuwerden*.

23 ♦ Quantar

Als Leandra im Morgengrauen erwachte, war ihr klamm und kalt. Besonders ihr rechtes Ohr … Ruckartig fuhr sie in die Höhe.

Der Hund hatte sich an sie herangerobbt und ihr seine besondere Zuneigung auf hündische Art angedeihen lassen. Halb belustigt und halb abgestoßen wischte sie sich das Ohr ab, woraufhin der Hund ein klägliches Winseln hören ließ.

»Ein seltsames Tier«, kommentierte Hellami.

Leandra sah auf. Ihre Freundin war ebenfalls schon wach, lag noch still und sah mit sanftem Blick zu ihr herüber. Sie hatte sich bis zum Hals fest in ihre Decke gewickelt, nur die Finger ihrer rechten Hand sahen oben hervor.

»Gut geschlafen?«

»Geht so. Ich fürchte, der Hund hat mir einen Floh vermacht. Irgendwas zwickt mich am Bein.«

Leandra lachte leise auf. »Danke für die Warnung!«, sagte sie und schob den Hund davon. Er kauerte sich auf den Boden, legte den Kopf auf eine seiner riesigen Vorderpranken und schnaubte. Leandra beobachtete ihn belustigt.

»Ist es wahr«, fragte Hellami, die hinauf zum Himmel starrte, »dass die Menschen früher mal da oben gelebt haben? An der Oberfläche der Welt?«

Leandra blinzelte. Schon wieder so eine Frage. Eine Frage, die untypisch für Hellami war; eine von der Sorte, die eigentlich *niemand* stellte. Dennoch, Leandra begrüßte sie, denn sie hatte sich schon immer jemanden gewünscht, mit dem sie sich über so etwas unterhalten konnte. Sie sah ebenfalls zum Felsenhimmel auf. Allerdings war nicht viel von ihm zu sehen. Es war noch nicht sehr hell und dicke, grauweiße Wolken hingen dort. Vom beginnenden Sommer war im Augenblick nichts zu spüren. Es war deutlich kälter geworden und die Wolken über ihnen drohten mit einem erneuten Unwetter.

»An der Oberfläche? Wie kommst du darauf?«

»Stimmt das denn nicht? Hast du noch nie davon gehört?«

Leandra nickte. »Doch, doch. Es gibt viele Überlegungen darüber. Eigentlich eine Frage, die mich sehr beschäftigt. Als Kind habe ich immer davon geträumt, das eines Tages mal herauszufinden. Ich wollte einen Felspfeiler hinaufklettern, eine Spalte finden und bis hinauf an die Oberfläche steigen.«

»Und?«

Leandra lachte auf. Hellami stellte manchmal Fragen von bezaubernder Einfalt. »Hab ich leider immer noch nicht geschafft. Hatte nicht das richtige Schuhwerk für die Kletterei!« Leandra fand ihren Witz gut, aber Hellami verzog keine Miene. Sie schien ein wenig abwesend zu sein.

»Das kann ich mir gar nicht vorstellen. Ein Leben an der Oberfläche. Ohne den Felsenhimmel!«, sagte sie verträumt.

»Ich eigentlich auch nicht«, gab Leandra zu. »Aber sollte dieser ganze Mist mit Chast irgendwann einmal vorbei sein, dann möchte ich mich solchen Fragen widmen. Irgendwo muss es alte Schriften geben, die davon berichten, was vor vielen tausend Jahren war. Munuel sagte mir einmal, dass die Geschichte unseres Volkes – sogar der gesamten Höhlenwelt – nur fünftausend Jahre zurückreicht. Davor gab es … nichts. Und das kann eigentlich nicht sein.«

Hellami antwortete nicht, und als Leandra zu ihr

blickte, sah sie, dass Hellami die Augen schon wieder geschlossen hatte. Sie ließ sich zurücksinken und legte sich so, dass sie ihre Freundin im Blickwinkel behielt. In diesem Moment spürte sie, dass noch immer alles da war – die alte Liebe, die sie für Hellami empfand, und auch die Sehnsucht nach ihrer Berührung.

Trotz allem, was sie bisher erlebt hatte, vermochte sie sich vermutlich dennoch nicht vorzustellen, wie es war, wenn man aus dem Reich der Toten zurückgeholt wurde. Zu der Zeit, da Ulfa sie selbst von ihrer Lähmung geheilt hatte, war sie durchaus noch ein lebendiger Mensch gewesen. Aber Hellami – und das wusste Leandra nur allzu gut – hatte bereits die Schwelle überschritten. Für kurze Zeit nur, aber es war geschehen.

Sie musste Geduld mit ihr haben. Es würde dauern, bis sie diesen Schock überwunden hatte – wenn er sie nicht gar für den Rest ihres Lebens begleitete. Leandra war noch ein bisschen müde, und da der Morgen erst angebrochen war, schloss sie ebenfalls wieder die Augen. Sanft trieb sie in den Schlaf davon.

Sie träumte von Victor.

Er ritt auf einem großen, grauen Felsdrachen und schrie ihr durch den Wind seine Begeisterung zu. Dann merkte sie, dass sie selbst auf einem Drachen saß. Das Tier wandte im Flug seinen Kopf zur Seite und sie sah, dass es der Drache war, auf dem sie damals den Mogellwald überquert hatte. Weit vor ihr war noch ein Drache zu sehen, und sie erkannte auf seinem Rücken Munuel, der ihr zuwinkte. Unter ihnen zog die endlose Weite eines dunklen Waldes dahin. Es war seltsam still. Dann merkte sie, dass der Wald in Richtung des Horizonts immer dunkler wurde, bis er sich schließlich zu einer gewaltigen, schwarzen Wand erhob, die so wirkte, als markiere sie das Ende der Welt. Sie bekam plötzlich Angst. Ein Blick zu Victor sagte ihr, dass auch er die schwarze Wand anstarrte, die sich immer gewaltiger vor ihnen erhob. Dann schälte sich dort ein Schatten heraus; ein Schatten, der noch schwärzer war als die Wand selbst. Der Schatten wurde zu einer Form – der Form eines Drachen, der größer war als der größte Drache, den sie sich vorstellen konnte. Die Ränder seiner zahllosen schwarzen Schuppen reflektierten weiß-violettes Licht, das auf unnennbare Weise aus der schwarzen Wand hervordrang. Leandra fühlte eine hilflose Angst in sich aufsteigen. Der Drache war wild und böse und schien übermächtige Magie auszustrahlen. Hinter ihm wurde eine Spur aus dunkelroter Glut sichtbar, mit der er durch den Himmel zog. Dann sah sie das Gesicht des Untieres und sie verkrampfte sich, konnte sich nicht mehr bewegen; sie war dem Flug ihres eigenen Drachen, der die drohende Gefahr offenbar nicht wahrnehmen konnte, hilflos ausgeliefert. Das Drachengesicht des fremden schwarzen Monstrums zeigte die Züge von Chast.

Aber das war nicht das Schlimmste. Sehr spät erst wurde ihr klar, dass dieser Chast-Drache ebenfalls einen Reiter besaß, und als sie dieses namenlose Wesen erblickte, schrie sie im Traum auf. Es war ein krötenähnliches Tier, mit stumpfen, kalt und grausam dreinblickenden Augen, und es starrte sie an – so als gebe es nichts anderes auf der Welt. Das Tier hatte menschenähnliche Formen und seine Arme und Beine waren mit scharfkantigen Hornkämmen besetzt. Die Winkel seines ledrigen Maules besaßen jene scheußliche, nach unten verlaufende Krümmung eines uralten Mannes, der der Welt nur noch mit Abscheu und Hohn gegenübertrat, und mit jeder Sekunde verstärkte sich der Eindruck, dass dieses abgrundtief hässliche Krötengesicht irgendwie menschlich war. Der Ausdruck der Verächtlichkeit und Geringschätzung gegenüber allem Menschlichen war das Unerträglichste an diesem Gesicht; selbst der heiße, leidenschaftliche Zorn des chastähnlichen Drachengesichtes war dagegen wie eine Wohltat. Leandra glaubte den modrigen Gestank der

Fäulnis und Verrottung wahrnehmen zu können, den dieses Wesen wie eine Aura um sich verbreitete, und sie wusste, dass nichts auf der Welt einem solchen Gesicht auch nur die mindeste menschliche Regung entlocken konnte; nicht das Lächeln eines Kindes, nicht der Anblick einer Wiese voller bunter Blumen oder die Schönheit des Abendlichtes auf den Weiten des grün schimmernden Akeanos.

Übelkeit kroch ihr aus dem Magen herauf … aber dann plötzlich stach ein Speer in die Szene hinein, ein Speer wie der Zauber einer unverbrüchlichen Gutartigkeit, und nahm der furchtbaren Krötenfratze ihren Schrecken. Dann erwachte sie wieder.

Sie hätte beinahe aufgeschrien, als sie spürte, dass jemand bei ihr war – dann merkte sie, dass es Ulfa war. Aufatmend sank sie zurück. Der kleine Drache hatte sich irgendwie unter ihre Schlafdecke gewunden und schmiegte sich an sie. Leandra wurde klar, dass er ihren Albtraum vertrieben haben musste. Seine sonst so kühle Berührung hatte sich erstaunlicherweise in Hitze verwandelt, und sie fühlte, dass er gekommen war, um sie zu wärmen. Dankbar über seine Gegenwart rollte sie sich zusammen und schlief, einigermaßen beruhigt, wieder ein.

*

Am späten Nachmittag fanden sie den Einstieg. Sie hatten ununterbrochen gesucht, und Leandra hätte sich gewünscht, dass Ulfa ihnen half. Dieser aber begleitete sie nur – wie auch der neugierig schnüffelnde Benni. Sie staunte zuerst, dass der Hund keinerlei Anstalten machte, den kleinen Drachen fassen zu wollen, wenn er ihm nahe genug kam. Aber Benni war Ulfa gegenüber vollkommen friedlich eingestellt. Alles andere wäre ihm wahrscheinlich auch schlecht bekommen.

Sie waren durch den Wald marschiert, hatten jedes noch so kleine Gehöft aufgesucht und aus verschiedenen Blickwinkeln Ausschau gehalten. Endlich hatten sie Erfolg.

Aufgeregt deutete Hellami auf eine Stelle oberhalb eines Wäldchens, das sich an den Monolithen schmiegte. Unweit lag ein Bauernhof auf dem freien Land, und der schwach ausgeprägte, hakenförmige Felseinschnitt in einer Höhe von etwa dreihundert Ellen wies eine winzige Verdunklung auf, wo man sich den verborgenen Zugang zu dem geheimen Gang vorstellen konnte. Darunter war ein weiterer Fleck auszumachen – das kleine Bäumchen, das unterhalb des Zugangs aus der Felswand spross.

»Das ist es!«, rief Leandra aufgeregt. »Ja, ich bin ganz sicher!« Sie hob den Kopf, um nach dem Sonnenfenster zu sehen. »Bei Einbruch der Dämmerung machen wir uns an den Aufstieg!«, erklärte sie entschlossen.

Leider jedoch wurde nichts aus ihrem Versuch, den Monolithen zu erklimmen.

Ulfa flog plötzlich davon, und kurz darauf erschien auf dem freien Stück Grasland zwischen dem Wald und der Felswand ein Wachtrupp. Er war ungefähr zwanzig Mann stark und zockelte langsam und desinteressiert in der Nähe des Monolithen entlang. Zu allem Unglück schlugen die Soldaten dann auch noch ihr Nachtlager auf – nicht weit von der Stelle entfernt, an der Leandra und Hellami ihren Aufstieg beginnen mussten. Es war viel zu früh, ein Nachtlager zu errichten, und diese Maßnahme deutete klar auf den Zustand der Truppe hin. Es handelte sich offenbar um einen Haufen unlustiger und gelangweilter Soldaten.

Für einige Minuten schien sich der Hund zum Problem entwickeln zu wollen, denn er beabsichtigte, die Neuankömmlinge schwanzwedelnd zu begrüßen. Hellami machte ihm leise, aber mit aller Schärfe klar, dass er hier zu bleiben hatte. Der Hund fügte sich – mit gesenktem Kopf und eingezogener Rute.

Dann überlegte Hellami, ob man vielleicht im Schutz

der Dunkelheit klettern könne, aber das beantwortete sich von selbst. Keine von ihnen kannte den Weg dort hinauf, und selbst in der Helligkeit des Tages dürfte die Kletterei schon eine gefährliche Sache sein.

Leandra erwog, die Soldaten mittels Magie anzugreifen. Aber das war wohl ein dummer Gedanke. Selbst wenn sie gewinnen sollte, würde das nichts als ein widerliches Gemetzel bedeuten: Kein Einziger dürfte überleben, oder sie liefen Gefahr, verraten zu werden. Das war beileibe nicht ihre Art. So mussten Leandra und Hellami in Kauf nehmen, noch eine weitere Nacht hier auszuharren; am nächsten Morgen würden die Leute sicher weiterziehen.

Sie entfernten sich wieder eine halbe Meile, um vor unliebsamen Überraschungen sicher zu sein, und schlugen am Abend irgendwo im Wald ihr Nachtlager auf. Nach diesen Tagen langen Umherwanderns tat ihnen die ausgiebige Rast sogar ganz gut. Ulfa kehrte jedoch nicht zurück. Sie entschlossen sich zum Wachehalten. Leandra übernahm die erste Wache – und dann auch noch die zweite, da Hellami nicht wach zu kriegen war. Als die Nacht immer weiter fortschritt, nickte sie irgendwann ein. Sie hatten sich gut versteckt und immerhin war da ja auch noch der Hund. Wie sehr er sich jedoch dazu berufen fühlte, über sie beide zu wachen, damit sie die Welt von der Geißel der Bruderschaft befreien konnten, war ungeklärt. Sie hatten Glück, niemand behelligte sie.

Beim Aufstehen ersparte sich Leandra, ihre Freundin zu tadeln. Hellami trudelte nach wie vor zwischen Zuständen der Abwesenheit, der Verträumtheit und des vollkommenen Eigensinns hin und her. Leandra hingegen empfand einen inneren Schmerz. Sie fragte sich, ob sie und Ulfa Hellami etwas angetan hatten, indem sie sich bemüht hatten, sie ins Leben zurückzuholen. Je mehr sich Hellami zurückzog, desto mehr sehnte Leandra sich nach ihrer Zuneigung. Das ständige Übergehen ihrer Person tat immer mehr weh. Aber sie spürte auch, dass es keinen Sinn hatte, darüber reden zu wollen. Sie konnte nur hoffen, dass Hellami diesen Zustand irgendwann überwand.

Schließlich hatten sie ihre Sachen wieder gepackt und näherten sich abermals der Felswand. Leandra behielt Recht – die Soldaten waren bereits weitergezogen. Sie wechselten über das Grasland hinüber in das kleine Wäldchen, das unterhalb des Einstiegs lag. Nun wartete eine Geduldsprobe auf sie. Eigentlich konnten sie im hellen Tageslicht nicht klettern, ohne Gefahr zu laufen, von irgendjemandem gesehen zu werden. Ihr Plan hatte besagt, erst die Dämmerung zu nutzen.

Leandra beobachtete angespannt die Wetterlage, die schlecht zu werden versprach. Schon morgens war der Himmel verhangen, und mit Glück verfinsterte er sich so weit, dass sie früher klettern konnten. Als dann leichter Nieselregen einsetzte, hatte Leandra das, was sie wollte. Leider jedoch würde der Regen ihren Aufstieg erheblich erschweren.

»Wie lange werden wir dort hinauf brauchen?«, fragte Hellami.

»Eigentlich nicht sehr lange«, meinte Leandra schulterzuckend. »Eine Stunde vielleicht. Wenn alles gut geht.«

Hellami deutete zu Himmel hinauf. »Wir sollten gleich aufbrechen. Bei dem Wetter muss schon jemand ganz nah an der Felswand sein, wenn er uns entdecken will. Und wenn es erst mal dunkel wird, dann wird es bei der Nässe echt übel!«

»Du hast Recht.« Leandra erhob sich. »Wenn überhaupt, dann *jetzt!*«

Als sie den von ihnen angepeilten Felsabschnitt erreichten, war es an der Zeit, sich von Benni, dem Hund, zu verabschieden. »Wenn du einen Duuma-Kerl triffst, beiß ihm kräftig in den Hintern!«, sagte Hellami und kraulte ihn mit beiden Händen am Kopf.

»Ja, mit Grüßen von uns!«, fügte Leandra hinzu.

Der Hund schien genau zu wissen, dass er zurückbleiben musste. Wie Hellami vorausgesagt hatte, fing er an, unruhig zu werden und schließlich zu bellen, als sie die ersten Ellen hinaufstiegen. Aber das machte jetzt wohl nichts mehr aus. Bei dem zunehmenden Nieselregen verflog sein Bellen im Nu, und nach kurzer Zeit hörten sie ihn schon nicht mehr.

Hellami stieg voraus. Sie sagte, sie sei gut im Klettern, und rief Leandra immer wieder Ratschläge zu, wenn sie an eine heikle Stelle kamen. Sie sicherten sich gegenseitig und stiegen mit aller Vorsicht voran. Es war nicht allzu schwierig, denn hier, am Fuß des Monolithen, war der Fels nur mäßig steil und es gab etliche Griffe und Tritte. Langsam, aber stetig kamen sie voran.

Als das größere Problem erwies sich der Regen. Anfangs war er noch einigermaßen warm, und die Felswand wurde nicht glitschig, da sie die Nässe für eine gewisse Zeit aufzusaugen in der Lage war. Dann frischte der Wind von der See her auf und brachte ihnen immer kälter werdende Luft. Der Wind wirbelte die feinen Regentropfen über die Felswand, und in den kleinen Ritzen und Vertiefungen, die sie zum Klettern brauchten, bildeten sich Ansammlungen von Wasser. Und dies war erst der Anfang. Leandra wusste, dass sich das schnell ändern konnte.

»Wie weit noch?«, rief sie hinauf. »Mir fallen gleich die Finger ab!«

»Keine Ahnung!«, rief Hellami zurück. »Ich kann nicht besonders viel sehen!«

Es wurde schlimm. Glücklicherweise rutschte keine von ihnen ab, aber die Kälte nahm sie in eisigen Griff. Ihre Kleidung war nach einer halben Stunde völlig durchnässt, ihre Finger spürten sie schon bald nicht mehr, und der Wind und der Regen, die immer heftiger über die Wand pfiffen, kühlten ihre Körper zunehmend aus. Als sie dann endlich, nach über einer Stunde, den ersehnten Felseinschnitt erreichten – und es war ein Glück, dass sie ihn gleich fanden –, waren sie völlig durchfroren und erschöpft.

Hellami klammerte sich wärmesuchend an Leandra, als sie oben standen. »Ich bin gleich tot«, keuchte sie.

»Ein paar Minuten noch!«, sagte Leandra und sah sich um.

Hier gab es zwei Holztüren – sie kannte sie beide. Jene, die rechts von ihnen lag, führte zu einem Gang, durch den sie in Guldors Viertel gelangen konnten – in einen Bereich von verkommenen Hinterhöfen und schmutzigen Gassen, in denen sich das übelste Gesindel von Savalgor herumtrieb. Leandra wusste nicht, ob der Zugang zur Stadt von irgendwelchen Posten bewacht wurde. Sie versuchte, die Tür probehalber zu öffnen, aber sie war versperrt. Das Holz schien ziemlich dick zu sein.

Sie wandte sich um und betrachtete die andere Tür, von der sie wusste, dass sie hinab in die Quellen von Quantar führen musste. Sie streckte die Hand aus, um an der Holztür zu rütteln, dabei die hilflos zitternde Hellami schützend im Arm haltend. Die Tür war nicht verschlossen.

Leandra stieß einen Laut der Erleichterung aus, öffnete die Tür und zog Hellami mit sich. »Los, komm!«, rief sie und stolperte die dunklen Felsstufen der geheimen Treppe hinab.

Als es dunkel wurde, erlaubte sie sich nicht, auf magischem Wege ein Licht zu erzeugen – wohl wissend, dass sie sich nun in Savalgor befanden und hier jedes Wirken von Magie ein großes Risiko bedeutete. Savalgor war das Gebiet der Bruderschaft, die Gilde war zerschlagen und das freie Wirken von Magie bei Strafe untersagt.

Sie stolperten tastend abwärts. Jede Berührung ihrer eiskalten Hände mit den Wänden des engen Ganges bedeutete Schmerzen, aber es half nichts – sie mussten es bis unten schaffen. Leandra hörte, wie Hellami hinter ihr schluchzte und stöhnte; ihre eigenen Hände waren taub, sie hätte am liebsten vor Schmerzen gleich mitgeheult.

Es dauerte unerträglich lange, bis sie den Fuß der Treppe erreichten, aber unterwegs wurde es zum Glück immer wärmer. Als sie endlich unten angelangt waren, deutete Leandra nach vorn.

»Da! Licht!«, keuchte sie.

Hellami klammerte sich an ihr fest. »Das ... sind die Quellen von Quantar?«, fragte sie.

»Ja.« Leandra tappte vorsichtig weiter. »Hier gibt es Massen von heißem Wasser. Komm!«

Sie marschierten ein Stück voran, bis zu einem Punkt, da der geheime Gang zwischen verkanteten Felsen und durch ein Schlupfloch hindurch in einen abgelegenen Bereich der Grotten einmündete. Leandra sah, dass der Zugang zur Treppe wirklich sehr gut versteckt war. Sie prägte sich die Umgebung genau ein, um ihn wiederfinden zu können.

Vor ihnen erstreckte sich ein erstes schmales Wasserbecken, das vor Wärme dampfte. Sanftes, gelbrotes Licht drang von weiter vorn, jenseits einer Biegung, herüber, und unter der mit bizarren Tropfsteinen verzierten Höhlendecke standen Schwaden von feinem Nebel. Es roch nach den aromatischen Düften, die man den Öllichtern überall in den Quellen beimischte.

Leandra konnte es gar nicht mehr erwarten, in das Wasser hineinzutauchen.

»Wir lassen unsere Sachen gleich hier«, flüsterte sie.

Eilig streifte sie den Rucksack ab, schälte sich aus ihren nassen Kleidern und stieg ohne zu zögern in das Wasserbecken, das sich vor ihr erstreckte. Sein Grund bestand aus feinem Sand; das Wasser reichte ihr nur bis zu den Waden. Sie spürte, dass es hier ziemlich heiß sein musste, aber ihr halb erfrorener Körper nahm die Hitze noch gar nicht recht wahr. Sie streckte die Hand nach Hellami aus.

»Spring einfach rein – der Boden ist weich«, sagte sie.

Hellami sprang – und seufzte wohlig auf, als sie das heiße Wasser an ihren Waden verspürte. Sofort ließ sie sich nieder und versuchte, sich ganz mit Wasser zu bedecken.

»Komm«, flüsterte Leandra. »Weiter vorn ist das Wasser sicher tiefer!«

Sie zog Hellami an der Hand in die Höhe und watete voran. Sie konnte die Kälte spüren, die Hellamis Haut noch immer verstrahlte. Dann umrundeten sie eine Biegung und standen im warmen Licht einer Öllampe, die an der Wand befestigt war. Vor ihnen war das Wasser ein ganzes Stück tiefer.

Hellami bibberte am ganzen Leib und Leandra zog sie mit sich ins Wasser hinein. Sie hatte in der Mitte des Beckens eine sprudelnde Stelle entdeckt und arbeitete sich dorthin voran. Wenige Augenblicke später standen sie bis zum Hals im Wasser und auf heißem Sand, durch den eine der vielen natürlichen Quellen ihr mineralisches Wasser in die ungezählten Wasserläufe der Grotten von Quantar abgab. Hellami klammerte sich an sie.

Erst jetzt gestattete sich Leandra ein erleichtertes Seufzen – sie hatten es tatsächlich geschafft.

Sie waren in Savalgor und sie hatten sich auch vor dieser lebensbedrohlichen Unterkühlung retten können. Nichts Geringeres als die heißen Quellen von Quantar waren jetzt notwendig, um sie wieder aufzuwärmen. Wohlig seufzend umarmte Leandra Hellami und spürte, wie sich ihre Haut langsam wieder erwärmte. Sie blieben für Minuten so stehen und sogen die Hitze des Wassers in sich ein.

Erst, als sie zu schwitzen begannen, lösten sie sich aus dem heißen Wasserstrom, der durch den Sandboden drang. Leandra zog Hellami mit sich, bis sie eine flachere Stelle in der Nähe des Ufers fanden, wo sie sich im Wasser ausstrecken konnten. Es war hier noch immer sehr warm, jedoch nicht mehr so heiß wie im Strom der Quelle.

Leandra sah sich um. Schon damals, an jenem schicksalhaften Tag, an dem sie von hier entführt wurde und diese ganze Geschichte ihren Anfang nahm, hatte sie sich gewünscht, hier ganze Tage verbringen zu können. Die Quellen von Quantar waren ein traumhafter, ja fast unwirklicher Ort. Überall zogen sich die Gänge und Fluchten von Tropfsteinhöhlen dahin, manchmal wurden sie zu weiten Hallen, in denen riesige, natürliche Wasserbecken von sprudelnden Heißquellen gespeist wurden; dann wieder verloren sie sich in kleinen, abgelegenen Gängen, die einen zum Alleinsein und Träumen verführten. Überall brannten die geheimnisvollen farbigen und duftenden Öllichter. Die Quellen waren schon vor langer Zeit von der Savalgorer Stadtverwaltung erschlossen und als eine Art Badeanstalt den Bewohnern zugänglich gemacht worden. Dies hier war der Frauenbereich, weiter nördlich lag der strikt abgetrennte Bereich für die Männer.

Hellami seufzte und Leandra wunderte sich, dass ihre Freundin sie wieder so nah an sich heranließ. Aber das mochte nur das Bedürfnis nach Wärme sein. Dennoch genoss sie es – nach diesen seltsamen Tagen voller hartnäckiger Zurückweisung.

24 ♦ Tirao

Victors Blick hatte sich in den Stunden des Fluges an Scolars Nacken festgesogen. Es war beinahe wie ein ohnmächtiger, immerwährender Angriff, wie ein Versuch, mit Blicken das zu erreichen, was ihm anders nicht möglich war – den Drachenpiloten zu packen und hinab in die Tiefe zu stoßen.

Victor kam immer mehr zu der Erkenntnis, dass er zu so etwas nicht in der Lage war: ein heimtückischer, hinterlistiger Mord – von hinten, ohne in Notwehr zu handeln oder in unmittelbarer Lebensgefahr zu schweben. Sah man einmal von der Bedrohung durch das ab, was folgen würde, sollten sie Hegmafor erreichen. Aber das war nicht Scolars Schuld; nein, es war seine eigene, Victors Schuld.

Was für einen irrsinnigen Einfall hatte er da nur gehabt! Er hatte einfach nicht daran gedacht, dass ihm Chast zweifellos einen Aufpasser mitgeben würde. Dass er einen Drachen der Bruderschaft nicht ohne einen Drachenpiloten ausgehändigt bekäme, hätte er sich jedoch leicht denken können. Durch seine Unbedachtsamkeit hatte er sich selbst und vor allem auch Roya einer großen Gefahr ausgeliefert. Selbst wenn sie davonzulaufen versuchten, heute oder morgen Nacht, sobald sie gelandet waren und Scolar schlief, würde das einem kläglichen Versagen gleichkommen. Vielleicht gelang es ihnen zu fliehen, aber das, was Victor wirklich erreichen wollte, nämlich den Pakt in seine Hände zu bekommen und somit das vollkommene Druckmittel gegen Chast zu besitzen, würde ihm nicht gelingen. Ohne den Drachen würden sie niemals bis nach Hammagor gelangen. Stattdessen würde Chast vermutlich, nachdem Scolar ihre Flucht gemeldet hatte – vorausgesetzt, sie entkamen ihm wirklich –, sehr bald von den Brüdern in der Basilika erfahren, dass man die Lage der legendären Geburtsstadt Sardins herausgefunden hatte. Immerhin – das Wissen über Hammagor und seine Lage war im Augenblick noch sein Geheimnis. Aber was nützte das schon, wenn sie nicht bis dorthin gelangten? Chast würde seine Schlüsse ziehen und irgendwann, wahrscheinlich sehr bald, selbst darauf kommen, dass es noch etwas anderes als Palimbaan geben musste, das Victor entdeckt hatte. Siedendheiß fiel ihm ein, dass er versäumt hatte, die entsprechenden Bücher aus seinem Schreibzimmer zu entfernen. Da war es kein Kunststück mehr, wenn Chast bald ahnte, wohin sie tatsächlich wollten.

Victor schnaufte elend. Dann würde Chast mit einem Großaufgebot selbst nach Hammagor aufbrechen. Er würde den Pakt finden, die Drakken ausschalten, Alina heiraten und Shabib werden – und zweifellos irgendwann all seine Gegner ausgemerzt haben, ihn, Roya und wohl auch Leandra mit eingeschlossen.

Victor wusste, dass es nur einen Weg gab, sich selbst die Tür noch offen zu halten, und der bestand darin, Scolar zu ermorden. Dieser aber war ein zweifellos gut ausgebildeter Kampfmagier und es gab wohl nur eine einzige Chance gegen ihn: ein überraschender, entschlossener Mordversuch von hinterrücks. Victor hatte keine Vorstellung, wie er das bewerkstelligen sollte.

Die Dämmerung war bereits angebrochen; seit Stunden schon flogen sie geradenwegs nach Nordwesten, auf Hegmafor zu. Immer wieder hatte ihm Roya sorgenvolle Blicke zugeworfen. Victor hingegen brütete nur dumpf vor sich hin.

Als die Sonnenfenster dann immer weiter verblassten, ging der Drache tiefer und Scolar hielt offenbar nach einem günstigen Platz für das Nachtlager Ausschau. Aber dann erkannte Victor mit Schrecken, dass der Pilot etwas ganz anderes vorhatte. Unter ihnen war eine Ortschaft in Sicht gekommen, und als Victor eine plötzliche Ahnung überkam, suchten seine Blicke alarmiert nach einem nahen Stützpfeiler – und fanden ihn. Dort, an der Flanke des grauen Felsriesen, lag eine trutzige Festung – unverwechselbar in ihrem Aussehen: die Festung vom Tulanbaar!

Victor keuchte entsetzt und Roya sah erschrocken zu ihm auf.

»Bei allen Dämonen«, stammelte Victor. »Das ist *Tulanbaar!*«

Roya sagte das nichts, sie starrte nur verwirrt in die Tiefe.

»Dort war ich gefangen«, flüsterte Victor mit zitternder Stimme. »In der Todeszelle. Von da haben mich Leandra und Munuel damals befreit.«

Roya ging langsam auf, was das bedeutete. »Du meinst – sie *kennen* dich dort?«

Victor nickte, und man konnte den Kloß in seiner Kehle, den er gerade herunterschluckte, förmlich sehen. »Die Leute da – sie arbeiten mit der Bruderschaft zusammen!«

Roya blickte betroffen zu dem Festungsbau hinab, der im Abendlicht unangenehm schnell näher kam.

Dann aber fiel Victor ein, dass er seit damals sein Aussehen gründlich verändert hatte. Er war viel dicker gewesen, und als er, gefesselt und geschunden, in den Kerker der Burg eingeliefert worden war, dürfte sein Anblick völlig anders gewesen sein als heute. Er hatte lange, verfilzte Haare gehabt und war dreckverschmiert, zerlumpt und mit blutigen Wunden übersät gewesen, nachdem man ihn zwei Tage lang von dem niedergebrannten Gasthaus an der Morneschlucht, für dessen Zerstörung man ihn verantwortlich hielt, hinter den Pferden hergeschleift und dann in der Festung abgeliefert hatte. Er hoffte nur, dass er keinem seiner

Wächter oder dem Festungsherrn Lorin von Jacklor begegnete, die ihn genauer in Augenschein genommen hatten.

Bedrückend schnell ging der Drache nieder und landete auf dem großen, freien Innenhof der Festung – den Victor nur allzu gut kannte. Dort hätte ihm im Morgengrauen an einem Tag im letzten Sommer der Kopf abgeschlagen werden sollen. Allein der Gedanke daran bereitete ihm Übelkeit.

Der Drache vollführte eine federweiche Landung, so wie es Victor von diesen Tieren bereits kannte. Er schwebte langsam über den Hof hinab, stellte die Schwingen in den Wind und sackte die letzten, drei, vier Ellen ruhig herab, um sanft auszufedern. Eine Drachenlandung war kein Vergleich zum Start.

Dann kamen schon Leute herbeigeeilt, und Victor bemühte sich mit wild pochendem Herzen, niemandem ins Gesicht zu blicken und sich, so gut es ging, von allen Leuten abzuwenden.

*

An eine Flucht war natürlich nicht zu denken gewesen. Sie hatten die Nacht in Gästezimmern im Westflügel der Festung von Tulanbaar verbracht. Victor hatte die Einladung zum Abendessen mit dem Festungsherrn wegen angeblichen Unwohlseins nach dem Drachenflug ausgeschlagen und war gleich zu Bett gegangen.

Roya hingegen hatte sich im Ausgleich dazu bemüht, alle Aufmerksamkeit auf sich zu lenken. Das war ihr auch gut gelungen, wie sie später berichtete. Kein Wunder, dachte Victor. Niemand kannte sie hier und sie war ein bildhübsches Mädchen. Sie versicherte ihm, dass sie damals, als sie mit den anderen aus Guldors Hurenhaus geflohen war, einiges an Verstellungskünsten erlernt hatte. Sie erzählte, dass sie sich am Abend fast nicht hatte loseisen können; Lorin von Jacklor, der fette, widerwärtige Kerl, hatte sich an sie heranzumachen versucht. Aber sie war ihm schließlich doch entkommen – allerdings ausgerechnet mit der Hilfe von Scolar, der Lorin die entsprechenden Zeichen gegeben hatte. Dennoch – Scolar hatte das ganz sicher nicht aus Freundschaft zu ihr getan, sondern weil er seinen Auftrag vor Augen hatte. Und der lautete: so schnell und reibungslos wie möglich nach Hegmafor zu gelangen. Er hatte Lorin von Jacklor irgendwann unmissverständlich klar gemacht, dass sie am Morgen in aller Frühe aufbrechen mussten, Roya dann am Handgelenk gepackt und sie wortlos aus dem Speisesaal mit sich hinausgezogen. Sie hatte zwar ausnehmend gut gegessen, war dann aber heilfroh gewesen, als Scolar sie in ihrem Zimmer abgeliefert hatte.

Beim Frühstück hatte ihnen abermals das Glück weitergeholfen: Der Festungsherr schlief offenbar noch seinen Rausch aus, und von Victors ehemaligen Zellenwächtern hatte verständlicherweise niemand Zutritt zu den Speisesälen der höheren Herrschaften. Ziemlich früh, als die Sonnenfenster gerade zu vollem Licht erstrahlt waren, fanden sie sich wieder auf dem Innenhof ein. Der arme Drache hatte die Nacht an Ort und Stelle verbracht – in die Knie gezwungen von einem mächtigen magischen Block Scolars. Victor spürte unbändige Wut auf diese Bestie von einem Mann und wünschte sich, die Wut würde ausreichen, um ihn während des kommenden Fluges doch noch in die Tiefe zu stoßen.

Aber er ahnte, dass er so viel an Skrupellosigkeit und Brutalität nie und nimmer würde aufbringen können. Er hatte schon einmal einen Menschen getötet, einen Soldaten, der sich an der bewusstlosen Leandra hatte vergreifen wollen, aber das war in Notwehr gewesen; nein, nicht einmal das – genau genommen war er durch einen kuriosen Unfall umgekommen. Und den hatte Victor nicht einmal selbst herbeigeführt. Alle weiteren Opfer seiner Kämpfe waren nichts als stygische Kreaturen gewesen; Monstren, die nur aus den bösen Kräften herbeigerufener Dämonen bestanden und die in grauen Staub zerfielen, wenn man ihre innere Struktur zerstört hatte.

So gesehen besaß Victor einfach nicht die Kraft, aus sich heraus eine solche Tat zu begehen. Und Roya schon lange nicht. Bis jetzt hatte sich kein Augenblick ergeben, in dem er Roya hatte froh und glücklich erleben können – zu bedrohlich und gefahrvoll war bisher alles verlaufen. Aber dennoch, so viel Menschenkenntnis besaß er, um sicher zu sein, dass Roya *normalerweise* ein überaus friedfertiges und gutartiges Wesen besaß. Er konnte es drehen und wenden, wie er wollte – ihnen blieb nur noch ein Ausweg: die Flucht in der folgenden Nacht. Er konnte nur hoffen, dass sie nicht wieder irgendwo in einer Festung oder etwas Ähnlichem die Nacht verbrachten.

Bald nach ihrem Start überflogen sie schon die Blaue Ishmar, und Victor glaubte sogar die alte Schmiede kurz erkennen zu können, in der Leandra damals den Dämonen in der Gestalt des Schmiedes Zarkos vernichtet hatte. Ein warmes Gefühl überkam ihn. Dies war der Tag gewesen, an dem ihm klar geworden war, dass er sich in sie verliebt hatte. Und es war auch der Tag gewesen, an dem sie ihn zum ersten Mal umarmt hatte. Er seufzte.

Roya, die neben ihm saß und um deren Schulter er während des Fluges ständig den rechten Arm hielt, blickte besorgt zu ihm auf. Offenbar hatte sie es als einen Seufzer der Anspannung und der Ratlosigkeit verstanden.

Das brachte ihn abermals zu ihrem Problem zurück. Er fluchte leise. Dieser widerwärtige Scolar saß dort vorn und es schien, als könnte er sie bis nach Veldoor bringen, ohne dass sie dagegen etwas zu tun vermochten.

Dann, als sie die Ishmar schon lange hinter sich hatten und die Gegend von Mittelweg erreichten, einem weitläufigen, flachen Gebiet mit wenig Stützpfeilern und riesigen Sonnenfenstern, kam von Nordwesten her ein einzelner Drache gesegelt.

Interessiert beobachtete Victor das Tier.

Es war ebenfalls ein Felsdrache und Victor hatte damals, auf seinem Flug nach Unifar, immer wieder andere Drachen gesehen, die sich neugierig näherten, um zu erkunden, welch seltsame Fracht ihre Artgenossen da beförderten.

Es war ein schönes Tier, kräftiger und ein wenig größer noch als ihr eigener Drache, und er zog einen weiten Kreis über ihnen und änderte seine Flugrichtung, sodass er bald darauf in gleicher Richtung mit ihnen flog – querab und ein wenig höher, zwei- oder dreihundert Ellen entfernt. Scolar bemerkte den Drachen ebenfalls und maß ihn eine Zeit lang mit abschätzigen Blicken. Dann kam der fremde Drache näher.

Victor fragte sich verwirrt, ob er sie angreifen wollte. Aber das war sehr unwahrscheinlich. Drachen, und besonders Felsdrachen, waren nicht bösartig. Die meisten Drachenarten waren Pflanzenfresser, wenngleich es auch einige gab, wie die vierflügeligen Kreuzdrachen oder die gewaltigen legendären Malachista, die lebende Beute schlugen. Dennoch – sie griffen, nach allem was Victor wusste, keine anderen Drachen an, sondern nur Mulloohs, Murgos und andere Steppenbewohner. Die pummeligen Salmdrachen, sonst eigentlich als harmlos zu bezeichnen, sollten die einzigen Tiere sein, die es mit den schrecklichen Oga-Echsen des Landes Og, weit im Westen, aufnehmen konnten. Dass dieser Felsdrache dort drüben sie angreifen sollte, ergab keinen Sinn.

Dennoch kam er immer näher.

Scolars Gesicht spiegelte Verächtlichkeit gegenüber dem fremden Drachen, und Victor fragte sich, wie ausgerechnet dieser Mensch Drachenpilot geworden war – wo er für diese Tiere kaum mehr als Abscheu und Verachtung empfand.

Der fremde Felsdrache war nun recht nah herangekommen; er flog auf gleicher Höhe, kaum mehr als zwei Flügelspannweiten entfernt. Scolar schien das wütend zu machen.

»Hau ab, du Mistvieh!«, brüllte er dem anderen Tier entgegen.

Roya drängte sich schutzsuchend gegen Victor. Sie hatte keine Erfahrung mit Drachen und auch keinerlei Vorstellung davon, was sich hier abspielte. Victor indes hätte es selbst gern gewusst.

Der fremde Drache wich nicht und Victor nahm plötzlich wahr, dass sich Roya merklich versteifte. Er verstand das Signal richtig und tastete rasch nach dem Trivocum. Offenbar hatte Roya verspürt, dass sich dort etwas tat. Aber er war ungeübt, und als er endlich den Kontakt geknüpft hatte, war es beinahe schon vorüber.

Er bekam gerade noch den letzten Augenblick mit, in dem Scolar eine regelrechte Keule seiner magischen Energie auf den fremden Drachen abschoss. Das Tier tauchte in einer unglaublich behänden Bewegung davon und war schon Sekunden später außer Sicht.

»Blödes Vieh!«, brüllte ihm Scolar hinterher und drohte ihm mit der Faust.

Die Szene hatte sich so plötzlich in nichts aufgelöst, dass Victor gar nicht glauben konnte, dass sie schon vorüber war. Mit Blicken suchte er den Himmel ab, ob von dem fremden Drachen noch etwas zu sehen war. Er wusste genug über diese Tiere, um zu ahnen, dass dieser Drache etwas Bestimmtes im Sinn gehabt haben musste. Drachen waren sehr viel intelligenter, als die meisten Menschen wussten, und besonders dieser Scolar schien keine Ahnung davon zu haben. Er steuerte sein eigenes Tier schon wieder ungerührt weiter in Richtung Nordwesten.

»Was war denn *das?*«, fragte Roya leise.

Victor schüttelte den Kopf. »Keine Ahnung.«

»Wollte uns der Drache angreifen?«

»Das glaube ich nicht. Ich denke eher … *warte mal!*«

Plötzlich war ihm ein heißer Gedanke in den Sinn gekommen. Aufgeregt suchte er in allen Richtungen den Himmel ab – und dann sah er ihn wieder. Eine gutes Stück hinter ihnen flog er, hoch droben, und für Scolar, der offenbar nicht mehr mit ihm rechnete, für den Augenblick unsichtbar.

Roya folgte Victors Blicken, wandte sich um und sah ihn dann ebenfalls. »Ist er … gefährlich?«, fragte sie angstvoll.

Victor schüttelte wieder den Kopf. Ein leises Lächeln stand auf seinen Zügen. »Nein, im Gegenteil. Ich glaube … ich *kenne ihn!*«

Roya sah ihn ungläubig an. Dann schien sie zu verstehen. »Du meinst … das ist einer von den Drachen, mit denen ihr damals …«

» … nach Unifar geflogen sind«, ergänzte Victor, der die Lautstärke seiner Stimme inzwischen gesenkt hatte. »Ja! Ich bin fast sicher! Sag mal … Du kannst doch über das Trivocum Kontakt aufnehmen. Kannst du ihm eine Botschaft zusenden, ohne dass Scolar etwas merkt?«

Roya sah nach vorn, dann wieder zu Victor und zuletzt zu dem Drachen. Sie studierte ihn eine Weile. »Ich glaube, ja. Wird er sie denn verstehen können?«

Victors Laune hatte sich gewaltig verbessert. »Darauf kannst du wetten! Drachen sind ebenso klug wie Menschen. Wenn nicht noch klüger. Bloß weiß das so gut wie keiner.«

Roya starrte befangen in den Himmel hinauf.

»Sende ihm nur ein Wort zu: *Tirao*. Und wundere dich nicht, wenn du nichts verstehst, sollte er antworten! Ich werde versuchen, es mitzubekommen.«

Roya sah noch einmal zu Scolar, aber der schien nichts bemerkt zu haben. Dann konzentrierte sie sich.

Victor bekam nichts davon mit, dass Roya eine Botschaft absetzte, außer einer ganz kleinen Berührung des Trivocums, klar wie der Ton eines winzigen Glöckchens.

Er war erstaunt und fasziniert, wie feinfühlig und sanft Roya ihre Magie zu wirken verstand; er hatte plötzlich den Eindruck, in diesem Augenblick mehr über das Mädchen an seiner Seite zu erfahren als in all den Tagen zuvor.

Die Reaktion kam augenblicklich. Es war keine Botschaft aus Worten, vielmehr ein Gefühl … aber dass darin eine Bestätigung von Victors Vermutung mitschwang, war deutlich zu spüren.

Leider bekam Scolar das ebenfalls mit.

Er fuhr in seinem Sattel herum und starrte verblüfft und ungläubig nach hinten. Dann sah er wieder den fremden Drachen und im nächsten Moment schienen seine Augen Feuer zu versprühen.

Er wandte sich wieder um und trieb seinem eigenen Drachen einen Befehl von solch roher Gewalt ins Hirn, dass sogar Victor es spürte und erschreckt zusammenzuckte. Scolars Drache schrie auf, fiel plötzlich aus seinem Kurs, stellte die Schwingen in den Wind und fuhr in einer engen Wende herum. Völlig überrascht von dem wilden Flugmanöver, klammerten sich Victor und Roya an den Sattelschlaufen fest.

»So?«, schrie Scolar, in plötzlichem Zorn. »Ihr kriegt wohl Hilfe, was? Das wollen wir doch mal sehen …!«

Schon Augenblicke später stieg Scolars Drache in die entgegengesetzte Richtung und hielt genau auf den fremden Drachen – auf *Tirao* – zu.

Aber Victor kannte Tirao von der Grauautsippe gut. Er war selbst damals auf seinem Rücken in den alten, verfallenen Palastbezirk von Unifar eingefallen, wobei der Drache bei seiner Landung in einem halsbrecherischen Flugmanöver zwei Dutzend Dunkelwesen umgefegt und zwei weitere Dutzend in Flammen hatte aufgehen lassen, um danach seine Passagiere abzusetzen und sofort wieder in einem Tempo aufzusteigen, dass einem schwindelte. Nicht einen Augenblick hatte Victor

Angst, dass Tirao dieser Lage nicht gewachsen sein könnte.

Doch das änderte sich, als Scolar eine seiner brutalen Kampfmagien auf ihn abschoss. Nur mit einem wilden Schwenk konnte der Grauaut-Drache einer weiß glühenden Flammenzunge entgehen, die unvermittelt auf ihn zuschoss. Die Luft in der näheren Umgebung heizte sich derart schnell auf, dass Victor ein glühender Wind ins Gesicht blies und er glaubte, verkohlende Haare riechen zu können. Er beugte sich schnell über Roya und nahm sie in Schutz.

Tirao war bereits abgetaucht und stieß von hinten wieder in den Kampf. Victor wusste, dass der Drache seinerseits in der Lage war, auf magischem Wege glühendes Feuer zu verschießen, weit schlimmeres sogar als Scolar, aber das war wohl nicht ohne weiteres möglich – nicht, wenn er nicht seinen Artgenossen, Roya und ihn dabei gefährden wollte.

In diesem Moment tat Roya etwas Erstaunliches. Victor, der immer noch einen leisen Kontakt zum Trivocum hatte, spürte, wie sie eine unerhört komplexe Verwebung auf den eigenen Drachen abschoss. Verblüffenderweise löste sich schlagartig dessen *Mentaler Block*.

Scolar stieß einen wütenden Fluch aus, als er merkte, dass der Drache plötzlich nicht mehr unter seiner Gewalt stand und sich anschickte, eigenständig zu handeln. Scolar schien eine gewaltige Iteration aufzubauen, die er dem Drachen ins Hirn stoßen wollte, und nach allem, was Victor über Magie wusste, würde sie geeignet sein, den Verstand des armen Tieres auf der Stelle zu zerstören.

Aber Roya, die sich Halt suchend an ihn klammerte, reagierte erstaunlich schnell. Sie schaffte es irgendwie, den Kampfmagier zu behindern, und es gelang ihm nicht, seine mentale Lanze gegen den Drachen abzuschießen.

Inzwischen stand er halb in seinem Sattel. Wieder

brüllte er einen wütenden Fluch, wandte sich um, und Victor konnte entsetzt in seinen verzerrten Zügen ablesen, was er vorhatte. Einen Augenblick später rollte über den Rücken des wild mit den Flügeln schlagenden Drachen eine unnennbare Welle von flimmernder magischer Gewalt gegen sie heran und Victor duckte sich instinktiv darunter weg und zog auch Roya mit sich.

Er konnte später nicht mehr sagen, ob es tatsächlich daran gelegen hatte, dass er dem Ansturm der Welle entkam – oder ob Royas Gegenmagie ihnen das Schlimmste ersparte. Tatsache war, dass diese Magie sie beinahe in Stücke riss. Sie wurden getroffen und wie mit Hammerschlägen durchgewalkt. Für Momente glaubte Victor, sich nicht mehr auf dem Drachenrücken halten zu können. Roya rutschte ihm gefährlich weit aus dem Griff, aber mit höchster Kraftanstrengung konnte er sie im letzten Augenblick zurückziehen.

Das Nächste, was Victor sah, war ein großer, vorbeizischender Schatten und ein Scolar, der aus seinem Sattel gerissen und davon geschleudert wurde – wie und wohin, das erfuhr er später nie.

*

Er kam erst wieder richtig zu sich, als sie bereits gelandet waren.

Sie mussten sich irgendwo im Vorland von Mittelweg befinden, in einem lichten Waldgebiet, das mit Wiesen und Felstrümmern durchsetzt war. Das Licht des Tages hatte seinen Höhepunkt längst überschritten; aber noch immer sandten die großen Sonnenfenster die Helligkeit und Wärme der Sonne in die Welt herab. Victor saß auf dem weichen Waldboden und hielt die erschöpfte und stöhnende Roya in den Armen, die sich die Stirn hielt. Sie hatte schreckliche Kopfschmerzen.

Unweit vor ihnen kauerten die beiden Drachen am Boden, mit hocherhobenen Köpfen und gespannt die beiden Menschen beobachtend. Von Scolar war nirgends etwas zu sehen.

Victor fuhr Roya beruhigend durchs Haar und flüsterte ihr tröstende Worte zu. Langsam schien sich ihr Schmerz zu legen. Victor fühlte sich, als hätte man ihn mit Tritten durch die Gegend getrieben, und Roya ging es wohl kaum besser. Möglicherweise hatte sie ihre Iteration loslassen müssen, ohne noch das Norikel setzen zu können – was der Grund für ihre Kopfschmerzen war. Dieser Scolar, das musste man feststellen, war offenbar ein ziemlich fähiger Magier gewesen.

Victor sah zu Tirao auf, der Scolar einen Augenblick, nachdem er die Magie auf sie abgeschossen hatte, aus dem Sattel geholt haben musste. Den Sturz aus einer guten Meile Höhe konnte er unmöglich überlebt haben.

Victor suchte in seinem Kopf nach den Resten der Drachensprache, die er damals gelernt hatte, und tastete nach dem Trivocum.

Tirao – kannst du mich verstehen?

Ja, Victor. Ich freue mich, dass du dich noch an unsere gemeinsame Sprache erinnerst.

Victor atmete auf. Es ging viel besser, als er gedacht hatte. *Du ahnst nicht, wie froh ich bin, dich zu sehen.*

Ein Gefühl kam zurück, das wie ein Lächeln war. *Wie geht es deiner Begleiterin? Wer ist sie? Sie hat Faiona das Leben gerettet.*

Ein tapferes Mädchen, nicht wahr?, antwortete Victor froh. *Sie heißt Roya und ist eine Freundin von Leandra.*

Der andere Drache – offenbar Faiona mit Namen – hielt sich im Hintergrund und beobachtete sie nur. Victor glaubte, seine Verwunderung spüren zu können.

Es ist ein Glück und ein Wunder, dass du kamst, fuhr Victor fort. *Gehört Faiona ebenfalls zu deiner Sippe?*

Nein, hieß es. *Faiona stammt aus einer Sippe, die hier im Süden lebt. Sie half mir, weil ich sie darum bat.*

Also ein weiblicher Drache, dachte Victor. Vielleicht Tiraos Geliebte? Dann allerdings stutzte er. *Du hast …*

sie um Hilfe gebeten? Das würde ja bedeuten, du hast gewusst, dass wir deine Hilfe brauchen würden!

Tirao zögerte. *Ja, das wusste ich.*

Victor war über die Maßen verblüfft. *Das … wusstest du? Aber … beim Felsenhimmel, woher denn?*

Tirao, der Felsdrache, schwieg für eine ganze Weile. *Verstehe mich bitte, wenn ich dir sage, dass ich es dir nicht mitteilen darf. Vielleicht wirst du es eines Tages erfahren.*

Victors Verwunderung wurde abgelenkt, als sich Roya in seinen Armen regte. Er fuhr ihr wieder durchs Haar, und als sie mit gequältem Blick zu ihm aufsah, küsste er sie sacht auf die Stirn.

Wo ist Leandra? Wie geht es ihr? Liebst du jetzt … sie?

Damit hatte Tirao Roya gemeint. Victor sah zu ihr hinab und musste lächeln. *Nein,* erwiderte er. *Mein Herz schlägt noch immer für Leandra. Allerdings … wenn es sie nicht gäbe …*

Er blickte zu Tirao auf und spürte, dass der Drache so etwas wie Befremdung über seine Äußerung empfand. Er stutzte – aber es gab nichts zurückzunehmen an seiner Bemerkung. Er wollte damit allein zum Ausdruck bringen, wie sehr er Roya mochte und ihren Mut bewunderte, obgleich dies in keiner Weise seine Gefühle gegenüber Leandra minderte. Offenbar gab es doch wichtige Unterschiede in den Gefühlswelten der Drachen und der Menschen.

Er blickte in das große Drachengesicht, das über ihm schwebte. Tirao war ein gewaltiges Geschöpf – nicht minder beeindruckend, als es sein Sippenältester Meakeiok gewesen war, der damals so tragisch in Unifar umgekommen war. *Leandra geht es gut,* fuhr Victor fort. *Ich habe sie leider lange nicht gesehen. Aber ich weiß, dass sie schon wieder in den Kampf gegen die Bruderschaft von Yoor zieht. Und ich hoffe, sie bald wieder zu sehen.*

Das Drachengesicht regte sich, was wohl einem Nicken gleichkam. *Ja, wir haben ebenfalls vernommen, dass die Bruderschaft damals nicht wirklich besiegt wurde. Und wir wissen auch, dass eine noch größere Gefahr auf die Welt lauert.*

Victor nickte bestätigend. *Ja, Meakeiok hat damals schon Andeutungen gemacht – die wir leider nicht zu deuten wussten. Jetzt kennen wir sogar den Namen dieser Gefahr. Es sind die Drakken – schreckliche Echsenwesen, die unsere Welt in ihre Gewalt bringen wollen.* Er machte eine kurze Pause. *Tirao, ich brauche deine Hilfe. Wir müssen an einen Ort gelangen, der weit von hier entfernt liegt. Wirst du uns dorthin bringen?*

Deswegen bin ich hier, sagte der Drache.

Victor stutzte.

Schon wollte er fragen, woher Tirao all dies wissen konnte, dann aber schluckte er seine Frage hinunter. Es schien sich wieder um jenes Geheimnis zu handeln, über das Tirao nicht sprechen wollte – oder durfte. Victor seufzte und gab sich vorerst damit zufrieden. Irgendwie passte so etwas zu diesen erstaunlichen Geschöpfen und verlieh ihrer Begegnung eine geheimnisvolle Spannung.

Roya regte sich, und er sah, dass sie die Unterhaltung mitbekommen hatte. Ein leiser Schreck durchfuhr ihn und er schluckte.

Sie lächelte ihm zu, mit einem Gesichtsausdruck irgendwo zwischen Schmerz und Belustigung. »Du siehst mich an, als hättest du mich eben versehentlich geschlagen«, meinte sie.

»Ich … *was?* Also, äh …«

Sie winkte ab und richtete sich ächzend auf. Das Lächeln, das sie ihm dann schenkte, war zauberhaft. »Schon gut. Ich habe es als ein nettes Kompliment verstanden.«

*

Wegen Royas Kopfschmerzen entschlossen sie sich für den Rest des Tages zur Rast und verbrachten auch die folgende Nacht am selben Ort. Die Drachen blieben sogar bei ihnen. Victor wusste, dass sich Felsdrachen gewöhnlich nachts zu den Stützpfeilern begaben, um sich dort zum Schlafen auf beinahe magisch zu nennende Weise in den senkrechten Fels zu klammern – sie schienen regelrecht mit ihm zu verschmelzen. Dass die beiden Tiere in dieser Nacht am Boden blieben, war als eine besondere Ehre zu betrachten.

Das Gepäck hatten sie retten können, und nachdem Victor ein Schlaflager hergerichtet hatte, tat er sich keinen Zwang an und nahm Roya, die noch immer unter Schmerzen litt, für die Nacht fest in die Arme.

Sie ließ sich das gefallen und bedeutete ihm, dass sie sich dabei behaglich fühlte.

Ein schlechtes Gewissen überkam ihn, als er sich klar machte, dass er sich doch ziemlich an Leandras Freundinnen vergriff. Auch bei Hellami war ihm das passiert, obwohl er es gar nicht wirklich gewollt hatte. Damals hatte er Leandra für tot gehalten. Und nun lag er mit Roya hier – obschon nichts passierte. Sie war sanft wie ein Wölkchen und auf ihre Weise sicher nicht weniger schön als Leandra oder Hellami. Er fragte sich, welche seltsame Laune des Schicksals ihm, der eigentlich nie besonderes Glück mit Frauen gehabt hatte, jetzt schon zum dritten Mal innerhalb eines einzigen Jahres ein so bezauberndes Wesen in die Arme legte.

Er genoss die Berührung ihres warmen, weichen Körpers, nahm sich aber gleichzeitig fest vor, sich auf nichts einzulassen. Er wusste, dass Leandra noch lebte, und seit dem Tag, da er es erfahren hatte, spürte er seine Liebe für sie in dem gleichen, leidenschaftlichen Maße wie früher. Mochte Roya so hinreißend sein, wie sie wollte.

Irgendwann schlief er ein.

Er träumte von Hellami, Leandra, den Drachen und auch Roya. Es war ein glücklicher Traum. Er war frei von Gewalt, von Kämpfen oder bösen Gegnern wie Chast oder den ungezählten Dunkelwesen und Dämonen, denen er bisher begegnet war. Als er morgens erwachte und Roya noch immer in seinen Armen lag – besonders *auf* seinem linken Arm, den er inzwischen schon gar nicht mehr spürte –, da hatte er das Gefühl, dass er in dieser Nacht eine Menge Kraft getankt hatte.

Vorsichtig erhob er sich und sah sich um. Es war noch fast dunkel und auch die beiden Drachen schliefen noch. Sie hatten sich am Boden zusammengerollt und … – nein, Tirao warf ihm gerade einen Blick aus einem halb geöffneten Auge zu, das er aber gleich wieder schloss. Victor nahm an, dass sich Tirao vorgenommen hatte, ein wenig auf ihn aufzupassen. Und das war wohl auch ganz gut so. Er kam zu dem Schluss, dass jetzt ein eiskaltes Bad bestimmt gut tun würde. Er schüttelte seinen tauben Arm aus und holte aus seinem Rucksack ein Handtuch hervor.

Er hatte Glück und fand nach kurzer Suche ein Bachbett, das eine hinreichend tiefe Stelle bot. Nachdem er sich mit übermenschlichem Mut ein eiskaltes Schnellbad gegönnt hatte und zitternd aus dem Wasser sprang, fühlte er sich bald sämtlichen Schrecken gewachsen, die da noch kommen mochten. Er hoffte, dass Leandra einen ebenso guten Morgen hatte – und dass er sie bald wieder sehen würde. Ja, das hoffte er wirklich.

25 ♦ Die Falle

Chasts Augen blitzten auf, aber viel mehr war ihm nicht anzumerken. Rasnor war mehr als erstaunt, dass jetzt kein Donnerwetter nach der Art eines Sardin losbrach. Nun setzte Chast dem Ganzen auch noch die Krone auf, indem er ein winziges Lächeln in seinen Mundwinkeln zeigte.

»Wir haben keinerlei Nachricht von Scolar erhalten«, sagte Großmeister Karras mit tonloser Stimme. »Und aus Hegmafor auch nicht. Scolar ist nicht aufzuspüren!«

»Dieses kleine Biest!«, sagte Chast und ein unerklärliches, diebisches Grinsen entstand auf seinen Zügen. »Vor kaum einer Stunde hat sie mir eine Nachricht zugesandt, dass sie wegen schlechten Wetters erst heute Mittag in Hegmafor eingetroffen sind.«

Karras schüttelte mit Bestimmtheit den Kopf. »Nein, Hoher Meister. Das sind sie nicht!«

Chast winkte ab. »Ich weiß, ich weiß!« Er ging ein paar Schritte und baute sich vor Martiel auf, der in eisernen Fesseln an die Wand gekettet war. Hier unten in Torgard gab es einen richtig schönen Folterkeller, in dem sich sogar noch allerlei schreckliche Werkzeuge aus alten Zeiten befanden. Chast hatte nicht im Sinn, den armen Martiel zu quälen oder gar zu töten. Nein, Martiel war ebenfalls von diesem *Valerian* getäuscht worden.

Aber Chast würde Martiel noch ein wenig zappeln lassen, um ihm dann zu erlauben, zu seinen Brüdern im Skriptorium zurückzukehren. Martiel war ein fähiger Mann und Chast würde ihn noch brauchen. Besonders jetzt, da der Skriptorentrupp einen neuen Leiter benötigte. Martiel würde mit Feuereifer ans Werk gehen, denn er hatte jetzt eine Rechnung offen. Mit diesem *Valerian.*

»Und du bist sicher, dass du nichts vergessen hast, was du uns erzählen solltest?«, fragte Chast mit freundlicher Stimme.

Martiel lief der Schweiß in Strömen vom Gesicht herab. Sein Oberkörper war nackt und wies etliche Striemen und Verletzungen auf, die ihm der übereifrige Rasnor beigebracht hatte. Nun ja, sagte sich Chast, das machte nichts. Er würde es überleben.

»Nein, Hoher Meister!«, keuchte Martiel. »Nach Palimbaan – sie sind nach Palimbaan unterwegs! Ich schwöre es!«

Chast nickte befriedigt und wandte sich ab. »Fein«, sagte er, »sie werden mir diesen Pakt besorgen!«

Rasnor brannten die ganze Zeit schon Fragen auf der Zunge. Nun vermochte er sich nicht mehr zu beherrschen. »Hoher Meister – wie könnt Ihr nur so ruhig bleiben?«, stieß er hervor. »Dieser Valerian ... er ist dabei, Euch zu hintergehen! Womöglich mit Scolars Hilfe! Ich weiß nicht, ob sie nicht am Ende versuchen werden, Euch zu erpressen ...«

Chast hob die Hand. »Vergiss Scolar. Er ist tot. Und diesen Valerian hat es nie gegeben. Sein richtiger Name lautet Victor und ich kenne ihn. Wir kämpften in Unifar gegeneinander – er war der Träger der Canimbra. Er ist einer der Freunde der Adeptin Leandra! Wie auch das Mädchen, das bei ihm ist. Diese hübsche kleine Roya.«

Rasnor und auch Magister Quendras standen wie vom Donner gerührt. Karras hingegen war keine Überraschung anzumerken.

»Ja, ihr habt richtig gehört!«, rief Chast und reckte sich zu voller Höhe auf – und das war nicht gerade wenig. »Und ich wusste es schon lange, ich und Großmeister Karras. Dieser Victor hat sich zwar den Kopf geschoren, einen Kinnbart wachsen lassen und ist ein paar

Pfund magerer geworden. Ich weiß aber dennoch nicht, wie er auf die Idee kam, mich täuschen zu können. Ebenso diese Roya! Ich sah sie bei Guldor und später, in den Hügeln von Südakrania, noch einmal. Dumm von den beiden, dass sie glaubten, ich könne mir keine Gesichter merken.«

»Aber dann …«, keuchte Rasnor, » … dann wird Valerian … also … dieser *Victor* … doch versuchen, den Pakt an sich zu bringen! Um Euch damit zu erpressen!«

Chast lächelte wohlgelaunt. »Natürlich wird er das. Nur wird er ihn mir sehr bald freiwillig ausliefern.«

Quendras, der sich bisher in Schweigen gehüllt hatte, räusperte sich. »Und der Grund? Warum sollte er das tun?«

Chast warf die Arme in die Luft. »Warum? Na, wegen seiner Leandra natürlich!« Er marschierte ein Stück und wandte sich dann schwungvoll um. »Sie wird in Kürze hier in Savalgor eintreffen«, fuhr er fort. »Wenn sie nicht gar schon hier ist. Aber das werde ich bald erfahren. Großmeister Karras hat bereits die nötigen Alarmdrähte gespannt. Und dann … wird sie uns in die *Falle* gehen! Und nach ihr Victor und seine kleine Roya.« Wieder wandte er sich um und deutete mit einem drohenden Finger auf Martiel. »Und du wirst zurück zu deinen Brüdern gehen und ihnen mitteilen, dass *Valerian* bereits auf dem Weg hierher zurück nach Savalgor ist, verstanden?«

Martiel nickte heftig. Die Erleichterung über die Aussicht, die ihm Chast mit dieser Mitteilung bot, nämlich dass er hier in diesem Keller nicht würde sterben müssen, stand Martiel ins Geicht geschrieben. Chast gratulierte sich. Mit Martiel besaß er nun einen weiteren ergebenen Diener. Er wandte sich wieder den anderen zu.

»Alles wird so aussehen, als wäre dieser Victor hier an der Arbeit. Zusammen mit diesem Mädchen. Wir werden Leandra einen Hinweis zukommen lassen, wo er zu finden ist. Eine kleine Botschaft – von ihm persönlich! Und dann schnappt die Falle zu. Diesmal wird sie mir nicht entkommen! Und wenn ich tausend Mann aufbringen muss – diesmal kriege ich sie!« Wütend hieb er die rechte Faust in die linke Hand. »Und haben wir erst einmal Leandra, dann können wir diesen Victor ganz leicht dazu bringen, uns den Pakt, seine kleine Roya und zuletzt sich selbst mit besten Empfehlungen auszuliefern!«

Quendras rümpfte die Nase. »Den Braten wird er riechen. Wir wissen alle, dass er nicht dumm ist!« Sein bedeutungsvoller Seitenblick traf Rasnor, der mit bebenden Nasenflügeln dastand. »Er wird wissen«, fuhr Quendras fort, »dass diese Leandra verloren ist, ob er uns den Pakt nun aushändigt oder nicht.«

Chast grinste breit, trat zu seinem Magister und klopfte ihm freundschaftlich auf die Schulter. »Du unterschätzt die Macht der Liebe, mein Guter!«, sagte er mit bedauerndem Unterton in der Stimme. »Ich habe die beiden damals, in Unifar, in heftigster Umarmung miteinander erwischt. In einem Kellerverlies im Tempel von Yoor, wo dieser Victor gefangen war. Sie war offenbar gerade dabei, ihn zu befreien – allerdings auf eine sehr ungewöhnliche Weise. Als ich herein kam, war er noch immer völlig nackt. Der Felsenhimmel weiß, wie die beiden in diesem Augenblick auf die Idee kamen, es miteinander treiben zu müssen!« Er stieß ein spöttisches Lachen aus.

»Wie dem auch sei«, fuhr er fort, »die beiden würden füreinander sterben.« Er nickte grimmig. »Und genau das werden sie auch tun!«

Alle starrten Chast an, und in den Gesichtern war abzulesen, dass man den Worten des Meisters letztlich doch traute. Es schien nur eine Frage der Zeit, bis sie endlich diesen unangenehmen Störfaktor aus der Welt geschafft hatten. Und danach würden sie ohne Zweifel auch die Mittel besitzen, mit den Drakken fertig werden zu können.

»Rasnor!«, sagte Chast. »Du nimmst dir drei oder vier schnelle Drachen, ein Dutzend deiner fähigsten Leute und machst dich auf den Weg nach Palimbaan. Wir werden sicher gehen und versuchen, diese beiden Verräter Victor und Roya zu erwischen. Auch ohne die Adeptin in unserer Gewalt zu haben!«

Rasnors Augen begannen zu leuchten. Es war ihm leicht anzusehen, dass ihn die Aussicht, mit Victor abrechnen zu können, in Begeisterung versetzte.

»Aber lass ihm einen Vorsprung!«, fuhr Chast fort und hob einen Finger. »Er muss zuerst diesen Pakt finden! Ich vertraue auf dein Fingerspitzengefühl! Schlage erst zu, wenn du sicher bist, dass er den Pakt bei sich hat. Nimm notfalls dieses Mädchen als Geisel und setze ihn unter Druck!«

Rasnor nickte eifrig. »Ihr könnt Euch auf mich verlassen, Hoher Meister!«

»Gut. Dann an die Arbeit! Karras, du kommst später zu mir, damit wir den Plan vervollständigen können und diese Leandra todsicher erwischen.«

Karras raunte eine Bestätigung.

Chast nickte befriedigt. »Wir sehen uns später.« Er wandte sich um und verließ den Raum. Dann machte er sich auf den langen Weg nach oben zu seinen Arbeitsräumen.

Unterwegs holte ihn Magister Quendras ein.

»Ist das nicht dennoch gefährlich, Hoher Meister?«, fragte Quendras. »Warum habt Ihr diesen Victor mit dem Mädchen gehen lassen, wenn Ihr doch wusstet, dass sie beide Verräter sind?«

Chast, der zügig durch die dunklen Gänge im untersten Stockwerk von Torgard schritt, verlangsamte sein Tempo ein wenig und warf Quendras einen prüfenden Seitenblick zu. Seine Laune war in Wirklichkeit längst nicht so gut und zuversichtlich, wie er sie eben noch zur Schau getragen hatte.

»Ich muss zugeben«, räumte er mit leiser Stimme ein,

»dass ich und Karras glaubten, dieser Victor habe tatsächlich einen Hinweis gefunden, dass sich der Pakt in *Hegmafor* befinde. Verflucht soll er sein! Der Bursche ist verdammt gerissen.«

Quendras lief schweigend neben seinem Meister her. Wiewohl es ihn erstaunte, dass Chast sich hatte täuschen lassen und es auch noch offen zugab, enthielt er sich jeglicher Bemerkung.

»Er trug seine Forderung, nach Hegmafor fliegen zu wollen, mit äußerstem Nachdruck vor. Ich wusste, dass er mich täuschen wollte, aber ich kam nicht auf den Gedanken, dass er in Wahrheit an einen ganz anderen Ort wollte. Ich nahm an, er würde damit gerechnet haben, dass ich ihm einen Aufpasser mitgab.«

Quendras' Stimme war kalt und sachlich. »Sollten wir doch nicht lieber mit unseren eigenen Leuten nach dem Pakt suchen?«

Chast schüttelte den Kopf. »Nein, wir lassen es so, wie es ist. Victor hat mehrfach bewiesen, dass er in seinem Bereich geradezu unvergleichlich ist. Als Skriptor ist er vermutlich besser als irgendjemand sonst bei uns. Ich glaube, wenn jemand diesen Pakt schnell finden kann, dann ist *er* es. Obwohl ich nicht weiß, wie er so sicher sein kann, dass sich der Pakt in Palimbaan befinden muss. Das ist nichts weiter als die Geburtsstadt Sardins.«

»Vielleicht hat er Hinweise gefunden, die er sonst niemandem mitteilte?«, mutmaßte Quendras. »Eben dass der Pakt dort tatsächlich zu finden ist …«

Chast warf ihm einen Seitenblick zu. »Ja, möglich. Habt ihr schon sein Schreibzimmer durchsucht?«

Quendras schüttelte den Kopf. »Davon weiß ich nichts. Ich muss Rasńor fragen.«

»Kümmere dich darum. Wenn wir diese Hinweise finden, werden sie uns dorthin führen, wo er ist.«

Quendras nickte bestätigend. Dann sagte er: »Dennoch – mir wäre wohler, wenn wir – und wir allein – nach dem Pakt suchten.«

Chast schnaufte. »Ja, mir auch. Aber Victor hat inzwischen einen gehörigen Vorsprung. Möglicherweise hat er den Pakt längst, ehe Rasnor in Palimbaan auftaucht. Aber dennoch – das stört mich nicht weiter. Wir werden ihn kriegen! Ihm steht keine Magie zur Seite, und Rasnor wird mit einer kleinen Streitmacht dort auftauchen – ohne dass er es weiß. Er wird uns in die Falle gehen – er oder Leandra. Wir können gar nicht verlieren. Wir spielen entweder ihn gegen sie aus oder umgekehrt. Verstehst du?«

Quendras lief eine Weile schweigend neben seinem Hohen Meister her. Dann räusperte er sich. »Scolar war ein verdammt harter Bursche. Ein Magier mit geradezu beängstigend hohen Kräften. Es ist mir ein Rätsel, wie dieser Victor ihn loswerden konnte, Hoher Meister. Hattet Ihr Scolar denn nicht Bescheid gesagt?«

»Natürlich! Karras hatte ihn und auch unsere Leute in Hegmafor genauestens unterrichtet. Aber du hast Recht, es ist kaum nachzuvollziehen, wie ihm das gelungen ist. Offen gestanden hätte ich im Fall eines Kampfes selbst Respekt vor Scolar gehabt. Ich kannte ihn gut, er war während meiner Adeptenzeit mein Zimmergenosse. Aber seien wir ehrlich: Er war nicht gerade ein Ausbund an Klugheit. Stark zwar, aber einfältig. Offenbar einfältig genug, um Victor zu unterliegen. Und das sagt mir wieder einmal eines: Wir müssen unsere Gegner mit dem Kopf austricksen«, damit tippte er sich viel sagend gegen die Stirn, »und nicht mit roher Gewalt. Wir hätten eigentlich von Sardin lernen müssen, dass Letzteres der falsche Weg ist. Mit bloßer Gewalt hätte ich Sardin niemals beseitigen können.«

Chast äußerte dies in der Gewissheit, dass Quendras in der Frage von Sardins Tod voll und ganz auf seiner Seite stand. Quendras hatte es damals, kurz nach Sardins Tod, gewagt, diesen als Wahnsinnigen zu bezeichnen. Das war äußerst wagemutig gewesen.

»Genau das meine ich«, gab Quendras in seiner unbeirrbaren Art zu bedenken. »Wie können wir nun sicher gehen, dass uns dieser Victor nicht wieder austrickst? Rasnor, der ihn nun verfolgt, ist ebenfalls kein Ausbund an Klugheit. An Skrupellosigkeit vielleicht, und an Gerissenheit, aber den vorausplanenden Verstand dieses Victor hat er nicht. Und erst Leandra! Es beunruhigt mich, wie es diesen Leuten offenbar immer wieder gelingt, uns zu narren.«

Chast blieb stehen und starrte Quendras an. Seine Augen spiegelten plötzlichen Zorn, und zwar den von der unguten Sorte.

»Dieser Victor ist doch gar kein Magier!«, sagte Quendras ruhig. »Wie sollte es ihm gelungen sein, Scolar zu töten?«

Chasts Stimme war schneidend. »Worauf willst du hinaus?«

»Ich tippe auf das Mädchen«, antwortete Quendras.

»Auf das *Mädchen?*«

Quendras nickte fest. »Ja. Ich habe mit ihr gearbeitet. Ihre magischen Kräfte sind nicht weiter von Bedeutung. Aber sie kennt einige äußert komplexe Verwebungen. Offen gestanden Dinge, mit denen sie mich ziemlich überrascht hat. Ich denke, dass *sie* es war, die Scolar überwunden hat. Mit irgendetwas, mit dem er nicht rechnete.«

Chast starrte ihn weiterhin an, seine Augen spiegelten ungläubiges Interesse. »So ein kleines Mädchen will Scolar besiegt haben?«

Quendras hob den Kopf. »Hat nicht auch diese Adeptin Usbalor besiegt? Ich glaube, Hoher Meister, Ihr lauft Gefahr, einen Fehler zu begehen. Ihr haltet die Rohe Magie für unbezwingbar. Das ist sie nicht.«

Chast holte langsam und tief Luft.

»Lasst mich mit Rasnor gehen. Ich habe mich mit den magischen Tricks dieser Roya beschäftigt. Ich kenne sie und sie kann mich nicht überraschen. Ich habe Befürchtungen, dass diesen beiden sonst das Unmögliche gelingen könnte. Und der Adeptin ebenfalls. Was, wenn nicht alles so läuft, wie wir es uns ausmalen? Wenn wir den Pakt *nicht* in unseren Besitz bringen und diese Leandra über Kräfte verfügt, von denen wir nichts ahnen? Diese … *Kinder* haben zwei unserer mächtigsten Magier besiegt!«

Chast schnaufte noch immer.

»Wenn ich mit Rasnor gehe«, sagte Quendras mit Bestimmtheit, »dann werden wir den Pakt bekommen, dafür bürge ich. Wir müssen ihn haben, auch wenn wir diese Leandra nicht erwischen sollten.«

Es war Chast anzusehen, was er von der Vorstellung hielt, dass ihm Leandra wieder durch die Lappen gehen könnte. In seinem Inneren schien ein Kampf zu toben – zwischen der Bestätigung des berechtigten Einwandes seines Magisters und der leidenschaftlichen Verneinung auch nur der entferntesten Möglichkeit, dass er Leandra abermals nicht erwischen würde. Seine Zähne knirschten leise, bevor er sprach.

»Also gut«, sagte er mit schneidender Stimme. »Geh mit Rasnor. Aber da du dein Maul schon so voll genommen hast: Wage nicht, ohne den Pakt wieder hier aufzutauchen! Das würde übel für dich ausgehen!«

Damit wirbelte er herum und marschierte mit weit ausgreifenden Schritten davon. Zurück blieb Quendras in einem der eher seltenen Augenblicke, in denen seine sprichwörtliche Unerschütterlichkeit zu einem gut Teil von ihm abgebröckelt war.

26 ♦ Dunkel über der Stadt

Als Leandra am frühen Vormittag die Quellen von Quantar verließ, spürte sie augenblicklich, dass sich Savalgor verändert hatte. Nach nur wenigen Schritten durch die Straßen bemerkte sie vernagelte Fensterläden und verschlossene Türen, Dreck und Müll, wo früher bunte Verkaufsstände aufgebaut waren, und mürrische, verdrossene Gesichter in dunklen Ecken, die früher durch das Lärmen und Herumtollen spielender Kinder aufgehellt waren. Die Leute sprachen kaum miteinander, jeder eilte nur auf schnellstem Weg von hier nach dort, ohne seine Nachbarn oder andere Personen auch nur eines Blickes zu würdigen. Und es gab Soldaten. Viele Soldaten.

Sie trugen noch immer die Uniformen der Savalgorer Stadtwache, allerdings sahen sie nicht mehr so frisch und gepflegt aus wie früher, sondern dunkel, zerschlissen und schäbig. Die bunten Schärpen der Dienstgrade waren verschwunden und durch ein schmutzig blaues Band ersetzt, das wohl irgendeine Bedeutung hatte – welche, das wusste Leandra nicht zu sagen. Die Hellebarden waren rostig, die Schwertscheiden ungeputzt und fleckig. Und auch die Gesichter der Soldaten waren anders. Sie spiegelten nicht länger den Stolz ihres Berufsstandes und jenen typischen Ausdruck – eine Mischung aus abweisender Strenge und dennoch wohlwollender Hilfsbereitschaft –, nein, Leandra sah nur noch Misstrauen, Gleichgültigkeit und Hinterhältigkeit darin. Wenn eine Stadt solche Wachtruppen hat, dachte sie, dann muss es schlecht mit ihr stehen. Instinktiv suchte sie das Zwielicht unter den Vordächern der Häuser und bemühte sich, nicht aufzufallen. Sie war allein, Hellami hatte sie nicht begleiten können.

Ihre Freundin war zum unfreiwilligen Dauerbadegast geworden. Ob sie das schätzen würde oder nicht, musste sich erst herausstellen. So angenehm es in den Quellen von Quantar auch sein mochte – es würde ihr bald nicht mehr gefallen, dort unten untätig warten zu müssen.

Als sie gemeinsam den Badebereich in Richtung der Haupthalle hatten verlassen wollten, hatte sich herausgestellt, dass dies, ohne auffallen zu wollen, nur unbekleidet möglich war. So waren die Regeln in den Quellen von Quantar. Die Ein- und Ausgänge des Badebereichs waren aus Gründen der Sittlichkeit bewacht. Man betrat, aus dem Umkleidebereich der Haupthallen kommend, die eigentlichen Quellen nur unbekleidet – bestenfalls mit einem Handtuch –, und deswegen wäre es höchst verdächtig gewesen, wenn dort jemand mit einem Rucksack und in voller Montur wieder herausgekommen wäre.

So gesehen hätte auch Leandra die Quellen nicht verlassen können. Unbekleidet aus dem Badebereich die Haupthalle zu betreten war ohne weiteres möglich, aber was hätte sie anziehen sollen, um danach in die Stadt zu gehen?

Aber dann war ihr etwas eingefallen. Ein Glücksfall, wie es ihn alle tausend Jahre nur einmal gab – wie Hellami sich ausgedrückt hätte. Leandra erinnerte sich, dass sie damals, als sie von Guldors Leuten aus den Quellen von Quantar entführt worden war, eine kleine Plakette des Faches besessen hatte, in dem ihre Kleider und ihr Gepäck hinterlegt worden waren. Damals war ihr diese Plakette entglitten, als sie im flachen Wasser liegend gedöst hatte, denn sie hatte sie aus reiner Faulheit auf ihren Bauch gelegt. Eine winzige Handlung, die heute eine dramatische Bedeutung erhalten hatte. Denn sie war damals nicht mehr dazu gekommen, die Plakette zu suchen – kurz darauf war sie von den beiden fremden Männern entführt worden.

Nun bestand die winzige Chance, dass ihre Kleider noch immer in dem Fach lagen – wenngleich es sehr unwahrscheinlich war. Vorausgesetzt, sie konnten die Plakette noch finden. Aber auch wenn ihre Kleider längst fortgeräumt waren, würde sie vielleicht – mithilfe einer kleinen Szene als empörte, ihrer Kleider beraubten jungen Frau – Ersatzkleider bekommen können. Es war riskant, aber die einzige Möglichkeit, die ihnen blieb.

Hellami hatte noch vorgeschlagen, dass sie den anderen Weg nehmen könnten: mitsamt ihrer Ausrüstung durch den geheimen Gang wieder nach oben und dann durch den Ausgang, den Leandra damals mit den Entführern auf dem Weg zu Guldors Hurenhaus genommen hatte. Aber das war ein äußerst gewagtes Spiel. Leandra erklärte Hellami, dass sie eine Iteration mindestens dritten, wenn nicht gar vierten Grades aufwenden müsste, um dort oben die schwere, verriegelte Tür aufzusprengen. In einer Stadt, in der das freie Wirken von Magie verboten und sicherlich auch überwacht war, würde sie damit möglicherweise ihre Anwesenheit verraten – und dieses Wagnis war einfach zu groß. Es war mehr als klar, dass Chast sie bereits erwartete – nach dem, was Leandra Usbalor angetan hatte. Sie musste überall mit Leuten rechnen, die auf sie angesetzt waren.

Sie beschlossen, bei der ersten Möglichkeit zu bleiben, und machten sich auf die Suche. Aber es dauerte Stunden, bis es Leandra gelang, die Stelle in dem weit verzweigten Gefüge der Gänge wiederzufinden, an der sie damals überfallen worden war. Sie wollten schon fast aufgeben, als Leandra doch noch den kleinen Seitengang entdeckte. Die Plakette selbst fanden sie dann beinahe sofort auf dem sandigen Grund des flachen

Wassers. Sie hatte tatsächlich die ganze Zeit dort unbemerkt überdauert.

Und als Leandra daraufhin hoffnungsvoll die Haupthalle betrat und die Kleiderausgabe aufsuchte, waren ihre alten Sachen tatsächlich noch da – sie hatten ein gutes Dreivierteljahr lang unberührt in dem Fach gelegen. Kurios, aber erklärbar, denn die Quellen von Quantar waren rund um die Uhr geöffnet. Es gab keinen Feierabend, zu dem ihre nicht abgeholten Kleider aufgefallen wären.

Und nun stand sie allein in den Straßen von Savalgor und wünschte sich, sie sei unten in der heimeligen, beruhigenden Sicherheit der Quellen geblieben.

Zögernd bewegte sie sich voran, wusste nicht recht, wohin sie sich wenden sollte. Die einzige Adresse, von der sie eine Ahnung hatte, war die von Marina, einer ihrer damaligen Mitgefangenen. Sie erinnerte sich, dass Marina irgendwo im Viertel der Reichen wohnen musste. Allerdings würde es schwierig sein, die genaue Adresse herauszufinden. Langsam wurde ihr bewusst, dass sie überhaupt keinen Plan hatte. Sie befand sich zwar in Savalgor, aber das war auch alles. So, wie die Zustände in der Stadt jetzt waren, verminderten sich ihre Möglichkeiten nachdrücklich. Sie hatte nicht damit gerechnet, dass sie sich schon vorsehen musste, wenn sie nur durch die Straßen lief. Und auch nicht, dass sie allein, ohne Hellami, sein würde.

Rechts standen zwei schäbig aussehende Wachleute beieinander und musterten sie mit halb misstrauischen, halb begehrlichen Blicken. Sie machte, dass sie weiterkam.

In einer Art Eiltempo schritt sie voran, ganz so, als wären ihr Chasts Leute bereits auf den Fersen. Als sie sich nach einer halben Stunde ziellosen Herumlaufens auf einem Marktplatz wiederfand, wurde ihr klar, dass sie sich wie eine Gehetzte durch die Stadt bewegt hatte. Ihre Laune war erheblich gesunken, und sie hatte nicht übel Lust, auf der Stelle zurück in die Quellen zu Hellami zu gehen, wo sie erst einmal wieder in Sicherheit war.

Diese Stadt, einst der Stolz von Akrania, hatte sich in einen Sumpf von Hoffnungslosigkeit, Missgunst und Angst verwandelt. Savalgor war nie ein prunkvoller Ort gewesen, sah man einmal vom Shabibspalast, der Basilika und ein paar anderen Prachtbauten ab. Nein, seit jeher schon gab es in Savalgor finstere Subjekte, Straßendirnen und ungute Stadtviertel. Aber dennoch – früher hatte sich hier so etwas wie kunterbuntes Leben und Treiben abgespielt; es war eine Stadt der Glücksritter, der Spieler, Händler, Geschäftemacher, Magier und Märkte gewesen. Heute hingegen erschien ihr Savalgor, als sei es unter einem staubigen, hässlichen Leichentuch der Angst bedeckt.

Überall standen diese Wachleute herum … nein, berichtigte sich Leandra, sie *lungerten* herum. Sie bedachten die Leute mit missgünstigen Blicken, blafften Herumtreiber an und gierten nach den wenigen Frauen, die hübsch zu nennen waren und sich dabei auf die Straße wagten. Ihr fiel auf, dass es in der Tat ausgesprochen wenig Kinder auf den Straßen gab – war die Stadt früher doch voll von ihnen gewesen. Alles, was sie an jüngeren Leuten sah, schienen abgerissene, verrohte Kleingauner von der Sorte zu sein, der man nicht einmal tagsüber in einer Seitengasse begegnen wollte. Und alles, was sie hier an Unterdrückung sah, war das Vielfache dessen, was sie aus Angadoor kannte, und schon dort war sie in höchstem Maße unglücklich gewesen. Bedrückt lief sie weiter.

Sie wusste nicht, wonach sie eigentlich Ausschau hielt. Wohl nach irgendeinem Ansatzpunkt, der ihr eine Idee lieferte. Eigentlich hatte sie vorgehabt, sich zusammen mit Hellami hier irgendwo ein Zimmer in einem Gasthaus zu nehmen und dann die Stadt zu erforschen. Sie hatte Marina und Azrani ausfindig machen wollen, um dann zusammen mit den Mädchen einen Plan auszuhecken, wie man Alina aufspüren könnte. Ein sehr ungewisser Plan ohnehin, dazu noch reichlich blauäugig und auf eine große Portion Glück bauend – aber sie hätten schon irgendetwas zuwege gebracht.

Wie die Dinge aber im Augenblick standen, sah alles sehr finster aus. Sie traute sich nicht einmal, jemanden zu fragen, wo das Viertel der reichen Leute war, um sich dort vielleicht nach Marina durchzufragen.

Unschlüssig langte sie in der Mitte des Marktplatzes an und sah sich um.

»He, du!«, rief jemand.

Erschrocken wandte sie sich um.

Durch die auf dem Marktplatz umherlaufenden Menschen bahnte sich ein großer Mann den Weg zu ihr, und sie sah gleich, dass er zur Stadtwache gehörte. Er hatte einige Bewaffnete im Gefolge. Leandra rutschte das Herz ein Stück tiefer.

Der Mann baute sich vor ihr auf. Er war anderthalb Köpfe größer als sie, ein Riese beinahe; seine Uniform sah ein wenig ordentlicher aus als die, die sie bei den anderen Soldaten bisher erblickt hatte.

»Wie ist dein Name?«, fragte er.

Leandra blickte unsicher zu seinen Leuten. Es waren vier, und sie gereichten ihrem Wachleutnant, oder was der große Bursche auch immer war, nicht unbedingt zur Ehre. »Floris«, erwiderte sie schnell.

Der Mann schob sich die Zunge in die Wange und tippte mit der Fußspitze rhythmisch auf den Boden. Er sah nicht unbedingt aus wie ein böser, grober Kerl, aber das sagte im Augenblick nicht viel.

»Soso. Floris also. Wo kommst du her, Floris?«

Leandra hatte sich noch nichts ausgedacht, wollte aber nicht durch Stotterei auffallen. »Aus Tulanbaar«, antwortete sie.

»Gut. Dann hast du sicher eine Reiseerlaubnis. Zeig sie mir!« Er streckte fordernd die Hand aus.

Sie versuchte ein verlegenes Grinsen. »Eine Reiseerlaubnis? Also … so etwas hab ich nicht.«

Der Mann nickte und zog die Hand wieder zurück. »Na, das fängt ja gut an. Weißt du, was ich für einen Befehl habe? Ich meine, was die gesamte Stadtwache für einen Befehl hat? Er klingt seltsam, aber er lautet, dass wir nach *gut aussehenden jungen Frauen* Ausschau halten sollen. Jede davon, die keine völlig korrekten Papiere bei sich hat, ist festzunehmen und zum Stadtkommandanten zu bringen. Was sagst du dazu?«

Sie grinste verkniffen. »Soll das … ein Kompliment sein?«

»Unter anderen Umständen wäre ich vielleicht dazu zu überreden, ja«, erklärte der Mann. »Im Augenblick aber bist du ganz klar eine Verdachtsperson. Kannst du den Verdacht irgendwie ausräumen?«

Leandra war ein wenig beeindruckt vom Stil und der ruhigen Selbstsicherheit des Soldaten. Früher einmal mochte er vielleicht ein hoch angesehener Offizier gewesen sein – als die Zeiten noch besser waren. Sie war sicher, dass sie ihn in ein geistreiches Gespräch hätte verwickeln und vielleicht sogar beeindrucken können – wären da nicht seine niederen Kumpane gewesen, die sie mit geilen Blicken anglotzten.

»Ich lebe schon seit Monaten hier in Savalgor«, antwortete sie, einer Eingebung folgend. Sie deutete über die Schulter. »Mein Vater hat einen Stand hier auf dem Marktplatz. Wir sind damals, als die Reisebeschränkungen verhängt wurden, gar nicht mehr aus Savalgor fortgekommen.«

Der Offizier blickte auf und sah in die Richtung, in die sie gedeutet hatte. »Ein Stand? Nun, dann wird dein Vater sicher Papiere haben. Was ist das für ein Stand?«

Leandra wandte sich um. Sie versuchte schnell den notwendigen Überblick zu bekommen. »Da vorn«, sagte sie und deutete voraus. »Hinter den Wagen da. Wir sind Korbflechter. Kleine Körbe, große Körbe, Stühle, Truhen …«

»Schon gut …« Der Offizier winkte ab. »Führ uns hin!«

Leandra holte tief Luft. Sie war kaum eine Stunde in der Stadt und steckte schon bis zum Hals in Schwierigkeiten.

Sie warf dem Offizier einen kurzen Blick über die Schulter zu und setzte sich dann langsam in Bewegung. Der Mann gesellte sich zu ihr, schritt mit seinen langen Beinen neben ihr her und irgendwie kontrollierte seine ruhige, gemessene Autorität die unmittelbare Umgebung. Die Leute machten ihnen Platz und sie marschierten gemessenen Schrittes durch die Menge.

Das Kompliment, eine gut aussehende junge Frau zu sein, tat ihrer Eitelkeit zwar gut, war aber im Augenblick so ziemlich das Letzte, was ihr weiterhalf. Leandra wusste plötzlich, dass sie gut daran getan hätte, sich ein wenig unansehnlich zu machen – mit ein bisschen Dreck im Gesicht, schmutzigen Kleidern und verfilzten Haaren. So sahen nämlich alle hier aus.

Ihr Herz pochte dumpf, denn sie wusste, dass sie jetzt handeln musste, und zwar schnell. Sie umrundeten einen Wagen. Im nächsten Augenblick brach sie zur Seite aus und begann zu rennen.

Sie kam nicht weit.

Genau genommen waren es nur drei oder vier Schritte. Der Offizier hatte offenbar mit so etwas gerechnet und sofort reagiert. Er machte ein paar lange Schritte und packte sie gleich darauf am Arm. Mit sanfter Gewalt zog er Leandra zu sich heran.

»Ah. Also doch kein Vater«, stellte er fest. Er hatte nicht einmal eine Waffe gezogen.

Irgendetwas faszinierte Leandra an diesem Mann und sie hätte sich gern die Zeit genommen, ihn ein wenig näher kennen zu lernen. Zu diesem Zeitpunkt war das aber das Letzte, wozu sie Gelegenheit hatte. Sie holte Luft. Mit ihrer neu gewonnenen Übung baute sie eine plötzliche dritte Iteration auf und stieß dem Mann eine Zusammenballung magischer Gewalt in den Magen, dass er zurücktaumelte. Das verschaffte ihr ein paar Sekunden und im nächsten Augenblick rannte sie schon wieder los.

Überraschte Rufe erhoben sich hinter ihr, und ein kurzer Blick über die Schulter zeigte ihr, dass der Offizier keuchend und mit verblüfften Blicken auf dem Pflaster des Marktplatzes saß und sich den Magen hielt. Seine Leute setzten sich eben in Bewegung, um sie zu verfolgen.

Aber da war sie schon um die Ecke.

Sie rannte, so schnell sie nur konnte, und hatte schon nach wenigen Augenblicken das Gefühl, dass sie die Soldaten würde abhängen können. Mit der Gewandtheit ihres jungen, leichten Körpers flitzte sie zwischen den Leuten hindurch, fast ohne dabei jemanden zu berühren, während sie hinter sich schon den ersten Lärm eines Zusammenpralls vernahm, der sich zwischen einem ihrer Verfolger und einem Passanten ereignet haben musste.

Sie kam gut durch, brachte fünfzig oder mehr Schritte und zwei Dutzend Leute zwischen sich und die Soldaten und strebte dem nördlichen Ende des Marktplatzes entgegen. Vor ihr, jenseits der breiten Palastbrücke über die Savau, erhob sich der große Stützpfeiler, in dessen Fels der Shabibspalast mit seinen genau eintausend Fenstern hineingehauen war. Und nun sah sie sich dem nächsten Problem gegenüber.

Unweit von ihr endete der Menschentrubel des Marktplatzes, und weiter vorn sah sie mehrere Dutzend Soldaten, die entlang des monumentalen Treppenaufgangs zum Palastportal aufgereiht waren. Würde sie in diese Richtung weiterrennen, wäre es aus mit ihr. Instinktiv schlug sie sich nach links in eine Gasse zwischen den äußeren Ständen und Wagen des Marktplatzes, wusste aber gleich, dass sie dort nicht sicher war. Früher einmal war der Markt viel größer gewesen, und damals hätte sie vielleicht eine Chance gehabt, sich in der Menge verstecken zu können. Nicht aber heute.

Angstvoll blickte sie sich um, aber im Augenblick war keiner ihrer Verfolger auszumachen. Dafür aber erblickte sie im Vorbeirennen jemand anderes. Jählings blieb sie stehen; dachte angestrengt nach, woher sie das Gesicht kannte. Es war ein großer hagerer Kerl, etwas älter schon, und er hatte ihr verblüfft hinterhergesehen.

Dann wusste sie es.

Sie nahm sich ein paar Sekunden Zeit, sich gründlich umzuschauen. Noch hatte sie nicht gefunden, wonach sie suchte. Sie rannte weiter, wusste, dass es hier in unmittelbarer Nähe sein musste. Mit aufkommender Panik, diese vielleicht letzte rettende Möglichkeit zu verpassen, blickte sie sich verzweifelt suchend um. Als sie abermals Rufe vernahm, die auf den Zusammenprall zwischen einem Soldaten und einem Passanten hindeuteten, erspähte sie ihre Rettung.

Sie wich nach links aus, rannte ganz eng entlang einer Reihe von Wagen, sprang dann eine kurze Treppe hinauf, riss die Holztür eines Wagens auf und huschte hinein.

Vor ihr stand eine ältere Frau, der gerade vor Verblüffung eine Teetasse aus der Hand fiel.

»*Du* …?«, stieß sie hervor.

Leandra lächelte ihr knapp zu, machte einen schnellen Schritt ins Innere des Wagens und wollte rasch die Tür schließen. Da der Türspalt einen günstigen Blickwinkel gestattete, leistete sie sich einen letzten Blick hinaus. Nun sah sie auch, zwischen welchen Personen sich dort draußen der Zusammenprall ereignet hatte. Es waren der Offizier und der große hagere Mann, den sie erblickt hatte. Ein heftiges, empörtes Wortgefecht hatte sich zwischen beiden erhoben. Leandra lächelte und diesmal war es ein Lächeln echter Erleichterung.

Dann schloss sie die Tür ganz, wandte sich um und breitete die Arme aus. »Hilda!«, sagte sie und nahm die ältere Frau glücklich in die Arme.

*

Es war der gleiche Tee wie damals und Leandra genoss ihn wie eine gute Botschaft aus einer besseren Zeit.

»Kindchen! Ich kann es immer noch nicht glauben!« Hilda hatte schon wieder die Teekanne zum Nachschenken in der Hand, obwohl Leandras Tasse noch immer fast voll war. Die ältere Dame war völlig durcheinander. Leandra hob abwehrend die Hand.

»Danke, danke! Lass mich doch erst mal austrinken. Und setz dich endlich hin, du aufgescheuchtes Huhn! Du bist ja aufgeregter als ich!«

Endlich ließ sich Hilda auf die hölzerne Bank sinken. Sie starrte Leandra noch immer ungläubig an. Es war bereits fast eine halbe Stunde vergangen, seit Leandra hereingestürmt war, und sie hatte sich eine ganze Zeit lang hinter einer offenen Schranktür versteckt gehalten. Einmal hatte kurz ein Soldat hereingesehen, aber der hatte sich trefflich vom Inhalt des Schrankes ablenken lassen, in dem eine große Zahl erlesenster Waffen aus Tharuler Stahl aufgereiht waren. Auf die Idee, hinter die zur Seite aufgeklappte Schranktüre zu sehen, war er nicht gekommen.

Die gute Hilda hatte ihm geistesgegenwärtig eine Lobpreisung ihrer einzigartigen Stücke angedeihen lassen und ihn zuletzt mit den Preisen der Waffen ordentlich verprellt. Mürrisch war er wieder abgezogen.

Als die unmittelbare Gefahr vorüber war, holte die aufgeregte Hilda Leandra aus ihrem Versteck und nun saßen sie beim Tee. Leandra hatte ihr Vergnügen damit, die gute Hilda gehörig auf die Folter zu spannen, die sich vor Aufregung und Neugierde beinahe überschlug. Endlich machte Leandra ein paar Andeutungen über das, was ihr in der Zwischenzeit widerfahren war.

Hildas Augen wurden nur noch größer. »Das gibt es doch gar nicht!«, stieß sie hervor. »Soll das heißen … *Du* bist diejenige, die diese ganze Geschichte ins Rollen gebracht hat? Ich meine … das mit der Ermordung der Shabibsfamilie, dem Tod der Thronfolgerin und allem, was danach geschah? Die Auflösung der Gilde? Die Ausgangssperren? Das Kriegsrecht, das vom Rat über das Land verhängt wurde? Das alles geht auf *dich* zurück?«

Leandra grinste breit. »Zu viel der Ehre, Hilda. Auch auf Munuel und einige andere, die du nicht kennst.«

Hilda zog nachdenklich die Stirn kraus. »Munuel? Ist das nicht der würdige alte Herr, der damals bei dir war? Ein Magier, nicht wahr?«

Leandra nickte.

»Wo ist er? Ist er auch hier?«

Leandra seufzte schwer. »Nein, leider nicht. Er kam bei den Kämpfen gegen die Bruderschaft ums Leben.«

Hilda stieß einen Laut des Bedauerns aus. »Oh, das tut mir Leid.«

Leandra hob die Schultern. »Tja, ich bin einigermaßen darüber hinweg. Es ist ja auch schon eine Weile her. Trotzdem fehlt er mir sehr.«

»Und nun? Was tust du hier in Savalgor?«

Leandras Gesicht verfinsterte sich. »Ich habe gehört, dass unser schlimmster Gegner noch lebt. Ich war in dem Glauben, er wäre damals bei dem großen Kampf ebenfalls umgekommen. Aber inzwischen habe ich erfahren, dass er mächtiger ist als zuvor. Er lebt hier in Savalgor und hat möglicherweise den Rat in der Hand. Es sieht ganz so aus, als könne es ihm gelingen, zum Shabib gekrönt zu werden.« Sie seufzte tief und es war ein Ausdruck ihrer Wut und Entschlossenheit.

»Du willst es verhindern, Kindchen, nicht wahr?«, fragte Hilda besorgt.

Leandra schürzte die Lippen. »Es geht eigentlich um jemand anderes. Eine junge Frau, eine von uns, die damals von ihm entführt wurde. Ich … und ein paar andere, wir haben geschworen, sie da rauszuholen. Aber bei der Gelegenheit …«

Hilda schluckte. »*Kannst* du das denn? Ich meine …«

Leandra erwiderte nichts. Sie starrte Hilda nur an.

»So kenne ich dich gar nicht«, gab Hilda zu. »Als wir uns damals in Waldenbruch trafen, warst du für mich nur ein hübsches junges Ding, ein fröhliches Mädchen …« Sie schüttelte verwirrt den Kopf.

Leandra winkte ab. »Ich habe eine Menge durchgemacht seit damals, glaube mir. Und Chast fürchtet mich. Vielleicht mehr als sonst jemanden.«

»Chast? Ist das dieser Mann, von dem du sprachst?«

»Ja. Kennst du ihn?«

Hilda schüttelte den Kopf. »Nein, ich …«

Es klopfte an der Tür.

Leandra fuhr in die Höhe. Sie wusste, dass Hilda abgesperrt hatte, aber vielleicht war es doch ein Fehler gewesen, so unbekümmert einfach hier im Wagen zu bleiben. Hilda winkte ihr, sich schnell wieder hinter der Schranktür zu verbergen.

Leandra eilte zu ihrem Versteck und plötzlich war ihr sehr mulmig zumute. Wenn jetzt die Soldaten wiederkamen, würde sie höhere Magie anwenden müssen. Und Hilda würde, wie immer es auch ausging, in größte Gefahr geraten.

Aber es war nur Bert, der große hagere Mann. Der Waffenhändler aus Tharul, Hildas Bruder und Teilhaber. Hilda schloss die Tür hinter ihm und versperrte sie wieder.

»Beim Felsenhimmel!«, zischte er, als er im Raum stand. »Ich habe es vor Neugierde kaum noch ausgehalten! Ist dieses Mädchen hier? Ich bin absichtlich nicht gleich gekommen, weil noch immer eine Menge Soldaten da draußen herumlaufen!«

Leandra ließ einen Seufzer hören und kam hinter der Schranktür hervor.

Bert fuhr herum, und als er sie sah, stieß er ein erleichtertes Stöhnen aus. Leandra hatte ihn damals nur kurz gesehen, aber sicher hatte ihm Hilda, die alte Tratschtante, alles über sie erzählt.

Ein wenig schüchtern trat sie vor. »Hallo, Bert«, sagte sie.

Ein Lächeln flog über Berts Gesicht. »Schön, dich wieder zu sehen, Mädchen«, sagte er. »Wie heißt du gleich noch?«

»Sie heißt Leandra, und du fängst mir nicht schon wieder mit deinen Schwärmereien an, hörst du!«, herrschte Hilda ihn an.

»Lass nur«, sagte Leandra und trat auf Bert zu. »Er hat sich vorhin ziemlich mutig mit den Soldaten auf ein Handgemenge eingelassen, um mir die Flucht zu ermöglichen.« Sie ging noch einen Schritt weiter und schmiegte sich dann auf die sanfteste Weise an ihn, wohl wissend, dass er das sehr mögen würde. Damals schon hatte er ihr beteuert, wie sehr sie ihm gefiel. Er erwiderte die Umarmung ebenso sanft und seufzte leise.

Hilda beobachtete sie mit in die Hüften gestemmten Fäusten.

»Genug jetzt!«, fuhr sie dazwischen und trennte die beiden. Leandra indes sah in Berts Augen, dass dies die Art Dankeschön war, die er sich gewünscht und die er ganz sicher auch verdient hatte.

»Du musst hier weg!«, sagte er, im nächsten Augenblick schon wieder ernst geworden. »Da draußen flitzen Dutzende von Soldaten umher. Du scheinst eine sehr begehrte Person zu sein!«

»Aber wohin?«, fragte Leandra und hob die Hände. »Ich weiß keinen Ort, wo ich hier sicher wäre. Ich bin eben erst nach Savalgor gekommen und schon sind mir Chasts Leute auf den Fersen. Außerdem wartet noch meine beste Freundin in den Quellen von Quantar auf mich!«

Bert konnte seine Neugier kaum mehr beherrschen, trotz der strengen Blicke seiner Schwester. Er begann Leandra allerlei Fragen zu stellen, die sich jedoch nicht so einfach beantworten ließen. Leandra beschloss, den beiden ihre Geschichte zu erzählen. Sie war auf den Gedanken gekommen, hier stehenden Fußes eine Rebellion gegen Chast ins Leben zu rufen – mit Hilda und Bert als den ersten Mitstreitern. Nichts hatte sie jetzt dringender nötig als Freunde – und davon möglichst viele. Auch Freunde, die bereit waren, etwas zu riskieren. Allein hatte sie keine Chance in dieser schwer bewachten Stadt.

»Ich will euch gern alles erzählen ... aber glaubt ihr, dass ich hier noch eine Zeit lang sicher bin? Ich weiß nicht, wohin ich gehen soll.«

Sie schob einen der kleinen Vorhänge zur Seite und spähte vorsichtig hinaus. Es musste nun etwa um die Mittagszeit sein. Draußen waren nur Wagen, und sie konnte keine Soldaten sehen, aber sie glaubte Bert natürlich, dass man dort nach ihr suchte. »Oder wisst ihr einen Ort, wo ich mich verstecken kann?«

»Nein«, sagte Hilda und hob die Schultern. »Wir sind selbst erst seit ein paar Tagen in Savalgor. Wir wollten hier nur Waffen verkaufen.« Sie sah achselzuckend zu Bert. »Aber niemand hat mehr Geld. Wir haben außer dem Verkaufsstand drüben auf dem Markt auch nur noch diesen Wagen!«

Bert schritt ein Stück weit in den Wagen hinein und schloss die große Tür des Waffenschrankes. »Aber immerhin haben wir hier unser Geheimversteck«, sagte er und zog mit einem kräftigen Schwung an der rechten Schrankverkleidung. Der Schrank schwenkte ein Stück seitlich nach vorn und gab den Blick auf einen weiteren, hinteren Teil frei, der nicht so ohne weiteres dort zu vermuten war.

»Dort bewahren wir die besonders wertvollen Stücke auf. Wenn wir die Waffen alle heraus räumen und vorn hinein stellen, hätten wir genug Platz für dich. Ist zwar ein bisschen eng, aber wenn jemand kommt, geht es sicher für eine halbe Stunde. Was meinst du?«

Leandra trat zu dem geheimen Rückteil des Schrankes. Nach allem, was sie bei Marthis gesehen hatte, kam sie zu dem Schluss, dass solche Verstecke wohl bei Waffenhändlern und –schmieden äußerst beliebt waren. Sie sah dort einige Zweihänder, Rapiere und Schwerter von erlesener Machart in mit Leder ausgeschlagenen Halterungen befestigt. Einige davon besaßen mit Golddraht umwundene Griffe und fein ziselierte Schneiden. Sie stieß einen leisen Pfiff aus.

Bert zögerte nicht länger und machte sich daran, die Waffen auszuräumen. Hilda half ihm dabei und Leandra versicherte sich noch einmal, dass die Eingangstür abgesperrt war.

»Wenn jemand kommt«, sagte Bert nach vollbrachter Arbeit, »huschst du schnell dort hinein und wir drücken den Schrank zurück. Ich glaube, das würde gehen, solange sie nicht gerade auf die Idee kommen, den ganzen Wagen auseinander zu bauen.«

»Ihr nehmt ein großes Wagnis auf euch«, sagte Leandra zögernd.

Hilda winkte nur ab, und auch Bert erwiderte nichts, das darauf hätte schließen lassen, dass ihm die Sache zu gefährlich war. Leandra atmete erleichtert auf. Dann setzten sie sich an den Tisch, und bei einer frischen Kanne Tee machte Leandra sich daran, den beiden die lange Geschichte ihres Kampfes gegen die Bruderschaft von Yoor zu erzählen.

27 ♦ Jacaire

Leandra wollte versuchen, im Schutz der Nacht zu den Quellen von Quantar zurückzukehren. Sie musste unbedingt zu Hellami. Hilda hatte vorgeschlagen, sie mit einigen Tricks so herzurichten, dass sie der *echten* Leandra nicht mehr sonderlich glich. Leandra konnte sich durchaus vorstellen, dass Hilda dies gelang, denn sie hatte schon einmal erlebt, wie Hilda sie in eine andere verwandelt hatte – damals allerdings sehr zu ihrem Vorteil. Noch heute liebte sie es, die kleinen Perlen im Haar zu tragen, die Hilda ihr einst eingeflochten hatte. Und sogar einen Rest des Taschmali-Duftes besaß sie noch, allerdings hatte sie den in Angadoor zurücklassen müssen.

Mit Belustigung erinnerte sie sich zurück, wie sie damals zu Hildas *Püppchen* geworden war, zu dem, was Hilda immer selbst hatte sein wollen. Hilda hatte sie schön gemacht und ihr eine sündhaft teure Rüstung geschenkt, zu der ihr Kettenhemd gehörte, das eigentlich eher die Bezeichnung ›aufregende Unterwäsche‹ als ›Kampfpanzer‹ verdient hätte. Aber auf welche erstaunliche Weise dieses Kettenhemd damals dennoch seine Qualitäten unter Beweis gestellt und das Schicksal gewendet hatte, erzählte sie Hilda nun in aller Ausführlichkeit. Ja, es wurde ihr dabei sogar selbst zum ersten Mal bewusst, dass dieses Kettenhemd dem Kampf in Unifar die entscheidende Wende gegeben hatte.

Die beiden hörten Leandras Geschichte gebannt zu, und da Leandra ohnehin bis zum Einbruch der Dunkelheit hier bleiben musste, ließ sie sich Zeit, die Geschehnisse in allen Einzelheiten zu berichten. Bert hätte währenddessen längst wieder zurück zum Verkaufsstand gehen müssen, aber er meinte, dass seine beiden Gehilfen das schon machen würden. Am Abend wollte er noch ein wenig hinüber gehen – da lief das Geschäft ohnehin besser.

Als sie endete und Bert und Hilda endlich sämtliche neugierigen, erstaunten und ungläubigen Fragen beantwortet hatte, brach draußen die Dämmerung an. Bert erklärte, dass es nun Zeit für ihn wurde, zurück zu seinem Stand zu gehen. Er küsste Leandra liebevoll auf die Wange und war gleich danach verschwunden. Hilda schüttelte nur den Kopf, als er ging.

»Nun lass ihn doch!«, sagte Leandra wohlwollend. »Ich mag ihn und es macht mir nichts aus.«

Hilda seufzte und erhob sich. Sie marschierte zu ihrem eisernen Küchenofen und machte sich daran, Kartoffeln, Zwiebeln und Kohl für ein Abendessen vorzubereiten. »Du musst noch etwas essen, bevor du gehst«, sagte sie. »Kleider für deine Freundin werde ich wohl auch noch auftreiben.«

»Hast du nicht noch so ein Kettenhemd?«, fragte Leandra listig. »Sie hat eine hübsche Figur – so ein Ding würde ihr sicher sehr gefallen!«

Hilda warf ihr ein schräges Grinsen zu. »Nein, Kindchen. In Mengen hab ich dieses Zeug auch nicht hier herumliegen. Aber wir werden schon etwas finden. Hast du denn das deine noch?«

Leandra seufzte. »Ja. Es ist bei meinem Gepäck, unten in den Quellen. Und auch das Schwert. Das ist ein weiteres Problem. Ich muss unbedingt an diese Sachen herankommen, aber durch den Haupteingang kann ich sie unmöglich herausbringen.«

Abermals klopfte es.

»Ach, dieser Bert!«, schimpfte Hilda und warf ihr Küchenmesser auf den Tisch. »Der Kerl hat bald überhaupt keine Lust mehr zu arbeiten!« Sie erhob sich und stapfte zur Tür.

Leandra wollte noch etwas sagen, aber da riss Hilda schon empört die Tür auf und setzte an, ihrem Bruder eine entsprechende Zurechtweisung zu erteilen.

Draußen stand der große Offizier der Stadtwache.

*

Leandra schoss in die Höhe, aber es war viel zu spät, noch in das Geheimversteck verschwinden zu können. Der Mann hatte sie bereits gesehen. Für einen Augenblick hantierte sie mit einer Iteration fünften Grades herum, aber dann sah sie plötzlich, dass er seine Wachuniform nicht anhatte. Es war zwar eine Art Uniform, die er trug, möglicherweise die Ausgehuniform eines Offiziers, aber dieser Wechsel ließ Leandra für einen Moment zögern.

Hilda prallte erschreckt zurück, schlug sich vor Entsetzen die Hand vor den Mund, versuchte aber schon im nächsten Moment, ihren Fehler wieder auszubügeln.

»Was wollt Ihr hier, Herr Offizier!«, rief sie laut und baute sich so breit vor ihm auf, dass sie ihm den Blick in den Wagen versperrte. »Es ist schon spät und ich wollte gerade zu Bett gehen …«

Der Offizier, der wegen seiner Größe leicht gebeugt im Durchgang stand, sagte: »Es ist noch nicht so spät, gute Frau!« Dann deutete er mit ausgestrecktem Finger geradenwegs in den Wagen hinein. »Ich will zu ihr!« Schärfe lag in seiner Stimme.

Leandra, die noch immer bereit war, im nächsten Augenblick eine tödliche Magie auf den Offizier abzufeuern, zögerte weiterhin. Sie überlegte, dass er eigentlich mit Worten wie ›Gib auf! Der Wagen ist umstellt‹ oder etwas Ähnlichem hätte hereinkommen müssen.

Hilda reckte sich todesmutig vor ihm auf die Fußspitzen, versperrte den Eingang noch mehr und rief: »Hier ist sonst niemand!«

Leandra schloss das Aurikel wieder.

Sie ließ in ihrer Wachsamkeit nicht nach, aber sie konnte sich des Gefühls nicht erwehren, dass dieser Mann nicht gekommen war, um sie festzunehmen. Jedenfalls nicht unmittelbar.

»Lass ihn herein, Hilda«, sagte sie. »Er hat mich längst gesehen.«

Hilda wandte sich um. Sie sah Leandra verwirrt und ängstlich an und begriff schließlich, dass ihr Schauspiel keinen Sinn mehr hatte. Zögernd trat sie zur Seite.

Der Offizier beugte sich nochmals und trat dann ein. Im Wagen brannten nur drei Kerzen, die ihn nicht sehr gut beleuchteten, aber als er seine große Gestalt aufrichtete und sich sein Umriss gegen den Kerzenschein abzeichnete, konnte Leandra abermals nicht umhin, eine gewisse Bewunderung für ihn aufzubringen. Auf seiner rechten Gesichtshälfte zeichnete sich im Kerzenlicht ein interessantes Spiel von Licht und Schatten ab. Ein bisschen erinnerte er sie an ihren Vater; wenngleich er noch größer war.

Leandra senkte das Gesicht ein wenig und sprach ihn von unten her an. »Woher weißt du, dass ich hier bin?«, fragte sie leise.

»Ich sah dich hineingehen«, erwiderte er.

»Das war vor Stunden. Also hast du es niemandem verraten. Warum?«

Der große Mann schwieg und stand nur da. Etwas Vorteilhafteres hätte er gar nicht tun können. Vorteilhafter, um seine charaktervolle Erscheinung zur Geltung zu bringen.

»Bist du die, die wir suchen?«, fragte er dann.

»*Wen* sucht ihr denn?«, fragte Leandra zurück.

Er zuckte die Schultern. Die erste halbwegs unsoldatische Regung, die er zeigte. »Das wissen wir von der Stadtwache selbst nicht. Aber du wirst es sicher wissen, wenn du es bist.«

Irgendwie machten ihr seine passgenauen, scharfsinnigen Bemerkungen Spaß. Sie hatte ein Schwäche für kluge Leute. »Angenommen, ich wäre es. Was würdest du tun?«

Er antwortete mit einer Gegenfrage. »Ich bin sicher, du hättest mich leicht töten können – mit deiner Magie. Warum hast du es nicht getan?«

Nun hob sie die Schultern. »Ist nicht meine Art«, antwortete sie kühl.

Er atmete tief ein und im gleichen Augenblick schien plötzlich seine gesamte Förmlichkeit von ihm abzufallen. »Dann haben wir etwas gemeinsam«, sagte er, zog sich einen Stuhl heran und setzte sich.

Er saß aufrecht da, faltete die Hände, stützte die Ellbogen auf die Tischkante und starrte hinauf zu ihr. Noch immer stand sie auf der anderen Seite des Tisches. Das Kerzenlicht spielte auf seinem Gesicht.

Sie beobachtete ihn eine Weile und dachte, dass der Bursche verdammt große Aussichten hätte, sie schwach zu machen. Sie bemühte sich mit Anstrengung, das nicht durchscheinen zu lassen.

Er sah auf den Tisch, nahm dann einen der Teebecher und spielte kurz mit ihm herum. Er wandte sich Hilda zu, die jetzt erst die Tür wieder schloss – nachdem sie hinausgesehen hatte. Es war sonst niemand da.

»Könnte ich vielleicht auch einen Becher Tee haben, gute Frau?«

Hilda stieß einen seltsamen Piepser aus, schüttelte heftig den Kopf, kam dann aber der Bitte des Mannes nach.

Leandra ließ sich langsam nieder. Eine heiße Eitelkeit pulste ihr in der Kehle. Sie hatte das dringende Bedürfnis, auf ihn ebenso umwerfend zu wirken wie er auf sie.

»Bist du gekommen, um mir noch ein Kompliment zu machen?«, fragte sie herausfordernd.

Er lächelte spontan. Er hatte ein schönes Lächeln und große, weiße Zähne. Dann schüttelte er den

Kopf. »Nein. Ich wollte einfach nur wissen, wer du bist.«

»Dich muss ziemlich die Langeweile plagen, wenn du ein solches Wagnis eingehst, nur um darauf zu kommen, wer ich bin!«

Diesmal lachte er leise auf. »Ja, das hast du sehr schön gesagt.« Er dachte einen Augenblick nach. »Wenn ich's mir recht überlege, ist das eigentlich genau der Grund, warum ich hier bin.«

Leandra gab sich erstaunt. »Langeweile?«

Er machte eine fragende Geste – zu sich selbst gewandt. »Nun, nicht direkt Langeweile. Aber doch so etwas Ähnliches. Nennen wir es ... Unzufriedenheit.«

»Oh!«, machte Leandra spöttisch. »Bist du etwa der ritterliche Offizier, der sich nur notgedrungen dem bösen Herrscher beugt und auf eine Gelegenheit wartet, der Rebellion beizutreten?«

Das Gesicht des Offiziers versteinerte sich. »Findest du so etwas vielleicht lächerlich?«

Leandra merkte, dass sie kurz davor war, den Mann zu verärgern, ihn zu verletzen. Das wollte sie nicht. Und es schien beinahe, als hätte sie mit ihrer Bemerkung voll ins Schwarze getroffen. Es war kaum zu glauben. Sollte sie schon in den ersten Stunden hier in diesem finsteren Savalgor nach Hilda und Bert einen weiteren Freund finden? Das wäre fast zu viel des Glücks. Sie nahm sich vor, wachsam zu bleiben.

Hilda setzte sich zögernd mit an den Tisch und goss dem Mann Tee ein. Er nickte ihr dankend zu, und wieder verspürte Leandra einen kleinen Stich – einen, der sie von ihrem eben noch gefassten Vorsatz wegtreiben wollte. Es gefiel ihr, dass er trotz seines harschen Auftretens die Höflichkeit besaß, Hilda zu beachten und ihr zu danken.

»Nein, das finde ich nicht«, antwortete Leandra und achtete darauf, ihrer Stimme keine allzu große Beimischung von Versöhnlichkeit zu verleihen. »Ehrlich gesagt weiß ich nicht recht, was ich jetzt denken soll.«

»Es gehen Gerüchte«, sagte der Mann ruhig, »dass *gewisse* Kreise hier in Savalgor das Auftauchen einer bestimmten Person fürchten. Die gesamte Stadtwache ist in Alarmbereitschaft versetzt worden. Welche Person das ist, weiß von uns niemand, aber der Befehl, von dem ich heute Morgen sprach, ist echt. Es muss sich also um eine junge Frau handeln.«

»Und du denkst, ich könnte das sein. Das ist fast zu viel der Ehre.«

Der Mann, dessen Namen sie immer noch nicht wusste, ging nicht auf ihre Bemerkung ein. »Wie du sicher weißt«, sagte er stattdessen, »haben sich die Verhältnisse in Akrania grundlegend geändert. Würde es dich wundern zu erfahren, dass das nicht unbedingt jedem gefällt?«

Leandra dachte nach. »Nein, eigentlich nicht. Das ist ein interessanter Blickwinkel.«

»Ich mache dir einen Vorschlag«, sagte der Mann. »Ich werde jetzt gehen. Zu einem Mann, den du vielleicht kennen lernen solltest. Wenn du nur ein einfaches Mädchen ohne Papiere bist, dann solltest du hier bleiben. Ich werde dich dann vergessen. Wenn du allerdings glaubst, jemanden kennen lernen zu müssen, der ebenfalls mit den herrschenden Umständen unzufrieden ist, dann solltest du dich mir anschließen.«

Er hob seinen Teebecher und schickte sich an, ihn auszutrinken. Hilda hatte die ganze Zeit über schweigend dabeigesessen, nun aber stand die helle Furcht auf ihrem Gesicht geschrieben.

»Einen Augenblick«, sagte Leandra. »Was garantiert mir, dass nicht deine Leute über mich herfallen, wenn ich dir nach draußen folge?«

Er seufzte. »Nun – nichts. Außer vielleicht deinem gesunden Menschenverstand. Ginge es mir darum, dich zu überwältigen, hätte ich hier leicht mit einem Dutzend Kampfmagier und hundert Soldaten auftauchen können.«

»Du bist wohl ein hohes Tier in der Stadtwache?«

»Ich *war* es. Aber bei der Dringlichkeit des Befehls, der ausgegeben wurde, wäre es sicher kein Problem gewesen, so viele Leute zu bekommen.«

Leandra schwieg eine Weile und dachte nach. »Das geht mir ein bisschen zu plötzlich«, sagte sie dann.

Er sah sie mit blitzenden Augen an. »Ja, das kann ich verstehen. Aber auch ich riskiere viel. Ich kann hier nicht stundenlang herumsitzen, um dich zu beruhigen. Ich bin nicht sicher, ob mich nicht einer meiner Leute beobachtet. Ich will hier weg.«

Leandra ließ sich nochmals Zeit. Dann holte sie tief Luft und nickte. »Gut, ich komme mit dir.«

Hilda schoss in die Höhe. »Aber Leandra …!«

Noch bevor Leandra die Hände erheben konnte, um sie zu beschwichtigen, sah sie, dass der Offizier lächelte. »Du bist es also *doch*«, sagte er leise und trank seinen Tee aus. Dann erhob er sich.

Leandra hatte sich ebenfalls erhoben und fragte sich verzweifelt, ob sie so leichtfertig ihr Leben aufs Spiel setzen sollte. Irgendwie hatte sie die Lage nicht mehr recht in der Hand. Sie konnte nur noch eines tun: auf ihr Gefühl hören. Und irgendeine dumme, eitle Stimme flüsterte ihr unablässig ins Ohr, dass dieser Offizier eine andere Art Mann war als jene, die sich einem Chast unterordneten. Sie betete, dass es nicht nur die verteufelte Ausstrahlung war, mit der sie dieser Kerl gepackt hatte.

Sie versuchte sich mit einer Drohung. »Dir ist sicher klar«, sagte sie und bemühte sich, möglichst kalt zu wirken, »dass ich dich mit einer raschen Iteration in die Hölle schicken kann.«

Aus seinem Gesichtsausdruck konnte sie nicht so recht herleiten, ob ihn das beeindruckte. Jedenfalls sagte er: »Ja, das ist mir durchaus bewusst.«

»Sag mir deinen Namen«, forderte sie und hoffte,

dass er wenigstens einen Namen hatte, dessen Klang ihr etwas Beruhigendes vermittelte.

»Ich bin Jacaire«, antwortete er.

*

Irgendetwas sagte ihr dieser Name. Sie hatte ihn schon einmal gehört, aber es wollte ihr nicht mehr einfallen, bei welcher Gelegenheit.

Er hatte ihr noch einen Augenblick Zeit gelassen, sodass Hilda sie ein wenig ›verunstalten‹ konnte.

Nun trug sie etwas, das kaum einen besseren Namen als *zerlumpter Umhang* verdiente. Ihre Haare waren zu einem Pferdeschwanz zusammengebunden und hatten eine Portion fettigen Küchenabfall abgekriegt. Ihr Gesicht war mit ein paar Rußschatten und Öl verschmutzt.

»Du siehst immer noch etwas zu *gut* aus«, hatte Jacaire kalt bemerkt, als sie gegangen waren. Sie wollte sich schon bedanken, aber dann wurde ihr klar, dass er das nicht im Sinne eines Kompliments gemeint hatte. Missmutig fragte sie sich, ob das so etwas wie ein Fluch war. Sie war damals entführt worden, weil sie *gut* aussah; die beiden Soldaten des Lorin von Jacklor hatten sie fast vergewaltigt, weil sie *gut* aussah, und hier und jetzt war es geradezu ihr Steckbrief, *gut* auszusehen.

»Im nächsten Leben will ich hässlich sein«, sagte sie.

Entgegen ihrer Hoffnung erwiderte er nichts. Sie schnitt ihm von hinten eine Grimasse, die er nicht sah.

Sie hatten das Gebiet des Marktplatzes nach Norden hin verlassen. Es war unvermeidlich, verschiedenen Wachstreifen über den Weg zu laufen, aber Jacaires Gesicht war offenbar so bekannt, dass er überall mit einem Kopfnicken durchkam. Sie sah schon, dass es für ihn tatsächlich ein großes Risiko war. Man würde sich erinnern, dass er mit einer verdreckten jungen Frau unterwegs gewesen war, einer *verdreckt-gut-aussehenden*, berichtigte sie sich. Und das mochte ihn in Erklärungsnöte bringen, wenn irgendetwas von seinem Treiben ruchbar wurde. Langsam jedoch legte sich Leandras Angst. Sie schien im Schutz von Jacaire zumindest diesen Abend bei heiler Haut überstehen zu können.

Wie es wohl Hellami ging? Ohne Zweifel hatte sie es warm und bequem in den Quellen von Quantar, aber davon würde sie bald genug haben. Leandra hatte noch immer vor, später in dieser Nacht zu ihr zurückzukehren.

Dann geschah etwas Seltsames.

Sie hatten einen gut Teil des Südens der Stadt durchquert, als sie in einer nächtlich leeren Straße einer weiteren Wachstreife begegneten. Jacaire nickte den Leuten zu. Sie blieben stehen und salutierten. Einer sagte: »Guten Abend, Hauptmann Vendar.«

Leandra wäre vor Verwunderung beinahe stehen geblieben. »Vendar?«, flüsterte sie, als sie ihn eingeholt hatte. »Ich dachte, du hießest *Jacaire!*«

Er verlangsamte seinen Schritt. »Du weißt nicht, wer Jacaire ist?«

Sie schüttelte verwirrt den Kopf.

Er grinste hinterlistig. »Du wirst heute noch einige Jacaires kennen lernen.« Er machte eine umfassende Geste. »Jeder ist Jacaire! Jeder von uns!«

Sie marschierten weiter durch die nächtlichen Gassen von Savalgor. Leandra schluckte ihre Fragen herunter und dachte, es sei wohl eher beruhigend, wenn es um diesen Jacaire-Vendar herum eine solche Geheimnistuerei gab. Das war alles andere als der Stil irgendwelcher Gefolgsleute Chasts, sondern roch eher nach einer richtigen, geheimen Untergrundbewegung. Und sollte sie das unwahrscheinliche Glück haben, so schnell mit einer solchen Bewegung Kontakt aufnehmen zu können, dann sah es für ihre Pläne wesentlich besser aus als noch heute Mittag.

Dann waren sie da. Das Viertel war dunkel und unheimlich, wie sie es erwartet hatte. Eine anständige Untergrundbewegung, sagte sie sich, *musste* in einem solchen Viertel beheimatet sein. Langsam wurde ihr klar, dass sie sich allerlei vormachte. Wohl um ihre Unruhe und ihre Ängste beherrschen zu können.

Jacaire – oder Vendar, oder wie immer er nun hieß – führte sie über eine steile Treppe hinauf in einen der seltsamen Turmbauten, welche den Hauptteil der Savalgorer Bauwerke ausmachten. In dieser großen, aber räumlich sehr begrenzten Stadt hatte man schon vor Jahrhunderten in die Höhe zu bauen begonnen. Dabei waren die wohl seltsamsten Bauwerke des gesamten Landes entstanden. Verschachtelte und sich gegenseitig stützende Gebäude, deren Bauweise eher an ein Labyrinth mit mehreren Ebenen denn an Wohnbauten erinnerte.

Sie erreichten eine Art Hinterhof, der im *vierten* Stockwerk lag, und passierten einen Wächter und danach noch einen. Auf dem Weg über verwinkelte Treppchen, durch Gänge und über Stege begegneten sie immer weiteren Männern, denen Vendar Passworte nannte, immer in der Verbindung mit dem Namen ›Jacaire‹. Wenn er angesprochen wurde, nannte man ihn Jacaire, wie auch er andere Männer Jacaire nannte. Endlich erreichten sie ihr Ziel. Leandra hätte den Weg hierher niemals wiederfinden können.

»Nun wirst du den richtigen Jacaire kennen lernen«, kündigte Vendar an.

Plötzlich fiel es ihr ein. »Jetzt weiß ich es wieder!«, stieß sie hervor. »Jacaire – das ist der Fürst der Unterwelt von Savalgor, nicht wahr? Ja, das habe ich damals gehört! Einer von zweien! Der eine ist Guldor, dieser Dreckskerl. Und sein ewiger Gegner, das ist dieser Jacaire! Stimmt es nicht?«

Vendar lächelte und machte eine vage Geste. »Ja, so könnte man sagen. Es trifft zwar nicht ganz den Kern der Sache, aber dennoch – es stimmt einigermaßen. Nun komm. Er wartet bereits auf dich.«

»Er wartet schon?«

Vendar nickte. »Ja, du wirst staunen.«

Leandras Herz begann zu klopfen. Für einen Moment befürchtete sie, wieder in die Fänge dieses furchtbaren Guldor zu geraten. Aber das passte irgendwie nicht zu Vendar. Sie holte tief Luft und folgte ihm durch eine Tür, die am Ende einer abwärts führenden Treppe lag.

Dann trat sie in einen überraschend großen Raum. Er war niedrig, führte aber weit in alle Richtungen. Es war nicht sehr hell und die Luft war so verräuchert, dass man kaum einige Schritt weit blicken konnte. Viele Männer und Frauen waren anwesend und die meisten drehten sich nach Leandra um, als sie eintrat.

Pochenden Herzens stand sie da und musterte die Anwesenden. Dann schälte sich aus dem Hintergrund eine Person und schritt auf sie zu. Es war ein großer Mann und sie erkannte ihn augenblicklich. Sein federnder Schritt war unverkennbar und seine breiten Schultern waren wohl einzigartig. Er lächelte.

Leandra stieß einen Schrei aus und stürmte vorwärts. Mit einem regelrechten Sprung landete sie in seinen Armen, wissend, dass er sie immer aufzufangen vermochte, auch wenn sie von einem Haus herabgesprungen wäre. Und er fing sie auch, wirbelte sie herum und drückte ihr einen Kuss auf die Stirn.

»Jacko!«, seufzte sie erleichtert und überglücklich zugleich.

28 ♦ Drachenliebe

Roya saß auf dem Rücken von Faiona, und endlich hatte sie Gelegenheit, das überwältigende Gefühl eines Fluges mit einem Drachen ungestört zu genießen.

Sie winkte Victor zu, der ein Stück querab auf Tiraos Rücken dahinflog, und wischte sich dann zum hundertsten Mal die Haare aus dem Gesicht. Sie spürte die Wärme, um nicht zu sagen die Hitze der ledernen Haut des Drachenrückens unter sich und dachte, dass sie in ihrem Leben viel versäumt hätte, wenn sie dies nicht erlebt hätte.

Faiona war eine elegante Fliegerin. Ihre wahren Fähigkeiten entfaltete sie erst jetzt, nachdem sie nicht mehr unter der brutalen Gewalt von Scolar stand. Sie glitt leicht und behände durch die Luft, setzte ihre Kräfte sehr viel maßvoller und effektiver ein und verstrahlte dabei die charaktervolle Aura eines stolzen und starken wie auch sanftmütigen Geschöpfes. Roya meinte, die Dankbarkeit des Drachen förmlich spüren zu können, dem sie gewissermaßen das Leben gerettet hatte. Scolar hätte Faiona zu einem geistigen Krüppel gemacht, wäre ihm seine Magie gelungen, und das wäre wohl gleichbedeutend mit dem Tod des Tieres gewesen. Möglicherweise hätte Faiona noch eine Zeit lang im Dienst der Bruderschaft als willenloses, halb verblödetes Geschöpf einen erniedrigenden Dienst getan, aber man konnte wohl nicht davon sprechen, dass ein Drache an diesem Leben noch teilnahm, wenn er nicht in der Lage war, sich nach eigenem Willen so in seinem Element zu bewegen, wie Faiona es jetzt tat. Binnen kurzer Zeit hätte das sicher ihren tatsächlichen Tod bedeutet. Roya spürte, dass sich ein Band zwischen Faiona und ihr geknüpft hatte, ein Band, das noch viel Bedeutung erhalten mochte.

Sie hatte damit begonnen, sich mit Faiona über das Trivocum zu verständigen, und wiewohl ihr die Drachensprache im Augenblick noch Schwierigkeiten bereitete, hatte sie doch das Gefühl, dass sie vorwärts kam.

Verspielt ließ sich Faiona, die leicht oberhalb und hinter Tirao dahinglitt, nach unten durchsinken, nahm dabei Geschwindigkeit auf und schoss dann unter ihrem Freund und Artgenossen hindurch. Tirao glitt zur Seite ab, stellte die Schwingen ein wenig in den Wind und ließ sich hoch hinauf tragen, woraufhin er ein ähnliches Flugmanöver ausführte und Faiona wiederum überholte. Roya spürte, dass die beiden Drachen eine tiefe Freundschaft verband – inwieweit das *Liebe* zu nennen war, konnte sie nicht sagen. Sie wusste viel zu wenig über Drachen und ihre Gefühlswelt.

Links glitt nun die mächtige, hellgraue Wand eines Stützpfeilers vorbei und die feinen Strukturen im Fels wirkten wie die Wellen auf dem Meer. Roya begriff, dass sie sich noch weit weg von der Felswand befand. Dennoch war sie riesig und beherrschend – hier lernte sie ihre Welt aus einer ganz anderen Sichtweise kennen. Es war unbeschreiblich schön.

Der Wind war empfindlich kalt, aber sie trug nach wie vor ihre dicke Felljacke, und die beinahe heiße Haut des Drachenrückens wärmte sie, als habe sie sich auf einen eisernen Ofen gesetzt.

Sie flogen nun schon seit vielen Stunden immer westwärts, und Roya hatte keine Ahnung, wo sie sich befanden. Einmal hatte sie das breite Band eines Flusses unter ihnen erblickt – das mochte die Rote Ishmar gewesen sein. Das würde bedeuten, dass sie sich nun über Kambrum befanden, einem Land, das sie noch nie betreten hatte, obwohl es nicht einmal fern ihrer Heimat lag.

Sie blickte sich um und musste erst eine Weile nach Tirao und Victor suchen. Hier in der Luft konnte sich ein anderer in allen möglichen Richtungen befinden, und auch die Entfernungen veränderten sich in rasender Geschwindigkeit. Dann sah sie, dass Tirao weit nach unten abglitt; Faiona folgte ihm kurz darauf.

Die Abenddämmerung war über das Land gekommen. Sie landeten auf einem kleinen Plateau weit droben an einem Stützpfeiler, das von wildem Grün überwuchert war und von einem kleinen Bach durchflossen wurde. Die Drachen flogen gleich darauf schon wieder fort. Faiona hatte ihr mitgeteilt, dass sie und Tirao sich auf Nahrungssuche begeben würden.

»Unglaublich!«, seufzte Roya, als sie neben Victor am Rand des Plateaus stand und auf das Land hinabblickte. Es mussten gute drei Meilen bis dort unten sein. »Hier oben sollte ein König leben«, sagte sie. »Das ist ein wundervoller Anblick!«

Victor starrte versonnen in die Weite. »Es ist wie damals, in Bor Akramoria«, sagte er. »Vier Meilen hoch liegt es und unter dir braust der gewaltigste Wasserfall in die Tiefe, den du dir nur vorstellen kannst.«

Roya blickte ihn neugierig an.

»Sein Donnern ist wie … ach, ich kann's nicht beschreiben. Du hörst es, lange bevor du ihn siehst. Eine Naturgewalt.«

Sie trat zu ihm und hakte sich bei ihm unter. »Du vermisst Leandra, nicht wahr?«

Er sah sie erstaunt an.

Sie lächelte. »Du hast schon einmal von Bor Akramoria erzählt. Und von Leandra. So, als ob du ihr dort sehr nahe gewesen wärest.«

»Es macht mir ein bisschen Angst, wenn mich jemand so gut durchschaut wie du. Du scheinst eine Menge verborgener Talente zu besitzen.« Er dachte kurz nach. »Wie hast du es eigentlich geschafft, diesen *Mentalen Block* von Faiona zu lösen?«

Roya zog die Stirn kraus. »Weiß ich auch nicht so recht«, erwiderte sie. »Es lag plötzlich wie eine offene Lösung vor mir. Ich frage mich, ob ich nicht gleich hätte versuchen sollen, Scolar anzugreifen.«

»Scolar?«, Victor ächzte. »Beim Felsenhimmel – sei froh! Der Kerl war ein brutaler Kampfmagier. Mit rohen Kräften, wie ein ...«

»Das ist es ja«, sagte Roya in ihrer sanften Art, die den Gedanken, dass sie mit einem Magier wie Scolar kämpfen wollte, ein wenig abwegig erscheinen ließ. »Seine Magie ist stark – aber so einfältig. So schrecklich einfältig! Er reißt ein Loch ins Trivocum und ... drischt die grauen Energien mit seiner bloßen Willenskraft in irgendeine Richtung.«

»Und?«

Sie sah ihn an. »Ich bin nicht sicher, aber ich glaube fast, man könnte den Riss im Trivocum mit einer kleinen, geschickten Verwebung ganz einfach wieder schließen. Und schon stünde er da – ohne alles.«

Victor machte ein erstauntes Gesicht. »Du denkst, du könntest das?«

Sie hob die Schultern. »Ich habe es nicht gewagt, weil es in dem Moment ein zu großes Wagnis gewesen wäre. Ich bin nicht sicher, ob es geklappt hätte. Da habe ich lieber den Block in Faionas Hirn gelöst. Zumal ich die Lösung plötzlich ganz klar vor mir sah.«

»Beeindruckend«, sagte Victor. »Glaubst du, dass Leandra das auch weiß? Ich meine, dass sie solche Magien kennt?«

Sie hob die Schultern. »Als ich Leandra zum letzten Mal sah, beherrschte ich noch keinerlei Magie. Ich weiß nicht, was sie alles konnte. Vor allem nicht, was sie *jetzt* kann.«

»Sie hat Usbalor getötet.«

Roya nickte versonnen. »Ja. Wirklich erstaunlich. Wahrscheinlich aber kennt sie diese Dinge, die ich von Jerik gelernt habe, ebenfalls nicht. Jerik gab mir zu verstehen, dass seine Art von Magie etwas ganz Eigenes sei. Er war ein Einsiedler, weißt du? Nach allem, was ich bisher anderswo über die Magie mitbekommen habe, ist sie nicht so fein strukturiert wie die von Jerik. Könnte sein, dass es etwas ganz Neues ist. Man benötigt kaum hohe Iterationen dafür.«

»Mit welcher Iteration hast du mich denn damals festgenagelt? In meinem Schreibzimmer?«

Sie grinste. »Das wirst du nicht glauben. Es war nur eine erste.«

Er löste sich von ihr. »Waas? Eine erste Iteration nur? Ist das dein Ernst?«

Sie nickte. »Die Gefahr, in Torgard bemerkt zu werden, wäre mit einer stärkeren Iteration viel zu hoch gewesen.«

Victor dachte nach. »Demnach kennst du dich mit sehr komplexen Magien aus, aber in ganz geringen Iterationsstufen. Ist das richtig?«

»Ja, so könnte man sagen.«

Er kaute auf den Lippen. »Vielleicht wären dann diese ... *Krypti* etwas für dich!«

»Das habe ich mir auch schon gedacht. Aber ich habe keine Ahnung, wie sie aussehen könnten.«

»Das weiß ich auch nicht«, sagte Victor. »Aber ich habe einiges darüber gelesen. Es scheint, als liege die Kunst dieser Krypti, die damals so verbreitet waren, in ihrer Vielschichtigkeit.«

»Aber ... wäre es denn für uns nicht besser, man würde ihn gar nicht auflösen? Ich meine ... er ist schließlich gegen die Bruderschaft gerichtet. Gegen unsere Erzfeinde und nicht gegen uns!«

Victor sah sie vielsagend an.

»Was ist?«

Er wirkte verlegen. »Na ja, ich schätze, ich habe mal

wieder eine meiner besonders dämlichen Ideen gehabt.«

Sie dachte nach. Die letzte *dämliche* Idee Victors war die gewesen, ihren Aufpasser töten zu wollen, damit sie ungehindert nach Hammagor fliegen konnten. Dämlich deswegen, weil sie die Notwendigkeit eines heimtückischen Mordes beinhaltet hatte. Dann verstand sie, was ihm im Kopf herumgegangen war. Sie ächzte. »Du meinst ... den Antikryptus *zur Anwendung* zu bringen?«

Er verzog das Gesicht. »Wenn du die Struktur der Krypti verstehen würdest und sie anwenden *könntest* – dann hätten wir doch das vollkommene Druckmittel gegen Chast, nicht wahr?«

Roya ließ ein angespanntes Seufzen hören. Sie starrte in die Ferne, und Victor wünschte sich, er wäre gar nicht auf diese Idee gekommen. Er fragte sich, ob das moralisch zu rechtfertigen wäre: die Welt vor der Bedrohung durch die Bruderschaft und die Drakken dadurch zu retten, dass man die Mitglieder der Bruderschaft einfach allesamt umbrachte. Und vor allem: jemanden wie Roya damit zur Henkerin zu machen. Er lachte leise und bitter auf, woraufhin Roya ihn fragend ansah. Wenn man so etwas tat, sagte er sich, dann war man sicher nicht besser als der Gegner, den man bekämpfte.

Er sah sie an. »Vergiss diesen Mist! Ich war wohl nicht ganz bei mir, als mir diese Idee kam.«

Roya schenkte ihm ein erleichtertes Lächeln und hakte sich wieder bei ihm unter.

Dann kamen die Drachen zurück. Sie flogen ganz nah beieinander und es war nicht schwer, sich vorzustellen, dass die beiden ein Paar waren. Tirao und Faiona landeten – wieder einmal so sanft, dass Roya und Victor es mit Erstaunen beobachteten. Dann eilte Roya zu Faiona, denn sie wollte sie bitten, noch einen kleinen Rundflug mit ihr zu machen. Sie hatte weit oben im Stützpfeiler ein großes Felsentor gesehen, durch das sie aus purer

Lust am Fliegen einmal hindurch wollte. Dann aber blieb sie verblüfft stehen.

Tirao und Faiona waren nicht allein gekommen.

Victor trat neben Roya, und gemeinsam starrten sie mit ungläubigen Blicken das kleine Wesen an, das zwischen den beiden gelandet war.

Wir haben einen Freund mitgebracht, sagte Tirao. *Du kennst ihn bereits, Victor. Sein Name ist Ulfa.*

*

Sie ist hier!«, sagte Großmeister Karras. »In der Stadt. Das scheint bereits sicher.«

Chast lächelte schwach. Er konnte nicht umhin, diese Leandra zu bewundern. Die Stadt war bewacht wie eine Festung, aber für sie schien das überhaupt keine Bedeutung zu haben. Wenn sie nach Savalgor hinein wollte, dann tat sie das eben.

»Es gab eine Verfolgungsjagd«, fuhr Karras fort. »Eine Wachstreife griff eine junge Frau auf, mit rotbraunen Haaren. Sie hieb den Offizier mit einer Magie zu Boden und rannte davon. Und entkam ... Das kann eigentlich nur sie gewesen sein.«

Chast lachte leise auf. Er, der nie eine besondere Leidenschaft für Frauen empfunden hatte, verspürte plötzlich eine teuflische Lust, diese offenbar unzähmbare Leandra zu besitzen. Ihre ungestüme Wildheit zu zähmen. Doch nein, sagte er sich, gezähmt wäre sie nichts mehr wert. Und sie würde sich gewiss auch nicht zähmen lassen. Er fragte sich, ob es nicht ein Glück war, eine solche Gegnerin zu haben – das verlieh seiner Aufgabe einen nicht unerheblichen Reiz. Der unheilvolle Wunsch regte sich in seinem Hirn, dass er, sollte er dennoch irgendwie scheitern, es durch ihre Hand tun wollte. Nicht durch die Drakken, diese Ekel erregenden Kreaturen, über die er so gut wie nichts wusste.

»Und?«, fragte er. »Weißt du auch, wie sie in die Stadt kam?«

Karras nickte. »Es gibt einen deutlichen Hinweis. Ihr Kleiderfach in den Quellen von Quantar ist leer. Sie muss von außerhalb der Stadt irgendwie einen Zugang zu den Grotten gefunden haben. Es ist ja bekannt, dass die Höhlen dort unten weit verzweigt sind. Auch außerhalb der Stadt wurden schon verschiedene Zugänge gefunden, besonders an der Nordostseite des Monolithen. Aber die wurden alle vor langer Zeit zugeschüttet. Sie muss noch einen weiteren gekannt haben.«

»Hm«, machte Chast. »Und warum wurde sie nicht festgehalten, als sie ihre Sachen holte? Ich dachte, du hättest das vorbereitet?«

Karras hob die Schultern. »Es fiel leider nicht sofort auf – sie muss die Kleider ganz regulär abgeholt haben. Sonst wäre ich sofort in Kenntnis gesetzt worden. Sie besaß offenbar die Plakette für das Fach. Ich habe allerdings keine Ahnung, woher sie die hatte. Ich kann nicht glauben, dass sie das Ding seit damals bei sich trug.«

Chast musste nun regelrecht lachen. Es war nicht zuletzt die verdutzte Ratlosigkeit seines Großmeisters, die ihn dazu verführte. »Das … ist *wahre* Magie!«, rief er aus, hob beschwörend die Hand und stand auf. »Diese verflixte Adeptin! Ich möchte wirklich wissen, wie sie das macht!«

Karras' Gesicht wurde immer länger. »Klingt beinahe, als hättet Ihr eine Menge Spaß dabei, Hoher Meister!«, knurrte er in einem Tonfall, der eine Mischung aus Vorwurf und Erstaunen war.

»Darauf kannst du wetten!«, rief Chast gut gelaunt aus. »Ich kann es gar nicht erwarten, sie wieder zu sehen. So sehr sie mich auch piesackt, dieses kleine Miststück, so erhebend ist letztlich auch der Wettstreit mit ihr. Verstehst du das?«

Er fuhr herum und starrte seinen Großmeister herausfordernd an. Der mangelnde Feinsinn jedoch, der aus Karras' Augen sprach, ließ Chast einen gequälten Seufzer ausstoßen. Beklagenswert, sagte er sich, dass es hier niemanden gab, mit dem er die unterschwelligen Freuden eines Lebens als Bösewicht teilen konnte. Er winkte enttäuscht ab.

»Hast du die Grotten durchsuchen lassen?«, fragte er.

Karras sah ihn erstaunt an. »Durchsuchen lassen? Wozu? Sie ist doch bereits hier!«

Chast verzog das Gesicht. Dann bekam er plötzlich Lust, sich an Karras für dessen tumbe Wesensart zu rächen. Er wusste auch schon wie.

»Ist dir nicht aufgefallen, wie man die Grotten betritt? Unbekleidet! Das dürfte im Frauenbereich kaum anders sein als bei den Männern!«

Karras verstand immer noch nicht.

Chast stöhnte. »Wer ohne Kleider hineingeht, kommt auch ohne Kleider wieder heraus. Kannst du mir folgen?«

»Äh … ja!«

»Fein. Sie kann also nicht in *ihren* Kleidern in die Stadt gekommen sein, nicht wahr? Und sie ist sicher auch nicht nackt von Angadoor bis hierher nach Savalgor marschiert, was meinst du?«

Karras schüttelte den Kopf. Chast fragte sich, ob er diesem gefühllosen Gesellen, der Leandra nie gesehen hatte, die Bemerkung zuteil werden lassen sollte, wie schön sie im landläufigen Sinne war – wie sehr er, dieser untersetzte, unansehnliche Karras, sich die Finger danach geleckt hätte, eine Frau wie Leandra nackt sehen zu können. Chast entschied sich missmutig dagegen. Vermutlich hätte Karras nur teilnahmslos die Schultern gezuckt.

Chast seufzte. »Wenn sie also unbekleidet die Quellen wieder verlassen musste«, leierte er tonlos herunter, »dann müssen ihre Kleider und ihre Ausrüstung, die sie mit nach Savalgor brachte, noch irgendwo in den Quellen liegen, oder?«

Karras war nicht dumm. Er hatte natürlich begriffen, was Chast meinte. Deswegen machte seine folgende Frage auch Sinn: »Nun gut, Meister, da habt Ihr sicher Recht. Aber sind ihre Sachen so wichtig? Ein paar Kleider, ein Rucksack, eine Waffe vielleicht …?«

»Es geht um das Schwert«, sagte Chast und richtete sich auf. »Ihr magisches Schwert – die Jambala. Ich weiß immer noch nicht, ob sie es noch hat. Wenn ja, dann wird es jetzt wahrscheinlich irgendwo in den Grotten versteckt sein, verstehst du?«

Karras nickte missmutig.

»Du nimmst dir jetzt eine Hundertschaft Soldaten und durchkämmst mit ihnen diese Quellen von Quantar, verstanden?«

Karras wirkte ungläubig. »Ihr meint, Hoher Meister … ich soll *selbst* mit dort hinunter gehen?«

»Ja, allerdings!«, fuhr Chast ihn an. »Sieh dir ruhig mal ein paar schöne Frauen an, du stumpfsinniger Bock! Vielleicht geht dir dann auf, dass es noch etwas anderes als Kampfmagien gibt!«

Karras war nun völlig verdattert und Chast wusste, dass seine Anordnung wie auch seine Wut auf Karras nicht viel Sinn ergaben. Aber das war immerhin das Privileg eines Hohen Meisters: Man konnte hin und wieder Befehle aus reiner Willkür erteilen.

»Sollte irgendjemand dort unten ein Schwert finden«, fügte Chast hinzu, »dann darf er es keinesfalls anfassen! Verstanden? Sichere es mit deiner gesamten Hundertschaft und hole mich! Ist das klar?«

Karras, der sichtlich verärgert war, nickte dumpf.

Chast winkte ihn hinfort. »Also gut. Und nun verschwinde. Ich hoffe, du machst deine Arbeit diesmal besser.«

Karras blieb stehen. »Wenn sie dort unten wichtige Sachen haben sollte, dann wird sie sicher versuchen, sie wieder zu bekommen.«

Chast schnaufte und nickte dann anerkennend. »Gut.

Das ist ein Punkt für dich. Also – nimm dir weitere Leute und sichere den Bereich. Du weißt schon – an all den besagten Punkten. Sichere ihn gut! Es könnte glatt sein, dass sie uns so in die Arme läuft.« Er nickte. »Ja, das ist eine gute Idee. Du hast deine Scharte wieder ausgewetzt, Karras!«

Karras wirkte nur wenig versöhnt. Eine solche Erniedrigung hatte er offensichtlich lange nicht mehr erlebt.

Chast wünschte sich, er würde nun endlich gehen. Die Zusammenkunft wurde auch ihm langsam unangenehm. »Was ist mit Rasnor?«, fragte er ablenkend. »Ist der schon weg?«

Karras nickte. »Ja. Mit Quendras, drei Drachen und vier weiteren Leuten. Es sind Kampfmagier aus meiner Truppe.«

Chast seufzte. »Gut«, sagte er. »Also dann mach deine Arbeit. Wir sehen uns später.«

Als Karras hinausging, kam ein Bediensteter herein. »Die Herrin verlangt Euch zu sehen, Hoher Meister«, sagte der Mann, verbeugte sich und ging wieder.

Wenige Augenblicke später trat eine sehr schöne junge Frau in einem langen, weißen Gewand schwerfällig in den Raum. Ihr Blick war gequält.

»Alina, meine Liebe!«, rief Chast und breitete lächelnd die Arme aus. »Was kann ich für dich tun?«

29 ♦ Schlachtpläne

Leandra hatte eine Nacht in völliger Hochstimmung erlebt. Dass sie ihren alten Kampfgefährten Jacko wiedergefunden hatte, war wohl die beste aller möglichen Nachrichten gewesen – allenfalls wäre sie noch durch die zu übertreffen gewesen, dass Chast irgendwo jämmerlich in einem Jauchetümpel ertrunken wäre. Aber das würde sicherlich noch kommen.

Sie hatte mit Jacko und seinen Leuten gefeiert und getrunken und hatte sich zum Nachtisch Vendar zur Brust genommen. Obwohl sich der stattliche Hauptmann der Stadtwache – oder was immer er nun wirklich war – zuerst noch mannhaft gegen sie zur Wehr gesetzt hatte, verführte sie ihn zuletzt dennoch – in reichlich ungehöriger Manier. Aber das war ihr zu diesem Zeitpunkt egal. Sie war komplett betrunken und stand jenseits aller Hemmungen. Nicht, dass Vendar sie hätte verschmähen wollen – aber es gab etwas, das ihn zögern ließ. Ob es nun die Existenz einer liebenden Frau oder die strengen Augen seines Herrn und Meisters Jacko waren, das wusste Leandra nicht und sie wollte es auch gar nicht wissen. Nach etlichen Krügen Wein zog sie ihn mit sich in irgendeinen dunklen Nebenraum, in dem sie ein breites Bett entdeckt hatte, entblätterte sich völlig ungehemmt und präsentierte sich Vendar in ihrer ganzen Schönheit. Er wollte noch fliehen, aber sie packte ihn (möglicherweise mit Magie?), zog seinen Kopf in ihren Schoß hinab und wartete kichernd, bis er seinen Widerstand aufgab.

Das geschah dann doch einigermaßen schnell. Bald

hatte er Feuer gefangen und stürzte sich verlangend auf sie. Er erwies sich als ein ebenso galanter wie kraftstrotzender Liebhaber und Leandra genoss die Begegnung mit ihm in vollen Zügen. Später konnte sie sich nur noch erinnern, dass sie eine Stunde zwischen Lachen und Stöhnen mit ihm verbracht haben musste. Dann wurden sie von Jacko dabei ertappt. Erst als sie an dessen ärgerlichem Gesichtsausdruck sah, dass er offenbar eifersüchtig war, erwachte sie wieder zu plötzlicher Klarheit.

Da aber war Jacko schon wieder verschwunden. Sie spürte den Nebel des Alkohols in ihrem Kopf, und plötzlich – inmitten einer Gedankenflut, dass Jacko wohl deswegen eifersüchtig war, weil sie ihm schon zum zweiten Mal einen anderen vorgezogen hatte, und der Erkenntnis, dass sie sich hatte völlig gehen lassen – fiel ihr Hellami wieder ein, die noch immer in den Quellen von Quantar schmachtete, während sie sich hier hemmungslos der Lust hingab.

Sie gab Vendar einen Kuss auf die Stirn und erklärte ihm, wenn auch nicht ganz stimmsicher, dass sie nun mit dem Unfug aufhören und Hellami retten müssten. Vendar saß keuchend da und versuchte zu begreifen, was sie meinte.

»Du bist eigentlich gar nicht mein Typ«, sagte sie. »Aber du bist echt nett.«

Sie erhob sich vom Bett und fiel gleich wieder hin.

Vendar schien zu dämmern, dass der Spaß nun vorbei war, und schlüpfte in seine Hose. »Wer ist Hellami?«, fragte er, schon wieder ganz der kühle, scharfsinnige Soldat. Er hatte wesentlich weniger Wein und Bier getrunken als sie.

Leandra saß auf dem Bett und versuchte, sich zusammenzureißen.

»Meine Freundin«, keuchte sie und fasste sich an die Stirn. »Sie wartet auf mich. In den Quellen von Quantar.«

»Noch eine von deiner Sorte?«

Leandra nickte. »Die Schlimmere«, ächzte sie.

Er bückte sich, raffte die auf dem Boden liegenden Kleider zusammen und gab sie der schwankenden Leandra. Dann wandte er sich um und ging hinaus.

Als sie ihm folgte und draußen mit Ahs! und Ohs! empfangen wurde, merkte sie, dass ihr Versuch, sich anzuziehen, misslungen war. Sie flüchtete zurück in das Zimmer und ließ sich stöhnend auf das Bett fallen.

*

Eine kostbare Stunde verging, ehe sie wieder so weit bei sich war, dass sie mit Jacko besprechen konnte, was überhaupt los war.

Jacko hatte sie aufgesucht, sie auf den Arm genommen, irgendwohin getragen und sie in eine größere Menge eiskalten Wassers fallen lassen. Das hatte sie wieder halb wach gemacht. Ein aufputschendes, heißes Gebräu hatte ihr die andere Hälfte ihres Bewusstseins zurückgegeben. Jacko, der unübersehbar wütend auf sie war, kleidete sie mit derben Handgriffen an, und zuletzt erlitt sie einen Weinkrampf – vor Scham und Verzweiflung über ihr unmögliches Benehmen und die Gemeinheit, Hellami völlig vergessen zu haben. Nach einer Minute an seiner tröstenden Schulter war sie wieder so weit bei sich, dass etwas mit ihr anzufangen war.

»Vendar hat mir erzählt, dass dieses Mädchen Hellami irgendwo in den Quellen von Quantar auf dich warten muss!«, fragte er streng. »Stimmt das?«

Leandra wischte sich die Tränen aus dem Gesicht und nickte. »Ja. Ich weiß einen geheimen Zugang – wenn du mich zu dem Hurenhaus von diesem Guldor bringen kannst. Kennst du es?«

Jacko verzog das Gesicht. »Davon gibt es ein rundes Dutzend. Welches meinst du?«

Leandra seufzte. Aber dann fiel ihr ein, dass sie damals, bei ihrer Flucht auf dem Pferdegespann, an einem hässlichen, grauen Gebäude vorbeigefahren waren, ganz in der Nähe des Hauses von Guldor. Soldaten hatten davor Wache gehalten.

»Ein Posten der Stadtwache!«, rief sie aus. »Ganz in der Nähe. Irgendwo an der Flanke des westlichen Monolithen, in einem völlig heruntergekommenen Viertel. Weißt du, wo es ist?«

Jacko dachte kurz nach. »Ja, ich denke schon. Das muss der *Rote Ochs* sein. Eine blöde Gegend. Dort ist Guldor der König. Es wird schwierig werden.« Er erhob sich.

Leandra stand ebenfalls auf. »Du, hör mal ...«

Er blickte sie an, und seine Augen waren so kalt, wie Leandra sie nur gesehen hatte, als er damals mit seinem mächtigen Zweihänder in den Kampf gezogen war. Sie wusste plötzlich, dass er sehr eifersüchtig war. Dies verwirrte sie. Sie konnte nicht anders, als diese Frage hier und jetzt zu klären. »Jacko ... es tut mir Leid ... aber ...«

»Ist schon gut«, sagte er und wandte sich ab.

Sie hielt ihn am Arm fest. »Du bist wütend, nicht wahr? Aber nicht, weil ich so betrunken war.« Noch immer fühlte sie sich nicht ganz nüchtern.

Er musterte sie, über die Schulter hinweg, mit kalten Blicken. Langsam dämmerte ihr, dass Jacko damals, als sie in Bor Akramoria mit Victor verschwunden war, ebenso eifersüchtig gewesen sein musste. Sie hatte das nie geahnt, war Jacko doch als ein so abgeklärter und welterfahrener Mann aufgetreten. Er war ein bildschöner, großer Kerl Anfang oder Mitte vierzig, mit erlesenen Manieren und einer weltmännischen, gewinnenden Art. Normalerweise hätte er in jeder Hinsicht erste Wahl sein müssen – für eine junge Frau, die ein Abenteuer suchte. Damals hatte er gegen Victor verloren und heute gegen Vendar. Leandra konnte nicht einmal sagen, warum. Vielleicht war es nur Zufall gewesen.

»Es ist«, fuhr sie fort, »weil ich ... nun, weil ich mich

an Vendar rangemacht habe. Und nicht an dich. Stimmt's?«

Er schenkte ihr ein bissiges Lächeln, hatte sich ihr noch immer nicht richtig zugewandt. Er starrte sie lange an, bevor er antwortete. »Ja, schon möglich«, knurrte er leise.

Leandra studierte sein Gesicht und wusste plötzlich, dass er ihr zu stark war. Er war ein Mann, der sich niemals beherrschen ließ, von keiner Frau und auch von niemandem sonst. Verwirrt fragte sie sich, ob sie selbst Schwächlinge bevorzugte. Nein, sagte sie sich, Vendar war sicher keiner. Er war ein starker, großer Mann, er strahlte dabei jedoch nicht diese unbändige Kraft und Unbeugsamkeit eines Jacko aus. Und Victor? Nun, Victor war ganz anders. Sicher der sanfteste, empfindsamste und am wenigsten Harte dieser drei. Aber ein Schwächling? Sie schüttelte leise den Kopf, als sie daran dachte, was er im Kampf gegen die Bruderschaft alles zuwege gebracht hatte. Nein, ein Schwächling war auch er ganz sicher nicht.

»Du bist ein harter Bursche«, sagte sie zu Jacko. »Ich fürchte, zu hart für mich.«

Wieder lächelte er grimmig, aber sein Blick zeugte von Selbstzweifel. Selbstzweifel von der Sorte, der sogleich durch Disziplin und Härte wieder verschluckt wird. »Scheint mein Schicksal zu sein«, knurrte er.

Da erkannte Leandra, dass auch ein scheinbar vollkommener Mann wie er seine Nöte haben mochte. Zweifellos konnte er Frauen haben, so viel er wollte, vielleicht aber nur all die leichten Mädchen aus dieser Welt, in der er hier lebte. Keine jedoch, wie er sie sich vielleicht wirklich wünschte. Einer schwachen Frau würde er bald überdrüssig sein, und eine starke – die würde wiederum ihn nicht aushalten. Leandra atmete bei dem Gedanken auf, dass sie an einem Abenteuer mit ihm vorbeigerutscht war. Das hätte nur Schwierigkeiten bedeutet.

Sie spannte ihre Muskeln an, umarmte diesen Klotz von einem Kerl so fest sie konnte und drückte ihm einen harschen Kuss auf die Wange. »Ich liebe dich trotzdem«, sagte sie. »Ohne dich wäre ich gar nicht mehr am Leben.«

Er lächelte wie einer, der gerade dem Tod von der Schippe gesprungen war. Leandra glaubte, plötzlich eine winzige Träne in seinem rechten Auge gesehen zu haben, aber da hatte er sich schon abgewandt und marschierte mit festen Schritten aus dem Raum.

Sie folgte ihm augenblicklich, hakte sich fest bei ihm unter und dachte aus irgendeinem seltsamen Grund, dass sie Lust hätte, ihn einmal ordentlich zu verprügeln. Nicht, weil sie wütend auf ihn war, sondern weil es ihm vielleicht gut tun würde, einmal der Unterlegene zu sein. Vielleicht würde er dann für ein paar Minuten seine Härte aufgeben und sanft wie ein Lamm sein. So würde er ihr sicher gefallen.

Jacko spannte unter ihrer Berührung unwillkürlich seine beachtlichen Muskeln an, und sie dachte, dass es ein alberner Gedanke war, ihn schlagen zu wollen. Da hätte sie genauso gut mit einem Felsbrocken kämpfen können.

Die Ernüchterung kam wenige Minuten später.

Jacko machte Leandra klar, dass der Morgen bereits dämmerte und dass es viel zu spät war, jetzt loszuziehen, um Hellami zu befreien. Sie würden wohl durch den *Roten Ochsen* gehen müssen, aber daran war bei Tag nicht zu denken. Die Straßen waren mit Leuten bevölkert und überall gab es Wachstreifen. Zu so einer Zeit konnten sie nicht mit einer Gruppe schwer bewaffneter Leute durch die Straßen marschieren.

Leandra ächzte. »Hellami ist beinahe schon einen ganzen Tag dort! Sie wird sich Sorgen machen!« Sie verzog das Gesicht. »Und sicher wird sie sich auch langsam im Wasser auflösen. So schön die Quellen auch sind.«

Jacko hob bedauernd die Schultern. »Sie wird noch bis heute Nacht warten müssen. Eher geht es nicht.«

»Und wenn ich einfach noch einmal in die Quellen von Quantar gehe? Und Kleider für sie mitnehme?«

Jacko nickte. »Ja, daran habe ich auch schon gedacht. Aber das würde ich mir gut überlegen.« Er deutete auf Vendar, der mit am Tisch saß. »Er hat mir erzählt, wie er dich fand. Du solltest lieber davon ausgehen, dass Chast nun weiß, dass du hier bist. Eine Menge Leute haben deine Flucht auf dem Marktplatz mitbekommen. Wir müssen damit rechnen, dass inzwischen die ganze Stadt auf den Beinen ist und dich sucht.«

Leandra stöhnte. Jacko hatte Recht. Vielleicht war es gar nicht so schlimm, dass Hellami noch warten musste. Was sie jedoch ärgerte, war, dass sie sich in den letzten Stunden so hatte gehen lassen.

Jacko teilte ein paar der anwesenden Männer ab und wies sie an, sich Waffen zu besorgen und einen Schlachtplan für die kommende Nacht zu entwerfen. Leandra zog sich missgestimmt in einen Winkel zurück und dachte, dass jetzt beliebig viel Zeit gewesen wäre zu trinken und zu feiern – wenn sie die letzte Nacht dazu verwendet hätte, Hellami aus Quantar zu holen.

*

Victor hatte gleich verstanden, was Tirao meinte. Die Zusammenhänge waren zwar verzwickt, aber wenn dieser kleine Baumdrache *Ulfa* hieß, dann konnte es sich nur um einen Ulfa handeln – und gleich darauf dämmerte ihm so manches andere.

Ich grüße dich, großer Ulfa, sandte er dem kleinen Wesen seine Gedanken und verneigte sich.

Roya stand mit offenem Mund neben ihm. Sie hatte zwar verstanden, was Victor dem Baumdrachen zugesandt hatte, es mangelte ihr jedoch an Wissen über das, was es mit diesem Ulfa auf sich hatte.

Tirao hat mir deinen Namen genannt, kam es durch das Trivocum zurück. *Ich erkenne dich als einen derer, die damals nach CoarManeit kamen, zusammen mit Leandra.*

Victor nickte. CoarManeit war der Name der Drachen für die Tempelstadt Bor Akramoria, in der Ulfa, damals noch in wesentlich bedrohlicherer Gestalt, die Canimbra bewacht hatte.

Es wird dich freuen zu hören, dass Leandra noch lebt ...

Ja, großer Ulf', unterbrach Victor den kleinen Baumdrachen. *Keine Nachricht hat mich je mehr erfreut. Ich weiß es bereits. Ich habe es von Chast, unserem schlimmsten Gegner, erfahren. Ich war dabei, als ihm die Nachricht überbracht wurde, dass Leandra einen der mächtigsten Magier der Bruderschaft besiegt hatte.*

Ulfa sandte ihm eine Bestätigung zu. *Ich habe es selbst miterlebt,* teilte ihm der kleine Drache mit. *Sie ist stark wie nie zuvor. Sie und ihre Freundin sind bereits in Savalgor angelangt ...*

Nun war es Roya, die Ulfa unterbrach. Es war beinahe ein Aufschrei. *... ihre* Freundin? *Heißt das ... Hellami lebt noch?*

Victor traf diese Offenbarung nicht minder heftig als Roya. Ulfa antwortete nicht gleich. *Ja,* sagte er dann. *Hellami lebt noch. Ich verstehe, dass ihr erfahren haben müsst, dass Hellami bei dem Kampf umkam. Aber ich konnte ihr Leben bewahren.*

Es war ein gewaltiger Seufzer, der sowohl Roya wie auch Victor in diesem Augenblick entfuhr. Sie umarmten sich gegenseitig in kaum zu beschreibender Erleichterung.

Damals, nachdem ihr aus Uunjaon zurückgekehrt wart, fuhr Ulfa fort, *und ich spürte, dass die Gefahren längst nicht gebannt waren, entschloss ich mich zu helfen. Uns allen droht eine neue, große Gefahr.*

Du meinst ..., sagte Victor, *die Gefahr durch die Drakken, nicht wahr?*

Ja, antwortete Ulfa.

Wer sind die Drakken?, wollte Roya wissen. *Woher kommen sie? Und was haben sie mit uns vor?*

Das alles ist mir nicht bekannt, sagte Ulfa. *Sie stammen nicht aus dieser Welt, aber sie wollen sie unterwerfen. Nun, da Leandra und ihre Freundin in Savalgor sind und sich gegen die Bruderschaft wenden, ist es an euch, der Gefahr durch die Drakken zu begegnen.*

Victor und Roya sahen sich an.

Überschätzt nicht meine Macht, sagte Ulfa ruhig. *Ich vermag gewisse Dinge zu bewirken, aber ich kann nicht die Drakken bezwingen. Das ist eure Aufgabe!*

Du meinst, wir müssen den Pakt finden?, erwiderte Victor. *Und den Kryptus gegen die Drakken anwenden!*

Das ist richtig, antwortete Ulfa.

Aber werden wir ihn auch in Hammagor finden? Und wenn ja – wie sollen wir ihn zur Anwendung bringen?

Das alles sind Fragen, die ich ebenfalls nicht beantworten kann. Ich verfolge nur euer Tun und schöpfe aus dem Wissen der Drachen. Ich kann euch auf diese Weise helfen und kann ich dir auch sagen, Victor, dass ihr noch eine weitere Hilfe erhalten werdet, wenn es mir gelingt, sie zu erschließen.

Eine weitere Hilfe? Welche ist das?

Es gibt Dinge, die besser unausgesprochen bleiben, bis sie zur Wahrheit geworden sind, sagte Ulfa bedeutungsvoll.

Victor hatte gelernt, den Worten der Drachen einfach zu vertrauen, wenn sie so geheimnisvoll waren. Ihm war jetzt auch klar, woher Tirao gewusst hatte, dass sie Hilfe benötigten. Von Ulfa.

Und ihr solltet wissen, dass ihr bereits von Männern der Bruderschaft verfolgt werdet, erklärte Ulfa.

Victor stöhnte leise auf. *Wir werden schon verfolgt?*

Ja, aber es ist noch Zeit, ihr habt einen Vorsprung. Es sind noch zwei lange Tage des Fluges, bis ihr euer Ziel erreicht. Ihr solltet euch jetzt ausruhen und morgen in aller Frühe mit Tirao und Faiona weiterfliegen. Wir werden uns bald wieder sehen.

Damit erhob sich Ulfa in die Lüfte und war wenige

Augenblicke später verschwunden. Victor sah ihm nach. Er dachte, dass dem geheimnisvollen Urdrachen ein sehr dramatischer Auftritt gelungen war – sollte er das beabsichtigt haben.

*

Es war tief in der Nacht, vielleicht drei Stunden vor dem ersten Licht der Sonnenfenster, als sie Guldors Viertel erreichten. Vendar hatte sie ortskundig geführt – sie hatten fast nie die Straßen benutzt, sondern in zügigem Tempo unzählige der geheimen Wege durch Hinterhöfe und Gänge, über Brückchen, Stege, Leitern und durch Nebengassen benutzt. Sie hatten bis tief in die Nacht gewartet, ehe sie aufgebrochen waren. Eine Maßnahme wie diese, so hatte Jacko erklärt, bedurfte einer ausgeklügelten Vorgehensweise. Dazu zählte auch, dass die Stadt menschenleer sein musste und der Gegner bereits müde von der langen Nacht war. Sie hingegen waren ausgeruht, was einen nicht unerheblichen Vorteil bedeutete. Leandra hatte zwar unruhig geschlafen und war müder aufgewacht, als sie eingeschlafen war – aber das hatte sich inzwischen wieder gelegt. Sie war hellwach.

»Ja, das ist es«, sagte sie und drückte sich in einen schmalen Durchgang an einer Hauswand. Sie verschnaufte einen Augenblick und deutete dann hinüber auf die andere Straßenseite. »Hinter dem Haus, auf der Höhe des zweiten Stockwerks, muss ein Holzsteg nach hinten führen. Zum westlichen Monolithen hin. Von dort bin ich damals gekommen.«

Jacko sah Vendar fragend an, der sie hierher geführt hatte. Offenbar war er der Fachmann für die verwinkelten Gassen und Hinterhöfe von Savalgor. »Schon mal davon gehört?«, fragte er ihn.

Vendar nickte. »Kenne ich. Ein Steg, der weiter hinauf in die hinteren Gefilde führt. Wohin allerdings, weiß ich nicht.«

Jacko stieß einen unwilligen Laut aus. »Müssen wir durch das Haus?«

»Ja. Sieht so aus.«

Für ein paar Minuten herrschte Schweigen.

Dann sagte Jacko: »Wir werden einfach hineingehen und so tun, als wollten wir mit Guldor sprechen. Ein Abkommen oder so. Wenn die Gelegenheit günstig ist, schlagen wir zu.«

Leandra starrte ihn an. »Das klingt nach einem Blutbad.«

Jacko kaute für Momente auf einem imaginären Etwas. »Nicht, wenn es sich vermeiden lässt. Aber wenn es so kommen muss – ja!«

Leandra nickte. »Ich hatte Recht mit dem *harten Burschen*, was?«

Er nickte kalt. »Hattest du. Aber falls es dich beruhigt – Guldor ist der Schlimmere von uns beiden. Wir im Osten der Stadt haben noch so etwas wie eine … Ganovenehre, wenn du so willst. Aber Guldor und seine Leute sind echte Schweine. Sie zwingen Kinder zur Hurerei, handeln mit gefährlichen Rauschmitteln, entführen junge Mädchen und bestehlen arme Leute. Es wird ein Segen für die Stadt sein, wenn dieser Dreckskerl endlich weg ist. Es wird höchste Zeit.«

Leandra verzichtete auf eine Erwiderung. Sie hatte längst gelernt, dass ›gute Absichten‹ nicht immer völlig sauber durchzusetzen waren. Traurig, aber wahr. »Denkst du, wir sind genug?«, fragte sie und wies in die Runde.

Jacko nickte knapp.

»Wenn ja, warum hast du das nicht schon früher erledigt?« Kaum hatte sie die Frage ausgesprochen, merkte sie, wie herausfordernd sie sich verhielt.

Jacko kaute weiter auf seinem unsichtbaren Etwas. »Es hätte einen Krieg bedeutet«, antwortete er. »Einen Krieg in der Unterwelt von Savalgor. Es hätte viele

Opfer gegeben. Keiner wollte das, also ließen wir uns gegenseitig in Ruhe.«

Leandra seufzte. Sie wollte jetzt keinen Streit mit Jacko und merkte, dass sie sich nur wegen ihrer inneren Anspannung so gereizt verhielt. Sie trat deswegen zu ihm und schmiegte sich ein wenig an ihn. »Tut mir Leid«, sagte sie. »Ich bin ziemlich aufgekratzt.«

Er entspannte sich. »Ich auch. Aber wir tun das Richtige. Ab heute wird sich hier alles ändern. Wir müssen Chast zu Fall bringen. Guldor ist ein Teil dieses Räderwerks.«

Alles Weitere blieb unausgesprochen – es war ohnehin klar. Leandra schätzte sich glücklich, dass Jacko zu den ›echten‹ Erbfeinden Chasts gehörte. Sie hatte damals gemeinsam mit ihm in Unifar gegen Chast gekämpft. Jacko half ihr jetzt nicht allein aus alter Freundschaft, sondern weil seine offene Rechnung mit Chast ebenso groß war wie die ihre.

Jackos Leute hatten das Gespräch schweigend mitverfolgt. Leandra sah, dass jeder von ihnen entschlossen wirkte. Sie versuchte sich klar zu machen, dass nicht sie der Auslöser für all dies war, sondern Chast. Aber es wollte ihr nicht recht gelingen.

Nach einer weiteren Minute brachen sie auf. Die Straße war leer, und der Turm der Stadtwache, der unweit rechts am Ende einer Gasse lag, war unbeleuchtet und schien nicht besetzt zu sein. Sie marschierten frei über die Straße und hielten direkt auf den Eingang des *Roten Ochsen* zu. Als sie näher kamen, traten aus dem Schatten des Eingangs zwei Männer.

30 ♦ Der *Rote Ochs*

Was wollt ihr hier?«, raunte einer der beiden.

Sie sahen aus wie üble Schläger und schienen nicht die mindeste Furcht vor Jackos Übermacht zu haben.

Jacko trat vor. »Ich will mit Guldor reden. Ist er da?«

»Wer bist du, dass du mit Guldor reden willst?«, lautete die Gegenfrage.

Jacko räusperte sich. Der Laut klang wie ein tiefes Knurren, das aus seiner Kehle drang. »Ich bin Jacaire«, erwiderte er.

Dies schien die beiden Männer nun doch etwas zu beeindrucken. Eine Spur Unruhe war ihnen plötzlich anzumerken. Sie tuschelten etwas und einer verschwand durch die Tür ins Innere des Hauses. Etwas verunsichert baute sich der andere in der Mitte des Eingangs auf.

»Dir ist sicher klar, dass ich dich nicht mit all deinen Leuten hier reinlassen kann!«, sagte er und deutete auf Jackos Männer.

»Und dir ist sicher klar«, erwiderte Jacko sofort, »dass ich nicht allein da reingehen werde. Ihr habt doch sicher genügend Leute drin, um keine Angst vor uns haben zu müssen, oder?«

Der Mann erwiderte nichts und sah sich unruhig nach seinem Kumpan um. Jacko wartete noch einen Augenblick, dann nickte er kurz seinen Leuten zu. Es dauerte nur einen Moment, da hatten Vendar und zwei weitere den Türwächter entwaffnet und hielten ihn so fest umklammert, dass er nicht einmal mehr japsen konnte. Es ging fast geräuschlos vonstatten.

Leandra war verblüfft über die Geschwindigkeit und Entschlossenheit, mit der die Männer zu Werke gingen. Jacko nickte noch einmal und seine Leute setzten sich rasch in Bewegung. Augenblicke später waren sie alle durch die Tür hindurch und standen im Schankraum des *Roten Ochsen*.

Leandras Herz pochte heftig. Ja, hier war es gewesen, hier hatte man sie damals gefangen gehalten. Der Schankraum war hoch, seine Decke reichte bis übers nächste Stockwerk hinauf, und oben gab es eine zu drei Vierteln umlaufende Balustrade, zu der eine schmale Holztreppe hinaufführte. Hier unten im Schankraum zog sich weiter rechts der breite Tresen an der Wand entlang, und Leandra erkannte den dicken Schankwirt, der nun überrascht die Eindringlinge musterte. Sie versteckte sich hinter Jackos breitem Rücken, damit er sie nicht gleich erkannte.

Der *Rote Ochs* war fast leer, nur ein paar Betrunkene lungerten an den Tischen herum und bekamen nicht recht mit, was sich abspielte. Zwei, drei Mädchen in leichter Bekleidung starrten ebenso erstaunt wie der Schankwirt herüber. Weiter links waren zwei Männer aufgestanden und legten die Hände auf die Griffe ihrer Waffen.

Ein unheilvolles Schweigen legte sich über den Raum. Leandra schärfte ihre Sinne und nahm Kontakt mit dem Trivocum auf, um zu erspüren, ob es hier möglicherweise einen Gegner mit magischen Fähigkeiten gab. Im Augenblick konnte sie jedoch nichts wahrnehmen.

Dann erschien oben am Ende der Holztreppe ein massiger Mann. Er war in Begleitung der zweiten Türwache und Leandra erkannte ihn – es war tatsächlich Guldor.

Eine Fiedel, die irgendwer im Hintergrund gespielt hatte, verstummte und andernorts klirrte leise ein Glas. Die Luft schien sich aufgeladen zu haben und die Bewegungen aller waren deutlich sparsamer geworden. Es war wie eine ständige Bereitschaft, ein Lauern auf eine Bewegung oder den Angriff eines Gegners.

Dann kam Guldor langsamen Schrittes und schweigend die Treppe herab.

»Jacko!«, flüsterte Leandra von hinten.

»Was ist?«

»Hier stimmt was nicht. Ich spüre etwas.«

Er nickte grimmig. »Ja, ich auch.«

»Das meine ich nicht!«, zischte sie, plötzlich beunruhigt. Sie sah sich um, versuchte mit den Augen zu erfassen, was ihre magischen Sinne ihr verrieten. Eine typische Aura war entstanden. Stygische Kräfte flossen vom Jenseits ins Diesseits, und an ihrer Färbung – sie waren grau und unrein – konnte sie die Gegenwart Roher Magie erkennen. Irgendwo klaffte ein Riss im Trivocum, wenngleich auch nicht in unmittelbarer Nähe. Sie sah zur Balustrade empor, konnte dort jedoch nichts entdecken.

Guldor kam weiter die Treppe herab, erreichte schließlich den Schankraum und blieb am Fuß der Treppe stehen. Seine kalten Blicke ruhten auf Jacko.

Leandra betrachtete ihn – er war noch fetter geworden und an seinen wulstigen Fingern prangten noch mehr goldene Ringe. Er war fast so groß wie Jacko, mochte aber um ein Drittel mehr wiegen. Leandra wusste, dass er gegen Jacko im offenen Kampf keine Chance haben würde. Sie fragte sich, woher dieser Widerling die Selbstsicherheit nahm, ihm auf so geringe Entfernung gegenüberzutreten. Das konnte nur bedeuten, dass er irgendwas in der Hinterhand hatte.

»Jacaire!«, sagte Guldor schließlich. »Hätte nicht gedacht, dass du dich so offen hierher wagen würdest.«

Jackos Antwort war Methode. Auch er benötigte offenbar ein wenig Vorgeplänkel, um in die richtige Verfassung für einen Angriff zu kommen. »Ja«, erwiderte er mit Eiseskälte in der Stimme. »Sich einem solchen Gestank auszusetzen ist schon ein Wagnis.«

Guldor musterte ihn ebenso kalt. »Klingt nicht, als wolltest du mit mir über irgendwas verhandeln.«

»Nein«, raunte Jacko und sah sich mit Adlerblicken um. Auch er schien nichts zu entdecken, aber das machte Leandra nur umso nervöser. Dann wandte er sich Guldor wieder zu. Seine Haltung verriet, dass er sich zunehmend auf einen Kampf vorbereitete.

»Solange du nur deine dreckigen Geschäfte gemacht hast«, sagte Jacko, »habe ich dich geduldet. Wir alle leben nicht gerade davon, dass wir wohltätig sind.«

»Oho!«, machte Guldor spöttisch und vollführte eine allumfassende Geste. »Ich dachte immer, du seist der Beschützer der Armen!«

»Ich raube sie wenigstens nicht aus, so wie du es tust!«, gab Jacko geringschätzig zurück. »Und ich entführe keine Menschen – besonders junge Mädchen – und zwinge sie zur Hurerei oder verkaufe sie an irgendwelche finsteren Leute.«

Guldor zuckte teilnahmslos die Schultern. »Man muss sehen, von was man lebt«, erklärte er.

»Ich habe mich auch nicht eingemischt, als ich erfahren habe, dass du miese und krank machende Rauschmittel aus Vulkanoor durch deine Huren verkaufen lässt. Obwohl ich das vielleicht hätte tun sollen.«

Guldor musste grinsen und hob die Hände. »Na, wenn du mir das alles nicht für übel nimmst – dann bin ich gespannt, was dich nun *wirklich* stört!«

Leandra spürte, dass diese magische Kraft sich immer stärker aufbaute. Daran sowie an der immer massiver werdenden Gegenwart stygischer Kräfte ließ sich ermessen, dass hier kein Anfänger am Werk war. Im Gegenteil, es musste sich um einen Meister handeln, und er kam, so viel war sicher, aus den Reihen der Bruderschaft. Ihr wurde flau im Magen.

»Mich stört«, sagte Jacko, »dass du mit den falschen Leuten zusammenarbeitest. Mit der Bruderschaft. Dir ist es egal, ob Savalgor oder ganz Akrania vor die

Hunde gehen – wenn du nur einen Gewinn davonträgst! Du hast keine Ehre im Leib, du Hund! Wenn dich niemand aufhält, werden durch deine Umtriebe zahllose Leute sterben.«

Guldor schnitt eine Grimasse. »Es schmeichelt mir, dass du mir so viel Macht zuschreibst. Aber sag: Wer ist diese … *Bruderschaft?*«

Jacko erachtete es nicht für nötig, Guldor darauf zu antworten. »Du hast eine einzige Chance«, sagte er. »Ergib dich und verschwinde aus der Stadt. Weit weg. Dann kannst du am Leben bleiben.«

Guldor leistete sich ein mitleidiges Lächeln. Dann wurde seine Stimme scharf. »Dein Fehler, du Bauer, ist noch immer, dass du mich unterschätzt. Glaubst du, ich würde mich dir hier, auf eigenem Grund und Boden, einfach ausliefern? Glaubst du, ich vermag mich nicht zu schützen?«

Irgendetwas schwoll in diesem Augenblick auf der magischen Ebene machtvoll an. Leandra wusste, dass es gleich losgehen würde. Und sie hoffte, dass sie den ersten Schlag überhaupt überleben würde. Die Kraft, die sich dort aufbaute, war beängstigend. Sie löste sich von Jacko, hoch konzentriert, und trat seitlich von ihm weg.

»Ah – da ist sie ja!«, rief Guldor aus. »Unsere kleine Adeptin!«

Leandra ließ sich nicht ablenken und durchforschte mit Blicken den Raum.

Jacko langte mit der Rechten über die Schulter und zog mit einem singenden Geräusch seinen mächtigen Zweihänder, den er wie damals schon, in seiner Scheide steckend, auf dem Rücken trug. Im gleichen Augenblick traten seine Leute auseinander, jeder von ihnen zog seine Waffe und alle gingen in Angriffsstellung. Vendar, der den Türwächter hielt, zog sich mit ihm an die Wand zurück und drückte ihm seinen Dolch noch fester an die Kehle. Der Mann ächzte.

»Letzte Gelegenheit«, sagte Jacko, der in leicht gebeugter Haltung sieben oder acht Schritte vor Guldor stand und den riesigen Zweihänder auf seinen Gegner gerichtet hielt.

»Letzte Gelegenheit für *dich!*«, schrie Guldor plötzlich. Er wandte sich um und hechtete nach unterhalb der Holztreppe, um sich dort zu verbergen. Das war zweifelsfrei das Signal für den Angriff.

Plötzlich sprangen hinter dem Tresen fünf oder sechs mit Schwertern bewaffnete Männer auf und oben auf der Empore traten drei oder vier weitere hervor.

»Eine Falle!«, schrie Leandra und sprang zur Seite.

Im selben Augenblick traf eine gleißende Lanze kalt glühender blauer Funken den Ort, an dem sie eben noch gestanden hatte, und brannte ein klaffendes Loch in den Holzfußboden. Beißender Qualm stieg auf. Sekunden später hörte sie das typische Geräusch losschnappender Armbrüste, und zwei, drei verzweifelte Schreie zeugten davon, dass Jacko oder mehrere seiner Männer getroffen worden waren.

Leandra rollte sich ab, spürte im nächsten Augenblick schon wieder etwas und sprang gleich noch ein Stück weiter. Ein schwerer Holztisch, unweit der Stelle, an der sie sich eben noch befunden hatte, zerbarst mit einem trockenen Knall. Dutzende Splitter trafen sie von rechts, glücklicherweise war jedoch keiner darunter, der sie verletzte. Sie stöhnte auf und wischte sich die Holzspäne von der Kleidung. Die magische Kraft, die hinter diesem Angriff steckte, war beträchtlich – sie wusste nun, dass sie es mit einem harten Gegner zu tun hatte. Er würde nicht weniger Können und Geschick von ihr verlangen als Usbalor. Wenn sie überhaupt in der Lage war, ihn zu bezwingen.

Dann stand sie wieder auf den Füßen, geduckt und abwehrbereit und nahm erst jetzt den Lärm wahr, der im Schankraum herrschte. Während die Mädchen entsetzt kreischten und zu fliehen versuchten, war erstes

Schwertergeklirr zu hören. Ein Blick sagte Leandra, dass Jacko offenbar unverletzt war, denn er warf in diesem Moment mit seinem Zweihänder drei auf ihn eindringende Angreifer zurück. Einer von ihnen wurde schwer in die Brust getroffen und sank in einem Blutschwall röchelnd zusammen.

Ihr war klar, dass der nächste Magieangriff nicht lange auf sich warten lassen würde. Sie glaubte gesehen zu haben, dass der gleißende Strahl von oben herabgefahren war, wie auch die Armbrustschützen von dort aus schossen.

Eine ihrer eigenen Lieblingsmagien war die Zusammenballung mechanischer Kräfte und sie hatte sie eingehend geübt. Im nächsten Augenblick schoss eine flimmernde Welle in die Höhe, und sie musste sich eilig in Sicherheit bringen, als über ihr ein großer Teil der Balustrade aufgesprengt wurde und gleich darauf riesige Holztrümmer mit Getöse herab in den Schankraum krachten. Mit Erleichterung stellte sie fest, dass auch zwei Männer mit herabpolterten, schwer aufschlugen und reglos am Boden liegen blieben.

Dann packte sie plötzlich jemand von hinten. Doch noch bevor sie eine neue Iteration aufbauen konnte, tat es einen hässlichen Schlag und der Mann hinter ihr ließ sie los und sackte zusammen; etwas Metallenes klirrte zu Boden. Ächzend fuhr sie herum und erkannte den dicken Schankwirt, der mit blutiger Glatze schwer stöhnend am Boden lag und nun wimmernd davonzukriechen versuchte. Vendar stand nahebei, sein Schwert in der Hand. Leandra erkannte, dass der Dicke in diesem Kampf keine Rolle mehr spielen würde, und verzichtete darauf, ihn niederzumachen.

»Danke!«, sagte sie zu Vendar und berührte ihn an der Schulter.

Der aber bekam schon wieder zu tun, als von hinten ein Mann mit einem Schwert herangestürzt kam. Als ein anderer mit einem schrecklichen Schrei zu Boden sank, fuhr Leandra abermals herum und sah einen von Jackos Leuten, der von jener Lanze kalt glühender Funken getroffen worden war, vor der sie sich zuvor hatte schützen können. Voller Entsetzen beobachtete sie, wie sich sein Kopf und sein Oberkörper in einen formlosen Brei verwandelten und er wie ein Sack zu Boden fiel.

Leandra stöhnte auf. Es schien sich bei dieser Magie nicht um Hitze, Feuer oder etwas Blitzartiges zu handeln – nein, die Funken mussten kleine Zusammenballungen von Auflösung und Zersetzung sein, eine typisch stygische Kraft. Und die Magie war mächtig. Leandra spürte durch das Trivocum die Gewalt dieser Entfesselung, und ihr wurde klar, dass sie sehr, sehr vorsichtig sein musste.

Nur noch drei der Männer waren auf den Beinen – Jacko, Vendar und noch ein Letzter seiner Leute. Der Kampf hatte kaum begonnen und schon hatten sie über die Hälfte ihrer Leute verloren! Vier mussten bereits kampfunfähig oder gar tot sein. Dagegen drangen drei Schwertkämpfer auf Jacko und seinen Kameraden ein, Vendar kämpfte mit einem weiteren und dort oben musste es noch mindestens einen Armbrustschützen geben – und natürlich den Magier! Wenn sie diesen Kampf überleben wollten, dann musste sie den Magier erwischen.

Sie überließ Vendar ihre Rückendeckung, rannte auf die Treppe zu, duckte sich aus der Reichweite der Schwerter schwingenden Kämpfer und stürzte hinauf. Als sie oben ankam, stand sie unvermittelt einem Mann gegenüber, der gerade damit beschäftigt war, seine Armbrust neu zu spannen. Hätte er die Geistesgegenwart besessen, sie einfach losschnappen zu lassen, hätte der Bolzen Leandra in den Bauch treffen und vielleicht sogar ernsthaft verletzen können. Aber er starrte sie nur überrascht an.

Zum ersten Mal in einem Kampf überhaupt gebrauchte Leandra ihre blanken Fäuste – und hieb dem

Mann ihre Rechte mitten ins Gesicht. Es war ein beherzter Schlag, aber er warf den Mann nicht um. Er taumelte zwei Schritte zurück, seine Armbrust sirrte los, und der Bolzen ritzte sein eigenes Kinn. Davon war er so verwirrt, dass Leandra, trotz schmerzender Hand, die Zeit nutzen konnte. Schnell trat sie seitlich an ihm vorbei, packte ihn und stieß ihn mit Schwung die Treppe hinab.

Mit einem langgezogenen Schrei polterte er hinunter und fiel offenbar Jacko direkt vor die Füße. Das Letzte, was von ihm zu hören war, war ein abgehacktes Röcheln, das schnell versiegte.

Leandra war schockiert von der plötzlichen Gewalt, die hier losgebrochen war. Sie hoffte, der Kampf würde so schnell wie irgend möglich wieder zu Ende sein. Sie duckte sich rasch hinter eine Kommode, die auf der Balustrade stand, und versuchte den Magier zu erspähen, der sich irgendwo hier oben verstecken musste.

Erneut setzte sie ihr Aurikel ins Trivocum, eines in der fünften Iteration, und registrierte leicht verwundert, wie reibungslos ihr das gelang. Vor kaum einem Jahr wäre so etwas für sie einem Selbstmordversuch gleich gekommen. Der Schlüssel entstammte diesmal einer Erdmagie, *Ter-In-Quin* und *Baan,* was eine Sphäre der Beständigkeit erzeugte, eine Aura, innerhalb derer sich Strukturen und Gefüge neu ordneten und dauerhafter wurden. Munuel hatte einmal eine solche Magie daheim in Angadoor verwandt, um einen alten Holzsteg zu sichern, damit Zach seine Mulloohherde noch vor Einsetzen eines Gewitters über einen kleinen Fluss treiben und nach Hause bringen konnte. Sie hoffte, sich damit so lange vor der Gewalt der Magie ihres Gegners schützen zu können, bis sie einen Überblick gewonnen und sich etwas ausgedacht hatte.

Zunächst einmal musste sie ihren Gegner *sehen.* Trat man gegen jemanden auf der *geistigen* Ebene an, dann musste man ihn wenigstens einmal zu Gesicht bekommen haben. Jedenfalls ging ihr das so. Ein magischer

Kampf gegen einen Unbekannten war eine unselige Angelegenheit – sie befürchtete, sich auf ihren Gegner überhaupt nicht einstellen zu können.

Die Balustrade umlief hier oben den Schankraum entlang der rechten und der hinteren Seite. Leandra befand sich auf der hinteren, wo es keine weiteren Türen gab. Das gewährte ihr etwas Rückendeckung. Drüben auf der anderen Seite jedoch gab es gleich drei Türen und einen Vorhang, der eine Nische oder etwas Ähnliches verdeckte. In der Mitte, wo sich die beiden Flanken der Balustrade trafen, führte ein Gang in die hinteren Teile des Hauses, unter anderem auch in den Bereich, in dem sie und die anderen Mädchen damals eingesperrt gewesen waren.

Leandra tippte auf den Vorhang. Sie machte sich in der winzigen Deckung, die ihr die Kommode gewährte, so klein wie möglich und versuchte, den Kampfeslärm unten in der Schankstube zu überhören. Sie ließ ihr Aurikel für Sekunden los – um am Trivocum zu lauschen, wo sich ihr Gegner aufhalten mochte. Im selben Augenblick erkannte sie ihren Fehler.

Instinktiv warf sie sich nach vorn aus ihrer Deckung und keine Sekunde später fauchte eine weitere Lanze bläulich irisierender Funken über sie hinweg und fuhr mit einem furchtbaren Knistern, das an das Verbrennen von Reisig in einem riesigen Feuer erinnerte, in die Kommode und die dahinter liegende Wand. Sie erlaubte sich nicht, den dort entstandenen Schaden zu betrachten – es war keine Zeit, und sie wusste auch so, dass die halbe Wand in Fetzen hängen würde. Noch während sie in einer Vorwärtsrolle über die Balustrade kugelte, öffnete sie wieder ihr Aurikel und setzte einen verzweifelten *Sept*-Schlüssel ihrer *Baan*-Erdmagie – und keine Sekunde zu früh.

Die nächste Funkenlanze traf sie direkt, und hätte sie keine siebente Iteration gesetzt, wäre es wohl um sie geschehen gewesen. Die Lanze hüllte sie ein und versuchte sie mit den elementarsten Kräften des Stygiums, die man sich nur denken konnte, aufzulösen und zu vernichten. Um sie herum herrschte plötzlich ein heulender Orkan zersetzender Energien – dann aber war sie schon wieder aus dem Wirkungskreis der Funkenlanze herausgerollt, und das war wahrscheinlich ihr Glück. Selbst ihre siebente Iteration hätte dieser Kampfmagie kaum länger standgehalten, und ihr wurde erschreckend klar, dass sie dieser Gewalt eigentlich nichts entgegenzusetzen hatte.

Sie kam auf die Füße und rannte geduckt nach links in den Gang hinein, hielt gleich danach schwer atmend inne und presste sich an die Wand. Verzweifelt überlegte sie, was sie tun konnte, aber ihr fiel nichts ein. Nichts, was ihr wirklich wie eine vielversprechende Möglichkeit erschien.

Plötzlich kam es ihr wie ein Witz vor, dass sie sich gegen Usbalor so gut geschlagen hatte – und nun verstand sie auch, worauf es in einem magischen Zweikampf wirklich ankam: auf die Eingebung! Gegen Usbalor hatte sie sich die damals herrschende Lage zunutze gemacht, hatte auf seine Magien reagiert und sie zu ihren Gunsten umgemünzt. Sie hatte das Gewitter genutzt und Usbalors Dämon einen Gegendämon entgegengeschleudert. Aber diese Funkenlanze aus knisternder stygischer Vernichtungskraft gab ihr Rätsel auf. Sie konnte sich bestenfalls dagegen schützen, für Sekunden vielleicht, aber sie war meilenweit davon entfernt, den anderen Magier überhaupt nur angreifen zu können. Ihr Herz klopfte laut – und es war ein gut Teil Todesangst mit dabei.

Um Zeit zu gewinnen, zog sie sich weiter in den Gang zurück. Als sie sich umwandte, sah sie ganz am Ende des Ganges jenes kleine Zimmer liegen, in dem sie einst, zusammen mit den anderen Mädchen, eingesperrt gewesen war. Das mochte ein Vorteil für sie sein. Hier kannte sie sich aus, der fremde Magier möglicherweise nicht. Es musste jemand von der Bruderschaft sein, das war der Magie anzumerken gewesen.

Sie eilte den Gang hinab. An der Tür zu dem Zimmer angekommen, huschte sie schnell hinein und schloss die Tür hinter sich. Klopfenden Herzens blieb sie stehen und horchte hinaus.

Dann bemerkte sie das rötliche Zwielicht im Raum und die Erinnerung überkam sie. Hier herrschte das gleiche Licht wie damals und sie sah auch die beiden halb durchsichtigen Hemdchen an der gleichen Stelle an der Wand hängen. Dann vernahm sie plötzlich ein leises Wimmern. Überrascht fuhr sie herum.

*

Hellami hatte Stunden um Stunden untätig in den Quellen von Quantar verbracht. Liebend gern hätte sie irgendetwas unternommen, aber ihre Möglichkeiten waren sehr begrenzt. Sie wusste, dass sie Geduld haben musste. Es könnte im schlimmsten Fall sogar zwei oder drei Tage dauern, bis Leandra eine Möglichkeit fand, sie hier herauszuholen. Allein die Ungewissheit war es, die sie zermürbte.

Ständig herumzusitzen oder in den Grotten umherzuschwimmen ging ihr nach einiger Zeit auf die Nerven und sie begab sich zurück zum Aufgang der geheimen Treppe und zog sich wieder an. Doch die feuchte Wärme in den Grotten ließ sie schwitzen und nach kurzer Zeit schon waren ihre Kleider halb durchnässt. Also zog sie sich wieder aus und ließ sich seufzend im heißen Wasser nieder. Nachdem sie viele Stunden untätig umhergeschwommen war, kam sie auf den Gedanken zu versuchen, ob sie nicht die schwere Holztür am oberen Ende der Geheimtreppe aufbekäme. Abermals zog sie sich an und stieg die endlose Treppe hinauf – nur um festzustellen, dass die Tür aus Holzplanken von einer Handbreit Dicke bestand und fest verriegelt war. Sie stieg wieder hinab und begab sich abermals in die endlosen Wasserläufe der Grotten. Sie schlief während der langen Zeit immer wieder ein paar Stunden an irgendwelchen abgelegenen Stellen, aber das Problem war, dass sie vom Nichtstun nicht müde wurde. Eine Zeit lang versuchte sie die umliegenden Gänge zu erkunden, stellte aber fest, dass dies auch nichts einbrachte. Mehrmals wagte sie sich in die belebten Teile der Grotten vor und sah dort andere Frauen, die ihr Bad nahmen. Sie sprach jedoch mit keiner, wollte nicht in die Verlegenheit kommen, ihre langwährende Anwesenheit erklären zu müssen. Es gab hier und da auch weiß gekleidete Aufsichtsdamen; sie bemühte sich, ihnen nicht aufzufallen.

Auf diese Weise verbrachte sie fast zwei Tage in den Grotten, untätig und darauf hoffend, dass Leandra endlich zurückkam. Zweifellos war es schön, erholsam und entspannend hier unten in den Quellen von Quantar. Die Grotten waren von feinem, wohlriechendem Dampf erfüllt, das Wasser tat der Haut wohl, und überall gab es bunte Öllampen, welche die Grotten in ein geheimnisvolles, verführerisches Licht tauchten. Aber wenn man eigentlich eine wichtige Aufgabe erfüllen wollte und hier nichts tun konnte, als nur zu warten, wurde man dieser Schönheit sehr bald überdrüssig.

Dann endlich geschah etwas.

Leider aber es war nicht von der Art, die Hellami erfreut hätte.

Es kamen Männer. Sie wusste schon von Leandra, dass die Bereiche der Männer und Frauen hier streng getrennt waren, und als sie den Ersten von ihnen sah, fühlte sie sich alarmiert an Leandras Bericht erinnert, wie sie einst von hier entführt worden war. Damals waren auch *Männer* gekommen; Männer, die hier in diesem Bereich nicht das Mindeste zu suchen hatten.

Hellami hielt sich am Rande eines großen, natürlichen Wasserbeckens auf, in dem auch andere Frauen schwammen und eine Bademeisterin Aufsicht hielt. Es waren vier oder fünf Kerle in Soldatenuniform, die plötzlich hereinkamen und am Rand des Beckens auf den Stegen, die dort in den Fels gehauen waren, ins Innere der Grotten vordrangen. Die Frauen, die dort schwammen oder am Rand auf den dort aufgebauten Holzliegen ruhten, beschwerten sich lautstark über die Ungehörigkeit der Soldaten. Die Bademeisterin versuchte empört, die Männer hinauszuweisen, aber einer von ihnen stieß sie einfach brutal ins Wasser und rief ihr einen groben Fluch hinterher.

Hellami wusste jetzt, dass es unangenehm werden würde. Sie waren ihretwegen hier. Hatten sie Leandra erwischt? Womöglich sogar getötet? Das Herz schlug ihr bis zum Hals. Sie tauchte unter und schwamm hastig in Richtung des hinteren Endes der Grotte. Als sie sich dort, wo es flacher war, aus dem Wasser erhob, stand sie unvermittelt vor zweien der Soldaten.

Die Kerle glotzten sie unverhohlen an. »Nicht schlecht, die Kleine«, raunte der eine dem anderen zu.

Hellami bedeckte ihre Scham und ihre Brüste notdürftig mit den Armen und Händen und wich einen Schritt zurück. »Was sucht ihr hier?«, fuhr sie die Männer an. »Wisst ihr nicht, dass hier der Frauenbereich ist?«

Der eine, ein untersetzter Kerl, dem der Schweiß in Strömen herabrann, winkte ab. »Hab dich nicht so! Ich hab schon mehr nackte Weiber gesehen, als du Haare auf dem Kopf hast. Hast du hier irgendwo Sachen herumliegen sehen? Ich meine, Klamotten und so? Einen Rucksack vielleicht? Oder ein Schwert?«

Plötzlich dämmerte Hellami, was die Männer suchten. Sie mussten Leandra erwischt haben und waren nun auf der Suche nach ihrer Ausrüstung. Chast vermutete wahrscheinlich, dass sie die Jambala hier unten versteckt hatte. Sie verdrängte die Angst um Leandra, sagte sich, dass sie erfahren müsste, was vorgefallen war.

»Kleider? Ein Schwert?« Sie schüttelte den Kopf. »Wie sollte denn so was hierher kommen? Wisst ihr nicht, dass man hier unbekleidet ist?«

Dieses Stichwort lenkte die Aufmerksamkeit der Männer auf ihren Körper. Beide nickten. »Ja«, sagte der eine lächelnd. »Keine üble Idee, übrigens. Hab gedacht, hier unten schwimmen nur alte Schrullen rum. Aber *du* …«

Hellami holte Luft und hoffte, dass diese Burschen nicht auf die Idee kamen, sich an ihr vergreifen zu wollen.

»Nun sag schon«, forderte sie. »Was sollen das für Sachen sein? Etwa … von einem entflohenen Sträfling?«

Der Dicke kicherte. »Du hast gute Ideen, Mädchen! Wenn ich mal als Sträfling entfliehen sollte – dann werde ich mich auch hier unten verstecken! Haha!«

Rechts gingen weitere vier Soldaten vorbei. Sie warfen ihren beiden Kameraden fragende Blicke zu und verschwanden dann im Nebel. Hellami war klar, dass sie von den beiden loskommen musste, denn die anderen bewegten sich in Richtung des Teiles der Grotten, in dem ihre Sachen versteckt lagen. Dort war das Schwert, Leandras Kettenhemd und vor allem Munuels Büchlein. Und außerdem – das fiel ihr in diesem Augenblick siedend heiß ein – lagen dort die Sachen von *zwei* Personen – das würde leicht zu erkennen sein!

»Geh wieder baden, kleine Schönheit«, sagte der andere sanftmütig. »Pfleg deine Haut für einen Kerl, der besser ist als wir.« Damit wandte er sich um und zog seinen Kumpel mit sich. Nach ein paar Schritten waren sie im Nebel verschwunden.

Hellami war überrascht über diese Äußerung – es war im Grunde richtig nett gemeint gewesen. Sie seufzte und wünschte sich, dass die Zeiten endlich wieder besser wurden. Vielleicht würden dann eine Menge Leute wieder das werden, was sie einst gewesen waren – nette Leute.

Sie setzte sich in Bewegung und folgte vorsichtig den Männern. Nun beglückwünschte sie sich, dass sie die Grotten inzwischen recht gut kannte, und wandte sich an der nächsten Verzweigung nach links. An dem Geplätscher der beiden Soldaten, die durch das seichte Wasser wateten, konnte sie erkennen, dass sie nach rechts gegangen waren.

Sie ließ sich nieder und schwamm mit ruhigen Zügen durchs flache Wasser. Bald erreichte sie einen langen, niedrigen Gang, von dessen Decke zahllose winzige Tropfsteine herabhingen – und hörte weitere Stimmen. Sie war dem Versteck ihrer Kleider nahe und ihr Herz klopfte. Die Gefahr, dass jemand ihre Sachen fand, wuchs.

Vorsichtig schwamm sie weiter, nur die Hälfte ihres Kopfes schaute noch aus dem Wasser hervor, bis sie schemenhaft die Gestalten der Soldaten im Nebel vor sich sah. Sie standen rechts auf dem Felssteg neben dem Wasser unter einem grün-gelb flackernden Öllicht, die Köpfe unter der niedrigen Decke und den Tropfsteinen eingezogen. Sie unterhielten sich. Hellami näherte sich mit aller Vorsicht und hielt sich hinter einem aus dem Wasser aufragenden Felsen verborgen.

»Ihr zwei geht den Gang da runter«, sagte jemand. »Und wir schauen uns da drüben um!«

»Ach, verflucht«, maulte ein anderer. »Glaubt ihr, das alles macht überhaupt Sinn? Wer soll denn hier unten in diesem Irrgarten was finden? Ich bin froh, wenn wir überhaupt hier wieder raus kommen!«

»Halt die Klappe! Du weißt, was uns blüht, wenn jemand mitkriegt, dass wir unsere Arbeit nicht ordentlich tun!«

Unwilliges Gemurmel erhob sich, das dann abermals einer von ihnen durchbrach. »Machen wir 'ne Pause. Das hält ja kein Mensch aus, in dieser stickigen Luft hier unten. Hier, ich hab ne Flasche dabei.«

Diesmal war das Gemurmel weniger unwillig und

Hellami sah, wie sich die Soldaten – es musste sich um die vier von vorhin handeln – auf dem Felssteg niederließen.

Sie war jetzt nahe genug, um zu erkennen, dass die Kerle gut bewaffnet waren; Schwerter, Messer – und einer trug sogar eine kleine Armbrust. Wenn sie erst einmal in diese Richtung weitermarschierten, war die Gefahr groß, dass sie die Sachen entdeckten. Hellami war nicht sicher, ob sie ihre Kleider, nachdem sie sie zweimal an- und ausgezogen hatte, gut hinter den Felsen verborgen hatte. Es mochte sogar sein, dass ihre Hose zum Trocknen auf einem flachen Felsen ausgebreitet lag.

Sie überlegte, ob es ihr gelingen konnte, an den Männern vorbeizutauchen. Wenn sie wenigstens an das Schwert herankam, wäre ihr wohler. Nicht, dass sie sich im Falle eines Kampfes große Aussichten ausmalte, aber der Gefahr dieser Soldaten völlig nackt und ohne *irgendetwas* ausgeliefert zu sein, das verschaffte ihr ein Gefühl von völliger Hilflosigkeit. Und seit sie damals selbst entführt und in Guldors Hurenhaus verschleppt worden war, zählte dies zu den Dingen, die sie mit Leidenschaft hasste.

Auf dem Hinweg war sie durch diesen Gang geschwommen – das bedeutete, dass hier das Wasser tief war, wenngleich sie nicht wusste, *wie* tief. Aber es mochte ausreichen. Außerdem lag ein Schatten über der rechten Hälfte des Wasserlaufes. Wenn sie nahe genug unterhalb des Randes vorbeitauchte, an dem die Soldaten saßen, würde man sie schwerlich sehen können. Sie fasste Mut und begann damit, langsam tief ein- und auszuatmen, um genügend Luft für ihren Tauchgang zu holen. Aber gerade als sie nach unten gleiten wollte, begannen die Männer wieder zu sprechen. Sie hielt inne.

»Die Kleine, die vorhin bei den beiden anderen stand. Wisst ihr noch?«

»Ja. Was ist mit der?«

»Ich glaub, die kenne ich.«

»Die *kennst* du? Na, schön für dich. Hattest sie bisher wohl noch nicht *ohne* gesehen, was?«

»Das meine ich nicht. Ich glaub das ist eine von denen, die damals Guldor ausgebüchst sind. Weißt du noch, Mik?«

Für einen Augenblick herrschte Schweigen. Hellami spürte, wie ihr ein Kloß die Kehle hinaufstieg.

»Du meinst … damals, als diese sechs Mädchen abgehauen sind?«

Der Angesprochene nickte; Hellami konnte es deutlich sehen.

»Komm, das gibt's doch nicht! Man hat ja ihr Gesicht in dem Nebel gar nicht richtig sehen können.«

Der Soldat schwieg eine Weile. »Na ja, ehrlich gesagt hab ich ihr Gesicht auch gar nicht so sehr in Erinnerung«, sagte er dann. »Die Mädchen waren damals bei uns in einem kleinen Zimmer eingesperrt – ohne alles. Splitternackt. War so eine Idee von Guldor. Ohne Klamotten kann keiner abhauen – nicht in so einer Gegend.«

Ein anderer lachte auf. »Du hast wohl ständig durchs Schlüsselloch geguckt, was?«

»Haben wir alle«, erwiderte der Mann trocken. »Das waren lauter junge Dinger, eine schöner als die andere. Da gab's so eine Ritze in der Wand, da haben wir ständig dran gehangen. Stimmt's nicht, Mik?«

Einer der anderen grunzte bestätigend.

Hellami wurde übel, als sie das hörte. Es war damals entwürdigend genug gewesen, ohne Kleider in dem kleinen Raum eingesperrt gewesen zu sein. Aber dass sie die ganze Zeit über von diesen widerlichen Kerlen beobachtet und angeglotzt worden waren, das verschlug ihr nicht nur die Sprache, sondern machte sie so wütend, dass sie am liebsten aufgesprungen wäre, um die Männer zu ohrfeigen.

»Und *die* hast du dir gemerkt?«

»O Mann – ich war regelrecht verrückt nach ihr! Hat mir echt gefallen, die kleine Göre. Ich war sauer, als sie alle abgehauen sind!«

Die Kerle lachten leise. Einer der Männer richtete sich auf. »Bist du sicher, dass es dieses Mädchen war? Die von vorhin?«

»Sie hatte eine kleine Narbe, genau hier. Und genau die gleiche Figur. Ich möchte wetten, dass sie es war.«

Wieder herrschte für einen Moment Schweigen. Hellami wurde klar, dass es langsam brenzlig wurde. Unwillkürlich tastete sie nach der Narbe rechts unterhalb ihres Nabels.

Der andere Mann erhob sich. »Wisst ihr, was das bedeutet? Bei diesen Mädchen war damals auch diese Adeptin! Und die soll jetzt hier durch die Quellen wieder hereingekommen sein. Wenn nun die andere auch hier unten ist, dann ...«

Nun erhoben sich alle Männer.

»Wenn wir sie kriegen, dann kassieren wir die Belohnung«, sagte einer.

»Und vielleicht eine Beförderung. Raus aufs Land und weg aus dieser Drecksstadt.«

Der Mann deutete in eine Richtung. »Sie war nicht weit von hier. Vielleicht bewacht sie tatsächlich diese Klamotten. Und das Schwert!«

Den Rest bekam Hellami nicht mehr mit.

Sie tauchte unter, ließ sich bis ganz zum sandigen Grund des Wasserlaufs hinabgleiten und schwamm dann mit kräftigen Zügen unterhalb der Soldaten vorbei. Binnen kurzem würde sie hier unten gejagt werden und sie würde sich nicht freiwillig ergeben. Und wenn sie auch nur den Hauch einer Chance haben wollte, dann brauchte sie wenigstens eine Waffe.

31 ♦ Jagd

Großmeister Karras wusste, dass seine große Stunde nun gekommen war. Er hatte gesehen, welch verheerende Wirkung seine *Chaos-Faust* besaß, wie er seine Magie in eitler Weise selbst getauft hatte. Diesen tückischen stygischen Energien hatte die Adeptin außer ihren plumpen Zusammenballungen mechanischer Kräfte nichts entgegenzusetzen – ein geradezu lächerlich einfältiges Beispiel der hoffnungslos unterlegenen Elementarmagie.

Er hielt sich hinter einem Vorhang verborgen, durch den hindurch er die Adeptin hervorragend im Blickfeld seiner magischen Sinne behalten konnte. Wenngleich sie auch eben, nach seinem Angriff, irgendwohin verschwunden war.

Aber er würde sie bald wieder aufgespürt haben. Er kannte sich im *Roten Ochsen* bestens aus; schon seit gestern Mittag weilte er hier, wohl wissend, dass er sich damit den Weisungen Chasts auf sträfliche Weise widersetzt hatte. Aber diese Schmach, die ihm dieser eingebildete Kerl angetan hatte – mit hundert Mann nach einem Bündel *Kleidern* zu suchen! – hatte er einfach nicht hinnehmen können. Er wusste, dass er gegen Chast nichts unternehmen konnte, zu stark war dessen magisches Potenzial. Aber er hatte dennoch nicht vor, sich wie ein kleiner, dummer Novize von ihm abkanzeln zu lassen. Er würde sich Respekt verschaffen und Chast eine ebenso hohe Position wie die von Magister Quendras abtrotzen – ob Chast es wollte oder nicht. Er wusste, dass er, Karras, zu den drei oder vier mächtigsten Magiern in der Bruderschaft zählte, möglicherweise war er nach Chast sogar der Stärkste. Und von daher kam es überhaupt nicht in Frage, dass Chast ihn in dieser Weise behandelte. Seit Sardins Tod schon trug er diesen Groll mit sich herum, und wäre er dazu in der Lage gewesen, hätte er Chast für diesen Mord zur Rechenschaft gezogen. Zugegeben – Sardin war auf seine Weise beängstigend gewesen, aber er hatte Karras das Gefühl einer Unüberwindbarkeit gegeben, einer Gewähr, dass die Bruderschaft irgendwann obsiegen würde. Wie lange auch immer es dauerte. Dieser Chast war jedoch nicht so. Er war stark, aber nicht in der Weise unüberwindlich wie Sardin. Karras verzog das Gesicht, als er sich klar machte, dass Sardin trotzdem getötet worden war. Ausgerechnet auch noch durch die Hinterlist Chasts.

Aber Karras konnte auch nüchtern denken. Er erkannte, wie die Lage nun war, und versuchte, das Beste für sich daraus zu machen. Und sein Erfolg war nicht mehr fern.

Dass die Adeptin hierher kommen würde, hatte er sich ausgerechnet. Schon seit über einer Woche verfolgte er sämtliche Hinweise auf Leandra – schließlich war *er* es ja auch gewesen, der auf überragend kluge Weise ihre Spur in der Kleiderabgabe der Quellen von Quantar entdeckt hatte – dem Ort, von dem aus sie damals von Guldors Schergen entführt worden war. Der nächste Schritt war natürlich der *Rote Ochs.* Chasts Gedanke, dass ihre Sachen noch bei den Quellen liegen könnten, war klug gewesen, noch klüger aber war Karras' Schlussfolgerung, dass sie sie zurückhaben wollte und versuchen würde, durch den *Roten Ochsen* zu den Quellen zu gelangen – oder dass sie wenigstens auf diesem Weg zurückkam. Durch den Haupteingang zu gehen verbot sich von selbst – weder gestern noch heute konnte sie unbemerkt so ihre Sachen wieder herausbringen. Hier hingegen *musste* sie durch, wollte sie ihre Ausrüstung herausschmuggeln.

Deshalb wartete er seit gestern hier.

Und sie war gekommen. Er hatte sie zwar noch nicht genauer in Augenschein nehmen können, aber welche junge Frau sollte es sonst sein, die hier mit einem Trupp von Leuten und Magie einfiel! Und das war seine Gelegenheit! Karras beabsichtigte, diese Adeptin qualvoll zu Tode zu bringen, um als derjenige in die Geschichte der Bruderschaft einzugehen, der die Bezwingerin Sardins bezwungen hatte. Das würde ihm endlich Chasts Respekt einbringen und diesen Emporkömmling lehren, ihn noch einmal in einer solch herablassenden Weise zu behandeln!

Er lauschte angestrengt, aber außer dem Kampflärm unten in der Schankstube konnte er keine Geräusche ausmachen.

Karras malte sich aus, dass er Chast gleichgestellt sein würde und dann alles haben konnte, was er nur wollte. Wie verletzend war Chasts spöttische Behauptung gewesen, er besitze keinen Sinn für die Reize schöner Frauen! Die vier kleinen, süßen Gören, von denen er sich gestern und heute Nacht hatte verwöhnen lassen, würde er gleich von hier mitnehmen und Chast als Erstes vorführen! Sie waren ganz nach seinem Geschmack, und es bereitete ihm unerhörtes Vergnügen, ihren lächerlichen, weibischen Widerstand mit Hilfe seiner Magie auf listige Weise zu brechen.

Voller triumphierender Gedanken über seinen unaufhaltsamen Aufstieg und in der ständigen Bereitschaft, seine *Chaos-Faust* einzusetzen, strich er vorsichtig den Vorhang beiseite und spähte hinab in die Schankstube. Dort unten fochten fünf oder sechs Männer mit Schwertern, und da er sie ohnehin jetzt nur schwer auseinanderhalten konnte, beschloss er darauf zu verzichten, sich in den Kampf einzumischen. Er musste die Adeptin erwischen, danach war es völlig egal, wie der Kampf da unten ausging. War die Adeptin erst einmal besiegt, dann war der Kampf für ihn gewonnen!

Er untersuchte die Balustrade, die nach Norden hin völlig weggesprengt war. Keine schlechte Magie, die diese Leandra da gewirkt hatte, aber wie gesagt: nichts, womit sie ihn hätte beeindrucken können. Er selbst wäre mit nur mäßiger Anstrengung in der Lage gewesen, das ganze Dach des Hauses wegzupusten.

Er blickte in die andere Richtung – auch dort vernahm er keinerlei Bewegung. Die Adeptin hatte sich offenbar irgendwohin zurückgezogen. Wahrscheinlich in den Gang, der nach hinten führte.

Von einer kampflustigen Erregung gepackt, schlüpfte er hinter dem Vorhang hervor und schlich langsam in Richtung des Ganges. Er hielt ständigen Kontakt zum Trivocum, jederzeit bereit, seine *Chaos-Faust* zu entfesseln.

Dann stand er vor dem Durchgang und blickte den Gang hinab. Es gab fünf Türen, zwei nach links, zwei nach rechts; die letzte führte am Ende des Ganges hinaus auf die kleine Brücke über den Hinterhof. Die rechte, hintere Tür hingegen war die zu seinem *Privatgemach,* in dem seine vier Gespielinnen auf ihn warteten.

Er spürte plötzlich ein heißes Verlangen in seinen Lenden, sich eben jetzt an ihnen zu vergreifen. Aber das war keine gute Idee. Zuerst musste er diese Leandra erledigen. Dann überlegte er erregt, ob es ihm vielleicht gelang, sie so übel niederzukämpfen, dass sie zu keiner Magie mehr fähig war! Er wusste, dass die Art seiner *Chaos-Faust* dies vielleicht sogar erlaubte. Er würde ihr den Verstand aus dem Hirn blasen und sie dann mit Gewalt nehmen. Ja – das wäre ein Spaß! Wenn nur Chast, dieser überhebliche Mistkerl, das mitbekäme!

Langsam schlich er den Gang hinab. Die Kampfgeräusche hinter ihm wurden leiser und er konnte sich ganz und gar auf seine Gegnerin konzentrieren. Er bedauerte, dass er sie momentan nicht auf magischem Wege aufspüren konnte – die Tatsache, dass er seine

Chaos-Faust in ständiger Bereitschaft hielt, erlaubte ihm das nicht. Aber das machte nichts. Er wusste, dass er augenblicklich würde losschlagen können, wenn er sie auch nur sah, und so schnell war sie mit Sicherheit nicht. Sie verfügte ja nur über Elementarmagie.

Er erreichte die erste Tür und wurde plötzlich ein wenig unsicher. Wenn er sie öffnete, würde sie ihn zuerst sehen, und das mochte einen Nachteil für ihn bedeuten. Er überlegte, ob sie sich vielleicht im Zimmer der Mädchen versteckt hielt. Als er darüber nachsann, formte sich plötzlich eine Idee in seinem Kopf. Ja – er wollte dort auf sie warten! Denn sie musste an dieser Tür vorbei; jenseits von ihr lag die Hintertür zur Brücke, die hinauf zum geheimen Zugang zu den Quellen führte. Er könnte die Tür des Zimmers offen lassen und hätte alle Zeit der Welt, sie dort abzufangen. Eine fabelhafte Idee!

Er eilte an den anderen Türen vorbei und erreichte gleich darauf das kleine Zimmer. Dennoch ... es war möglich, dass sie sich ausgerechnet dort versteckte!

Karras beobachtete den Gang für einige Sekunden genau und atmete dann tief durch. Für einen kurzen, riskanten Augenblick ließ er seine Magie los und untersuchte rasch das Trivocum – schnell und sorgfältig. Nein, in diesem Zimmer gab es keinerlei magische Auren – sie war woanders. Er baute rasch seine Verbindung wieder auf und fühlte sich sicher. Vorsichtig öffnete er die Tür.

Rötliches Dämmerlicht drang ihm entgegen und mit einem Lächeln erkannte er im Halbdunkel seine vier Mädchen, die sich auf der gegenüberliegenden Seite des Zimmers angstvoll an die Wand drückten. Keine von ihnen trug auch nur einen Fetzen am Leib.

Sie waren schön, die vier, bildschön und blutjung. Besonders die kleine Catya; sie war erst vierzehn, aber das gefiel ihm besonders. Er fühlte eine mächtige Hitze in sich aufsteigen, und wäre nicht diese Adeptin gewesen, hätte er jetzt alles vergessen und hätte endlich das getan, was er schon gestern hatte tun wollen, aber irgendwie noch nicht gewagt hatte: sie eine nach der anderen zu nehmen, sie in einer stundenlangen Orgie all seinen Phantasien untertan zu machen.

Er trat er in den Raum und dann kam ihm eine weitere geniale Idee. Wenn er sich zwischen die Mädchen begab und die Tür im Auge behielt, dann würde er die Übersicht bewahren können, während diese Leandra, sollte sie hereinkommen, ihn unmöglich angreifen konnte. Sie würde die Mädchen gefährden, ja sie am Ende töten, wollte sie ihm eine Kampfmagie entgegenschleudern. Nach allem, was er über sie wusste, würde sie so etwas niemals fertig bringen. Die Mädchen waren ihre Schicksalsgenossinnen – zwischen ihnen war Karras vollkommen sicher. Er konnte seine *Chaos-Faust* loslassen und sich ganz darauf konzentrieren, ihr Kommen zu erspüren. Wenn sie dann käme, wäre sie ihm völlig ausgeliefert! Sie würde große Augen machen, und diese Sekunde – zack! – würde ihm genügen, sie zu vernichten!

Geradezu elektrisiert von dieser Idee, näherte er sich den Mädchen. Er spürte, wie sich sein Penis verhärtete und sein Atmen vor Erregung flach und schnell wurde. Sie waren an der Wand eng zusammengerückt, wandten sich ab und zitterten vor Angst. Noch einmal blickte er sich um, aber von der Adeptin war nichts zu sehen. Dann trat er auf sie zu und ließ sich auf die Knie nieder.

»Aber meine Lieben!«, sagte er sanft. »Lasst mich zwischen euch. Ich wisst doch, wie sehr ich euch mag!«

Er schob sich in ihre Mitte und streckte die Hände nach ihnen aus. Sie zitterten und jammerten und das tat ihm unendlich wohl. Macht über andere zu haben war seine größte Befriedigung. Langsam begann er sich darauf zu konzentrieren, seine magischen Sinne durch die Umgebung schweifen zu lassen, um sich darauf vorzubereiten, wenn sie kam. Während er das Trivocum beobachtete, behielt er die geöffnete Tür genau im Auge.

Aber dann geschah etwas Seltsames.

Wie durch einen Luftzug begann sich die Tür plötzlich und langsam zu schließen. Aufgeschreckt ließ er seine Magie wieder los und begann damit, das Trivocum für seine *Chaos-Faust* zu öffnen. Verblüfft aber erkannte er, dass hinter der Tür nur die kleine Catya stand. Plötzliche Erleichterung durchströmte ihn.

Aber dann begannen in seinem Kopf die Gedanken zu rasen. Waren es nicht *vier* Mädchen gewesen, die hier bei ihm …? Ungläubig wandte er sich nach den anderen um – und starrte plötzlich in ein Gesicht, das er nicht kannte. Ein wütendes, zu allem entschlossenes Gesicht. Dann sah er eine Hand, einen ausgestreckten Zeigefinger, der vor seinem Gesicht schwebte und auf seine Stirn deutete.

Die Adeptin! – schoss es ihm durch den Kopf.

Aber bevor er auch nur den Ansatz seiner Kampfmagie aufbauen konnte, löste sich leise knisternd eine winzige, gleißende Kugel aus der Spitze des Zeigefingers und drang in seine Stirn ein.

Das letzte Bild, das durch sein Hirn blitzte, bevor er starb, zeigte ihn und Chast, Arm in Arm, mit erhobenen Weinkrügen und lächelnd sich gegenseitig zuprostend.

*

Jacko stand schwer atmend über dem Körper seines letzten Feindes, den er eben ins Jenseits geschickt hatte. Ein wütender Fluch entrang sich seinen Lippen.

Es war eine grässliche Schlacht gewesen und sie hatte viele Opfer gefordert. Nur noch er, Vendar und Caan waren unverletzt, zwei seiner besten Männer waren tot und zwei weitere schwer verwundet. Und dieser verfluchte Guldor war ihnen entwischt. Er blickte nach oben, um herauszufinden, wie es Leandra gehen mochte, die vor einigen Minuten nach dort oben entschwunden war. Vendar hatte schon die Hälfte der Treppenstufen nach oben genommen, als sie plötzlich erschien.

Sie befand sich im Laufschritt, knöpfte sich gerade ihr Hemd zu und gab Vendar ein Handzeichen, das offenbar bedeuten sollte, dass die Gefahr vorüber war. Sie eilte die Treppe herunter, an ihm vorbei, winkte nun auch Jacko zu und verschwand in der Küche, deren Zugang sich hinter dem langen Tresen befand. Jacko steckte sein Schwert weg und folgte ihr.

Als er in die Küche trat, einen großen Raum, in dem schmuddelige Unordnung und ein Geruch nach altem Fett vorherrschte, riss Leandra verschiedene Schränke und Türen auf und untersuchte den Inhalt.

»Alles klar bei dir?«, fragte Jacko matt.

»Ja.« Sie blickte ihn kurz an. »Ihr hattet viele Verluste, nicht wahr?«

»Verdammt, ja. Thorm und Lenni sind tot, Otmar und Ägon schwer verletzt. Und uns hätte es beinahe auch erwischt. Die Kerle waren Elitesoldaten.«

Leandra ließ von ihrem Tun ab und trat zu ihm. Sie umarmte ihn und seufzte. »Das ist schrecklich. Es tut mir so Leid. Wenn ich das geahnt hätte …«

»Es war eine verfluchte Falle«, schnaufte er. »Ich möchte wissen, woher sie ahnten, dass wir kommen würden. Hast du den Magier erwischt?«

Sie löste sich von ihm und nickte. »Ja. Aber nur mit einem ziemlich waghalsigen Trick. Ich hatte ein Riesenglück. Der Kerl war ein Meister. Und reichlich abartig veranlagt.«

Vendar und Caan kamen herein, beide vom Kampf gezeichnet. Vendar stieß ein Seufzen aus und schmiss wütend sein Schwert zu Boden. Es war blutbesudelt.

Jacko nickte in Richtung der Schränke. »Was suchst du denn?«

Leandra deutete in Richtung des oberen Stockwerks.

»Sie haben nicht aufgehört, junge Mädchen zu entführen. Da oben sind vier. Eine glaubt, dass ihre Kleider hier irgendwo aufbewahrt werden.« Sie wandte sich wieder um, um weiter zu suchen.

Caan und Vendar gingen wieder, um sich um die beiden Verletzten zu kümmern, während sich Jacko an der Suche beteiligte. Schließlich fanden sie in einer Nebenkammer in einem Sack mehrere Kleidungsstücke, die zu den Mädchen passen mochten. »Wenigstens hat das jetzt ein Ende«, sagte Jacko. »Dieser Mädchenhandel. Wir werden das Viertel übernehmen und diesen Guldor so lange jagen, bis wir ihn haben.«

Leandra blickte auf. »Er ist entkommen, dieser Mistkerl? Verdammt!«

Jacko nickte nur.

»Weißt du, was das bedeutet? Er wird Hilfe holen!«

Jacko verzog das Gesicht. »Glaubst du nicht, er wird eher annehmen, dass wir längst wieder weg sind, wenn er mit neuen Leuten zurückkommt?«

Leandra hob die Schultern. »Weiß ich nicht. Ich würde mich nicht darauf verlassen.«

»Mist! Wie sollen wir denn dann deine Freundin aus den Quellen holen?«

Leandra stand da und dachte angestrengt nach. »Wir müssen uns beeilen. Der Zugang ist nicht weit von hier. Guldor wird sicher jede Menge Leute mitbringen, wenn er zurückkommt – ein paar werden ihm nicht genügen. Vielleicht auch Magier von der Bruderschaft. Aber wenn er wirklich mit vielen kommt, wird es eine Weile dauern, bis er sie zusammenhat. Wie lange ist er schon weg?«

Jacko zuckte die Schultern. »Nicht lange. Vielleicht fünf Minuten.«

»Gut, dann haben wir wahrscheinlich noch genug Zeit!« Sie schickte sich an aufzubrechen.

Jacko räusperte sich. »Ist deine Freundin … also ich meine, wenn wir jetzt da runter gehen, haben wir gute

Aussichten, den Rückweg abgeschnitten zu bekommen. Dann sind wir dran!«

Leandras Gesicht spiegelte Entschlossenheit. »Ich lasse Hellami auf gar keinen Fall zurück. Und ich brauche unbedingt meine Sachen!«

Vendar trat vor. »Warte, Leandra. Es müsste doch einer von uns genügen, um sie zu holen, oder nicht? Der Rest kann dann doch den Rückzug sichern!«

»Gut, dann gehe ich allein.«

Vendar schüttelte den Kopf. »Das wäre unklug. Du solltest hier bleiben. Mit deiner Magie bist du die Einzige, die eine Zeit lang einem Angriff standhalten kann. Wir drei«, und damit nickte er Jacko zu, »haben wenig Chancen, wenn sie mit einer größeren Streitmacht anrücken sollten!«

Leandra stöhnte. »Wer also soll gehen?«

»*Ich* gehe«, erklärte Jacko. »Ihr drei bleibt hier und sichert den Rückzug. Ich war schon mal in den Grotten, wenn auch nur im Männerbereich. Aber ich finde mich schon zurecht. Deine Hellami wird doch sicher dort warten, wo dieser Geheimgang in die Grotten mündet, oder?«

Leandra seufzte. »Das können wir nur hoffen. Aber so klug wird sie sein. Sie weiß, dass ich sie holen will, und sie wird dafür sorgen, dass ich sie finden kann.«

»Also gut«, sagte Jacko entschlossen. »Wie erkenne ich sie? Wie sieht sie aus?«

»Zierlich und sehr hübsch. Sie ist dunkelblond.«

»Gut. Fragt sich nur, ob sie mir trauen wird. Was soll ich ihr sagen?«

Leandra lächelte schwach. »Sag ihr nur, dass du Jacko bist. Ich habe ihr all deine Heldentaten haarklein berichtet.«

Jacko lächelte zweifelnd zurück, erwiderte aber nichts.

Leandra zögerte nicht mehr lange und raffte das Kleiderbündel zusammen. »Los! Du musst oben zur Hintertür hinaus.« Sie eilte aus der Küche, dann die Treppe hoch und lief durch den Gang. Jacko und Vendar folgten ihr.

Sie liefen an dem Zimmer vorbei, in dem noch immer die Mädchen verängstigt warteten, und erreichten die Hintertür. Sie war verschlossen.

Doch das war kein Problem für Jacko. Nach zwei kräftigen Tritten gab sie nach und gleich darauf standen sie am Anfang der schmalen Holzbrücke, über die Leandra damals hierher verschleppt worden war. Sie blickte in den Hinterhof hinab, aber alles schien ruhig zu sein. Von dieser Brücke waren sie damals auf den Pferdewagen ihrer Fluchthelfer gesprungen und mit mehr Glück als Verstand aus Savalgor entkommen.

Sie deutete über die Brücke auf einen Brettersteg, der bald nach rechts und hinauf in Richtung der Felswand des Monolithen führte. Es war noch immer dunkel, aber einzelne nächtliche Lichter ließen dennoch erahnen, wo Jacko entlang musste.

»Dort hinauf!«, sagte Leandra. »Über den Steg und später eine kurze Leiter hoch. Der Weg endet unter einem Überhang, in dem sich, etwas rechts, eine dicke Holztür befindet. Ich hoffe, du kriegst sie auf!«

Jacko wies mit dem Daumen über die Schulter auf den Griff seines Zweihänders, den er auf dem Rücken trug. »Ich hab das beste Brecheisen dabei, das es gibt. Dem hat noch keine Tür widerstanden.«

Leandra nickte zuversichtlich. Das bessere Brecheisen waren noch Jackos Muskeln. Denen konnte man vertrauen. »Es gibt noch eine weitere Tür, am Ende dieses Felsenganges«, erklärte sie und deutete in Richtung des Monolithen. »Die ist verflucht dick! Aber sie geht, von dir aus gesehen, nach außen auf.« Sie musterte noch einmal seine Statur. Er wog leicht doppelt so viel wie sie. Sie nickte. »Aber die wirst du auch aufkriegen, kein Zweifel.«

Er warf ihr ein verkniffenes Lächeln zu, in dem, so

glaubte Leandra jedenfalls, ein Funken Wehmut zu liegen schien. So als wünsche er sich, er sei nur ein halb so starker und harter Kerl, um dafür ihre Zuneigung gewinnen zu können. Aber dieser Moment war kurz und gleich wieder vorüber. Leandra schluckte. Jacko war Jacko. Sie konnte sich ihn überhaupt nicht als warmen, weichen Kerl vorstellen. Seltsam, dass er überhaupt so viel Zuneigung zu ihr verspürte. Sie waren eigentlich grundverschieden.

Sie drückte seinen Arm, nickte ihm aufmunternd zu und er lief los. Bald darauf war er in der Dunkelheit verschwunden.

Leandra sah noch einmal in den Hof hinab und versuchte abzuschätzen, ob ihnen hier, durch den Hintereingang, eine Gefahr drohte. Aber wahrscheinlich vorerst nicht. Es sei denn, es kam zu einer regelrechten Belagerung. Mit einer Leiter würde man auf die Holzbrücke hinauf kommen. Aber für den ersten Ansturm würde wohl keiner daran denken, so etwas mitzubringen. Und nach dem ersten Ansturm mussten sie spätestens wieder von hier verschwunden sein, ob mit Jacko und Hellami oder ohne sie. Leandra hoffte, dass es gar nicht so weit kommen würde.

32 ♦ Besuch

Chast hatte schon damit gerechnet, dass sie wiederkommen würden. Aber nicht mitten in der Nacht, wenn er schlief.

Er, der nur sehr wenige Stunden des Tages im Bett verbrachte, hatte sich nach einem anstrengenden Tag einmal früh zur Ruhe begeben, und das hieß: schon etwa gegen Mitternacht. Daran, dass Alina nicht mehr sein Bett teilte, hatte er sich bereits gewöhnt; sie hatte es ohnehin nie freiwillig getan. Während der ersten Monate, die sie bei ihm war, hatte er es von ihr verlangt – genauer gesagt, er hatte sie dazu gezwungen. Aber diesen Zwang über lange Zeit aufrechtzuerhalten hatte ihn viel Mühe gekostet und schließlich hatte er es aufgegeben. Frauen waren anders als Männer – bestimmte Dinge verziehen sie einem nie. Er bedauerte es sogar, dass es ihm nie gelungen war, ein wenig Vertrautheit zwischen ihnen aufzubauen – denn er hatte eines Tages tatsächlich festgestellt, dass er sie mochte. Sie war sehr schön und sehr sanftmütig, und manchmal, nach der Härte seines Arbeitstages, tat es ihm einfach gut, allein nur in ihrer Nähe zu sein. Aber er wusste, dass er eine Grenze überschritten hatte, die eine Annäherung zwischen ihnen auf alle Zeit unmöglich machte. So hatte er sich daran gewöhnt, auf ihre manchmal wohltuende Anwesenheit zu verzichten und lag auch in dieser Nacht allein in seinem riesigen Bett. Später dachte er, dass es ein Glück für das arme Kind gewesen war, denn das, was in dieser Nacht geschah, hätte sie gewiss arg mitgenommen.

Zwei Stunden nach Mitternacht kamen sie.

Es waren vier und Chast hatte diesmal keine seiner Vorahnungen verspürt. Er schlief einfach nur und träumte von irgendetwas, an das er sich später nicht mehr erinnern konnte.

Ihr Auftritt war Aufsehen erregend und er war sofort wach und saß aufrecht und mit pochendem Herzen in seinem Bett. Sie standen in bläulichem Licht, das gerade verblasste, und drei von ihnen trugen seltsame längliche Geräte, die wie Waffen aussahen; Waffen, von deren Art und Wirkung er keinerlei Vorstellung hatte. Angeführt wurden sie vom *LiinMar*.

Chast versuchte, seinen rasenden Puls zu beruhigen, und zog sich zur anderen Seite des Bettes zurück, um dort hinauszuklettern. Wie groß auch immer die Unterschiede zwischen ihnen sein mochten, er konnte es nicht hinnehmen, sich in entwürdigender Weise von ihnen, im Bett sitzend, belehren zu lassen. Er wusste, dass sie deswegen gekommen waren. Es fragte sich nur, wie das alles ausgehen mochte.

Der LiinMar wartete mit seinen kalten Echsenblicken, bis Chast sich eilig seine Kutte übergeworfen hatte. Dann stand er da – und es war einer der ganz seltenen Augenblicke, in denen er nicht sofort Herr der Lage war. Das machte ihn nur umso wütender.

»Was wollt ihr hier?«, bellte er den LiinMar an. »Gibt es bei euch keine Regeln des Anstandes, wenn ihr jemanden aufsucht?«

Der LiinMar stand nur da, musterte Chast und schien die Frage mit völliger Gleichgültigkeit zu strafen. »Wir beobachten dich«, sagte er mit seiner mahlenden Stimme. »Du versuchst, ein Mittel gegen den Antikryptus zu finden und dich und deine Bruderschaft aus dem Pakt zu stehlen.«

Chast wunderte sich, wie exakt das fremde Wesen die Regeln seiner Sprache einzuhalten vermochte, wo seine Stimme doch so fremd klang, als stamme es aus einem ganz anderen Kosmos.

»Was redest du da?«, schnauzte Chast. »Wie kommst du auf diese absurden Gedanken?« Mit seinen Worten trat er langsam einige Schritte nach links und registrierte, dass die drei anderen Drakken ihn mit ihren Waffen verfolgten. Er wusste, dass ein Magier einem Bogenschützen, der auf kurze Entfernung genau auf ihn zielte, oft unterlegen war, da Magien meist eine kurze Zeitspanne benötigten, um aufgebaut zu werden. Bis dahin konnte ein Bogenschütze seinen Pfeil schon auf die Reise geschickt haben. Und mit diesen Drakken-Waffen war es wahrscheinlich nicht anders.

Der LiinMar sprach weiter. »Du lässt eine Gruppe Männer in alten Schriften forschen. Einer von ihnen ist mit einem Drachen unterwegs, um euren Pakt zu finden!«

Chast warf die Arme in die Luft. »Na und? Ist es nicht unser gutes Recht, auch euren Teil der Abmachung einfordern zu können? Wie sollen wir das tun, wenn wir *unser* Dokument gar nicht besitzen? Wir wissen noch immer nicht, was dieser ... *Okryll* eigentlich ist!«

Das Gesicht des Drakken verzerrte sich zu einem hämischen Grinsen. »Hast du denn deinen Meister Sardin nicht gefragt?«

»Verflucht!«, bellte Chast. »Da du so genau über uns Bescheid weißt, solltest du auch wissen, dass Sardin seit vielen Monaten tot ist!«

Der LiinMar nickte kalt. »Ja. Du hast ihn töten lassen!«

»Ich?« Chast stieß einen Laut aus und versuchte sich mit Schauspielerei, indem er den Entsetzten mimte. »Es war diese Leandra – mit ihrem Schwert! Ich verfolge sie deswegen seit Monaten – um sie zur Rechenschaft zu ziehen.«

Der LiinMar erwiderte darauf nichts. In Chast keimte die Hoffnung, dass diese Drakken vielleicht nicht *alles* wussten. Die Unterschiede ihrer Kulturen sprachen sogar dafür, dass sie nicht in der Lage waren, feine

Gemütsbewegungen oder aber heimtückische Tricks der anderen Seite zu erkennen.

»Ich war ein Verehrer, ein glühender Anhänger von Sardin!«, rief Chast aus. »Ich liebte, ich bewunderte ihn! Nie hat jemand eine solche Macht in sich vereint, eine solche Führungspersönlichkeit dargestellt! Wir alle dachten, diese Leandra sei damals in Unifar umgekommen. Aber das trifft nicht zu, und jetzt, da sie wieder aufgetaucht ist, jagen wir sie. Wir wollen Rache für Sardins Tod!«

Der LiinMar erwiderte noch immer nichts, und Chast fragte sich, ob er ihm seine Worte vielleicht glaubte; ob er ihm am Ende sogar helfen würde, Leandra zu erwischen. In diesem Augenblick war er doch wieder sehr weit von seiner abgründigen Lust entfernt, seiner Erzfeindin noch einmal begegnen zu wollen. Er war in zweierlei Not – und eine Last davon los zu sein wäre bereits eine enorme Erleichterung.

»Was geht mich deine Rache an?«, fragte der LiinMar abschätzig.

Chast stemmte die Fäuste in die Hüften. »Eine Menge, würde ich sagen! Wären wir diese Leandra und ihre Freunde endlich los, könnten wir die Macht über Akrania viel schneller und leichter erlangen – wie du es von uns verlangst! *Sie* ist deine wahre Feindin! Sie und ihre Freunde sind es, die zu verhindern suchen, dass uns das Land in die Hände fällt!«

»Sie und ihre Freunde aber sind es auch, die verhindern, dass du den Pakt findest! Dieser Victor ist auf dem Weg zu ihm, und hat er ihn erst, wirst *du* ihn nicht bekommen. Warum also sollten wir etwas gegen sie unternehmen?«

Chast holte Luft. Die Rückschlüsse dieses Drakken-Scheusals waren abartig. Er trat mutig ein paar Schritte auf ihn zu. »Du willst uns also unseren Lohn – den *Okryll* – vorenthalten, wie?«

»Ich will verhindern, dass ihr den Antikryptus außer

Kraft setzt und euch aus eurem Teil der Abmachung stehlt. Du musst wissen, dass ihr unseren Teil der Abmachung überhaupt nicht einfordern könnt. Ob mit Pakt oder ohne.«

Das verschlug Chast die Sprache.

»Um den Pakt einfordern zu können, musst du Magie gebrauchen«, fuhr der Drakken seltsam gesprächig fort. »Aber wir weilen nicht in dieser Welt. Und außerhalb dieser Welt gibt es keine Magie.«

Chast starrte den Drakken nur an. Das, was der LiinMar da sagte, überstieg seinen Horizont. »Was sagst du da? *Keine Magie außerhalb* der Höhlenwelt?«

»Das stimmt.«

Chast dachte einen Moment nach, trotz seiner Verblüffung. »Also ... dann können wir den Anspruch auf den *Okryll* – was immer das sein mag – gar nicht geltend machen?«

»Das stimmt ebenfalls.«

Chast schnaufte. Wenn das zutraf, was der Drakken da behauptete, so war er vollständig auf der Verliererstraße. Dann war er nichts als eine verfluchte Marionette der Drakken. Diese Nachricht machte ihn wütend, äußerst wütend. Er spielte mit dem Gedanken, diesen Drakken und seine Begleiter hier auf der Stelle umzubringen. Ob es ihm gelang, war eine andere Frage, aber angesichts dieser Offenbarung war er beinahe bereit, es darauf ankommen zu lassen und möglicherweise sterben zu müssen, wenn er versagte.

Chasts Stimme war kalt. »Wusste Sardin das? Dass er eure Gegenleistung niemals erhalten würde?«

Der LiinMar schwieg eine Weile. »Nein, natürlich nicht.«

Die Offenheit, mit der der LiinMar diesen niederträchtigen Verrat zugab, war verblüffend. Sie war ein klarer Hinweis auf die völlige Skrupellosigkeit dieser ekelhaften Echsenwesen.

»Also ein Betrug!«, knirschte Chast. Er spürte, wie

sich seine magisch geschulten Sinne in Bewegung setzten, nach dem Trivocum zu greifen. Er würde innerhalb eines Augenblicks eine klaffende Spalte hineingerissen und die stygischen Energien auf die Drakken gelenkt haben. Der LiinMar hatte zwar behauptet, dass es außerhalb der Höhlenwelt keine Magie gab – aber *in ihr* gab es sie sehr wohl! Und hier war *er* derjenige, der diese Macht besaß – mochten sie so viele Waffen mit sich bringen, wie sie wollten! Er stand kurz davor, es auszuprobieren. Was waren er und seine Bruderschaft noch wert, wenn sie nur ein wegwerfbares Werkzeug dieser Drakken darstellten?

»Die ganze Zeit über«, zischte Chast, »habt ihr Sardin in der Annahme gelassen, dass er seinen wohlverdienten Lohn erhalten werde. Ihr habt ihn und uns alle betrogen, und das nur zu eurem Vorteil, zu nichts sonst!«

Wieder entstand jenes grimmige Lächeln auf dem Drakkengesicht. »Sardin hätte seinen Lohn vielleicht erhalten! Aber du ...?«

Chast spürte eine neue Aufwallung von Zorn. Er stand nun dem LiinMar direkt gegenüber und war fest entschlossen, aus dieser Begegnung als Sieger hervorzugehen.

»Du willst uns mit deiner Magie angreifen?«, fragte der LiinMar spöttisch. »Das wird dir nicht gelingen!«

Auf ein unsichtbares Signal hin wichen die drei Begleiter des Drakken zurück und richteten ihre Waffen erneut auf ihn aus. Chast stand vor dem LiinMar, der nicht zurückgewichen war – von diesem noch um Haupteslänge überragt. Aber Chast hielt es für gut möglich, dass sich diese überhebliche Kreatur über die Macht der Magie gründlich täuschte. Er wusste nicht, was ihn daran hindern sollte, diese vier hässlichen Eidechsen innerhalb einer Sekunde zu Staub zu zermahlen.

»Was ist dieser Okryll?«, fragte Chast mit leiser, drohender Stimme.

Der LiinMar schien von Chasts Auftreten nicht weiter beeindruckt zu sein. »Du willst wissen, was der Okryll ist?«

»Ja. Jetzt, auf der Stelle!«

Der LiinMar richtete sich zu voller Größe auf. Chast bemerkte, dass dieses Wesen auf ekelhafte Weise stank. Nach Fäulnis und nach Verwesung.

»Der Okryll ist nur ein Wort, das dein Meister Sardin erfunden hat. Wir nennen das … *Aeoshe*. Es handelt sich um ein einfaches Pulver.«

Chast wunderte sich, dass der LiinMar so bereitwillig Auskunft gab. Dann aber wurde ihm klar, dass der Drakken der Ansicht war, es mache keinen Unterschied, ob Chast das erfuhr oder nicht.

»Ein Pulver?«, fragte Chast scharf.

»Ja. Die Essenz einer seltenen Pflanze, die auf einer anderen Welt wächst.«

Chast konnte sich des Eindrucks nicht erwehren, mit einem Tier zu sprechen, ungeachtet dessen, dass der LiinMar seine Sprache beherrschte. Der Drakken verfügte über praktisch keine Sprechmelodie; seine Stimme klang rau und erinnerte Chast nach wie vor an das Zermahlen von Eis in einem großen Kübel. Diese ganze Drakkenbrut war unglaublich abstoßend.

»Und? Wozu ist es gut, dieses Pulver?«, fragte er angewidert.

»Es ermöglicht eine fast unbegrenzte Zellerneuerung.«

Chast wurde immer wütender. »Zellerneuerung? Was soll das sein?«

»Es ist das, woraus der Körper eines jeden Wesens besteht. Wer das Aeoshe besitzt, kann beinahe ewig leben.«

Chast trat einige Schritte zurück. Seine Augen waren groß und rund geworden. »*Unsterblichkeit?*«, keuchte er.

Der LiinMar blieb ungerührt.

»Nein«, sagte er dann. »Nicht Unsterblichkeit. Ewiges Leben. Das ist ein Unterschied.«

Chast schüttelte verständnislos den Kopf.

»Unsterblichkeit würde bedeuten, dass ein Wesen nicht gewaltsam getötet werden *kann*. Ewiges Leben besagt nur, dass es leben kann, solange es *nicht* gewaltsam getötet wird.«

Chast atmete schwer. Diese Offenbarung raubte ihm beinahe die Fassung. *Ewiges Leben!* Nun konnte er endlich Sardins Entscheidung verstehen, sich und die Bruderschaft diesem Pakt auszuliefern. Es war unglaublich – er vermochte im Augenblick die Tragweite dieser Enthüllung gar nicht zu überblicken. Seine Gedanken rasten. Dann aber verstand er langsam, warum die Drakken die Magie unbedingt haben wollten.

Er stöhnte. »Ewiges Leben«, wiederholte er und starrte in die Luft. »Jetzt wird mir alles klar. Ihr kennt das Geheimnis des Ewigen Lebens – und wollt die Magie von uns noch dazu. Das ist der Schlüssel … zu allumfassender Macht! Ihr könnt damit den Kosmos, das ganze *Universum* beherrschen!«

»Was weißt *du* schon vom Universum?«, spottete der Drakken.

Chasts Kopf fuhr herum. »Du hältst uns für Dummköpfe, ja?«, zischte er, von neuer Wut beseelt. »Für Hinterwäldler. Für Narren, die in einer kleinen Welt mit Magie herumspielen! Mir ist längst klar, dass ihr von den Sternen kommt, von irgendeiner Welt, und dass ihr mit eurer riesigen Röhre hierher gekommen seid. Aber schließlich gibt es hier etwas, das ihr unbedingt haben wollt, weil ihr selbst zu dumm dazu seid, es zu erschaffen. Die Magie … Das mächtigste Werkzeug, das der Geist je ersonnen hat! Du sagst, es gebe keine Magie außerhalb unserer Welt. Ha – dass ich nicht lache! Wozu solltet ihr sie dann brauchen?«

Aus einem Impuls heraus riss er ein gewaltiges Loch ins Trivocum. »Ihr wollt eure Macht vervielfachen, aber ihr wollt sie nicht teilen! Was macht dich glauben, du hässliches Echsengesicht, dass nun wir noch unsere

Verpflichtung einhalten werden, wo ihr die eure nicht erfüllen wollt?«

Obwohl Chast langsam auf den Drakken zuging, wich dieser nicht zurück. »Warum ich das glaube?« Nun klang die Stimme des Drakken boshaft und gefährlich. »Weil wir euch alle *töten* werden, wenn ihr nicht gehorcht!«

Chast ließ unvermittelt eine der gewaltigsten Magien losbrechen, die er je gewirkt hatte. Die Luft begann zu flimmern, und unnennbare Funken stygischer Energien, die sich im Diesseits mit tödlicher Macht entladen wollten, stoben im Raum umher. Das Gesicht des LiinMar spiegelte echte Überraschung, als er plötzlich feststellte, dass er sich um keine Winzigkeit mehr bewegen konnte.

»Sieh an!«, rief Chast. »Der mächtige Drakken ist machtlos!« Er sah nach den drei anderen. Sie standen wie festgenagelt. Seine Annahme bewahrheitete sich – sie hatten die Macht der Magie gewaltig unterschätzt.

Er zog den Kreis noch enger, hörte, wie die Gelenke der Fremden knackten und sie entkräftet aufstöhnten. Keiner der drei Drakken war in der Lage, zu seiner Waffe zu greifen. Der LiinMar starrte Chast an, und wenn sein Gesicht in diesem Augenblick zu einem Ausdruck fähig war, dann spiegelte es Furcht. Das gefiel Chast. Diese überheblichen Bestien in die Knie zu zwingen und leiden zu sehen!

Ein unhörbares Heulen war im Raum entstanden, ein Heulen auf der mystischen Ebene, das dennoch jeder vernehmen konnte. Die Tür flog auf und mehrere Personen kamen herein. Alina war auch unter ihnen.

Chast spürte, wie in ihm ein unsäglicher Triumph aufstieg. »Mir scheint«, schrie er den bewegungslosen LiinMar an, »dass du selbst nicht begriffen hast, was der Unterschied zwischen Ewigem Leben und Unsterblichkeit ist, du Missgeburt!«

Einem Gedanken folgend, lockerte Chast den eisernen Griff um den LiinMar, den Einzigen, der nicht mit einer Waffe auf ihn zielte. Damit er noch ein paar letzte Worte sprechen konnte. Die in den Raum gekommenen Personen, zwei Wachleute, zwei oder drei von den Brüdern und Alina, die sich in den Türrahmen stützte, standen mit offenen Mündern da und starrten die vier Drakken an.

LiinMars Gesicht spiegelte nun endlich das, was Chast sich erhofft hatte – Todesangst. »Das wirst du bereuen!«, stieß der LiinMar hervor, aber seine Stimme war kaum noch zu erkennen.

»Darauf würde ich nicht wetten!«, brüllte Chast, in unsäglichem Zorn entflammt. »Aber *du* – du wirst es tun! Leider hast du nicht mehr allzu viel Gelegenheit dazu! Nun nämlich wirst du die Macht von uns Hinterwäldlern verspüren – du unendlich mächtiges, unsterbliches Wesen!«

Bei seinen letzten Worten überschlug sich Chasts Stimme, und dann ließ er die volle, noch von ihm zurückgehaltene Macht seiner Magie zuschnappen. Die flimmernde Luft verdichtete sich innerhalb eines Augenblicks zu einem halb durchsichtigen Etwas, und die Körper der vier Drakken wurden zusammengedrückt, als steckten sie in der Faust eines Riesen, und zerplatzten.

Schlagartig erlosch die Magie von Chast und ein Echo wie ein Donnerschlag fuhr durchs Trivocum. Das, was von seinen vier Besuchern übrig geblieben war, platschte in bemitleidenswerter Weise zu Boden wie der Inhalt eines zerdrückten Eis.

Chast wandte sich jählings ab und marschierte in Richtung der Eingangstür, wo die anderen mit entsetzten Gesichtern standen. Er wusste, dass er einen Schritt getan hatte, der unumkehrbar war. Aber er kannte nun auch die Motive dieser Drakken und hatte eine Vorstellung davon, wie wichtig ihnen die Magie war. Der LiinMar konnte nur ein Bauernopfer sein – dessen Vernichtung sie würden hinnehmen müssen. Chast hatte jetzt wieder alle Trümpfe in der Hand. Der Drakken hatte ihm, zweifellos unabsichtlich und aus lauter Überheblichkeit, zu verstehen gegeben, dass ein Außerkraftsetzen des Antikryptus nicht unmöglich war. Aber dennoch – Chast blieb jetzt nur noch wenig Zeit. Es mochte sein, dass die Drakken die Geduld verloren und die Höhlenwelt einfach überrannten.

»Macht die Schweinerei da weg«, sagte er zu den Wachleuten und verließ den Raum.

*

Hellami tauchte wieder auf, so leise sie konnte. Es war ihr gelungen, fünfzehn oder mehr Schritte weit am Grund des Wasserlaufs entlang zu tauchen und dabei die Soldaten ungesehen zu passieren. Das Wasser war nun sehr flach; sie trieb knapp unter der Oberfläche und hätte leicht aufstehen können. Aber sie merkte bald, dass das nicht so einfach ging. Hier hinten in der Grotte endete der Wasserarm und es fehlte an heißem Wasser. Somit war der Nebel lichter und sie hatte keine ausreichende Deckung mehr.

Sie wandte sich vorsichtig um und hielt Ausschau nach den Soldaten. Sie redeten leise miteinander und reichten die Flasche herum – noch immer nichts davon ahnend, dass Hellami soeben unter ihnen hinweggetaucht war. Aber sie würden sicher sehr bald aufbrechen, um ihrem Anführer, wer immer das auch war, Bericht über ihre Beobachtung zu erstatten. Nämlich dass sie, Hellami, hier war.

Dann erhoben sich zwei von ihnen und wandten sich zum Gehen. Hellami fluchte leise – verdammt, es waren nur *zwei!*

Sie sah sich um und entdeckte, dass ein kleiner Wasserarm bis hinter einen flachen Felsen reichte – und hinter eben diesem Felsen lagen ihre und Leandras Sachen, dort war der Durchschlupf zu der geheimen Treppe. Ein Blick sagte ihr, dass sie mit Glück an das Schwert herankommen konnte, ohne aus dem Wasser steigen zu müssen.

Vorsichtig versuchte sie dorthin zu gelangen. Immer wieder tauchten ihr Po und ihre Schultern aus dem Wasser auf, und ihr war klar, dass man so etwas aus einem flachem Winkel gut sehen konnte. Sie pumpte alle Luft aus dem Körper und atmete nur ganz flach, um möglichst tief unten bleiben zu können. Dann hatte sie ihren Arm und ihre rechte Schulter weit genug nach vorn geschoben, um nach dem Schwert zu tasten. Nach mehreren Versuchen erwischte sie es.

Es gelang ihr, es geräuschlos ins Wasser zu ziehen und sich selbst wieder in tiefere Gewässer treiben zu lassen. Ihr Herz klopfte heftig, als sie sich endlich wieder bis zu einem Punkt an der Wand zurückgezogen hatte, wo sie den Kopf ungesehen aus dem Wasser strecken konnte. Leise atmete sie ein und aus, um wieder genügend Luft in die Lungen zu bekommen.

Die beiden Soldaten, die zurückgeblieben waren, redeten leise miteinander und wandten sich wieder ihrer Flasche zu.

Hellami untersuchte das Schwert, das bis jetzt immer nur Leandra getragen hatte. Es steckte in seiner ledernen Scheide, an der oben und unten mehrere dünne Lederschnüre angeknotet waren. Damit konnte man es auf dem Rücken befestigen, eine Methode, die in Akrania immer gebräuchlicher wurde. Das kam ihr sehr gelegen. Sie schnallte es sich um – mit sich überkreuzenden Schnüren zwischen ihren Brüsten. Es war das erste Mal, dass sie froh war, keinen großen Busen zu haben – die Schnüre störten sie nicht weiter.

Sie lauschte nach den Männern. Das Wasser war heiß; sie hatte wieder zu schwitzen begonnen und wischte sich die Schweißperlen aus den Augen. Sie hatte gute Aussichten, auf dem gleichen Weg wieder von hier fort tauchen zu können. Die feuchte Hitze machte den beiden Soldaten sicher zu schaffen und ihre Aufmerksamkeit würde geringer sein. Sie tranken und redeten und ahnten nichts von Hellamis Nähe.

Sie atmete ein paarmal tief durch und ließ sich dann wieder geräuschlos hinabsinken. Das Gewicht des Schwertes kam ihr zupass, denn so konnte sie etwas leichter unten am Grund bleiben.

Mit kräftigen Zügen tauchte sie zurück, sich dabei eng an die Beckenwand unterhalb der Soldaten haltend. Das mineralische Wasser war sehr klar und sie konnte im schwachen Schein der Öllichter noch einigermaßen gut sehen. Dann war sie an den Soldaten vorbei und tauchte, so weit sie noch konnte.

Sobald das Wasser wieder flacher wurde, musste sie schließlich wieder hoch. Als sie auftauchen wollte, sah sie plötzlich, nur ein kurzes Stück vor sich, ein Paar Stiefel im Wasser.

Es half nichts, sie musste Luft holen.

Prustend tauchte sie auf. Unmittelbar vor ihr stand ein Soldat – und er hatte ein Schwert in der Hand. Schräg hinter ihm, auf dem Felssteg, standen zwei weitere.

»He!«, rief der Kerl. »Was …?«

Es dauerte ein paar Augenblicke, dann wurde ihm klar, wen er entdeckt hatte. Er packte sein Schwert fester und wandte den Kopf. »Hier! Sie ist hier!«, brüllte er nach hinten.

Hellami handelte schneller, als sie denken konnte. Sie hatte Zeit gefunden, tief Luft zu holen, und sprang, noch während der Soldat in die andere Richtung sah, an ihm vorbei. Sie kam nur ein kleines Stück weit, platschte ins flache Wasser, stemmte sich sofort wieder hoch und rannte. Nach ein paar Schritten holte sie erneut Luft und warf sich mit einem Hechtsprung nach vorn. Sie tauchte und bekam noch mit, dass mindestens einer der beiden anderen hinter ihr ins Wasser sprang und sie zu packen versuchte. Aber sie entglitt ihm, tauchte ein paar Schritte weit, kam hoch, holte Luft und war gleich wieder unten.

Hellami hatte unerhörtes Glück. Tauchend war sie um eine Winzigkeit schneller als die Soldaten. Der Nebel und das Wasser halfen ihr, ein kleines Stück aus deren Blickfeld zu verschwinden.

In der Bewegung hatte sie Vorteile gegenüber den Soldaten, denn sie glitt viel leichter durchs Wasser als die voll bekleideten Männer mit ihrer Ausrüstung. Zudem war das Wasser in der Umgebung wieder sehr heiß geworden. Rechtzeitig genug kam ihr in den Sinn, dass ihre Aussichten besser sein würden, je ruhiger sie sich verhielt. Sie hörte, welchen Lärm die umherplatschenden Männer verursachten. Wenn sie hingegen ruhig blieb, leise im Schutz des Nebels auftauchte, Luft holte und wieder abtauchte, würde sie vielleicht entkommen können. Natürlich musste sie unbedingt in freiem Wasser bleiben – dort, wo es genug Richtungen gab, in die sie verschwinden konnte.

Als immer nützlicher erwies es sich, dass sie sich in den vielen Stunden hier unten umgesehen hatte. Sie wusste, wo das Wasser tief war, wo sich die großen Wasserbecken befanden und welche Gänge sie meiden musste, weil sie blind endeten.

Sie erreichte tieferes Wasser, tauchte so lange, bis ihre Lungen schmerzten, und kam dann vorsichtig wieder hoch.

Um sie herum herrschte dichter Nebel. Sie sog mit weit offenem Mund Luft ein – um möglichst wenig Geräusche zu machen. Nach einigen Atemzügen hatten sich ihre protestierenden Lungen wieder beruhigt. Das Platschen der Männer war zu hören, es war nicht allzu weit entfernt. Aber es schien für den Augenblick nicht auf sie zuzukommen. Plötzlich fühlte sie sich den ziellos umherirrenden Kerlen überlegen und das machte ihr fast schon ein bisschen Spaß. Die Welt hier unten gehörte inzwischen ihr; lautlos über den hellen Sand am Grund der Becken gleiten zu können hatte etwas Geheimnisvolles an sich, und wenn sie im Schutz des dichten Nebels über den heißen Wasserströmen auftauchte, die aus dem Boden aufstiegen, fühlte sie sich beinahe wie eine Jägerin auf der Suche nach Beute.

Sie hatte nun schon einige Gänge und Grotten zwischen sich und ihre unmittelbaren Verfolger gebracht. Zwar sah sie immer wieder die Schemen anderer Soldaten, aber die ahnten nichts von ihrer Gegenwart und zogen weiter. Hellami ließ sich wieder nach unten sinken und tauchte weiter.

Plötzlich kam ihr eine Möglichkeit in den Sinn, wo sie sich länger verbergen konnte. An einer Stelle, die ihrer Auffassung nach etwas südlich lag, hatte sie in einer kleinen Grotte unter Wasser einen kurzen Gang entdeckt, der in einen abgetrennten, wahrscheinlich nicht erforschten Teil der Grotten führte. Sie war zwar kurz hineingetaucht, hatte aber darauf verzichtet, sich umzusehen, denn es war stockfinster dort drinnen. Nun aber schien ihr diese Grotte ein gutes Versteck abzugeben. Dummerweise würde Leandra sie dort nicht finden können. Aber sie hatte keine Wahl. Sich in der Nähe der geheimen Treppe aufzuhalten bedeutete, Gefahr zu laufen, dort geschnappt zu werden.

Nach ein paar weniger hektischen Tauchgängen durch die verzweigten Wasserarme erreichte sie eine der großen unterirdischen Grotten, in denen das Wasser richtig tief war. Gewöhnlich schwammen dort auch etliche andere Frauen. Sie tauchte am Rand der Halle im Schutz einer dunklen Stelle an der Wand vorsichtig auf und nahm sie in Augenschein.

Nun erkannte sie das Problem. Hier war inzwischen keine der anderen Frauen mehr. Die Halle war von vielen Öllichtern vergleichsweise hell erleuchtet und wegen ihrer Höhe stand der Nebel weit oben. Bei der

Klarheit des Wassers würde man sie im ruhigen Wasser vorzüglich sehen können, wenn sie tauchte.

Sie erschrak regelrecht, als sie sah, wie viele Soldaten inzwischen hier anwesend waren. Es waren mindestens fünfzehn, überall auf den Stegen verteilt. Einer schwamm sogar am anderen Ende der Halle. In den Durchgängen zu den von hier wegführenden Gängen erschienen und verschwanden weitere Männer; die Grotten wurden offenbar planvoll abgesucht. Ihr Mut sank.

Nach einer Weile beschloss sie, wieder in den Gang zurückzukehren, aus dem sie gekommen war. Durch diese Halle würde sie nur unter höchsten Gefahren tauchen können. Aber sie erinnerte sich an einen weiteren dunklen, langgestreckten Gang, der ein Stück zurück lag und den sie bisher noch nicht erforscht hatte. Er war ihr ein bisschen unheimlich vorgekommen, hatte aber den Vorteil, dass er nicht allzu weit von der Geheimtreppe entfernt lag.

Sie beobachtete noch eine Weile die Soldaten und ließ sich dann wieder in die Tiefe gleiten. Inzwischen hatte sie sich ein wenig auf das Tauchen eingestellt und vermochte ruhig und einigermaßen kraftsparend vorwärts zu kommen. Bald erreichte sie unbemerkt die Abzweigung, zu der sie wollte. Vor ihr erstreckte sich ein dunkler Gang in die Ferne; weit hinten konnte sie einen schwachen Lichtschein erkennen. Das war ihr nur recht. Dunkle Gänge waren genau das, was sie jetzt brauchte. Diesmal auf das Tauchen verzichtend, schwamm sie langsam in die Grotte hinein.

Ihr wurde ein wenig mulmig zumute, denn es war sehr dunkel und sie konnte nicht mehr sehen, was sich unter Wasser befand. Hier und da gab es immer wieder vorstehende Felsen, an denen sie sich verletzen konnte. Außerdem war da die Angst des Menschen vor dunklen, unbekannten Höhlen, in denen sich schreckliche Kreaturen aufhalten mochten, vorzugsweise unter Wasser, und einen in die Tiefe zogen. Aber sie hatte Glück. Nichts versperrte ihr den Weg oder zog sie hinab, um sie zu verspeisen. Sie wusste, dass ihre Ängste albern waren, konnte sie aber dennoch nicht völlig verdrängen. Endlich wurde das Licht am Ende des Ganges heller. Kurz darauf tat sich vor ihr eine kleine, abgelegene Grotte auf. Sie seufzte erleichtert. Ein abgelegenes Plätzchen zum Verweilen, mit flachem Sandboden und schaurig-schönen Tropfsteinen, die von der Decke hingen – alles in das sanfte, orangefarbene Licht einer kleinen Öllampe getaucht. Hellami erhob sich aus dem Wasser und watete in die Grotte hinein.

Plötzlich hörte sie etwas.

Augenblicke später platschte es hinter ihr laut auf. Sie fuhr erschrocken herum und sah drei Männer. Sie waren hinter ihr ins Wasser gesprungen und schnitten ihr den Rückweg ab.

*

Guldor kam früher zurück als erwartet. Caan hastete die Treppe hinauf und eilte in den ersten Raum rechts im Gang, den sie zu ihrem Hauptquartier gemacht hatten. Leandra und Vendar schreckten hoch.

»Sie kommen!«, rief Caan. »Draußen, am Ende der Straße – in breiter Front. Eine Menge Männer. Aber keiner mit einer Kutte, soweit ich sehen konnte.«

»Kein Magier, wenn wir Glück haben«, meinte Vendar. »Vorerst nicht!«

Leandra erhob sich. »Das wird eine verdammte Schlacht«, sagte sie missgestimmt. Dann wies sie in Richtung der hinteren Tür. »Caan, du hältst uns am besten den Rücken frei. Wenn sich da unten im Hof Leute zeigen, musst du uns sofort Bescheid geben!«

Caan nickte und machte sich auf den Weg.

Otmar und Ägon, die beiden verletzten Männer, lagen am Boden auf behelfsmäßig errichteten Lagern aus Decken. Otmar war nicht bei Bewusstsein, aber Ägon, der einen riesigen Brustverband trug, passte auf ihn auf und nickte Leandra zu.

Leandra wandte sich an Vendar. »Los, komm. Ich muss dich warnen – ich bin jetzt gezwungen, ein paar eklige Sachen zu machen. Wir müssen Guldor so lange zurückhalten, wie wir können. Ich hoffe, die Mädchen lassen uns nicht im Stich und benachrichtigen eure Leute.«

Vendar schnaufte angespannt. »Das hoffe ich auch. Wenn wir Glück haben, sind in ein paar Minuten schon die ersten da. Unser nächstes Viertel liegt nicht weit von hier.«

»Du denkst, deine Leute werden überhaupt auf die Mädchen hören?«

Vendar nickte. »Ich glaube schon. Die Geschichte, die sie zu erzählen haben, ist aufregend genug, dass wenigstens ein paar Neugierige nachsehen werden.«

Leandra nickte ihm zu. Dann eilte sie aus dem Raum und die Treppe hinab. Vendar folgte ihr. Er hatte sich mit einer Armbrust bewaffnet und trug sein Schwert auf dem Rücken.

Als sie den Schankraum erreicht hatten, war Leandra zu dem Entschluss gelangt, sofort einen vollen Angriff zu starten. Vielleicht konnte sie mit einer Magie die gegnerischen Reihen so weit durcheinander bringen, dass ihnen weitere Minuten geschenkt wurden, bis sich Guldors Leute wieder gesammelt hatten.

»Ich gehe direkt auf die Straße!«, rief sie Vendar kurz entschlossen zu. »Halte mir den Rücken frei!«

Vendar nickte und folgte ihr. Er sah nicht sehr glücklich aus.

Sie lief durch die Eingangstür, blickte kurz die Straße hinab und baute sich mitten auf dem Kopfsteinpflaster der Gasse auf, die am *Roten Ochsen* vorbeilief. Sechzig oder siebzig Schritte entfernt kam eine Horde von Männern die Straße herauf, es mochten fünfzehn oder zwanzig sein. Als sie Leandra sahen, begann sie zu brüllen und zu heulen, zogen ihre Waffen und rannten auf sie zu.

Leandra wusste, dass nun die Zeit der Zurückhaltung vorüber war. Sie würde niemanden umbringen, wenn es sich vermeiden ließ, aber sie beabsichtigte auch nicht, dieses Pack von Guldor, das ganz klar mit der Bruderschaft unter einer Decke steckte, noch einmal zum Zuge kommen zu lassen.

Sie benötigte einen Augenblick, um ein *Hoxa*-Aurikel der sechsten Iterationsstufe zu setzen, eine mächtige Luftmagie. Einen weiteren Augenblick später ließ sie mit einer weitschweifenden Geste die Magie losbrechen: Vor ihr setzte sich ein flimmernder Luftwall in Bewegung, und es war ein Glück, dass sie ausgerechnet diese Magie wirkte. Ein halbes Dutzend Pfeile, die Bogenschützen im Hintergrund auf sie abgefeuert hatten, wurden davongewirbelt und verfehlten ihr Ziel weit. Dann traf der Luftwall auf die voranstürmenden Männer und fegte sie durcheinander wie ein heftiger Windstoß, der in einer Gasse trockenes Laub aufwirbelte.

Die Magie mochte vergleichsweise verteidigend und schonend erscheinen, aber das war sie nicht. Die Unglücklichsten wurden zehn, fünfzehn Schritte in die Luft hinaufgewirbelt und stürzten schwer zu Boden. Viele dieser Männer standen erst einmal nicht mehr auf. Die anderen wurden mehrere Schritte weit nach hinten gedrückt, und das Ergebnis war, dass die Gasse wenige Augenblicke nach Leandras Magie leergefegt war.

Sie stieß einen verzweifelten Fluch aus.

Vielleicht hatte sie jemanden umgebracht. Das war das Allerletzte, was sie wollte, nicht einmal jetzt, da ein offener Krieg ausgebrochen war. Sie hatte diesen abartigen Kerl von einem Magier dort oben im Zimmer der Mädchen getötet – zielgenau und mit voller Absicht. Sie hatte keine andere Wahl gehabt, und dieser Dreckskerl war wahrlich keiner, dem man nachweinen müsste. Aber dennoch empfand sie ihre kalte, berechnende Tat als abstoßend. Nein, so tief hatte sie nie sinken wollen, einen Menschen eiskalt töten zu wollen. Und dass der Krieg als solcher einem oft oder meistens keine Wahlmöglichkeit mehr ließ, tröstete sie nicht im Mindesten. Sie hoffte, dass sie sich eines Tages nicht dafür hassen würde, was sie hier tat – was sie hier tun *musste*.

Ihre Magie hatte sich in dieser engen Gasse als sehr wirkungsvoll erwiesen. Ihr blieben nun sicher ein paar Minuten Zeit, bis die nächste Angriffswelle kam. Aber sie vermutete, dass spätestens dann ein Magier beteiligt sein würde – oder gleich mehrere.

Sie duckte sich, eilte in den Eingang des *Roten Ochsen* zurück und behielt die Straße im Auge. Vendar folgte ihr und nickte anerkennend. Als er den Mund öffnete, um eine Bemerkung anzubringen, winkte sie unwirsch ab.

»Vergiss es«, zischte sie wütend. »Ich bin nicht wie ihr. Ich hasse es, Leute umzubringen. Ich hoffe nur, dass all dies bald vorbei ist.«

33 ♦ Schwertmagie

Die drei Männer hatten ihre Schwerter gezogen und sie eingekreist.

»Es ist besser, du kommst gleich mit«, empfahl ihr der eine. Es war ein hagerer Kerl mit einer fast vollständigen Glatze – obwohl er noch nicht alt zu sein schien. »Gegen uns kommst du nicht an. Und es würde mir Leid tun, dir was antun zu müssen!«

Hellami ächzte leise.

Sie dachte schon, jetzt sei es aus, aber dann hatte sie plötzlich ihr Schwert gezogen – sie wusste gar nicht, wie. Es lag leicht in ihrer Hand, diese Jambala-Nachbildung; leichter als beim letzten Mal, soweit sie sich erinnern konnte. Aber das war eine Weile her.

»Schau nur, wie hübsch sie aussieht, mit ihrem Schwert!«, spottete ein anderer der Männer.

Hellami war kampfbereit. Obwohl sie nicht die geringste Vorstellung besaß, wie ein Schwertkampf zu führen war, fühlte sie eine seltsame Gewissheit in sich, dass sie die Männer in die Flucht schlagen konnte. Verwundert musterte sie die Klinge des Schwertes. Hatte Leandra ihr etwa irgendeine Magie eingegeben?

Die Männer schienen zu zögern. Hellami erkannte, dass sie einen Vorteil besaß – auf einen gänzlich nackten Menschen einzuschlagen, dazu noch auf eine Frau, war wohl noch keinem von ihnen abverlangt worden. Die Männer wirkten gehemmt.

Sie schüttelte entschieden den Kopf. »Ich komme nicht mit«, sagte sie. »Da müsst ihr mich schon umbringen.«

Sie sah, dass diese Worte ihre Wirkung taten. Die

Männer wirkten nun noch unentschlossener. Dabei meinte es Hellami durchaus ernst. Würde sie Chast in die Hände fallen, hatte Leandra verloren. Chast würde sie erpressen, und Hellami wusste, dass Leandra dann tatsächlich aufgeben würde. Sie war nicht die Sorte Mensch, die über die Leiche eines Freundes hinweg hart bleiben konnte.

»Nun komm schon, Mädchen!«, sagte der Erste wieder und streckte die Hand nach ihr aus. »Mach es uns nicht so schwer! Du bist doch keine Schwertkämpferin …«

»Probier es doch!«, warf sie ihm angriffslustig entgegen. Sie spürte, wie ihre Entschlossenheit wuchs – sie schien direkt aus der Waffe zu stammen. Sie wog die Jambala-Nachbildung in ihrer Hand und stellte fest, dass sie sich immer leichter anfühlte. Mit Sicherheit hatte Leandra irgendetwas mit diesem Schwert angestellt. Hellami war froh darüber.

Der Mann mit der Fast-Glatze stöhnte und ließ sein Schwert sinken. »Also, ich mach da nicht mit!«, sagte er zu den anderen. »Ich schlachte doch keine wehrlose Frau ab!«

Nun ergriff der Dritte im Bunde das Wort. Er war ein vierschrötig aussehender Kerl, dem, im Gegensatz zu seinem schwach behaarten Kumpan, überall die Körperbehaarung hervorspross, auf den Handrücken, unter dem Kragen und auch im Gesicht. Er wirkte wie ein Barbar, der aus den hintersten Wäldern von Ostakrania stammte. Seine Worte waren von ebenso derber Machart. »Du blöder Sack!«, maulte er den anderen an. »Hast du vergessen – tausend Folint Belohnung für den, der sie erwischt!«

»Ha! Mehr bin ich nicht wert?«, warf Hellami spöttisch ein. Sie spürte, dass sie den Kampf wollte, dass sie die Männer herausforderte.

Der Kerl blitzte sie mit den Augen an. »Mir ist's genug, du Hure!«, rief er und trat auf sie zu.

Hellami machte einen Ausfall mit ihrem Schwert, aber er parierte den Hieb mit Leichtigkeit. Und plötzlich ging der Kampf los.

Er drang auf sie ein und sie parierte seine Stöße. Sie wusste nicht recht, wie sie das zuwege brachte, aber sie wurde immer sicherer. Das Schwert kämpfte für sie. Hellami fragte sich, ob es sich vielleicht doch um die *echte* Jambala handelte – aber nein, dieses Schwert hätte sie mit Sicherheit gar nicht anfassen können.

»Oho!«, machte der Haarige. »Sieh mal, die Kleine kann ja sogar ein bisschen kämpfen!«

Dann erkannte Hellami ihren Fehler. Dadurch, dass sie den Kampf herausgefordert hatte, war sie zur Angreiferin geworden, was die Hemmungen ihres Gegners wiederum herabsetzte. Und mehr noch – da sie sich des Schwertkampfes als einigermaßen mächtig erwies, fielen die Schranken noch weiter. Nun fiel auch der Zweite in den Kampf mit ein, ein rundlicher Mann mit einem künstlerhaften Ziegenbart; mit erhobenem Schwert ging er auf sie zu. Der Dritte, der Zurückhaltende, packte seine Waffe fester, blieb aber stehen. Hellami wich zu einer Wand zurück, um der Einkreisung zu entgehen.

Dann griff der Barbar wieder an, und sie hatte Mühe, ihn abzuwehren. Der Kampf nahm an Heftigkeit zu. Während es bisher eher ein gegenseitiges Abtasten gewesen war, wurde es unvermittelt ernst. Hellami keuchte und wich zurück. Die Schwerter klirrten in der Grotte, und ihr wurde plötzlich klar, dass sie um ihr Leben kämpfte. Eigentlich hätte sie längst tot sein müssen – hätte sie dieses Schwert nicht gehabt. Aber ihre Angst nahm mit Riesenschritten zu, dass sie das Schwert womöglich nicht mehr lange würde schützen können. Drei Gegner – das waren einfach zu viele.

Die Angriffe wurden immer heftiger; nun drangen sie zu dritt auf sie ein. Doch ihre Jambala-Nachbildung vollführte einen erstaunlichen Tanz, schlug zustoßende

Klingen beiseite und fügte den Angreifern ein ums andere Mal kleine Verletzungen zu. Hellami selbst bekam gar nichts ab. Aber der Kampf war anstrengend – sie fühlte, wie ihr Schwertarm schwerer wurde. Bald darauf begann sie vor Anstrengung zu keuchen.

Je weiter der Kampf fortschritt, desto verbissener wurden die Angriffe der Männer. Hellami wurde immer klarer, dass sie nur dann eine winzige Aussicht aufs Überleben hatte, wenn sie die Entschlossenheit aufbrachte, wirklich siegen zu wollen. Sie konnte nicht ewig die Angriffe abwehren. Bald schon würde sie so ermüdet sein, dass es aus mit ihr wäre. Sie biss sich auf die Zunge und wirbelte mit dem Schwert gegen einen der Männer – denjenigen, der zuerst nicht mitmachen wollte. Plötzlich steckte die Klinge tief in seiner Brust und er sank röchelnd zusammen.

Hellami stieß einen Schrei aus. Die beiden anderen wichen entsetzt zurück.

»Du … du hast ihn getötet!«, flüsterte der Rundliche.

Hellami starrte betroffen auf den Mann. Sie wusste nicht, ob sie das wirklich gewollt hatte, obwohl der Weg, hier herauszukommen, nur über den Sieg gegen die drei Männer führte. Seit sie zu Leandra nach Angadoor aufgebrochen war, wurde sie ständig von Männern verfolgt, die ihr nach dem Leben trachteten, aber nun hatte sie sich zum ersten Mal wirklich gewehrt.

Hellami bekam keine Zeit mehr zum Nachdenken. Plötzlich drangen die beiden anderen mit flammender Wut auf sie ein und verdoppelten ihren Kampfeifer. Hellami schrie auf und wich zurück, konnte sich nur mit äußerster Mühe verteidigen. Der Rundliche schäumte vor Zorn und hackte mit seinem Schwert auf sie ein, bis sich ihr Arm völlig taub anfühlte und sie glaubte, bald keine Kraft mehr zu haben, um das Schwert überhaupt noch halten zu können. Und es schien auch nicht so, als wollten sie sie bloß gefangen nehmen. Nein, sie forderten Rache für ihren Gefährten. Hellami war der Verzweiflung nahe.

Doch dann geschah etwas.

Sie bekam zuerst gar nicht recht mit, was es war, sah nur, wie ein abgetrennter Arm in hohem Bogen davonflog und der Rundliche, dem dieser gehört hatte, gurgelnd zu Boden sank. Dann erkannte sie, dass ein weiterer Mann hinzugekommen war – und das konnte nur ihren Tod bedeuten.

Doch der Mann kämpfte nicht gegen sie – er kämpfte gegen ihre beiden Gegner! Er war ein riesiger Kerl mit nacktem Oberkörper; seine Muskelstränge wirkten wie Schiffstaue, und er schwang ein Schwert, das beinahe so groß war wie Hellami selbst. Aber der Haarige erwies sich als zäh.

Hellami ließ sich erschöpft und keuchend ins flache Wasser sinken, stolperte dabei so weit zurück, dass sie nicht von einem zufälligen Hieb getroffen werden konnte, und beobachtete ungläubig den Kampf.

Die beiden Männer umkreisten sich lauernd, und immer wieder versuchte der Haarige rasche Ausfälle, um die Deckung des Hünen zu durchstoßen. Das aber gelang ihm nicht und Hellami begriff, dass der Haarige nur deswegen noch nicht verloren hatte, weil er sehr flink war und weil die Waffe seines Gegners so unerhört schwer war. Wenn er jedoch nur einen einzigen Treffer damit abbekam, würde es schnell mit ihm zu Ende gehen.

So kam es auch. Der Haarige stieß wieder vor, der Hüne wich zur Seite aus, drehte sich mit einer für einen so großen Mann erstaunlichen Behändigkeit und zog nach seiner Drehung sein Schwert voll durch. Er erwischte den Haarigen quer über den Rücken und Hellami sah entsetzt weg, als aus einer riesigen, klaffenden Wunde das Blut hervorschoss. Der Haarige stürzte nach vorn über einen Felsen, röchelte und blieb dann reglos liegen.

Der Riese stand keuchend da und ließ sein Schwert sinken. Sie erhob sich und starrte ihn unschlüssig an.

»Bist du Hellami?«, fragte er.

Sie nickte nur, konnte vor Überraschung nichts erwidern.

»Gut.« Schnaufend hob er die Hand. »Ich soll dich holen. Ich bin Jacko.«

Sie schluckte. »Jacko?«

Er nickte.

»Du meinst ... *der* Jacko ...? Der aus Unifar?«

Nun lächelte er leicht. »Ja, genau der. Leandra schickt mich. Wir müssen uns beeilen.«

Sie stieß ein langgezogenes Ächzen aus und ließ ihr Schwert fallen.

Er musterte sie und deutete dann mit der freien Hand auf ihren Bauch. »Nicht, dass du kein hübscher Anblick wärest, aber ... hast du nichts zum *Anziehen?*«

Sie blickte an sich herab und schüttelte den Kopf. »Nein«, sagte sie nur.

*

Es dauerte zum Glück ein ganze halbe Stunde, ehe die nächste Angriffswelle kam. Aber wie Leandra vermutet hatte, waren nun Magier dabei. Die Anzeichen im Trivocum waren deutlich. Sie hatte ein zwiespältiges Gefühl – einesteils wissend, dass sie mit List und ihren neu erworbenen Fähigkeiten als Magierin durchaus wehrhaft, wenn nicht sogar eine ernst zu nehmende Gegnerin selbst für einen mächtigen Magier war. Andererseits aber war sie sich auch ihrer Mängel bewusst. Diesen abartigen Kerl da im Zimmer der Mädchen hatte sie nur mit einem Trick besiegen können – die Magie, die ihn umgebracht hatte, war vergleichsweise schwach gewesen – nur eine vierte Iteration. Sie fragte sich, ob solche Tricks ihr diesmal auch helfen würden.

Sie kauerte im Eingang des *Roten Ochsen* und beobachtete die Straße, an deren vorderem Ende sich etwas regte – diesmal kamen freilich keine Leute in breiter Front anmarschiert. Es lagen noch immer drei, vier reglose Gestalten dort unten auf dem Pflaster.

Bis zur Morgendämmerung mochten es noch gute zwei Stunden sein. Leandra war müde, obwohl sie gestern so lange geschlafen hatte. Vielleicht gerade deswegen. Sie hoffte, dass ihre Unkonzentriertheit sich nicht als verhängnisvoller Nachteil herausstellen würde. Aber wenn sie Glück hatte, kamen Jacko und Hellami bald wieder und dann konnten sie von hier endlich verschwinden.

Sie beobachtete das Trivocum mit der Aufmerksamkeit, zu der sie noch fähig war – und die Anzeichen waren unmissverständlich. Nun existierten dort einige rohe Risse, was auf die Anwesenheit mehrerer Bruderschafts-Magier hindeutete. Sie stöhnte.

»Vendar!«, sagte sie über die Schulter. »Ich fürchte, wir werden eingekreist. Sieh mal nach Caan! Wenn sich dort im Hinterhof etwas regt, werden wir verschwinden müssen. Ich kann nicht an zwei Fronten gleichzeitig kämpfen!«

Statt einer Antwort von Vendar ertönte ein leiser Pfiff. Leandra blickte in die Richtung, aus der er gekommen war, konnte aber nichts erkennen. Vendar deutete in einen schmalen Durchgang zwischen zwei Häusern, der etwas weiter hinten auf der anderen Seite der Straße lag.

»He! Wir haben Glück! Das sind Leute von uns!«

Nun sah auch Leandra die Neuankömmlinge, sie winkten herüber. Sie stieß einen erleichterten Seufzer aus. Zu dritt wäre es sehr schwierig geworden, den *Roten Ochsen* auch nur fünf Minuten gegen einen Angriff mehrerer Magier zu halten. Sie fragte sich, ob Jackos Bande ebenfalls über Magier verfügte. Wenn auch nur ein Novize bei dieser Gruppe dabei war, würde es ihre Arbeit um die Hälfte leichter machen.

Vendar winkte heftig, auf dass die Leute herüber

kamen, doch als sich der Erste von ihnen anschickte loszulaufen, erhob sich Leandra beunruhigt. Sie hatte das Gefühl, als würden die Magier dort unten in den nächsten Augenblicken losschlagen.

Sie sah nach vorn, überlegte unschlüssig und setzte dann ein ziemlich starkes Aurikel einer Himmelsmagie – eine, der sie den besten Verteidigungseffekt zutraute, was auch immer der Gegner vorhatte. Und sie behielt Recht.

Während hinter ihr mehrere Leute über die dunkle Straße in Richtung des *Roten Ochsen* huschten, verdichtete sich ihr mächtiger Luftwall in der Mitte der Straße und schon im gleichen Augenblick donnerte vom anderen Ende mit beängstigender Geschwindigkeit eine grell leuchtende Feuerwalze heran. Sie war wie ein rollender Wall aus flimmernder Hitze und Flammen; ein tosendes Geräusch brandete heran und die Walze hinterließ links und rechts in der Gasse überall kleine Brandherde. Augenblicke später traf sie auf den Luftwall und ein tobender Glutorkan erhob sich in der Mitte zwischen den Häusern.

Leandra fuhr zurück, als eine glühende Hitzewelle über sie hinwegstrich. »Sind die verrückt?«, schrie sie entsetzt. »Wollen die das ganze Viertel anzünden?«

Ihre Magie hielt. Sie hatte keine Zeit nachzusehen, ob irgendwer etwas abbekommen hatte, denn sie merkte, dass gleich darauf die nächste Feuerwand heranraste.

Sie stieß einen Schrei aus, als sie merkte, dass diese von noch größerer Gewalt war. Ihr eilig aufgebauter Luftwall war stark, aber nicht stark genug für diese Gewalt. Während sie mit ihrer Wut kämpfte, dass es den Magiern dort drüben offenbar tatsächlich egal war, ob sie die Umgebung in Brand setzten und damit Dutzende oder noch mehr Unschuldige umbrachten, spürte sie auch, dass noch etwas Weiteres geschah.

Als ob eine helfende Hand ihre eigene Magie verstärken wollte, baute sich hinter ihrem Wall ein weiterer auf, und als die flammende Wand dagegen raste, zerplatzte sie und wurde erstickt wie ein Feuer, dem die Luft entzogen wurde.

Verblüfft fuhr sie herum und sah, dass ein einzelner Mann hinter ihr mitten auf der Straße stand, mit erhobener rechter Hand und in seltsamer Pose, so als habe er mitten im Lauf angehalten, um einen ungehörigen Kerl zurückzuweisen, der gerade im Begriff war, ihn umzurennen. Der Mann war alt, trug weißes, zurückgekämmtes Haar und eine lange, sehr typische Robe.

Leandra stöhnte auf.

»Hochmeister Jockum!«, rief sie.

Gleich darauf kam der Mann lächelnd auf sie zugeschritten; sie trat ihm entgegen und nach kurzem Zögern fiel sie ihm in die Arme wie einem alten Freund.

»Leandra!«, sagte er freundlich. »Wie schön, dich zu sehen. Wie ich bemerkt habe, hast du eine Menge dazugelernt!«

Sie spürte den Impuls, auf die Knie zu sinken und den Ring des Primas an seiner Hand zu küssen, so wie sie es gelehrt worden war. Als sie dazu ansetzte, hielt er sie sogleich davon ab, zog sie wieder hoch und schüttelte den Kopf.

»Nein, Kind, dazu gibt es keinen Grund mehr!«, sagte er. »Der Cambrische Orden existiert nicht länger und ich bin nichts als ein einfacher Straßenmagier … hier in den Gassen von Savalgor!«

Damit wies er in die Höhe, zu den turmartigen Gebäuden um sie herum. Er strafte seine Worte Lügen, denn seine Magie stand immer noch und neben ihnen zerplatzte und erlosch in diesem Augenblick eine weitere Feuerwand, als wäre sie ein Nichts. Allein dass er ihr währenddessen freundlich zulächelte und sie an den Schultern hielt, ohne die Feuerwand auch nur eines Blickes zu würdigen, legte ein beeindruckendes Zeugnis von seinen Fähigkeiten als Magier ab.

Sie stieß einen langen Seufzer aus. »Ihr könnt Euch

nicht vorstellen, Hochmeister, wie glücklich ich bin, dass Ihr da seid.«

»Jaja, schon gut«, sagte er gutmütig und zog sie von der Straße. »Hier wird es immer heißer. Lass uns hineingehen!«

Er wandte sich um und winkte noch jemandem. Aus dem Schatten der Gasse trat ein weiterer älterer Mann; er war klein, etwas rundlich und sein Haar war licht. Er trug eine weiße, bestickte Robe, offenbar auch ein Magier, aber Leandra kannte ihn nicht.

Als er herüber gekommen war, stellte Jockum ihn vor. »Das ist Meister Fujima, ein alter Gefährte. Fudsch, das hier ist die Adeptin … nun ja, sagen wir lieber: die Magierin Leandra. Du hast zweifellos schon von ihr gehört.«

Der kleine Mann lächelte höflich und reichte Leandra die Hand. »Aber ja«, sagte er.

Leandra war schon wieder versucht, auf die Knie zu fallen. Meister Fujima – der berühmte *Philosoph des Trivocums!* Kein regulärer Angehöriger des Cambrischen Ordens, soweit sie wusste, aber schon seit vielen Jahren ein ständiger Gast bei den Cambriern, der wichtigste Vertraute und Ratgeber des Primas.

Leandra war erschüttert vor so viel Autorität. Sie hatte den Primas Jockum bei einem Kampf gegen einen mächtigen Dämon kennen gelernt – es war der Kampf, bei dem sie in den Besitz der legendären *Jambala* gelangt war. Damals war sie nichts als eine unerfahrene, kleine Adeptin gewesen und der Primas hatte sie wegen ihrer Eitelkeit gehörig zurechtweisen müssen. Sie schluckte, als sie daran zurückdachte.

Und nun auch noch Meister Fujima! Das waren zwei der zweifellos mächtigsten Magier der Cambrier. Ihre kleine Truppe hatte plötzlich ihre Kräfte vervielfacht.

Die nächste Magie, die heranrollte, holte sie aus ihren Gedanken wieder in die Wirklichkeit zurück. Meister

Fujima wandte sich nach links, und nun sah sie, dass auch er an den abwehrenden Magien beteiligt gewesen war.

Diesmal zuckte ein bläulicher, stygischer Blitz heran, aber auch er zerplatzte an einer unnennbaren Verteidigungswand. Ein beeindruckendes Schauspiel wurde sichtbar, als sich die Reste des stygischen Blitzes wie zu einem Korkenzieher verdrehten und von einem dunklen Loch aufgesogen wurden, das sich mitten über der Straße aufgetan hatte.

Leandra war beeindruckt von der schlichten Klasse und Kultiviertheit von Meister Fujimas Magie. Während die wütenden Bruderschaftler am anderen Ende der Straße wüste und rohe Kräfte entfesselten und ohne irgendwelche Bedenken durch die Gegend schleuderten, bekämpfte ein Mann wie Meister Fujima nicht nur ihre magischen Ausbrüche, sondern es lag ihm offenbar auch noch am Herzen, sie zur völligen Unschädlichkeit zu ersticken.

Sie zogen sich zum Eingang des *Roten Ochsen* zurück. Mehrere andere Männer waren schon im Haus, alles offenbar Jackos Leute. Vendar kümmerte sich um sie, während Meister Fujima die Straße im Auge behielt.

Leandra versuchte, Jockum die Lage zu erklären. »Wir müssen hier aushalten, weil ein Freund von mir, er heißt Jacko und ist ein alter Kampfgefährte ...«

Jockum und Fujima nickten gleichzeitig. »Wir kennen ihn bestens«, sagte Jockum. »Wir gehören sozusagen zu seiner Bande.« Er grinste.

Leandra verzog anerkennend die Mundwinkel.

»Also ...«, fuhr sie fort, » ...er holt eine Freundin von mir. Sie sitzt in den Quellen von Quantar fest. Sie heißt Hellami und ist ...«

»Hellami?« Jockum dachte kurz nach. »Ist das nicht das blonde Mädchen von damals? Die sich in so rührender Weise um diese andere kümmerte ... wie hieß sie doch gleich, deren Schwester so tragisch umkam ...?«

Leandra nickte. »…Roya. Ja, Hochmeister. Ihr kennt sie ja. Daran habe ich nicht gedacht.«

Im Augenblick herrschte Ruhe draußen auf der Straße. Meister Fujima sah sie an. »Und Jacko ist in den Quellen von Quantar?«, fragte er.

»Ja. Von hier aus gibt es einen geheimen Zugang. Durch die Quellen sind wir nach Savalgor gelangt. Hellami wartet noch dort unten.«

Jockum richtete sich kampfbereit auf. »Dann müssen wir diesen Ort verteidigen!«, sagte er entschlossen. »Mit Jacko steht und fällt der Widerstand gegen die Bruderschaft. Wir können ihn keinesfalls zurücklassen. Und deine Freundin natürlich auch nicht«, fügte er hinzu.

Caan erschien in der Tür. Er nickte Jockum grüßend zu, offenbar kannten sich die beiden. »Hinten tut sich was«, sagte er. »Im Hinterhof. Wenn da ein Magier dabei ist, dann …«

Jockum erwies sich als ein Mann der Tat, denn er schob Caan voran, um ihm gleich zu folgen. »Zeig mir, wo das ist«, sagte er.

Leandra seufzte und folgte ihm ebenfalls.

Jockum blieb gleich darauf stehen und betrachtete sie. »Du siehst müde aus, mein Kind«, stellte er väterlich fest. »Keine gute Voraussetzung für einen Kampf, besonders in der Magie. Was hältst du davon, wenn du dich hier im Haus ein wenig ausruhst, während wir beiden alten Männer für eine Weile die Stellung zu halten versuchen? Wenn wir es nicht mehr schaffen, holen wir dich.«

Leandra lächelte. »Zu viel des Lobes, Hochmeister«, sagte sie lächelnd, wohl wissend, dass sie die beiden höchstens um eine *Winzigkeit* würde verstärken können. »Ich nehme den Vorschlag gern an.«

Jockum nickte zuerst ihr zu, dann Meister Fujima und verschwand anschließend mit Caan.

34 ♦ Untertauchen

Hellami hatte ihm erklärt, dass ihre und Leandras Sachen am Fuß der Geheimtreppe versteckt waren. Jacko erinnerte sich, bei seinem Eindringen in die Grotten etwas gesehen zu haben, aber er hatte sich nicht weiter darum gekümmert. Inzwischen ein wenig schamvoller geworden, versuchte Hellami, sich in tieferes Wasser zu begeben, was Jacko mit einer belustigten Miene bedachte.

»Komm, lass uns hier verschwinden«, sagte er. »Leandra wird im *Roten Ochsen* langsam Schwierigkeiten bekommen. Wir haben nicht viel Zeit.« Er nickte ihr zu und setzte sich in Bewegung; Hellami erhob sich, um ihm zu folgen. Aber sie kamen nicht weit. Der Kampfeslärm hatte offenbar andere Soldaten aufgeschreckt. Männer kamen durch den dunklen Gang in Richtung der Grotte herauf.

Jacko reckte sich und griff nach der Öllampe, die oben an der Wand hing. Er nahm sie herunter und einen Augenblick später war es dunkel in der Grotte. Sie konnten nur noch das Licht weit vorn am anderen Ende des Ganges sehen und in seinem Vordergrund die dunklen Schatten einiger Männer, die sich durch den Gang heranbewegten.

Sie stießen überraschte Rufe aus, als das Licht erlosch. Hellami merkte, dass dieser Jacko ein erfahrener Kämpfer war, der alle Tricks kannte. Dass er jetzt hier war, gab ihr neuen Mut.

»Gibt es noch einen anderen Ausgang?«, flüsterte er.

Sie schüttelte den Kopf. »Nein. Nicht soweit ich

weiß«, gab sie leise zurück. »Wir müssen wieder durch diesen Gang zurück.«

»Gut. Nimm dein Schwert und halte dich bereit.«

Sie musste fast lächeln. Er klang so, als wäre ihr Verschwinden von hier bereits eine Tatsache, egal, wie viele Männer dort den Gang heraufkommen mochten. Sie tastete im flachen Wasser nach ihrem Schwert. Als sie es gefunden hatte, trat sie zu ihm und suchte in der Dunkelheit nach seinem Arm. Er reichte ihr die Hand. Sie bemerkte, dass er einen schwachen, herben Duft an sich trug. Ob das sein natürlicher Körpergeruch war oder ob es sich um ein Duftwasser handelte, vermochte sie nicht zu sagen.

»Sie hauen wieder ab«, stellte er flüsternd fest. »Sie trauen sich in der Dunkelheit nicht herein.«

Hellami lehnte sich vor, um den Gang hinabzupeilen. »Du hast Recht«, sagte sie. »Glück gehabt.«

»Nein, kein Glück. Jetzt werden sie Verstärkung holen. Besser wäre es gewesen, wir hätten sie hier erledigen können. Los, wir müssen sie verfolgen!«

Hellami ächzte. Dass sie hier auch noch jemanden *verfolgen* würde, wäre ihr zuvor nicht im Traum eingefallen. Doch Jacko war schon losgewatet und sie folgte ihm eilig. Es war verrückt, aber er wirkte so stark, dass sie plötzlich sehr zuversichtlich war, schon bald wieder heil aus diesen Grotten heraus zu sein.

Bis die Männer merkten, dass Jacko ihnen auf den Fersen war, hatte er schon die Entfernung zu ihnen halbiert. Einer von ihnen rief plötzlich eine Warnung und sie erhöhten ihre Geschwindigkeit. Hellami kam Jacko kaum hinterher.

Als die Männer das Ende des Ganges erreichten, wandten sie sich nach kurzem Zögern nach links anstatt nach rechts. Links ging es tiefer in die Grotten hinein, rechts hingegen hätte sich ihre Hauptgruppe aufhalten müssen – dort hätten sie Verstärkung holen können. Als Jacko und Hellami ebenfalls herauskamen, sahen sie, warum. Da waren noch mehr Männer, mit denen sie sich zusammengetan hatten. Es waren nun sechs oder sieben. In dieser Richtung lag aber auch der Zugang zur Treppe, und nun war ihnen der Weg hinaus versperrt.

»He!«, rief einer. »Das sind ja nur zwei! Los, die schnappen wir uns!«

»Zu viele«, raunte Jacko, nahm Hellami am Arm und zog sie in die andere Richtung davon.

Sein Griff war wie eine Eisenzange und er tat ihr ein bisschen weh. Aber sie kam nicht umhin, ihn zu bestaunen. Er zog sie mit sich fort, als wiege sie gar nichts. Sie bemühte sich, auf gleiche Höhe mit ihm zu kommen.

»Kannst du gut tauchen?«, fragte sie.

»Es geht«, erwiderte er und sah sich nach ihren Verfolgern um. Sie mochten vielleicht zwanzig Schritte Vorsprung haben.

»Tauch mir nach«, sagte sie entschlossen. »Ich bin ihnen schon mal entwischt.«

Sie steckte das Schwert weg, holte tief Luft und ließ sich absinken. Im Vertrauen, dass Jacko ihr folgen würde, tauchte sie voran. Wieder hörte sie unter Wasser von hinten das Platschen der Verfolger, aber sie verspürte nicht allzu viel Angst. Ihr Geschick im Tauchen und der hünenhafte Jacko, der nun bei ihr war, verliehen ihr ein Gefühl der Sicherheit. Sie war geradezu gespannt, auf welche Weise sie sich hier herausschlagen würden.

Unter Wasser registrierte Hellami, wie die Geräusche ihrer Verfolger leiser wurden. Sie hatte das Gefühl, unendlich weit tauchen zu können, entschloss sich dann aber, Luft zu holen, denn vielleicht kam Jacko nicht mit. Als sie die Wasseroberfläche durchstieß, war er gleich neben ihr.

Sie holte ein paarmal tief Luft. »Wir haben sie abgehängt«, sagte sie zuversichtlich.

Er nickte. »Ja, sieht so aus. Jedenfalls für den Augenblick.«

Sie legte einen Finger vor den Mund und ließ sich wieder bis zum Hals ins Wasser sinken, denn sie hörte, dass sich aus einer anderen Richtung Männer näherten.

»Warum sind hier so viele Soldaten?«, fragte er leise, als sie wieder weg waren.

»Sie suchen unsere Sachen«, sagte Hellami. Sie deutete mit dem Daumen über die Schulter auf den Griff des Schwertes, das sie, wie Jacko das seine, auf dem Rücken trug. »Und sicher auch das Schwert hier.«

Jacko warf einen Blick auf den Griff. »Sieht aus wie die Jambala«, flüsterte er. »Kann sie aber nicht sein. Die Jambala liegt unter den Trümmern von Unifar begraben.«

Hellami nickte. »Ich weiß. Das hier ist eine Nachbildung. Aber irgendeine Magie steckt auch drin. Sonst wäre ich jetzt schon tot.«

Er sah sie fragend an.

Wieder wurden Stimmen hörbar. Sie gab ihm ein Zeichen und ließ sich in die Tiefe gleiten. Er folgte ihr.

Hellami tauchte weiter in Richtung der Mitte der Grotten, weg von der Treppe. Dort kamen sie jetzt ohnehin nicht durch. Sie schwamm mit kräftigen, gleichmäßigen Zügen. Zum Glück war hier das Wasser überall einigermaßen tief.

Bald darauf erreichten sie die große Halle, vor der Hellami schon einmal umkehrt war. Sie hielten sich an der gleichen dunklen Stelle an einer Wand auf, an der Hellami schon zuvor Schutz gesucht hatte. Diesmal aber *mussten* sie die Halle durchqueren. Noch immer waren etliche Soldaten anwesend. Die Nachricht von dem Kampf in der Seitengrotte hatte sich offenbar noch nicht herumgesprochen.

»Wohin geht es hier?«, flüsterte er.

»Tiefer in die Grotten hinein. Ich weiß nichts Genaueres. Außer einer Stelle, wo wir uns verstecken können. Vielleicht müssen wir erst Mal eine Weile ... *untertauchen.*« Sie grinste.

Er lächelte schwach zurück und stupste ihr leicht die Nase. »Du bist ein nettes Mädchen«, sagte er. »Ich hoffe, ich bringe dich heil wieder zu deiner Freundin zurück.«

Hellami spürte, wie ihr ganz warm in der Magengegend wurde. Sie hatte plötzlich Lust, diesen Mann zu umarmen. »Wie geht es ihr?«, fragte sie stattdessen. »Ist sie in Ordnung?«

Er nickte. »Allerdings. Du ahnst nicht, wie sehr.« Er sah sich um. »Ich erzähl dir mehr, wenn wir erst einmal in Sicherheit sind. Wo müssen wir nun lang?«

Hellami wandte sich um und deutete in die Halle.

»Hier liegt das Problem. Wir müssen da drüben in diesen Gang hinein«, flüsterte sie. »Kannst du so weit tauchen?«

»Es wird schon gehen. Kannst du es denn?«

Sie verzog das Gesicht. »Ich glaube nicht.«

»Wir tauchen zusammen«, sagte er. »Bleib über mir und halte dich an meinen Schultern fest. Wenn du nicht mehr kannst, dann gib mir ein Zeichen, in Ordnung?«

Hellami starrte Jacko an. Dann nickte sie ihm zuversichtlich zu.

Gleich darauf ließ er sich absinken. Sie holte tief Luft und folgte ihm. Unter Wasser stellte sie fest, dass er so tief hinabtauchte, dass ihr die Ohren schmerzten. Aber sie ertrug es. Er schwamm mit kräftigen Zügen, und da sie sich an seinen Schultern festhalten konnte und nur mit den Füßen paddelte, sparte sie Kraft und schaffte die ganze Strecke mit ihm.

An der Einmündung des Seitenganges tauchten sie mit schmerzenden Lungen im Schutz eines kleinen Felsvorsprungs wieder auf. Hellami keuchte heftig und auch Jacko schnappte nach Luft. Als sie wieder zu Atem gekommen waren, spähten sie vorsichtig in die Halle. Niemand schien sie bemerkt zu haben.

»Und wohin jetzt?«, fragte er.

Sie deutete mit einem Finger über der Wasserfläche auf eine weitere Abzweigung, die nicht weit entfernt lag.

»Dort nach rechts. Da kommt dann ein langer, großer Tunnel mit tiefem Wasser. Da kommen wir gut durch.«

Plötzlich erhob sich hinter ihnen Tumult. Die verfolgenden Männer hatten endlich die große Halle erreicht und schlugen Alarm. Doch da tauchte Jacko schon unter und Hellami folgte ihm. Ohne gefragt zu haben, hielt sie sich wieder an ihm fest und sie kamen zügig voran. In einer Felsnische tauchten sie wieder auf und hielten erst einmal inne. Sie beobachteten, wie die Soldaten in hektische Betriebsamkeit verfielen. Meldungen wurden überbracht und Gruppen setzten sich hierhin und dorthin in Bewegung. Es war offensichtlich, dass sich die Nachricht, dass sie zu zweit und auf der Flucht waren, jetzt überall herumgesprochen hatte. Jacko fluchte leise.

Für den Augenblick war ihr Versteck ganz passabel und sie blieben eine Weile dort. Hellami ruderte mit den Beinen im Wasser und hielt sich an Jackos breiter Schulter fest.

Nach einer Weile flüsterte sie: »Ich dachte immer, Leandra hätte maßlos übertrieben, als sie dich als so einen Muskelberg beschrieb.«

Er schenkte ihr einen zweifelnden Blick. »Und?«

Sie kniff ihn in die Schulter. »Ich mag zwar mehr kleine Dicke, aber bei dir sieht's ganz gut aus.«

Er lachte leise auf. »Und ich dachte auch immer, dass Leandra maßlos übertrieb, wenn sie dich als freche Göre bezeichnete.«

Sie schüttelte grinsend den Kopf. »Nein, da hat sie sicher nicht übertrieben.«

Jacko deutete nach vorn. »Komm jetzt, wir müssen weiter. Ich will hier weg. Dort rechts in den Gang hinein?«

Sie nickte und Jacko ließ sich schon wieder nach unten sinken. Wieder hielt sie sich an ihm fest und das gefiel ihr. Die Muskeln seiner Schultern schienen so hart wie Holz zu sein, und sie konnte sich nicht erinnern, jemals einen derart muskulösen Mann berührt zu haben. Sie ließ sich einfach von ihm mitziehen. Jacko nahm die Abzweigung nach rechts und sie erreichten den Gang, den Hellami beschrieben hatte.

Doch ihr Schreck war groß, als sie weiter hinten den Rumpf eines kleinen Bootes erblickte. Sie gab Jacko heftige Zeichen aufzutauchen. Abermals kamen sie im Schutz der Wand des Beckens hoch und holten erst einmal Luft.

»Ich kann es nicht fassen!«, stieß sie dann hervor. »Die kommen wahrhaftig mit *Booten* hier herunter!«

Jacko schüttelte den Kopf. »Das wird schon hier gewesen sein. Aber jetzt haben sie es sich geholt. Vielleicht gibt es noch mehr.«

»Sie wollen uns den Weg versperren«, sagte Hellami und deutete nach vorn.

Das Boot wurde soeben in die schmale Stelle am Ende des breiten Ganges manövriert. Dort wurde das Wasser flacher, und es war die geeignetste Stelle, diesen Durchgang abzuriegeln. Oder besser: das Durchtauchen. In dem Boot saßen drei bewaffnete Männer.

»Gibt es noch einen anderen Weg zu deinem Versteck?«, fragte er.

Sie schüttelte den Kopf. »Keine Ahnung. Vielleicht schon, aber ich weiß nicht, wo. Das ist ein wahrer Irrgarten hier unten.«

»Und ein anderes Versteck?«

Sie dachte nach und schüttelte dann den Kopf.

»Lass uns eine Weile warten«, flüsterte Jacko. »Wenn es ruhiger geworden ist, werde ich was versuchen.«

Hellami fühlte Herzklopfen bei diesen Worten. Wenn er das Boot überfallen wollte, dann würde es gefährlich werden. Aber er hatte Recht: Sie brauchten ein sicheres Versteck, und da sie kein anderes wusste, mussten sie irgendwie dort durch. Wenn Jacko Erfolg hatte und sie schnell waren, konnten sie verschwinden, bevor sich hier noch mehr Soldaten zusammenzogen.

Nach einer Weile wurde ihr das Schwimmen zu anstrengend und sie hielt sich wieder an Jacko fest, der an der Wand Halt gefunden hatte. Sie spürte gleich darauf seine Hand, die ihre Hüfte umfasste, offenbar eine unbewusste Geste, um sie zu halten. Gleich darauf aber zuckte seine Hand wieder zurück.

Sie sah ihn verwundert an. »Was ist?«

Er starrte betroffen zurück. »Nichts. Ich meine … doch. Ich … ach, vergiss es.« Er starrte nach vorn und beobachtete die Männer im Boot.

Seine Hand kam nicht wieder und sie bedauerte es. Irgendetwas rumorte in ihrem Bauch und sie spürte plötzlich, dass sie eigentlich sehr gern jetzt seine Hand um ihre Hüfte gespürt hätte. Sie sah ihn von der Seite her an und seufzte leise. Jacko warf ihr nur einen kurzen Seitenblick zu.

Schließlich stieß er sich sachte von der Wand ab. »Warte hier«, flüsterte er und warf ihr ein verkniffenes Lächeln zu. Gleich darauf tauchte er davon, in Richtung des Bootes.

Mit einem Kloß in der Kehle zog sich Hellami zur Wand und beobachtete sorgenvoll das Boot. Hoffentlich passierte ihm nichts.

*

Das Nächste, was sie sah, war eine aus dem Wasser herausschießende Gestalt und drei Männer in einem Boot, die vor Überraschung Schreie ausstießen. Angstvoll blickte sie sich um, ob andere auf den Kampf aufmerksam wurden.

Als sie wieder zum Boot blickte, sah sie, dass sie ihm helfen musste. Sie stieß sich von der Wand ab und schwamm auf das Boot zu.

Sie war noch nicht weit gekommen, da klatschte es laut auf und jemand fiel ins Wasser. Das Boot schaukelte gefährlich, und während sie mit kräftigen Zügen darauf zu schwamm, entbrannte ein heftiger Kampf in der winzigen Nussschale. Jacko war offenbar nicht recht aus dem Wasser gekommen und befand sich in einem wilden Handgemenge mit den beiden dort verbliebenen Männern.

Schreie ertönten und abermals war ein mächtiges Klatschen zu vernehmen – diesmal hörte es sich nach einem Faustschlag an und seiner Wucht wegen schrieb sie ihn Jacko zu.

Während sie eilends schwamm, kam sie nicht dazu zu beobachten, was auf dem Boot vor sich ging. Sie sah nur, dass man offenbar nicht mit Waffen kämpfte, sondern mit den blanken Fäusten – für Schwerter war kein Platz.

Sie kam näher und erkannte, dass Jacko einfach zu groß und massig war, um auf dem kleinen, schaukelnden Boot die Oberhand über die beiden Männer zu gewinnen. Sie tobten in einem Knäuel darin herum und immer wieder ertönten Hilferufe.

Dann sah sie, dass der dritte Mann die Kante des Bootes wieder erreicht hatte und sich hinaufziehen wollte. Sie schwamm noch zwei, drei kräftige Züge, zog dann ihr Schwert und bohrte es dem Mann von hinten mit aller Kraft in die Schulter.

Er schrie auf und fiel rücklings ins Wasser, direkt auf sie. Hellami wurde unter Wasser gedrückt, verlor das Schwert und strampelte heftig, um wieder hoch zu kommen und Luft schnappen zu können.

Der getroffene Mann tobte schreiend im Wasser. Hellami sah, dass er verletzt war – aber nicht stark genug, um nicht irgendwie doch noch weiter kämpfen zu können. Wieder griff er nach dem Rand des Bootes und wollte sich hochziehen. Da packte sie seinen Gürtel und zog ihn ins Wasser. Er platschte mit einem Schrei zurück, während sich Jacko im Boot gerade mit den blanken Fäusten eines Angriffes mit einem Dolch erwehren musste.

Sie holte zweimal tief Luft und stürzte sich auf den

Mann im Wasser. Mit aller Kraft versuchte sie ihn unter Wasser zu drücken. Er tobte und strampelte, schlug nach ihr und sie steckte einen derben Schlag gegen die Schläfe ein. Aber sie ließ nicht los und presste ihn tiefer unter Wasser.

An seiner nachlassenden Gegenwehr erkannte sie, dass er seine Atemluft bereits weitestgehend verbraucht hatte. Dann aber bäumte er sich nochmals auf und zog sie hinab. Ihre Luft wurde bald knapp, aber sie ließ noch immer nicht los. Sie wusste, dass sie Jacko diesen Kerl vom Leibe halten musste, damit er es schaffte, mit den beiden anderen fertig zu werden.

Sie hielt den Kerl fest und ertrug seine Schläge und sein Gestrampel, bis sie glaubte, ihr würde gleich die Lunge platzen. Endlich aber ließ die Gegenwehr des Mannes nach, seine Bewegungen erlahmten und hörten schließlich ganz auf. Hellami ließ ihn los und versuchte erschöpft nach oben zu kommen. Aber ihre Kräfte versagten. Sie strampelte mit aller Macht, aber die rettende Wasseroberfläche, die sie über sich sah, wollte nicht näher kommen. Sie hielt verzweifelt den Mund geschlossen, wissend, dass der Atemzug, nach dem sie lechzte, ihre Lunge voll Wasser pumpen würde und dass das ihr Ende wäre. Sie versuchte alles, trat und strampelte im Wasser, um irgendwie an Höhe zu gewinnen – aber es war vergebens. Sie sah schließlich, dass sie es nicht mehr schaffen würde. Sie hörte auf zu strampeln und warf einen letzten, verzweifelten Blick nach oben. Dann sank sie tiefer.

Plötzlich tat es einen lauten Schlag neben ihr. Einen Augenblick später wurde sie wie von einem Katapult nach oben geschossen. Sie konnte gar nicht recht Luft holen, als sie die Wasseroberfläche durchbrach, so verkrampft waren ihre Lungen – aber wer oder was auch immer sie nach oben befördert hatte, er hielt sie oben, und nach einigen Sekunden, in denen ihr schon schwarz vor Augen wurde, ging es schließlich wieder.

Keuchend und rasselnd pumpte sie ihre Lungen voll. Als Nächstes wurde ihr schwindlig und sie verlor halb das Bewusstsein. Dennoch spürte sie, was sie über Wasser hielt – es waren Jackos Hände, die Hände, nach deren Berührung sie sich so sehr gesehnt hatte.

Als sie wieder zu sich kam, lag sie oben auf dem blanken Felsen. Sie wollte sich krümmen und husten, spürte, dass sie Wasser in die Lunge bekommen hatte. Jacko kniete über ihr, hatte seine Hände auf ihre Brust gelegt und drückte immer wieder auf ihren Brustkorb, sodass ihr das Wasser aus dem Mund sprudelte. Trotz all der Hektik bemerkte sie, dass er Tränen in den Augen hatte, und sie musste lächeln. Dann überkam sie ein heftiger Hustenanfall und der Rest des Wassers spritzte aus ihrer Lunge und durch den Mund heraus. Jacko ließ in seinen Bemühungen immer noch nicht nach, und zwischen Husten und Spucken presste sie hervor: »He … geht das nicht etwas … gefühlvoller …?«

Endlich sah er, dass sie über den Berg war. Er hob sie erleichtert hoch und drückte sie an sich. Sie hätte ihn gern auch umarmt, aber es fehlte ihr an Kraft. Sie genoss einfach nur, wieder atmen zu können.

»Schnell, wir müssen hier weg!«, flüsterte er, stand auf, hob sie wie eine Puppe hoch und begann zu laufen.

Sie bekam nicht mit, wohin er lief, nur, dass es auf dem Felsen entlang ging. Danach sprang er wieder ins Wasser und rannte mit platschenden Riesenschritten irgendeinen flachen Wasserlauf entlang. Sie spürte, wie ihre Kräfte langsam wiederkehrten.

Nach einer Weile hämmerte sie mit der Faust gegen seine Schulter. »Lass mich runter, es geht wieder!«

Er hielt an, maß sie mit einem sorgenvollen Blick und stellte sie dann zögernd auf die Füße. Zuerst war sie noch etwas wackelig, dann ging es langsam besser. Während sie sich zu fangen versuchte, spähte Jacko aufmerksam in den Gang.

»Uuuh«, machte sie.

Er hielt sie noch immer an den Schultern. »Du bist ein verdammt tapferes Mädchen«, sagte er. »Hättest du mir den Kerl nicht vom Leib gehalten, wäre ich jetzt tot.«

Hellami lächelte ihm dankbar zu, auch wenn sie ihm das irgendwie nicht glauben konnte. Sie fühlte plötzlich so viel Zuneigung zu ihm, dass sie ihn am liebsten auf der Stelle umarmt und geküsst hätte. Aber bevor sie ihrer Eingebung nachgab, flüsterte ihr etwas ein, dass sie das nicht tun solle. Er hatte sie vorhin zurückgewiesen und dafür würde er büßen müssen.

»Komm, du Muskelberg«, keuchte sie und rang sich ein mattes Grinsen ab. Sie fühlte sich wie betrunken. »Wir müssen weiter. Wo sind wir denn hier?«

»Ich glaube, immer noch auf dem richtigen Weg. Es ist ein langes, flaches Stück, das nach dem Boot kam.«

Hellami drehte sich um und versuchte sich zu orientieren. Jackos Aussage war zutreffend. Wenn sie sich recht erinnerte, war es von hier aus nicht mehr weit, bis das Wasser wieder tiefer wurde. Dann folgte ein fast kreisrunder Felsendom mit der tiefsten Wasserstelle, die sie bisher in den Grotten entdeckt hatte, und danach folgte ein weiterer langer, schmaler Gang mit flachem Wasser. Dahinter musste die Halle kommen, von der aus der Unterwassertunnel abzweigte, den sie erreichen wollten.

Sie wandte sich um und winkte ihm. »Komm!«

Sie tappte voran, zuerst noch sehr matt, aber mit jedem Schritt entschlossener. Als sie den Felsendom erreichten, war sie wieder einigermaßen sicher auf den Beinen. Irgendwie fühlte sie sich plötzlich einmalig.

Sie ließ sich ins Wasser nieder, das hier langsam tiefer wurde, und bewegte sich vorsichtig an den Rand des Felsendomes. Seltsamerweise eilten hier keine Soldaten in ihre Richtung. Der Lärm, den der Kampf verursacht hatte, hätte eigentlich genügen müssen, um Massen von Soldaten aufzuschrecken. Aber dann kamen welche aus einem Gang weiter links; sie rannten gebückt mit gezogenen Schwertern und Hellami holte schnell Luft und ließ sich tiefer sinken.

Unter Wasser entdeckte sie Jacko mit aufgeblasenen Wangen ganz in ihrer Nähe und schnitt ihm eine Grimasse. Er lächelte zurück. Nach einer Weile tauchten sie wieder auf – die Soldaten waren vorbeigeeilt, ohne sie zu bemerken.

»Ich fürchtete schon, du würdest Angst kriegen, wenn du noch einmal tauchen müsstest«, sagte Jacko.

»Ich auch«, gab sie erleichtert zurück. »Aber wahrscheinlich bin ich jetzt schon ein halber Fisch geworden.«

Er grinste und sie grinste zurück. Das warme Gefühl in ihrem Bauch breitete sich immer weiter aus.

»Komm, wir müssen dort rüber!«, sagte sie.

Jacko tauchte unter und wartete, bis sie sich wieder an seinen Schultern eingehängt hatte. Dann schwamm er los, mit kräftigen Zügen. Sie machte sich nicht mehr die Mühe, mit den Füßen zu paddeln. Sie hatte es verdient, sich jetzt auszuruhen, schließlich hatte sie ihm das Leben gerettet. Jedenfalls ein bisschen.

Sie durchquerten das Wasserbecken des Felsendoms, das sehr tief hinabreichte. Obwohl Jacko stets weit nach unten tauchte, näherte er sich dem Grund nicht einmal bis zur Hälfte. Sie hielt sich wie ein kleines Kind an einer der Schnüre seiner Schwertgurte und blickte blubbernd und mit aufgeblasenen Wangen in die Tiefe. Plötzlich fiel ihr ein, dass sie Leandras Schwert verloren hatte.

Als sie drüben wieder auftauchten, sagte sie ihm das.

Er verzog das Gesicht und schüttelte den Kopf. »Dahin können wir jetzt nicht zurück. Ich kann es vielleicht später noch einmal versuchen, wenn es wieder ruhiger geworden ist.«

Hellami nickte. Im Augenblick war ihr das Schwert egal. Sie genoss das Gefühl des Atmens und ihres zurückgewonnenen Lebens und auch, dass Jacko ihr so nah war. Sie überlegte, ob sie versuchen sollte, ihn zu verführen.

Er aber war sehr geschäftig. Er zog sie in den Gang hinein und schritt unbeirrt voran. Sie ließ sich willig mitziehen. Ihr war tatsächlich zumute, als hätte sie eine ganze Flasche Wein getrunken.

Bald darauf sahen sie weiter vorn einen einzelnen Mann in der Dunkelheit des Ganges sitzen. Er schien von der Verfolgungsjagd nichts mitbekommen zu haben und ließ abwesend die Beine ins Wasser baumeln. »Warte hier«, sagte Jacko.

Hellami drückte sich wieder an die Felswand, diesmal entschlossen, ihm nicht zu helfen. Mit diesem Burschen musste er allein fertig werden. Gespannt wartete sie ab, was wohl geschehen würde.

Er war schon wieder untergetaucht und für eine Weile passierte gar nichts. Hellami ließ sich von dem Anblick des ruhig dasitzenden Mannes, der abwesend mit den Beinen im Wasser platschte, einlullen.

Dann schoss Jacko urplötzlich knapp vor dem Mann aus dem Wasser und hieb ihm noch in der Aufwärtsbewegung seine mächtige Faust seitlich gegen den Kiefer. Der Mann sackte ohne einen Laut in sich zusammen. Jacko fing ihn auf, damit er nicht ins Wasser schlug, nahm ihn einfach hoch, als wiege er nicht mehr als ein Kind, und legte ihn sachte auf den Felssteig, der neben dem Wasser entlang lief. Er wandte sich um und winkte Hellami heran.

Sie setzte sich in Bewegung, erreichte ihn kurz darauf und erhob sich aus dem Wasser.

»Ist er tot?«

Jacko schüttelte den Kopf. »Wohl kaum. Ich bringe niemanden um, wenn's nicht sein muss.«

Hellami betrachtete neugierig den reglosen Mann und stellte fest, dass sich sein Brustkorb langsam hob und senkte. »Wie lange wird er bewusstlos sein?«

Jacko hob die Schultern. »Bestimmt eine Weile. Komm jetzt.«

Leise wateten sie durch das Wasser. Es war sehr dunkel hier, im gesamten Gang gab es keine Öllampen, nur jeweils in den Hallen an seinem vorderen und hinteren Ende. Langsam wurde das Wasser wieder flacher. Ein Stück voraus konnte Hellami das Licht der Halle sehen, von der aus der Unterwassertunnel wegführen musste.

Plötzlich erhoben sich Stimmen von dort.

Sie befanden sich mitten im Gang und konnten nicht verschwinden. Jacko drückte sich in eine dunkle Nische und zog sie hinterher. Sie stand plötzlich ganz eng bei ihm und wusste nicht, warum ihr Herz so klopfte. Aus Angst vor den Männern oder weil sie ihm so nahe war? Sie hoffte inständig, dass sie nicht entdeckt wurden und bald die versteckte Grotte erreichten, denn sie hatte plötzlich eine Riesenlust auf ihn.

Er offenbar auch auf sie.

Während die Soldaten leise murmelnd an ihnen vorbeimarschierten, ohne sie zu entdecken, merkte sie, dass sich bei ihm mächtig etwas regte. Als die Soldaten weg waren, prüfte sie mit der Hand nach, was sie zuvor am Bauch gespürt hatte. Er ächzte leise.

»Nett, dass du mich so aufregend findest«, flüsterte sie, verschwörerisch lächelnd. »Aber ich fürchte, hier ist der falsche Ort dafür.«

Jacko erwiderte nichts und sah sie nur voller Befangenheit an. Sie merkte, dass ihm seine Lage peinlich war und dass er gern schnell in tieferes Wasser verschwunden wäre. Er wollte nicht so recht aus seiner dunklen Nische heraus.

»Nun komm schon!«, flüsterte sie und zog ihn an der Hand hinter sich her. »Die Höhle ist nicht mehr weit. Lass mich nicht so lange warten!«

»Ich könnte dein Vater sein!«, sagte er tonlos.

Sie trat zu ihm und küsste ihn auf die Brust. Höher kam sie nicht. Dann drückte sie sich an ihn und genoss das Gefühl, als sie seine Männlichkeit an ihrem Bauch spürte. »Ein Glück, dass du's nicht bist«, antwortete sie.

Sie wandte sich ab und watete rasch vor ihm den Gang hinauf. Bald wurde das Wasser wieder tiefer. Vor ihnen lag die letzte Halle, sie war nicht groß. Hier gab es ein paar Soldaten, aber es waren nur wenige. Sie standen und liefen auf den Felsstegen entlang, offenbar ohne ein besonderes Ziel zu haben.

Hellami konnte sich vor Verlangen plötzlich nicht mehr beherrschen, fuhr unter Wasser mit der flachen Hand über seine noch immer gewölbte Hose und küsste ihn leidenschaftlich. Er erwiderte ihren Kuss, wenn auch noch zögerlich. Das würde sie ihm nicht mehr lange durchgehen lassen, sagte sie sich.

»Da sind sie!«, schrie plötzlich jemand. »Da, im Wasser!«

Ihn noch immer fest umarmend, flüsterte sie: »Jetzt zeig, wie du tauchen kannst!« Damit nickte sie zu einer der gegenüberliegenden Wände. »Da drüben liegt der kurze Gang. Da müssen wir rein.«

Jacko sank langsam nach unten und Hellami ließ sich grinsend von ihm herabziehen. Unter Wasser wandte er sich dann um und Hellami hielt sich wieder an seinen Schultern fest. Seine Schwimmzüge, so hatte sie den Eindruck, nahmen unterwegs an Entschlossenheit zu, und als sie den Unterwassergang hinter sich gebracht hatten und in der Seitengrotte wieder auftauchten, umfasste er sie und robbte mit ihr an eine flache Stelle, wo er sie verlangend küsste.

Hellami glühte plötzlich vor Hitze und bog sich einen Finger um, als sie verzweifelt versuchte, ihn von seiner Hose zu befreien. Sie quietschte vor Schmerz, achtete dann aber nicht länger darauf und holte das hervor, was unter dem Stoff verborgen lag. Es war fast völlig dunkel in der Höhle, aber sie konnte durchaus ertasten, wie er bewaffnet war, und stieß einen überraschten Laut aus.

Er hielt einen Augenblick inne, aber sie ließ keine Verwirrung aufkommen. Sie wollte es und es würde schon irgendwie klappen – wenn er nur nicht zu grob vorging. Sie setzte sich im flachen Wasser rittlings auf ihn und ließ ihn langsam eindringen. Als sie spürte, dass er sehr vorsichtig war, entfuhr ihr ein erleichterter Seufzer. Anfangs tat es weh, aber dann ging es. Jacko küsste und streichelte sie mit einer Leidenschaft, dass sie glaubte, er habe seit Jahren keine Frau mehr gehabt. Er war unglaublich sanft, dieser große Kerl, und sie fühlte eine Wärme in sich aufsteigen, die ihr beinahe Schwindel bereitete. Dann plötzlich begriff sie, was mit ihr vorging: Sie begann sich wieder zu spüren und plötzlich fiel etwas von ihr ab.

Es war der Tod, dieser vertraute Begleiter, den sie nicht mehr losgeworden war, seit sie Ulfa damals zurück ins Leben geholt hatte. Er war ständig bei ihr gewesen, wie ein Feind, der sich lächelnd als Freund ausgeben wollte und den sie gehasst hatte – vielleicht hatte sie sich die ganze Zeit über selbst gehasst. Aber Jacko gab ihr in diesem Augenblick etwas, das dem Tod die Tür vor der Nase zustieß, ihn wie einen verhassten Fremden draußen in der Kälte stehen ließ. Vielleicht aber war es auch der Umstand, dass er ihr auf *natürliche* Weise das Leben gerettet hatte. Seine Kraft und zugleich Sanftheit erweckten das wieder in ihr, was eigentlich schon einmal gestorben war, und sie wusste, dass sie ihn dafür liebte. Er mochte doppelt so alt sein wie sie, aber das war ihr egal. Er war ein wenig wie ein Vater, den sie nie gehabt hatte, und ein leidenschaftlicher Liebhaber zugleich.

Bald stellte sie fest, dass sie sich ihm so vertrauensvoll hingab, dass er, ohne ihr Schmerzen zu bereiten, zur Gänze in sie eindringen konnte – und das berauschte sie geradezu. Sie wünschte sich, dass dieser Liebesakt nie mehr aufhören möge.

Es war nicht anstrengend, es war wie eine Verschmelzung, ein Gleichklang, ein Puls. Und wiewohl sie auch gar keinen Höhepunkt erreichte, schwebte sie für lange Zeit ständig auf einer Woge der Lust und des unbeschreiblichen Wohlbefindens, sodass sie völlig das Zeitmaß verlor. Jackos große Hände waren erstaunlich sanft und streichelten und liebkosten sie, wie sie es selten zuvor erlebt hatte. Körperlich war dies wohl einer der erhebendsten Augenblicke in ihrem Leben. Dann erkannte sie an seinem Stöhnen, dass er soweit war, und löste sich schnell von ihm. Sie half ihm noch ein bisschen mit der Hand und war dann froh, dass es hier eine Menge Wasser gab, um ihn sauber zu waschen.

Sie kicherte leise vor sich hin. Was sie an Männern liebte, an manchen jedenfalls, war die Tatsache, dass sie danach meist so sanft wie kleine Säuglinge waren. Kaum zu glauben, dass dieser Bursche noch vor kaum zehn Minuten (oder war es vor einer Stunde gewesen?) einen anderen Kerl mit nur einem Schlag ins Reich der Träume geschickt hatte. Sie lagen im warmen Wasser beieinander, er auf dem Rücken und sie halb auf seinem Brustkorb. Ihr rechtes Bein umschlang das seine.

Sie spürte, dass er etwas sagen wollte.

»Was ist?«, fragte sie sanft.

»Es war – ungewöhnlich«, erklärte er seufzend.

»Ungewöhnlich?«

»Ja«, seufzte er. »Meistens haben Frauen Schwierigkeiten mit mir. Leandra sagte mir, ich sei ein harter Kerl. Zu hart für sie.«

»Leandra? Hast du mit ihr geschlafen?«

»Nein. Aber trotzdem, sie hat wohl Recht.«

»Du bist ein harter Kämpfer, aber sonst finde ich dich nicht sonderlich schlimm«, erklärte sie liebevoll.

Er wandte Hellami den Kopf zu. Durch das Wasser drang von der anderen Seite ein winziger Lichtschimmer in die Grotte, sodass sie die Umrisse seines Kopfes gerade noch erkennen konnte.

»Vielleicht war ich es *heute* nicht«, meinte er.

Hellami richtete sich auf. »Weißt du, was das Besondere an Leandra ist? Sie kann die Leute verändern. Ja, es stimmt. Sie sagt einem was und du glaubst es. Und es verändert dich. Sie ist unbeschreiblich.«

Er lachte leise, aber es klang nicht spöttisch. »Und du meinst, Leandra hat mich verändert, weil sie mir *das* sagte?«

Hellami hob in der Dunkelheit die Arme. »Frag dich selber! Für mich jedenfalls warst du der sanfteste Liebhaber, den ich mir nur vorstellen kann.«

Jacko richtete sich auch auf, sagte aber nichts. Er tastete nach Hellamis Gesicht und fuhr ihr sanft über die Wange. Sie liebte solche Berührungen.

»Und bei mir hat sie es auf diese Weise auch geschafft«, stellte sie fest. »Über dich.«

»Was meinst du damit?«

Sie winkte ab. »Ach, es ist nicht so wichtig. Mir ist etwas zugestoßen und ich war danach nicht mehr ich selbst. Nicht mal sie schaffte es, mich wieder wachzurütteln. Jetzt hast du es geschafft.«

»Hm. Das musst du mir genauer erklären.«

»Ein andermal«, seufzte Hellami, drückte ihn zurück und ließ sich wieder auf seinem breiten Brustkorb nieder. Sie schwiegen und nach einer Weile tastete sie nach seinen Lenden. »Ich hätte noch ein bisschen Lust. Kannst du schon wieder?«

Es regte sich bereits wieder etwas bei ihm und das machte sie irgendwie stolz. Sie hatten sich eben noch ausgiebigst geliebt und schon erregte sie ihn aufs Neue. Sie seufzte froh und kroch auf ihn. Vielleicht hatten sie jetzt eine Menge Zeit füreinander. Mindestens so lange, wie man hier unten noch nach ihnen suchte. Hellami spürte Jacko schon wieder in sich und ein wohliges Gefühl stieg in ihr auf. Sie dachte, dass sich Chasts Leute ruhig noch ein bisschen Zeit für die Suche lassen sollten.

35 ♦ Legende

Guldors Aufgebot an Streitkräften war erheblich, und wäre Leandra allein gewesen, hätte sie ihm schon nach kurzer Zeit nicht mehr Widerstand leisten können. Jetzt aber, nachdem der Primas und Meister Fujima gekommen waren und sich ihnen immer mehr Leute anschlossen, erlangten sie langsam die Überhand.

Dennoch siegten sie nicht im herkömmlichen Sinn: Sie hielten den Rückzugspunkt für Jacko und Hellami, und je länger sie das taten, desto klarer wurde, dass sie versuchen würden, den *Roten Ochsen* auf Dauer zu halten – als den ersten Vorposten einer Rebellion gegen den Hierokratischen Rat und die Herrschaft der Duuma und der Bruderschaft. Ein besonderes Merkmal des Kampfes lag darin, dass Hochmeister Jockum und Meister Fujima fast nur verteidigend arbeiteten und sich darüber hinaus bemühten, das Stadtviertel vor Schaden zu bewahren. Mehrfach rasten Feuerwalzen, Druckwellen, Blitze, Funkenregen und andere Magien heran, die geeignet waren, die umliegenden Häuser zu beschädigen, zu entzünden oder ihre Bewohner schwer zu verletzen. Wenngleich Leandra vermutete, dass die Leute, die hier in der Straße wohnten, längst durch die rückwärtigen Ausgänge der Gebäude geflohen waren.

Aber dennoch – es war offenkundig, dass sich der Primas und auch Meister Fujima ihrer Heimatstadt so verbunden fühlten, dass sie es nicht zulassen wollten, dass sie und ihre Bewohner durch die Rücksichtslosigkeit der Angreifer ernsten Schaden erlitten. Davon abgesehen herrschte jedoch Krieg in Savalgor.

Guldor und die Duuma schickten eine wahre Streitmacht gegen den *Roten Ochsen* aus. Während die Magier immer wieder heftige Gewalten gegen sie aussandten, versuchten Trupps von Guldors Schergen mehrfach in das Gebäude einzudringen. Doch Jackos Kämpfer hielten dagegen. Es gab Tote und Verwundete, aber der *Rote Ochs* fiel nicht. Im Gegenteil, es kamen immer mehr von Jackos Leuten aus dem nördlichen Teil der Stadt hinzu, und es gelang ihnen, dort eine Bresche freizuhalten.

Unter den Leuten, die nachkamen, fanden sich auch einzelne Magier ein, allesamt Mitglieder des ehemaligen Cambrischen Ordens, die Jockum oder Fujima kannten und die, wie sich Jockum das Phänomen zu erklären versuchte, offenbar seit Monaten im Savalgorer Untergrund lebten. Sie hatten allem Anschein nach nur darauf gewartet, dass sich eine Möglichkeit ergab, sich gemeinsam wieder gegen die Bruderschaft erheben zu können.

»Bis heute war es unmöglich, sich irgendwo treffen zu wollen«, erklärte ihr Jockum in einer ruhigen Minute. Er, Leandra und Meister Fujima saßen in der Küche des *Roten Ochsen* beisammen. In der Gaststube tummelten sich inzwischen Dutzende von bewaffneten Männern; Verwundete wurden dort versorgt; Vendar und Caan stellten neue Stoßtrupps zusammen und sandten sie aus. Man hatte bereits etliche der umliegenden Häuser vereinnahmt, und Guldors Leute und die Magier der Duuma wurden immer weiter zurückgedrängt.

Jockum fuhr fort: »Man konnte nie sicher sein, ob sich nicht irgendwelche Spitzel in der Nähe aufhielten und man im nächsten Augenblick überfallen, festgenommen oder verschleppt wurde. Manche versuchten es und mussten dies mit ihrem Leben bezahlen. Und seit es diese verfluchte *Duuma* gibt, ist alles nur noch schlimmer geworden.«

»Das ist wohl Chasts Erfindung, die Duuma?«, fragte Leandra.

»Ja. Angeblich die Nachfolgerin des Cambrischen Ordens. Er wollte diesen Platz wieder besetzen, und das ist ihm auch gelungen. Es sind üble Kerle mit einer Gefolgschaft aus brutalen Soldaten, die vor keiner Schreckenstat Halt machen. Verschiedentlich gab es sogar öffentliche Hinrichtungen in den letzten Monaten.«

»Hinrichtungen?« Leandra verzog angewidert das Gesicht.

»Die einzigen Leute, die es wagten, Widerstand zu leisten, waren die von Jacaire. Oder Jacko, wie du ihn nennst. Ihnen war das möglich, weil sie schon seit Jahrzehnten eine geheime Gruppe im Untergrund von Savalgor bildeten. Sie hatte eine gewachsene Ordnung, in die kein Außenstehender so leicht eindringen konnte.«

»Seit Jahrzehnten? Aber … sooo alt ist Jacko doch gar nicht!«

Jockum schüttelte den Kopf. »Jacko hat diese Gruppe vor ein paar Jahren von seinem Vorgänger übernommen. Und der von wieder einem anderen. Der *Urvater* dieser Gruppe war der echte Jacaire – aber das muss wohl schon ein Jahrhundert her sein.«

»Und was taten diese Leute?«, fragte Leandra interessiert.

»Nun, sie waren eine Art Diebesgilde. Ihr Trick war, dass sie sich nie einen Namen gaben – als Gruppe. Es waren immer nur Jacaires Leute. So blieben sie über all die Jahre hinweg eine gewissermaßen unangreifbare Vereinigung. Keiner wusste wirklich, wer sie waren, wo sie sich aufhielten, wer ihre Führer waren – es waren einfach nur Jacaires Leute, über die ganze Stadt verteilt, und so wenig zu fassen und einzusperren wie eine Truppe aus Schatten.«

»Und es waren alles Diebe?«

Jockum nickte. »Ja. Eine Diebesgilde – sozusagen mit

feinen Manieren. Sie bestahlen stets nur die Bürgerlichen und die Reichen. Die armen Leute standen unter ihrem Schutz. Sie genießen schon seit langer Zeit einen guten Ruf hier in Savalgor. Natürlich nur beim einfachen Volk …«

Leandra deutete durch die offene Tür auf eine Gruppe von bewaffneten Männern, die im Schankraum beisammen saßen und lautstark miteinander diskutierten. »Woher aber wisst Ihr, Hochmeister, dass sich da kein Spitzel der Bruderschaft eingeschlichen hat?«

Der Hochmeister blickte nach draußen und nickte dann. »Ja, das ist in der Tat eine Gefahr. Aber die Leute kennen sich. Ich nehme an, im Augenblick wird jeder auf seinen Nachbarn achten. Ob er ihn kennt und was er ihm erzählt.«

Leandra nickte. »Eine schwierige Lage. Wenn Chast erfährt, was sich hier tut …«

»Das ist es ja, was mir Sorgen macht. Jacaires Leute sind nicht mehr als vierzig oder fünfzig Personen – jedenfalls, was den Kern angeht. Guldor verfügt sicher über fünfmal mehr Männer!«

»Wirklich? Aber … hier sind doch inzwischen schon weit mehr als sechzig Leute!«

Er nickte. »Ja, das ist die *andere* Sache. Sieh dich um! Es finden sich immer mehr Leute hier ein – wie auf ein geheimes Signal hin. Alle, die davon hören, kommen hierher, um sich dem Kampf gegen den Rat, die Bruderschaft und die Duuma anzuschließen. Und erst die Magier! Meister Fujima und ich staunen selber, wie viele von ihnen noch hier in Savalgor sind. Wir dachten, sie wären alle damals nach der Zerschlagung der Gilde aus der Stadt geflohen. Es ist unglaublich. Wir sind eine regelrechte Streitmacht – und dabei haben wir es selbst nicht geahnt!«

Er sah sie milde lächelnd an. »Weißt du eigentlich, wie das alles möglich wurde?«

Leandra sah ihn nur kopfschüttelnd an. »Wie denn?«

»Durch dich, mein Kind! Ich hätte allen Grund, vor *dir* auf die Knie zu gehen und *deinen* Ring zu küssen!«

»Waas?« Leandra versteifte sich unwillkürlich.

»Du bist bereits jetzt eine Legende! Weißt du das nicht?« Er winkte ab. »Nein, woher auch. Aber du musst wissen, Leandra, dass man sich hier in Savalgor, schon seit es damals zu diesem Kampf in Unifar kam, davon erzählt, was du alles vollbracht hast! Du hast ohne Furcht gegen diese Tyrannen gekämpft, hast die Jambala geschwungen, bist auf Drachen geritten und der Bruderschaft in Unifar, ihrem wichtigsten Stützpunkt, mit deinen Freunden zu Leibe gerückt! In den Augen der Menschen hier bist du schon seit langem eine Heldin. Und nun, da sie deinen Namen hören, strömen sie herbei und wollen an deiner Seite kämpfen. Gegen die Tyrannei und die Unterdrückung!«

Leandra stand auf und hob abwehrend die Hände. »Ich? Eine Legende?«, rief sie aus. »O nein, Hochmeister … nein, das bin ich nicht! Ich …«

»Deine Bescheidenheit ist die Zierde deines Wesens!«, rief Jockum aus, erhob sich und nahm sie glücklich in die Arme. Leandra ließ sich das nur widerstrebend gefallen.

Meister Fujima saß lächelnd und mit gefalteten Händen dabei und nickte ihr aufmunternd zu. Seine weiße Magierrobe hatte in den Kämpfen gelitten; sie war vom Ruß und Schmutz ganz dunkel und fleckig.

Vendar, Caan und ein paar weitere Leute kamen herein. Vendar beobachtete sie interessiert und wartete, bis Jockum Leandra wieder losgelassen hatte. Leandras verstörter Gesichtsausdruck war augenfällig.

»Im Augenblick herrscht eine Kampfpause«, erklärte er. »Es sind jetzt elf weitere Magier da und wir haben ungefähr neunzig bewaffnete Männer. Die Straße ist schon in unserer Hand – nach Norden hin bis zu dem verlassenen Posten der Stadtwache und nach Süden bis zur Biegung hinab.«

Die Männer standen um Vendar herum, sahen Leandra an, und es schien, als habe Vendar ihr Bericht erstattet, als sei sie die Kommandantin hier. Sie trat einen Schritt zurück und blickte hilfesuchend zu Jockum und Meister Fujima.

Jockum nickte ihr auffordernd zu.

Zweifellos erwartete man nun von ihr, das Heft in die Hand zu nehmen. Nach allem, was Jockum ihr soeben offenbart hatte, war sie, ob sie wollte oder nicht, die Anführerin dieser Streitmacht. Und irgendein kleines, gehässiges Männlein in ihrem Ohr flüsterte ihr ein, dass dies eine wichtige Aufgabe war, dass sie sich dem nicht entziehen durfte. Offenbar war sie die entscheidende Persönlichkeit, zu der die Leute aufblicken wollten. Leandra holte tief Luft.

»Also gut«, sagte sie leise, und fuhr dann lauter fort: »Vendar, du solltest das Kommando über die Bewaffneten behalten. Ich verstehe davon nichts. Hochmeister Jockum ... Ihr solltet vielleicht die Magier, die hier sind, einteilen. Ich ...« Dann kam ihr eine Idee. »Vendar, könnten wir jetzt nicht Jacko ein paar Leute hinterherschicken? Er müsste eigentlich längst wieder da sein.«

Vendar sah sich nach Caan um. Der hatte offenbar noch immer das Kommando über den rückwärtigen Teil des *Roten Ochsen* inne. Caan hob die Schultern. »Der Hinterhof ist in Ordnung«, sagte er. »Ein paar Leute sind schon über die Brücke und sichern die Gebäude, die dort hinten stehen. Ich denke, wir können den Weg über den Steg nehmen.«

Leandra atmete auf. Hier wartete eine Aufgabe, die ihr lag. »Gut«, sagte sie und nahm ein Schwert auf, das sie sich bereits gesichert hatte. »Ich gehe mit ein paar Leuten. Wie viel kannst du erübrigen?«

»Ein Dutzend, wenn du willst«, sagte Vendar. »Es kommen ständig mehr.«

Leandra schüttelte den Kopf. »So viele brauche ich nicht. Vier oder fünf werden genügen. Ihr solltet versuchen, den *Roten Ochsen* zu halten – ich meine, ständig. Wir gehen hier nicht mehr weg. Die Stadt erhebt sich gegen den Rat, die Duuma und die Bruderschaft, und da sollten wir diesen Ort nicht mehr aufgeben. Außerdem scheint sich herumgesprochen zu haben, wohin man gehen sollte, wenn man sich uns anschließen will.«

Vendar nickte beipflichtend. »Ja, das denke ich auch. Aber ich fürchte, der Kampf ist noch nicht vorbei. So viele Leute haben wir noch nicht und die Bruderschaft wird sich das nicht gefallen lassen. Wenn sie erst mit ihren Kampfmagiern anrücken, dann wird es heiß werden.«

»Versucht die einfachen Leute zu mobilisieren«, erwiderte Leandra. »Leute aus der Nachbarschaft. Sie sollen die ganze Stadt aufwecken und die Nachricht verbreiten, dass wir gegen die Duuma aufstehen! Jeder, der seine Freiheit zurückhaben will, soll sich uns anschließen! Wir könnten Tausende auf die Straßen holen! Und dann ist es aus mit der Bruderschaft!«

Ohne besondere Absicht hatte Leandra ihre Stimme erhoben und sie bemerkte erschrocken, dass die Augen der Männer zu leuchten begonnen hatten. Im Hintergrund waren noch weitere herangetreten und verschiedentlich wurden Hochrufe laut.

Leandra murmelte einen leisen Fluch. Ihr war das alles mehr als peinlich. Sie wollte keine Legende sein. Entschlossen griff sie nach ihrem Schwert und drängte sich durch die Leute. Betroffen stellte sie fest, dass man eine Gasse für sie bildete, als sie voranschritt. Sie blieb plötzlich stehen und rief ärgerlich: »Tut mir einen Gefallen, Leute! Behandelt mich nicht wie einen Ritter in goldener Rüstung! Ich bin nichts Besonderes. Ich bin nur eine einfache … Adeptin.«

Das letzte Wort hatte sie leise und unsicher ausgesprochen und es war ihr beinahe wie ein kleiner Witz über die Lippen gekommen. Sie wandte sich um und marschierte schneller, als man ihr Platz machen konnte, durch den Schankraum und zur Treppe. Während sie die Stufen hinauf eilte, wusste sie plötzlich, dass sie sich nun umdrehen könnte, um von hier oben eine leidenschaftliche Anfeuerungsrede zu halten. Sie würde diesen Leuten sicher gefallen und sie zu einem Hurra brüllenden Haufen von todesverachtenden Kämpfern zusammenschmieden. Vielleicht war sie ihnen das sogar schuldig – aber in gleichem Maße verbot sie sich dies mit Entschlossenheit. Sie fühlte eine innere Abneigung gegen diese Art von Aufwiegelung; sie empfand es als einen verachtenswerten Zug der Menschen, dass sie sich in gewissen Augenblicken mit ein paar kernigen Worten zu einem Mob zusammenschlossen und zu jeder Tat oder Untat antreiben ließen – oft gar nicht wissend, was sie überhaupt taten. Zweifellos hätte Chast eine solche Lage zu seinen Gunsten ausgenutzt. Nicht aber sie. Sie hätte am liebsten jeden von denen da unten dazu gezwungen, sich genauestens zu überlegen, was er tat, und nicht einfach, ohne nachzudenken, in den Tod zu rennen.

Dann war sie oben und beeilte sich, in den Gang zu verschwinden. Vendar hatte inzwischen schon ein paar Leute ausgewählt und folgte ihr.

*

Es erwies sich als vergleichsweise einfach, in die Quellen von Quantar vorzudringen. Immerhin sah man, welchen Weg Jacko gegangen war, denn zwei aufgebrochene und eine offene Tür zeugten davon, dass er die Geheimtreppe gefunden hatte und bis hinab gelangt war.

Unten in den Grotten jedoch war ein weiteres Vorankommen unmöglich. Nach einem kurzen Kampf gegen fünf, sechs Soldaten, die sich dort herumtrieben, strömten immer mehr herbei, und sie hatten Mühe, sich zurückzuziehen. Leandra sah, dass man ihnen zuvorgekommen war; es schien, als wären Aberdutzende von Soldaten damit beschäftigt, die Grotten zu durchsuchen. Es war unmöglich, etwas über den Verbleib von Hellami und Jacko zu erfahren, und ihre Sorge um die beiden verschaffte Leandra ein Gefühl hilfloser Lähmung.

Sie standen in dem Gang, der von der Geheimtreppe ins Innere der Grotten führte. Für den Augenblick hatten sich ihre Gegner zurückgezogen. Leandra hatte die Soldaten mit einer ähnlichen Magie zurückgeworfen wie in der Gasse vor dem *Roten Ochsen*. Dabei war sie vergleichsweise zurückhaltend vorgegangen. Trotzdem lagen zwei reglose Männer im Wasser – sie waren gegen die Gangwände geschleudert worden. Es war Leandra zuwider, sie im Wasser jämmerlich ertrinken zu lassen, sollte einer von ihnen nur bewusstlos sein. Aber es war unmöglich, zu ihnen vorzudringen und sich um sie zu kümmern.

Am anderen Ende des Ganges zogen sich, den Geräuschen nach zu urteilen, immer mehr Soldaten zusammen, und käme ein Magier hin, würde es eine üble Schlacht geben. Hier in diesen schmalen Gängen wirkten Kampfmagien doppelt schlimm – wie sie an ihrer Druckwelle gemerkt hatte.

»Wir müssen uns zurückziehen«, sagte sie leise zu dem Mann neben sich, einem schlaksigen Kerl mit faltenreichem Gesicht. Er hatte sich als listenreicher Schwertkämpfer erwiesen, selbst in der Enge dieses Ganges. Sie wusste nicht einmal seinen Namen, dennoch schien er ihr so etwas wie Bewunderung und Verehrung entgegenzubringen.

»Hätte man sie gefangen genommen«, sagte er, mit wachsamen Blicken in Richtung des Gangendes, »dann wären nicht mehr so viele Soldaten hier unten.«

Leandra verstand, dass er Jacko und Hellami meinte, und nickte missmutig. »Wir wollen es hoffen«, erwiderte sie.

»Hat keinen Sinn, sie hier zu suchen«, fuhr der Mann fort. »Sieht aus wie ein riesiger Irrgarten. Wo sollen wir da anfangen? Außerdem müssten wir ununterbrochen kämpfen. Wer weiß, wie viele Soldaten da noch sind.«

»Es *ist* ein Irrgarten«, gestand sie ein. Auch ihr fiel nichts ein, was sie hätten tun können. Der Gedanke, dass Hellami und Jacko verzweifelt auf ihre Hilfe warten mochten, lastete in ihrem Magen wie ein riesiger Stein.

»Leandra!«, zischte es von hinten.

Sie wandte sich um und sah einen Mann durchs Wasser auf sie zu waten, den sie bisher nur am Rande wahrgenommen hatte. Dass nun jedermann ihren Namen kannte, daran musste sie sich erst gewöhnen.

»Hier – das habe ich da hinter einem Felsen gefunden!«

Es handelte sich um ihre und Hellamis Ausrüstung sowie Jackos Hemd und Lederweste. Sie überlegte und kam zu dem Schluss, dass es vielleicht ein Hinweis darauf sein mochte, dass sie entkommen waren. Denn nur das Schwert fehlte. Das mochte Hellami zur Verteidigung gedient haben; hätten die Soldaten die Sachen gefunden, läge nun sicher gar nichts mehr hier. Der mögliche Verlust des Schwertes wäre bitter, aber Leandra war froh, dass sie immerhin ihr geliebtes Kettenhemd und Munuels Büchlein zurück hatte.

Plötzlich entstand ein orangefarbenes Glimmen in der Luft.

Der feine Nebel schien zu leuchten und Leandra fuhr alarmiert herum. Sie winkte ihre Männer nach hinten. »Verschwindet!«, zischte sie und öffnete im selben Augenblick ein Aurikel der fünften Stufe.

Es handelte sich um eine Erd-Iteration, welche die meisten Schutzmagien erlaubte. Sie wusste noch nicht, was dieses Glühen zu bedeuten hatte, und hielt sich bereit, zur Abwehr einen der zahlreichen Schlüssel zu setzen, die sie monatelang gepaukt hatte. Dann plötzlich verstand sie es.

»Raus aus dem Wasser!«, schrie sie und beeilte sich, den seitlichen Felssteg zu erreichen. Die meisten Männer reagierten sofort, einer jedoch stand zu weit abseits und schaffte es nicht mehr.

In dieser Sekunde verfärbte sich das Wasser auf eine Weise, als habe jemand an der anderen Seite ein riesiges Tintenfass hineingekippt. Leandra sah, dass es breiig und schmutzig blau wurde, und machte einen verzweifelten Schritt auf den Mann zu, um ihm die Hand zu reichen. Aber es war zu spät.

Als die schmutzig blaue Färbung seine Stiefel erreichte, begannen sich diese in rasender Geschwindigkeit aufzulösen und er fing an zu schreien. Es war ein furchtbarer Schrei, ein Schrei voller Schmerz und Verzweiflung. Er war nicht mehr in der Lage, sich weiterzubewegen; sie mussten mit entsetzten Blicken mitverfolgen, wie er tiefer sank und sich von unten her alles auflöste, was das Wasser berührte. Es dauerte einige furchtbare Augenblicke, bis das Grauen vorüber war. Die meisten hatten sich abgewandt und Leandra war angewidert von dieser abscheulichen Magie.

Es erhob sich die Frage, ob es überhaupt *anständige* Kampfmagien gab, waren sie doch alle darauf aus, den Gegner zu verletzen oder zu töten. Aber dies hier war wohl das Abstoßendste, was Leandra je zu Gesicht bekommen hatte. Wutentbrannt wandte sie sich um, setzte den Schlüssel *Maan* in ihr Erd-Aurikel und setzte damit den Wasserfluss in Bewegung. Es handelte sich wieder um eine ihrer geliebten mechanischen Energien, die sich so oft äußerst zweckmäßig einsetzen ließen. Schlagartig wurde das Wasser aus der Grotte gedrückt und schwappte in einer rasch sich aufbauenden Flutwelle dem Gegner entgegen. Sollten die Kerle sehen, wie ihnen ihre eigene Brühe schmeckte!

An den Schreien, die sich gleich darauf aus der anderen Richtung erhoben, erkannte sie, dass es mindestens ein paar erwischt hatte.

»Wir müssen von hier fort«, zischte sie. »Das wird nichts Gutes, wenn wir bleiben!«

Sie zogen sich zurück – umständlich, da keiner mehr einen Fuß ins Wasser setzen wollte. Als Letztes schlüpfte Leandra durch den Zugang zur Geheimtreppe. Dann stiegen sie ein gutes Stück aufwärts.

Leandra fragte sich, ob sie versuchen sollte, den Zugang zur Treppe hinter sich mit Hilfe der Magie einstürzen zu lassen. Aber das hätte gleichermaßen Jacko und Hellami den Fluchtweg versperrt, sollten sie noch frei sein.

Dann fasste sie einen Entschluss. »Du! Wie heißt du?«, fragte sie den Mann mit dem faltigen Gesicht.

Er wandte sich um. »Derin«, antwortete er.

»Derin, du bleibst noch einen Augenblick bei mir. Ihr anderen geht voraus. Wir kommen bald nach. Nun geht schon!« Sie bedeutete den anderen weiterzugehen; die Leute wandten sich nach kurzem Zögern um und stiegen die Treppe weiter hinauf.

»Was ist, Herrin?«, fragte Derin.

Leandra verdrehte die Augen. »Bleib mir mit diesem Blödsinn vom Leib!«, stöhnte sie. »Herrin! Wo hast du denn das her?«

Derin zuckte ratlos die Schultern.

»Du weißt ja, wie ich heiße, oder? Also, Derin, wir werden uns einen von den Burschen da unten schnappen. Ich muss wissen, was mit Hellami und Jacko ist! Ein Stück weiter unten ist eine gute Stelle. Da werden wir warten, bis sie heraufkommen. Den Ersten lass ich durch, den Rest werde ich wieder nach unten befördern und für eine Weile beschäftigen. Ich vertraue auf deine Erfahrung als Kämpfer. Schnapp dir den Burschen und quetsch ihn aus, ob er eine Ahnung hat, was mit Jacko und Hellami passiert ist. Ich kann nicht mehr ruhig schlafen, bevor ich das weiß!«

Derin nickte ernst. »Ja, gut.«

Leandra schnitt eine Grimasse. »Ich hoffe, es klappt so, wie ich es mir vorstelle. Komm jetzt!«

Sie marschierten zurück bis zu der besagten Stelle. Dort war der Treppenschacht ein wenig breiter und es gab eine Nische, in der sie sich verstecken konnten. Leandra, die ein kleines *Lokales Licht* kontrolliert hatte, ließ ihre Magie los und einen Augenblick später standen sie in vollkommener Dunkelheit. Sie warteten.

Es dauerte eine Weile, aber dann regte sich unten im Treppengang etwas. Sie hörten das Geflüster von Soldaten und sahen kurz darauf Fackelschein heraufkommen. Leandra drückte sich eng in die Nische; Derin war gleich neben ihr.

Kurz darauf erschien der Erste, er trug eine Fackel. Doch er sah Leandra und Derin schon ein paar Schritte, bevor er die Nische erreicht hatte, stieß einen Warnruf aus und wich zurück.

Derin erwies sich abermals als ein geschickter Mann. Er löste sich rasch aus den Schatten, rannte dem Mann ein paar Schritte hinterher und packte ihn. Leandra reagierte fast ebenso schnell. Als sie die beiden erreichte, schmetterte Derin dem Soldaten seine Rechte gegen das Kinn und dem knickten die Knie ein. Leandra schlüpfte an den beiden vorbei und stand schon im nächsten Augenblick direkt vor einem weiteren Mann. Sie erschrak, als sie in ihm einen Magier erkannte; er war ein dicklicher, großer Kerl mit dunkler Kutte und hatte eine blutrote Kordel um den Bauch geschlungen.

Der Mann prallte zurück. Mit großen Augen starrte er sie an.

Einem plötzlichen Geistesblitz folgend, ging sie die Sache ganz anders an. »Weißt du, wer ich bin?«, fragte sie ihn mit scharfer Stimme und schritt auf ihn zu.

Der Magier wich zurück, zu verdattert, um im Augenblick daran zu denken, eine Magie zu wirken. Sie behielt Recht: Leute, die gewöhnlich aus der Entfernung angriffen, bekamen plötzlich Skrupel, wenn sie ihrem Gegner direkt ins Auge blicken mussten. Sie hatte das bei diesem Duuma-Magier im *Roten Ochsen* selbst erlebt und hätte sich beinahe nicht dazu entschließen können, den Mann zu töten.

Sie stieß ihn mit der Faust vor die Brust. Er taumelte einen weiteren Schritt zurück. »Na? Was ist?«, rief sie, ihre Stimme voll schneidender Schärfe. Die Männer hinter dem Magier wichen ebenfalls zurück, offenbar verfehlte ihr seltsamer Auftritt seine Wirkung nicht.

»Bist du … die *Adeptin?*«, fragte er, sichtlich erschüttert.

Sie nickte. »Ganz recht. Und du musst der Kerl sein, der eben diese Schweinerei von einer Magie gewirkt hat! Weißt, du, was ich jetzt mit dir mache? Mit dir und deinem verfluchten Pack?«

Sie spürte, dass er Kontakt zum Trivocum aufnahm, aber er war dabei nicht sonderlich geschickt. Es dauerte zu lange, und sein Versuch, eine Öffnung hineinzureißen, misslang kläglich. Obwohl Leandra allen Grund gehabt hätte, diesen Kerl auf der Stelle zu Asche zu verbrennen, tat sie es nicht. Noch immer verspürte sie keine Lust, so zu werden wie ihre Gegner. Sie nutzte ihren Vorteil, nahm einen raschen Schritt Anlauf und trat dem Kerl mit aller Kraft gegen die Brust. Er verlor sofort das Gleichgewicht, stürzte hintenüber und riss seine gesamte Mannschaft, die nah hinter ihm drein marschiert war, mit sich in die Tiefe.

Die Treppe war vergleichsweise steil und des Ergebnis war durchaus befriedigend. Die Männer polterten unter Geschrei ein gutes Stück abwärts; viele mussten sich verletzt haben, bis sie endlich zum Stillstand kamen. Leandra hörte bald nur noch das Gestöhne und

Geächze des ganzen Trupps, der irgendwo dort unten übereinander gepurzelt sein musste.

Sie schloss kurz die Augen, um sich auf den Schlüssel einer Wassermagie zu besinnen. Sie fand ihn und setzte ein machtvolles Aurikel der sechsten Iterationsstufe. Stygische Energien begannen zu fließen, die dem unter ihr liegenden Gang schlagartig die Wärme entzogen. Innerhalb von Sekunden verwandelten sich sämtliche Wassertröpfchen in der Luft zu Eiskristallen. Die Wände des Treppenganges beschlugen augenblicklich mit Reif und ein klirrend kalter Frosthauch fuhr in die Tiefe hinab.

Sämtliche Männer dort unten mussten, nach ihrem Aufenthalt in den Grotten, feuchte Kleider tragen; sie hatte es gemerkt, als sie dem Magier ihre Faust gegen die Brust gestoßen hatte. Erstickte Schreie drangen von unten herauf und die zu schneidendem Frost erstarrte Luft drang wie eine eisige Bö in die Tiefe. In der sechsten Iterationsstufe würde diese Frostmagie eine Kälte wie in den eisigsten Gegenden von Vulkanoor hervorrufen, und das war für Leute in nassen Kleidern eine sehr üble Sache. Wenn dem Magier dort unten nicht sehr bald eine Gegenmaßnahme einfiel, würden einige von ihnen Erfrierungen davontragen. Leandra hoffte darauf, dass sie das für einige Zeit beschäftigen würde.

Langsam zog sie sich zurück. Derin müsste inzwischen seine Aufgabe bewältigt haben und mit Glück konnten sie in wenigen Augenblicken von hier verschwinden – ohne dass sie dazu gezwungen war, ein Blutbad anzurichten. Sie beobachtete die dunkle Treppe noch für kurze Zeit, dann wandte sie sich um und stürmte die Stufen hinauf. Kurz darauf stieß sie auf Derin, der eine Fackel hielt.

»Alles klar«, sagte er leise. »Sieht so aus, als suchten sie noch. Er wusste, dass man zwei Leute verfolgt, die man bisher noch nicht gefunden hat. Ob sie jetzt noch immer frei sind, weiß natürlich keiner.«

Trotz ihrer Erleichterung über diese Nachricht blieb Leandra an einem Wörtchen hängen, das Derin geäußert hatte. »*Wusste*?«, fragte sie scharf. »Was meinst du damit? Wo ist dieser Kerl jetzt?«

Derin deutete den Gang hinab. »Du bist eben an ihm vorbeigerannt. Da unten liegt er.«

»Soll das heißen … du hast ihn *umgebracht*?«

Derin zuckte die Schultern. »Er hätte verraten können, was wir von ihm wissen wollten!«

Leandra stieg der helle Zorn ins Gesicht und sie ballte die Fäuste. »Du hast allen Ernstes einen wehrlosen Mann getötet, der sich in deiner Gewalt befand?«

Wieder zuckte Derin mit den Schultern. Er schien sich keiner Schuld bewusst.

Leandra riss ihm die Fackel aus der Hand. »Dreckskerl!«, fuhr sie ihn an. »Du bist auch nicht besser als die! Geh mir aus den Augen!«

Damit ließ sie den verdutzten Derin stehen und stürmte wütend die Treppe hinauf.

36 ♦ Freundschaften

Es war Nachmittag, als Leandra wieder erwachte. Sie war im Morgengrauen aus den Quellen von Quantar zurückgekehrt, hatte die Nachrichten über Jacko und Hellami überbracht und sich dann mit ein paar Decken in einen der oberen Räume im *Roten Ochsen* zurückgezogen.

Der *Rote Ochs* war inzwischen längst nicht mehr der Brennpunkt der Kämpfe; während sie schlief, rückte dieser noch weiter voran. Die Reihen der Aufständischen wuchsen und die Leute der Bruderschaft wurden zurückgedrängt. Der große Unterschied lag darin, dass die Duuma, die Stadtwache oder Guldors Schergen, die gegen sie kämpften, keinen Nachschub an Leuten aus dem Volk erhielten. Sie hingegen schon. Stündlich wurden es mehr, während die Gegenseite mit dem auskommen musste, was sie hatte.

Dennoch erging es der Stadt Savalgor in diesen Stunden schlecht. Viele Gebäude brannten – und was brannte, stürzte auch bald ein. Andere Gebäude gaben der Wucht entfesselter Magien nach und viele Menschen kamen in den Trümmern um. Vendar, Caan und andere Kommandanten bemühten sich, die Eroberung der Stadtteile so rasch wie möglich voranzutreiben, was ihnen zuletzt auch immer leichter fiel, da der Zustrom an Leuten, die den Aufstand unterstützten, bald in fast schon beängstigendem Maß anwuchs. Nicht selten geschah es, dass sich ganze Posten und Wachstreifen der Stadtwache nach kurzem Gefecht ergaben und komplett überliefen. Savalgor war schon immer die freieste Stadt des Landes gewesen, und sie war dabei, sich mit einem heftigen Aufatmen aus der gewaltsamen Umklammerung zu lösen.

Leandra wurde nicht vom Kampfeslärm wach, denn der war inzwischen weit vom *Roten Ochsen* fortgerückt. Es war die vierzehnjährige Catya, die sie weckte, das junge Mädchen, das sie noch in der Nacht aus der Gewalt Guldors befreit hatte.

Leandra setzte sich auf ihrem Lager auf, rieb sich gähnend die Augen und zauste dann dem Mädchen lächelnd die Haare. »Hallo, Catya. Geht es dir gut?«

Catya nickte. »Ja. Vielen Dank, dass du uns hier herausgeholt hast.«

»Schon gut. Du weißt ja, ich war hier selbst mal Gefangene. Zusammen mit ein paar anderen …«

»Ja, ich habe Azrani und Marina schon kennen gelernt.«

Leandra zog die Brauen hoch. »Azrani und Marina? Sind die etwa hier?«

Catya nickte. »Ja. Wir haben dir schon eine Weile beim Schlafen zugesehen. Du siehst dabei richtig süß aus, wie eine Katze. Sie wollten dich nicht wecken und sind jetzt unten, bei Meister Jockum.«

Leandras Miene hatte sich bei dieser Nachricht zu einem freudigen Grinsen verzogen. Sie erhob sich rasch und zog sich an. Endlich legte sie auch wieder ihr Kettenhemd an. »Zeig mir, wo sie sind!«, sagte sie und schob Catya vor sich aus dem Zimmer hinaus.

Catya eilte die Treppe hinab, und als Leandra an ihrem oberen Ende erschien, ertönten sofort wieder Hochrufe aus der Schankstube. Die Menge der dort Anwesenden überstieg inzwischen das, was der *Rote Ochs* überhaupt aufzunehmen in der Lage war. Leandra seufzte, hob kurz grüßend die Hand und folgte Catya. Als sie unten ankamen, waren Azrani und Marina beide schon aus der Küche getreten.

Die Begrüßung war stürmisch und voller Tränen und Worten der Erleichterung. Leandra stellte mit ehrlicher

Freude fest, dass sich aus Azrani eine bildschöne junge Frau entwickelt hatte. Sie war es eigentlich schon immer gewesen, nur hatte sie damals unter so schlimmen Selbstzweifeln gelitten, dass davon nichts zum Vorschein gekommen war. Azrani war mittelgroß und trug ihr leicht gewelltes, dunkelbraunes Haar nunmehr zu einem Pferdeschwanz zusammengebunden. Das stand ihr gut. Ihr Kleid war hübsch und sie wirkte sehr gepflegt. Es tat Leandra gut zu sehen, dass sie sich so prächtig entwickelt hatte. Auch die hoch gewachsene, dunkelhaarige Marina hatte nun einen listigen Ausdruck in den Augenwinkeln und ihr Lächeln zeugte von neuer Selbstsicherheit. Früher hatte sie sehr zurückhaltend, steif und unsicher gewirkt. Woher der Wandel der beiden rührte, vermochte Leandra nicht zu sagen.

»Wir haben schon von Hellami gehört«, sagte Azrani bedauernd. »Hoffentlich ist ihr nichts zugestoßen!«

Leandra zwang sich zu einem Lächeln. »Sie ist ziemlich klug«, sagte sie. »Na ja – nicht immer. Aber ich denke, ihr wird etwas eingefallen sein. Außerdem ist Jacko bei ihr – ein riesiger Kerl und einer der besten Kämpfer, die ich je gesehen habe. Wenn der sie nicht beschützen kann, dann kann es niemand.«

Leandra spürte, wie sich Catya an ihre Seite schmiegte. Sie legte den Arm um die Schulter des jungen Mädchens. Dieses Gefangenenzimmer dort oben, so fluchenswert es auch war, schien immer wieder neue Freundschaftsbande zu schmieden.

»Seht ihr euch oft?«, fragte Leandra, an Azrani und Marina gewandt.

Marina winkte ab. »Wir stecken dauernd zusammen.« Sie lächelte Azrani zu. »Hat uns beide schon ein paar Verehrer gekostet.«

Azrani kicherte. Sie beugte sich in Leandras Richtung und zwinkerte vielsagend mit einem Auge. »He, wir müssen reden. Wir haben Neuigkeiten für dich!«

Leandra zog die Augenbrauen hoch. Azranis unschlüssige Blicke wiesen in Richtung Catya. Leandra hob erklärend die linke Hand. »Ich glaube wirklich, sie darf alles hören. Sie hat uns schließlich gerettet. Sie und ihre Freundinnen.«

Azrani und Marina sahen sich fragend an. Leandra wurde klar, dass die beiden offenbar nichts davon wussten, dass Catya selbst eine Gefangene Guldors gewesen war und zusammen mit den anderen drei Mädchen die rettende Verstärkung geholt hatte. Leandra erklärte es ihnen.

»Wir haben während der ganzen Zeit nicht gefaulenzt«, sagte Azrani leise. »Unser Schwur, du weißt schon, den haben wir nicht vergessen. Du wirst staunen, was wir alles in Erfahrung gebracht haben!« Sie sah sich nach einem ruhigen Ort um.

»Kommt, lasst uns in die Küche gehen«, sagte Leandra. Sie hatte gesehen, dass sich Hochmeister Jockum dort aufhielt.

Sie gingen hinein und das persönliche Vorstellen wurde förmlich wiederholt – obwohl Jockum die beiden Mädchen schon kennen gelernt hatte. Nun erfuhren Azrani und Marina auch, dass Jockum der ehemalige Primas des Cambrischen Ordens war. Marina, die Tochter aus hohem Hause, machte einen respektvollen Knicks vor ihm, bei dem Leandra beinahe laut losgelacht hätte. Sie setzten sich.

Catya wechselte nun zu Hochmeister Jockum und schmiegte sich an den alten Mann. »Sie ist ein Straßenkind«, erklärte Jockum. »Sie hat keine Eltern mehr und ist ganz allein. Aber wir haben uns schon angefreundet. Sie will einmal Magierin werden.«

Leandra seufzte und winkte ab. »Das ist wahrlich nicht immer ein Vergnügen«, sagte sie. »Bist du sicher, dass du das willst?«

Catya nickte. Sie war zierlich und nicht sehr groß für eine Vierzehnjährige. Ihre Augen waren groß und dunkelbraun, und obwohl sie nicht sehr gepflegt aussah, konnte man leicht erkennen, dass sie in ein paar Jahren, mit den entsprechenden Kleidern und einer hübschen Frisur, so manchem Burschen den Kopf verdrehen würde. Wenn sie das dann noch wollte. Leandra erinnerte sich schmerzlich an diesen abartigen Magier, der ihr die wohl schlimmste Seite eines Mannes überhaupt gezeigt hatte.

Azrani ergriff das Wort. »Damals, nachdem wir diesen Mönch gesehen und an Hellami in Minoor geschrieben hatten, dachten wir uns, dass es gut sei, möglichst viel herauszufinden, bis ihr kommt!«

Leandra schüttelte ungläubig den Kopf. »Dass ihr *kommt?* Wart ihr so sicher, dass Hellami mich holen würde und wir dann gemeinsam nach Savalgor kämen?«

Die beiden grinsten sich an. »Nach allem, was wir über dich und deine Heldentaten gehört hatten – ja!«

Leandra winkte ab. »Verschont mich mit diesen *Heldentaten!* Alle Leute hier wollen mich zu einer Heldin machen. Ich hab keine Lust, eine Heldin zu sein.«

Azrani und Marina sahen sich schulterzuckend an. Für sie schien es offenbar ein sehr erstrebenswertes Ziel zu sein, eine Heldin zu werden. Leandra wollte fort von diesem Thema.

»Woher wusstet ihr eigentlich, dass ich noch lebte?«, fragte sie. »Und wo Hellami sich aufhielt?«

»Ich hatte damals einen Freund«, erklärte Azrani. »Er war Jungmagier im Cambrischen Orden, aber er musste fliehen, als die Gilde zerschlagen wurde. Er hat mir einmal davon erzählt, dass er anwesend war, als eine Gruppe von hohen Magiern in das Ordenshaus zurückkehrte. Sie hatten, wie er hörte, einen furchtbaren Kampf in den südakranischen Hügeln durchstanden, es hatte sogar einen Toten gegeben …«

Leandra nickte. »… ja, das war Bamtori.«

»Stimmt, ich erinnere mich. So hieß er. Mein Freund

kannte die ganze Geschichte und er wusste auch, dass die Magier vier junge Frauen befreit hatten, die sich in der Gefangenschaft irgendwelcher Dunkelwesen befunden hatten. Da wurde ich natürlich neugierig. Vier junge Frauen – das passte nur allzu gut auf euch. Auf dich, Hellami, Roya und Jasmin. Ich ließ mir alles berichten.«

Leandra nickte verstehend. »Und woher habt ihr dann später erfahren, dass ich noch lebte? Nach dem Kampf in Unifar? Alle Welt dachte doch, ich wäre tot!«

»Von demselben Burschen«, gab Azrani bekannt.

»Um wen handelte es sich denn da?«, fragte Jockum von der Seite her.

Azrani blickte ihn unsicher an. »Hm – muss ich das sagen?«

Jockum hob abwehrend die Hände. »Nein, musst du natürlich nicht. Und ich will ihn auch nicht bestrafen. Schließlich war zu dieser Zeit der Orden zerschlagen. Wie ich das jetzt so sehe, müssen wir diesem Jungmagier eher dankbar sein. Möglich, dass er diese ganze Sache erst ins Rollen gebracht hat. So wie ich es verstanden habe, hat mit deinem Brief an Hellami alles angefangen.«

Azrani nickte. »Ja, so sieht es aus. Der Magier ist übrigens hier. Er heißt Jashin und kümmert sich um die Verwundeten da draußen.«

Hochmeister Jockum nickte befriedigt.

Azrani wandte sich wieder Leandra zu. »Jashin gehört zu Jacaires Leuten. Er ist leider … oder: zum Glück … etwas redselig. Aber es ist eigentlich alles meine Schuld. Ich ließ einfach nicht locker, ehe ich alles erfahren hatte. Ich wollte etwas tun … wegen unseres Schwurs, weißt du? Von Jashin erfuhr ich, dass Jacko einen berühmten Savalgorer Heiler nach Angadoor geschickt hatte. Den Rest reimte ich mir zusammen.«

Leandra lächelte schwach. Sie wollte schon erzählen, dass ihr dieser Heiler auch nicht hatte weiterhelfen können, ließ es dann aber doch. Sie wollte endlich erfahren, was Azrani und Marina herausgefunden hatten.

»Ihr habt etwas über Alina erfahren, stimmt's?«, fragte sie.

Beide nickten.

»Sie ist in Torgard. Schon mal von Torgard gehört?«

Sowohl Leandra als auch Hochmeister Jockum schüttelten die Köpfe.

Marina ergriff das Wort. »Wir haben uns ziemlich Mühe gegeben«, erklärte sie. »Torgard ist eine alte, geheime Festung, ein Rückzugsort für den Shabib aus alten Zeiten. Wenn es brenzlig wurde.«

»Von so etwas habe ich schon mal gehört«, sagte der Primas interessiert. »Wo liegt das, dieses Torgard?«

Marina deutete mit dem Daumen über die Schulter. »Draußen, vor der Küste. Innerhalb des Tores zum Akeanos.«

»Ach? Innerhalb des *Tores?*« Jockum gab sich erstaunt. »Dort liegt eine Festung?«

»Was ist das – das Tor zum Akeanos?«, fragte Leandra.

»Ein Stützpfeiler«, antwortete Azrani. »Eine halbe Meile weit draußen, vor dem Savalgorer Hafen. Er hat so eine Art Bogen, der zum Savalgorer Pfeiler herüberreicht. Wenn man von Osten kommt, sieht es aus wie ein riesiges Tor. Allerdings – es fährt niemand hindurch. Es wäre ein Umweg.« Sie grinste.

Hochmeister Jockum runzelte die Stirn. »Also im Inneren dieses Pfeilers? Nun, dann nehme ich an, dass sich auch die ganze Bruderschaft dort eingenistet hat.«

»Richtig«, bestätigte Marina. »Die *Bruderschaft von Yoor*. Ihr Anführer heißt Chast, und er ist dieser finstere Mönch, der damals Azrani ...«

»Ja, das wissen wir«, sagte Leandra. »Diesen Chast habe ich bestens kennen gelernt. Er ist sozusagen mein Lieblingsfeind.«

Azrani nickte. »Gegen den hast du auch in Unifar gekämpft, nicht wahr?«

»Ihr habt tatsächlich eine ganze Menge herausgefunden«, stellte Leandra anerkennend fest.

»Ja. Wir haben seit einem halben Jahr nichts unversucht gelassen. Wir wissen auch, wie man nach Torgard kommt.«

»Ach – tatsächlich?«

»Ja. Nicht viele Leute wissen, dass die Stützpfeiler und die Monolithen in Wahrheit durchlöchert sind wie ein Tharuler Käse. Das fängt bei den Quellen von Quantar an und zieht sich bis in den Savalgorer Pfeiler hinein. Es sollen verschiedene Wege nach Torgard führen. Die meisten davon wurden schon vor langer Zeit zugeschüttet, aber vom Palast aus soll es noch den einen oder anderen offenen Gang geben. Natürlich waren wir nicht da, das hätten wir uns gar nicht getraut. Aber wir haben in den Kellern der Basilika alte Karten gefunden, auf denen die Gänge eingezeichnet sind.«

»Ihr wart in der Basilika?«, stieß Jockum hervor.

Azrani und Marina grinsten. »Ja. Wir sind zu richtigen Kanalratten geworden. Ich glaube, wir haben im letzten halben Jahr die Strecke von hier bis Usmar in unterirdischen Gängen unter Savalgor zurückgelegt. Es ist unglaublich, was es da alles gibt. Wir haben sogar eine riesige Halle unter der Stadt entdeckt, mit einem See darin. So groß, dass ein Schiff darin herumfahren könnte.«

»Und ganz schön unheimlich«, fügte Marina hinzu.

Jockum schüttelte den Kopf. »Das ist ja unglaublich. Seit unserer Vertreibung damals habe ich versucht, einen Weg in die Basilika zu finden. Und ihr beiden Mädchen spaziert dort hinein, als wäre es nichts.«

Der Stolz stand Azrani und Marina ins Gesicht geschrieben.

»Und jetzt kommt das Beste«, sagte Azrani. »Wir

haben die Karten. Eine Menge alter Karten! Da sind Dutzende von Gängen verzeichnet – mindestens vier oder fünf, die vom Palast nach Torgard führen!«

Leandra stand auf. »Ist das wahr?«

»Wir haben sie natürlich nicht dabei, aber wir haben sie. Ich schwöre es!«

*

Eine fieberhafte Stimmung hatte sich im *Roten Ochsen* ausgebreitet. Vendar meldete, dass man mit ein bisschen Glück schon in wenigen Stunden das gesamte Hafenviertel kontrollieren werde. Der Osten der Stadt lag weiterhin ungefährdet in der Hand von Jacaires Leuten – dort gab es kaum Kämpfe. Im Norden allerdings, in der Gegend um das alte Cambrische Ordenshaus, das jetzt Sitz der Duuma war, hatte sich ein Regiment der Stadtwache verschanzt und leistete erbitterten Widerstand. Vendar ging davon aus, dass es dort viele Duuma-Magier gab, die den Soldaten einheizten und ihnen jede Möglichkeit nahmen, die Seiten zu wechseln. Glücklicherweise aber wurde dieser Teil der Stadt zunehmend von der Verbindung mit dem Palastbezirk abgeschnitten. Es war nur noch eine Frage der Zeit, bis man die Widerstand Leistenden zur Aufgabe zwingen konnte.

Damit blieb nur noch der Palastbezirk. Dort saßen der Hierokratische Rat und die Palastgarde, eine Truppe von legendärem Ruf. Im Augenblick hatte niemand eine Vorstellung davon, was passieren würde, wenn man sich gegen den Palast erhob.

»Wenn wir den Palast offen angreifen, gibt es ein Gemetzel«, sagte Vendar und deutete auf eine Stadtkarte, die Azrani kurz zuvor herbeigeschafft hatte und die nun auf dem großen Küchentisch lag. Ein rundes Dutzend Leute waren anwesend, unter ihnen Hochmeister Jockum, Meister Fujima, Vendar, Caan, Leandra, Marina und Azrani, sowie ein paar Männer und Magier von Jacaires Leuten, die offenbar wichtige Positionen innehatten. Leandra hatte darauf bestanden, diese Beratung in vertrautem Kreis abzuhalten, da sie fürchtete, jemand könne ihre Pläne ausspionieren. Hochmeister Jockum und Vendar hatten versucht, sie umzustimmen, denn sie waren der Auffassung, dass Leandra sich nun zeigen solle – die Leute wollten sie, die inzwischen schon berühmt gewordene Leandra, sehen und zu ihr aufblicken. Aber sie weigerte sich mit Entschiedenheit.

So musste der Rest der im *Roten Ochsen* anwesenden Leute ungeduldig in der Schankstube ausharren; zwei Männer passten auf, dass niemand in die Küche hereinplatzte. Die draußen wartenden Leute saßen auf Bänken und Tischen, hatten sich Querbalken an den Wänden zu Notsitzen gemacht oder hockten mit baumelnden Beinen auf dem, was noch von der Balustrade übrig war. Es war allgemein bekannt, dass in der Küche eine Beratung abgehalten wurde, und man wartete gespannt darauf, was beschlossen und wann zum Großangriff geblasen wurde.

»Der Palast ist eine Festung«, fuhr Vendar mit seiner Erläuterung in der Küche fort, »und vergleichsweise leicht zu verteidigen – besonders durch Magier. Wir können davon ausgehen, dass sich dort jede Menge dieser Bruderschaftler aufhalten. Und Chast wird die Möglichkeit, seine Pläne zu verteidigen, nicht aufgeben.«

»Und wenn wir den Palast einfach Palast sein lassen?«, fragte Marina. »Wozu brauchen wir ihn? Das Leben spielt sich in der Stadt ab. Es kann uns doch egal sein, wer dort drin sitzt und glaubt, er sei der Beherrscher der Stadt.«

Hochmeister Jockum stand auf und hob die Hand. »Das ginge niemals gut«, sagte er. »Eine Stadt wie Savalgor braucht ein Herz, einen Mittelpunkt, einen Herrschersitz. Die Leute wollen irgendwohin aufblicken und sich unter dem Schutz einer Macht fühlen. Wenn der wichtigste Punkt unserer Stadt ein Sitz des verhassten Gegners ist, wird Savalgor niemals mehr aufatmen – ja, dann wird es eines Tages selbst böse werden. Die Händler würden ausbleiben, keine Schiffe würden mehr kommen. Die Menschen würden fortziehen. Zuletzt bliebe nichts als eine Geisterstadt übrig, in der dunkle Gestalten leben, und spätestens dann würde Savalgor der Bruderschaft doch wieder in die Hände fallen.«

Gemurmel erhob sich, viele nickten beipflichtend.

»Und wenn wir sie aushungern?«

Vendar winkte ab. »Das würde lange dauern. Außerdem haben sie, soweit ich weiß, ein paar Sonnendrachen. Sie könnten sich Nahrungsmittel, ja sogar Waffen und Leute beschaffen.«

»Dann müssen wir sie eben *doch* angreifen«, rief ein anderer. »Wir müssen den Palast zurückerobern. Eher haben wir nicht gesiegt!«

Leandra hatte aufmerksam zugehört und erhob sich ebenfalls. »Nein«, sagte sie. »Wir müssen etwas *ganz anderes* tun!« Überraschtes Schweigen breitete sich aus.

Sie baute sich in der Mitte der Küche auf. Die Blicke aller ruhten auf ihr, gespanntes Schweigen war eingetreten.

»Es hat sich bestimmt schon herumgesprochen, dass ich kein Freund von ... *Gemetzeln* bin. Und wir haben eine viel aussichtsreichere Möglichkeit.«

Sie ließ ihre Worte wirken – inzwischen wusste sie, dass sie eine Menge Respekt genoss und auf diese Weise große Wirkung erzielen konnte.

»Es gibt eine junge Frau – ihr Name ist Alina«, fuhr Leandra mit fester Stimme fort. »Ich kenne sie, weil ich damals zusammen mit ihr hier eingesperrt war.« Damit deutete sie hinauf in den ersten Stock, wo das Zimmer lag, in dem man sie gefangen gehalten hatte.

»Sie wurde von einem Mönch verschleppt«, fuhr sie

fort, »von Chast, den wir damals noch nicht kannten. Der Tag ihrer Entführung war gleichzeitig der Beginn eines gewaltigen Plans von Chast. Aber wie gesagt, damals ahnten wir noch nichts davon. Ich und die anderen, wir leisteten den Schwur, sie wieder zu befreien, wenn es irgend möglich wäre. Und jetzt, da wir Chasts Pläne kennen, gibt es einen Grund für uns, der wichtiger ist als alle Freundschaft, die uns damals verband – denn Alina ist eine echte *Thronerbin*. Die einzige *noch lebende* Thronerbin!«

Erstauntes Gemurmel erhob sich.

»Ja, es ist wahr«, sagte Leandra. »Chast wollte sie damals entführen und die gesamte Shabibsfamilie ermorden lassen. Nur er allein wusste, dass Alina ein Kind aus der ersten Ehe des Shabibs war. Leider gelang es ihm, seinen teuflischen Plan durchzuführen. Die gesamte Shabibsfamilie wurde in einer blutigen Nacht im Palast ermordet, und er schob der Magiergilde – dem Cambrischen Orden – diese Gräueltat in die Schuhe. Das Ergebnis kennt ihr alle: Der Orden wurde aufgelöst, das Kriegsrecht verhängt und seitdem ist die Bruderschaft in Savalgor an der Macht!«

»Aber … was könnte er mit dieser Alina anstellen?«, fragte Meister Fujima. »Müsste er sie nicht heiraten, um Ansprüche auf den Thron geltend zu machen? Würde sie sich denn darauf einlassen? Oder … ist sie ihm am Ende hörig?«

Leandra hob die Hände. »Wir wissen leider nicht, auf welche Weise Chast sie zu seinen Zwecken zu missbrauchen gedenkt. Dass sie ihm jedoch hörig ist, bezweifle ich sehr. Ich habe Alina kennen gelernt und weigere mich zu glauben, dass sie mit einem Scheusal wie ihm auch nur einen Augenblick lang gemeinsame Sache machen würde.«

Wieder wurde Gemurmel laut.

»Tatsache ist jedoch, dass sie sich in seiner Gewalt befindet«, fügte Leandra hinzu. Das Gemurmel hielt an, die Männer diskutierten eifrig, was man nun tun sollte.

»Was auch immer Chast vorhat«, fuhr Leandra mit erhobener Stimme fort, »für uns ist Alina genauso wichtig wie für ihn. Wenn Alina bei uns wäre, könnten wir den Rat zur Aufgabe und die Bruderschaft zum Rückzug zwingen. Denn einer echten Thronerbin kann niemand den Zutritt zum Thron verwehren! Ganz besonders die Palastgarde nicht, die auf die Verteidigung und die Sicherheit der Shabibsfamilie geschworen hat. Auf der Garde lastet heute, nach der Ermordung der Shabibsfamilie, eine Blut- und Ehrenschuld von gewaltigem Ausmaß, und ich bin sicher, dass ihre Mitglieder augenblicklich jede Gelegenheit ergreifen würden, diese Schuld wenigstens zum Teil wieder gutzumachen. Nämlich dann, wenn irgendwo ein rechtmäßiger Thronfolger auftauchte. Und das ist unsere Chance!«

»Dazu müssten wir sie erst mal haben, diese Alina«, warf Caan ein. »Doch wo ist sie?«

Leandra hob die Arme. »Chast hält sie gefangen. Aber wir wissen, wo!«

Das Gemurmel schwoll weiter an. Leandras Nachricht versetzte die Anwesenden in Aufregung. »Dann befreien wir sie!«, rief einer.

Leandra ließ die Arme wieder sinken. Das wirkte wie ein Signal. Die Geräusche ebbten ab und die Anwesenden sahen sie gespannt und erwartungsvoll an.

»Es dürfte verdammt schwierig werden«, sagte sie. »Ich halte die Erfolgsaussichten zwar für größer, als wenn wir den Palast überfallen würden. Trotzdem, es wird sehr, sehr schwierig werden.«

Nach einigen Augenblicken stand Meister Fujima auf. »Aber … wenn wir diese Alina erst einmal haben«, sagte er, »dann haben wir wieder eine Shaba! Ist es das nicht wert?«

Leandra nickte bedeutungsvoll in die Runde. »Das ist der Punkt!«, stellte sie fest.

Für einen Augenblick herrschte vollkommenes Schweigen. Leandra konnte förmlich spüren, wie sich in den Köpfen der Anwesenden die Vorstellung von einer neuen Shaba formte. Und es war leicht zu erkennen, dass sie allen gefiel. Nach dieser langen Zeit des Terrors durch den Rat, die Bruderschaft und die Duuma war die Aussicht, eine neue, rechtmäßige Shaba zu haben, geradezu erhebend. Eine dem Volk nahe Herrscherin wie in früheren Zeiten, die den Leuten Gutes tat, den Rat unter Kontrolle hielt und das arg gebeutelte Savalgor wieder zum Blühen brachte.

Dann schwoll das Gemurmel wieder an, wurde lauter und aufgeregter, und Leandra wusste, dass sie gewonnen hatte. Es war auch nicht wirklich schwierig gewesen.

»He!«, rief einer von Jacaires Leuten. »Wo steckt sie? Ich haue sie da raus! Eigenhändig – und wenn es das Letzte ist, was ich tue!«

Plötzliche Hochstimmung erhob sich. Die Vorstellung, den Palast zu stürmen – wenn es denn gelang –, hätte nicht zwingend bedeutet, dass sich in Savalgor die Dinge wieder zum Besseren hin wandelten. Eine neue Shaba jedoch – das klang beinahe wie die Glocke, die ein neues Zeitalter der Blüte einläutete. Das war es, was die Bürger von Savalgor wollten.

»Komm, Leandra«, sagte Hochmeister Jockum dringlich. »Du musst es den Leuten da draußen sagen. Sie brauchen eine neue Hoffnung!«

Leandra trat erschrocken einen Schritt zurück und schüttelte dann den Kopf. »Nein, nein!«, sagte sie. »Es sind eine Menge unbekannter Gesichter da draußen. Da könnten sich Spitzel der Duuma in der Menge verbergen.«

Vendar meldete sich. »Das stellst du dir zu einfach vor«, sagte er beruhigend. »Unser Kampf ist erst ein paar Stunden alt. Gezielt Spione einzusetzen bedarf einer handfesten und sehr zuverlässigen Planung. Ich kann mir nicht vorstellen, dass jetzt tatsächlich schon jemand von der Gegenseite hier ist. Es würde mich allein schon wundern, wenn sie ahnten, dass wir ausgerechnet hier, im *Roten Ochsen*, Beratungen abhalten.«

Leandra gab sich nicht überzeugt. »Es könnte jemand aus eigenem Antrieb hierher gekommen sein. Um dann anschließend sofort abzuhauen und uns zu verraten!«

Nun lächelte Vendar breit. »Ich respektiere dich sehr, Leandra«, sagte er freundlich. »Aber glaub mir, ich habe bei weitem die längere militärische Erfahrung von uns beiden. Was ich dir sage, stimmt. Und außerdem: Ich habe selbst schon einmal etwas ausspioniert. Das tut keiner nur so aus Spaß. Du bist von Feinden umringt, und wenn nur einer davon je dein Gesicht gesehen hat, bist du verloren. Du wirst auf der Stelle in Stücke gerissen. Man trägt ständig eine Todesangst mit sich.« Er schüttelte den Kopf. »Nein, das ist wahrlich nicht so leicht. Ich wette, dass frühestens in fünf oder sechs Tagen da draußen ein Spion auftauchen wird. Und bis dahin dürfte sich die Lage schon gewaltig geändert haben.«

Hochmeister Jockum nickte eifrig. »Ja, ich glaube ihm, Leandra«, sagte er aufgeregt. »Und ich halte es für unendlich wichtig, dass du den Leuten da draußen jetzt Mut machst!«

Weitere bestätigende Rufe erhoben sich.

Leandra stand da und schnaufte. Was da von ihr verlangt wurde, ging über ihre Kräfte. »Kann das keiner von euch tun?«, fragte sie voller Furcht und Unsicherheit. »Ich meine, den Leuten sagen, was wir vorhaben …«

»Sie werden es *mit*entscheiden wollen, Leandra«, sagte der Hochmeister. »Verstehst du nicht? Sie wollen dich und es mit dir entscheiden und tragen! Sie wollen jemanden, der sie anführt, zu dem sie aufblicken können!«

Abermals meldete sich Vendar zu Wort. »Das stimmt, Leandra. Sie wollen alle nur dich. Dich sehen, eine neue Hoffnung mit dir verknüpfen. Jeder von ihnen wird heute Nacht noch sein Leben aufs Spiel setzen.«

Leandra ließ ein entnervtes Stöhnen hören. »Ich kann das nicht …«, begann sie hilflos, aber ihre Worte gingen im aufmunternden Geplapper der Anwesenden unter. Jeder wollte, dass sie hinaus zu den anderen ging, zumal sich die Unruhe und Erwartung durch den offenen Kücheneingang bis nach draußen fortzupflanzen begann. Schließlich gab sie sich geschlagen.

Vendar führte sie hinaus, aber als er sie dazu bewegen wollte, einen Tisch zu erklimmen, weigerte sie sich. Sie wandte sich zur Treppe und ging zwei Stufen hinauf, ehe sie sich befangen all den Leuten zuwandte. Mehr nicht. Totenstille hatte sich ausgebreitet.

Als sie dann in den Raum hineinblickte, sah sie viele, *sehr viele* Gesichter, es mochten über hundert sein. Aber jedes einzelne davon war erwartungsfroh und gespannt. In ihrer Unsicherheit suchte sie nach mürrischen, ablehnenden Gesichtern, aber sie fand keines.

»Also … ich danke euch«, begann sie zögernd. »Dass ihr alle mitmacht.«

Die Stille dauerte an. Die Leute wollten hören, was nun geschehen sollte. Leandra holte Luft und begann ihnen von Alina zu erzählen. Während sie es tat, studierte sie befangen die abgelegenen und dunklen Ecken des Raumes, versuchte zu erkennen, ob sich dort irgendwelche zwielichtigen Gestalten aufhielten, denen nicht zu trauen war.

Ihr Bericht über Alina jedoch rief bei den Leuten zuerst Überraschung, danach aber aufgeregte Neugierde und schließlich erwartungsvolle Vorfreude hervor.

»Wenn wir Alina befreien«, schloss Leandra ihren Bericht, »dann haben wir eine neue Hoffnung. Dann haben wir die Palastgarde und mit ihr wahrscheinlich auch die Stadtwache auf unserer Seite. Ohne diese beiden hat der Rat keine wirkliche Macht mehr. Alina kann den Thron besteigen, den Hierokratischen Rat auflösen und wir können die Duuma aus der Stadt jagen.«

Für einen Augenblick herrschte Schweigen.

»Wie ist sie denn, diese Alina? Taugt sie was?«, rief schließlich einer.

Leandra lächelte schwach und sagte: »Sie ist jung, aber sehr anständig. Ich bin ganz sicher, dass sie eine Shaba nach eurem Geschmack wäre!«

»Ist sie auch hübsch?«

»Sie ist die schönste Frau, die ich je gesehen habe!«, rief Leandra und in ihrem Gesicht spiegelte sich nun das Lächeln all der anderen.

»Du bist auch nicht übel!«, warf jemand ein.

»Gegen Alina bin ich eine Vogelscheuche!«, rief sie zurück. Ihre Laune hatte sich wesentlich verbessert. Dies war eine Form von Begeisterung, die sie gern auslöste. Kein blutrünstiger, grölender Mob, sondern Leute, die eine neue Zukunft sahen und bereit waren, dafür zu kämpfen – nicht abzuschlachten, sondern mit Verstand zu kämpfen.

»Wer kommt mit mir, um sie zu befreien?«, rief sie.

Natürlich meldeten sich alle, und die Stimmung im *Roten Ochsen* erreichte ihren Höhepunkt. Leandra stieg ein paar Treppenstufen höher und hob die Hände. Nach einer Weile legte sich der Lärm.

»Wir sind durch Glück – oder sagen wir besser: durch die Tüchtigkeit von zwei meiner damaligen Mitgefangenen -«, damit deutete sie auf Azrani und Marina, die weiter hinten neben Hochmeister Jockum standen, »an zuverlässige Karten gekommen, auf denen ausgedehnte Höhlen unter der Stadt und den Stützpfeilern eingezeichnet sind.«

Leandra wartete, bis die Männer den beiden jungen Frauen die angemessene Anerkennung gezollt hatten.

»Wie ihr vielleicht wisst«, fuhr sie fort, »gibt es unter der Stadt, angefangen bei den Quellen von Quantar und den Abwässerkanälen, ein riesiges Höhlensystem. Die Karten von Azrani und Marina sind offenbar so genau, dass wir glauben, damit weit vorstoßen zu können, ohne überhaupt irgendwem von der Bruderschaft über den Weg zu laufen. Mit Glück kommen wir sogar unbemerkt bis zu dem Ort, an dem Alina gefangen gehalten wird. Wir müssen natürlich alles noch viel genauer planen. Aber wenn wir klug vorgehen, mit mehreren Gruppen, die sich gegenseitig decken, können wir Erfolg haben.«

Die Leute nickten sich gegenseitig zu und fingen sogleich an zu debattieren, aber Leandras Plan schien ihnen ganz offensichtlich zu gefallen.

»Ich will die Besten unter euch!«, rief sie. »Unerschrockene Kämpfer für die verschiedensten Aufgaben. Wir werden, wie gesagt, mehrere Gruppen aufstellen; unsere eigentliche Kerngruppe wird jedoch nur aus wenigen Leuten bestehen. Ein paar Magier, ein paar geschickte Kämpfer. Ich selbst werde dabei sein, dazu noch Hochmeister Jockum, Meister Fujima – und drei von euch! Ich will keine Horde, sondern einen kleinen Trupp von … Künstlern!«

Wieder erhoben sich Begeisterungsrufe.

Leandra hob die Hände. »Dann geht es noch um die weiteren Gruppen. Wir brauchen Leute, die den Rückzug sichern, und weitere, die uns ein Stück begleiten und dann an vereinbarten Punkten warten, bis wir zurückkommen. Möglicherweise werden wir dann bereits verfolgt und brauchen Verstärkung.« Sie ließ die Hände sinken.

Es tat ihr gut zu sehen, dass die Leute sogleich mit Ideen und Mut an die Sache herangingen. Sie wusste nur allzu gut, dass der Plan, mitten in das Schlangennest der Bruderschaft vorzudringen, mehr als verwegen war. Aber man konnte die Sache auch von der Seite her betrachten, dass sich hier inzwischen die besten und klügsten Kämpfer und Magier der Stadt versammelt hatten – während die Bruderschaft wahrscheinlich *nur* in den Führungspositionen über wirklich gute Leute verfügte. Der Rest dürfte sich aus einem Haufen unfähiger Fanatiker sowie einer Anzahl zwangsweise verpflichteter Soldaten zusammensetzen. Wie stark eine solche Truppe war, konnte man leicht an ihren Erfolgen in diesem Kampf ermessen. Solche Leute versagten oder liefen sofort zu der Seite über, auf der es den dickeren Eintopf gab.

»So, das war's erst mal«, rief Leandra. »Sobald ihr eure Besten ausgewählt habt, werden wir uns daran machen, die Gruppen aufzustellen. An die Arbeit.«

Leandra stieg die Treppe hinab. Jeder, der sich berufen fühlte, bei diesem Kampf mitzumachen, würde sich beteiligen können, und wenn er nur bei dem letzten Posten dabei war, der den Rückzug deckte.

*

Die Planung schritt gut voran, etwa zehn kleine Gruppen aus vier bis sechs Leuten waren aufgestellt worden, aber je weiter dies voranschritt, desto schlechter wurde Leandras Laune.

»Was ist mit dir?«, fragte Vendar, der sie irgendwann in einer abgelegenen Ecke entdeckte. Er setzte sich zu ihr und legte ihr den Arm über die Schultern. Sie lehnte sich dankbar an ihn.

»Es ist wegen Chast, nicht wahr?«, fragte er. »Du hast Angst vor ihm.«

Sie blickte ihm in die Augen, um herauszufinden, ob er ihr dies als Schwäche auslegte, aber davon war nichts zu sehen.

»Ich kenne das«, fuhr er fort. »Ich stand auch schon so manchem Gegner gegenüber, der mir unbezwingbar erschien. Da weiß man nicht, ob man nicht lieber vorher schon aufgeben soll.« Er machte eine kurze Pause. »Aber das wäre ein Fehler – ein großer Fehler. Das hieße, seinem Gegner den Sieg zu schenken. Weißt du, was das Geheimnis ist?«

Sie sah ihn nur an.

»Chast hat auch Angst vor *dir!* Verstehst du? Du hast ihn schon einmal besiegt! Wahrscheinlich hat er sogar *große* Angst vor dir. Und das musst du dir zunutze machen. Verwirre ihn, täusche ihn, bis er glaubt, es sei allein noch die Frage, *wann* du ihn umbringst. Das wird ihn so verunsichern, dass du nur auf den entscheidenden Augenblick warten musst. Denk an diesen Magier da oben bei den Mädchen. Das war Karras. Kanntest du ihn?«

Leandra schüttelte den Kopf.

»Ein übler Bursche«, sagte Vendar. »Er war der Anführer einer Gruppe von Kampfmagiern. Und häufig anwesend, wenn die Stadtwache antreten musste. Der Kommandant der Wache unterstand ihm, glaube ich, direkt. Mit Sicherheit also war er einer der fähigsten Magier der Bruderschaft. Und du bist nur eine Adeptin … nein, eine *Jungmagierin* – und einem Kerl wie Karras eigentlich um Klassen unterlegen. Was meinst du?«

Leandra seufzte nur.

»Trotzdem hast du ihn besiegt«, schloss Vendar und seine Worte hatten etwas Triumphierendes. Er tippte sich gegen die Stirn. »Mit Köpfchen! Er war einfach überheblich, hielt sich für den Größten. Das war sein Untergang!« Er schürzte die Lippen. »Wie hast du das eigentlich geschafft?«

Leandra winkte ab. »Verrate ich nicht. Ein mieser Trick, aber er hat funktioniert. Leider hat Chast das bereits hinter sich. Seine Überheblichkeit hätte ihn damals beinahe das Leben gekostet. Aber leider nur beinahe. Diesmal wird er mit Sicherheit sehr viel vorsichtiger sein.«

»Ist er denn wirklich so mächtig?«, fragte Vendar zweifelnd.

Leandra seufzte noch einmal. »Das ist es ja, warum ich so viel Angst habe. Er ist … ein Monstrum. In magischer Hinsicht. Er kann Dämonen herbeirufen. Er kennt sogar Magien, mit denen er sich in Luft auflösen und verschwinden kann. So etwas ist eigentlich unmöglich.«

»Hm«, brummte Vendar nur. Es war offensichtlich, dass er nach Worten suchte, um Leandra aufzumuntern.

»Bisher habe ich mich fast immer nur verteidigt«, sagte Leandra. »Wenn ich in Bedrängnis geriet, fiel mir immer irgendwas Verrücktes ein – das mir dann letztlich half. Wenn ich aber jetzt da reingehe, nach Torgard, dann bin *ich* der Angreifer.« Sie sah deprimiert zu Boden. »Ich habe keine Ahnung, womit ich ihn überhaupt in Verlegenheit bringen kann.«

»Aber … hattest du denn nicht einen *Plan*, als du hierher kamst? Ich meine, irgendwas, mit dem du dir einen Erfolg ausgerechnet hast? Ich kann mir nicht denken, dass du …«

Leandra hob eine Hand. »Natürlich hatte ich das. Aber …«

»Was?«

Sie winkte ab. »Hat sich leider erledigt. Kann ich nicht mehr durchführen.«

»Und was war das?«, fragte Vendar neugierig.

Wieder studierte sie sein Gesicht. Dann blickte sie zur Seite. »Eine echt miese Sache. Erspar mir es, darüber reden zu müssen – jetzt, wo es ohnehin nicht mehr in Betracht kommt.«

Er sah sie unschlüssig an, entschied sich dann aber, nicht weiter nachzubohren. »Immerhin sind der Primas und Meister Fujima bei dir«, sagte er. »Nach allem, was ich weiß, sind sie die mächtigsten Magier des Ordens. Ich kann mir nicht vorstellen, dass dieser

Chast, so stark er auch sein mag, gegen diese *beiden* Männer ankommt. Und du selbst bist ja auch noch dabei!«

»Chast kennt keinerlei Skrupel«, sagte Leandra. »Der würde die ganze Stadt dem Erdboden gleichmachen, wenn es nötig wäre. Jockum und Fujima hingegen sind ehrenwerte Männer. Ich weiß nicht, wie das ausgeht.« Sie blickte zu ihm auf. »Kannst du nicht doch mitkommen?«

Sie hatten die Übereinkunft getroffen, dass Vendar hier im *Roten Ochsen* bleiben sollte, für den Fall, dass Leandras Plan versagte und sie und die anderen nicht mehr zurückkehrten, so schrecklich das auch klang. Jacaires Leute brauchten einen Anführer, der den Kampf gegen die Bruderschaft weiterführte – jetzt, da niemand wusste, was Jacko widerfahren war.

»Denkst du, ausgerechnet ich könnte etwas gegen Chast ausrichten?«

Ihre Stimme war leise geworden. »Ich weiß nur, dass es immer meine Freunde waren, die mir die Kraft gegeben haben zu siegen.«

Vendar spürte ein Gefühl von Wärme in sich aufsteigen. So verrückt ihre gemeinsame Nacht auch abgelaufen war, so viel Vertrauen hatte sie offenbar zu ihm gefasst. Er hatte ihr noch immer nicht gesagt, dass er verheiratet war, dass er eine Frau und zwei Töchter hatte, die im Osten der Stadt seit zwei Tagen auf ihn warteten und die er sehr liebte. Sein Abenteuer mit Leandra war eine Sache, die ihn sehr belastete – aber er hatte ihr vorgestern Abend einfach nicht widerstehen können. Er hatte nie vorgehabt, diese Sache mit ihr weiterzuführen, und zum Glück schien auch Leandra nicht daran zu denken. Dass sie ihn nun dennoch zu ihren Freunden zählte, und zwar zu denen, die ihr die Kraft zu siegen geben konnten, machte ihn froh. Er spürte, dass sie ihn brauchte.

»In Ordnung«, sagte er und richtete sich auf. »Ich

komme mit. Wir müssen einfach gewinnen. Und zwar im ersten Anlauf. Alles Weitere hat kaum noch Aussichten auf Erfolg. Und wenn du glaubst, dass ich dir helfen kann …«

Leandra atmete auf und schlang dankbar beide Arme um seinen Hals.

37 • Ramakorum

Das Wetter hatte sich verschlechtert, ganz in der Art eines bösen Omens. Dennoch waren sie ihm nicht unmittelbar ausgesetzt, denn die Drachen flogen einfach über die Wolken hinweg. Obwohl sie es vielleicht hätte froh machen sollen, den Naturgewalten einfach ein Schnippchen zu schlagen, befand sich Victors und Royas Stimmung nicht gerade auf ähnlichem Höhenflug wie der Kurs der Drachen.

Sie saßen beide auf Tiraos Rücken, nachdem sie ihren beiden Drachenfreunden klargemacht hatten, dass ihnen ein gemeinsames Fliegen lieber war. Ein Drachenrücken war breit genug für zwei und man konnte sich aneinander festhalten und hin und wieder miteinander reden. Tirao und Faiona verstanden das, weder er noch sie fühlten sich dadurch gekränkt, dass nun einer allein fliegen musste, während der andere die ganze Last trug. Morgen, am letzten Flugtag, wollten Victor und Roya auf Faionas Rücken fliegen.

Der Grund für ihre gedrückte Stimmung war die Begegnung mit Ulfa.

Der kleine Baumdrache, in dem der Geist des mächtigen Urdrachen Ulfa steckte, der damals vor langer Zeit von Menschenhand getötet worden war, hatte ihnen bewusst gemacht, dass es hier bei weitem nicht allein darum ging, ihren Gegner Chast auszutricksen. Nein, wenn man es genau nahm, war dieser das kleinere Problem.

Ein verdammtes Pech war wirklich, dass sie zwei Gegnern gegenüberstanden, die untereinander verfeindet waren, und dass sie sich nicht mit einem der beiden verbünden konnten. Gewöhnlich hätte einer von ihnen, wenigstens zeitweise, auf *ihrer* Seite stehen müssen. Aber das traf nicht zu. Sie würden Chast entwischen müssen, und nach den Andeutungen Ulfas hatten sie ebenfalls damit zu rechnen, gleichzeitig von den Drakken verfolgt zu werden. Diese Aussichten waren alles andere erhebend. Besonders, weil sie über keinerlei Macht verfügten. Chast hatte mächtige Magie zu Gebote, die Drakken zweifellos mächtige Waffen – aber sie, sie hatten gar nichts. Ein bisschen Magie von Roya und vielleicht die magischen Kräfte der Drachen. Aber das war vergleichsweise wenig. Wenn es ihnen nicht gelang, den Pakt schnell zu finden und sich dann aus dem Staub zu machen, hatten sie alle Aussichten, zu scheitern und getötet zu werden – sie und die Drachen. Ihr einziger Verbündeter war möglicherweise die Zeit – sofern sie den Pakt bald finden konnten.

Victor starrte missgestimmt in den Abend, während der Wind an seinen Kleidern und Haaren zerrte. Hier über den Wolken war es ziemlich kalt. Die Luft war in dieser Höhe ein bisschen dünner, er konnte nicht so leicht atmen wie weiter unten. Aber da sie keine körperlichen Anstrengungen zu vollbringen hatten, ging es.

Überall stachen rötlich graue Felspfeiler aus dem Wolkenmeer, vom Erdboden war nichts zu sehen. Victor fragte sich, wie sich die Drachen orientierten. Er wusste es nicht, aber die Drachen schienen vollkommen sicher zu sein, in welche Richtung sie zu fliegen hatten. Hier und da lugten grimmige Felsgipfel durch den Wolkenbrei, im Abendlicht funkelnd und drohend. Irgendwer schien sich eine besonders abweisende Kulisse für sie ausgedacht zu haben, um sie angemessen in diesem Reich zu begrüßen – dem Ramakorum, dem höchsten und größten Gebirge der Welt. Victor hatte

Geschichten von gewaltigen Bergriesen gehört, die bis fast zum Felsenhimmel reichten; auf dem Gipfel des höchsten Riesen, so behauptete eine Sage, könne man die Hand nach oben strecken und den Himmel berühren. Das allerdings dürfte nichts als ein Kindermärchen sein.

Das Ramakorum war wirklich eine menschenverlassene Gegend. Hier lebte so gut wie niemand, ein paar Fallensteller und Murgojäger vielleicht, aber auch nur in den Vorbergen. Es existierte überhaupt keine Möglichkeit, tiefer in die Berge hinein zu gelangen, sah man einmal von einem Drachen ab, der einen fast überallhin tragen könnte. Aber es gab wohl nur ganz wenige Menschen in der Welt, die über eine solche Möglichkeit verfügten. Und warum sollten sie den Wunsch haben, sich in diese unwirtliche und lebensfeindliche Bergwelt zu begeben, in der es nichts als Felsen, Wasserfälle und unzugängliche Täler gab, wo nichts zu holen war? Immerhin, Victor besaß einen Sinn für ungewöhnliche und aufregende Landschaften, und er hätte gern einen Blick auf diese wilde Bergwelt geworfen, die da unter ihm in dem endlosen Wolkenmeer lag. Aber das war ihm nicht vergönnt – es schien zum Plan desjenigen zu gehören, der sie hier auf so bedrückende Weise empfing. Er wusste, dass das Land noch abweisender werden würde.

Das Salmland, eine abgelegene Provinz südwestlich des Ramakorums, stand in dem Ruf, das Ende der Welt zu sein – wo es nichts als Wildnis, raues Klima und ein paar abgelegene Bergdörfer mit seltsamen Bewohnern gab. Die Hochebene von Noor hingegen, die noch nördlich des Salmlandes lag, war ein Reich der Sagen und Legenden. Oberhalb des Salmlandes gab es den mächtigen Landbruch, eine Felsklippe von einer Meile Höhe und über vierhundert Meilen Länge. Und dahinter lag die Hochebene von Noor.

Man sagte, das Wasser, das über die wenigen Wasserfälle aus der Hochebene herabkam, wäre nicht gut; dort oben sollten außer ein paar besonders hartgesottenen Murgoarten nur noch die gefürchteten Malachista leben – gewaltige Drachen, die Fleischfresser waren und lebende Beute schlugen. Ausgerechnet dort wollten sie hin. Die Festung von Hammagor musste nach der Karte, die Victor in der Basilika gesehen hatte, ganz im Norden der Hochebene von Noor am Meer liegen. Langsam erschien es ihm logisch, dass Sardin, der ehemalige Hohe Meister der Bruderschaft von Yoor, aus solch einer Gegend gestammt hatte. Er hatte Sardin gesehen, damals in Unifar, und das war für einen normalen Menschen wie ihn fast zu viel gewesen. Dieses höllische Wesen hatte so viel böse, vernichtende Gewalt ausgestrahlt, dass man in seiner Gegenwart beinahe keine Luft holen konnte.

Victor bemühte sich, all die finsteren Gedanken aus seinem Kopf zu vertreiben. Roya klammerte sich an ihn, und es war ein Glück, jemanden bei sich zu haben, der gewissermaßen das genaue Gegenteil von Sardin war – hier in dieser finsteren Welt.

Wie lange fliegen wir heute noch?, fragte er Tirao. *Dieser ewig zerrende Wind macht mir langsam zu schaffen.*

Tiraos Stimme klang teilnahmsvoll. *Wir sollten fliegen, solange es das Licht noch irgendwie erlaubt. Wir werden verfolgt, weißt du nicht mehr?*

Hat Ulfa gesagt, wie groß unser Vorsprung ist?

Nein, kam es zurück. *Aber ich denke, einen Tag Vorsprung sollten wir haben. Es darf nicht weniger werden.*

Victor seufzte resigniert. Ein Tag war nicht viel, zumal sie nicht wussten, wo in Hammagor der Pakt versteckt war. Victor war wirklich sicher, dass er sich in Hammagor befinden musste – alles deutete darauf hin. Inzwischen aber hoffte er, dass das Schicksal in dieser Hinsicht keine Überraschung für sie bereit hielt. Roya blickte zu ihm auf, und er sah, dass auch sie Tiraos Worte mitbekommen hatte. Sie klammerten sich noch fester aneinander – wie zwei Kinder, die gegenseitig Schutz suchten.

Bald darauf sahen sie, weit im Nordwesten, einen Riss in der Wolkendecke. Das Tageslicht war inzwischen stetig im Abnehmen begriffen und Victor hatte sich schon gefragt, wie die Drachen durch die Wolkendecke hätten fliegen wollen, ohne Gefahr zu laufen, gegen eine Felsspitze oder eine Bergflanke zu stoßen.

Dort drüben, sagte Victor. *Können wir dort landen?*

Ja, erwiderte Tirao. *Ich bin müde. Es wird das Beste sein. Wir hätten sonst einen Gipfel anfliegen müssen.*

Victor nickte verstehend.

Tirao und Faiona änderten den Kurs ein wenig. Als es schon ziemlich düster geworden war, erreichten sie den Riss in der Wolkendecke und schwebten durch ihn hinab.

Das Land darunter war, entgegen ihrer Hoffnungen, alles andere als einladend. Es handelte sich um eine Hochebene, die mit Geröll und Felsstücken von zyklopischen Ausmaßen übersät war. Keinen einzigen grünen Flecken gab es hier. Irgendwo lag ein stiller See; hier musste es vor nicht langer Zeit noch ausgiebig geregnet haben. Alles war nass und kalt. Faiona machte einen einigermaßen ebenen Flecken aus und die Drachen setzten zur Landung an.

An diesem Abend gab es nichts zu essen und auch kein Feuer, es schien, als habe sich alles gegen sie verschworen. Zum ersten Mal sah Victor, dass sich die beiden Drachen eng aneinander drängten – unterhalb eines Felsens, wo sie sich zum Schlafen einrollten. Er suchte sich zusammen mit Roya ebenfalls eine geschützte Stelle, wo sie es den Drachen gleichtaten. Angesichts dieser bedrückenden Umgebung und des kalten, nassen Wetters verspürte er heute nichts von seiner heimlichen kleinen Zuneigung zu Roya. Er war nur über die Maßen froh, ein warmes, lebendes Wesen bei sich zu haben, an dem er sich für die Nacht festklammern konnte.

Dann war das letzte bisschen Sonnenlicht verschwunden und die Nacht des Ramakorums brach an. Mit düsteren Gedanken im Kopf schlief Victor ein.

Der nächste Tag begann ein wenig besser.

Die geschlossene Wolkendecke war zum Teil aufgerissen, und nun zogen riesige, grauweiß aufgetürmte Wolkenberge über sie hinweg, durch die einzelne Sonnenstrahlen hindurchdrangen. Das machte das Land nicht unbedingt freundlicher, aber der Blick nach oben und die Wärme des Lichtes taten der Seele gut.

Victor konnte gar nicht früh genug wieder hinauf in den Himmel kommen, denn der Flug über den Wolken versprach mehr Licht, und das war der klammen Kälte hier unten bei weitem vorzuziehen, obwohl es droben wahrscheinlich noch kühler werden würde. Sie hatten nur noch wenig zum Essen bei sich und waren schon vorgestern dazu übergegangen, ihre Vorräte streng einzuteilen. Die Drachen begaben sich früh auf Futtersuche, aber sie kehrten bald ohne Ergebnis zurück. Hier gab es nichts, was sie hätten verwerten können. Victor wusste, dass Drachen wegen ihres großen Energiebedarfs auf sehr nahrhafte Kost angewiesen waren – meistens fraßen sie Goolanüsse, von denen es hier in diesem Gebirge jedoch herzlich wenig geben dürfte.

So tranken sie viel – Wasser aus dem nahen See –, und Faiona erwischte einen großen Fisch, über den sich beide Drachen hermachten. Dass Felsdrachen auch Fleisch fraßen, hatte Victor nicht gewusst. Aber das Biest schien ihnen nicht sonderlich zu schmecken, sie ließen das meiste davon übrig.

Im Laufe des Tages werden wir die Küste erreichen, sagte Faiona, nachdem Roya gefragt hatte, woher sie die Kraft für den langen Flug nehmen wollten. *Dann müssen wir eine Pause einlegen. Sicher finden wir dort Nahrung.*

Werden wir heute noch ankommen?, wollte Victor wissen.

Wenn der Wind günstig steht – ja. Es sieht im Augenblick ganz danach aus. Doch es wird spät werden. Wir müssen diesen Ort, den ihr Hammagor nennt, erst finden.

Es war noch früh am Morgen und Victor drängte darauf, bald loszufliegen. Bald waren sie wieder in der Luft und erfreulich schnell erreichten sie das Meer. Heute flogen sie auf Faionas Rücken, wie sie es vorgehabt hatten. Victor hatte sich aus dem Gedächtnis eine kleine Karte gezeichnet und vermutete, dass sie nun den Meerbusen von Mirnor überflogen. Mirnor war eine Hafenstadt am nördlichen Ende des Meerbusens und wohl das letzte besiedelte Fleckchen von Nordwest-Akrania zu nennen. Er hätte gern vorgeschlagen, die Stadt anzufliegen, um sich dort ein paar Vorräte und Decken zu beschaffen, aber das würde nicht gehen. Abgesehen von dem Aufsehen, das sie mit den Drachen erregt hätten, fehlte einfach die Zeit. Jede Stunde war nun kostbar und sie mussten mit hungrigen Mägen ihr Ziel ansteuern. Er nahm sich vor, sich das Festessen seines Lebens zu gönnen, wenn er diese Geschichte heil überstand.

Die Drachen verzichteten noch immer auf die Futtersuche, als sie die Küste erreichten, denn es gab keine Wolken über dem Meerbusen, und sie sahen eine Gelegenheit, dem schlechten Wetter davonzufliegen. Für eine Weile hielten sie sich nordwärts entlang der Küste.

Dann deutete Roya aufgeregt ein Stück voraus auf eine Landzunge. »Schau mal«, rief sie. »Könnte das Thoo sein? Die alte Ruinenstadt?«

Victor blickte in die angegebene Richtung und erkannte ein ungewöhnliches Muster von grauen, verwitterten Mauerkronen und verfallenen Türmen, die sich auf einer felsigen Landzunge erhoben. »Thoo?«, antwortete er. »Was soll das sein? Nie gehört.«

Roya antwortete nicht und starrte nur hinab. Victors

Aufmerksamkeit wurde auf diese Weise ebenfalls wieder auf die Ruinen gelenkt, und mit einem Mal sah er, was an ihnen so besonders war.

Es war ihre schiere Größe. Erst jetzt wurde ihm klar, dass so etwas wie ein Unterschied zwischen der tatsächlichen Entfernung zu der Landzunge und der scheinbaren Größe der Ruinen bestand. Sie wirkten viel näher als die Landzunge selbst. »Huh!« machte er. »Die sind ja riesig!«

Roya nickte. »Es gibt eine Menge Sagen um Thoo. Ich hatte mal einen alten Folianten, da stand so einiges drin. Thoo soll einst, noch vor dem Dunklen Zeitalter, die Herrscherstadt gewesen sein. Aber das ist nicht gewiss. Die Geschichtsbücher sprechen davon, dass damals eine Stadt namens Solmontaar die Hauptstadt war, aber deren Lage ist völlig unbekannt. Viele vermuten, dass es in Wahrheit dieses Thoo war. Vielleicht hieß es damals Solmontaar.«

»Warum ist es so riesig?«, rief Victor ihr durch den Wind zu, während sie sich der Ruinenstadt näherten. Die Mauern und Türme wirkten, als wären sie einst für ein Volk von Riesen erbaut worden, Riesen von der zehnfachen Körpergröße eines Menschen. Der Anblick war ebenso beeindruckend wie gespenstisch.

»Das weiß niemand. Vielleicht hat man damals auf diese Weise Macht und Größe darstellen wollen. In Thoo soll es viele Geheimnisse geben, aber niemand traut sich hinein. Man sagt, es wäre vom Dunklen Zeitalter besonders schlimm betroffen gewesen und wäre noch heute vollständig stygisch verseucht. Wenn das stimmt, muss es dort furchtbare Monstren geben.« Sie verzog das Gesicht, um ihm ihre Furcht anzudeuten.

»Warte nur, bis wir in Hammagor sind«, sagte er. »Wer weiß, was das für ein Gemäuer ist. Es liegt noch jenseits des Endes der Welt!«

Roya stieß ein leises Quietschen aus und klammerte sich an ihn.

Dann waren sie über die uralte Ruinenstadt hinweggeflogen und die Drachen schwebten nun über dem Meer. Es war eine Wohltat, über die weite Wasserfläche zu fliegen; sie blieben tief und versuchten die vom Wasser reflektierte Wärme und das Licht in sich aufzusaugen. Nach zweieinhalb Stunden erblickten sie wieder Land und erreichten kurz darauf die Gegend, in der nach Victors Annahme Mirnor liegen musste. Die Stadt selbst sahen sie aber nicht.

Dann gab es kein Halten für die Drachen mehr. Sie luden Victor und Roya direkt an einem sandigen Strand ab und flogen sofort wieder los. Hier gab es wieder eine vielfältigere Vegetation und eine gewisse Anzahl von Goolabäumen, wie Victor bereits gesehen hatte. Er und Roya suchten sich ebenfalls einen davon. Die großen Nüsse waren noch nicht reif und schmeckten holzig und bitter. Aber sie waren trotz allem genießbar und nahrhaft und die beiden schlugen sich nach Kräften den Bauch voll. Roya kam auf die Idee, so viele wie möglich mitzunehmen, um den Drachen noch einen kleinen Vorrat zu sichern. Nach allem, was sie über Noor wussten, würde dort vermutlich für hunderte von Meilen nichts mehr an Nahrung für sie zu finden sein.

Nach einiger Zeit kamen Tirao und Faiona gesättigt zurück. Victor glaubte fast sehen zu können, wie aufgebläht die Bäuche der beiden waren.

Es ist jetzt Mittag, sagte er zu Tirao. *Denkst du, wir können es heute noch bis Noor schaffen?*

Ich kenne das Land Noor nicht, erwiderte Tirao. *Nach allem, was man sich unter uns Drachen erzählt, soll es dort finster und gefährlich sein. Ich kann nicht sagen, wie schnell wir sein werden.*

Victor schluckte. Finster und gefährlich, echote es in seinen Ohren. Als ob sie nicht schon genügend Schwierigkeiten hätten.

*

Am frühen Nachmittag erreichten sie den Landbruch. Und es war wieder wie ein Omen. Hatte man das wilde, von dunklen Wäldern überwachsene Salmland noch einen freundlichen Landstrich nennen können, dann wirkte der Landbruch wie die Grenze zu einem wirklich finsteren Land.

Sie stießen nach oben durch eine tief hängende Wolkendecke, dann lag plötzlich die obere Kante des Landbruchs vor ihnen – und dahinter eine wahrhaft albtraumhaft erscheinende Welt.

Dort gab es kaum Helligkeit; kleine Sonnenfenster waren nur spärlich zwischen monströs wirkenden Felspfeilern verteilt, und ihr Licht war grau und ungesund – wenn es so etwas gab. Regungslose Nebelschwaden hingen wie Leichentücher über einer unendlich weiten, felsigen Ebene, die sich seltsam gleichmäßig und flach in die Ferne erstreckte. Alles war von dumpfer, rötlich grauer Farbe, und das Erstaunliche war, dass es hier und dort vereinzelt Bäume gab. Sie trugen jedoch keine Blätter – jedenfalls konnte Victor aus der Höhe keine erkennen –, sondern reckten ihre verkrüppelten und verwachsenen Äste wie Totenfinger in die Luft.

Victor spürte, wie sich Roya unwillkürlich duckte. Es war kaum zu glauben, dass ihre Welt, ein Ort so voller Licht, Farben und Wunder, auch ein so finsteres Gesicht besaß. Und es war beinahe noch weniger zu glauben, dass sich irgendein lebender Mensch, dem Blut in den Adern pulste und der ein Herz und eine Seele besaß, freiwillig an einen solchen Ort begab, um dort zu leben.

Natürlich – man konnte die fremdartige, dunkle Faszination dieser Hochebene von Noor nicht verleugnen, und Victors Dichterseele würde eines Tages ganz gewiss eine beklemmende Ballade aus den Eindrücken, die er hier gewann, schaffen. Aber ganz gewiss würde er dieser Welt auch sehr bald wieder entfliehen wollen. Er empfand sie als ein Gift für die Seele.

Sie glitten in geringer Höhe mit verhaltenem Tempo über die Ebene hinweg. Die Drachen mieden die Nähe zu den wuchtigen Felspfeilern, die wie gigantische Stümpfe abgestorbener Bäume aufragten und irgendwo weit oben in der Dunkelheit mit dem Felsenhimmel verschmolzen. Es war ein seltsam lautloses Dahingleiten, man mochte gar meinen, dass die Luft auf geheimnisvolle Weise dick und träge geworden war.

Das Meer ..., sagte Victor zu Faiona. *Kannst du das Meer spüren?*

Ja, antwortete der Drache. *Es liegt im Westen – noch weit von hier.*

Wie lange werden wir brauchen?

Faiona antwortete nicht gleich. *Noch viele Stunden.* Wieder legte sie eine Pause ein. *Dies ist kein gutes Land, Victor. Ich kann keine Anwesenheit irgendwelcher Drachen spüren. Wenn hier nicht einmal einer unserer Artgenossen lebt, dann ist das kein gutes Zeichen.*

Das verstehe ich, gab Victor zurück. *Ich würde am liebsten gleich wieder umkehren. Aber in Hammagor muss sich der Pakt befinden!*

Faiona antwortete nicht. Sie flog eine weite Kurve um einen breiten Pfeiler und wandte sich Richtung Westen. Tirao folgte ihr.

Bald wurde das Land unter ihnen noch düsterer, für etliche Meilen gab es kein Sonnenfenster mehr. Victor wandte den Kopf zu Roya, die sich wie ein kleines Kind seitlich an ihn geklammert hatte. Irgendwie hatte er kein gutes Gefühl mehr; die Gewissheit verdichtete sich immer mehr, dass der Pakt keinesfalls auf einem Tisch liegen würde, um einfach mitgenommen zu werden. Aber Victor kam es andererseits immer wahrscheinlicher vor, dass er tatsächlich in der Festung von Hammagor lag. Hätte er in der Rolle von Sardin einen so bedeutungsvollen Gegenstand verstecken wollen, so hätte er sich wohl ebenfalls ein Land wie dieses dafür ausgesucht. Es bot allein durch seine erschreckend finstere Ausstrahlung schon einen Schutz.

Sie glitten weiter über die Hochebene, und Victor schöpfte Hoffnung, dass sie rasch und unbehelligt ihr Ziel erreichen würden. Doch dann, nach einer Zeit bedrückenden Fluges durch dunkle Zonen, ereignete sich etwas.

Irgendwo in der Ferne, in einer Höhlung eines knorrigen, grotesk verdrehten Stützpfeilers, bewegte sich etwas. Etwas Riesiges. Roya erblickte es zuerst und richtete sich beunruhigt auf.

»Siehst du das?«, fragte sie und deutete nach Norden.

Victor schaute angestrengt in die angegebene Richtung. Das Licht war schwach, obwohl es erst Nachmittag war. Schließlich sah er es. Zunächst war es nur wie ein großer, dunkler Schatten, dann erkannte er, dass es sich um einen Drachen handeln musste. Einen Drachen von beängstigend gewaltigen Ausmaßen.

Tirao!, rief er erschrocken über das Trivocum. *Was ist das da vorn?*

Tirao schien, ebenso wie Faiona, den fremden Drachen noch nicht bemerkt zu haben; sie mussten sich zuerst orientieren.

Statt einer Antwort nahmen sie beide plötzlich mit aller Kraft Geschwindigkeit auf, stiegen höher empor und änderten ihren Kurs so, dass sie in die Nähe eines zerspellten Felspfeilers kamen, der abseits ihrer Flugstrecke lag. Victor sackte der Magen in die Knie.

»Das muss ein Malachista sein!«, keuchte Roya entsetzt.

Als Victor dies hörte, durchlebte er einen Augenblick hilfloser Angst. So war es ihm nur in einigen wenigen Momenten seines Lebens widerfahren – damals, als Lorin von Jacklor sein Todesurteil ausgesprochen hatte, oder später, als er in Unifar in jenen schwarzen Schacht gestürzt war, der sich in den Katakomben von Yoor unter ihm aufgetan hatte.

Malachista – das war ein Wort aus der Sagenwelt. Wiewohl jeder wusste, dass es diese Drachen wirklich geben musste, hatten nur die wenigsten Menschen jemals einen zu Gesicht bekommen – und von diesen hatten wiederum nur die wenigsten Gelegenheit gehabt, anschließend noch darüber zu berichten. Malachista – das sollten schrecklich große und böse Geschöpfe sein, mit gewaltiger Flügelspannweite und von furchtbarer Bösartigkeit. Jeder von ihnen lebte allein, und wenn sie sich paarten, war es ein Glücksfall, wenn beide Partner das überlebten. Sie griffen jedes lebende Wesen unerbittlich an, selbst wenn es die eigenen Artgenossen waren.

Tirao und Faiona nahmen immer mehr Geschwindigkeit auf, und zum ersten Mal erlebte Victor, wie es war, wenn ein Felsdrache wirklich *schnell* folg. Er und Roya klammerten sich am Hornkamm von Faiona fest, als sie wie ein Pfeil durch die Lüfte zischte. Victor bemerkte, dass sic sogar ein wenig schneller fliegen konnte als Tirao.

Der Malachista kam indes immer näher. Schließlich konnte Victor genau erkennen, wie das Monstrum aussah. Es war ein rötlich schimmernder Riesendrache, seine schuppige Haut reflektierte jeden Lichtstrahl in seltsam schwarzroter Farbe. Er war geradezu gewaltig. Seine Schwingen mochten die dreifache Spannweite eines Felsdrachen haben, sein Körper war ein schlanker Pfeil und sein Hornkamm war drohend und zackig wie das Blatt einer riesigen, schweren Baumsäge. Er schoss von rechts heran, und für Augenblicke war Victor schockiert von der unglaublichen Schönheit dieses Tieres, wenngleich es eine mörderische Schönheit war – wie die eines bezaubernden Goldfalters, dessen Flügelstaub sich mit dem Schweiß eines Menschen zu einem tödlichen Gift vermischte.

Doch dann ergriff nackte Angst Besitz von ihm und Roya; sie konnten nichts tun, als sich auf Faionas Rücken festzuklammern und zu hoffen, dass sie der Bestie irgendwie zu entkommen vermochten.

Dann war der Malachista heran. Wie ein monströses Geschoss stob er zwischen Faiona und Tirao hindurch, sein gewaltiges Maul schnappte nach Tirao, verfehlte ihn aber, als sich der Felsdrache nach unten durchsacken ließ. Faiona stellte im selben Augenblick die Schwingen ein wenig auf und wurde ruckartig nach oben getragen. Victor war später nie mehr in der Lage, das durchdringende Geräusch zu vergessen, das die aufeinander krachenden Kiefer des Malachista in diesem Augenblick erzeugten. Sein Maul wirkte wie ein riesiges Tor mit einer Reihe von gewaltigen Zähnen. Immerhin wäre alles schnell und schmerzlos zu Ende gewesen, wenn er sie erwischt hätte.

Victor verfolgte mit bis zum Hals schlagenden Herzen, dass Tirao zu Seite wegfiel und den Malachista verfolgte. Er hatte kurz etwas über das Trivocum mitbekommen – anscheinend hatten sich Tirao und Faiona über ihre Vorgehensweise verständigt.

Atemlos blickte er Tirao nach, während Faiona sich, immer mehr Geschwindigkeit aufnehmend, in flachem Winkel absinken ließ, um Abstand zwischen sich und den Angreifer zu bringen. Tirao, inzwischen mit beängstigender Geschwindigkeit fliegend, überholte den Malachista von schräg hinten und ließ in diesem Augenblick einen grellen Strahl weißer Magie auf seinen Kopf niederfahren. Einen Augenblick später drehte er nach links ab und schoss davon.

Der Malachista stieß ein markerschütterndes Brüllen aus. Er stellte seinerseits die Schwingen in den Wind, beschrieb eine weite Kurve und verfolgte Tirao. Da sah Victor, auf welche Weise sie vielleicht entkommen mochten. Trotz der mörderischen Kraft und Größe der Bestie und der wohl auch höheren Fluggeschwindigkeit konnte der Malachista es bei weitem nicht mit der Wendigkeit eines Felsdrachen aufnehmen. Bis der Riesendrache seine Flugkurve auch nur eingeleitet hatte, war Tirao schon wieder ganz woanders und stieß ein weiteres Mal von schräg hinten auf ihn nieder. Der Größenunterschied zwischen den beiden Drachen war wohl wie der zwischen einer Taube und einem Adler, aber in diesem Fall war die Taube um ein Vielfaches beweglicher.

Victor sah wieder jenen grellweißen Blitz, dann gerieten die beiden Kämpfer hinter einem Pfeiler außer Sicht. Faiona hatte schon ein, zwei Meilen Raum gewonnen und schoss nun mit atemberaubender Geschwindigkeit knapp über dem felsigen Grund dahin, offenbar in der Absicht, im Schutz des Bodens und irgendeiner sich bietenden Deckung zu entkommen.

Faiona!, stieß Victor hervor. *Was ist mit Tirao? Der Malachista wird ihn töten …*

Faionas Antwort war seltsam ruhig. *Tirao wird entkommen. Sorgt euch nicht. Er wird ihn ermüden und verletzen, bis er so schwach ist, dass er Tirao nicht mehr verfolgen kann.*

Victor glaubte dennoch aus Faionas Worten die Sorge heraushören zu können – eine Sorge, die auch er empfand. Sollte Tirao etwas zustoßen … nein, er mochte überhaupt nicht daran denken.

Faiona raste unbeirrt weiter, knapp über dem felsigen Boden und zwischen einer Unzahl von Gesteinstrümmern, Felsen und Felspfeilern hindurch. Victor empfand zunehmend Bestürzung darüber, wie sehr sie Tirao im Stich ließ, bis ihm endlich klar wurde, dass sie keine Chance im Kampf gegen den Malachista hatte. Sie trug ihn und Roya auf dem Rücken und hätte nicht annähernd die Möglichkeit gehabt, solche Manöver zu fliegen wie Tirao. Und das wäre notwendig gewesen. Allein deswegen war es schon ein ungeheueres Glück, dass sie sich entschlossen hatten, gemeinsam auf dem

Rücken von nur einem Drachen zu fliegen. So konnten sie fliehen, während der andere den Malachista ablenkte.

Schließlich, als sie gute zehn Meilen in rasender Geschwindigkeit hinter sich gebracht hatten, ging plötzlich ein Ruck durch Faionas Körper. Victor empfand einen ebensolchen Schock, denn er wusste plötzlich, dass sie über das Trivocum eine Empfindung verspürt haben musste. Den Augenblick des Todes.

Victor wusste nicht, was er tun sollte. Er hätte am liebsten aufgeheult und wäre einfach von ihrem Rücken herabgesprungen, um zurückzurennen und den Malachista mit bloßen Fäusten totzuschlagen. Er griff sich trotz der Gefahr, von Faionas Rücken heruntergeweht zu werden, mit beiden Händen an den Kopf und stieß einen ohnmächtigen Schrei aus. Dann aber, nach Sekunden, da er nicht mehr wusste, was er tun sollte, um Herr dieses unsäglichen Schmerzes zu werden, hörte er Faionas Stimme.

Sie klang erleichtert. *Der Malachista ist tot,* sagte sie.

Victor vergaß für einen Moment das Atmen. Er merkte, dass Roya, die jede Einzelheit ebenfalls mitbekommen hatte, ihn festhielt, ihn am Sturz von dem Drachenrücken gehindert hatte. »Was …? *Was* sagst du da?«, keuchte er.

Es war der Malachista, antwortete Faiona. *Nicht Tirao. Ich dachte auch zuerst …*

Victor sackte in sich zusammen. Die Erleichterung, die er empfand, verschaffte ihm einen Schwindel, sodass er verzweifelt versuchte, sich irgendwo festzuhalten. Roya packte ihn fester und zog ihn zu sich.

Tirao ist zum Glück wohlauf, hörte er Faionas erleichterte Worte. *Er fliegt uns bereits hinterher.*

Roya sah zu Victor auf und stieß einen Luftschwall aus. Victor merkte plötzlich, dass er bei der Vorstellung von Tiraos Tod für Momente die Kontrolle über sich verloren hatte. Diese Drachen waren so stolze und aufrichtige Wesen, dass ihm der Tod auch nur eines einzigen von ihnen im Laufe ihrer Suche nach dem Pakt wie eine kaum zu beschreibende Tragöde vorgekommen wäre. Victor überkam noch einmal die Erinnerung an Meakeiok, den Ältesten von Tiraos Grauaut-Sippe. Er war im Kampf gegen einen Dämon umgekommen, als er Munuel die paar Augenblicke Zeit verschaffen wollte, seinen Yhalmudt mit reinweißer Energie aufzuladen, damit er den Dämon vernichten konnte. Meakeiok war eine Persönlichkeit gewesen, die fast aus einer anderen Welt zu stammen schien: erhaben, stolz, klug, gütig und von unbeschreiblicher Überlegenheit – geistig wie auch moralisch. Dass dieses Wesen sein Leben für Munuel gegeben hatte, war schon beinahe so, als sei ein Gott für ihn gestorben.

Victor stieß einen langen Seufzer aus. Roya versuchte sich schließlich mit einem missglückten Lächeln. »Dass ein Felsdrache einen Malachista umbringen kann … das hätte ich nicht gedacht!«

Victor hörte auf seinen Herzschlag, der sich allmählich wieder beruhigte. Schocks von dieser Art waren nicht gut für die Gesundheit eines Menschen, sagte er sich. Hoffentlich würde er nicht mehr allzu viele davon erleben müssen.

Nach einer Weile verlangsamte Faiona ihren Flug. Sie schwebten über eine schwach nach Norden hin ansteigende Geröllwüste. Sie suchte sich einen Landeplatz und sank ruhig auf einem kleinen Felsplateau nieder. Zehn Minuten später war Tirao wieder bei ihnen.

Roya lief gleich zu ihm und untersuchte teilnahmsvoll seine rechte Flügelspitze. Er hatte bei dem Kampf, wie er berichtete, beinahe einen tödlichen Fehler gemacht, als er dem Malachista einmal zu nahe gekommen war. Die Bestie besaß einen über die Maßen langen Hals und konnte selbst während des Fluges in alle

Richtungen um sich schnappen. Ihm hätte das schon nach dem ersten Angriff klar sein müssen, meinte er.

Tirao war erschöpft, und es erwies sich als gute Idee, dass sie ein paar Goolanüsse, eingewickelt in einer ihrer Schlafdecken mitgenommen hatten. Roya versuchte in lobenswerter Weise, eine kleine Heilmagie auf Tiraos Flügelspitze zu wirken, die leider jedoch keine große Wirkung zeitigte. Immerhin versiegte die Blutung. Victor sah, dass Drachen ebenso rotes Blut besaßen wie Menschen. Darüber hatte er nie nachgedacht.

Tirao berichtete schließlich, wie er den Malachista besiegt hatte. Es war nicht einmal seine Absicht gewesen, den Riesendrachen zu töten, er hatte auch gar nicht damit gerechnet, dass es ihm gelingen könnte. Er hatte, genau wie Faiona es vorausgesagt hatte, den Malachista zu ermüden versucht. Das erstaunliche Ergebnis war jedoch, dass ihm dies in sehr gründlicher Weise gelungen war. Durch Tiraos Magien in die Verteidigung gezwungen, hatte der Malachista schon nach kurzer Zeit mit aller Kraft versucht, seinen Gegner zu erwischen, war dabei in immer größere Höhen geraten und hatte zuletzt sämtliche Kraftreserven aufgebraucht. Es war kurios, aber es schien, als wäre der riesige Malachista an Entkräftung gestorben. Irgendwann hatten seine Schwingen ihm den Dienst versagt und er war wie ein Stein in die Tiefe gestürzt und tief unten auf den Felsen zerschellt. Die Vermutung lag nahe, dass Malachista so groß und schwer waren, dass sie zumeist nur segelten und in einem Kampf stets einen schnellen Sieg zu erreichen versuchten. Eine längere Auseinandersetzung in der Luft kostete sie offenbar zu viel Kräfte.

Ich habe zuvor noch nie einen dieser Drachen gesehen, erklärte Tirao, als er mit seinem Bericht endete. *Und ich habe ihn auch nicht gespürt, so wie ich die Gegenwart eines anderen Drachen normalerweise verspürt hätte.*

Faiona bestätigte seine Meinung.

Inzwischen glaube ich, schloss er, *dass diese Malachista-Drachen keine wirklichen Artgenossen von uns sind. Vielleicht sind sie damals während des Dunklen Zeitalters entstanden – aus einer früheren Drachenart. Oder gänzlich durch die stygischen Kräfte.*

Das gab Victor zu denken. Er wusste, dass Drachen empfindsame und kluge Geschöpfe waren. Jetzt, nachdem Tirao diese Vermutung geäußert hatte, erschien es ihm als durchaus möglich, dass die Malachista vielleicht eine weitere Ausgeburt von Sardins zweitausend Jahre altem Werk waren. Wenn es kaum vorstellbar war, dass Menschen hier oben in der Hochebene von Noor lebten, warum sollten es dann ausgerechnet die Drachen tun – jedenfalls gewöhnliche Drachen? Diese Art, die man doch als viel gutartiger bezeichnen musste als die Menschen? Das ergab keinen Sinn.

Tiraos Verletzung war nicht allzu schlimm und er hatte sich ein wenig ausruhen und Nahrung zu sich nehmen können. An der Art, wie Faiona sich ihm zuwandte, glaubte Victor erkennen zu können, dass die beiden sich wirklich liebten, dass sie ein Paar waren, was immer das auch für Drachen bedeuten mochte. Dabei musste er an Leandra denken. Er hatte sie so lange nicht mehr gesehen …

Nach etwa einer Stunde Rast brachen sie wieder auf. Später, als sie viele weitere Stunden geflogen waren und sich der Tag langsam dem Ende zuneigte, drang von weit entfernt zwischen den Stützpfeilern wieder ein wenig helleres Licht zu ihnen.

Das Meer, meldete Tirao.

Victor atmete auf. Das hieß, dass sie das Land Noor zum größten Teil überquert hatten. Sie würden dann nur noch entlang der Küste fliegen müssen. Der Eintrag auf der alten Karte, die seine Skriptoren gefunden hatten, hatte dort oben gelegen, unweit der Küste, und er vertraute darauf, dass man ein Bauwerk wie eine Festung weithin würde sehen können.

Inzwischen war es empfindlich kalt geworden, und er versuchte, sich zusammen mit Roya hinter dem Hornkamm Tiraos möglichst klein zu machen.

Schließlich stießen sie zwischen zwei Pfeilern hindurch und flogen unter dem abnehmenden Licht eines weiten Sonnenfensters entlang, das trotz der anbrechenden Dämmerung eigentlich das Land noch mit einer Flut von Helligkeit hätte überdecken müssen. Aber hier herrschte nichts als kränkliches Zwielicht, für Meilen vom Felsenhimmel herabdringend. Nicht weit voraus waren die Steilküste und das Meer zu erkennen.

»Jetzt sind wir bald da«, sagte Roya hoffnungsvoll und deutete nach vorn.

Bald darauf erreichten sie die Küstenlinie. Unter ihnen fiel der Fels steil ab, wohl eine Meile war es bis hinab zu den Fluten des Akeanos. Normalerweise gab es an Steilküsten immer Scharen von Seevögeln, hier aber war kein einziger zu entdecken. Victor fröstelte. Die Drachen schwenkten nach Norden. Nun blieb ihnen nichts mehr, als das Land unter sich genau abzusuchen.

»Zweitausend Jahre sind eine lange Zeit«, sagte Victor nach einer Weile missmutig. »Wer weiß, ob von dieser Festung heute überhaupt noch irgendwas zu erkennen ist.«

»Denk an Thoo«, versuchte Roya ihn aufzumuntern. »Das ist ebenfalls so alt und noch deutlich zu sehen.«

Obgleich es hier wieder mehr Sonnenfenster gab, wurde das Licht nicht angenehmer, besonders in der anbrechenden Abendstunde. Pflanzen sahen sie kaum, Drachen und Vögel gar nicht. Victor fragte sich, was Sardins Vorfahren einmal dazu bewogen hatte, dieses Land besiedeln zu wollen. Hier gab es nichts außer lastender Stille und kargem, unfruchtbarem Land. Kein Wunder, dass aus ihren Reihen dieser schreckliche Mann hervorgegangen war.

Angestrengt blickten sie beide hinab und musterten

jeden einzelnen Abschnitt der zerspellten Steilküste. Victor hatte keine Ahnung, wie viele Flugstunden weit die Küste noch nach Norden reichte, ehe sie dort an das Ramakorum stieß. Es wurde immer dunkler, und seine Hoffnung, Hammagor noch heute finden zu können, sank. Sie würden in Kürze landen müssen, da es zu dunkel zum Fliegen wurde.

Plötzlich deutete Roya nach rechts, landeinwärts. »Sieh mal, was ist denn das dort?«

Victors Blicke folgten ihrer deutenden Hand und zuerst sah er gar nichts außer einer endlosen Geröllwüste, ein paar Stützpfeilern und Gruppen von Felsen und Findlingen. Seine Augen suchten eine ganze Weile und er wollte Royas Entdeckung schon verwerfen. Dann aber blieben seine Blicke an einer Felsengruppe hängen, die einen Umriss besaß, der entfernt an so etwas wie eine Burg erinnerte: eine hohe Umrandung, ein paar kantige, massige Formen in der Mitte und sogar so etwas wie ein Turm …

Faiona, sandte Victor seine Bitte über das Trivocum. *Flieg doch mal ein Stück dort rüber, nach Osten …*

Und dann fanden sie es tatsächlich.

Es musste sich um eine uralte Festungsanlage handeln, deren Umrisse sich dort erhoben. Aber sie bot einen sehr fremdartigen Anblick. Mit ein wenig Pech hätten sie diesen Ort auch passieren können, ohne sie bemerkt zu haben.

Faiona! Tirao! Das muss tatsächlich Hammagor sein!

Die Festung war groß, aber sie unterschied sich in ihrer Bauart kaum von all den Felsen, Überhängen und Klippen, die das Land unter ihnen bedeckten. Tirao und Faiona gingen tiefer und beschrieben eine weite Kurve. Ja, kein Zweifel, unter ihnen lag die uralte, vergessene Festung von Hammagor. Klobige Bauten und Türme drängten sich wie die Trümmer einer gewaltigen Felslawine aneinander, und man gewann den Eindruck, dass die gesamte Festung aus ihnen bestand –

nur notdürftig von Menschenhand behauen, so als wolle man sie vor den Blicken fremder Eindringlinge verbergen. Es schien durchaus möglich, dass man diese Festung, wenn man sich zu Fuß über das Land bewegte, erst dann sah, wenn man unmittelbar davor stand.

Hier also war einst der Herrschersitz des Fürsten von Noor gewesen, hier hatte Sardin seinen Vater erschlagen und später die Bruderschaft gegründet. Der ganze Ort wirkte wie ein zyklopischer Friedhof, und Victor hätte sich nicht gewundert, wenn er zwischen den Felskuppeln und Türmen die bleichen Knochen monströser Wesen erblickt hätte. Ihm war nach schnellstmöglichem Umkehren zumute. Aber nun waren sie hier, und sie mussten ihre Chance nutzen, dieses einzigartige Pergament zu finden, das ihnen Macht über Chast verleihen würde.

Die Drachen flogen noch eine große Acht über der Festung, ehe sie sich für die Landung einen freien Fleck aussuchten, der hinter einer Gruppe übereinander getürmter, riesiger Felsbrocken am Fuß eines Pfeilers gleich neben der Festung lag.

Als sie dann im Schutz der Felsformation ein paar Steinwürfe weit vor den massigen Festungsmauern landeten, war die Dämmerung schon sehr weit vorangeschritten. Schweigend ragten die nur roh behauenen Mauern der Festung vor ihnen auf; sie waren sehr hoch und offenbar auch viel dicker als alles, was Victor je an Mauern erblickt hatte. Dahinter ragte eine Anzahl von Türmen und anderen wuchtigen Klötzen auf, die man nur schwerlich als Gebäude bezeichnen konnte. Es schien sich wirklich um einen Haufen von gewaltigen Felstrümmern zu handeln, deren Lage die ehemaligen Baumeister offenbar dazu angeregt hatte, sie in der Art einer Festungsanlage auszubauen. In der Dunkelheit war gerade noch zu erkennen, dass zwischen einzelnen Felsblöcken riesige Quader eingefügt waren, um die

Mauern zu vervollständigen, und während an der rechten Flanke ein wuchtiger Wachturm aus einem soliden natürlichen Felsklotz zu bestehen schien, hatte man auf der anderen Seite von Hand einen weiteren dazugebaut. Die Bauart aller weiteren Teile, die dahinter lagen, war nun nicht mehr zu erkennen. Wenige Minuten nach ihrer Landung bestand die Festung von Hammagor nur noch aus einem dunklen Umriss, der sich vor dem schwachen Licht des Hintergrundes abzeichnete.

Sie hatten die Festung gefunden – aber an ein Erkunden von Hammagor war heute nicht mehr zu denken. Doch ihre Verfolger würden, selbst wenn sie ihnen schon nahe waren, ebenfalls jetzt rasten müssen. Davon abgesehen wünschte sich Victor nichts mehr als eine Menge Tageslicht, um sich überhaupt in diese drohende Festung hinein zu wagen.

Er zog sich mit Roya an einen geschützten Platz ganz in der Nähe der beiden Drachen zurück, die sich abermals unter einem großen Felsen eng aneinander geschmiegt hatten. So drohend Hammagor auch wirkte, im Augenblick schien keine wirkliche Gefahr davon auszugehen. Victor hoffte, dass dies bis morgen früh auch so bleiben würde. Er verständigte sich mit Tirao und Faiona, dass es besser wäre, wenn in dieser Nacht ständig jemand Wache hielt. Die beiden Drachen waren ganz seiner Auffassung.

38 ♦ Verbündete

Dass der felsige Untergrund von Savalgor durchlöchert sei wie ein Tharuler Käse, hielt Leandra glatt für untertrieben. Nahezu alle fünfzig Schritte kamen sie an kleinen Abzweigungen, Spalten oder weiteren Durchgängen vorbei, die in den Karten, die Azrani und Marina mitgebracht hatten, nicht verzeichnet waren. Sie legten allem Anschein nach nur einen Teil eines völlig unüberschaubaren Gewirrs von Gängen, Grotten und Tunneln offen, die es unterhalb der Stadt, der Monolithen und des Savalgorer Stützpfeilers gab. Den Überlieferungen nach hatte es vor langer Zeit, als Savalgor noch nicht die Hauptstadt von Akrania war, eine Vielzahl von Zugängen zu diesen Grotten und Katakomben gegeben. Als dann jedoch der Palast erbaut wurde und die Herrscherkreise von Akrania in der Stadt Einzug hielten, hatte man die meisten Zugänge verschüttet oder verschlossen und nur einige wenige offen gelassen. Genau dies war in den Karten festgehalten worden.

Wahrscheinlich hatten damals nur ausgesuchte, sehr hoch gestellte Persönlichkeiten von den noch offenen Zugängen gewusst; Leute wie der Shabib selbst oder vielleicht Mitglieder des Rates, die Kommandanten der Palastgarde oder der Stadtwache. Solche Personen benötigten ja hin und wieder Schlupflöcher, durch die sie entkommen konnten, wenn jemand ihren Schandtaten auf die Schliche gekommen war.

Wie diese Karten einmal in die Bibliothek in den Kellern der Cambrischen Basilika gelangt waren, konnte man heute nicht mehr feststellen. Möglicherweise hatten die Cambrier ihre eigenen Aufzeichnungen geführt. Azrani und Marina, die einen unterirdischen Zugang zu diesem verbotenen Bereich entdeckt hatten, waren jedenfalls in den Besitz dieses Schatzes gekommen, und das gab den Plänen der Aufständischen eine entscheidende Wende.

So wie Leandra diese Sache einschätzte, hatte man niemals die gesamten Höhlen erforscht, oder besser: erforschen können. Sie waren einfach viel zu verzweigt. Aber möglicherweise waren ihre Karten die genauesten Aufzeichnungen, die es überhaupt über die Höhlen gab, und sie verfügten nun über bessere Kenntnisse als Chasts Leute.

Sie hatten sich dazu entschieden, einen alten, vermauerten Zugang in einem Brunnenhaus ganz in der Nähe des *Roten Ochsen* aufzubrechen. Das hatte einige Zeit, ein Dutzend kräftiger Männer und ebensolche Werkzeuge erfordert, denn die Mauer war mehrere Ellen dick und so gut versteckt, dass man sie trotz Karte zuerst gar nicht bestimmen konnte. Das erklärte auch, dass man sie so lange Zeit nicht entdeckt hatte. Zum Glück erwiesen sich die Karten als zuverlässig.

Man hätte an einigen anderen Stellen, zum Beispiel durch die Savalgorer Kanäle, einfachere Zugänge benutzen können – doch dieses Aufgebot an Männern, die sich nun gegen Torgard erheben wollten, dort unauffällig hindurchzuschleusen, war nicht möglich. Jedenfalls nicht, ohne dem Gegner den Plan allzu früh offen zu legen. Ein paar Stunden Vorsprung waren unbedingt notwendig, bevor die Duuma oder die Bruderschaft erfuhren, was in den Katakomben vor sich ging. Bis dahin wollte Leandra, wenn irgend möglich, Alina längst befreit haben.

Sie hatten insbesondere die Karten von Torgard eingehend studiert und waren zu der Auffassung gelangt, dass es dort gute Gelegenheiten geben musste, um weit vorstoßen zu können, ohne bemerkt zu werden. Torgard war anscheinend ein wahres Labyrinth von unzähligen Gängen, Tunneln und Verzweigungen – kaum anzunehmen, dass dort an jeder Ecke ein Wächter stand. Dazu hätte es Aberhunderte von Leuten gebraucht. Dort angekommen, mussten sie sich irgendeinen einfachen Soldaten schnappen, ihn ausquetschen, wo sich Alina aufhalten könnte, und dann …

Nun, zum Glück war heute Derin nicht dabei. Leandra war sicher, dass es ausreichen würde, einen auf diese Weise verhörten Mann zu fesseln und zu knebeln, ohne ihn gleich töten zu müssen.

Insgeheim hoffte sie, dass sie Chast gar nicht begegnen würde. Vielleicht gelang es ihnen, mit Alina zu verschwinden, den Anspruch auf den Shabibsthron durchzusetzen und der Bruderschaft auf diese Weise so sehr den Boden unter den Füßen wegzuziehen, dass ihre Mitglieder aufgeben und fliehen mussten. Aber das war ein frommer Wunsch. Chast würde sich auf diese Weise niemals geschlagen geben – eines Tages, das war sicher, würden sie sich wieder begegnen. Wenn doch nur Munuel bei ihr wäre! Munuel hatte Chast bis zuletzt widerstanden – er war der Einzige, dem Leandra zutraute, ihn im offenen Kampf besiegen zu können. Jockum und Meister Fujima waren sicher mächtige Magier, so stark wie Munuel aber waren sie bestimmt nicht.

Sie riss sich von diesen Gedanken los und konzentrierte sich wieder auf ihre Karte.

Leandras Gruppe bestand mit ihr zusammen aus sechs Personen. Der Primas war nun doch nicht mit ihnen gekommen; er war alt und fürchtete, nicht genügend Kräfte zu besitzen, um den anstrengenden Marsch durch die Katakomben meistern zu können. Er hätte dabei schließlich auch noch jederzeit für einen schweren Kampf bereit sein müssen. Neben Meister Fujima wurde Leandras Gruppe noch von Gildenmeister Xarbas und Meisterin Gablina begleitet. Jockum hatte ihr versichert, dass diese beiden über beachtliche Kräfte verfügten; beide, sagte er, hätten schon Magien der neunten Stufe gewirkt, und Gablina traute er sogar eine zehnte zu.

Leandra hatte einen anerkennenden Pfiff ausgestoßen. Eine neunte Iterationsstufe bedeutete eine magische Gewalt in der Größenordnung, einen ausgewachsenen Orkan besänftigen zu können oder einen ganzen Waldbrand zu ersticken. So etwas war immer um vieles schwieriger als das Gegenteil – eine Katastrophe *hervorzurufen.* Was hingegen eine zehnte Iteration bewirken mochte, konnte sie sich gar nicht mehr vorstellen. Nach den Lehren der Elementarmagie bedeutete eine zehnte Iteration nicht ein *bisschen* mehr als eine neunte, sondern eine glatte Verdoppelung der fließenden magischen Energien. Dass jemals von einem Magier der Gilde eine elfte oder gar eine zwölfte Iteration, eine Konklusion, gewirkt worden wäre, daran konnte sich niemand erinnern – auch nicht die Geschichtsbücher des Cambrischen Ordens. Eine zwölfte Iteration galt gewissermaßen als undurchführbar, oder wenigstens als unbeherrschbar. Ein Magier, der dies versuchen wollte, tat besser daran, seinen Versuch weit draußen in der Wüste abzuhalten, um niemanden dabei umzubringen. Außerdem sollte er vorher besser seine Hinterlassenschaft regeln, denn seine Überlebenschancen waren sehr gering – was für eine Art von Magie auch immer er wirken wollte. Eine solche Gewalt stygischer Energien, darüber war man sich in der Gilde immer einig gewesen, konnte von einem einzelnen Menschen nicht mehr beherrscht werden.

Leandra verspürte bei solchen Betrachtungen immer ein mulmiges Gefühl im Magen. Denn niemand vermochte genau zu sagen, wie die Rohe Magie im Vergleich dazu einzuschätzen war. Möglicherweise wirkten die Bruderschaftler ständig Magien weit oberhalb der Maße der Cambrier, immer mit dem Wagnis, dabei zu scheitern und zu sterben. Vielleicht, oder sogar wahrscheinlich, war die Rohe Magie einfacher durchführbar und bot Möglichkeiten der Herbeirufung stygischer Kräfte, die weit jenseits der Möglichkeiten der Elementarmagie lagen – wenn man bereit dazu war, ständig jenes unberechenbare Risiko zu tragen, das diese Magieform so berüchtigt gemacht machte. Es bestand immer die Gefahr, dass sich die grauen, unreinen Energien des Stygiums im Diesseits zu einer Struktur verwoben, die einen Dämon hervorbrachte – der eigentlich nichts anderes war als eine Zusammenballung dessen, was dem Diesseits als solchem am stärksten widersprach: ein Monstrum, dessen Zweck es war, Strukturen der Ordnung zu zerstören.

»Wo geht's jetzt hin?«, drang eine leise, freundliche Stimme in Leandras Bewusstsein vor und holte sie aus ihren Gedanken. Sie schreckte auf und merkte, dass sie lange Zeit auf ihre Karte gestarrt hatte. Neben ihr standen Meister Fujima und Meisterin Gablina und die Magierin lächelte sie freundlich an.

»Entschuldigung«, sagte Leandra. »Ich habe mich in ein paar Gedanken verloren.«

Meisterin Gablina war eine zierliche, hübsche Frau mittleren Alters, die Ruhe und Besonnenheit ausstrahlte. Sie war freundlich und sehr höflich und man hätte sie leicht für eine schlichte, einfache Person halten können. Wenn man aber mit ihr sprach, meinte man in ihren Augen ständig einen messerscharfen Verstand aufblitzen zu sehen. Sie antwortete stets sofort, so als lägen ihr auch die schwierigsten Antworten immer auf der Zunge.

Gildenmeister Xarbas, der als Dritter in der Nähe stand, war ebenfalls eine beeindruckende Persönlichkeit, ein großer, bulliger Mann von Geistesschärfe und hoher Menschenkenntnis, wenngleich er auch nicht von solcher Brillanz wie Meisterin Gablina zu sein schien. Er wirkte auf Leandra eher wie ein kluger

Mann, der es durch geduldige und hartnäckige Übung zu seiner Klasse gebracht hatte. Zweifellos waren die beiden eine beruhigende Begleitung. Leandra fühlte sich dadurch, dass Jockum seinen Platz für diese beiden freigemacht hatte, nicht unbedingt geschwächt.

Sie deutete auf die Zeichnungen, mit denen der unbekannte Kartenzeichner vor langer Zeit den verwirrenden Verlauf der Gänge und Tunnel räumlich erfasst hatte. »Wir müssen jetzt hier sein«, sagte sie leise. »Etwa eine halbe Meile westlich der Zugänge zum Palast. Wenn wir weiter in diese Richtung gehen, kommen wir zu diesen Gängen.« Sie studierte den Teil der Karte nochmals. »Ich nehme an, sie führen unter dem Meer entlang bis nach Torgard.«

»Was ist das hier?«, fragte Meister Fujima und deutete auf einen Punkt auf der Karte, der weiter voraus lag.

Leandra schüttelte den Kopf. »Keine Ahnung. Eine größere Grotte, wie es scheint. Irgendetwas muss da drin sein. Aber – ich kann die Schrift hier nicht entziffern.«

»Werden wir schon sehen«, meldete sich Vendar von hinten. »Wir müssen weiter, damit die anderen Gruppen nicht zu nahe aufschließen. Kommt jetzt!«

Er hatte es übernommen, die Gruppe voranzuführen, während die moralische Anführerin natürlich weiterhin Leandra war. Diesen Status würde sie wohl auch gar nicht mehr ablegen können.

Yo huschte vorüber, das sechste Mitglied ihrer Gruppe. Yo war eine junge Frau, eine sehr verschlagen wirkende, magere Zwanzigjährige, mit kurzen schwarzen Haaren und so etwas wie einer derben Anmut. Leandra hielt sie für eine Art Diebin. Sie bewegte sich wie ein Schatten; leichtfüßig, ohne Geräusche zu verursachen, und ständig irgendwo am Rand – nie sah man sie inmitten der Gruppe laufen. Sie war mit einer Reihe von gefährlichen Dolchen und Wurfmessern bewaffnet, und dass man sie als eine der Besten ausgewählt hatte, musste einen Grund haben.

»Ich will nicht, dass du wahllos Leute umbringst«, hatte Leandra ihr bei einer Gelegenheit warnend zugeflüstert. Ihre Antwort hatte sie kalt lächelnd vorgetragen: »Hab dich nicht so, Schätzchen! Du willst doch gewinnen, oder?« Leandra hatte sie daraufhin mit zweifelnden Blicken stehen lassen.

Caan hatte anfangs noch zu der Gruppe gezählt, bis dann schließlich Jockum zurückgetreten war und Xarbas und Gablina Platz gemacht hatte. Leandra glaubte, dass zwei Nichtmagier für diese vorderste Gruppe genug waren, und sie hatte Caan ausgeschickt, abermals mit einer Gruppe von Kämpfern in die Quellen hinabzusteigen – diesmal jedoch schlagkräftig genug, um die Soldaten zurückzudrängen und die Quellen von Quantar zu erobern. Die Ungewissheit über das Schicksal ihrer beiden Freunde machte ihr zu schaffen.

Nun, da sie durch das verzweigte Netz aus Gängen unterhalb der Stadt liefen, schöpfte sie neue Hoffnung, dass Hellami und Jacko doch entkommen waren. Hier gab es offenbar so viele Gänge, dass sie es in einen entlegenen Teil der Grotten geschafft haben könnten. Die Frage war nur, ob man da jemals wieder herauskam, wenn man keine Orientierung hatte.

Yo durcheilte den Gang bis zu einer Biegung, die man im Schein von Vendars Fackel noch erkennen konnte. Dann winkte sie und die restlichen Mitglieder der Gruppe folgten.

Man bewegte sich möglichst lautlos, aber das war gar nicht so leicht, denn jedes kleinste Geräusch trug weit in diesen Höhlen. Ein leises Knirschen hallte unangenehm, und so war es gut, dass die leichtfüßige und geschickte Yo stets voranlief, um die Gänge zu erkunden. Bislang war man noch nicht auf Anzeichen von Chasts Leuten gestoßen. Aber das lag wohl daran, dass man sich weit abseits der Gänge bewegte, die man für die Hauptgänge hielt und durch die die Leute der Bruderschaft verkehren mochten.

Für die nächste Viertelstunde ging es zügig voran. Dabei aber wurden die Gänge immer feuchter. Sie mussten sich nun schon außerhalb von Savalgor und unterhalb des Meeres befinden.

»Seltsam, dass hier nicht alles unter Wasser steht«, bemerkte Vendar.

Leandra wusste auch keine Antwort und zuckte nur die Schultern. Dann kam plötzlich Yo mit aufgeregtem Gesichtsausdruck zurückgeeilt. Sie deutete in die Richtung, aus der sie kam, und sagte flüsternd: »Das ist ... unglaublich! Kommt mit, das müsst ihr sehen!«

Leandras Magen zog sich zusammen. Sie folgte Yo und winkte die anderen hinterher.

Für kurze Zeit liefen sie durch niedrige Gänge und es wurde immer nasser. Überall tropfte Wasser von den Wänden und Decken, an manchen Stellen waren es sogar kleine Rinnsale. Und dann wurden auch Geräusche hörbar; stampfende und wummernde Geräusche, rhythmische Zischlaute und ein stetiges Rauschen erfüllte den Hintergrund. Schließlich erreichten sie die Stelle, die auf der Karte als jene große Höhlung eingezeichnet war, von deren Art sich bisher niemand eine Vorstellung hatte machen können. Sie verbargen sich hinter einigen Felsen und spähten mit Erstaunen in die Tiefe.

Unter ihnen öffnete sich eine weite Halle, in der überall helle Lichter brannten. Seltsame Maschinen und Apparaturen waren dort errichtet – und was auch immer das war: Es wurde bewacht.

Leandra hätte beinahe einen Laut der Überraschung ausgestoßen und so ging es den anderen auch. »Ein Pumpwerk!«, flüsterte Meister Fujima. »Das hätte ich mir denken können!«

»Ein Pumpwerk?«

»Ja. Sieh nur – die riesigen Rohre, die überall verlaufen, die Wasserbecken und da, das große Rad, das von den Mulloohs angetrieben wird. Damit pumpen sie das Wasser von hier fort. Es läuft hier zusammen und wird von hier aus irgendwohin nach draußen ins Meer geschafft. Sonst stünden wahrscheinlich die ganzen Katakomben binnen weniger Tage unter Wasser!«

Es war Leandra nicht bekannt, dass es Geräte gab, mit denen man Wasser in solchen Mengen pumpen konnte. Sie starrte staunend hinab. Es waren gut ein Dutzend Sammelbecken, kleine und große, durch Rohre, Wasserkanäle und kleine Wasserfälle verbunden. An den vier gegenüberliegenden Ecken der riesigen Halle standen große gemauerte Häuschen, zu denen weitere Rohre führten. Viele davon waren von nur geringem Durchmesser.

»Das sind Kesselhäuser«, erklärte Meister Fujima leise. »Seht ihr die großen Feuer, die darunter brennen? Da wird heißer Dampf erzeugt, und mit dem Druck betreibt man die Pumpen. Durch die großen Steigleitungen … da, da und dort … wird das Wasser nach oben befördert. Ha! Das ist wirklich eine Entdeckung!«

Lange Zeit blickten sie hinab, betrachteten die riesigen Maschinen und all die verwirrenden Rohrleitungen, die in sämtliche Richtungen führten.

»Was tun die Mulloohs da unten?«, fragte Vendar und deutete hinab.

Leandra zählte die Tiere. Es waren acht, die ein riesiges, waagrecht liegendes Rad antrieben, indem sie, daran festgebunden, immerzu im Kreis liefen.

Meister Fujima rieb sich das Kinn. »Genau kann ich das nicht sagen«, antwortete er. »Seht ihr die riesigen Schwungräder da? Es kann sein, dass sie damit die Pumpen in ständiger Bewegung halten, sodass die Dampfkessel mit ihrem Druck richtig greifen können.«

»Es sind elf Mann dort unten«, stellte Vendar mit seinem militärisch geschulten Auge fest. »Sechs, soweit ich sehen kann, die die Anlage bedienen, und fünf Soldaten.«

»Und ein Magier«, fügte Leandra hinzu. »Er kontrolliert ein Aurikel, aber nur ein sehr schwaches. Trotzdem ist es zu spüren.«

Meister Fujima nickte. »Ja. Er steuert damit die Mulloohs. Dass sie schön gleichmäßig marschieren. Ohne Unterlass.«

»Keine Rohe Magie, Meister Fujima. Das ist Elementarmagie – oder etwa nicht?«, fragte Leandra.

»Doch, ja, durchaus. Aber das muss nicht heißen, dass er auf unserer Seite steht. Mag sein, dass die Rohe Magie für eine solche Aufgabe zu unreine Energien bereitstellen würde.«

Leandra lachte leise auf. Doch dann fragte sie sich, wem ihr Spott eigentlich galt. Den Leuten, die Rohe Magie anwendeten, oder sich selbst? Schließlich hatte auch sie sich schon vom Pfad der Tugend entfernt. Sie warf Meister Fujima einen Seitenblick zu und machte sich klar, dass er, wüsste er davon, sie wohl erzürnter als irgendjemand sonst maßregeln würde. Meister Fujima galt als der Hüter des Kodex und als wohl ehrenwertester Verfechter der Elementarmagie.

Sie schnaufte unhörbar. Mit Sicherheit stand ihr noch sein Zorn bevor. Denn ihre stärksten Waffen, mit denen sie sich gegen Chast wehren konnte, entstammten Munuels Stygischer Magie – dem kleinen Büchlein, das sie in seiner Hinterlassenschaft gefunden hatte. Munuel hatte diese Magieform selbst angewandt. Sie fragte sich, ob Meister Fujima das ahnte.

»Was tun wir jetzt?«, fragte Gildenmeister Xarbas.

Leandra studierte wieder ihre Karte. »Hier«, sagte sie und deutete auf eine Stelle. »Wenn wir dieses Stück zurückgehen, können wir vielleicht durch diese Gänge hier … nach weiter westlich gelangen und die Halle umgehen.«

Vendar schüttelte nachdenklich den Kopf. »Schlecht

für den Rückzug. Wir werden uns später schnell zurückziehen müssen. Es ist es immer problematisch, wenn der Rückzug nicht wirklich frei ist.«

»Denkst du, wir sollen versuchen, die Halle einzunehmen?«

Vendar nickte. »Ja. Das wäre sinnvoll.«

Leandra blickte hinab. »Und wenn der Magier da unten einen Hilferuf übers Trivocum absenden kann? Dann wissen sie über uns Bescheid, noch bevor wir kommen.«

»Ich mache das«, sagte Yo.

Alle starrten sie an.

»Ist es sicher nur *ein* Magier?«, wollte sie wissen.

Die Magier der Gruppe sahen sich gegenseitig an und nickten schließlich.

»Und wo finde ich ihn?«

Meisterin Gablina erhob sich und lächelte Yo an. »Ich gehe mit dir«, gab sie bekannt. »Wir werden ihn ein bisschen überraschen.«

Leandra schluckte. Sie hatte irgendwie gehofft, den Beginn des eigentlichen Kampfes noch für eine Weile hinausschieben zu können.

»Haltet euch bereit«, sagte Gablina leise. »Wenn wir ihn erwischt haben, geben wir euch ein Zeichen. Ihr müsst dann die Soldaten ausschalten – möglichst rasch.«

»Augenblick noch!«, sagte Vendar. »Ich muss erst einen Mann durch die Seitengänge vorausschicken. Wir müssen sichergehen, dass nicht hinter der nächsten Ecke schon wieder ein Posten steht. Ihr wisst ja, wie weit Geräusche hier unten tragen. Wenn da einer steht, könnte er Alarm schlagen.«

Leandra atmete wieder ein wenig auf. Vendar war unverkennbar ein fähiger Mann. Es war gut, von einer Gruppe solcher Leute umgeben zu sein.

Vendar wandte sich um und verschwand. Der Rest der Gruppe ließ sich zu einer kurzen Rast nieder, während Yo aufmerksam die Halle im Auge behielt.

»Es muss früher eine Menge anderer solcher Anlagen gegeben haben«, flüsterte Meister Fujima, der neben Leandra saß. »Wir besitzen in der cambrischen Bibliothek eine ganze Sammlung von höchst erstaunlichen Zeichnungen – allerdings konnten wir nie viel mit ihnen anfangen. Viele davon scheinen uralt zu sein, einige der Brüder glauben, dass die meisten davon sogar aus der Zeit vor dem Dunklen Zeitalter stammen.«

Leandra sah ihn erstaunt an. »Das würde ja heißen, wir hatten vor zweitausend Jahren eine höhere Stufe des Fortschritts erreicht als heute!«

»Wundert dich das?«, fragte Meister Fujima und zuckte mit den Schultern. »Das Dunkle Zeitalter hat unsere Kultur fast vollständig ausgelöscht. Es mag damals Dinge gegeben haben, von denen wir heute gar keine Vorstellung mehr besitzen.«

Leandra zögerte kurz, bevor sie ihre nächste Frage stellte. »Glaubt Ihr eigentlich auch daran, Meister Fujima, dass wir Menschen von der Oberfläche dieser Welt stammen? Dass wir nicht immer in den Höhlen gelebt haben?«

Fujima studierte Leandras Gesicht. »Das ist ein sehr interessantes Thema«, erwiderte er. »Ich habe mich lange Zeit damit beschäftigt.«

Er sprach nicht weiter, und Leandra wusste nicht, ob er die Sache damit für erledigt hielt. Aber im Augenblick war nichts zu tun; sie mussten auf Vendar warten. Und ein Gespräch mit Meister Fujima interessierte sie doch sehr.

»Was habt Ihr herausgefunden, Meister?«, fragte Leandra.

Er musterte sie nachdenklich. Sie sah, dass er Dinge wissen musste, die einen *gewöhnlichen Menschen* nur aufs Äußerste verwirrt hätten, und deswegen zögerte, sie preiszugeben.

»Ich habe ebenfalls schon viel darüber nachgedacht«, erklärte sie. »Das sind Fragen, die mich seit langem beschäftigen. Ich habe mir einmal vorgenommen, mich nach meiner Zeit der Wanderschaft der Erforschung dieser Frage zu widmen.« Sie lächelte ihn schief an. »Na ja, meine Wanderschaft hat ungefähr einen Tag gedauert. Statt einem Jahr. Und nun bin ich hier!«

Meister Fujima lächelte zurück. Offenbar hielt er sie inzwischen für eine angemessene Gesprächspartnerin. »Bemerkenswert ist«, begann er, »dass unsere Geschichte, die Geschichte der Menschen in der Höhlenwelt, nur etwa fünftausend Jahre zurückreicht.«

Sie nickte. »Ja, das sagte Munuel auch immer. Und was bedeutet das?«

Er hob die Hand, um an den Fingern abzählen zu können. »Der große Lhotsé, vor vielen Jahren der Direktor der Großen Stygischen Schule, hat sein Leben lang Berechnungen angestellt, die ich dann später glücklicherweise weiterführen durfte. Meinen Schätzungen nach beläuft sich die Zahl der Menschen in der Höhlenwelt auf etwa tausend mal tausend. Dafür gibt es ein altes Wort: eine Million. Es können ein paar mehr sein oder weniger. Rechnet man zweitausend Jahre zurück, also bis zur Zeit des Dunklen Zeitalters, dann kommt man auf eine Zahl von nicht mehr als Zehntausend. Das passt zu der Million, wenn man berücksichtigt, über wie viele Erdteile und Inseln der Höhlenwelt die Menschen verstreut sind. Ich habe berechnet, dass in unserer Welt aus zehntausend Bewohnern innerhalb von zweitausend Jahren eine Bevölkerung von ungefähr einer Million entstehen müsste. Dabei muss man das allgemeine Alter mit einbeziehen, das die Menschen erreichen, den Kinderreichtum, die Sterblichkeit der Kinder, der Erwachsenen und der Alten sowie alle möglichen sonstigen Dinge wie Krankheiten, Naturkatastrophen, Kriege und so weiter. Wie gesagt, allein hätte ich das niemals erforschen können. Ich stützte mich auf die Hinterlassenschaft des Lhotsé.«

»Ihr meint«, fragte Leandra erstaunt, »dass damals

nur zehntausend Menschen in der Höhlenwelt lebten? Aber …«

Er hob abwehrend die Hände. »Ich weiß, was du sagen willst. Aber bedenke das Dunkle Zeitalter. Nach allem, was ich über Magie weiß, müssen damals, als die stygischen Kräfte durch die Welt tobten, viele Menschen umgekommen sein. Sehr viele, fürchte ich.«

»*Wie* viele?«, wollte Leandra wissen.

»Gehen wir einmal davon aus, dass von hundert Menschen einer überlebt hat.«

»*Waas*?«

Er nickte. »Das ist durchaus eine angemessene Zahl. Ich habe vor Jahren zusammen mit einigen Brüdern Experimente durchgeführt. Wir haben auf einer kleinen Insel vor der Küste von Kambrum einen großen Riss im Trivocum erzeugt. Unter allen Vorsichtsmaßnahmen, versteht sich. Es war eine Insel, auf der nur kleine Tiere lebten. Krabben, Würmer, ein paar Mäuse und Ratten, und so weiter. Als das Trivocum geöffnet war, formten sich innerhalb von Minuten zwei stygische Strukturen, die … nun, die man als *Dämonen* bezeichnen würde …«

Leandra richtete sich auf. »Ihr habt *Dämonen* herbeigerufen?«, fragte sie fassungslos.

Er schüttelte den Kopf. »Nein, nicht herbeigerufen. Sie sind entstanden. Wir wollten eine Lage auf kleinem Raum herbeiführen, wie sie damals geherrscht haben mochte.«

Leandra stieß einen leisen Pfiff aus. Diese Offenbarung rückte den großen Philosophen des Trivocums plötzlich in ein ganz anderes Licht. Aber das ging sie eigentlich nichts an. Sie war neugierig, welche Erkenntnisse Meister Fujima gewonnen hatte.

Fujima nickte, als er sah, dass Leandra mehr wissen wollte. »In dem von uns abgesteckten Gebiet kamen sämtliche Lebewesen um«, sagte er. »Vollständig. Nach einer Stunde lebte auch nicht mehr der kleinste Sandfloh. Die beiden stygischen Konstrukte verzehrten innerhalb einer Stunde sämtliche Strukturen der Ordnung. Auch die meisten Pflanzen starben. Und selbst das Erdreich durchmischte sich mit Wasser, Luft und Gasen, das Wasser wurde faulig und die Luft stickig. Es war, wie wir vermutet hatten, das *absolute Chaos*. Wir versiegelten dann das Trivocum wieder.«

Leandras Herz klopfte ein wenig schneller. Dieses Experiment musste ebenso gefährlich wie Aufsehen erregend gewesen sein. In ihr regte sich der Wunsch, zusammen mit Meister Fujima zu forschen, sollte sie diese leidige Geschichte mit Chast jemals hinter sich bringen.

»Gehen wir einmal davon aus, dass sich Menschen gegenüber einer solchen Bedrohung dennoch ein wenig zur Wehr setzen können. Mit ihrer Phantasie und ihrer Willenskraft. Also sterben von hundert nicht alle, sondern einer überlebt.«

Leandra lachte trocken auf. Meister Fujimas fachliche Nüchternheit war fast ein wenig beklemmend. »Das heißt ... hundert mal zehntausend ... äh ... ist das eine *Million*? Haben dann vor dem Dunklen Zeitalter ebenfalls eine Million Menschen gelebt?«

»Bestenfalls«, sagte Meister Fujima. »Mehr sind kaum vorstellbar. Weißt du, was das heißt?«

Sie nickte langsam. »Ja. Weitere zweitausend Jahre zuvor, also von heute an vor *vier*tausend Jahren, haben ebenfalls nur zehntausend Menschen hier gelebt.«

Fujima nickte befriedigt. »Du bist ein kluges Kind, Leandra. Und nun rechnen wir noch weiter zurück. Es ist eine komplizierte Rechnung, die abermals viele Einzelheiten berücksichtigen muss. Wenn eine Gruppe klein ist, vermehrt sie sich zu Anfang nur sehr langsam. Gehen wir also noch einmal tausend Jahre zurück, dann kann die Menschengruppe zu dieser Zeit, also vor fünftausend Jahren, kaum mehr als eintausend Personen stark gewesen sein. Vielleicht sogar noch ein paar hundert weniger.«

Leandra war fasziniert von Meister Fujimas Ausführungen. »Eintausend Menschen? Vor fünftausend Jahren?«, fragte sie.

»Richtig. Und diese Zahl fällt zusammen mit dem Beginn unserer Geschichtsschreibung. Die allerältesten Überlieferungen und Aufzeichnungen, die heute überhaupt noch aufzufinden sind, gehen auf diese Zeit zurück. Seltsamerweise beherrschte man damals die Schrift fast in gleichem Maße wie heute, man vermochte Karten zu zeichnen, Schiffe zu bauen, Äcker zu bepflanzen und so weiter. Das geht aus diesen ältesten aller Überlieferungen hervor.«

»Wirklich seltsam«, gab Leandra zu.

»Aber woher kannte man das alles?« Meister Fujima hob fragend die Handflächen nach oben. »Kann es sein, dass irgendwann und irgendwo der erste Mensch zur Welt kam und er sich, während der Zeit, da seine ersten Tausend Nachkommen folgten, alle wichtigen Fähigkeiten der Menschen aneignete – nur um dann bis heute auf vergleichsweise dem gleichen Stand zu bleiben?«

Leandra schüttelte den Kopf. Sie sah nun die Gelegenheit, ihre lang gehegte Vermutung zu äußern. »Nein, sicher nicht. Es liegt nahe, dass diese tausend Leute irgendwoher kamen und ihr Wissen bereits mitbrachten.«

Meister Fujima grinste sie an. »Vollständig richtig, mein Kind! Ich sehe, mit dir kann man über solche Themen reden. Wir müssen unbedingt einmal miteinander …«

Er wurde unterbrochen, als Vendar wieder erschien.

»Die Luft ist rein«, sagte er leise. »Wir können loslegen!«

Leandra seufzte. Für eine Viertelstunde hatte sie alle Furcht vergessen. Sie hoffte wirklich, dass sie noch einmal Gelegenheit erhielt, mit Meister Fujima weiter zu diskutieren.

*

Mit sehr unterschiedlichen Gefühlen harrten Leandra, Vendar, Meister Fujima und Gildenmeister Xarbas dem, was sich unten, in der großen Halle des Pumpwerks, ergeben würde.

Sie hatten an einem Punkt Posten bezogen, von dem aus sie rasch in die Halle vordringen konnten, und jeder von ihnen hatte sich bereits einen Gegner herausgesucht. Vor einigen Minuten waren Yo und Meisterin Gablina losmarschiert, ausgelassen miteinander plaudernd und mitunter auch ein Lachen ausstoßend. Die in der Halle anwesenden Männer hatten die beiden zwar interessiert beobachtet, niemand jedoch hielt sie in irgendeiner Form auf. Dann waren sie irgendwo aus dem Sichtfeld verschwunden. Leandra wartete jeden Augenblick auf Kampfeslärm oder eine magische Entladung. Aber nichts geschah.

Dann, nach einer Weile, kam Yo wieder.

Gablina war nicht bei ihr, dafür hatte Yo sich bei einem Soldaten untergehakt – die beiden kamen gemütlich auf das Versteck der Gefährten zugeschlendert und sie scherzte offenbar sogar mit ihm. Leandra hielt die Luft an; sie machte sich bereit, aufzuspringen und dem Mann irgendeine Magie entgegenzuschleudern. Aber der Soldat sah weder wachsam noch sonderlich gefährlich aus, und Leandra ahnte, dass dies womöglich ein Trick von Yo war.

Dann blieb Yo mit ihrem Soldaten zwanzig Schritte vor dem Versteck der Gefährten stehen und hob die Hand. Leandra schnappte nach Luft, als sie freundlich winkte und rief, dass man herauskommen solle. Sie zögerte. War das etwa eine Falle? Stand Yo in Wahrheit auf der Seite der Bruderschaft?

Die Antwort lieferte Vendar, der Yo offenbar gut genug kannte, um dies ausschließen zu können. Langsam erhob er sich, aber der Soldat tat nichts, was auf plötzliche Kampfbereitschaft schließen ließ. Leandra sah plötzlich, dass Meisterin Gablina im Hintergrund mit weiteren Männern zusammenstand und herüberblickte. Sie ächzte. Schließlich erhob sie sich auch – sehr im Unklaren darüber, was nun geschehen würde. Bald darauf standen sie alle bei Yo und ihrem Soldaten, bei dem sie noch immer untergehakt war.

»Es war ein schrecklicher Kampf!«, erklärte Yo und zeigte eine Miene, als habe sie gerade eine furchtbare Schlacht hinter sich. »Berge von Leichen. Blut und Tote überall. Das hier ist Harnas, Unteroffizier der Stadtwache.«

Leandra trat einen Schritt vor. Sie war gereizt, bemühte sich aber um Beherrschung. »Was ist los? Was soll das alles?«, verlangte sie zu wissen.

Yo schenkte ihr ein giftiges Lächeln. »Du hast mir doch befohlen, Zuckerpüppchen, ich solle keinen umbringen. Also – ich hab's nicht getan!« Damit wies sie großmütig auf den Unteroffizier, der in bester Gesundheit neben ihr stand und Leandra breit angrinste.

»Du bist also diese … *Leandra*?«, fragte er freundlich.

Nun schritt Vendar ein. Auch er war ungehalten. »Hör auf mit dem Mist, Yo! Was ist los?«

Inzwischen hatte sich auch Meisterin Gablina aus dem Hintergrund genähert. Sie trat hinzu und ergriff das Wort. »Es wäre schön«, sagte sie, »wenn es auf diese Art weiterginge. Das hier ist Jungmagier Ferdoin«, sagte sie und wies auf den jungen Mann, der mit ihr gekommen war. »Einer meiner ehemaligen Schüler. Zum Glück hat sich jeglicher Kampf erübrigt, als wir uns erkannten. Er steht im Dienst der Bruderschaft, allerdings nicht freiwillig. Oder sagen wir besser: Er *stand* im Dienst der Bruderschaft. Dieses Pumpwerk ist bereits in unserer Hand. Ferdoin hat die hier Anwesenden überzeugt, die Seiten zu wechseln.«

»Ja«, sagte Ferdoin mit einem strahlenden Lächeln. »Das war nicht weiter schwer. Niemand von diesen Leuten ist gern hier. Als die Berichte über die Kämpfe in der Stadt kamen …«

Beide, der Unteroffizier wie auch Ferdoin, warfen ein großes Lächeln in die Runde. Leandra wusste, dass es vielleicht angemessen wäre, nun ebenfalls erleichtert zu lächeln, aber sie brachte es nicht fertig. Sie hatte sich innerlich zu sehr auf einen Kampf eingestellt. Vendar half ihr aus der schwierigen Lage. Er trat zu Harnas. »Du und deine Männer – ihr seid wirklich auf unserer Seite?«

Harnas nickte.

»Und wir können euch vertrauen?«, fragte Vendar ernst.

Harnas streckte die Hand nach Vendar aus. »Mein Wort darauf! Diese Kerle behandeln uns wie Vieh – ein richtiger Aufstand, das ist *die* Gelegenheit, hier herauszukommen. Sag mal … bist du nicht Offizier? Von der Stadtwache? Ich hab dich doch schon mal gesehen!«

Vendar nahm Harnas' Hand, hielt sie bedächtig, bejahte und nannte ihm seinen Namen und Dienstgrad. Harnas nickte respektvoll.

»Wir müssen hier erst mal weg«, sagte er und deutete nach rechts, wo es einen Durchgang zwischen mehreren dicken Rohrleitungen gab. »Hier könnten noch immer Leute durchkommen. Die sollten euch besser nicht sehen.«

Vendar nickte und Harnas wandte sich um und ging voraus. Die Gruppe folgte ihm und bald befanden sie sich abseits hinter einem der Kesselhäuser, in dem Wasser und Dampf rauschten. Die Geräuschkulisse an diesem Ort war beachtlich.

»Weißt du, auf was ihr euch da einlasst?«, fragte Vendar noch einmal. »Wenn einer von euch je der Duuma in die Hände fällt, dann wird er sich wünschen, dass wir nie hierher gekommen wären!«

Harnas verzog das Gesicht und verschränkte die Arme vor der Brust. »Kann sein. Aber noch haben sie keinen von uns. Und wenn ihr uns hier heraushelft, haben wir die bessere Wahl getroffen.«

»Also gut«, sagte Vendar. »Dann fordere ich dich und deine Leute auf, bei uns mitzukämpfen. Ihr würdet uns einen großen Dienst erweisen, wenn ihr dieses Pumpwerk hier besetzt hieltet, um uns den Rückzug zu decken. Ich gebe dir noch ein paar Leute und Magier hinzu.« Er deutete mit dem Daumen über die Schulter. »Weiter hinten sind noch mehr von uns.«

Harnas nickte. »Ja, hab ich schon gehört. Aber wenn ihr Torgard einnehmen wollt, werdet ihr ein paar Hundert brauchen. Da wimmelt es von Magiern der Bruderschaft und von Duuma-Soldaten. Verlasst euch nicht allzu sehr darauf, dass ihr noch mehr trefft, die sich euch anschließen.«

Vendar winkte ab. »Nein. Torgard einnehmen – das können wir gar nicht.«

»Was wollt ihr dann hier?«, fragte Harnas.

Vendar blickte fragend zu Leandra. Leandra überlegte, ob sie von Harnas vielleicht wichtige Einzelheiten über Torgard erfahren könnte. Sie beschloss, ihn ins Vertrauen zu ziehen. »Wie viel weißt du über Torgard?«, fragte sie.

Harnas blickte sie nachdenklich an. »Was man sich so erzählt. Ich und meine Leute haben ein Quartier unten im ersten Stockwerk. Wäre übrigens eine Sache, wenn wir die anderen von meiner Wache auch noch da rausholen könnten. Wir sitzen seit fast einem Dreivierteljahr in Torgard fest. Zwangsrekrutiert, wie man so schön sagt.«

Leandra schüttelte den Kopf. »Kann ich nicht versprechen. Wir sind hier, um nur eine Person herauszuholen. Wenn wir das überhaupt schaffen.«

»Nur *eine* Person? Etwa den Hohen Meister?«

Leandra lachte leise auf. »Nein, bestimmt nicht. Der würde wohl kaum freiwillig mitkommen. Kennst du ihn?«

Harnas schüttelte den Kopf und hob abwehrend die Hände. »Nein, nein – vielen Dank. Ich weiß nicht mal seinen Namen. Aber man erzählt sich, dass er der stärkste Magier sein soll, den es gibt.«

Leandra verspürte erneut ein flaues Gefühl im Magen. Wieder hatte sie jemand daran erinnert, was ihr noch bevorstand.

»Nun sag schon«, forderte Harnas. »Wen sucht ihr?«

Leandra zögerte kurz. »Es gibt hier eine Person, die rechtmäßig Anspruch auf den Thron besitzt. Und sie befindet sich in der Gewalt von Chast.«

»Chast? Wer ist das?«

»Der, den du den ›Hohen Meister‹ nennst.«

Harnas stieß einen leisen Pfiff aus. »Da habt ihr euch was vorgenommen!«, stellte er fest. Nach kurzem Nachdenken fragte er: »Und diese Person, die ihr befreien wollt – wer ist das?«

Leandra kaute unentschlossen auf der Unterlippe. Dann sagte sie: »Sie heißt Alina. Eine junge Frau. Hast du schon von ihr gehört?«

Harnas schüttelte den Kopf. »Und sie ist Thronerbin? Bist du sicher?«

»Ja. Aus diesem Grund sind wir hier. Ich kenne sie. Wenn wir sie befreien, wird sie Shaba und wir können die gesamte Bruderschaft und die Duuma zum Teufel jagen!«

Harnas Augen begannen ein wenig zu leuchten. »Die gesamte Bruderschaft vertreiben? Das klingt … gar nicht übel!«

»Also, machst du mit? Deckst du uns hier den Rückzug?«

Harnas nickte. »Wenn wir noch ein wenig Verstärkung von euch kriegen können – auf jeden Fall! Sagte ich ja schon. Das sind wir euch schuldig. Wenn wir dadurch diese Schwarzkutten loswerden, ist es den Einsatz wert.«

Yo hatte die Unterhaltung interessiert mitverfolgt – sie stand noch immer nahe bei Harnas. Vendar zeigte in Richtung der zurückliegenden Gänge. »Yo, flitz los und sag den anderen Gruppen Bescheid. Drei Gruppen sollen bis hierher vorrücken, eine davon wird mit Harnas' Leuten das Pumpwerk besetzt halten. Die anderen werden noch ein Stück weiter mit uns vorstoßen.«

Yo nickte knapp und verschwand. Leandra wunderte sich, dass sie Vendar so widerspruchslos gehorchte.

»Erzähl uns etwas über Torgard!«, forderte Vendar Harnas auf.

Harnas deutete in Richtung des südlichen Endes der Pumpwerkshalle. »Bis Torgard selbst dürfte der Weg frei sein. Es ist ungefähr noch eine halbe Meile. Dann aber kommt ein Posten, der mit Magiern und Soldaten der Duuma besetzt ist. Es gibt in Torgard noch ein Quartier mit ein paar von meinen Leuten, aber das sind nur ungefähr ein Dutzend. Die Duuma-Leute sind bei weitem in der Überzahl. Und dann noch die vom Orden von Yoor.«

»Orden von Yoor?«, fragte Vendar. »Was ist denn das?«

Harnas seufzte. »Unsere neue Geheimpolizei. Verbreitet Angst und Schrecken innerhalb der Bruderschaft. Eine Erfindung der hohen Herren.«

»Das siehst Chast ähnlich. Sind das viele Leute?«

Harnas zuckte die Schultern. »Nein, nicht allzu viele. Aber es sind sehr mächtige Magier dabei, wie man hört. Man kann sie an ihren nachtschwarzen Kutten und einer blutroten Kordel erkennen, die sie um den Leib tragen.«

Leandra holte eine ihrer Karten hervor und zeigte sie Harnas.

»Hier, sieh mal, kannst du damit etwas anfangen?«

Harnas betrachtete eine Zeit lang unschlüssig die Karte.

»Es sieht so aus«, erläuterte Leandra, »als gebe es in Torgard eine ganze Menge Tunnel und Gänge – so viele, dass sie unmöglich alle bewacht sein können. Wir hoffen eigentlich, dass wir damit bis zu Alina vordringen können. Aber es ist so verwirrend. Wir müssten sozusagen wissen, wo oben und unten ist – und wo sich Alina befinden könnte.«

Harnas betrachtete die Karte und stieß wieder einen Pfiff aus. »Unglaublich! Wo habt ihr diese Karte her?«

»Hat uns jemand besorgt. Sag uns lieber, was du weißt.«

Harnas studierte die Karte eine ganze Weile, fuhr mit dem Zeigefinger die Linien und Krümmungen entlang und nickte ein ums andere Mal. »Also, wenn diese Karte stimmt … ich wusste gar nicht, dass es da so viele Gänge gibt. Das sieht ja aus wie ein …«

Leandra nickte. » … ja, wie ein Tharuler Käse. Ich weiß.«

»Genau das wollte ich sagen.« Er überlegte kurz. »Aber … das ist seltsam.«

»Was?«

»Also – wenn diese Wege hier alle zugänglich wären, würde ich ein paar davon kennen. Besonders hier, im unteren Bereich.«

»Aber du kennst keine davon?«

Er schüttelte den Kopf. »Nein. Dafür aber … eingezogene Mauern. Jetzt wird mir langsam klar, wozu die gut sind. Hinter den Mauern existiert noch ein weiteres, riesiges Höhlenlabyrinth. Eines, das man nicht haben wollte und das deswegen abgetrennt und zugemauert wurde.«

Leandra spürte einen Schauer auf dem Rücken. »Abgetrennt und zugemauert?«, sagte sie. »Du meinst … es gibt ein … zweites Höhlensystem innerhalb Torgards? Tunnel, die abgetrennt sind?«

Harnas nickte nachdenklich, während er die Karte studierte, und deutete auf verschiedene Stellen. »Hier, sieh nur! Und dort! Das bedeutet … mit dieser Karte könnte man fast *überall* hin gelangen! Torgard ist, wie es aussieht, noch fünfmal so groß wie ich dachte!«

Leandra sah zu Vendar. »Wenn das wirklich wahr ist, dann …«

Vendar starrte sie nur an, während sich die anderen um die Karte drängten. »Bei den Kräften«, sagte er, »das wäre ja … schon fast *zu viel* Glück!«

Minutenlang noch redeten sie über die Wahrscheinlichkeit, ob Harnas' Vermutung tatsächlich zutreffen konnte. Aber Harnas war sicher und zeigte ihnen auf der Karte eine Vielzahl von Stellen, an denen er eingezogene Mauern gesehen hatte. Er war bereit zu schwören, dass es dieses zweite Höhlensystem gab.

»Wenn das wirklich stimmt«, sagte Vendar, »könnten wir mit Hilfe dieser Karte unbemerkt bis ganz in die Nähe Alinas gelangen.«

»Dazu müssten wir wissen, wo sie ist!«, warf Leandra ein.

Harnas zog einen Kohlestift aus seiner Brusttasche und leckte die Spitze an. »Also, wollen wir mal sehen …«, begann er und fuhr mit der Zungenspitze in den Mundwinkel. »Hier, in den zwei untersten Stockwerken, gibt es weitläufige Katakomben, die zu Hallen und Gängen ausgebaut sind. Da … ist die Bibliothek und das Skriptorium. Hier, hier und hier …«, damit markierte er die Stockwerke drei bis fünf, »sind die Quartiere der Duuma-Soldaten. Meine Leute sind ungefähr … hier.« Er malte ein großes Kreuz und leckte den Stift wieder an.

»Du scheinst dich ja gut auszukennen!«, sagte Xarbas.

Harnas winkte ab. »Gut – das wäre übertrieben. Dieses Torgard ist riesig. Aber ein paar Sachen weiß ich. Bevor ich Unteroffizier wurde, habe ich hin und wieder als Ordonnanz für höhere Offiziere Botengänge gemacht. Das macht eigentlich jeder, bevor er befördert wird. Deswegen bin ich an ein paar Ecken gewesen.«

»Wie viele Soldaten?«, fragte Vendar und deutete auf die Quartiere, die Harnas markiert hatte.

Harnas verzog das Gesicht. »Schwer zu sagen. Ich tippe auf ungefähr siebzig oder achtzig Duuma-Soldaten. Dazu noch ungefähr fünfzehn oder zwanzig Duuma-Magier.«

Leandra stöhnte leise auf.

»Das ist noch nicht alles«, sagte Harnas. »Die Stockwerke darüber sind der Bruderschaft und dem Orden von Yoor vorbehalten. Ich möchte wetten, dass es dort mindestens noch einmal zwanzig oder dreißig von denen gibt. Wahrscheinlich alles Magier.«

»Wenn uns da irgendjemand sieht, ist es aus mit uns«, stellte Gildenmeister Xarbas aus dem Hintergrund fest.

»Wenn nur Victor mit der Canimbra hier wäre …«, murmelte Leandra.

»Was?«

Leandra winkte ab. »Nichts. Ich glaube dennoch, dass wir eine Chance haben. Wenn wir tatsächlich in diese zugemauerten Höhlen gelangen können …«

»Schön und gut«, meinte Harnas. »Was aber, wenn ihr zum Schluss vor einer vier oder fünf Ellen dicken Mauer steht? Ich kann mir nicht vorstellen, dass diese Gänge mit dünnen Wänden zugemauert wurden. Wenn man sie verschließen wollte, dann hat man das sicher gründlich gemacht. Wer mag schon ungebetene Gäste haben?«

»Uns wird sicher was einfallen«, meinte Leandra zuversichtlich, »wenn wir erst mal bis ganz hinauf gelangt sind. Ich vermute, dass Chast dort oben seine Quartiere hat. Ist das richtig?«

Harnas nickte. »Jeder in Torgard weiß, dass das elfte Stockwerk die verbotene Zone ist. Wer von uns dorthin beordert wird, kommt entweder gar nicht mehr wieder – oder aber als hoher Offizier mit Sonderrang. Letzteres allerdings geschieht ziemlich selten. Ihr könnt also davon ausgehen, dass die hohen Leute der Bruderschaft dort sitzen.«

Leandra betrachtete lange Zeit nachdenklich die Karte. »Weißt du einen Weg, an diesem Wachposten vorbeizukommen – dort am Eingang von Torgard?«

Harnas studierte die Karte. »Wenn diese Karte stimmt, dann gibt es hier etliche Gänge und Tunnel, die daran vorbei führen. Bloß wo die zuletzt wieder herauskommen, ist schwer abzuschätzen.«

»Wir müssen es einfach wagen«, sagte Leandra. »Es grenzt schon fast an Selbstmord, aber wir müssen Alina da herausholen. Sie ist unsere einzige Rettung.«

Harnas räusperte sich. »Ich würde gern mit euch kommen«, sagte er.

Leandra sah ihn erstaunt an. »So?«

Er nickte. »Ich bilde mir ein, dass ich ein gewisses Gefühl für dieses Torgard habe. Ich bin schließlich schon ein Dreivierteljahr hier. Wie gesagt, ich habe Botengänge gemacht und kenne mich ein wenig aus. Außer natürlich im elften Stockwerk. Aber ich denke, dass ich euch helfen kann.«

Meister Fujima trat einen Schritt vor. »Es ist äußerst gefährlich«, sagte er. »Warum willst du das tun?«

Harnas schüttelte den Kopf. »Kein besonderer Grund. Außer dem, dass ich froh wäre, wenn ihr – wenn *wir* gewinnen. Eine neue Shaba … nur dann werden wir wirklich Ruhe vor der Bruderschaft haben.«

Leandra nickte bedächtig. »Das ist sehr mutig von dir. Ich hoffe, wir werden dich heil wieder herausbringen.«

Harnas lächelte sie hoffnungsvoll an.

*

Yo war zurückgekehrt, und sie machten sich auf den gefahrvollen Weg nach Torgard. Harnas hielt nun die Karte, während Vendar mit einer Fackel in seiner Nähe blieb.

Harnas' Leute und der Jungmagier Ferdoin waren in

der Pumpwerkshalle zurückgeblieben und sicherten sie gemeinsam mit einer der Gruppen der Aufständischen – drei Magiern und drei Kämpfern. Zwei weitere Gruppen folgten Leandras Gruppe mit kurzem Abstand.

Sie suchten sich nach der Karte einen vielversprechenden, weiter oben verlaufenden Gang aus. Nach einer Weile, etwa auf dem halben noch verbleibenden Weg nach Torgard, ließen sie die vorletzte Gruppe an einer gut zu verteidigenden Stelle zurück.

Harnas verglich immer wieder ihren Weg mit dem Hauptgang, der unter ihnen verlief und der von der Bruderschaft benutzt wurde. Dort konnten sich jederzeit Angehörige der Bruderschaft und der Duuma bewegen, und deswegen verhielten sie sich so leise wie möglich. An manchen Stellen mochten sie nur wenige Schritte vom Hauptgang entfernt sein.

Immerhin herrschte in diesen Gängen eine ständige Geräuschkulisse, denn es war nach wie vor sehr feucht. Überall tropfte und gluckerte es, manchmal kamen sie an Rinnsalen oder kleinen Bächen vorbei. Das Gefühl, hier durch Gänge zu laufen, die unter dem Wasserdruck, der darüber herrschte, einstürzen konnten, war nicht sehr beruhigend. Meister Fujima versuchte sie zu beruhigen, indem er erklärte, dass diese Gänge offenbar seit Jahrhunderten hielten und es sicher noch ein paar weitere Stunden tun würden. Schließlich erreichten sie Torgard.

Es verhielt sich jedoch anders, als sie es sich vorgestellt oder gewünscht hatten. Vor ihnen endete der Gang an einer Mauer, die aus massiven Steinquadern bestand.

»Aha«, sagte Leandra nur.

»Wir müssen einen anderen Gang versuchen!«, meinte Harnas. Er deutete in Vendars Fackelschein auf die Karte. »Hier ist noch einer. Ganz in der Nähe. Wir müssen nur ein Stück zurück und dann dort rüber …«

Vendar pochte leicht mit dem Knöchel gegen die Steine. »Sollten wir weit genug kommen, müssen wir uns überlegen, wie wir durch eine solche Mauer kommen«, stellte er fest. »Weiter oben wartet bestimmt noch eine auf uns!«

Niemand antwortete. Vendar wandte sich um und marschierte voran. Die anderen folgten ihm.

Aber auch der nächste vermeintliche Durchschlupf nach Torgard war mit einer Mauer verschlossen. Langsam dämmerte Leandra, dass sie es sich wahrscheinlich viel zu leicht vorgestellt hatten. Es war nur allzu erklärlich, dass sich jeder, der in Torgard residierte, der Gefahr dieser angrenzenden Gänge bewusst war und ausreichende Vorsichtsmaßnahmen getroffen hatte. Ein ums andere Mal trafen sie auf solide Mauern und Leandra und ihren Gefährten sank der Mut.

Leandra ließ sich niedergeschlagen auf einen Felsblock sinken. »Eine dumme Idee, zu glauben, wir seien die Einzigen, die eine solche Karte besitzen. In Torgard gibt es wahrscheinlich ein Dutzend davon.«

Die anderen standen mit hängenden Schultern um sie herum. Nur ein paar Schritte entfernt hatte sich die letzte der sie begleitenden Gruppen versammelt.

»Und wenn wir trotzdem versuchen, durch den Hauptzugang hineinzukommen?«, schlug einer aus der anderen Gruppe vor. »Wir könnten die Leute ausschalten und ihre Plätze einnehmen. Die Kleider tauschen und so tun, als wären *wir* die Wachtruppe!«

Vendar schüttelte nachdenklich den Kopf. »Das ist verdammt riskant. Selbst wenn es gelingt – was ist, wenn ein Wachwechsel stattfindet? Wir haben keine Ahnung, wann das sein könnte …« Er sah Harnas fragend an.

Harnas schüttelte den Kopf. »Davon hab ich auch keine Ahnung. Ich war mit meinen Leuten immer nur dem Pumpwerk zugeteilt. Ich weiß nicht, wann der Hauptposten wechselt. Außerdem – ich kenne diesen

Ort. Er liegt am Zugang einer großen Halle, in der häufig andere Leute sind. Da stoßen viele Gänge aufeinander. Unmöglich, einen solchen Angriff unbemerkt durchzuführen.«

»Wir müssten im Kampf wahrscheinlich auch Magie einsetzen«, sagte Gablina leise. »Das sollten wir eigentlich vermeiden, solange es irgend geht.«

»Und nun?«, fragte Leandra, sah auf und hob ratlos die Arme.

Meister Fujima meldete sich. »Es gibt eine Möglichkeit«, sagte er.

Alle blickten ihn hoffnungsvoll an.

Er sah sich unsicher um. »Es wird allerdings anstrengend werden. Und ich weiß nicht, wie lange wir brauchen.«

Leandra zuckte die Schultern. »Im Augenblick benötigen wir hauptsächlich eine Idee.«

Meister Fujima nickte. »Also gut. Ich schlage vor, wir suchen uns nach dem Plan eine der Mauern aus, die am weitesten abseits von den bewohnten und bewachten Teilen Torgards liegt. Wo uns möglichst viel massiver Fels von den Leuten in Torgard trennt.«

Leandra sah, wie Gablina zu Xarbas trat und sich an ihn schmiegte. Die beiden waren wohl ein Paar.

»Dann müssen wir arbeiten«, sagte Fujima. »Einer von uns wirkt eine sehr kleine und schwache Aura der Auflösung, auf jeweils nur einen Mauerstein gerichtet. Die anderen Magier bemühen sich, das Trivocum zu beruhigen, damit uns niemand bemerkt.« Er deutete auf die zweite Gruppe. »Auch diese Leute werden wir brauchen. Der Rest muss in Handarbeit gemacht werden. Stein für Stein abtragen, bis wir durch sind. Das kann viele, viele Stunden dauern.«

»Andere sollen das Trivocum beruhigen?«, fragte Leandra. »Geht das denn?«

Meister Fujima nickte. »Ja, mein Kind. Allerdings ist es eine anstrengende Sache. Man kann freilich kein

Aurikel setzen, sondern tut es allein mit der Willenskraft, mit der man sonst ein Aurikel erzeugt.«

Leandra nickte. Das war einleuchtend, und sie verstand auch gleich, warum es anstrengend war. Der Akt, ein Aurikel zu erzeugen, glich gewissermaßen einem Messerstoß in eine nachgiebige Wand, mit dem man ein Loch erzeugte, dessen Größe man danach kontrollierte. Je stärker der Stoß, desto größer die Willensanstrengung des Magiers – und desto höher die Iterationsstufe. Natürlich musste der Stoß gezielt und sauber sein, um keine unkontrollierte Verletzung des Trivocums auszulösen. Verwendete man seine Willenskraft auf andere Art und Weise, musste es durchaus möglich sein, das Trivocum zu glätten und zu beruhigen. Allerdings war dies, wie Leandra sich zusammenreimte, ein ständig währender Akt – im Unterschied zu dem kurzen Stoß der Aurikel-Erzeugung. »Also, wenn das möglich ist … sollten wir es versuchen«, sagte sie. »Uns bleibt kaum eine andere Möglichkeit.«

Harnas hatte bereits eine Stelle ins Auge gefasst. »Hier«, sagte er und deutete auf die Karte. »Dieser Punkt ist am weitesten entfernt von der Halle. Ich erinnere mich an die Mauer. Sie war ziemlich nass. Vielleicht hilft uns das.«

»Möglich«, sagte Meister Fujima. »Also dann – lasst uns aufbrechen!«

Mit neuer Hoffnung machten sie sich auf den Weg.

Harnas führte sie sicher und nach zehn Minuten erreichten sie die besagte Stelle. Meister Fujima übernahm das Kommando. Er wies Gablina an, jene erforderliche Aura der Auflösung zu erzeugen, während er, Xarbas und Leandra sowie später die drei Magier der zweiten Gruppe sich um das Trivocum kümmern sollten. Die drei ›dienstfreien‹ Magier und auch die Hälfte der Nichtmagier, welche für das Abtragen der Steine zuständig waren, sollten sich jeweils ausruhen.

Dann machten sie sich an die Arbeit.

39 ♦ Rohe Magie

»Nett«, sagte Chast. »Wirklich nett.«

Er marschierte in seinem Arbeitszimmer auf und ab und war nahe daran, die Beherrschung zu verlieren. Am anderen Ende des Raumes, in Fluchtnähe zur Tür, standen zwei Duuma-Soldaten und zwei Bruderschaftsmagier, deren Namen er nicht einmal kannte.

»Die Stadt befindet sich im Aufstand, Großmeister Karras ist tot, die Drakken sitzen mir im Genick und von Rasnor und Quendras gibt es keinerlei Nachricht«, fasste er zusammen.

Er blieb stehen und sah mit gespielt freundlichen Blicken die vier Leute an. »Dieser Victor fliegt mit seiner kleinen Roya ungestört nach Palimbaan und wird vermutlich in Kürze den Pakt besitzen. Leandra ist uns wieder einmal durch die Lappen gegangen. Und diese beiden da unten in den Quellen habt ihr auch noch nicht.« Er warf die Arme in die Luft. »Was will ich mehr? Alles klappt wie am Schnürchen!«

Die vier Leute standen wie ein Häuflein verschreckter Schafe beieinander. Sie schienen sich ihre Aussichten auszurechnen, wie schnell sie zur Tür gelangen konnten, um ihr Heil in der Flucht zu suchen.

Chast lächelte und nickte. »Ich kann mich langsam des Eindrucks nicht mehr erwehren, dass das Hauptmerkmal unserer Bruderschaft die Dummheit ist. Die Dummheit und die Unfähigkeit. Niemand ist in der Lage, eine einfache Aufgabe zu Ende zu bringen. Was meint ihr?«

Chast lachte leise auf, als er sah, dass seine Leute angstvoll nickten.

Am meisten Zorn empfand Chast darüber, dass sich Karras, dieser eingebildete Idiot, seinem Befehl widersetzt hatte und nicht mit hinab in die Quellen gegangen war. Er war es, der den Brand entfacht hatte, der vom *Roten Ochsen* ausgegangen war. Vermutlich hatte ihn Leandra selbst ins Jenseits befördert – niemand anderem war es zuzutrauen, einen Magier von der Stärke Karras' zu besiegen. Geschah ihm recht, diesem unsäglichen Schwachkopf.

»Du, wie heißt du?«

Der Magier, irgendwer ohne hohen Rang aus dem achten Stockwerk, sah verdattert zu seinen Kameraden. Dann blickte er Chast angstvoll an. »Trojan, Hoher Meister«, sagte er und schluckte.

»Gut. Du bist ab jetzt der Kommandant des Ordens von Yoor. Du sicherst Torgard, schickst eine weitere Drachenstaffel nach Palimbaan, um Victor, Rasnor und den Pakt zu finden, und lässt diese Quellen von Quantar durchkämmen. Diese beiden da unten müssen erwischt werden, wer immer das auch ist.«

Trojan war bleich geworden.

»Erweist du dich als fähig, wirst du alles bekommen, was du nur willst. Versagst du, werde ich dich persönlich zur Rechenschaft ziehen.«

Chast hatte seine Forderungen in sachlich-kühlem Ton vorgetragen und das machte seine Drohung nur umso furchtbarer. Trojan sah aus, als würden ihm gleich die Knie einknicken. Chast achtete nicht darauf.

»Und nun verschwinde. Komm mir erst wieder unter die Augen, wenn du Erfolge vorzuweisen hast.« Chast winkte ihn hinweg, und allein seine Handbewegung schien mehr Macht zu besitzen als jegliche Magie, die jemand wie Trojan zu wirken in der Lage war. Trojan verschwand wie von einem Windstoß davongetragen.

»Und du? Wie ist dein Name?«

»Thorim, Hoher Meister«, sagte der Mann schnell, aber auch er war unübersehbar nervös. Chast nickte. Immerhin – dieser Kerl schien ein wenig mehr Mumm zu besitzen als der andere.

»Du nimmst jetzt Karras' Posten ein«, sagte Chast. »Die Kampfmagier unterstehen ab sofort dir. Schlag diesen Aufstand in der Stadt nieder, egal wie. Und wenn du Savalgor in Trümmer legen musst! Zuvor aber schickst du mir deine besten drei Männer. Innerhalb von zehn Minuten. Ich werde mich mit ihnen persönlich um Leandra kümmern. Los, verschwinde.«

Auch Thorim war in Sekunden verschwunden. Die beiden Soldaten beeilten sich, ihm zu folgen. Dann klappte die Tür hinter ihnen zu.

Chast wandte sich um und gratulierte sich, die Beherrschung nicht verloren zu haben. Aber wenn weiterhin alles so schief lief, dann konnte das leicht noch passieren. Was ihm jetzt nur noch fehlte, war ein Besuch der Drakken. Angesichts all dieser Schwierigkeiten verlor er langsam die Lust, noch länger der Anführer dieser Bande von Versagern zu sein.

Es klopfte.

Chast wirbelte herum und fasste die Tür ins Auge. Hatte er wieder einmal eine Ahnung gehabt? Würden die Drakken jetzt tatsächlich kommen? Er war in der Stimmung, die nächste Fuhre von ihnen in die Hölle zu schicken.

»Wer ist da?«, brüllte er.

Zögernd öffnete sich die Tür und ein Soldat lugte herein.

»Es ist wegen … der Herrin, Hoher Meister.«

»Was ist mit ihr?«

»Es geht ihr schlecht und …«

Chast warf einen Arm in die Höhe. »Sollen sich die Frauen um sie kümmern! Ich habe jetzt keine Zeit. Die Stadt revoltiert! Hast du das nicht mitbekommen?«

Der Soldat zitterte. »Doch, Hoher Meister. Aber sie hat Schmerzen und will Euch sehen …«

Chast schritt drohend auf die Tür zu und der Soldat wich zurück. »Zur Hölle mit diesem Weib!«, brüllte er. »Seht zu, dass ihr sie wieder auf die Beine kriegt! In ein paar Tagen, wenn das alles hier vorbei ist, brauche ich sie! Und jetzt – geh mir aus den Augen!«

Die Tür klappte wieder zu und der Soldat war verschwunden. Chast schnaufte angestrengt. In Gedanken fügte er das Problem mit Alina noch der Liste seiner Schwierigkeiten hinzu.

Es war schon spät und eigentlich hätte ihn die Müdigkeit endlich packen müssen. Aber noch immer gab es etwas, das ihn beunruhigte: die Ahnung, dass in dieser Nacht die Drakken noch einmal kämen. Er überlegte, ob er wirklich Anlass hatte zu glauben, dass er übersinnliche Wahrnehmungen hatte, oder ob ein Besuch der fremden Wesen einfach nur überfällig war. Wahrscheinlich traf eher Letzteres zu. Er hatte den LiinMar und seine drei Begleiter getötet, und es war nicht zu erwarten, dass die Drakken das völlig ungerührt hinnehmen würden.

Also richtete er sich auf ein abermaliges Zusammentreffen ein. Er hatte keine Lust, wieder im Bett überrascht zu werden, allein schon, weil er dann nicht gleich von Anfang an die Kontrolle haben würde. Er ließ nur eine einzige Kerze brennen, öffnete die Tür zwischen seinem Schreibzimmer und seinem Schlafgemach und rückte einen der schweren Sessel ganz in die Ecke seines Schreibzimmers, wo tiefer Schatten herrschte und er alles gut im Auge behalten könnte. Als er sich schließlich dorthin setzte, war seine Befürchtung zu einem sicheren Gefühl gereift: Ja, sie würden noch heute Nacht kommen und ihn zur Rede stellen.

Es dauerte fast bis zum Morgen, bis sie dann tatsächlich kamen.

Chast war eingenickt, aber er hatte es gelernt, mit

einem wachen Auge zu schlafen, und so schreckte er schon im ersten Moment auf, als seine Sinne eine Veränderung im Raum spürten. Anders als beim letzten Besuch bekam er dieses Mal die gesamte Phase der Erscheinung des Fremden mit – denn es war nur ein Drakken, der diesmal zu ihm kam.

Die Luft mitten in Raum war auf gespenstische Weise ins Flimmern geraten, dann schälte sich eine Kontur aus dem Nichts.

Er blieb sitzen und beobachtete das geheimnisvolle Schauspiel.

Es war keine Magie – das hätte er gespürt. Dennoch manifestierte sich ein einzelner Drakken im Raum, so als hätte eine Magie ihn hierher befördert. Es war Chast rätselhaft, wie sie das machten. Sein neuer Gast war noch größer als der LiinMar und er trug eine Art Halb-Rüstung, die in einer seltsam dunklen, türkisblauen Farbe schimmerte. Seine schuppige Haut und die Horngrate, die sich überall an seinen Armen, Beinen und seinem Kopf befanden, glänzten braunschwarz im Licht der Kerze.

Chast wartete noch einen Augenblick, um die Wirkung seiner unvermittelten Gegenwart zu verstärken. Der Drakken hatte ihn offenbar noch nicht bemerkt.

»Was willst du, Echsengesicht?«, rief er plötzlich, schnellte aus seinem Sessel hoch und trat ein paar Schritte auf den Drakken zu.

Das Echsenwesen fuhr überrascht herum und blitzte ihn gefährlich an. Obwohl ihn diese Wesen inzwischen nicht mehr sonderlich zu erschrecken vermochten, war dieser Drakken, der nun vor ihm stand, ein besonders bedrohliches und widerwärtiges Exemplar. Er war übergroß und so massig, dass ihm zuzutrauen war, eine der Felswände einzudrücken, wenn ihm nicht danach war, den Raum durch die Tür zu verlassen.

Die kalten Augen des Wesens blitzten auf. »Du hast den LiinMar getötet!« Die Stimme des Wesens war erstaunlicherweise sehr viel besser moduliert als die des LiinMar.

Chast nickte kalt. »Ja, das habe ich. Und ich kann auch dich töten, du Bestie. Schneller, als du irgendeine Waffe gebrauchen kannst.«

»Wenn du mich tötest, wird der Antikryptus ausgelöst.«

Chast versuchte sich klarzumachen, dass er jedes dieser Wesen auf der Stelle mit seiner Magie zermalmen konnte. Sein Verstand wusste, dass er die Macht dazu besaß, aber vom Gefühl her wollte er es nicht so recht glauben. Plötzlich überkam ihn das dringende Bedürfnis, diesen Ort so schnell als möglich zu verlassen. Er mochte es sich selbst nicht eingestehen, aber zwischen den Schüben seiner Wut stach noch ein anderes Gefühl hervor – Angst.

Er versuchte sich zusammenzunehmen, seine Unruhe nicht durchscheinen zu lassen. Er verschränkte die Arme vor der Brust und schüttelte den Kopf. »Nein, das wird er nicht! Ihr wollt die Magie und das Wissen über die Magie! Die Magie ist euch wichtiger als der LiinMar oder als du selbst oder sonst wer, der kommen könnte, um mich zu bedrohen. Ihr braucht einen Verbündeten unter uns, denn ohne einen Verbündeten bleibt euch nichts übrig, als alle Magier dieser Welt zu vernichten. Wir sind zu stark für euch. Hier, in dieser Welt, könnt ihr uns weder wirklich besiegen noch unterdrücken. Deswegen werdet ihr den Antikryptus niemals anwenden!«

»Du unterschätzt uns«, sagte das Wesen. »Wenn wir das, was wir wollen, nicht bekommen, dann vernichten wir es.«

Chast versteifte sich. Er schalt sich einen Narren, dass er ein solches Verhalten nicht in seine Überlegungen mit einbezogen hatte. Ja, natürlich – skrupellose Kreaturen wie die Drakken waren zu so etwas in der Lage. Er selbst war es ja ebenfalls. Wie oft schon hatte er das zerstört, was er nicht beherrschen konnte. Im Augenblick stand er kurz davor, das mit der gesamten Stadt Savalgor zu tun.

»Verschone mich mit diesen dummen Reden, du Scheusal!«, presste er hervor. »Glaubst du, ich habe nicht erkannt, welche Bedeutung die Magie für euch hat? So leicht bringt ihr uns nicht um. Und jetzt verschwinde – ich habe zu tun!« Damit wandte er sich um, ließ den Drakken einfach stehen und verließ den Raum.

Als er draußen war, ging er noch ein paar Schritte und blieb dann stehen. Er ballte die Fäuste und biss die Zähne so fest aufeinander, dass er spürte, dass links im Mund irgendwo ein Zahngrat absplitterte.

Es wusste nicht, ob es ihm gelungen war, dem Drakken vorzuspielen, dass er derjenige war, der den Ton angab. Seine wahre Stimmung war ganz anderer Natur. Er hatte das Gefühl, dass ihm langsam alles entglitt, und die Überlegung, die er noch vor kaum einer Minute angestellt hatte, als er vor dem Drakken stand, begann Besitz von ihm zu ergreifen. Er war dabei, unter all dem Druck in eine Stimmung zu geraten, die der berüchtigten Laune Sardins gleichkam. Die Drohung dieser Bestien war vollkommen ernst zu nehmen – dass sie vernichteten, was sie nicht haben konnten. Zählte man nun noch den Aufstand in Savalgor, das Entwischen von Leandra, die Schwierigkeiten mit Alina und die Ohnmacht, an den Pakt zu gelangen, hinzu, dann standen er und seine Bruderschaft kurz vor dem Scheitern. Nach allem, was er über die Wege des Schicksals wusste, würde es auch dazu kommen. Einfach alles wandte sich im Moment gegen ihn, und dass sich trotzdem noch wirklich alles zum Guten wandte – das war schlicht und einfach ausgeschlossen. Irgendetwas *würde* schief gehen.

Sein Herz wummerte in seiner Brust.

Für eine lange Minute stand er da und bemühte sich,

die Fassung nicht zu verlieren. Die Tür zu seinem Arbeitszimmer öffnete sich nicht, der Drakken blieb, wo er war. Wahrscheinlich war er schon wieder verschwunden. Auch sonst zeigte sich niemand auf dem Gang.

Dann schälte sich aus seinen tobenden Gedanken ein einzelnes Wort: Leandra. Er schloss die Augen. Diese Heimsuchung von einer Frau war die unleugbare Schuldige für sämtliche Katastrophen. Ja, sagte er sich, sie würde er sich nun zur Aufgabe machen. Er würde sie kriegen, und er würde sich Zeit lassen, sie qualvoll zu töten, diese verfluchte Hexe. Wenn schon alles untergehen musste, was er erschaffen hatte, dann wollte er wenigstens noch Rache nehmen – auf die grausamste Weise, die ihm nur in den Sinn kam. Sie würde, bevor sie starb, jeden einzelnen Tag bereuen, den sie versucht hatte, ihm Knüppel zwischen die Beine zu werfen – und wenn es das Letzte war, was er tat. Er spuckte angewidert den Zahnsplitter aus und setzte sich langsam in Bewegung.

Dann blitzte noch ein kleiner Gedanke in seinem Hirn auf; der Gedanke, dass er vielleicht doch noch eine winzige Chance hatte – wenn es ihm gelang, Leandra zu töten. Denn er hatte ja noch Alina – und mit ihr winkte das Anrecht auf den Shabibsthron. Er wusste nicht, ob ihn die Palastgarde und alle Mitglieder des Rates anerkennen würden – obwohl es ihre Pflicht war, wenn er einmal den Rang des Shabibs innehatte. Aber darauf musste er es ankommen lassen. War er erst Shabib, würden sich die Drakken vielleicht noch hinhalten lassen. Im Augenblick zählte deswegen nur noch eines: Leandra zu finden und sie zu töten!

Am Treppenaufgang am Ende des Ganges erschienen drei Männer. Golbrin war unter ihnen, ein Schwachkopf, aber ein wegen seiner Kraft und Grausamkeit berüchtigter Magier. Chast lächelte böse. Genau einen solchen Mann brauchte er jetzt.

Er marschierte auf die Männer zu, ging an ihnen vorbei und winkte sie hinterher. »Folgt mir«, sagte er. »Wir gehen in die Stadt. Jetzt dürft ihr zeigen, was ihr könnt.«

*

Es wurde in der Tat nicht leicht. Leandra musste ständig eine Willensanstrengung aufbringen, die in etwa dem Setzen eines Aurikels der dritten Stufe gleichkam. Für einen Augenblick war das leicht – nicht jedoch, wenn man sich minutenlang konzentrieren musste.

Obwohl Gablina ihre Auflösungs-Aura mit bemerkenswerter Reinheit und Ruhe aufrechterhielt – während Vendar, Harnas und die anderen Nichtmagier die Steinquader loshebelten und beiseite schafften –, mussten die drei Magier, die das Trivocum glätteten, mit äußerster Sorgfalt und Konzentration vorgehen. Die Gefahr war groß, dass man ihre Tat bemerkte, denn es handelte sich nicht um das rasche Wirken einer kurzen Magie, sondern um eine ständige Anwesenheit im Trivocum. Sie alle wussten, dass der Erfolg ihres Vorhabens fast ausschließlich davon abhing, wie lange sie unbemerkt blieben. Wenn ihre Gegner auch nur den kleinsten Verdacht hegten, würde man Vorsichtsmaßnahmen treffen, die das Gelingen ihrer Mission unmöglich machten. Und jetzt, da in der Stadt eine offene Revolte herrschte, war die Bruderschaft sicher wachsam.

Leandra fühlte sich nach ihrem jeweiligen Einsatz von wenigen Minuten erschöpft und nach einer Stunde schon regelrecht ausgelaugt. Denjenigen, die Steine schleppen mussten, ging es kaum besser. Der Gang war eng, die Steine waren groß, und die Mauer war dick, wie sich bald herausstellte.

Meisterin Gablina erwies sich als echte Künstlerin. Eine erste Iterationsstufe hatte sich als zu wirkungsschwach erwiesen, um das Gefüge der Mauersteine genügend zu lockern. Also ging sie in die zweite Stufe.

Es gelang ihr, die Sphäre der Auflösung sehr klein und gezielt zu halten – sie jeweils nur auf einen Mauerstein zu richten. Zu Anfang hatte Gablina es noch vergleichsweise leicht, denn eine zweite Stufe zu wirken, selbst in dieser Reinheit, war nicht sonderlich anstrengend. Nach einer Stunde jedoch begann sie zu leise zu seufzen und bat immer häufiger um Pausen. Schließlich löste Meister Fujima sie ab.

Er war beileibe kein schlechterer Magier, und so ging ihre Arbeit stetig voran. Die Mauer schmolz langsam dahin, aber der Durchbruch wollte ihnen nicht gelingen. Sie hatten nach zweieinhalb Stunden etwa vier Ellen Mauersteine abgetragen, und die Steineschlepper ächzten und stöhnten. Sie alle arbeiteten vergleichsweise leise, aber demgemäß wuchs auch der Grad der Erschöpfung. Kein Stein konnte losgetreten und danach mit Schwung wegbefördert werden; jeder von ihnen musste vorsichtig gelöst, zu zweit fortgetragen und dann leise abgesetzt werden.

Endlich, nach Stunden, waren sie hindurch.

»Diese verdammte Mauer war sieben Ellen dick!«, fluchte Vendar.

»Ich hätte sie *zehn* Ellen dick gemacht, wenn Torgard *meine* Festung wäre!«, ächzte Leandra. Ihre Bemerkung tröstete niemanden.

Die letzte Ablösung war fällig, und die Gruppe, die nun antrat, machte den Durchstieg innerhalb von zehn Minuten breit genug, dass Leandras Gruppe einigermaßen bequem hindurchschlüpfen konnte.

Dahinter wartete die Dunkelheit eines weiteren unbekannten Ganges auf sie. Eines Ganges, der für den Augenblick viel versprach. Er stellte die Verbindung zu dem abgetrennten Höhlenreich innerhalb Torgards dar.

»Wir haben mindestens noch so eine Mauer vor uns«, sagte Vendar. »Nämlich dann, wenn wir wieder nach Torgard hinein wollen.«

Niemand wusste zu sagen, wie dieser letzte, wohl

gefährlichste Akt ablaufen mochte und ob er ohne eine größere Gewaltanwendung lösbar war. Angesichts der Erfahrung mit dieser ersten Mauer hatte er sich beachtlich verkompliziert.

»Ich werde mal nachsehen gehen«, sagte Vendar und ließ sich von Yo eine Fackel geben. Dann zwängte er sich durch den Durchschlupf und verschwand für eine Weile. Man sah nur den Fackelschein von der anderen Seite herüberdringen.

»Wir werden hier eine Falle aufbauen«, sagte Jordik, der Anführer der zweiten Gruppe. »Mit den Steinen. Wir werden sie, solange ihr da drinnen seid, hier rechts und links so aufschichten, dass sie leicht einzureißen sind. Damit können wir, nachdem ihr zurückgekommen seid, den Durchgang hinter uns blockieren, falls ihr verfolgt werdet.«

Harnas nickte anerkennend. »Gute Idee. Seht bloß zu, dass die Steine nicht schon vorher umkippen. Sonst sitzen wir in der Falle!«

Dann kam Vendar zurück. Er leuchtete mit der Fackel von der anderen Seite durch den Durchschlupf.

»Die Luft ist rein«, sagte er leise. »Ihr könnt kommen!«

Man verabschiedete sich von der zurückbleibenden Gruppe und wünschte sich gegenseitig Glück. Leandra ging voran, und als sie durch den Spalt in der abgetragenen Mauer hindurch war, stand sie in einem leicht aufwärts führenden, hohen Gang. Sie wusste, dass aller Spaß nun endgültig vorbei war. Es gab jetzt kein Zurück mehr. Sie würden entweder Alina finden und befreien, sagte sie sich grimmig, oder sie würden alle sterben.

*

Als Jacko die Hand nach dem Schwert ausstreckte, spürte er plötzlich ein seltsames Kribbeln – eines, das ihm die Nackenhaare aufgestellt hätte, wäre dies hier, unter Wasser, möglich gewesen. Er bemühte sich, ruhig zu bleiben und ohne heftige Bewegungen wieder aufzutauchen.

Als er oben war, streckte er den Kopf nahe an der Wand vorsichtig aus dem Wasser und holte leise Luft. Inzwischen waren überall helle Öllichter aufgestellt und Fackeln befestigt worden. Es war offensichtlich, dass man die Jagd nach ihnen längst noch nicht aufgegeben hatte. Zum Glück war niemand in der Nähe und auch das Boot war nicht mehr an der Stelle, wo zuletzt der Kampf stattgefunden hatte.

Hellami wollte dieses Schwert unbedingt wiederhaben und er hatte versprochen, es zu holen, wenn sie sich bereit erklärte, solange in ihrem Versteck zu bleiben. Jacko verzehrte sich vor Sorge, dass ihr irgendetwas zustoßen könnte, denn ihm war etwas passiert, was er noch nie erlebt hatte.

Er liebte sie. Er liebte diese zierliche, junge Frau mit einer Leidenschaft, die er von sich selbst gar nicht kannte. Sie hatte ihn in einen Zwiespalt gestürzt, der ihm schwer zu schaffen gemacht hätte, wäre er nicht in der unbeschreiblich glücklichen Lage gewesen, sie bei sich zu haben. Ihre Gegenwart hob all das wieder auf, was ihn an Selbstzweifeln überspülte. Irgendwie hatte er schon durch Leandra geahnt, was ihm eigentlich fehlte; Hellami hingegen hatte es ihm deutlich gezeigt.

Er konnte sich nicht im Mindesten erklären, in welcher Haltung gegenüber Frauen er sein Leben bisher gelebt hatte. All die drallen, wuchtigen Weiber mit ihren eher groben Manieren und ihrer ungestümen, herben Fraulichkeit, die in den letzten Jahren seine Gefährtinnen gewesen waren, erschienen ihm plötzlich wie ein Spott seiner selbst. Nicht, dass er eine von ihnen deswegen als minderwertig erachtete; nein, er selbst war es, der sich nun wie ein kleiner dummer Junge vorkam – dass er geglaubt hatte, dies wäre die Sorte Frauen, die ihm zustand, nach der er dürstete.

Hellami hatte vollkommen Recht gehabt – Leandra war in der Lage, Menschen zu verändern. Sie sagte einem etwas und es war die Wahrheit – man glaubte es. Leandra hatte mit einem Satz das erfasst, was ihn ausmachte – nämlich dass er ein harter Kerl war, ein *zu* harter Kerl. Dabei war das alles nur seine äußere Schale – die Art, mit der er nach außen wirkte, um Jacaire, der Anführer der Gruppe, zu sein, die jenen legendären Rang in der Savalgorer Unterwelt einnahm.

Er hatte sich diese Rolle angeeignet, denn sie passte in gewisser Weise zu ihm. Er war in der Tat ein harter Bursche; einer, der in der Lage war, den Anführer dieser derben Bande zu spielen. Aber *das* war es nicht, was er bereute. Er bereute vielmehr, dass er so lange Zeit sich selbst nicht erkannt hatte; dass er sich für einen Mann gehalten hatte, zu dem, entsprechend seiner Rolle als Anführer eines wilden Haufens, auch diese Sorte ›wilder Weiber‹ passte.

Nun, da er Hellami kennen gelernt hatte, merkte er, dass er keine seiner Gefährtinnen wirklich geliebt oder eine wirklich glückliche Zeit mit ihnen verbracht hatte. Es waren gute und freundliche Frauen gewesen, aber keine von ihnen war auch nur *so ähnlich* wie Hellami. Auf eine geheimnisvolle Weise hatte sie ihm gezeigt, wonach er sich wirklich sehnte, was ihm echtes Glück und Leidenschaft verhieß. Er war anderthalb Köpfe größer als sie, wog leicht das Doppelte und war mit seinen dreiundvierzig Jahren auch sicherlich doppelt so alt. Aber er konnte sich nicht erinnern, jemals ein so starkes Verlangen nach einer anderen Frau verspürt zu haben; nach einer dieser Frauen mit großen Brüsten, drallem Körper und dem Gehabe einer zu allen Schandtaten bereiten, willigen Bettgefährtin. Hellamis sanfte Hände und der Zauber ihres zierlichen Körpers bereiteten ihm Schwindelgefühle, wenn er nur an sie dachte. Ihre Lebendigkeit, ihr feinsinniger Geist und auch ihr frecher Humor waren ebenso erhebend wie wohltuend, und er konnte in ihrer Gegenwart voller Vertrauen seine Rolle als harter Kerl aufgeben und sich fallen lassen, dass er glaubte, sich selbst nie gekannt zu haben.

Ja, er liebte sie, er liebte sie mit solcher Leidenschaft und Hingabe, dass er echte Ängste ausstand, ihr könne in der kurzen Zeit, die er sie gerade allein ließ, auch nur die kleinste Kleinigkeit zustoßen. Er würde sie bis zum letzten Atemzug verteidigen. Jacko hatte plötzlich einen Traum, mit Hellami zusammen irgendwo einen sicheren Fleck zu finden, an dem er sich ihr widmen konnte, an dem er den Sinn seines Lebens in der Liebe zu ihr finden und verwirklichen konnte.

Seit Minuten schon trieb er im Schutz des feinen Nebels und einer dunklen Stelle an der Wand im Wasser. Es wurde Zeit, sich von diesen Gedanken loszureißen und sich etwas einfallen zu lassen, um an das Schwert zu gelangen. Damit er endlich zu Hellami zurückkehren konnte. Er hoffte, dass sie keine ihrer *mutigen* Dummheiten machte.

Er holte Luft und tauchte wieder hinab. Vier Ellen unter ihm lag Hellamis Schwert auf dem sandigen Grund des Wasserlaufs. Er erinnerte sich an Leandras Jambala, und ihm war längst klar, dass auch dieses Schwert irgendeine machtvolle Magie in sich trug, die unter anderem verhinderte, dass er es anfassen konnte. Aber die Lösung war nicht schwer – er brauchte nur etwas, in das er das Schwert einwickeln konnte. Leider hatte er selbst nichts bei sich – außer seiner Hose. Aber die konnte er nicht dafür opfern. Obwohl er Hellamis Anblick jede Sekunde genoss, war ihm klar, dass er auch ihr dringend irgendetwas zum Anziehen besorgen musste. Er tauchte wieder auf.

Dann fiel ihm ein, dass der Ertrunkene, der Mann, den Hellami so mutig angegriffen hatte, hier irgendwo noch am Grund des Wasserlaufs liegen mochte. Der Gedanke, den bedauernswerten Burschen auch noch zu fleddern, behagte Jacko nicht sonderlich. Aber in diesem Fall war es wohl notwendig – sofern er ihn fand. Jacko tauchte wieder unter, als am unteren Ende des Ganges Soldaten erschienen. Es wurde Zeit, dass er von hier verschwand.

Er tauchte am Grund entlang, konnte aber den Mann nicht finden. Irgendwie erleichterte ihn das, aber ihm fehlte nun immer noch etwas, in das er Hellamis Schwert einwickeln konnte. Für einige Zeit suchte er weiter, fand aber nichts.

Wieder tauchte er vorsichtig auf, zum Glück waren die Soldaten verschwunden. Dann fiel ihm die Lösung ein. Vorsichtig löste er die Schnüre der Scheide seines Zweihänders vom Rücken und nahm sein Schwert – eigentlich eine viel zu große Waffe für diese engen Höhlen – aus der ledernen Scheide. Dann zog er seine Hose aus. Er tauchte unter und steckte sein Schwert neben Hellamis in den Sand. Dann ergriff er, geschützt durch den Stoff seiner Hose, Hellamis Schwert, tauchte wieder auf und schob es in die Scheide seines Zweihänders. Deutlich nahm er das warnende Kribbeln wahr, welches das Schwert aussandte. Er fragte sich, was das wohl für eine Magie war – und ob sie so stark sein mochte wie die der Jambala.

Er befestigte die Scheide mit Hellamis Schwert auf seinem Rücken, zog anschließend seine Hose wieder an und holte sich seinen Zweihänder zurück.

Alles war reibungslos abgelaufen und es waren auch keine weiteren Soldaten erschienen. Das Letzte, was er noch tun wollte, war, sich eine Öllampe zu beschaffen. Das sollte kein Problem darstellen, allerdings musste er sie löschen und dann durch den Unterwassergang in ihr Versteck bringen. Er wusste nicht, ob die Lampe das in einem Zustand überstand, sodass sie später noch brennen konnte – wenngleich sich Öl eigentlich nicht mit Wasser vermischte. Und es war auch fraglich, ob er irgendwo Steine finden konnte, die beim Aufeinanderschlagen einen ausreichenden Funken erzeugten, um die Lampe wieder zu entfachen. Hier unten war alles aus Granit und Kalkstein, aber er glaubte, mitunter auch Bachkiesel gesehen zu haben, die einmal, vor langer Zeit, irgendwie hierher gespült worden waren. Vielleicht waren ein paar Feuersteine darunter.

Vorsichtig schwamm er zurück in Richtung ihres Versteckes. Bald wurde der Gang wieder flacher und er erhob sich aus dem Wasser. Es war nun nicht mehr weit, und zum ersten Mal ging ihm durch den Kopf, dass er selbst sich in der bei weitem gefährlicheren Lage befand. Hellami war vergleichsweise sicher. Leise und mit gespitzten Ohren watete er voran.

Als er sich in der Mitte des Ganges befand, beschlich ihn ein seltsames Gefühl. Er blieb stehen und sah sich um. Aber es war nichts auszumachen – kein Soldat und kein Geräusch. Irgendwie erschien es ihm seltsam, dass die Soldaten sich damit begnügten, auf den Stegen entlang zu laufen, um ihm und Hellami die Sicherheit des Wassers und des Nebels zu überlassen. Sie mussten eigentlich längst wissen, auf welche Weise sie sich durch die Grotten bewegten, und hätten entsprechende Gegenmaßnahmen ergreifen müssen. Misstrauisch beobachtete er seine Umgebung, und obwohl das beunruhigende Gefühl nicht weichen wollte, war alles um ihn herum völlig still. Zögernd setzte er sich wider in Bewegung.

Er brachte den langen, flachen Gang hinter sich und erreichte den Felsendom. Hier sah er Soldaten, aber der Nebel und die dunklen Ecken boten ihm nach wie vor Möglichkeiten, sich zu verbergen. Er beobachtete mit leichter Verwunderung die Soldaten, die miteinander redeten und sich dann offenbar allesamt in einen Seitengang, der nach links führte, zurückzogen.

Er schluckte und dachte wieder an Hellami. Hoffentlich war sie in Sicherheit. Er würde vor Verzweiflung sterben, sollte ihr irgendwas zustoßen.

Jacko holte tief Luft und ließ sich hinabsinken. Sein Zweihänder, den er mit der linken Hand hielt, behinderte ihn beim Durchtauchen des tiefen Wassers im Felsendom, aber er schaffte es dennoch bis auf die andere Seite. Als er dort ankam, sah er, dass er auch hätte schwimmen können. Die Soldaten waren fort.

Er schnaufte heftig, um wieder zu Luft zu kommen und wartete, bis sich sein Atem wieder beruhigt hatte. Sein Instinkt sagte ihm, dass er nicht unbehelligt wieder zurück in das Versteck gelangen würde. Das machte ihn zunehmend unruhiger.

Vor ihm wurde der letzte Gang, den er durchqueren musste, wieder flacher und zögernd erhob er sich aus dem Wasser. Alles war still. Kein Geräusch mehr von den Soldaten, nicht einmal das entfernte Plätschern von Wasser, wenn jemand irgendwo hindurchwatete. Jacko schritt langsam voran.

Bald darauf kam er an der Nische vorbei, in der er sich mit Hellami verborgen hatte und wo sie auf so herausfordernde Weise nach seinem besten Stück getastet hatte. Er lachte leise auf.

Im nächsten Augenblick aber blieb ihm das Lächeln buchstäblich im Halse stecken. Er spürte deutlich, dass irgendwo, ganz in der Nähe, etwas auf ihn lauerte. Etwas sehr Böses. Er versuchte den Kloß in seiner Kehle herunterzuschlucken und spähte in das neblige Halbdunkel vor ihm, an dessen Ende er schon das Licht der Grotte erkennen konnte, in welcher der Unterwassergang zu ihrem Versteck lag.

Dann war es soweit.

Mit dramatischer Langsamkeit erhob sich etwas vor ihm aus dem Wasser.

Jacko keuchte auf und trat drei Schritte zurück. Es war zuerst nur ein länglicher Schatten, der sich vor dem Licht der Grotte im Hintergrund abhob, aber dann wurde eine gewisse Form erkennbar. Jacko musste all seinen Mut zusammennehmen, um nicht in Panik zu verfallen.

Der Schatten war hoch und schmal und bald sah er rechts und links davon schmale, insektenhafte Beine aus dem Wasser auftauchen. Das war kein Soldat – nein, das war nicht einmal ein *Mensch!* Jacko wich noch einen Schritt zurück, und als das Wesen sich vollständig erhoben hatte, wurde ihm klar, dass er wieder einmal einer Ausgeburt aus Chasts Hölle gegenüberstand. Einem großen, hässlichen, vielfüßigen Wurm, dessen Ausstrahlung unmissverständlich war: Er kam direkt aus dem *Stygium* zu ihm.

Jacko *dachte* nicht mehr, er handelte nur noch. Handelte wie der große, starke Kerl, der er war und den er so gern für Hellami aufgegeben hätte.

Instinktiv griff er mit der Rechten über die Schulter und zog sein Schwert.

Es dauerte einen seltsamen Augenblick, bis er spürte, dass er seinen Zweihänder zuvor fallen gelassen und nun Hellamis Schwert gezogen hatte. Ein höllischer Schmerz zuckte durch seinen Arm und er glaubte, im nächsten Moment innerlich verbrennen zu müssen.

40 ♦ Ghouls

Dunkle Gänge wirken immer unheimlich – wenn man sie zum ersten Mal betritt. Besonders aber war es dieser hier, denn er führte, wie Leandra und alle anderen wussten, mitten in ihre ganz persönliche Hölle hinein.

Vendar ging mit einer Fackel voraus, Yo bildete mit der zweiten die Nachhut.

Der Gang war höher und breiter als die meisten bisherigen. Er führte leicht aufwärts und überall waren Spalten und Durchgänge in andere Richtungen zu erkennen. Eine Eigenart all dieser Höhlen war eine gewisse Wärme, allenfalls in der Gegend um das Pumpwerk herum war es etwas kühler gewesen – bedingt durch das Wasser, das überall tropfte und floss.

Harnas bemühte sich nach Kräften, mit dem Lesen der verzwickten Karte nachzukommen. Sie erreichten mehrere Abzweigungen, an denen dunkle Gänge in die Ferne führten. Häufig waren sie gezwungen zu klettern; überall lag Geröll herum und große Felsblöcke versperrten ihnen den Weg.

»Wie diese Höhlen wohl entstanden sind?«, fragte Leandra.

Meister Fujima lachte leise. »Ha! Da könntest du ebenso gut fragen, wie die *Höhlen*welt entstanden ist, mein Kind«, sagte er.

Leandra sah ihn erstaunt an, erwiderte aber nichts.

Stetig ging es aufwärts, und Harnas legte immerzu dar, wo er ihren augenblicklichen Standort auf der Karte vermutete. Dann überkam sie eine gewisse Erleichterung, als sie zum ersten Mal eine weitere zugemauerte Stelle erreichten. Harnas war sicher, diesen Ort auf der Karte bestimmen zu können.

»Hier müssen wir jetzt sein«, sagte er und zeigte beflissen auf einen Punkt auf seiner Karte. »Das ist in Höhe des dritten Stockwerks. Aber wir haben noch einen weiten Weg vor uns.«

»Denkst du, wir können bis ganz hinauf ins elfte Stockwerk gelangen?«, fragte Xarbas.

Harnas nickte. »Möglich. Aber ich weiß nicht, ob das so klug wäre. Woher sollen wir wissen, an welcher Stelle wir im elften Stock durchbrechen können, ohne Chast direkt in die Arme zu laufen?«

Leandra seufzte. Irgendwie war dieses ganze Unternehmen mehr als waghalsig – das wurde ihr immer klarer. Sie drangen in eine Festung ein, für die der Begriff ›wehrhaft‹ eher eine starke Untertreibung bedeutete. Und sie hatten keine Ahnung, wo sich Alina aufhalten mochte, sah man einmal davon ab, dass es eine gewisse Wahrscheinlichkeit gab, dass sie im elften Stock war. Aber sie hatten kaum mehr die Möglichkeit, noch einmal eine Mauer wie die erste abzutragen. Dazu hätten sie mehr Leute, viel Zeit und noch mehr Ungestörtheit benötigt. Und mit magischer Gewalt durchzustoßen war mehr als eine verrückte Idee – in einem Bereich, in dem sich der möglicherweise stärkste Magier der gesamten Höhlenwelt aufhielt. Ganz zu schweigen von seinen Dutzenden von Brüdern.

»Aber ich weiß einen Gang im neunten Stockwerk«, sagte Harnas schlau, »in dem es, ganz nah beieinander, vier oder fünf zugemauerte Stellen gibt. Da ist in der Nähe eine Amtsstube, zu der ich öfter Listen bringen musste. Einmal habe ich mich verlaufen, stand dann an diesem Gangende und starrte verwundert die Mauern an. Die Stelle ist ein bisschen abgelegen, nicht weit, aber dennoch – es sind ein paar Dutzend Schritte. Ich glaube, dass es eine Möglichkeit geben könnte, von dieser Seite her diese vier, fünf zugemauerten Stellen zu erkennen.«

»Du meinst, wir könnten dort durchbrechen?«

Er zuckte die Achseln. »Es ist das Einzige, was mir einfällt. Mit Glück funktioniert es. Wie gesagt, die Stelle ist ein bisschen abgelegen.«

Leandra seufzte erleichtert. Sie fühlte sich in der vollen Verantwortung, für den Erfolg ihres Vorstoßes zu sorgen, aber sie hatte wieder einmal nicht die geringste Vorstellung gehabt, was sie tun sollten, wenn sie erst einmal oben waren. Harnas zu finden und mitzunehmen war ein unerhörtes Glück gewesen. Sie marschierte auf ihn zu, nahm seinen Kopf in beide Hände, zog ihn zu sich herab und küsste ihn auf die Stirn. »Mann!«, sagte sie dankbar. »Wenn wir hier wieder raus kommen, sorge ich dafür, dass du einen Orden kriegst!«

Harnas stand etwas verblüfft da und starrte sie an. Mit ihrer seltsamen Handlung schien Leandra die Erleichterung aller zum Ausdruck gebracht zu haben. Es war keinem entgangen, dass sich die Stimmung ihrer Gruppe bedenklich der völligen Ratlosigkeit genähert hatte.

»Einen Orden?«, fragte Harnas.

Vendar boxte ihn vor die Brust. »Ja. Und von mir noch ein Fass Bier dazu. Aber erst mal musst du uns noch was zeigen! Führ uns zu diesen verdammten Mauern. Und möglichst zu einer davon, die dünn wie Papier ist.«

Der wackere Harnas bemühte sich, die Stimmung weiter zu verbessern. »Gibt das dann *noch* ein Fass Bier?«, wollte er wissen.

»Für jede Elle, die die Wand dünner als sieben Ellen ist, noch eins«, versprach Meister Fujima. »Los jetzt. Ich möchte das hier hinter mich bringen!«

Sie setzten sich wieder in Bewegung, mit ein klein wenig neuem Mut. Jetzt brauchten sie nur noch eine

Portion Glück, so groß wie ein Gebirge, und sie hatten vielleicht eine kleine Chance.

Harnas schien die Ausdehnung von Torgard tatsächlich so gut erfasst zu haben, dass er die Gruppe mit Hilfe der Karte führen konnte. Immer wieder erreichten sie zugemauerte Stellen, bei denen Harnas aufgeregt und mit großer Gewissheit auf seine Karte deutete – woraufhin er die Gruppe mit entschlossenen Schritten weiterführte. Seine Treffsicherheit schien ihn immer mehr zu beflügeln, denn er hatte ein ums andere Mal recht. Bald erreichten sie nach seiner festen Überzeugung das vierte, danach das fünfte Stockwerk.

Dann plötzlich blieb Meister Fujima stehen und hob die Hände. »Wartet!«, sagte er.

Die Gruppe blieb stehen.

»Habt ihr das gespürt?«, fragte er.

»Was denn?«, fragte Leandra.

»Etwas im Trivocum. Eine seltsame Regung – aber ich bin nicht ganz sicher.«

»Magier? Könnten Magier der Bruderschaft hier sein?«, fragte Xarbas leise.

Meister Fujima schien verwirrt zu sein. »Nein«, antwortete er flüsternd und schüttelte den Kopf, offenbar noch immer konzentriert ins Trivocum lauschend. »Keine Magier und auch keine Magie. Aber dennoch … irgendetwas Seltsames.«

Leandra spürte, wie sich ihr Magen zusammenzog. Vendar hob die Fackel höher und Yo trat mit der ihren ganz nahe zu ihnen. Sie standen in einem Gangstück, das so etwas wie eine Verzweigung in alle möglichen Richtungen war. Das war um so schlechter, da man hier kaum Übersicht gewinnen konnte. Hinter jedem Stein, jedem Durchgang und in jeder Nische konnte sich etwas verbergen.

»Verdammt!«, flüsterte Leandra. »Ich kann nichts spüren! Was soll da sein?«

»Es ist keine Magie«, sagte Meister Fujima ebenso

leise. »Eher etwas, das von Magie berührt ist – oder berührt wurde; etwas *Verändertes* …«

Was es war, erfuhren sie alle im nächsten Augenblick auf die denkbar furchtbarste Weise. Leandra wünschte sich später, sie hätte wenigstens in dieser Sekunde zufällig in eine andere Richtung geblickt.

Etwas flog von rechts heran, etwas Großes, Kantiges auf schnellen Beinen. Es traf Vendar von der Seite her, bevor er sich auch nur umwenden konnte. Seine Fackel flog in hohem Bogen davon, prallte gegen eine Wand und fiel in einem orangeroten Funkenregen wieder herab. Vendar selbst flog auch, und im Schein der Fackel konnte man einen Bogen dunkelroten Blutes sehen, der ihn verfolgte, bis er schwer irgendwo gegen einen Felsen krachte.

Im nächsten Augenblick schon hockte das Wesen, so etwas wie ein riesiges Insekt, lauernd vor ihnen und erlaubte sich ein kurzes Zögern, wohl um sich seine nächste Beute auszuwählen – ein Zögern, das sein Verderben und ihrer aller Rettung war. Meister Fujima erwies sich als der Schnellste. Bevor das Wesen in seiner irrsinnigen Geschwindigkeit losschnellen konnte, wurde es von einem seltsamen Ding getroffen. Leandra konnte es später nur als *schwarze Kante* beschreiben, etwas, zu dem sich die blanke Luft vor der Bestie verdichtet hatte. Diese magische Erscheinung zerschnitt die Kreatur sauber in zwei Hälften. Es hob, da es soeben seinen nächsten Sprung tun wollte, noch eine Elle vom Boden ab und zerfiel dann in die vielen Einzelteile, in die der scharfe Schnitt seinen spinnenhaften Leib zerlegt hatte.

Das Bemerkenswerte war, dass Leandra in diesem Augenblick selbst im Begriff stand, eine Iteration aufzubauen, dabei aber nichts von Meister Fujimas Aurikel mitbekam, auch noch Augenblicke nach dem Überfall nicht. Nichts rührte sich da, weder Gablina noch Xarbas hatten eine Magie wirken können; das gesamte

Trivocum war so stumm und unbewegt, als habe seit Stunden niemand in der Umgebung mehr eine Magie gewirkt.

Noch damit kämpfend, dem Schock des Angriffs und dieser Verblüffung Herr zu werden, strömten Leandras Gedanken endlich in Richtung Vendar; es waren erst Sekunden vergangen, seine Fackel eben erst zu Boden gefallen und der Aufprall von Vendars Körper kaum verklungen.

Mit wachsendem Grauen wandte sie sich der Stelle zu, an der Vendar in der Dunkelheit liegen musste, und während die anderen entsetzte Laute von sich gaben und Yo mit ihrer Fackel loslief, um zu Vendar zu gelangen, stieß Leandra durch die Reihe ihrer Gefährten, riss den versteinerten Harnas dabei um und stolperte dorthin, wo sie ihren Freund und Mitkämpfer hatte niederfallen sehen.

Was sie im Schein von Yos sich nähernder Fackel sah, bereitete ihr einen Schock, und sie sank auf der Stelle nieder und musste sich würgend übergeben. Sie wusste später nicht, ob es wegen des Blutbads war oder wegen der Verzweiflung, dass sie ihren Freund nicht einmal mehr in die Arme nehmen konnte. Vendar war auf die schlimmste Weise von dem Monstrum zerrissen worden, und dass er auf der Stelle tot gewesen sein musste, daran gab es keinen Zweifel.

Der Schock wirkte tief auf die Gruppe.

Leandra saß allein da und weinte verzweifelt. Keinem anderen ging es besser. Yo hatte sich mit tauben Blicken neben der Leiche von Vendar niedergelassen und starrte, noch immer die Fackel haltend, in die Dunkelheit. Gablina und Xarbas hatten sich aneinander geklammert und Meister Fujima war dort stehen geblieben, wo er zuvor gewesen war, hatte die Augen geschlossen und den Kopf gesenkt. Harnas zitterte am ganzen Leib.

Es dauerte lange, bis sich irgendjemand von ihnen

wieder rührte; zuerst war es Yo, die aufstand, einen Fluch ausstieß und mit dem Fuß in den Haufen dürrer Glieder trat, der einmal dieses unsägliche Monstrum gewesen war. Beine und Fühler flogen durch die Luft und krachten gegen die Höhlenwände. Leandra nahm abwesend zur Kenntnis, dass es sich umso etwas wie eine Spinne oder eine dürre Krabbe gehandelt haben musste. Vielleicht von der Größe eines Menschen, offenbar mit wesentlich geringerer Körpermasse, aber so aberwitzig schnell, dass der reine Aufprall ihrer scharfen Glieder einen Menschen zerreißen konnte.

Meister Fujima trat zu Leandra. Er wollte ihr behilflich sein aufzustehen und reichte ihr die Hand. »Mein Kind«, sagte er mit ruhiger Stimme. »Ich weiß, es ist furchtbar. Aber hier können wir nicht bleiben. Wir müssen weiter.«

Leandra sah mit tränenüberströmtem Gesicht auf. »Weiter?«, krächzte sie. Dann schüttelte sie den Kopf und sah wieder zu Boden. »Ich kann nicht mehr. Ich kann nicht immer mehr meiner Freunde sterben sehen.«

Meister Fujima ließ ihr einen Augenblick Zeit. Dann deutete er dorthin, wo der tote Vendar lag. »Du kannst jetzt nicht aufgeben. Sein Tod wäre umsonst. Er würde es nicht gewollt haben. Er wäre für nichts gestorben, wenn wir jetzt aufgeben würden.«

Es waren die typischen Worte, die bei jedem Opfer gesagt wurden. Worte, die eine grausige Wahrheit enthielten. Aber schließlich drang zu Leandra durch, dass Meister Fujima Recht hatte. Sie waren alle mit dem Risiko zu sterben hierher gekommen, und keiner von ihnen hätte erwartet, dass die Gruppe aufgab, wenn er selbst umkommen sollte. Leandras Verzweiflung wurde von einer plötzlichen Wut fortgespült. Der Wut, endlich denjenigen zur Rechenschaft zu ziehen, der für dies alles verantwortlich war.

Überraschend kam Yo zu ihr, diese grobe, vorlaute

Yo, und legte ihr den Arm tröstend um die Schultern. Dann führte Yo sie davon, weg von diesem Ort des Schreckens.

*

Leandra wusste, dass die Taubheit, mit der sie durch die dunklen Gänge vorantappten, mehr als gefährlich war. Aber sie konnte Vendar nicht aus ihren Gedanken vertreiben. Immer wieder kamen neue Tränenschübe, und sie dachte verzweifelt nach, was sie hätte tun können, um ihn doch noch zu retten. Aber da war nichts, sie hatte vorher nichts gespürt, keine Gelegenheit gehabt zu reagieren. Sie wünschte sich, sie hätte ihn nicht gebeten mitzukommen, wiewohl es dann wahrscheinlich einen anderen ihrer Gruppe erwischt hätte.

Ausgerechnet Vendar, ausgerechnet einer, dem sie besonders nahe gewesen und den sie auf eine gewisse Weise geliebt hatte. In ihren Gedanken häuften sich all die schönen Dinge, die sie mit ihm erlebt hatte und die sie angezogen hatten – seine einnehmende Wesensart, sein Mut und auch seine Zärtlichkeit. Sie wünschte sich, dass sie ihre Nacht mit ihm nicht in diesem Nebel des Alkohols verbracht hätte. Vendar war ein Mann gewesen, wie eine Frau ihn sich nur wünschen konnte. Stark, mutig und klug. Und er war ein verdammt hübscher Kerl gewesen. Sie vermutete, dass irgendwo eine Frau oder Freundin auf ihn wartete, und das machte alles nur noch schlimmer.

»Ghouls«, sagte Harnas leise. »Das war ein Ghoul.«

Leandra, noch immer mit tränenfeuchten Wangen, bekam von der Seite das Gespräch mit, das sich zwischen Harnas und Meister Fujima ergab. »Ghouls?«, fragte der Magier. »Was ist das?«

»Eigentlich nur … so etwas wie ein Gerücht«, antwortete Harnas mit dumpfer Stimme. »In Torgard erzählten wir uns davon. Es ging einmal die Rede, dass ein paar Magier der Bruderschaft Wesen erschaffen hätten, irgendetwas Furchtbares. Aber nie sah jemand einen dieser Ghouls. Es war so unheimlich, dieses Gerücht, dass wir es nicht glaubten, dass es zu einem finsteren Witz wurde und wir uns gegenseitig damit Angst einjagten. Wenn du Mist baust, hieß es, dann schmeißen sie dich in die Höhle mit den Ghouls.«

Leandra blieb stehen. »Du hast davon gewusst?«

Harnas holte tief Luft, blieb ebenfalls stehen und sah sie schuldbewusst an. Es war für alle deutlich zu erkennen, dass Leandra innerlich kochte.

»Ich habe das wirklich nur für einen dummen Scherz gehalten«, erklärte er und Tränen schimmerten in seinen Augen. »Ich wäre nie darauf gekommen, dass es so etwas tatsächlich geben könnte. Auch nicht, dass diese Bestien *hier* sein könnten!« Seine Stimme wurde leiser und er schüttelte in bitterer Selbstkritik den Kopf. »Trotzdem – ich hätte darauf kommen müssen.«

Harnas bot einen jämmerlichen Anblick. Er schien sich schreckliche Vorwürfe zu machen und Leandra hatte einmal das Gleiche erlebt: damals, als Jasmin gestorben war. Bis heute war sie nicht wirklich sicher, ob Jasmins Tod nicht ihre Schuld gewesen war. Sie wusste, dass es grausam war, einen Menschen in einem solchen Zwiespalt zu lassen, und auch, dass solche Dinge nichts brachten. Besonders jetzt nicht. Sie wischte sich die Tränen von den Wangen, legte einen Arm um Harnas' Schultern und zog ihn mit sich. »Ich hab es nicht so gemeint«, versuchte sie ihn zu trösten. »Wer kann bei dieser Bruderschaft schon wissen, welche Gerüchte einen Sinn ergeben und welche nicht.«

Es war ein schwacher Trost, aber Harnas warf Leandra einen dankbaren Blick zu.

»Du sprachst in der Mehrzahl«, sagte Meister Fujima, der plötzlich eilig von hinten zu ihnen aufschloss. »Von Ghouls.«

Harnas nickte. »Ja. Wenn dieses Gerücht wahr ist

und dies ein Ghoul war, dann … könnte es noch mehr davon geben.«

Leandra blieb wieder stehen und spürte einen Schauer auf dem Rücken. Die anderen hatten es auch gehört und die Fackeln wurden wieder erhoben. Man starrte unruhig in die Dunkelheit.

»Man kann sie spüren«, sagte Meister Fujima leise. »Sehr schwach nur. Es sind Tiere, die durch Magie verändert wurden. Größer, gefährlicher, böser. Vielleicht waren sie zuvor nur einfache Höhlenspinnen oder so etwas.«

»Was für eine abartige Magie!«, flüsterte Xarbas angewidert. »Machen diese Dreckskerle denn vor überhaupt nichts Halt?«

»Damit würde ich nicht rechnen«, erwiderte Meister Fujima und schüttelte den Kopf. Er wirkte so bescheiden und höflich wie immer. Im Nachhinein war es kaum vorstellbar, dass dieser nette, kleine Mann mit seiner Entschlossenheit und Geistesgegenwart sie vor der Vernichtung bewahrt hatte. Nur leider Vendar nicht.

Leandra trat zu ihm. »Was war das für eine Magie, Meister Fujima?«, fragte sie. »Das Trivocum hat sich nicht im Mindesten bewegt!«

Xarbas und Gablina traten mit hinzu. Auch sie schienen eine Antwort hören zu wollen. Fujima studierte lange Leandras Gesicht, dann sah er zu Xarbas und Gablina und seufzte. »Es war keine Elementarmagie«, gab er zu.

»Das habe ich gemerkt«, stellte Leandra fest und zog die Nase hoch, die von ihrem Weinkrampf noch immer ein wenig lief. »Nennt man Euch nicht den Philosophen des Trivocums, Meister Fujima? Den Hüter des Kodex?«

Fujima schüttelte den Kopf. »Nein. Altmeister Ötzli ist es, der sich gern als ›Hüter des Kodex‹ bezeichnen ließ.« Er seufzte. »Aber … nun, liebe Leandra, es liegt doch eigentlich nahe, dass es durchaus auch noch andere Quellen der Eingebung in der Magie geben kann. Findest du nicht?«

Leandra wischte sich noch einmal übers Gesicht. »Hättet Ihr dann nicht früher etwas tun können? Etwas, das Vendar das Leben gerettet hätte?«

Sie kam von Vendars Tod nicht los. Der Gedanke war unerträglich, dass sie nie mehr sein Lächeln würde sehen können. Sie beide waren sich viel zu nah gewesen, als dass sie seinen Tod einfach nur hinnehmen und weitermachen konnte. Sie spürte Yos Arm, der sich wieder tröstend über ihre Schulter legte, und gleich darauf musste sie an Hellami denken, an Hellami und Jacko. Sie atmete schwer ein und aus.

»Ich bin eine schöne Anführerin«, sagte sie, den Tränen wieder nahe. »Ich heule mir die Seele aus dem Leib, wo ich doch diesen verfluchten Chast zur Hölle schicken sollte!«

»Schon gut«, sagte Meister Fujima und legte ihr ebenfalls die Hand auf die Schulter. »Ich glaube, gerade deswegen mögen wir dich alle so. Weil du ein empfindsamer Mensch geblieben bist, trotz allem, was du bisher schon durchgemacht hast.«

Sie spürte die Wärme, die sich bei diesen Worten in ihr ausbreitete, und war Meister Fujima und auch Yo dankbar dafür. Sie mussten sich in diesen Stunden wohl alle gegenseitig stützen.

»Also gut«, seufzte sie. »Ich werde mich bessern. Wir werden jetzt Alina aus diesem verfluchten Torgard herausholen. Und zwar gleich. Können wir uns vor diesen Ghouls schützen?«

»Sicher nicht sonderlich gut«, sagte Meister Fujima. Er dachte nach. »Es wird das Beste sein, ich gehe voraus und versuche, sie zu erspüren.« Er sah der Reihe nach Gablina, Xarbas und Leandra an. »Ich denke, ihr könnt das auch. Achtet auf kleinste Verfärbungen im rötlichen Schein des Trivocums. Verfärbungen zum

Blauen hin. Ich weiß – gerade das ist sehr schwierig. Aber lieber einmal zu viel gewarnt als einmal zu wenig. Ich schlage vor, sobald einer von uns etwas wahrnimmt, ruft er eine schnelle Warnung und wir gehen sofort in Deckung oder lassen uns zu Boden fallen. Es scheint mir, dass diese Wesen – bei der Geschwindigkeit, mit der sie angreifen – ein recht großes Ziel benötigen.«

Leandra nickte. »Ja, klingt vernünftig. Und was tun wir, wenn sie da sind?«

»Wir müssen noch immer so lange wie möglich unbemerkt bleiben«, sagte Meister Fujima und hob die Arme. »Also müsst ihr alle auf meine Magie vertrauen. Ich kann diese Wesen töten, ohne das Trivocum zu erschüttern. Wenn ich einen Augenblick Zeit finde.«

»Könnt Ihr diese Magie nicht erklären, Meister?«, fragte Xarbas besorgt. »Sodass auch wir sie anwenden könnten?«

Meister Fujima schüttelte mit einem zweifelnden Lächeln den Kopf. »Grundsätzlich ginge das, aber es ist in der Kürze der Zeit unmöglich. Wie Leandra schon bemerkte, man nennt mich mitunter den Philosophen des Trivocums. Die Wahrheit ist, dass ich schon seit der Zeit, da ich ein junger Magier war, nach Weiterentwicklungen in der Magie forschte. Ich habe mich durchaus immer bemüht, beherrschbare Formen zu finden – im Sinne des Kodex. So viel zu meiner Entschuldigung. Aber diese Magieform – nein, die kann ich keinem innerhalb von Minuten erklären. Ich arbeite seit vielen Jahren daran.«

Leandra seufzte leise. Munuel hatte seine ›Stygische Magie‹ angewandt, sie selbst hatte es ihm nachgetan, und nun stellte sich heraus, dass selbst der berühmte Meister Fujima der Elementarmagie nicht immer treu geblieben war. Wenn man es genau betrachtete, benötigten sie langsam einen anderen Grund, um sich gegen die Bruderschaft zu wenden. Deren Vorliebe für die ›Rohe Magie‹ war auch nicht verwerflicher als das, was sie, die Cambrier, selbst betrieben.

Nein, korrigierte sich Leandra. Es war dennoch ein wenig anders. Man sah es an diesen Ghouls, an der tödlichen Brühe, die dieser Magier in den Quellen von Quantar erzeugt hatte, oder an der Abartigkeit dieses Scheusals Karras, mit dem sie im *Roten Ochsen* gekämpft hatte. Die Bruderschaft war die Bruderschaft – und es war eigentlich egal, ob sie sich der Rohen Magie oder der Elementarmagie bediente. Diese Kerle und ihr Anführer waren skrupellos und verderbt und schreckten vor keiner Grausamkeit zurück, um ihre Ziele zu erreichen.

»Ich spüre etwas«, sagte Meister Fujima plötzlich, breitete die Hände aus. Er winkte sie alle aus der Gangmitte fort.

Erschrocken wichen die Gefährten auseinander, drängten sich an die Höhlenwände oder in Nischen. Yo hatte ihre Fackel einfach fallen lassen, es war die einzige, die sie im Moment bei sich hatten. Wenige Augenblicke später spürte Leandra, die instinktiv Kontakt mit dem Trivocum aufgenommen hatte, welche Art Verfärbung Meister Fujima gemeint hatte.

»Vorsicht!«, rief sie. »Duckt euch!«

Sie fand selber kaum mehr Zeit, noch tiefer in Deckung zu gehen, denn im nächsten Augenblick zischte etwas mit einem hässlichen Geräusch an ihnen vorbei. Leandra fühlte einen harten Streich, der ihr über die rechte Brust fuhr, und schrie auf. Aber sie hatte Glück – ihr Kettenhemd schützte sie davor, tiefer verletzt zu werden. Gegenüber hörte sie Xarbas aufstöhnen.

Das Wesen war bereits an ihnen vorbeigeflogen und Meister Fujima erhob sich mit einer raschen Bewegung. Leandra konnte im flackernden Licht der auf dem Boden liegenden Fackel nicht sehen, was geschah, aber ein reißendes Geräusch aus dem zurückliegenden Teil des Ganges sagte ihr, dass er das Wesen erwischt haben musste.

Sie sprang auf und eilte zurück, sah gleich darauf Xarbas, der eine blutige Strieme im Gesicht trug, aber den Angriff ebenso wie sie überstanden hatte. Doch sie kam nicht weit. Gleich darauf erkannte sie schon die nächste Verfärbung im Trivocum. Aber diesmal waren es mehrere Quellen.

Und dann kamen sie.

Es waren Dutzende, und sie kamen von allen Seiten.

Leandra hatte nur wenige Sekunden, um zu handeln. Aber wie es schon früher passiert war, schlug wieder ihre erstaunliche Gabe durch, in gefährlichen Momenten, in denen sie unter zunehmendem Druck stand, eine außergewöhnliche Verstandesschärfe zu entwickeln. Plötzlich glaubte sie zu begreifen, wie Meister Fujima seine ›lautlosen‹ Magien wirkte. Sie erkannte mit einem Mal die Verbindung zu Beschreibungen, die sie im Büchlein von Munuels ›Stygischer Magie‹ gelesen hatte; Worte, deren Bedeutung ihr bisher verborgen geblieben war. Denn sie war niemals davon ausgegangen, dass Magien im Trivocum ›lautlos‹ sein konnten.

Es war da die Rede von Zonen des Trivocums gewesen, die außerhalb der gewohnten Wahrnehmung des ›Inneren Auges‹ des Magiers lagen; ›Zonen im Abseits‹ hatte der Verfasser Darios sie genannt, die ebenso allgegenwärtig wie das Trivocum selbst waren, jedoch nicht gesehen wurden, da sie sich dem Magier nicht durch das kleine Fenster seiner gewohnten Wahrnehmung darboten. Jetzt verstand sie schlagartig, was Meister Fujima gemeint hatte. Welch dummer Glaube wäre es, das Trivocum als ein einziges, einheitliches Gebilde verstehen zu wollen – diese Grenze zwischen dem Diesseits und dem Stygium, die alles durchdrang und nirgends und überall zugleich war. Lehrte nicht das tägliche Leben, dass jedes Ding, jedes Wesen mindestens zwei, besser aber *unendlich viele* Seiten hatte – kam es doch nur darauf an, aus welchem Blickwinkel man es betrachtete? Leandra erkannte plötzlich, dass sie nur ein wenig herumrücken und sich für einen Augenblick von ihrer Überzeugung, das Trivocum sei ein ›rötlicher Schleier‹, lösen musste, um es in einer ganz anderen Art zu sehen.

Den Weg dazu flüsterten ihr nun die Worte ein, die sie immer und immer wieder auf der Suche nach dem Verstehen studiert hatte. Darios hatte von einem ›milchigen Nebel‹ geschrieben, in dem die Kräfte des Stygiums nach einer Verbindung mit der Ordnung suchten, oder von einem weiten Meer, dessen harte Grenze zur darüber liegenden Luft durch feinen Dunst aufgehoben wurde, wie auch die Luft sich ständig mit dem Wasser vermischte – in Form von kleinen Bläschen, die den Fischen das Atmen ermöglichten.

Was wäre die Welt, wäre das Trivocum undurchdringlich? War es nicht notwendig, dass an dieser feinen Grenze sich die Kräfte ewig zu vermischen versuchten, um Bewegung zu erzeugen? In diesen wenigen Augenblicken erkannte Leandra plötzlich, dass alles nur vom Blickwinkel des Betrachters abhing. Und sie wusste nur allzu gut, dass die Bruderschaft eine vollkommen starre Haltung dem gegenüber besaß – sie rissen grobe Öffnungen ins Trivocum, brachten graue Energien zum Fließen und kümmerten sich dann nicht mehr um sie – darauf vertrauend, dass sich das Trivocum von selbst wieder schließen werde. Nun sah sie, dass sie ihr Aurikel – oder wie immer es auch zu nennen war – nur von einem anderen Blickwinkel in dieses Gebilde des Trivocums setzen musste, und schon würde es von einem Bruderschafts-Magier nicht mehr zu erkennen sein. Es war wie die mitunter unbegreifliche Meinung eines anderen Menschen – man konnte sie nicht sehen und verstehen, ehe man sich nicht auf *seinen* Platz begab, um sie von dort aus zu betrachten.

All diese Gedanken existierten seit langem unausgegoren in Leandras Denken, aber nun erlangte sie plötzliche Klarheit.

Schon waren diese Wesen in bedrohlicher Nähe und Leandra handelte. Während sie noch das Bild jener *dunstigen Meeresoberfläche* im Sinn hatte und gleichzeitig spürte, wie eine Magie Meister Fujimas in der Nähe entstand, formte sich plötzlich vor ihrem Inneren Auge ein machtvoller Strudel im Wasser des Trivocums, aus dem schäumende Gischt aufstieg und sich zu etwas verdichtete, das nichts anderes war als eine gewöhnliche Magie – nur war sie von einem anderen Blickwinkel aus erzeugt. Sie war nicht weniger machtvoll als Leandras gewohnte Magien.

Ihr persönlicher Stil hatte sich auf die mechanischen Kräfte eingeschworen, jene magisch herbeigeführten Zusammenballungen, die sich als so vielfältig einsetzbar erwiesen hatten. Noch bevor die Ghouls heran waren, ließ Leandra ihre stygische Waffe durch den Gang peitschen und die Bestien wurden zermahlen wie eine Horde von Käfern unter dem Fußtritt eines Riesen. Ein Knirschen hallte durch die Gänge – und wenn es *das* nicht war, was sie verraten würde, gab es nichts sonst. Das *rötliche* Trivocum, das sie jederzeit ebenfalls betrachten konnte, blieb stumm und unbewegt. Sie stellte fest, dass es so ruhig wirkte wie die vor sich hin dösende Oberfläche eines stillen Teiches an einem heißen Sommertag. Ein Gefühl des Triumphes überkam sie.

Dann hörte sie aus einer anderen Richtung ähnliche Geräusche – dort war ohne Zweifel Meister Fujima am Werk. Leandra trat aus ihrer Deckung und eilte den Gang hinauf. Sie warf ein magisches Licht in die Luft, das sie begleitete – ein magisches Licht aus der Quelle ihres neuen Blickwinkels. Sie suchte förmlich nach neuen Gegnern – und die ließen nicht lange auf sich warten.

Sie hatte eine größere Höhlung erreicht, von der aus Gänge in alle Richtungen führten. Und aus wenigstens vier Richtungen zugleich strömten mit einem Mal diese Bestien auf sie ein, fast mannshoch, mit zischenden Geräuschen und aneinanderschabenden Leibern. Leandra hatte in ihrem Hochgefühl fast ein wenig zu viel gewagt, denn sie hatte nicht mit einem solchen Ansturm gerechnet. Aber sie besaß noch immer Verbindung zum Trivocum und vermochte rasch zu handeln. Sie ließ ihre Magie sich in alle Richtungen ausbreiten, wie die ringförmigen Wellen eines Kiesels, den man ins Wasser geworfen hatte.

Um sie herum krachte und knirschte es. Diese Monstren waren für einen Magier eigentlich leicht zu besiegen, sie besaßen keine große Widerstandskraft. Aber vielleicht lag ihr Hauptzweck darin, die Anwesenheit eines Magiers, der sich ihrer erwehren musste, zu verraten. Doch damit hatte sich die Bruderschaft nun gründlich verrechnet! Leandra fühlte ein unsägliches Triumphgefühl in sich aufsteigen. Mit dieser neuen Erkenntnis besaßen sie nun tatsächlich ein Mittel, unbemerkt in Torgard eindringen zu können!

Zwei, drei weitere Male ließ sie ihre zerstörerische Welle nach außen peitschen und die auf sie einstürmenden Bestien kamen ihr nicht einmal nahe – sie wurden unter der Wucht ihrer Magie zurückgeworfen wie ein Haufen trockner Blätter, gegen die Höhlenwände geschmettert oder auf der Stelle zerquetscht. Es war eine starke Magie, wohl in der fünften oder sechsten Stufe, Leandra konnte es nicht einmal genau sagen. Aber das rötliche, das *gewöhnliche* Trivocum blieb vollkommen unbewegt.

Als all die Bestien tot um sie herum lagen und sich ein grässlicher Gestank von ihren geborstenen Leibern auszubreiten begann, kamen die anderen aus dem angrenzenden Gang herangeeilt. Fassungslos blieben sie stehen und blickten sich auf dem Schlachtfeld um – Leandra musste um die dreißig oder vierzig dieser Wesen zerschmettert haben.

Dann trat Meister Fujima zu ihr. Er sah sich um, nickte verstehend und legte ihr wieder die Hand auf die Schulter. »Ich bin also nicht der Einzige unter uns.«

Leandra sah ihn lange an und nickte ebenfalls.

Er studierte ihr Gesicht und sagte dann: »Es wird nicht mehr lange dauern, mein Kind, dann hast du alle Magier in der Höhlenwelt mit deiner Kunst übertroffen. Ich kann fast nicht glauben, was ich sehe.«

Leandra machte kein allzu glückliches Gesicht. Einesteils war dieses Lob aus dem Munde Fujimas wohl eine der höchsten Auszeichnungen, die eine junge Magierin wie sie erhalten konnte, andererseits aber wusste sie nicht, ob sie diese Rolle überhaupt einnehmen wollte. Vielleicht schon. Aber im Grunde stand ihr der Sinn mehr nach etwas Schöpferischem, nicht nach Zerstörung.

41 ♦ Höllenwurm

Jacko schrie vor Schmerzen. Er brüllte so laut, dass sogar dieses höllische Wesen vor ihm zusammenzuckte und kurz verharrte. Aber irgendetwas sagte ihm, dass er das Schwert festhalten musste, dass er es keinesfalls loslassen durfte. Sonst war er tot.

Seine Arme fühlten sich an, als bestünden sie aus glühendem Stahl, und sein Innerstes, so kam es ihm vor, versuchte sich nach außen zu stülpen. Die Klinge in seiner Hand funkelte und blitzte in magischem Feuer; ein blasser Lichtschein breitete sich in dem Gang aus. Es war eine wahnsinnige Kraft, die in diesem Schwert steckte, und sie war ihm nicht einmal fremd. Auch diese Sorte Schmerz hatte er schon einmal gespürt.

Damals, in Unifar, war es gewesen, als er mit seinem Schwert Leandras Jambala berührt hatte. Damals war die Kraft der Jambala in seinen guten, alten Zweihänder geflossen und daher kannte er dieses Gefühl – als würde man innerlich verbrennen. Nur war das bei Hellamis Schwert viel schlimmer.

Er stieß noch immer langgezogene Laute des Schmerzes aus, stand da wie ein Mann, der am Rand eines tödlichen Abgrunds balancierte. Er wusste nicht, ob dieses Schwert ihn umbringen würde – aber wenn er es losließ, würde der Wurm es tun. Mit seinem Zweihänder, das wusste er, hatte er keine Chance gegen diese Bestie – selbst wenn er ihn schnell im flachen Wasser wiederfand. Er würde, wie damals in Unifar, die Magie dieses Schwertes brauchen.

Der Wurm wog seinen insektenhaften Schädel hin und her, während irgendeine Flüssigkeit aus seinem grausigen Maul troff. Er brummelte vor sich hin, schien sich aber nicht zum Angriff entschließen zu können. Offenbar beobachtete selbst dieses tumbe, nur zum Töten geborene Wesen mit Verwirrung (oder Schrecken?) den Kampf, den Jacko mit dem Schwert ausfocht.

»Verflucht!«, brüllte Jacko. »Hilf mir, du Mistding!«

Daraufhin fuhr nur eine erneute Welle des Schmerzes durch seine Arme und langsam ging ihm die Widerstandskraft aus. Das verdammte Schwert schien die Absicht zu haben, ihn zu verbrennen, wo es doch spüren sollte, dieses verfluchte magische Ding, dass er damit nicht zuletzt Hellami verteidigte.

In seiner Verzweiflung stürzte Jacko nach vorn, holte mit einem ohnmächtigen Schrei aus und ließ das Schwert auf das Monstrum niederfahren.

Eine furchtbare Entladung knisterte durch die Luft, als das Schwert den Wurm traf, und schlagartig flossen die brennenden Energien in eine andere Richtung – in den Wurm hinein. Mit einem unirdischen Brüllen bäumte sich das Wesen auf und schlug wie rasend mehrmals links und rechts gegen die Wände des engen Ganges, so als halte es ein Riese am Schwanz gepackt und schmettere es nun hin und her.

Jacko zog sich ein paar Schritte zurück und verfolgte das Toben des Wurms. Er nahm zuerst nur am Rande wahr, dass die Energie in seinem Schwert wesentlich nachgelassen hatte. Seine Arme brannten noch immer, aber für den Augenblick war es erträglich.

Er hatte den Wurm direkt am Schädel getroffen, und aus dem klaffenden Schnitt, der sich über seinen Kopf und seinen Körper ausbreitete, drang jenes tödliche, violettfarbene Licht, das ihn eindeutig als einen Dämon kennzeichnete.

Doch dann geschah etwas sehr Bedenkliches.

Während sich die Kraft in Jackos Schwert wieder aufbaute, zog sich der Wurm zurück. Seine kleinen, hässlichen Insektenbeine trippelten hierhin und dorthin, während er sich rückwärts von Jacko entfernte. Das violette Licht versiegte langsam wieder.

Jacko wusste sofort, dass seine einzige Chance darin lag, den Wurm zu töten, sonst würde das Schwert seine Kräfte weiterhin in ihn, Jacko, leiten. Und das würde ihn früher oder später umbringen. Also musste er das Vieh erwischen – und zwar *bevor* das Schwert ihn selbst getötet hatte.

Der Wurm wurde schneller in seinem Rückzug, und Jacko spürte, wie das Brennen in seinen Armen wieder zunahm. Er stolperte der Bestie hinterher, warf sich im letztmöglichen Augenblick nach vorn und erwischte das Monstrum noch einmal – nicht schwer, aber immerhin ausreichend, um abermals die Energien des Schwertes abzuladen.

Der Wurm brüllte auf, stieß einmal nach Jacko, ohne ihn zu treffen und warf sich herum. Mit einer Art Hechtsprung tauchte er in tieferes Wasser. Jacko holte verzweifelt Luft und sprang hinterher. Dann war er schon unter Wasser und sah den Schwanz des Wurmes vor sich hin und her wedeln – und rasch verschwinden. Er war offensichtlich, dass die Bestie im Wasser Vorteile ihm gegenüber besaß. Besonders, da Jacko mit dem Schwert in der Hand tauchen musste. Er gab die Verfolgung gleich wieder auf und tauchte nach oben.

Hechelnd durchbrach er die Wasseroberfläche. Er watete schwer ins flachere Wasser und gestattete sich dort einige Sekunden Pause. Er war ein abgebrühter Kämpfer, womöglich einer der erfahrensten überhaupt, denn zu seinen Erfolgen zählte auch der Kampf und der Sieg gegen einen Dämon – damals in Unifar. Das dürften nur wenige Nichtmagier dieser Welt vorzuweisen haben. Aber all seine Erfahrung sagte ihm, dass er jetzt nur noch unter Einsatz seines Verstandes gewinnen konnte. Der Wurm war fort, und er würde ihn mit Sicherheit nicht schnell genug wieder sehen, um so lange noch Hellamis Schwert in der Hand halten zu können. Die Energien hatten sich schon wieder so weit aufgebaut, dass das Halten des Schwertes schmerzhaft war – und es wurde schlimmer.

Jacko presste erschöpft die Augenlider zusammen, holte tief Luft und hob das Schwert aus dem Wasser. Es hatte keinen Zweck. So unerträglich der Gedanke auch war, dieses Schwert später noch einmal ziehen zu müssen – es schien seine einzige Möglichkeit zu sein. Er schob es mit einer Bewegung zurück in die Lederscheide auf seinem Rücken.

Als der Kontakt zwischen der Waffe und seiner Hand abbrach, erlosch auch schlagartig der brennende Energiefluss. Es war, als würde er seinen geschundenen und verletzten Körper in eine Wanne warmen, wohltuenden Öls sinken lassen. Ein tiefer Seufzer der Erleichterung entfuhr ihm. Er ließ sich keuchend auf die Knie fallen.

Zum ersten Mal hatte er das Gefühl, Leandra verstehen zu können, die sich jedes Mal nach dem Einsatz der Jambala so unglaublich erschöpft und mitgenommen gezeigt hatte. Jacko war immer nahe daran gewesen, ihr das als Schwäche auszulegen – nun aber verstand er, dass diese Magie wie ein Abgrund war, wie ein Loch, das in einen anderen Kosmos führte und in das man von seiner eigenen Kraft hineinschütten konnte so viel man wollte – es wurde niemals voll. Sie verschliss einem die Kräfte, saugte einen aus und ließ einen zum Schluss völlig erschöpft zurück. Es war klar, dass bei diesen Massen an fließender Energie auch ein gewisses Maß an purem Verlust entstehen musste. Und das trat natürlich bei dem Glied am stärksten auf, das am schwächsten war – bei dem, der das Schwert führte.

Langsam erhob er sich wieder, noch immer schwer atmend. Er würde dem Monstrum erneut gegenübertreten müssen; am besten in einem blinden Gang, in dem es nicht entwischen konnte. Dann hatte er vielleicht noch eine kleine Aussicht auf Erfolg.

Er watete zurück zu der Stelle, wo sein Zweihänder liegen musste – er wollte ihn nicht zurücklassen. Er fand sein treues Schwert bald und überlegte dann, dass er sich bei seiner Verfolgungsjagd wahrscheinlich einen Gefallen tat, wenn er sich das Schwimmen und Tauchen mit seinem Zweihänder leichter machte.

Umständlich säbelte er mit der riesigen Waffe ein Stück vom Ende einer der Lederschnüre ab, mit denen er die Schwertscheide auf dem Rücken befestigt hatte. Er knüpfte daraus eine Schlinge, mit der er sich das Heft seines Zweihänders am Handgelenk befestigen konnte.

Langsam wieder ein wenig zu Kräften gekommen, wandte er sich wieder in die Richtung, in die der Wurm verschwunden war. Er hatte damals in Unifar einiges über die Wesensart dieser aus dem Stygium herbeigerufenen Dämonen gelernt und wusste, dass sie nur einen Daseinszweck kannten: nämlich ihr Opfer so lange zu verfolgen, bis sie es vernichtet hatten. Also gab es keine Aussicht auf Entkommen – er musste den Wurm erwischen, bevor der Wurm *ihn* erwischte. Bald darauf stand er wieder am Zugang zu der Grotte, in welche der Wurm abgetaucht war.

Plötzlich hörte er ein Geräusch.

Im nächsten Augenblick durchfuhr ihn ein heißer Schreck. Nur zwei Dutzend Schritte entfernt befand sich der Unterwassergang zu ihrem Versteck – und dort wartete Hellami auf ihn. Der Wurm konnte Hellami gefunden haben – und warum sollte er zögern, sie anzugreifen?

Jacko stieß ein Knurren aus und sprang sofort los – ohne recht Luft geholt zu haben. Mit Bewegungen, die mehr einem angsterfüllten Umsichschlagen als kontrollierten Schwimmzügen glichen, tauchte er vorwärts, umso schnell wie irgend möglich zu Hellami zu gelangen.

Unterwegs ging ihm die Luft aus, aber er gestattete sich kein Auftauchen. Mit allerletzter Kraft kämpfte er sich durch den Unterwassergang, um gleich darauf in der Nebengrotte aufzutauchen und mit einem gequälten Aufatmen nach Luft zu schnappen.

Für lange Momente war er nicht in der Lage, irgendetwas wahrzunehmen, so sehr kämpften seine Lungen um Luft. Bunte Sternchen schwirrten vor seinen Augen und ein heftiger Schwindel drohte ihm für Augenblicke das Bewusstsein zu nehmen.

Als er dann endlich wieder bei sich war und sich, noch immer keuchend, zu orientieren versuchte, nahm er wahr, dass sich hier, in der Dunkelheit, etwas abspielte. Er vernahm ein Wimmern und ein plötzliches, heftiges Platschen, konnte aber nichts erkennen. Er kämpfte sich voran, spürte plötzlich Sand unter den Füßen und schoss aus dem Wasser.

Er rief Hellamis Namen, nur um im nächsten Augenblick erneut aufzuschreien, denn er war gegen etwas geprallt, dessen Berührung ihm höllische Schmerzen bereitete.

Er warf sich zur Seite, holte aus und stieß seinen Zweihänder in diese Richtung – ins Leere. Erst dann wurde ihm klar, dass er genauso gut Hellami hätte treffen können.

Es half nichts – er brauchte ihr Schwert. Er brauchte dessen magische Kräfte und vor allem seinen Lichtschein, denn sonst würde er am Ende noch Hellami verletzen.

»Jacko!«, hörte er ihre Stimme.

»Ich bin da«, keuchte er. »Bist du in Ordnung?«

»Hier ist etwas!«, wimmerte sie angstvoll. »Irgendein Monstrum.«

Statt zu antworten, schüttelte er die Lederschlaufe seines Zweihänders vom Handgelenk, holte tief Luft und zog dann unter Aufbietung allen Mutes das Schwert aus der Scheide auf seinem Rücken.

Dann brüllte er nur noch.

Einen Augenblick lang sah er Hellamis entsetztes Gesicht im fahlen Lichtschein, den das Schwert ausstrahlte. Sie hatte sich gegen eine Wand gedrückt und er hatte schon fast vergessen, wie wunderschön sie war, trotz der Angst und dem Entsetzen, das in ihrem Gesicht geschrieben stand. Aber länger als die Dauer eines Wimpernschlages konnte er sich diesem Gedanken nicht hingeben, denn das verfluchte Schwert brannte in seinen Händen, als hätte er glühende Kohlen angefasst.

Nur um den Schmerz loszuwerden, stürzte er voran und hieb in Richtung des Umrisses, den er aus den Augenwinkeln wahrgenommen hatte.

Er traf. Und wieder bäumte sich das höllische Wesen auf, peitschte hin und her und wirbelte dabei Unmengen von Wasser auf. Jacko aber erkannte, dass er dabei war, abermals einen Fehler zu machen. Wenn sich der Wurm erneut zurückzog, würde dieses Spiel weitergehen, bis entweder das Schwert oder der Wurm ihn umgebracht hatten.

Endlich kam ihm die Lösung in den Sinn.

»Hellami!«, rief er. »Hier, nimm du das Schwert!«

Er warf es in ihre Richtung und es klirrte vor ihr auf einen Felsen, der aus dem Wasser ragte.

Jacko wusste, dass Hellami es anfassen konnte – warum auch immer. Vielleicht hatte Leandra es auf sie zugeschneidert. Aber er traute Hellami nicht unbedingt einen Kampf gegen einen Dämon zu. Selbst Leandra hatte das damals nicht allein geschafft, und Leandra war wohl eine weitaus geübtere Kämpferin als Hellami.

Er stürzte in Richtung seines Zweihänders, der da irgendwo im Wasser lag – noch während das getroffene Monstrum brüllend und umherrasend mit seiner Verletzung kämpfte. Jacko wusste, dass solche Treffer nicht lange vorhielten; irgendwie konnten diese Dämonen das nach kurzer Zeit wieder ausgleichen. Und das war auch das Problem: Sie waren nur sehr schwer zu vernichten. Damals, in Unifar, hatte er mit seinem von der Jambala geladenen Schwert den Dämon förmlich in winzig kleine Stücke hauen müssen, ehe dessen Kraft wirklich erlosch und er wieder ins Stygium verschwand. Es hatte sehr, sehr lange gedauert und zum Schluss war Jacko halb tot vor Entkräftung gewesen.

Diesmal war er zu Beginn des Kampfes schon fast erledigt, und er wusste nicht, wie es heute enden würde. Immerhin schien dieser Dämon nur von niederer Ordnung zu sein, er machte nicht den Eindruck, als wäre er besonders gerissen oder auch nur annähernd so gefährlich wie der *Schnitter* von Unifar. Dennoch, es mochte genügen, um sie beide zu töten.

Er fand seinen Zweihänder und trat dann, den noch immer tobenden Dämon beobachtend, seitlich zu Hellami. Sie stand im flachen Wasser und hielt ihr Schwert bereits in der Hand. In seinem Lichtschein war immerhin das Wesentliche innerhalb der Grotte zu erkennen. Nach rechts führte der Wasserlauf eines Ganges weiter, den sie noch nicht erforscht hatten, gleich daneben lag eine flache Sandfläche, mit der er angenehmere Erinnerungen verband. Gegenüber lag der Unterwassertunnel – dort durfte der Dämon nicht hingelangen.

Nun erspähte er auch ein paar weitere Einzelheiten der Bestie. Sie war etwas über mannshoch, jedenfalls der Teil, den man als ›Vorderseite‹ bezeichnen konnte und der sich aus dem Wasser erhob. Dahinter befanden sich Leib und Schwanz und das Ganze mochte noch drei- oder viermal so lang sein. Zwei Dutzend insektenhafter Beinchen ragten von dort ins Wasser. Der Kopf war ein Albtraum. Das Monstrum hatte ein furchtbares Gebiss, das ständig zu grinsen schien; links und rechts davon sprossen Barten weg, wie bei einem

Wels. Die Augen waren knopfförmig und schwarz, und oben besaß das Monstrum eine Reihe verkrümmter Hörner und Knochengrate. Ein echte Heimsuchung also – ein Dämon der besten Sorte. Das war auch kaum anders zu erwarten gewesen. Jacko hörte, wie Hellami leise stöhnte – sie hatte so etwas noch nie zu Gesicht bekommen. Der Dämon hatte sich wieder beruhigt; von der Wunde, die er ihm zugefügt haben musste, war nichts mehr zu sehen. Das Vieh grunzte leise, wog wieder den Kopf hin und her und schien zu überlegen, wie es angreifen sollte.

Jacko, der in kampfbereiter Haltung im flachen Wasser stand, streckte die Hand nach Hellami aus. Er berührte sie sacht.

»Hör mir zu!«, flüsterte er, ohne den Dämon aus den Augen zu lassen. »Das Schwert ist ihm überlegen, er hat Angst davor. Aber ich kann das Mistding nicht anfassen – es bringt mich um!«

»Was?«, fragte Hellami. Sie war völlig verwirrt.

»Hab Vertrauen zu mir!«, bat er sie eindringlich. »Das ist ein Dämon. Wir müssen das Biest erledigen – und zwar jetzt! Du musst ihm dem Weg abschneiden. Stell dich da vorn mit dem Schwert ins Wasser, damit er nicht abhauen kann! Los!«

»Ich soll … *was* tun?«, keuchte sie.

»Er wird dich nicht angreifen. Er hat Angst vor dem Schwert!«

Hellami holte Luft. »Beim Felsenhimmel!«, rief sie wimmernd. »Soll er doch abhauen! Dann sind wir ihn los!«

Jacko schüttelte verzweifelt den Kopf. »Du verstehst nicht! Er wird wiederkommen. Wir müssen ihn *jetzt* erledigen!«

Jacko atmete auf, als er sah, dass Hellami gehorchte. Sie war zu allem Überfluss auch noch ein kluges Mädchen. Sie vertraute ihm und begriff, dass er wusste, wovon er sprach – obwohl sie sicher nicht alles verstand, was sich hier abspielte. Nicht viele Frauen, die er bisher kennen gelernt hatte, waren so.

Ihr war deutlich anzusehen, dass sie grässliche Angst hatte, aber sie schob sich nach links davon. Mit erhobenem und auf den Dämon gerichtetem Schwert stieg sie ins Wasser und umrundete ihn so weit, dass sie ihm halbwegs den Weg zum Unterwassertunnel versperrte. Noch weiter konnte sie nicht gehen, ohne zu tief im Wasser zu versinken.

Der Wurm machte eine vorstoßende Bewegung in ihre Richtung und sie schrie auf. Jacko aber erkannte, dass dies kaum mehr als eine Drohgebärde war. Das Monstrum hatte tatsächlich Angst vor dem Schwert.

Dieser Dämon besaß bei weitem nicht die Gefährlichkeit des Schnitters von Unifar. Das war ein Glück und mochte daran liegen, dass er nicht von Chast persönlich herbeigerufen worden war. Chast war nicht hier, er würde sich gewiss eher um Leandra kümmern. Jacko hoffte, dass es ihr gut ging. Es wurde Zeit, dass sie hier wieder herauskamen, denn Leandra würde sich Sorgen um sie machen. Er holte tief Luft und bereitete sich auf das vor, was nun auf dem Plan stand. Er würde den Dämon vernichten müssen.

»Halt dein Schwert herüber!«, zischte er in Hellamis Richtung.

Mit fragenden Blicken tat sie, was er verlangt hatte, und er näherte sich ihr ein paar Schritte. Dann hob er seinen Zweihänder und berührte damit Hellamis Schwert.

Er machte sich auf so etwas wie einen Donnerschlag gefasst, aber es verlief einigermaßen erträglich. Das, was er zuvor erlebt hatte, mochte ihn schon ein wenig abgehärtet haben. Ein blendender Funke blitzte auf, als sich Metall und Metall berührten, und sein Zweihänder flammte auf. Ein brennender Schock fuhr durch seine Hände und er ächzte. Es war jedoch ein gutes

Stück besser auszuhalten, als hätte er das Schwert direkt in die Hand genommen.

Immerhin – sein Zweihänder funkelte und blitzte gefährlich und er spürte die Kraft in ihm. Es war nicht die gleiche Kraft wie in Hellamis Schwert, und er hoffte, dass sie ausreichen würde, den widerlichen Wurm ins Stygium zurückzujagen. Aber dieser Trick hatte schon einmal funktioniert.

Dann griff er an.

Mit einem heftigen Schwertschwung nach vorn stürmend, drang er auf den Dämon ein. Aber der hatte sich lange genug auf seinen Angriff vorbereiten können. Er wich zur Seite aus und griff zum ersten Mal selbst an.

Ein knisternder Strahl aus grünlichen Blitzen entfuhr seinem Gesicht und traf Jacko voll in den Rücken. Jacko schrie auf und stürzte ins Wasser. Er verlor seinen Zweihänder und gurgelte hilflos, schluckte Wasser und hatte das sichere Gefühl, dass die blanke Haut seines Rückens in hellen Flammen stand. Dann wurde alles dunkel um ihn. Sein letzter verzweifelter Gedanke galt Hellami, der er nun nicht mehr helfen konnte.

*

Leandra hätte Harnas küssen mögen. Er war sicher nicht der beste Kämpfer unter ihnen, und er hatte auch nicht den Mut eines Vendar oder Jacko, aber er hatte sie entschlossen und unverzagt zu der Stelle mit den fünf Mauern gebracht. Sich dermaßen selbstlos auf eine Unternehmung wie diese einzulassen war nicht jedermanns Eigenschaft.

»Warum habt Ihr nicht früher von Eurer Fähigkeit Gebrauch gemacht, Meister Fujima?«, fragte Gablina. »Wir hätten die Mauer dort unten in Minuten öffnen können, ohne unsere Anwesenheit zu verraten!«

Meister Fujima seufzte. »Ihr habt Recht, liebe Gablina. Aber ich hatte Skrupel. Ihr kennt den Kodex. Es war keine bedrohliche Situation für uns, und jetzt, da es vielleicht eine neue Möglichkeit geben wird, den Cambrischen Orden wieder ins Leben zu rufen, da wollte ich nicht …«

Er verstummte und blickte schuldbewusst zu Boden.

Leandra leistete sich eine scharfe Bemerkung. »Dieser Kodex muss reformiert werden! Bedachtsamkeit mag gut sein, aber dieses Ding ist nun über zweitausend Jahre alt!«

Meister Fujima sah sie forschend an, erwiderte aber nichts.

»Was nun?«, fragte sie herausfordernd. »Soll ich es machen oder doch besser Ihr, Meister Fujima? Ich denke, Ihr seid wesentlich geübter.«

Er seufzte wieder und nickte. Dann trat er vor und sagte: »Es ist wohl besser, wenn ich es tue.«

Sie nahm Kontakt zum Trivocum auf, während Meister Fujima seine Magie aufbaute. Dann begannen plötzlich die Steine der Mauer, vor der sie standen, wie trockener Keks abzubröckeln und zu zerfallen. Harnas und Xarbas machten sich sofort daran, den Schutt mit den Händen wegzuräumen, während das entstandene Loch zusehends größer wurde.

Er war eine sehr geschickte, saubere und auch kräftige Magie, die Meister Fujima da wirkte, und das Trivocum blieb erwartungsgemäß vollkommen ruhig. Nach einer Weile beteiligte sich Leandra daran, die Brocken fortzuräumen, denn auch diese Mauer war dick und der Schutt häufte sich. Nach sieben oder acht Minuten legte Meister Fujima eine Pause ein. Nun halfen auch Gablina und Yo mit beim Graben. Meister Fujima nahm seine Arbeit wieder auf und weitere zehn Minuten später brachen sie durch. Zuerst war es nur ein ganz kleines Loch. Sie bemühten sich, leise vorzugehen. Diese Mauer mochte etwas abseits liegen, aber dennoch bestand nun die zusätzliche Gefahr, dass sie einfach *gehört* wurden. Dann brachen sie ganz durch, und Leandra hatte den Einfall, eine Magie zu wirken, die Lärm zu dämpfen vermochte. Sie hatte das noch nie zuvor getan, fand aber eine überraschend wirksame Methode, die knirschenden Geräusche des Gesteins, das im dahinterliegenden Gang zu Boden prasselte, fast bis zur Unhörbarkeit zu dämpfen. Es gelang ihr abermals, diese Magie von ihrem *neuen* Blickwinkel auf das Trivocum zu wirken, sodass auch sie unbemerkt bliebe. Schließlich war das Loch groß genug. Leandra stieg vorsichtig hindurch.

Sie fand sich in einem dunklen Gangende wieder, der die typische Form der Höhlengänge dieses Felsenreiches besaß, nur war er ein wenig bearbeitet und geglättet worden. Der Fußboden bestand aus gefügten Steinen. Hinter einer Biegung weiter vorn war helleres Licht zu sehen.

»Alles klar!«, flüsterte sie in das Loch hinein. »Hier ist niemand.«

Die Gefährten folgten ihr, bis sie alle den eigentlichen Bereich von Torgard betreten hatten: Meister Fujima, Gablina, Xarbas, Yo, Harnas und sie selbst.

»Nun kommt die nächste Schwierigkeit«, sagte sie leise. »Wie kriegen wir raus, wo Alina steckt?«

»Wir sind im neunten Stock«, erwiderte Harnas. »Sie ist mit Sicherheit zwei Stockwerke höher. Also müssen wir hinauf.«

»Ja – aber wie?«

Harnas deutete voraus. »Nicht weit von hier ist der Treppenaufgang. Der ist hier oben meist unbenutzt, weil die höheren Brüder immer mit der Gondel fahren. Mit Glück können wir ungesehen bis hinauf gelangen.«

»Die Gondel? Was ist das?«

Harnas erklärte es ihnen.

Nun meldete sich Yo zu Wort. »Ich werde ein bisschen die Gegend auskundschaften«, sagte sie. »Zu irgendwas muss ich ja auch nütze sein!«

Leandra nickte verstehend. Sie hatte inzwischen

ganz vergessen, dass Yo wegen ihrer speziellen Fähigkeiten mit dabei war.

Yo trat zu ihr. »Hör zu, Zuckerpüppchen …«, sagte sie zu Leandra und grinste sie listig an.

Leandra erwiderte das Grinsen, denn sie wusste, dass es nicht mehr so gemeint war wie zuvor. Und sie wusste auch, was Yo sagen wollte. »Ist schon gut, du Raubkatze«, unterbrach sie Yo. »Wenn es sich nicht vermeiden lässt, musst du es tun.«

Yo nickte knapp, wandte sich um und war im nächsten Augenblick schon verschwunden. Leandra stellte befriedigt fest, dass man nicht das geringste Geräusch von ihr vernahm und sie kaum mehr sah, obwohl sie noch nicht einmal um die Biegung verschwunden war. Sie schien eine echte Künstlerin auf ihrem Gebiet zu sein.

Die Gruppe folgte ihr leise und Leandra sah als Erste vorsichtig um die Ecke. Dort lag ein von gelben Öllichtern erleuchteter Gang, der sich gerade nach Süden erstreckte; nach rechts und links gab es ein paar Türdurchgänge. Aber alles war ruhig und niemand war zu sehen. Dann erschien Yo plötzlich wieder – geduckt; sie kam offenbar aus einem der Räume. Sie wandte sich nach rechts, aber bevor sie weiterhuschte, winkte sie kurz nach hinten in ihre Richtung. Leandra zuckte zurück und fragte sich, wie Yo sie hatte sehen können.

Es dauerte eine Weile, bis sie zurückkam.

Wie ein Schatten huschte sie durch den Gang, leichtfüßig und unhörbar, und wenn es einer Person gelingen konnte, mit dem Gang nahezu zu verschmelzen, dann war es Yo.

»Sieht gut aus«, sagte sie leise, als sie wieder da war. »Das Treppenhaus ist dunkel und leer. Wir können rauf bis in den elften Stock. Es scheint überhaupt, als sei kaum jemand hier.«

»Unser Glück«, merkte Xarbas an. »Zur Zeit tobt der Kampf in der Stadt. Sie werden fast alle dort sein.«

Man nickte zustimmend.

»Im elften Stock habe ich um die Ecke gelugt«, berichtete Yo. »Da oben sieht es nicht so günstig aus. Da steht vor jeder Tür eine Wache. Im zehnten sind übrigens auch ein paar. Aber da müssen wir ja wohl nicht hin.«

»Ich hoffe es«, sagte Leandra. »Sah irgendeine dieser Türen so aus, als sei Alina dahinter zu finden?« Sie sah Yo ratlos an, wohl wissend, dass ihre Frage nicht besonders viel Sinn ergab.

»Wie sieht so eine Tür aus?«, fragte Yo und schnitt eine Grimasse. »Rosa? Mit Blümchen dran?«

Leandra winkte ab. »Vergiss es«, sagte sie.

Die anderen grinsten und die Frage war vielleicht doch nicht so schlecht gewesen. Ein bisschen grimmige Kampfeslaune konnte jetzt nicht schaden.

»Ich gehe wieder vor zum Treppenaufgang«, sagte Yo. »Wenn ich winke, kommt ihr nach, ja?«

Leandra nickte und Yo huschte wieder davon.

Doch kaum hatte sie den Gang betreten, kam vom anderen Ende ein Uniformierter heranmarschiert. Er sah Yo sofort.

Leandra schnürte es die Kehle zusammen. Sie hatte die Nase um die Gangbiegung geschoben und winkte die anderen hinter sich zurück. Mit klopfendem Herzen beobachtete sie, was geschah.

Yo richtete sich sofort auf und ging ganz normal weiter.

»He!«, rief der Soldat von weitem und ging auf sie zu. »Was hast du hier verloren? Geh runter in deinen siebten Stock, hörst du?«

Yo spazierte auf ihn zu und er näherte sich ihr weiter. Leandra sah, was passieren würde, es war nur die Frage, wie gut Yo war.

Als die beiden sich in der Mitte des Ganges trafen, bemerkte Leandra nichts weiter als eine knappe Bewegung Yos, die kaum wahrzunehmen war. Der Soldat sackte auf der Stelle zusammen.

Sie fing den schweren Mann noch im Fallen auf und zog ihn mit einer erstaunlichen Leichtigkeit nach rechts zu einem Türdurchgang. Zu dem, aus dem sie vorhin schon einmal gekommen war.

Für kurze Zeit war nichts zu hören und zu sehen, dann kam Yo wieder heraus. Sie huschte den Gang wieder hinauf, erreichte gleich darauf den Durchgang zum Treppenhaus und verschwand. Bald darauf war sie wieder da und winkte.

»Wir gehen einzeln!«, zischte Leandra nach hinten und schob dann Harnas vor, der ihr am nächsten stand.

Harnas stolperte, ohne etwas sagen zu können, aus der Deckung, lief dann aber einigermaßen ruhig den Gang hinauf und verschwand nach rechts im Durchgang zur Treppe. Meister Fujima hatte sich schon bereitgehalten. Als Yo wieder winkte, marschierte er los.

Und abermals erschien ein Mann am oberen Gangende.

Diesmal war es einer, der eine dunkle Kutte trug – mit einer blutroten Kordel um die Hüfte. Ein Duuma-Mann, offenbar einer, der zu diesem Orden gehörte, den Harnas erwähnt hatte. Als der Mann Meister Fujima erblickte, zögerte er kurz und ging dann weiter.

Als die beiden sich dann einander genähert hatten, blieb der Schwarzbekleidete schließlich stehen und stemmte die Fäuste in die Hüften. Meister Fujima nickte ihm zu und lief an ihm vorbei. Der Mann drehte sich währenddessen um und verfolgte Meister Fujima.

Leandra war versucht, in den Gang hinaus zu treten, um ihrem Gefährten zur Hilfe zu eilen. Dann spürte sie Xarbas' Hand auf der Schulter. »Er macht das schon!«, flüsterte er und nickte ihr zu.

Leandra, der das Herz bis zum Hals schlug, sah wieder nach vorn. Sie verfluchte sich, dass sie so wenig Kaltblütigkeit besaß.

»Entschuldigt, Bruder!«, sagte der Duuma-Mann.

Meister Fujima blieb stehen und wandte sich um. »Ja?«, fragte er.

»Was ist das für eine Robe?«, fragte der andere und deutete auf Meister Fujimas Bekleidung.

Der sah an sich herab. Trotz der Entfernung war jedes Wort zu verstehen. »Nun, das ist eine Robe der Cambrier. Etwas schmutzig, gebe ich zu. Warum?«

Der Duuma-Mann ließ seine Hände langsam sinken und Leandra versteifte sich.

»Eine Robe der Cambrier?«

Meister Fujima grinste den Mann an und klopfte ihm freundlich von der Seite auf den Oberarm. »Ganz recht, mein Guter«, sagte er. »Eine Robe der Cambrier. Ich muss jetzt weiter. Auf bald!«

Damit hob er kurz grüßend den Arm, wandte sich um und marschierte davon. Er verschwand im Treppenaufgang.

Der Duuma-Mann sah ihm zuerst verblüfft, dann kopfschüttelnd hinterher. Dann wandte er sich um und ging weiter. Unterwegs hob er die Arme, als wolle er sagen: ›Was es doch so alles gibt ...!?‹, und verschwand dann nach links durch eine Tür.

Leandra hatte ein ungutes Gefühl. Meister Fujima hatte das Problem zwar geistreich gelöst, aber wie lange würde das vorhalten? Der Duuma-Mann mochte in diesem Raum mit jemand anderem reden und schließlich zu dem Schluss gelangen, dass hier etwas faul war. Leandra wäre es lieber gewesen, Meister Fujima hätte den Mann kurzerhand zum Schweigen gebracht. Aber nun war es geschehen.

Yo winkte schon wieder und nun marschierte Gablina los. Sie kam unbehelligt am Treppenaufgang an und gleich darauf folgte ihr Xarbas. Leandra war die Letzte.

Sie ging mit klopfendem Herzen den Gang hinauf. Sah man einmal von Yo ab, war sie von der Kleidung her diejenige, die am wenigsten hierher passte.

Käme jetzt wieder jemand, dann würde es brenzlig werden.

Aber alles blieb ruhig. Vor der Tür, durch die der Duuma-Mann verschwunden war, blieb sie unschlüssig stehen. Sie überlegte, ob sie hineingehen und einfach kurzen Prozess mit ihm machen sollte. Mit ihrer neu gewonnenen Erfahrung im Umgang mit dem Trivocum wäre ihr das möglich gewesen, ohne bemerkt zu werden. Sie wunderte sich über sich selbst. Der Umgang mit der Magie war ihr schon so vertraut, und sie fühlte sich so stark, dass sie gar nicht darüber nachgedacht hatte, ob sie in diesem Raum vielleicht auf einen wohlausgebildeten Magier der Bruderschaft stoßen würde.

Sie entschied sich dagegen. Hätte der Duuma-Mann inzwischen Verdacht geschöpft, wäre er sicher schon wieder erschienen. Sie ging langsam weiter. Dann erreichte sie das Treppenhaus und wurde von den anderen in Empfang genommen.

»War das nicht ein bisschen waghalsig?«, fragte sie Meister Fujima.

Er zwinkerte ihr zu. »Ich habe so meine Tricks. Der Mann hatte plötzlich ein Schuldgefühl, nicht zu wissen, dass hier jemand in einer Cambrier-Kluft unterwegs sein könnte. Da habe ich ihn in Ruhe gelassen.«

»Das habt Ihr gespürt?«, fragte sie verblüfft.

Meister Fujima nickte. »Nennen wir es Menschenkenntnis mit einem Schuss Magie.«

Leandra schüttelte den Kopf. »Und ... wenn er nun mit jemandem redet? Dort drin?« Sie deutete in Richtung des Raumes, in dem der Mann verschwunden war.

»Er war ziemlich müde«, erklärte Meister Fujima. »Ich bin sicher, er liegt bereits in seinem Bett und schläft.«

Leandra verzog den Mund. »Wenn das mal gut geht!«, sagte sie.

»Wir können nicht mordend und um uns schlagend durch Torgard ziehen!«, sagte Fujima und zog sie am Arm langsam mit sich die Treppe hinauf. »Die Gefahr, dabei bemerkt zu werden, ist weitaus größer. Hab Vertrauen, mein Kind!«

Yo ging voran, die Stufen einer breiten Wendeltreppe hinauf. Die Treppe war sehr unregelmäßig gebaut, teils mit hinzugemauerten Stücken versehen, teils direkt durch in den Fels getrieben. Nach zwei Windungen erreichten sie eine Öffnung, die in einen Gang hinaus führte.

»Jetzt wird's ein bisschen schwierig«, flüsterte Yo. »In dem Gang stehen Wachleute und sie können ins Treppenhaus hineinsehen. Allerdings ist es hier dunkel. Wir müssen, einer nach dem anderen, nahe an der Säule in der Mitte vorbeischleichen.«

»Und wenn wir es machen wie Meister Fujima?«, fragte Leandra. »Einfach ungerührt hinaufgehen? Wenn es einigermaßen dunkel ist, kann uns keiner genau erkennen. Und wen interessieren schon vorbeilaufende Leute?«

Yo sah sie an, dann nickte sie. »Eigentlich keine schlechte Idee. So machen wir's!«

Das taten sie dann auch, sogar mit Gemurmel, wie eine Gruppe von Leuten, die Wichtiges zu besprechen hatte. Erwartungsgemäß sahen einige der Wachsoldaten herüber, jedoch kümmerte sich niemand um sie.

»Die Masche gefällt mir«, sagte Leandra. »Vielleicht hilft sie uns auch im elften Stock!«

42 ♦ Erwachen

Jacko hatte gar nicht mehr damit gerechnet, noch einmal zu sich zu kommen. Aber er tat es.

Seine Sinne meldeten ihm als Erstes, dass er auf dem Bauch lag, und als Nächstes, dass sein Rücken brannte wie Feuer. Er dachte: *Du musst jetzt sofort aufspringen und dein Schwert packen!* Aber dann kam eine weitere Wahrnehmung hinzu, nämlich dass um ihn herum völlige Ruhe herrschte. Kein Kampf, kein Monstrum.

Dafür aber gab es Licht. Nicht viel, aber genügend, dass er es noch durch seine geschlossenen Lider hindurch wahrnehmen konnte. Sein Kopf lag zur Seite gewandt und an seiner Wange spürte er … feuchten Sand. Er musste irgendwo außerhalb des Wassers liegen. Vorsichtig öffnete er seine Augen und sah als Erstes das Gesicht von Hellami.

Sie lag neben ihm im Sand, ganz nahe, schlief offenbar, und unweit stand eine der kleinen Öllampen auf dem Boden und verbreitete ein warmes Licht. Hellami schien unverletzt zu sein.

Er schloss kurz die Augen und stieß einen leisen, erleichterten Seufzer aus.

Hellami schlug die Augen auf. Sie blieb unbewegt liegen, aber ihre Miene drückte liebevolle Freude aus und ihr Mund verzog sich zu einem Lächeln. Sie hob eine Hand und schob ihm sacht mit dem Zeigefinger eine Haarsträhne aus dem Gesicht.

»Na, großer Krieger?«

Er schnitt eine kleine Grimasse – um anzudeuten,

dass diese Bezeichnung im Augenblick wohl nicht so recht passte.

»Geht es dir gut?«, fragte er.

Sie nickte, ihre linke Wange lag flach auf dem Sand.

»Und … der Dämon?«

»Hab ihn fertig gemacht«, antwortete sie.

»Ganz allein?«

»War gar nicht schwer.«

Er atmete flach und rührte sich nicht; wusste, dass jede Bewegung ein Flammenmeer auf seinem Rücken entfachen würde. »Wie geht es mir?«, fragte er. »Muss ich sterben?«

»Blödsinn. Deinen Rücken hat es allerdings ziemlich erwischt. Du hast einen hübschen Abdruck – deine Schwertscheide stand in hellen Flammen, als du ins Wasser fielst.«

»Ich hätte ertrinken müssen«, stellte er fest.

»Hab dich rausgefischt. Bist ein ziemlich schwerer Brocken.«

Er lächelte. Ihre liebevolle, sanfte Art tat ihm unendlich gut. »Und dann?«

Sie richtete sich auf, stützte den Ellbogen auf dem Boden ab und legte den Kopf auf die Hand. Er sah, dass sie ein weites, braunes Hemd anhatte; ihre rechte Brust lugte ein wenig darunter hervor.

»Tja, dann kam der Dämon.«

»Ich muss dir wohl jedes Wort aus der Nase ziehen.«

Sie grinste. »Warum nicht? Ich hab schließlich eine Heldentat vollbracht. Ich hab einen Dämon erledigt.«

»Gib nicht so an. Hab ich auch schon.«

Sie sah ihn zweifelnd an, dann erhellte sich ihr Gesicht. »Ach ja. Leandra hat es erzählt. In Unifar. Mist.«

»Mist?«

»Ja. Ich hatte gehofft, ich werde berühmt. Jetzt muss ich den Ruhm mit dir teilen.«

Diesmal musste er leise lachen, und das erschütterte

seinen Körper, sodass sich Wellen von Schmerz von seinem Rücken ausbreiteten. Sofort stiegen ihm die Tränen in die Augen. Aber er musste dennoch weiter lachen. Sie war einfach süß.

»Wenn du weiter so lachst«, sagte sie, »stirbst du und ich bin doch die Einzige. Willst du mir *den* Triumph lassen?«

»Nein, nein. Ich höre schon auf.« Er stöhnte. »Nun erzähl schon. Was ist dann passiert?«

»Das Vieh war reichlich blöde«, berichtete sie lässig und spielte mit einem Finger im Sand. Sie sprach leise, und der Moment hatte etwas sehr Vertrautes, so als lägen sie nach einer schönen Nacht morgens miteinander im Bett und tauschten zärtliche Worte aus.

»Er schnappte dauernd nach mir«, erzählte sie weiter, »kam mir aber nicht richtig nahe. Ich brauchte bloß draufzuhauen, wenn er kam.«

»Wie lange dauerte es?«

»Ziemlich lange. Einmal wollte er abhauen, aber ich hab ihn nicht gelassen.«

Beinahe hätte er wieder zu kichern angefangen. »Du Biest! Du willst mich umbringen«, ächzte er.

Sie grinste ihn an. »Danach war ich müde«, fuhr sie nach einer Weile fort. »Ich hab dich hierher gezogen und bin dann gleich neben dir eingeschlafen.«

Er hob leicht den Kopf und versuchte sich ein wenig umzusehen. »Wo sind wir?«

»Noch an der gleichen Stelle. Ein bisschen weiter oben.«

»Und das Licht? Das Hemd? Wo hast du es her?«

Sie zupfte daran. »Soll ich es wieder ausziehen?«

»Ja«, seufzte er.

»Das könnte dir so passen, du Rohling. Erst einmal muss dein Rücken wieder in Ordnung kommen.«

»Na gut.«

Er schloss die Augen und versuchte zu ergründen, ob es tatsächlich so war, wie er es empfand: dass ihre bloße Gegenwart, ihre Wärme und ihre Zärtlichkeit ihm schon das meiste der Schmerzen nahmen.

»Du hast mir das Leben gerettet«, sagte er sanft.

Sie streckte sich wieder im Sand aus und begann mit dem Zeigefinger in seinen Haaren zu spielen. »Du mir auch.«

»Du hast mir schon *zwei* Mal das Leben gerettet«, sagte er.

»Du mir schon *drei* Mal.«

Er versuchte nachzurechnen, gab es dann aber auf. Man konnte, wenn man wollte, viele kleine Begebenheiten hinzurechnen, die auf die eine oder andere Weise hätten tödlich verlaufen können. Tatsache war, dass Hellami ihm diesen Mann vom Leib gehalten hatte, der ins Boot hatte klettern wollen, als die beiden anderen ihn schon fast überwältigt hatten. Und nun hatte sie den Dämon besiegt, der ihm zweifellos ebenfalls das Lebenslicht ausgeblasen hätte. Was er hingegen für sie getan hatte, war nicht mehr, als jeder Mann für jede Frau getan hätte, dazu musste er sie nicht einmal lieben. Das waren keine wirklich mutigen Taten gewesen. Ihre hingegen schon. Nun hatte er Beweis und Anlass genug, Leandras Rat zu befolgen: den harten Burschen aufzugeben und sich in ihre Arme fallen zu lassen. Denn sie waren eigentlich mindestens so stark wie die seinen.

»Weißt du, dass ich dich liebe?«, fragte er.

Sie schenkte ihm einen warnenden Blick und hob den Zeigefinger. »Will ich dir auch geraten haben.«

Wieder lachte er leise. Den Schmerz auf seinem Rücken ertrug er mannhaft. Für solche Antworten lohnte es sich allemal. Er schaffte es, einen Arm zu heben und ihr Gesicht zu berühren. Sie nahm dabei sanft seine Hand und ließ sie nicht mehr los.

Dann schloss er die Augen und ließ sich wieder in den Schlaf davon treiben.

Wie viel Zeit vergangen war, als er wieder aufwachte, konnte er nicht sagen.

Als er die Augen aufschlug, saß Hellami aufrecht neben ihm. Das Schwert hatte sie zwischen ihren Knien in den Sand gesteckt und fuhr prüfend mit dem Zeigefinger über seine Schneide.

Jacko spürte, dass sich irgendetwas verändert hatte, konnte aber erst nicht ausmachen, was es war. Er holte Luft und stellte dann fest, dass es sein Rücken war, der ihm dieses Gefühl eingab. Die Schmerzen hatten erheblich nachgelassen.

»Ich möchte wissen, was für eine Magie in diesem Schwert steckt«, sagte Hellami, ohne ihn dabei anzusehen. »Leandra hat es gemacht.«

»Mein Rücken«, sagte Jacko. Er stemmte sich langsam hoch. Es brannte noch immer, war aber kein Vergleich mehr zu den Schmerzen bei seinem ersten Aufwachen. »Meinem Rücken geht es viel besser.«

»Ich weiß«, sagte Hellami und sah ihn von der Seite her an. Sie schien ein wenig gereizt zu sein.

Mit vorsichtigen Bewegungen setzte er sich auf. Die Schmerzen blieben erträglich.

»Leandra hat mir«, fuhr Hellami fort und sah dabei wieder das Schwert an, »eine Menge über eure Abenteuer erzählt. Unter anderem auch, dass sie einmal mit Hilfe der Jambala wieder auf die Beine kam, nachdem sie schwer verletzt war.«

Jacko deutete auf das Schwert. »Soll das heißen, dass du …?«

Sie nickte. »Ja. Ich habe es versucht. Und es hat geholfen.«

Ein Schauer fuhr über seinen Rücken. »Das ist … schwer zu glauben. Als ich das Ding in der Hand hatte, hat es mich fast umgebracht.«

Sie sah ihn an. »*Ich* hatte es in der Hand. Als ich damit deinen Rücken berührte.«

Er kaute auf der Unterlippe. »Das heißt wohl, du bist die *Trägerin* dieses Schwertes.«

Sie nickte. »Das ist es, was mich so erstaunt. Nach

allem, was ich weiß, müsste es eigentlich Leandra sein. Ich verstehe das nicht.«

Jacko seufzte. »Wir werden sie fragen«, schlug er vor.

»Genau!«, sagte Hellami und erhob sich mit einem Schwung. Es klang ein bisschen so, als wolle sie Leandra nicht fragen, sondern zur Rede stellen. Sie sah sich um. »Ich habe Hunger wie ein Höhlenbär. Lass uns endlich hier verschwinden!«

Er stand ebenfalls auf. Sein Rücken machte es mit. »Wohin?«, fragte er.

»Wir werden schon was finden. Komm jetzt. Wir brauchen auch eine Salbe für deinen Rücken!« Sie stellte sich auf die Zehenspitzen und küsste ihn. Dann rafften sie ihre spärliche Habe zusammen und machten sich mit der Öllampe in Richtung des zweiten, von hier wegführenden Ganges auf, einen Weg aus diesem Höhlenlabyrinth zu finden.

*

Leandra klopfte den Staub von Harnas' Jacke und sagte leise: »Du hast doch so eine hübsche Uniform an. Was hältst du davon, einfach loszugehen und für uns herauszufinden, in welchem Zimmer Alina steckt?«

Harnas sah sie entsetzt an. »Du meinst …?«

Leandra nickte. Dann zog sie eine der Karten von Torgard aus ihrer Jacke und hielt sie Harnas hin. »Wir haben dich ja von hier aus im Blickfeld. Wenn dir jemand was tun will, schreiten wir ein.«

Harnas stieß einen Laut aus und sah in den Gang hinaus. Er war bestens erhellt und vor jeder einzelnen Tür stand ein Soldat.

»Und was soll ich mit der Karte?«

Leandra stopfte sie ihm unter den Arm. »Geh einfach zu einem Wachsoldaten und tu so, als hättest du einen wahnsinnig wichtigen Auftrag. Sag, du hättest von höchster Stelle den Befehl, dies bei Alina abzugeben.

Persönlich. Du hast es doch gesehen – diese Masche funktioniert!«

Harnas stand die blanke Angst ins Gesicht geschrieben. »Aber … Chast ist hier …!«

»Wenn du klug bist, sind wir bei ihr und haben sie hier herausgebracht, bevor Chast auch nur die kleinste Kleinigkeit mitbekommt.« Sie studierte sein Gesicht. »Wir müssen es *jetzt* tun, verstehst du? Wir sind so weit, dass wir es schaffen können. Wenn es zum Kampf kommt, geh einfach irgendwo in Deckung.« Sie nahm ihn ein Stück beiseite. »Hast du mitbekommen, was Meister Fujima so alles kann?«

Harnas hob die Schultern.

»Ganz ehrlich: Ich weiß nicht, ob Chast gegen ihn ankommen könnte. Meister Fujima ist unglaublich schnell und wahnsinnig stark. Und dann sind da noch Xarbas, Gablina und ich. Wir können all die erledigen, die Yo innerhalb der ersten Minute noch nicht erwischt hat! Wenn es stimmt, was wir vermuten, nämlich dass fast alle Magier unten in der Stadt sind, dann können wir es wirklich schaffen!« Leandra glaubte langsam selbst daran.

Harnas starrte zu Yo, die ihm ein grimmiges Lächeln schenkte, dann zu den anderen. Eine Weile haderte er noch mit sich. Schließlich nickte er und nahm die Karte in die Hand. »Gut, ich mache es«, sagte er. »Tu mir einen Gefallen, ja?«

»Was denn?«

Er zog die Nase hoch. »Ich bin kein Held. Ich wünschte, ich wäre einer, aber ich bin es nicht. Ich wollte euch eigentlich nur hierher bringen. Und ich will nicht sterben. Pass auf mich auf, ja? Ich meine, wenn mich jemand angreift – ich habe keine Chance gegen die. Versuch, mich da rauszuhauen, Leandra!«

Sie empfand es als überraschend, dass er sich mit dieser Bitte direkt an sie wandte. So als sei *sie* es, die es ganz zuletzt noch schaffen könnte, ihn da herauszuhauen, und nicht Meister Fujima oder Xarbas. Leandra machte sich klar, dass dieser mutige Bursche wirklich ohne jede Waffe da hinaus ging, aber dass er *sie* dazu brauchte. Sie nickte ihm zu. »Ich schwöre es!«, sagte sie. »Ich hole dich hier raus!«

Harnas nickte bedrückt. Letztlich schien er doch nicht daran zu glauben, dass er noch lange zu leben hatte. Und Leandra wusste nicht einmal, ob sie das selbst tat. Er zog sich die Jacke stramm, ging die letzten paar Stufen hinauf und trat in den Gang des elften Stockwerks.

Keiner von ihnen wagte, Harnas hinterher zu sehen. Erst als seine Schritte sich entfernten, drückte sich Leandra ganz hinten in der Dunkelheit des Treppenschachtes gegen die Wand und spähte ihm vorsichtig hinterher.

Er hielt die Karte deutlich sichtbar in der rechten Hand und trat auf den ersten Soldaten zu.

Sie sprachen miteinander, woraufhin der Soldat ihn weiterwinkte. Er wechselte zur anderen Gangseite und blieb beim nächsten Wachsoldaten stehen. Dort ergab sich ein längeres Gespräch, das mit einer gewissen Heftigkeit geführt wurde. Aus den Wortfetzen konnte Leandra ableiten, dass sich der Soldat weigerte, Harnas die Karte persönlich überbringen zu lassen. Schließlich riss der Soldat Harnas die Karte aus der Hand.

»Das werde ich melden!«, rief Harnas, wandte sich auf dem Absatz um und marschierte wieder zurück auf das Treppenhaus zu.

Das hätte er vielleicht nicht tun sollen, aber Leandra konnte verstehen, dass er sich, wenn es irgend ging, aus der Gefahrenzone retten wollte. Der Soldat rief ihm hinterher, aber Harnas winkte nur ab, ohne sich umzudrehen, und marschierte weiter. Leandra beobachtete, wie der Soldat die Karte in seiner Hand kurz betrachtete, sich dann umwandte und an die Tür des Raumes hinter sich klopfte. Noch bevor Harnas wieder bei ihnen war, betrat der Mann das Zimmer. Die anderen Wachleute hatten die Szene mitverfolgt, aber keiner rührte sich von seinem Fleck.

Als Harnas ins Treppenhaus zurückkehrte, war er schweißüberströmt und atmete heftig. Er war der Panik nahe. »Sie ist in dem Zimmer«, keuchte er. »Da, wo der Soldat mir die Karte weggenommen hat!«

Alle sahen sich an. Die Chance, Alina vorzuwarnen, war vertan; möglicherweise würde sie sogar dem Soldaten sagen, dass sie nicht wüsste, was für eine Karte das wäre.

»Wir müssen handeln«, sagte Meister Fujima. »Jetzt gleich!«

»Du bleibst hier!«, sagte Leandra zu Harnas. »Du am besten auch, Yo. Wir anderen gehen.«

»Warte noch«, sagte Harnas.

»Was ist denn?«

»Chast ist nicht hier«, sagte er.

»*Was?* Bist du sicher?«

Harnas nickte. »Das hat der Soldat gesagt. Dass ohne die Erlaubnis des Hohen Meisters niemand zu ihr hinein dürfe. Und da er nicht da sei, könne er ihn nicht fragen.«

Leandra stieß einen Ächzen aus und sah ihre Gefährten an. »Fragt sich nur, wie lange er weg ist – und wie weit!«

»Egal!«, sagte Meister Fujima eindringlich. »Das ist unsere Chance! Wir gehen sofort. Ich schlage vor: Nur wir beide allein, Leandra! Mit den Soldaten und selbst ein paar Bruderschaftsmagiern sollten wir fertig werden. Ihr anderen sichert hier unseren Rückzug – und kommt nur nach, falls es nötig werden sollte!«

Meister Fujima setzte sich augenblicklich in Bewegung, und Leandra beeilte sich, ihm zu folgen. Sie sandte ein Stoßgebet zu d*en Kräften*, dass mit Alina alles in Ordnung sei. Sie hatte sie lange Zeit nicht gesehen, und wenn es mit dem Teufel zuging, dann stand sie nun auf Chasts Seite. Obwohl sich Leandra das beim besten Willen nicht vorstellen konnte.

Dann traten sie zu zweit in den Gang hinaus und die Köpfe der Soldaten fuhren herum. Leandra nahm sich vor, nun kein Risiko mehr einzugehen. Wer sich ihnen jetzt entgegenstellte, würde den morgigen Tag nicht mehr erleben. Sie mussten Alina hier um jeden Preis herausholen.

»Ich kümmere mich um die Soldaten«, raunte Meister Fujima. »Geh du hinein und hole das Mädchen. Du kennst sie!«

Leandra nickte und ließ die Wachleute nicht aus den Augen. Sie kontrollierte bereits ein Aurikel der sechsten Stufe – das eigentlich ausgereicht hätte, um hier eine größere Katastrophe anzurichten. Aber sie geriet immer mehr in Kampfesstimmung und wollte sichergehen. Langsam kam Unruhe auf. Sie schritten in forschem Tempo weiter voran, passierten den ersten Soldaten, der ihnen verunsichert hinterher blickte, und hatten dann die Hälfte des Weges zu der besagten Tür hinter sich gebracht. Als sich diese Tür öffnete und der Wachsoldat, mit dem Harnas geredet hatte, wieder herauskam, hallte plötzlich ein Schrei durch den Gang.

»Das ist die *Adeptin!*«

Dann ging es los.

Schwerter klirrten, und die Soldaten setzten sich, Alarmschreie ausstoßend, in Bewegung. Ein Stück weiter hinten flog eine Tür auf und ein schwarz gekleideter Mönch trat auf den Gang. Er war das erste Opfer.

Leandra ließ ihre Magie losschnappen und ein kleiner, bläulich schimmernder Stern aus reiner stygischer Energie schoss auf den Magier los. Er traf ihn an der rechten Schulter. Der Mann wurde wie von einem Hammerschlag umgerissen und knallte gegen den Türstock. Dort rutschte er herunter und blieb reglos liegen.

Die Soldaten, die sich im Gang in Bewegung gesetzt

hatten, bekamen Meister Fujimas Magie zu spüren. Über den Fußboden rollten plötzlich unzählige, winzige Feuerkugeln wie kleine Gummibälle auf die Soldaten zu. Wann immer eine von ihnen einen Soldaten traf, schrie dieser auf, ließ seine Waffen fallen und rannte wie vom Teufel gejagt davon. Bei den meisten Getroffenen brannten die Stiefel und die Hosen.

Leandra leistete sich nur am Rande ein gewisses Erstaunen über die gewitzte und wirkungsvolle Art von Meister Fujimas Magie. Im nächsten Augenblick war sie bereits wieder voll auf ihre Aufgabe konzentriert.

Da sie von früher her gewohnt war, mit einem Schwert in der Hand zu kämpfen, hob sie eines auf, das irgendeiner der Soldaten verloren hatte. Sie wirkte eine kurz entschlossene Magie, und die Klinge des Schwertes stand plötzlich in hellen Flammen. Damit marschierte sie auf den einzelnen Soldaten zu, der sich mit erhobenem Schwert offenbar vorgenommen hatte, die Tür zu Alinas Raum zu verteidigen. Als er Leandras brennendes Schwert sah, stieß er einen Schrei aus und zog sich in den Raum zurück.

Leandra nutzte ihren Vorteil. Eigentlich war das Feuer der Klinge zu nichts nütze, es sei denn, sie hätte damit einen Brand entfachen wollen. Trotzdem hatte es auf den Soldaten äußerst einschüchternd gewirkt. Sie trat wild entschlossen in das Zimmer. Hier herrschte gedämpftes Licht und direkt vor ihr stand der Soldat mit erhobenem Schwert. Aber ihn hatte offenbar aller Mut verlassen.

»Verschwinde!«, zischte sie ihn an. Sie machte einen drohenden Schritt auf ihn zu und er wich zurück. »Verschwinde, und ich lass dich am Leben!«

Er dauerte noch einem Moment, dann ließ der Soldat seine Waffe fallen. Angstvoll umrundete er Leandra, die ihn nicht aus den Augen ließ. Dann nahm er die Beine in die Hand und lief um sein Leben. In der Tür stieß er fast mit Meister Fujima zusammen, der eben hereinkam. Der Magier trat rasch zur Seite und der Soldat stürzte hinaus und rannte davon.

»Alles klar draußen!«, sagte Meister Fujima. »Ist sie hier?«

Leandra ließ die Magie in ihrem Schwert erlöschen, da sie von den Flammen geblendet wurde. Das Zimmer war sehr groß und es war dunkel hier, aber dann sah sie nicht weit entfernt einen großen Sessel stehen, und in ihm saß – Alina!

Leandra stand wie angewurzelt da und konnte nicht recht glauben, dass sie es tatsächlich geschafft hatte. Alina saß da und machte große Augen. »Leandra!«, keuchte sie.

Meister Fujima war neben Leandra getreten und gemeinsam gingen sie auf den Sessel zu. Irgendetwas stimmte nicht. Alina hatte erleichtert geklungen, als sie Leandra erkannte, aber aus irgendeinem Grunde war sie nicht aufgesprungen, um ihr entgegenzueilen.

Dann stemmte sich die junge Frau, offenbar unter großen Schwierigkeiten, aus ihrem Sessel hoch. Leandra blieb stehen und stieß ein entsetztes Keuchen aus. Alina trug einen großen, runden Bauch vor sich her. Sie war hochschwanger.

43 ♦ Flucht

Sie wagte nichts zu sagen. Alina stand da, wie eine schwangere Frau dazustehen pflegte, die Hände von schräg hinten in die Seiten gestemmt. Ihre Niederkunft musste unmittelbar bevorstehen. Sie sah Leandra mit einer seltsamen Mischung aus Freude und Unsicherheit an, so als könne man sich am Ende dazu entscheiden, sie in ihrem Zustand vielleicht nicht mitzunehmen.

»Jetzt verstehe ich«, flüsterte Meister Fujima. »Nach dem Gesetz kann er sie zur Heirat zwingen, wenn sie sein Kind zur Welt gebracht hat.«

Leandra schluckte und sah ihn betroffen an. Das also war Chasts Plan. Alina trug nun sein Kind, und sobald es geboren war, konnte ihm nach akranischem Recht keiner mehr die Heirat und damit das anschließende Anrecht auf den Thron streitig machen. Er musste sie mit Gewalt genommen haben. Die Verderbtheit dieses Mannes war unglaublich.

Leandra hob die Hände und ging zögernd auf Alina zu. »Hallo, Alina!«, sagte sie.

Alina sah sie mit unsicheren Blicken an. »Ich kann es fast nicht glauben«, erwiderte sie leise. »Wie kommst *du* hierher?«

»Wir … wir wollten dich holen.«

Die Situation war heikel – Leandra wollte Alina nicht das Gefühl vermitteln, dass sich jetzt irgendetwas geändert habe – dadurch, dass sie schwanger war. Sie hob entschuldigend die Hände. »Es tut mir Leid«, sagte sie. »Ich bin einfach nur … überrascht!«

Sie machte einen letzten Schritt auf Alina zu, umarmte sie dann unsicher. Das war wegen Alinas Bauch nicht leicht; Leandra musste sich darüber hinwegbeugen. Die Umarmung war ein wenig befangen, aber in keiner Weise unehrlich.

»Du bist … schwanger«, sagte Leandra und deutete auf Alinas Bauch.

Alina seufzte und nickte. Sie sah an sich hinab.

»Es ist wohl bald soweit, nicht wahr?«

»Ich bin schon über die Zeit«, erwiderte Alina.

Leandra sah sich nach Meister Fujima um, der zur Tür getreten war, und ins Treppenhaus zurückwinkte. Im Augenblick schien draußen alles ruhig zu sein.

»Glaubst du … du kannst mit uns kommen? Es ist kein leichter Weg. Ich meine … *willst* du denn mitkommen?«

Alina keuchte. »Natürlich! Denkst du denn, ich würde hier bei diesem Chast …?«

Leandra hob abwehrend die Hände. »Entschuldige. Ich bin etwas durcheinander. Ich wäre nie darauf gekommen, dass du …«

»Wir müssen verschwinden!«, zischte Meister Fujima plötzlich von der Tür her. »Es kommen Leute!«

Gleich darauf wurde ein knisterndes Zischen hörbar und ein Blitz hellte den Gang draußen auf. Aber das war nicht Meister Fujima gewesen. Es musste sich im Treppenhaus ereignet haben. Sie hörte einen Schrei.

Leandra nahm Alina an der Hand. »Komm, wir müssen weg! Schnell!«

Alina griff nach einer Art Morgenmantel, der über einem Stuhl hing, warf ihn über und folgte ihr schwerfällig.

Dann traten sie durch die Tür, wo Meister Fujima wartete. Leandra sah, dass sich am anderen Ende des Ganges Leute zusammenrotteten. Auch Männer in Kutten waren darunter.

»Da!«, schrie jemand. »Sie haben die Herrin! Sie wollen die Herrin entführen!«

Meister Fujima antwortete mit einer riesigen Flut seiner Feuerkugeln, die über den Boden in Richtung der Gegner hüpften und rollten, so als würden sie von ihnen angezogen. Als die Männer die Kugeln kommen sahen, fingen sie an zu schreien und zu laufen. Die Magie hatte eine sehr beeindruckende Wirkung.

»Auf zum Treppenhaus!«, rief Meister Fujima. »Ich bleibe hinter euch!«

Leandra eilte los und zog Alina hinter sich her. Sie sah gleich, dass es schwierig werden würde. Alina bewegte sich sehr schwerfällig. Sie hoffte nur, dass in all dem Wirbel ihre Wehen nicht plötzlich einsetzten.

Yo kam ihnen entgegengeeilt, während weiter vorn im Treppenhaus magische Entladungen knisterten und Lichtblitze aufleuchteten. Dort schien sich ein Kampf zu entwickeln. Nun setzten auch Gablina und Xarbas ihre Magien ein, und die waren von der Art, dass sie von niemandem in Torgard unbemerkt bleiben würden – egal, wo er sich gerade aufhielt. Leandra wusste nicht, wo Chast steckte. War er in Torgard, würde er diesen magischen Sturm mit Sicherheit mitbekommen.

Als Yo sie erreicht hatte, blieb die junge Diebin kurz stehen. Sie stieß ein ungläubiges Ächzen aus, als sie sah, was mit Alina war. Dann lief sie weiter und sie und Leandra nahmen Alina zwischen sich und stützten sie.

»Harnas!«, rief Leandra ins Treppenhaus. »Harnas! Komm her …!«

Yo schüttelte den Kopf. »Zu spät«, sagte sie.

Leandra starrte sie an. »Waas?«

Yo seufzte. »Es hat ihn erwischt. Magier kamen die Treppe hoch. Er ist direkt in irgendeine scheußliche Glutwolke hineingelaufen.«

Leandra fluchte erbittert. Ausgerechnet Harnas! Ihm wäre am meisten zu wünschen gewesen, dass er überlebte.

Aber sie fand keine Zeit zu trauern. Sie spürte, dass von hinten etwas heranrollte, und fuhr herum. Da aber zerplatzte der magische Angriff schon in einem Regen violetter und dunkelroter Funken an einem Wall, den Meister Fujima aufgebaut hatte. Seine Feuerkugeln waren zuvor noch vergleichsweise menschenfreundlich gewesen. Nun aber ließ er eine Druckwelle durch den Gang auf seine Gegner losrasen, die allein schon unterwegs sämtliche Türen und Gegenstände zersplittern ließ.

Als sie das Treppenhaus erreichten, fanden sie dort Meisterin Gablina, die weiter unten inmitten eines Feuersturms zu stehen schien und ihn gerade zu ersticken versuchte. Xarbas, der den reglosen Harnas auf den Armen trug, stand etliche Stufen oberhalb von ihr.

Sie schleppten Alina ein Stück die Treppe hinunter.

»Was ist mit Harnas?«, fragte Leandra atemlos. »Lebt er noch?«

»Ich halte seinen Herzschlag in Gang«, sagte Xarbas. »Aber es sieht schlecht aus. Er hat schlimme Verbrennungen. Wenn er noch eine winzige Chance haben soll, müssen wir hier verschwinden!«

Leandra sah, dass Gablina dort unten einen schweren Kampf ausfocht. »Kannst du Alina allein weiterhelfen?«, fragte sie Yo.

»Wird schon gehen!«

Leandra ließ Alina los und stolperte die Treppen hinab. Auf halbem Weg öffnete sie ein Aurikel der siebenten Stufe, etwas, das sie bisher erst selten gewagt hatte. Aber es klappte. Als sie Gablina nahe war, ließ sie eine ganze Wolke von kleinen, schimmernden Sternen los, lauter Zusammenballungen stygischer Energien, die wie von einem kräftigen Windstoß durcheinanderwirbelten und das Treppenhaus hinabfegten. Wo sie in die Glutwolke eintauchten, die Gablina mühevoll zurückhielt, entflammten sie heiß, fraßen die Glut auf und setzten ihren Weg fort.

Es war genau die richtige Magie. Der passende Angriff zu Gablinas Verteidigung. Die Glutwolke wurde von entgegengesetzten stygischen Kräften aufgezehrt. Leandra staunte selbst über die Dauerhaftigkeit der Sterne. Sie bewegten sich weiter, selbst nachdem sie die gesamte Glut erstickt hatten. Dann schienen sie auf den Gegner zu treffen. Von unten wurden Rufe und Schreie hörbar. Leandra sah einen Duuma-Magier, der die Treppe heraufgestolpert kam. Seine Kutte brannte und gleich darauf flammte er selbst auf und sank röchelnd auf die Treppenstufen.

Sie fasste Gablina an der Hand und zog sie mit sich hinab. »Du wehrst ab und ich greife an!«, rief sie ihr zu.

Gablina stöhnte leise und folgte ihr.

Als Nächstes zerbarsten die Treppenstufen unter ihnen, als würde sie jemand mit einem gewaltigen Meißel von unten her bearbeiten. Leandra ergriff sofort und instinktiv eine Gegenmaßnahme. Die Erfahrung, die sie im Kampf gegen Karras mit dem Wirken einer Sphäre der Stabilität gewonnen hatte, machte sich nun bezahlt. Kurz vor ihren Füßen brach die Kraft zusammen und hielt an; dennoch mussten sie ihre Gesichter mit den Armen gegen die umherfliegenden Steinsplitter schützen. Der Lärm hallte im Treppenhaus auf und ab.

Nun schien Gablina wütend zu werden. Sie holte mit der rechten Hand aus und warf eine wabernde, neblige Kugel von gut einem Schritt Durchmesser, die vor ihrer Hand entstand, den Treppenschacht hinab. Die Kugel prallte wie eine wassergefüllte Blase am Boden, der Decke und den Wänden ab, und wo sie auftraf, fing der Stein an zu glühen und Blasen zu werfen, so als hätte er sich zu kochender Lava verwandelt.

»Was, beim Felsenhimmel, ist *das?*«, rief Leandra durch den Lärm.

»Eine Gebrauchsmagie!«, gab Gablina zurück und lachte bitter auf. »Damit habe ich vor Jahren einmal einen eingestürzten Brunnenschacht befestigt. Hätte nicht gedacht, dass ich mal mit so etwas *kämpfe!*«

Wieder ertönten entsetzte Schreie und dann loderten Flammen auf. Kurz darauf kehrte Ruhe ein.

Leandra und Gablina stießen Hand in Hand nach unten vor, und Xarbas, der noch immer Harnas trug, und Yo mit Alina folgten ihnen. Meister Fujima konnte Leandra nicht mehr sehen, aber um den alten Meister hatte sie am wenigsten Angst. Allein in Munuels Kräfte hatte sie ein ebenso großes Vertrauen gehabt; es erschien ihr undenkbar, dass Meister Fujima von einem der Bruderschaftsmagier gefährdet werden könnte. Außer vielleicht von Chast. Aber der war offenbar immer noch nicht hier.

Endlich erreichten sie den Durchgang zum zehnten Stockwerk.

Leandra ließ vorsichtshalber schon gleich eine weitere Wolke ihrer stygischen Sterne in den Gang fegen und Gablina sandte sofort zwei ihrer wabernden Nebelbälle hinterher. Aber aus dem Gang kam keine Antwort. Dann sahen sie mehrere Tote auf den Treppenstufen unter sich liegen.

»Was für ein Gemetzel!«, stöhnte Leandra.

Von hinten kamen nun die anderen nach und auch Meister Fujima war dabei. Seine weißen Haare standen zu Berge und waren an den Spitzen verkohlt.

»Alles in Ordnung?«, fragte sie besorgt.

Der Meister grinste schief. »Wäre die Sache nicht so grausam, könnte man fast sagen, es macht Spaß!«

Leandra enthielt sich einer Erwiderung und sah nach Alina. »Wie geht es dir?«, fragte sie besorgt.

Alina keuchte. »Ich freue mich auf die Zeit danach. Wenn ich wieder normal laufen kann.«

»Kann es sein, dass das Baby kommt?«, wollte Yo wissen.

Alina sah sie bedrückt an. »Ich will es nicht hoffen. Noch geht es. Am besten, wir sind bald hier heraus. Dann soll es ruhig kommen!«

Xarbas trug noch immer Harnas auf den Armen. Der

tapfere Kerl hatte die Augen wieder geöffnet, aber er sah schrecklich aus. Er hatte Verbrennungen und blutige Platzwunden im Gesicht und an den Händen, seine Uniform war verkohlt. Er stöhnte. Leandra nahm vorsichtig seine Hand. »Wir kriegen dich wieder hin!«, versprach sie ihm. »Halte durch!«

Harnas röchelte nur.

»Wir müssen weiter!«, drängte Meister Fujima. »Von oben droht kaum mehr Gefahr. Ich habe den Zugang versiegelt.«

Was er damit meinte, konnte sie nicht sagen. Es interessierte sie, aber jetzt war keine Zeit für Fragen nach speziellen Magien. Sie wandte sich um und lief wieder voran, Gablina an der Hand mit sich ziehend. Die anderen folgten.

Sie kamen unbehelligt bis ins neunte Stockwerk. Dort wirbelte Meister Fujima einen Trupp bogenbewaffneter Soldaten durcheinander, der sich eben bereitmachte, sie mit Pfeilen zu beschießen. Die Soldaten waren eigentlich nie ein Problem – man musste sie nicht einmal töten. Wenn sie eine harsche Magie zu spüren bekamen, rappelten sie sich schnellstmöglich auf und ergriffen die Flucht. Bitter dachte Leandra an den Kodex. Kriege waren schlimm genug, aber wenn sie mit Hilfe von Magie geführt wurden, waren sie verheerend. Kein Magier sollte je kämpfen dürfen.

Dann wurde es wieder brenzlig, als ein Magier von beachtlichen Kräften sich ihnen entgegenstellte. Es war wie ein Kräftemessen zwischen Meister Fujima und ihm, sie versuchten sich gegenseitig mit Wällen aus verfestigter Luft zu zerdrücken – so vermutete Leandra jedenfalls. Zuletzt aber obsiegte, fast erwartungsgemäß, der Meister.

Anschließend geschah etwas Seltsames. Meister Fujima trat zu dem Mann, der ächzend am Boden lag, beugte sich hinab und reichte ihm die Hand. Leandra sah, dass es der Magier war, den der Meister zuvor so trickreich mit seiner cambrischen Robe verblüfft hatte.

»Nun, mein Sohn?«, fragte Fujima. »Willst du nicht mit uns kommen? Ich glaube, die Zeit der Bruderschaft neigt sich dem Ende zu. Hier hast du keine Zukunft mehr!«

Der Magier, der keuchend am Boden lag, starrte Meister Fujima verblüfft an. Schließlich nahm er dessen Hand und ließ sich aufhelfen. Meister Fujima nickte ihm zu, ließ seine Hand los und winkte ihn dann mit sich, während er sich wieder in Bewegung setzte.

Leandra beobachtete das Schauspiel kopfschüttelnd. Dennoch – so verrückt diese Tat auch erscheinen mochte, irgendetwas sagte ihr, dass der Duuma-Magier in diesem Augenblick tatsächlich die Seiten gewechselt hatte. Keiner, der genug Verstand besaß, um zu sehen, wie sich die Dinge entwickelten, und der – genau genommen *zweimal* – verschont worden und somit dem Tode entronnen war, konnte sich einer so entwaffnenden Einladung entziehen, aus seinem Leben etwas Besseres zu machen. Fujima war nicht allein nur ein Meister und Philosoph des Trivocums. Er war auch ein Meister und Philosoph des Lebens.

Der Duuma-Magier blickte sich nach ihnen um und setzte sich zögernd in Bewegung; er folgte Meister Fujima, der, eifrig wie ein Hirte, der seine Schäfchen vor dem Sturm noch rechtzeitig nach Hause bringen wollte, voranschritt. Leandra wollte sich den kleinen Triumph ebenfalls nicht entgehen lassen und lief, um den Duuma-Mann einzuholen.

Neben ihm angekommen, reichte sie ihm die Hand. »Willkommen bei den Guten. Ich bin Leandra. Wie heißt du?«

Der Mann blieb stehen und ihm klappte die Kinnlade nach unten. »*Du* … bist Leandra?«

Sie nickte. »Ganz recht. Du bist kein schlechter Magier. Schon mal gegen Chast gekämpft?«

Der Mann war stehen geblieben und schluckte. So recht fassen konnte er das alles offenbar noch nicht.

Leandra deutete über die Schulter. »Da hinten ist deine Herrin. Mach dich nützlich und verteidige sie!«

Der Mann blickte nach hinten. Leandra leistete sich ein Grinsen, ließ ihn dann stehen und marschierte weiter.

»Ich … ich heiße Thorim«, rief er ihr hinterher.

»Fein!«, rief sie über die Schulter zurück und beeilte sich dann, Meister Fujima einzuholen, der schon die Gangbiegung erreicht hatte, hinter der ihr Zugang in die verborgenen Höhlen von Torgard lag.

Sie berührte ihn an der Schulter und sagte: »Meister Fujima, ich …« Er blieb stehen und sah sie an. Sie senkte den Kopf und sagte: »Ich verneige mich vor euch!«

Er lächelte froh. »Das freut mich. Wirklich. Ich glaube, wir passen gut zusammen.« Damit wandte er sich wieder um und marschierte voran. Nach wenigen Augenblicken hatten sie alle den Durchgang erreicht – auch Alina. Niemand kam, als sie hindurch stiegen. Alina hatte es schwer, und sie keuchte, als sie sich durch den schmalen Mauerdurchbruch zwängen musste. Thorim, der Duuma-Magier, half ihr dabei.

*

Die Stadt brannte. Nicht im herkömmlichen Sinn, obwohl an vielen Stellen Feuer loderten. Aber es war deutlich zu spüren, dass die Stimmung umgeschlagen war. Wo Tage zuvor noch alles unter der Kontrolle der Stadtwache und der Duuma gestanden hatte, herrschten nun wütende Aufstände und helle Rebellion.

Bewaffnete Leute rannten über die Straßen und an vielen Stellen lagen Tote herum – Soldaten wie auch einfache Leute. Hier und da wurden Gebäude umkämpft, in denen sich verstreute Trupps der Stadtwache oder der Duuma aufhielten. Magische Entladungen blitzten durch die Luft, und Pfeile regneten herab, öfter auch konnte man entwaffnete Leute mit erhobenen Händen sehen, die abgeführt wurden. Das wichtigste Merkmal jedoch war, dass nirgends die Stadtwache oder die Duuma die Oberhand zu besitzen schien.

Chast marschierte mit seinen drei Begleitern geradenwegs in Richtung des *Roten Ochsen.* Er wusste nicht, wo er Leandra suchen sollte, aber die Wahrscheinlichkeit, dass sie sich dort aufhielt, hielt er für groß. Im Mittelpunkt der Rebellion. Chast hatte vor, dort alles in Trümmer zu legen.

Einstweilen kümmerte er sich nicht um irgendwelche Angreifer. Er marschierte mit weit ausholenden Schritten in Richtung seines Zieles und überließ die Abwehr seinen drei Begleitern. Diese erwiesen sich ihrer Aufgabe als durchaus gewachsen. Golbrin, dieser hirnlose Kerl, schien ein teuflisches Vergnügen daran zu finden, stygische Energien der höchsten Stufen auf jeden loszulassen, der ihm unter die Augen kam. Häufig wurden Männer gnadenlos zermalmt oder von seinen magischen Kräften so weit in die Luft gewirbelt, dass sie über ganze Häuser hinwegflogen. Er hatte keinerlei Skrupel, Gebäude in Brand zu stecken oder gar einzureißen. Die anderen beiden standen ihm kaum nach. Sie hinterließen eine Schneise der Vernichtung, ohne dass Chast auch nur eine einzige Magie gewirkt hätte.

Den ganzen Weg über dachte er nach. Er versuchte sich auf den Kampf gegen Leandra einzustimmen, was ihm nicht schwer fiel. Er wusste, dass er ihr als Magier meilenweit überlegen war, obwohl er sich immer wieder sagte, dass er auch Grund zur Vorsicht hatte. Sie hatte Usbalor und wahrscheinlich auch Karras getötet. Und diese kleine Roya hatte offenbar den mächtigen Scolar besiegt. Es mochte sein, dass diese Bande über Tricks verfügte, die er nicht kannte. Chast wünschte sich, Quendras wäre hier. Quendras war ein Mann voller Umsicht und Verstand. Obwohl er sich in letzter Zeit nicht gerade unkritisch verhalten hatte.

Dann erreichten sie das Hafenviertel am westlichen Monolithen, hinter dem sich die verrufene Gegend anschloss, in der auch der *Rote Ochs* zu finden war. Chast hatte seit dem Beginn der Kämpfe nichts mehr von Guldor gehört – aber er legte auch keinen großen Wert auf die Gegenwart dieses anmaßenden Kerls.

Golbrin warf eine Truppe von Männern zurück, die brüllend und mit erhobenen Waffen auf sie zugerannt kamen. Er und seine drei Begleiter waren an ihren dunklen Kutten leicht als Bruderschaftler – oder besser: als Duuma-Leute – zu erkennen, allerdings hatten ihre Gegner offenbar keine Ahnung, wen sie da vor sich hatten. Ein anderer seiner Begleiter schoss eine flimmernde Wand aus seltsamen, violett-schwarzen Klumpen auf die Angreifer ab, unter denen sich offenbar ein oder zwei Magier befanden. Den Magiern gelang es unter Mühen und Gestöhne, die Wand aufzuhalten, nur um danach in einem Brei grauer Energien zu verbrennen, die der dritte seiner Begleiter im nächsten Augenblick losließ.

Die Angreifer starben jämmerlich, der graue Brei umfloss daraufhin ein kleines Brunnenhaus und eine Reihe von Verkaufsständen, die sich knackend und berstend in dem schwarzen stygischen Brand auflösten. Chast nahm nur am Rande Kenntnis von den seltsamen und abartigen Magien, die seine Brüder erfunden hatten.

Dann erreichten sie eine breite Straße, von der weiter hinten die Gasse zum *Roten Ochsen* abzweigte. Hier hatte sich eine größere Streitmacht der Gegner verschanzt. Überall lagen Tote auf dem morgendlich feuchten Kopfsteinpflaster, und weiter vorn in der Straße hatte man eine Barrikade errichtet, hinter der Chast die Anwesenheit von Gildenmagiern erspürte.

Er war verwundert, dass offenbar so viele von ihnen hier waren – hatte er doch angenommen, die meisten wären schon vor Monaten aus der Stadt geflohen.

Sie gingen noch ein Stück weiter, verlangsamten dann ihre Schritte und blieben einen Steinwurf weit entfernt vor der Barrikade stehen.

»Chast!«, rief plötzlich eine Stimme. »Ich erkenne dich! Bleib da, wo du bist, oder es wird dir schlecht ergehen.«

Chast peilte durch das fahle Licht der Morgendämmerung in Richtung der Barrikade, hinter der sich ein Mann erhoben hatte.

Chast stieß ein spöttisches Lachen aus. »Der Primas der Cambrier!«, rief er. »Ich dachte, du wärest längst an Altersschwäche gestorben, du tattriger Greis!«

»Du wirst gleich meine Greisenmagie zu schmecken bekommen!«, schallte es zurück. »Kehr um! Verschwinde aus Savalgor! Du und deine Bruderschaft – ihr habt hier nichts mehr verloren! Die Stadt ist in unserer Hand!«

»Was interessiert mich die Stadt!«, schrie Chast. »Ich habe den Palast!«

»Ha! Nicht mehr lange!«

Chast wurde des Geredes überdrüssig. »Einen gab es unter euch, der mir vielleicht das Wasser hätte reichen können!«, brüllte er zurück. »Das war Munuel – aber der ist tot! Euch kann nun nichts mehr retten. Liefert mir Leandra aus, und ich lasse euch vielleicht am Leben!«

»Leandra?«, schallte Jockums Stimme zurück. »Die fürchtest du doch am meisten, du Hund! Sie würde dich zermalmen!«

Chast spürte eine Welle heißen Zorns in sich aufsteigen. Nach einem kurzen Augenblick der Konzentration hatte er einen mächtigen, klaffenden Riss ins Trivocum getrieben. Befriedigt nahm er die dahinter wabernden grauen Energien wahr, die nur darauf war teten, von ihm entfesselt zu werden. Einen Augenblick lang überlegte er noch, dann brach plötzlich vor ihm eine kochende Masse Funken schlagender und brodelnder Energien aus dem Nichts hervor und ergoss sich über die Straße. Mit beängstigender Geschwindigkeit schwappte sie nach vorn auf die Barrikade zu.

Er war nicht wenig erstaunt, als diese derbe magische Gewalt gegen ein unsichtbares Hindernis brandete, das sich offenbar wenige Schritte vor der Barrikade aufgebaut hatte. Sie staute sich dort unter einer Sphäre zahlloser und wild umherzuckender rötlicher Blitze auf. Chast biss wütend die Zähne aufeinander und schob weitere stygische Energien nach. Alles, was in den Bereich seiner stygischen Woge kam, ob die Toten, die auf der Straße lagen, oder umgestürzte Karren oder einfach nur Unrat, verging in einem abgründigen, grauschwarzen Flirren. Doch die Barrikade blieb unberührt und mit ihr auch der Primas Jockum und seine Kampfgenossen.

Stattdessen zuckte hinter der Barrikade plötzlich ein bläulicher Blitz auf, züngelte nach vorn und schoss mitten durch die Brust des Magiers, der neben ihm stand. Chast wusste nicht einmal seinen Namen; er wurde nach hinten geschleudert, als sei er von einem Rammbock getroffen worden, krachte irgendwo auf das Pflaster und blieb reglos liegen.

Chast spürte einen plötzlichen Schock; er schalt sich einen Narren, dass er mit einer solchen Unbekümmertheit gegen einen Magier von der Klasse des Primas der Cambrier aufmarschiert war. Mochte Jockum auch alt sein, er hatte soeben den Beweis geliefert, dass er ein unerbittlicher Gegner war und dass er sogar Chast würde töten können, sollte er unachtsam sein.

Golbrin reagierte sofort. Chast spürte, dass sein Bruder einen massiven Wall um sie herum aufbaute, der sie vor weiteren Angriffen schützen würde. Das war eine kluge Maßnahme, allerdings schwappte noch immer Chasts Woge stygischer Energien vor der Barrikade herum, ohne dort irgendeinen Schaden anzurichten. Chasts Stolz regte sich; er spürte, dass er einen empfindlichen Gesichtsverlust erleiden würde – der sich womöglich auf den Verlauf des Kampfes auswirken mochte –, wenn er seine Magie jetzt unverrichteter Dinge wieder erlöschen ließe. Deswegen pumpte er unter Aufbietung aller Kräfte und unter dem Schutz von Golbrin sämtliche verfügbaren Energien in seine Woge.

Der Erfolg blieb jedoch aus. Chast wusste eigentlich schon, dass diese Magie zwar Aufsehen erregend, jedoch nur von begrenzter Wirksamkeit war – er hätte es anders anfangen müssen.

Und nun zuckten weitere bläuliche Blitze auf und bombardierten förmlich Golbrins Schutzwall, sodass sie eingetaucht in eine Aura umherwabernden Lichtes dastanden und sich am Verlauf des Kampfes keine Änderung ergab. Chast knirschte mit den Zähnen und ballte die Fäuste – aber er konnte nicht die Oberhand gewinnen.

Dann plötzlich spürte er etwas, ein seltsames Gefühl, das jenseits dessen lag, womit er sich augenblicklich beschäftigte und dem er eigentlich keine Aufmerksamkeit widmen konnte. Ihm schoss es durch den Kopf, dass der zweite seiner Begleiter sich durchaus in den Kampf mit hätte einbringen können. Er riskierte einen Seitenblick auf ihn und stellte fest, dass dieser offenbar etwas anderes tat – er starrte abwesend ins Leere.

Eben wollte Chast ihm einen üblen Fluch entgegenschleudern, als dessen Kopf plötzlich herumfuhr.

»Hoher Meister!«, keuchte er. »Beim großen Sardin … Sie sind drin! Sie sind in Torgard! Sie haben die *Herrin entführt!*«

Schlagartig ließ Chast seine Magie los und starrte seinen Gefährten an. Wie mit einem Donnerschlag krachte der Riss im Trivocum zu und die stygischen Energien vor der Barrikade lösten sich in wenigen Augenblicken auf.

»Was sagst du da?«, keuchte Chast.

Der Mann hob hilflos die Arme. »Eine Nachricht. Aus Torgard! Diese … *Leandra* ist in Torgard!« Er schloss kurz die Augen und konzentrierte sich. »Sie haben … die Herrin entführt und fliehen … durch das Höhlenlabyrinth unter dem Meer!«

Chast hob das Gesicht gen Himmel, schlug die Hände vor die Augen und schrie einen ohnmächtigen Fluch in die Morgendämmerung hinaus. »Leandra!«, brüllte er und seine Stimme überschlug sich. »*Das wirst du büßen!*«

Auf dem Absatz machte er kehrt und kümmerte sich nicht um Golbrin, der noch immer damit beschäftigt war, die blitzenden Energien der Cambrier abzuwehren.

Und zum ersten Mal seit ewigen Zeiten rannte Chast.

Er rannte durch die leeren Gassen in Richtung des Palastes; sein verletztes Bein schmerzte, und er spürte, wie seine Lungen stachen und das Blut durch seine Schläfen pochte. Aber er rannte weiter.

Hinter ihm geschah etwas – ein hässliches Krachen im Trivocum deutete darauf hin, dass sich ein weiterer Riss geschlossen hatte, und das mochte bedeuten, dass Golbrin getötet worden war. Und er hörte die Schritte seines letzten Begleiters hinter sich – der offenbar versuchte, zu ihm aufzuschließen, um ihm beizustehen.

Aber das war ihm jetzt egal. Er würde Leandra finden und sie vernichten. Er war nun genug gewarnt – diesmal würde er eine Magie wirken, der sie niemals widerstehen konnte, und selbst, wenn sie seinen eigenen Tod bedeutete.

44 ♦ Maric

Sie kamen voran, obwohl sich Alina sehr schwer tat. Leandra fürchtete ständig, dass die Wehen einsetzen würden, und das hätte arge Schwierigkeiten bedeutet. Sie mussten aus Torgard heraus, denn es war nur noch eine Frage der Zeit, bis Chast auftauchte. Erst jetzt machte sie sich klar, wie gewaltig sein Zorn sein musste, wenn er von Alinas Entführung erfuhr. Sie dauerhaft in Sicherheit bringen zu können, ohne Chast noch einmal gegenübertreten zu müssen, war mehr als ein frommer Wunsch.

Es mochte natürlich auch ein Glücksfall eintreten, beispielsweise der, dass Chast bei den Kämpfen einfach umkam oder von einem seiner Mitbrüder aus irgendeinem Grunde ermordet wurde. Aber darauf wollte sie sich lieber nicht verlassen. Immerhin hatte sie ein gewisses Vertrauen in Meister Fujimas Stärke, und solange sie bei ihm blieb, hatte sie zumindest eine Aussicht gegen Chast.

Sie eilten die Gänge des Höhlenlabyrinths hinab. Xarbas trug noch immer tapfer den bewusstlosen Harnas. Thorim, der Duuma-Mann, half abwechselnd, Alina zu stützen und Harnas zu tragen. Es ging immerzu abwärts, das war natürlich ein Glück, aber dennoch: der Weg war weit, und niemand wusste, ob hier nicht vielleicht noch einige dieser furchtbaren Ghouls lauerten.

Leandra war sehr wachsam und eilte voraus. Sie mussten jetzt auf die Fähigkeiten von Harnas verzichten, der sie durch das Labyrinth geführt hätte, aber bisher war es Leandra noch gelungen, den Weg zu finden.

Sie kontrollierte ein helles Licht, das über ihren Köpfen schwebte und sie begleitete, und Meister Fujima hatte weiter hinten ebenfalls eines entfacht.

Dann kamen sie an der unseligen Stelle vorbei, an der Vendar gestorben war. Leandra hatte nicht die Nerven, sich ihm zu nähern, und streifte seinen Leichnam nur mit einem Seitenblick. Irgendwie war sie dem Schicksal dankbar, dass Alina den Toten sah, denn sie sollte wissen, dass tapfere Männer für sie gestorben waren. Nicht um ihr Schuldgefühle zu vermitteln, sondern um ihr klarzumachen, dass sie sich dieser Leute als würdig erweisen musste – indem sie alles gab, was sie nur konnte. Nicht nur jetzt, bei dieser Flucht, sondern auch später, wenn sie den Thron bestiegen hatte. Sofern das jemals gelang.

Leandra erwartete nicht weniger von ihr, als dass sie sich bedingungslos für das Volk von Akrania einsetzte, die Reste der Bruderschaft zerschlug, nötigenfalls den Hierokratischen Rat zum Teufel jagte und alles tat, um das Leben ins Akrania wieder lebenswert zu machen. Das war freilich eine schwere Aufgabe, besonders für ein junges Mädchen, das bisher noch nicht die mindeste Erfahrung im Regieren eines Volkes gesammelt hatte. Aber sie würde sie nicht allein lassen. Leandra stellte sich vor, dass Leute wie Meister Fujima, der Primas Jockum, Jacko – sofern er noch gesund war – und viele andere in Amt und Würden berufen wurden, um Alina bei ihrer schweren Aufgabe zu helfen. Vielleicht würde sie sogar selbst etwas unternehmen wollen, obwohl ihr nicht unbedingt der Sinn danach stand. Es gab da noch immer Victor, den sie finden wollte, und wahrscheinlich würde sie sich zuerst auf die Suche nach ihm machen. Und natürlich auch Hellami. Sie seufzte. Es gab viel zu viele Leute, von deren Schicksal sie nichts wusste. Sie wollte wissen, wie es Roya ging, Hilda und Bert, ihrer Familie und ihrer Schwester Cathryn.

Langsam näherten sie sich den unteren Bereichen

des Höhlenlabyrinths, und Leandra hoffte, bald die erste der auf sie wartenden Gruppen zu finden. Je mehr Leute es wurden, desto größer wurden ihre Aussichten, heil hier heraus zu kommen.

»Wir werden verfolgt!«, rief Meister Fujima nach vorn.

Leandra blieb stehen und blickte zurück. Die anderen überholten sie, nur Meister Fujima nicht.

»Geht!«, rief er. »Ich werde sie aufhalten!«

»Soll ich nicht bei Euch bleiben, Meister?«, fragte sie besorgt.

Fujima grinste sie an. Seine kurzen weißen Haare mit ihren verkohlten Spitzen standen noch immer in die Höhe. »Das schaffe ich schon allein. Alina braucht dich. Geh nur, mein Kind, ich komme bald nach!«

Irgendwie mochte sie dieses väterliche Gehabe, obwohl sie sich als Frau und Kämpferin durchaus erwachsen fühlte. »Und wenn Chast dabei ist?«

Er zwinkerte ihr zu. »Auf den würde ich mich besonders freuen. Ich kann gar nicht glauben, dass er so stark ist, wie man sagt.«

Sie verzog das Gesicht. »Er *ist* stark. Ich weiß es!«

»Dann wird er heute einen Stärkeren kennen lernen. Außerdem bleibe ich nicht hier. Ich folge euch nur in gewissem Abstand. Wenn es für mich brenzlig wird, werdet ihr es schon merken. Dann könnt ihr mir zu Hilfe eilen.«

Leandra seufzte tief. »Also gut. Gebt gut Acht, Meister! Ihr werdet noch gebraucht!«

Er nickte ihr aufmunternd zu und winkte sie dann davon. Leandra folgte den anderen.

Als sie wieder zu ihren Gefährten stieß, erreichten sie gerade die erste zugemauerte Stelle, die man so mühsam geöffnet hatte.

Doch hinter dem Durchgang wartete niemand.

Die Gruppe, die sie dort hätte empfangen müssen, war nicht da. Leandra wurde sehr misstrauisch. Sie winkte die anderen zurück, wartete eine Weile und lauschte in die Stille. Dann, als sie nichts hören konnte, stieg sie durch den Durchschlupf. Vorsichtig erforschte sie das Trivocum und spähte in die Dunkelheit. Nirgendwo war jemand zu sehen.

»Was ist?«, flüsterte Xarbas von hinten. Leandra hörte Alina keuchen.

»Keine Ahnung«, gab sie zurück. »Die Gruppe ist nicht da. Hier ist keine Menschenseele.«

Vor ihr erstreckte sich der dunkle Gang. Rechts und links waren die losgelösten Mauersteine aufgetürmt – zu der Falle, die man versprochen hatte aufzurichten. Sie waren mit ein paar kleineren Steinen abgestützt, die man nur wegstoßen musste, um die gewünschte Wirkung zu erzielen. Das aber war auch schon alles, was sie entdecken konnte.

Plötzlich hallten Geräusche aus dem zurückliegenden Torgard zu ihnen – Meister Fujima musste sich mit den Verfolgern einen Kampf liefern. Leandra stieg schnell durch den Durchschlupf zurück.

»Ich werde nach Meister Fujima sehen!«, sagte sie zu den anderen. »Wartet dort auf der Seite. Ich werde sehen, dass ich ihn bis hierher holen kann, dann können wir hinter uns den Durchgang einreißen. Die anderen haben da drüben die Falle aufgebaut.«

Als Leandra nach hinten ging, bekam sie mit, dass Alina sehr elend aussah. Sie stand gebückt, schwitzte, war bleich und hielt sich den Bauch. Yo und Thorim stützten sie.

»Geht's noch?«, fragte sie.

Alina schüttelte den Kopf. »Nicht mehr lange. Es fängt an, wehzutun.«

Leandra stöhnte leise. Sie deutete auf den Durchgang. »Los jetzt. Die Zeit wird knapp. Ich hole den Meister!«

Als Antwort fuhr ein Leuchten durch die Gänge und gedämpfter Tumult wurde aus einiger Entfernung hörbar. Leandra wartete nicht mehr lange. Sie wandte sich um und eilte los.

Nach kurzer Zeit schon kam sie am Kampfplatz an.

Meister Fujima hielt sich hinter Felsen verborgen und beobachtete eine Gangbiegung, hinter der sich Leute zu verstecken schienen. Mitten im Gang schwebte ein gleißendes Feuer unter der Höhlendecke und tauchte die Umgebung in ein Lichterspiel aus greller Helligkeit und zahllosen, tiefschwarzen Schlagschatten.

Leandra huschte heran und duckte sich neben ihn.

»Blöde Sache«, flüsterte er und deutete in die verschiedenen Richtungen. »Hier gibt es überall Seitengänge und Spalten. Der Ort ist schlecht zu verteidigen. Sie können von überall kommen.«

»Der Mauerdurchgang ist nicht weit von hier!«, gab sie leise zurück. »Die anderen sind schon durch. Wenn wir schnell zurückrennen und auch hindurch kommen, können wir den Gang verschütten. Die anderen haben die Falle aufgebaut, wie versprochen.«

Meister Fujima nickte. »Das ist gut. Dann sollten wir am besten gleich los!«

In dem Augenblick, da sie aufspringen wollten, erschien in der Gangbiegung plötzlich ein Ghoul. Er war sehr groß, mindestens doppelt so groß wie die anderen. Leandra und Fujima ließen sich wieder in die Deckung sinken.

»He!«, machte Meister Fujima. »Sie können diese Biester sogar kontrollieren!«

Da hatte das Ungeheuer sie schon ausgemacht. Sie waren noch nicht wieder ganz unten, als es in ihre Richtung losschnellte. Leandra schrie auf und ließ sich fallen.

Aber das Wesen kam gar nicht so weit. Meister Fujima hatte sich im letzten Moment wieder aufgerichtet. Seine magische Schwarze Klinge stand schlagartig mitten im Gang und der Ghoul raste dagegen und zersplitterte in Dutzende von Teilen.

Leandra rappelte sich hoch und sah Meister Fujima wanken.

In seinem Hals steckte ein riesiger Knochensplitter und Blut sickerte darunter hervor.

Sie stieß einen zweiten Schrei aus und zog Fujima hinab in die Deckung. Aus den Augenwinkeln hatte sie mitbekommen, dass weitere Ghouls in der Gangbiegung aufgetaucht waren. Und dann sah sie auch, dass an mehreren Stellen Soldaten und Duuma-Leute durch Ritzen und über Felsen hinweg zu ihr peilten – aus den Seitengängen und Spalten, von denen Meister Fujima gesprochen hatte.

Heftig atmend und mit pochendem Herzen saß sie rücklings in der Deckung, neben ihr Meister Fujima, röchelnd und hustend, der versuchte, sich den Knochensplitter aus dem Hals zu ziehen. Ein Anflug von Panik überkam sie.

Sie schlug dem Meister die Hand fort und zischte ihm eindringlich zu, er solle warten, sie werde ihm helfen, aber wolle erst einmal die Angreifer loswerden. Meister Fujima ließ die Hand sinken. Er keuchte heftig und starrte mit weit aufgerissenen Augen in die Luft.

Sie entschloss sich, ein hohes Risiko einzugehen.

Es handelte sich um eine Magie, die sie bisher nie zu wirken gewagt hatte. Vor langer Zeit einmal hatte die Altmeisterin Caori ihr eine Magie geliefert, die sie über die Maßen beeindruckt hatte. Leandra hatte sie ungläubig bestaunt und wissen wollen, wie sie funktionierte, aber Caori hatte sie vertröstet, auf sehr viel später. Vielleicht, hatte sie gesagt, vielleicht würde sie es ihr einmal verraten.

Leandra hatte Caori nie wieder getroffen, aber diese Magie hatte sie niemals mehr vergessen. Später, durch Munuels Büchlein, war sie ihr auf die Spur gekommen, hatte aber mit Schrecken festgestellt, dass sie einer achten Iterationsstufe bedurfte. Sie hatte sich das Wissen angeeignet, aber niemals gewagt, sie zu wirken. Die achte Stufe lag, nach allem, was sie wusste, jenseits ihrer Fähigkeiten, sah man einmal von dem Kampf mit Usbalor ab. Aber damals war ihr alles egal gewesen, sie hätte in Kauf genommen zu sterben; es war der Augenblick, da Hellami tödlich getroffen worden war, und sie hatte sich ohne nachzudenken in den Kampf gestürzt. Abgesehen davon wusste sie nicht einmal genau, welcher Iterationsstufe ihre Magie damals entsprochen hatte.

Jetzt, da sie in echte Bedrängnis geriet und Meister Fujima dringend ihrer Hilfe bedurfte, musste sie dieses Wagnis eingehen. Sie brauchte etwas, womit sie ihre Verfolger wirklich loswerden konnte.

Sie hörte, wie die Ghouls vorwärts staksten, im Augenblick noch kein Ziel vor den Augen, aber das würde sich bald ändern, wenn sie noch lange zögerte. Sie holte tief Luft und begann sich zu konzentrieren.

Sie versuchte sich nicht von den Gegnern, die sich immer weiter näherten, ablenken zu lassen. Aus Gründen der Sicherheit bediente sie sich ihrer altgewohnten Sicht des rötlichen Trivocums, das sie so gut kannte. Nach Augenblicken völliger innerer Ruhe berührte sie es und stieß es unter äußerster Konzentration an. Ein riesiges Aurikel öffnete sich – mit jenen typisch grellgelben Rändern, welche die Bereitschaft des Aurikels signalisierten, mit ungeheurer Wucht wieder zuzuschnappen, wenn sie es zu früh losließ. Das war der tödliche Moment. Einen Fehler würde sie nicht überleben.

Aber sie hielt es stabil. Dann setzte sie den Schlüssel, es war ein doppelter Schlüssel zweier Wassermagien, was nach den Gesetzen der Elementarmagie nicht möglich war. Aber hier handelte es sich wieder einmal um Stygische Magie – und auch Caori hatte sich ihrer bedient. Der gesamte Cambrische Orden war voll gewesen von Kodex-Brechern.

Das Aurikel veränderte seine Farbe, und Leandra konnte mit ihrem *Inneren Auge* die Energien sehen, die dahinter wallten. Der Durchlass war gut, wie es schien. Nun wurde es höchste Zeit – sie durfte nur um Himmels willen zuletzt nicht das sorgfältige Setzen des doppelten Norikels vergessen!

Leandra schoss in die Höhe, wirbelte herum und ließ ihre Energie los. Es war keine Sekunde zu früh.

In dem Augenblick, da sie sich erhob, setzten die Ghouls schon zum Sprung an, und sie sah im grellen Licht des Feuers unter der Gangdecke, dass mehrere Männer Pfeile angelegt hatten. Hinten im Gang standen drei oder vier Duuma-Magier nebeneinander.

Sie hatte die Hand erhoben und aus ihrem rechten Zeigefinger schoss knisternd ein fadendünner, bläulicher Blitz. Leandra beobachtete selbst gebannt die Entladung. Der Blitz knisterte davon und blieb in seiner ganzen Länge bestehen – wie eine Verlängerung ihres Fingers. Wo er auftraf, brannte er auf der Stelle tiefe Löcher in alles, was er traf – Ghouls, Menschen, ja selbst den blanken Stein. Dies alles geschah mit unglaublicher Geschwindigkeit. Die Ghouls, die vor ihr lauerten, wurden auf der Stelle zerschnitten, ungeachtet dessen, dass der Blitz sich nur für Augenblicke über sie hinwegbewegte. Auch den Magiern und den anderen Männern erging es so. Es war eine hässliche Sache, denn diese Magie war verheerend und tödlich. Caori hatte sie damit vor einem riesigen Monstrum, das sie aus dem Asgard heraus verfolgt hatte, gerettet.

Einer der Soldaten brachte noch einen Pfeil gegen sie auf den Weg, aber er war schlecht gezielt und schepperte gegen die Höhlenwand neben ihr. Nach wenigen Sekunden war es vorbei.

Sie hatte mit dem dünnen Blitz alle Verstecke ihrer Feinde bestrichen, und das Ergebnis war, dass niemand überlebte. Ein halbes Dutzend großer Ghouls, drei Duuma-Magier und mehrere Soldaten. Das Feuer unter der Gangdecke erlosch und es herrschte Stille.

Leandra setzte das Norikel mit äußerster Sorgfalt und ließ sich dann wieder in ihre Deckung hinabgleiten. Schwer schnaufend saß sie für Sekunden neben dem keuchenden Meister Fujima. Sie sagte sich, dass sie sich hatte verteidigen müssen und dass *sie* jetzt tot wäre, hätte sie es nicht getan. Diese Magie so war grausam tödlich gewesen, dass sie nicht wusste, ob sie es jemals würde vergessen können. Um die Ghouls war es nicht schade, aber Menschen zu töten, daran würde sie sich nie gewöhnen können.

Nach einigen Augenblicken, in denen sie in den Gang lauschte, um sich zu versichern, dass keine Gegner mehr da waren, entfachte sie ein eigenes Licht und wandte sich Meister Fujima zu.

Der Knochensplitter steckte noch immer in seinem Hals und zum Glück hatte Fujima ihn nicht herausgezogen. Bis jetzt hatte er nur mäßig viel Blut verloren, obwohl sich seine weiße Robe um den Hals herum beängstigend rot gefärbt hatte.

Sie wirkte eine weitere Magie. Diesmal nur in der vierten Stufe, eine reinweiße Verwebung aus der Elementarmagie, um die Blutung zu stoppen. Meister Fujima ächzte. Sie untersuchte das Trivocum mit aller Sorgfalt, ertastete den Bereich, in dem sich die Verletzung ihres Gefährten abzeichnete, und studierte die Strukturen.

Meister Fujimas Hals erstrahlte in leuchtendem krankhaftem Dunkelrot, ganz wie das Innere einer offenliegenden Wunde – und darin stak, in grausig sich abzeichnendem Schwarz, der furchtbare Splitter. Er war zwei Handbreit lang und ein bis zwei Fingerbreit dick. Ganz in der Nähe pulste machtvoll die Halsschlagader, aber sie war – den Kräften sei Dank – noch unverletzt. Leandra atmete auf, als sie sah, dass der Splitter keine Widerhaken besaß. Keine Magie der Welt hätte Fujima retten können, wenn das Entfernen des Splitters seine Halsschlagader aufgerissen hätte.

Und noch einmal musste sie eine Magie wirken. Der Schädel dröhnte ihr langsam von all der Energie, die sie auf der geistigen Ebene aufbringen musste. Sie setzte das Aurikel einer Wassermagie der dritten Stufe und versteifte damit das Fleisch seiner Wunde. Nun kam der eklige Teil ihrer Arbeit. Sie musste den Splitter herausziehen. Sie hätte sich gewünscht, dass Meister Fujima in der Lage gewesen wäre, ihr seinerseits irgendwie zu helfen, aber er kämpfte um sein Bewusstsein; seine geistige Verfassung hätte das Wirken einer Magie zu einer für ihn gefährlichen Sache gemacht.

Schließlich war sie soweit. Sie kniete vor ihm, hielt die Ränder seiner Wunde zusammen und zog langsam an dem Splitter.

Das verdammte Ding wollte nicht. Es mochte sein, dass ihre Magie mithalf, es dort zu festzuhalten. Sie nahm sich zusammen, umfasste den Splitter vorsichtig, aber fest, und zog mit einem beherzten Ruck.

Meister Fujima stöhnte auf, aber sie bekam den Splitter heraus. Sofort strömte ein Blutschwall nach. Sie verstärkte den Energiefluss und zog die Wunde zusammen. Nach Sekunden hatte sie die Blutung im Griff. Sie ließ sich ächzend zurücksinken. Blut zu sehen war nicht ihre Stärke.

Meister Fujima kämpfte gegen die Ohnmacht, er stöhnte und versuchte, sich an den Hals zu greifen. Wieder schlug sie ihm die Hand weg. Sie suchte in seinen Taschen und fand darin ein einfaches, noch sauberes Tuch. Während sie noch immer seine Wunde zusammenhielt, gab sie es ihm in die Hand. Es war zwar eine Gefahr, eine so große Wunde mit einem Tuch abzupressen, von dem sie nicht wusste, *wie* sauber es war, aber im Augenblick gab es keine andere Möglichkeit. Meister Fujima war leidlich wieder bei sich, und sie wies ihn an, was er tun sollte. Er gehorchte.

Dann, nach einer weiteren Minute, zerrte sie ihn auf die Beine. Schwankend kam er hoch.

»Wir müssen weiter«, sagte sie leise und eindringlich.

»Danke, mein Kind«, hauchte er. »Ich … ich glaube, ich kann die Wunde jetzt selber versorgen.«

Mit einer gewissen Faszination beobachtete sie, wie er ihr Aurikel gewissermaßen übernahm, und erlebte dabei wieder einmal eine ihr noch völlig unbekannte Seite der Magie. Meister Fujima war wirklich ein Könner – auch jetzt, da er noch reichlich wacklig auf den Beinen stand. Immer mehr gelangte sie zu der Auffassung, dass er einem Munuel ebenbürtig sein musste.

Endlich war er wieder so weit zu Kräften gekommen, dass sie gemeinsam davonstapfen konnten.

Gablina und Thorim kamen ihnen auf halbem Weg entgegen. Thorim half in sehr fürsorglicher Weise, Meister Fujima, seinen einstigen Gegner, zu stützen.

»Wir haben uns Sorgen gemacht«, sagte Gablina.

»Ja, ich mir auch«, erwiderte Leandra. »Aber wir haben Glück gehabt. Ist auf der anderen Seite alles klar?«

Gablina sah sie vielsagend an. »Irgendwas ist geschehen«, erklärte sie. »Ein Stück vom Durchgang entfernt liegen sechs Leichen. Irgendwer muss alle Mitglieder der zweiten Gruppe getötet haben.«

Leandras Kehle schnürte sich zusammen.

»Und noch etwas«, sagte Gablina. »Alinas Wehen haben begonnen. Wir haben nicht mehr viel Zeit.«

*

Obwohl Meister Fujima nach einiger Zeit wieder selbst laufen konnte, kamen sie immer langsamer vorwärts, denn bei Alina kündigte sich ernstlich die Geburt ihres Kindes an. Alle paar Dutzend Schritte mussten sie stehen bleiben, weil neue Schmerzschübe kamen, und Leandra dachte, dass sie lieber niemals Kinder bekommen wollte, denn die Schmerzen, die Alina litt, mussten furchtbar sein.

Sie nahm sich offenbar sehr zusammen, dennoch liefen ihr die Tränen in Strömen herab und sie stöhnte und wimmerte unter jedem Schub neuer Wehen, die nun immer häufiger kamen.

Sie schafften es noch bis in die Nähe der Pumpwerkshalle, dann aber mussten sie Halt machen, denn Alina konnte nicht mehr weiter. Zum Glück fanden sie nahebei eine kleine Grotte, die ihnen einen glatten Boden und eine gewisse Trockenheit gewährte. Es sah alles danach aus, als müsse Alina hier ihr Kind zur Welt bringen. Immerhin hatte Gablina eine gewisse Erfahrung, und auch Yo schien schon einmal bei einer Geburt dabei gewesen zu sein.

Leandra wusste nur, dass man heißes Wasser und Tücher brauchte. Sie schickte Xarbas ins Pumpwerk, um dort zu holen, was er auftreiben konnten. Thorim kümmerte sich inzwischen um Harnas, der wieder in Bewusstlosigkeit gesunken war. Wasser zu finden und heiß zu machen war kein Problem, allein ein paar Schüsseln brauchten sie. Betroffen saß Leandra in der Ecke des Raumes und beobachtete Gablina und Yo, während Alina ihren Kampf ausfocht.

Meister Fujima hatte sich ein wenig erholt, war aber dennoch kaum kampfbereit zu nennen. Nach einiger Zeit kam Xarbas wieder und er hatte Erfolg gehabt. Neben zwei kleinen und einer großen Schüssel brachte er eine alte akranische Fahne, zwei wollene Decken und ein paar Handtücher mit. An einem Ort, der so nass war wie dieser, waren Handtücher nicht weiter verwunderlich – und in diesem Fall ein großes Glück.

Die Nachricht allerdings, die er Leandra zuflüsterte, war bestürzend: Im Pumpwerk lagen zwei Tote, einer davon war der junge Magier Ferdoin. Ansonsten war dort niemand mehr, die Feuer unter den Kesselhäusern waren erloschen, die Mulloohs standen bewegungslos an ihrem großen Rad und der Wasserpegel stieg langsam.

Leandra machte sich innerlich auf unangenehme Dinge gefasst. Aber sie beschloss, den anderen nichts davon zu sagen. Im Moment musste sie gewährleisten, dass Alina ungestört ihr Kind zur Welt bringen konnte. Die Umstände hier waren ungünstig genug; alles Weitere hätte die Lage nur noch schwieriger gemacht.

Alina durchlitt wohl eine der schwersten Stunden in ihrem Leben.

Leandra saß etwas abseits und fühlte sich aus irgendeinem Grunde schuldig – sie wusste nicht einmal, warum. Die harsche Yo zeigte sich von ihrer sanftesten Seite und bemutterte Alina auf rührende Weise. Gablina erwies sich als so fachkundig, dass Leandra immer sicherer wurde, dass die Geburt trotz der misslichen Lage gut zu Ende gebracht werden konnte. Trotz allem saß sie, sich immer elender fühlend, in einer Ecke der kleinen Grotte. Und als sie mitbekam, dass es den anderen kaum besser ging, wurde ihr langsam klar, warum.

Es war das Kind. Dieses Kind war keines, das Alina sich gewünscht hatte, schlimmer noch, es war das Kind des verhassten Chast. Leandra fragte sich, was Alina tun würde, wenn es da war. Würde sie es verstoßen? Würde sie gar versuchen, es zu töten? Chast musste sie vergewaltigt haben, ob mit Magie oder ohne, und dieses Kind war ein Bastard – wohl der Schlimmste, den es in dieser Welt gab.

Leandra betrachtete das Gesicht von Alina, dieser wunderschönen und so sanftmütigen jungen Frau, für die sie damals so starke Gefühle entwickelt hatte. Nun erkannte sie auch, dass sie immer die Vorstellung gehegt hatte, ihr Wiedersehen mit Alina würde einem Freudentaumel gleichkommen – aber da war nichts gewesen. Es war ihre Schwangerschaft – es war dieser kleine Bastard, den sie nun zur Welt bringen musste.

Leandra spürte, wie ihr Tränen die Wangen herabrollten. Sollte eine junge Mutter, die unter solchen Schmerzen und Mühen ihr Kind zur Welt brachte, nicht damit belohnt werden, ihr Kind auch lieben und küssen zu können? Es war ein einziges Drama, was sich hier abspielte.

Sie sah in den Gesichtern der anderen die gleiche Betroffenheit, und sie hatte keine Vorstellung davon, wie dies enden würde. Alina hatte noch keine Silbe dazu gesagt, wie sie zu diesem Kind stehen würde.

Dann war es schließlich soweit.

Leandra schloss die Augen, weil sie glaubte, Alinas Schmerzen mitzuempfinden, als das winzige Wesen endlich kam. Sie sah nicht hin, als es das Licht der Welt erblickte, oder besser: die Dunkelheit dieser Höhlen, die schon fast wie ein Omen erschienen.

Kurz darauf hörte Leandra die ersten, zaghaften Töne des Neugeborenen und schließlich einen langgezogenen, ersten Säuglingsschrei. Chasts Kind war geboren. Es war ein Junge.

Für einige Minuten entwickelte sich große Unruhe in der Grotte, alle liefen durcheinander, jemand trennte die Nabelschnur durch, ein anderer wusch das kleine Wesen, ein dritter versorgte Alina, die langsam wieder zu sich kam. Nur Leandra und Thorim, der sich Harnas' Pflege zur Aufgabe gemacht hatte, saßen abseits. Leandra machte sich ganz klein, versuchte nicht aufzufallen, denn irgendwie fühlte sie sich verantwortlich.

Dann, nach vielen hektischen Minuten, beruhigte sich alles wieder und der Moment kam, da Gablina das Neugeborene, in die letzten sauberen Tücher und die alte akranische Fahne gewickelt, Alina in den Arm legte. Leandra war aufgestanden und Yo war neben ihr. Alle standen im Kreis herum, es war der Moment, da üblicherweise einer jungen Mutter mit Begeisterung gratuliert und ihr alles Glück der Welt gewünscht wurde. Außer Gablina, die bei Alina kniete, beobachtete jeder Alina mit Befangenheit.

Leandra erkannte plötzlich, welch aberwitzige Bedeutung es hatte, dass dieses Kind in die akranische Fahne gebettet lag. Das war sicher ein Versehen gewesen – eines, das jetzt nur eine umso verzerrtere Bedeutung erlangte. Möglicherweise würde dieser Junge, wenn er einmal groß war, auf dem Thron sitzen.

Alina studierte für lange Zeit die Züge des kleinen Wesens in ihren Armen. Leandra wusste nicht, was sie denken sollte. Wäre ihr dies an Alinas Stelle widerfahren, hätte sie möglicherweise den Wunsch verspürt, dieses Kind loszuwerden.

Dann, ganz langsam, entstand auf Alinas Zügen ein kleines Lächeln.

Leandra registrierte dies mit Erleichterung, aber auch mit einer gewissen Befremdung. Vielleicht verstand sie nicht genug vom Muttersein, um Alina begreifen zu können.

Alinas Lächeln wurde indes immer breiter. Sie begann mit dem Zeigefinger die Nase des Babys anzustupsen, mit ihm zu spielen und leise mit ihm zu sprechen. Es gipfelte darin, dass Alina schließlich richtiggehend glücklich wirkte; dass sie im Laufe kurzer Zeit geradezu eine Hochstimmung erreichte, die durch nichts andeutete, dass dieses Kind von ihr nicht gewünscht wäre. Der kleine Junge sah noch sehr zerknittert aus und bekam wohl kaum mit, was seine Mutter mit ihm tat. Als Leandra endlich das Gesicht des Neugeborenen betrachtete, konnte sie, bei allen Vorbehalten, die sie im Herzen trug, nichts Böses an ihm erkennen.

Dann sah Alina endlich auf. »Was ist mit euch?«, fragte sie lächelnd. »Ihr steht da wie bei einer Beerdigung!«

Leandra sah an den Seitenblicken, dass es nun an ihr war, etwas zu sagen. Sie trat zu Alina und kniete sich neben sie.

»Entschuldige«, sagte sie. »Wir alle dachten nur, dass du …«

»Was?«

Sie zuckte verlegen die Schultern. »Es ist ein hübscher Junge. Aber leider … na ja, der Vater …«

Alina zog die Augenbrauen hoch. Sie studierte Leandras Gesicht, sah dann zu ihrem Kind und schließlich wieder zu Leandra. »Ach so«, sagte sie. Dann aber schüttelte sie den Kopf. »Chast ist nicht der Vater«, erklärte sie.

Leandra stutzte. »Was?«

Alina schüttelte wieder den Kopf, diesmal heftiger. Dann hielt sie ihr das Baby hin. »Sieh doch! Das ist nicht Chasts Kind!«

Leandra sah ratlos zu den anderen auf.

»Chast ist *nicht* der Vater?«, fragte Xarbas. »Aber …«

Alina hielt den Kleinen nun so, dass alle ihn sehen konnten. Leandra fand, dass man aus solch einem winzigen Neugeborenengesicht auf gar keinen Fall die Züge *irgendeines* Vaters herauslesen konnte. Aber das war wohl nicht das Problem. Eine plötzliche Sorge überkam sie, dass Alina diese Sache nicht mit heilem Verstand hinter sich gebracht hatte. Dann betrachtete sie noch einmal das Gesicht des kleinen Jungen.

»Du meinst … Chast ist *nicht* der Vater?«, fragte Yo vorsichtig. »Aber – wer ist es dann?«

Alina hob die Schultern und seufzte. »Ich … weiß es nicht.«

Leandra sah sich langsam in ihrem Verdacht bestätigt. Alinas Seele sträubte sich dagegen, dieses Kind als den Spross ihres Schänders sehen zu wollen, und deshalb …

»Ich glaube, ich muss euch etwas erzählen«, sagte Alina dann plötzlich.

Leandras Verwunderung wuchs. Sie starrte Alina nur unentschlossen an.

»Ich weiß, es ist verrückt«, gab Alina zu. »Bis vor

fünf Minuten wusste ich ebenfalls nicht, ob Chast nun der Vater ist oder nicht. Aber jetzt bin ich sicher. Seht ihn euch an, den Jungen! Das kann nicht Chasts Kind sein. Ich würde es spüren. Er soll übrigens Maric heißen.« Sie nickte bekräftigend.

Leandra, die bislang gekniet hatte, ließ sich auf den Hintern plumpsen. Ihre Verwirrung war vollkommen. »Nun bin ich aber gespannt«, sagte sie.

Alina, die auf geheimnisvolle Weise wieder Kraft geschöpft hatte und im Augenblick sehr munter und lebendig wirkte, begann zu erzählen.

»Ich wisst ja, dass Chast mich damals in Unifar gefangen hielt. Im Tempel von Yoor, diesem unterirdischen Labyrinth unterhalb der Stadt.«

Leandra nickte mit offenem Mund.

»Ich hatte seinen ganzen Plan mitbekommen«, fuhr sie fort. »Meine Entführung, den Mord an der Shabibsfamilie, und schließlich sagte er mir ja auch, dass ich die einzige verbleibende Thronerbin sei.« Sie hielt ihr rechtes Handgelenk hoch. Darauf war eine Tätowierung zu sehen, in der ein kleiner Drache ein Dreieck durchflog. »Das hier ist das Siegel des Hierokratischen Rates. Es enthält ein bisschen Magie, glaube ich. Um seine Echtheit beweisen zu können. Also, ich denke, ihr wisst, dass ich eine Tochter des Shabibs bin – aus seiner ersten Ehe.«

»Deshalb ließ Chast dich entführen«, stellte Gablina fest. »Er hatte von Anfang an vor, dich zu schwängern und dich dann zu heiraten. Was ihm den Thron eingebracht hätte.«

Alina nickte. »Ja, und ich wusste von seinem Plan. Er hat nie ein Hehl daraus gemacht. Jedenfalls mir gegenüber.«

»Unglaublich«, sagte Thorim aus dem Hintergrund. »Dann hat er dich also die ganze Zeit in dem Wissen gelassen, dass er dich irgendwann vergewaltigen würde?«

Alina holte Luft. »Also … es ist und bleibt zwar eine Vergewaltigung, aber das war nicht seine Methode. Nicht mit roher Gewalt.«

»So? Dann mit Magie?«

»Ja, so ähnlich. Chast ist ein Meister der Planung. Er hatte sich alles exakt ausgerechnet. Er kannte sogar die Tage meiner Fruchtbarkeit – nichts wollte er dem Zufall überlassen. Und um mich zu schwängern, hatte er sich von einem Magier ein Duftöl zubereiten lassen.«

»Ein Duftöl?«

Alina nickte eifrig. Leandra sah endlich wieder ihre Wesensart durchblitzen, die sie so ungeheuer anziehend machte. In ein paar Wochen, wenn sie sich körperlich soweit erholt hatte, würde sie zweifellos wieder sein, was Leandra schon immer über sie gedacht hatte: eine der schönsten und bezauberndsten jungen Frauen, die man sich überhaupt nur vorstellen konnte.

»Ja«, fuhr Alina fort. »Man könnte sagen, ein betörender Duft, einer, der mit Magie meinen Willen brechen sollte, mich ihm zu widersetzen. Er dachte wohl, das wäre guter Stil.«

Leandra lachte bitter auf.

»Ich wusste das«, berichtete Alina. »Ich hatte eine seiner Unterhaltungen mit dem Magier belauscht. Er heißt Quendras und ist einer von Chasts Gefolgsleuten. Ich wusste auch ziemlich genau, wann Chast plante, sich über mich herzumachen. Es war die Zeit, in der wir damals in Unifar waren, die Zeit«, damit nickte sie Leandra zu, »als ihr kamt, um gegen Chast zu kämpfen. Ich war verzweifelt. Ich wusste, dass er mich mit Gewalt nehmen wollte, und hatte keine Ahnung, wie ich dem entrinnen konnte. Ich lief endlos durch die finsteren, unterirdischen Gänge des Tempels von Yoor und dachte nach. Eine Zeit lang spielte ich mit dem Gedanken, mich umzubringen. Aber …«, sie hob die Schultern, »das ist nicht so leicht. Ich brachte es nicht fertig.«

»Ja, aber …«

Alina hob die Hand. »Warte. Gleich wirst du es verstehen … Es war also eine Zeit, in der ich ständig durch die Gänge von Yoor lief. Dort konnte ich mich frei bewegen, denn es gab keinen Ausgang für mich. Dann fand ich eines Tages ein Verlies. Ein Verlies, in dem ein Mann eingesperrt war. Er schlief.«

Gemurmel erhob sich unter den Zuhörern.

»Ich konnte ihn durch ein kleines Gitterfenster sehen. Und er sah irgendwie … na ja, ich weiß nicht …«, Alina wirkte verlegen, » …er sah einfach *nett* aus. Und er konnte keiner von Chasts Leuten sein. Keiner von der Bruderschaft. Er war ein Gefangener.«

Sie legte eine Pause ein und studierte die Gesichter der anderen. »Da kam mir diese Idee. Ich dachte, wenn ich bereits schwanger wäre, dann könnte Chast mich nicht noch zusätzlich schwängern. Ich wusste, wo er die Phiolen mit dem Duftöl versteckt hatte, und ich wusste auch, wie ich an den Schlüssel für das Verlies kommen konnte. Also lief ich los. Niemand sah mich. Ich besorgte mir beides und kehrte zu dem Verlies zurück. Durch das kleine Fenster warf ich eine der Phiolen, die ich gestohlen hatte, in den Raum. Sie zersplitterte auf dem Boden und ich wartete eine Weile. Dann sperrte ich leise die Tür auf und ging hinein.«

Yo machte große Augen. »Und dann hast du dich …?«

Alina lächelte verlegen. »Er war ganz benebelt, ich bezweifle, dass er es überhaupt mitbekommen hat. Und … irgendwie war er auch sehr zärtlich. Obwohl er wahrscheinlich völlig weggetreten war.« Sie seufzte und hob entschuldigend die Achseln. »Denkt über mich, was ihr wollt, aber so ist es gewesen. Und … na ja, es war nicht einmal das Schlimmste, was ich je erlebt habe. Und vor allem: Ich habe es freiwillig getan! Bald darauf bin ich wieder gegangen. Chast hat das alles nie herausbekommen.«

»Aber …«, fragte Leandra, »hat Chast dich denn dann später noch mit Gewalt …?«

Sie zuckte die Schultern in der Art einer Bestätigung. »Es muss wohl so gewesen sein. Ich habe es nicht mitbekommen – wenn, dann war es zweifellos mit Hilfe dieses Duftöls.«

Leandra verzog angewidert das Gesicht.

Alina legte ihr die Hand auf die Schulter. »Dass ich dabei weggetreten war, macht mir die Sache leichter, glaub mir! Ich kann mich nicht daran erinnern, ihn je auf mir gespürt zu haben. Das ist eine echte Erleichterung!«

Leandra seufzte schwer.

»Und dann hast du die ganze Zeit nicht gewusst«, folgerte Yo, »ob dieses Kind nun von Chast ist oder dem fremden Mann …?«

Alina schüttelte den Kopf. »Nein. Bis heute. Ihr könnt mir glauben, dass dies die größte Erleichterung meines Lebens ist. Aber ich bin sicher. Ich würde es wissen, wenn dieses Kind das Kind von Chast wäre. Ich habe noch das Gesicht dieses fremden Mannes im Sinn. Und ich kann euch schwören, dass *er* der Vater ist!«

Alle Anwesenden stießen erleichtert die Luft aus. So befremdlich diese Geschichte auch war – so glücklich war nun die Wendung.

Yo setzte sich zu Alina und legte ihr den Arm um die Schulter. »Du bist ein gerissenes Miststück!«, sagte sie. »Darf ich deine Freundin sein?«

Alinas Gesicht, das eben noch Yo freudig angegrinst hatte, versteinerte sich von einem Augenblick auf den anderen.

Leandra wunderte sich zuerst, dass Alina Yos Anspielung so ernst nahm, aber dann spürte sie plötzlich, dass es etwas ganz anderes war. Sie fühlte einen

Schauer auf ihrem Rücken – einen Schauer, den sie nur dann verspürte, wenn sich irgendetwas ganz besonders Grässliches von hinten anschlich.

Mit einem Mal schrillten alle Alarmglocken in ihrem Kopf. Alina saß im Blickwinkel zum Eingang der Grotte und Leandra fuhr herum.

*

»Hübsch!«, sagte Chast freundlich und baute sich mit verschränkten Armen im Eingang auf. »Wirklich – sehr hübsch! Da haben wir ja alle beisammen. Mein trautes Weib, den großen Meister Fujima, noch ein paar Magier und sogar … Thorim! Den neuen Anführer meiner Kampfmagier! Es ist nicht zu fassen!«

Dann wandte er sich ganz formell Leandra zu. »Und nicht zuletzt die liebe Adeptin Leandra!«

Alle hatten sich erhoben, selbst Alina, die jetzt mit ihrem Maric im Arm dastand. Niemand erwiderte etwas.

Chast, offenbar die Selbstsicherheit in Person, nahm die Arme wieder herunter, verschränkte die Hände hinter dem Rücken und begann, langsam hin und her zu spazieren. Hinter ihm wurde ein weiterer Mann sichtbar, aber nur einer. Sie waren immerhin zu siebt, sah man von dem Neugeborenen und dem bewusstlosen Harnas ab, und fünf von ihnen waren Magier.

»Da habt ihr mich aber schön verschaukelt«, sagte Chast gutmütig und drohte ihnen mit dem Finger. »Das Kind ist also gar nicht von mir. Wie nett. Dann habe ich auch gar kein Anrecht auf den Shabibsthron, was?«

Noch immer antwortete niemand von ihnen. Jeder schien zu wissen, dass die kleinste Erwiderung die Lage kippen könnte, dass von einer Sekunde auf die andere dann hier ein vernichtender Orkan losbrechen würde. Leandra kam erst jetzt auf den Gedanken, nach dem Trivocum zu spüren.

Als sie ihr Inneres Auge öffnete, wäre sie vor Schreck beinahe einen Schritt zurückgetreten. Das Trivocum war nicht aufgerissen, wie sie es von den Bruderschaftsmagiern her kannte – nein, es war regelrecht zerfetzt. Über einen großen Bereich hinweg existierte es förmlich gar nicht mehr, und was sie dort schaute, war ein weiterer Schock: Ein zäher, schmutzig grau strahlender Brei wallte auf und ab, durchsetzt von fauligen Zusammenballungen stygischer Energien – eine wabernde Masse der erschreckendsten Sorte, die für jeden Cambrier so viel bedeutete wie der faulende Inhalt einer stinkenden Latrine für einen Heiler. Wenn Chast tatsächlich diese Energien hier entfesseln wollte, dann würde das ihn selbst das Leben kosten.

»Nun, das ist nicht weiter schlimm!«, fuhr Chast fort. »Es scheint mein Schicksal zu sein, dass ich meine Pläne nicht verwirklichen kann. Allzu viel ist stets schief gelaufen, obgleich ich mich doch immer *so sehr* bemüht habe.«

Leandra konnte sich nicht zurückhalten. »Suchst du vielleicht unser Mitleid, du Scheusal?«

Chast lächelte sie freundlich an. »Die liebe Leandra!«, sagte er. »Selbst in dieser Lage geht dir der Mut nicht verloren! Weißt du eigentlich, wie sehr ich dich stets bewundert habe? Es ist ein Jammer, dass wir nie die Gelegenheit fanden, miteinander ein intelligentes Gespräch zu führen. Jetzt ist es ja leider zu spät!«

»Lass mich raten, du Großartiger! Du wirst uns alle töten.«

»Das ist es, was ich an dir so schätze«, lächelte Chast. »Selbst in der bedrohlichsten Lage gehen dir dein Witz und deine Verstandesschärfe nicht verloren!«

»Hoher Meister!«, zischte der Magier, der im Durchgang stand. »Es kommen wieder Leute!«

Chast verzog ärgerlich das Gesicht, ohne sich umzuwenden. Er winkte den Mann mit der Hand davon. »Stör mich jetzt nicht! Mit denen wirst du doch wohl allein fertig!«

Der Magier draußen verschwand. Kurz darauf wurden Kampfgeräusche hörbar, laute Kampfgeräusche und magische Entladungen, die durch die Gänge donnerten. Der Magier da draußen schien in Schwierigkeiten zu geraten, aber das kümmerte Chast nicht.

»Nun, wie dem auch sei«, rief Chast durch den Lärm, »ich stelle fest, dass aus meinen Plänen nichts wurde.« Er hob beide Handflächen nach oben und blickte sie alle freundlich an. »Ich habe verloren!«

»Ganz recht«, sagte nun Gildenmeister Xarbas finster. »Ist das nun nicht genug? Kannst du nicht einfach gehen?«

»Gehen? Warum?« Er schüttelte den Kopf. »Nein. Mag sein, dass ihr die Guten seid und ich der Böse – das ändert aber nichts daran, dass ich Pläne hatte, große und wichtige Pläne, und meine ganze Kraft hineingesteckt habe, um sie zu verwirklichen. Und nun ist alles vergebens gewesen. Wie soll ich da gehen? Und vor allem: wohin?«

»Wie wäre es mit der Hölle?«, knirschte Yo.

Chast hob erfreut einen Finger. »Das ist ... eine köstliche Idee! Ich werde in die Hölle gehen! Aber ...«, und damit ging er wieder ein paar Schritte, »ich werde euch alle mitnehmen! Ihr dürft nämlich eines nicht vergessen – es gibt eine Sache, die jenseits aller Vernunft steht, und das ist das Bedürfnis nach Rache! Besonders an dir, meine gute Leandra! Du hast alles durchkreuzt, was ich jemals angefangen habe, und diesen Triumph kann ich dir nicht lassen. Nein, das kann ich einfach nicht!«

Chasts Stimme hatte sich langsam vom Plauderton zum Tonfall eines Besessenen verzerrt, und Leandra spürte, dass nicht mehr viel Zeit bleiben würde. Ihr Magen krampfte sich immer weiter zusammen. Sie sah wieder nach dem Abgrund im Trivocum, den Chast geöffnet hatte, und sie wusste, dass sie keine Chance gegen eine solche magische Gewalt hatte. Wenn Chast zudem noch willens war, sich selbst aufzugeben, konnte sie nichts mehr vor dem Untergang retten.

»Wie alle Magier unter euch sicher schon bemerkt haben«, fuhr Chast fort, und er musste laut sprechen, denn dort draußen tobte ein mächtiger Kampf, »habe ich ein hübsches kleines Löchlein im Trivocum geöffnet. Es wird ausreichen, um uns alle zu verschlucken. Und ganz Torgard mit dazu.«

Leandra spürte, wie sich um sie herum langsam Verzweiflung ausbreitete. Die Mitglieder der Gruppe strebten instinktiv auseinander. Zweifellos sahen Gablina, Xarbas, Thorim und Meister Fujima den Riss ebenfalls. Alina war immer mehr zurückgewichen und drückte ihr Kind an die Brust.

Leandra versuchte Zeit zu gewinnen. »Macht es dir gar nichts aus«, rief sie und deutete auf den kleinen Maric, »dieses Kind auch mit in den Tod zu reißen? Das nicht einmal eine Stunde alt ist?«

»Ah, die liebe Leandra versucht, noch ein bisschen Zeit zu schinden. Auf dass euch etwas einfalle! Nun, wiewohl ich nicht glaube, dass ihr noch eine Chance habt, lasse ich mich *nicht* darauf ein! Zu oft schon hast du mir bewiesen, dass du mich übertölpeln kannst. Also werden wir dem allen jetzt gleich ein Ende setzen!«

Meister Fujima stieß sie von der Seite an. »Das Trivocum«, flüsterte er. »Von *hinten!*«

Leandra verstand schlagartig, was er meinte. Sie konnten, wenn sie noch einen Augenblick Zeit gewannen, das Trivocum vielleicht wieder stabilisieren, aus einer Richtung, die Chast nicht *sehen* konnte.

»Nun, meine Lieben, das war es!«, sagte Chast und

hob die Arme. Dieser Wahnsinnige schien tatsächlich die Absicht zu haben, sich selbst und damit auch alle anderen in den Tod zu reißen. »Es ist vorbei! Und zwar …!«

»Warte noch!«, schrie Leandra.

Chast hielt unwillkürlich inne. Leandra war voller Todesangst und wahnsinnig durcheinander. Sie hätte es beinahe nicht geschafft, ihren *Blickwinkel* zu verändern. Sie suchte nach Worten und bemühte sich zugleich, zusammen mit Meister Fujima das Trivocum von der *anderen Seite* her zu stabilisieren.

»Was ist …«, stammelte sie, »…wenn … wenn ich dich um *Gnade* anflehe?«

Chast stieß ein schrilles Lachen aus. »Zu spät!«, brüllte er.

Dann entfesselte er die Energien des Stygiums.

Eine Welle unnennbarer Kräfte donnerte heran. Dass in diesem Augenblick die Welt um sie herum nicht zerbarst, sich nicht in einen kochenden Brei verwandelte, war dem glücklichen Zusammenspiel mehrerer Dinge zu verdanken. Gablina und Xarbas, die nicht an Leandras und Meister Fujimas Versuch beteiligt waren, bauten gemeinsam einen mächtigen Schutzwall auf. Beide waren Magier von hohen Graden und der Wall erwies sich tatsächlich als in der Lage, für wenige Augenblicke Chasts magische Gewalt aufzuhalten. Das zweite Ereignis war, dass der verängstigte Thorim eine verzweifelte Magie direkt auf Chast abschoss, die ihn zwar nicht erreichte, aber für einen winzigen Augenblick seine Konzentration störte. Und drittens hatte Meister Fujima von seinem *Blickwinkel* aus das Trivocum gepackt und zog es unter Aufbietung all seiner Kräfte zusammen, und die waren beträchtlich. Leandra schaltete sich in diesem Moment mit ein und kam ihm zu Hilfe.

Das Ergebnis war, dass sich Chasts Magie nicht entfalten konnte. Das Trivocum befand sich in einem Aufruhr, wie es Leandra noch nie erlebt hatte. Sie taumelte hin und her, fühlte sich wie mit Schmiedehämmern durchgewalkt, erlaubte sich aber nicht nachzulassen. Sie hatte das Gefühl, dass die Felswände um sie herum vibrierten und jeden Augenblick zerplatzen würden und dass die Luft selbst kurz davor stand, in Brand zu geraten. Meister Fujima, der kleine Mann, stand wie ein Stein mit geschlossenen Augen und erhobenen Fäusten da und pumpte all seinen Willen und seine Kraft ins Trivocum, um den furchtbaren Abgrund zu verschließen.

Chast hingegen stand mit großen, erstaunten Augen da und konnte nicht glauben, was geschah. Man sah ihm an, dass er seine Bemühungen im nächsten Moment noch verstärkte, und Leandra glaubte, dass ihr gleich der Schädel bersten werde.

Dann passierte etwas Furchtbares. Gablina wurde von irgendeinem Energiefinger gepackt und wie eine Puppe durch die Grotte gewirbelt. Sie krachte gegen die Höhlendecke, fiel dann herab und schlug auf den Boden. Sie blieb reglos liegen.

Als Nächsten erwischte es Thorim. Er wurde von einer pfeilgeraden Lanze violetter Energie durchbohrt und nach hinten geschleudert. Leandra sah mit Entsetzen, was geschah. Alina mit dem Neugeborenen war frei genug, sich nach hinten zurückziehen zu können. Aber das würde ihnen auch nicht mehr helfen.

Dann stürmte Yo plötzlich mit Todesmut voran, in jeder Hand einen Dolch haltend, und sie kam mit beinahe schon magisch zu nennender Schnelligkeit an Chast heran – sie erreichte ihn sogar. Leandra war nicht sicher, ob sie ihn mit einer ihrer Waffen verletzte – bevor sie zur Seite gewirbelt und irgendwo gegen eine Wand geschleudert wurde.

Leandra sah, wie sich das Trivocum wieder öffnete, wie der furchtbare Riss noch weiter aufklaffte und die grauen Energien hungrig ins Diesseits herüberleckten.

Es war bewundernswert, mit welcher Kraft Xarbas seinen Schutzwall aufrechterhielt, aber es würde ebenfalls nichts nützen. Chast gewann die Oberhand. Es war nur noch eine Frage von Augenblicken, dann wäre alles vorbei.

*

Was danach passierte, war wie ein Traum. Ein Traum, der gar nicht hierher passte, der wie aus einer anderen Welt gekommen schien.

Leandra, die schon kurz davor war aufzugeben, sah in einem Moment, da die Welt völlig verzerrt war und kurz vor dem Bersten zu stehen schien, dass plötzlich eine Person im Eingang der Grotte erschienen war. Sie sah es undeutlich, nur aus dem Augenwinkel, und war nicht in der Lage, ihren Blick zu klären. Erst dachte sie, es sei der Magier, den Chast geschickt hatte, um die anderen Angreifer zurückzuschlagen. Dann aber erkannte sie, dass diese Person viel kleiner war. Ihre Sinne waren unter dem entsetzlichen Druck von Chasts Magie schon halb geschwunden. Sie sah nur, dass diese Person hinter Chasts Rücken aufgetaucht war und dass der Hohe Meister der Bruderschaft, im Augenblick viel zu sehr mit seiner Magie beschäftigt, sie unmöglich im Blickfeld haben konnte.

Als Nächstes sah Leandra, dass es sich um eine Frau handeln musste. Eine Frau, die ein Schwert trug, mit dem sie sich Chast von hinten näherte. Plötzlich erschien ein Mann im Durchgang zur Grotte, ein sehr großer Mann, ebenfalls schwertbewaffnet, und ihn erkannte Leandra sofort: Es war Jacko!

Chasts Energien schwollen noch immer an, aber Jackos Anblick verschaffte ihr für einen kurzen Augenblick einen verzweifelten Hoffnungsschimmer. Sie stemmte sich mit übermenschlicher Anstrengung gegen Chasts mörderischen Energiefluss. Sie und Meister Fujima schafften es, den riesigen, klaffenden Riss im

Trivocum so weit zu blockieren, dass sein vernichtender Strom stygischer Energien nicht wirklich losbrechen konnte.

Leandra war längst klar, dass die zierliche Frau nur Hellami sein konnte, und es drehte sich um Augenblicke – Augenblicke, die sie ihr verschaffen musste, um sich Chast von hinten zu nähern. *Das Schwert!*, schrie Leandra durch das Trivocum, *... das Schwert!*

Chast spürte etwas und fuhr herum. Schlagartig erlosch der magische Orkan und Leandra fiel stöhnend zu Boden. Hellami stand schon hinter ihm, aber Chast hatte sie bemerkt.

Es dauerte kaum eine Sekunde, da flammte seine Magie wieder auf, und eine stygische Gewalt brach auf Hellami los, die Leandra nur ein hilfloses Gurgeln abrang. Hätte sie Zeit gehabt, ihr eigenes Leben darauf zu verwetten, dass Hellami das nicht überleben würde, hätte sie es getan. Die Gewalt von Chasts Magie war kaum geringer als jene, die er eben noch gewirkt hatte.

Aber es kam ganz anders. Die gesamte magische Gewalt zog sich auf einen Punkt zusammen, wurde von ihm aufgesaugt und, wie Leandra später verstand, zurück ins Stygium geleitet. Und dieser Punkt war das Schwert, das Hellami hielt. Es dröhnte und heulte um sie herum wie im Mittelpunkt eines Wirbelsturms – während sie mit aller Kraft darum kämpfte, das Schwert halten zu können, das diese Energien ableitete. Sie schrie und stand in ein grellrotes Licht getaucht da und wand sich unter der auf sie einstürmenden Gewalt.

Plötzlich hörte Leandra ein Brüllen – es war Jacko, der Hellamis Namen rief. Im nächsten Augenblick schon stürmte er ein paar Schritte vor, riss sein riesiges Schwert hoch und warf es wie einen Speer nach Chast.

Plötzlich war alles vorbei.

Das Schwert fand sein Ziel, und im selben Augenblick riss der magische Sturm so plötzlich ab, wie er gekommen war. Mit einem verzweifelten Aufschrei kappte Leandra ihre Verbindung zum Trivocum. Die jenseits des Trivocums ausgesperrten stygischen Kräfte brandeten mit einem Donnerschlag von urzeitlichen Ausmaßen heran und fuhren durch die Höhlen von Torgard, dass die gesamte unterirdische Welt erzitterte, gerade so als hätte ein Riese mit einem gewaltigen Hammer gegen den Stützpfeiler geschlagen. Dann herrschte plötzlich vollkommene Stille.

Kein Einziger war auf den Füßen geblieben, und es dauerte eine ganze Minute, bis sich die Ersten wieder aufrappelten. Es war ein Wunder, dachte Leandra später, dass hier nicht alles, so wie damals in Unifar, zusammengestürzt war.

Stöhnend und ächzend kamen die Anwesenden auf die Füße. Als Leandra wieder stand, sah sie, dass sich Jackos mächtiges Schwert mitten durch den Brustkorb des Hohen Meisters der Bruderschaft von Yoor gebohrt hatte. Chast lag mit einem ungläubigen Ausdruck im Gesicht am Boden und atmete rasselnd – noch war ein Funken Leben in ihm.

Xarbas kniete bei Gablina und vergoss bittere Tränen. Meister Fujima sah nach Thorim. Der Duuma-Magier – vielleicht hatte er ihnen allen das Leben gerettet, als er Chast angriff – war tot, ebenso wie Gablina. Alina hatte sich mit ihrem Kind auf dem Arm zu Harnas begeben – Leandra atmete erleichtert auf, als sie sah, dass sich seine Brust noch hob und senkte. Sie beobachtete, wie Jacko zu Hellami ging, sie wie eine Puppe vom Boden aufhob und sie an sich drückte. Hellami, ziemlich matt, erwiderte die Umarmung und küsste Jacko. Und Yo hatte ebenfalls überlebt. Sie war schon wieder auf den Beinen, ließ sich aber gleich wieder auf den Hintern fallen und hielt sich stöhnend den Kopf.

Dann trat Leandra zu Chast.

Er lag sterbend am Boden, von Jackos Schwert durchbohrt. Sein Lächeln war nur noch eine Grimasse. »Du … wirst immer gewinnen, nicht wahr?«, röchelte er.

Leandra schüttelte den Kopf. »Das war nie ich allein«, sagte sie leise.

Chasts Blick brach und sein Kopf sank zur Seite. Obwohl Leandra noch nie in ihrem Leben einem Menschen wirklich den Tod gewünscht hatte, atmete sie auf.

45 ♦ Der Palast

Es war Vormittag und über Savalgor lag der feine Nebel eines frühsommerlichen Morgens. Dies war die Zeit des Jahres, da sich die Sonne draußen vor den Fenstern der Welt mit aller Macht anschickte, das letzte bisschen Kühle zu durchbrechen und die Welt mit einer Flut von Wärme und Helligkeit zu erobern. Der Nebel löste sich zusehends unter ihrer Kraft auf.

In der Stadt herrschte weitestgehend Ruhe.

Die Nachricht von Chasts Tod schien sich schnell herumgesprochen zu haben. Wer zur Stadtwache oder zur Duuma gehörte, gab umgehend seinen Widerstand auf. An manchen Stellen brannten noch kleine Feuer, aber von Gefechten war nirgendwo mehr etwas zu sehen. Der Kampf gegen die Unterdrücker hatte ein gnädig schnelles Ende gefunden.

Hier und da sah man, dass Gefangene abgeführt wurden; an anderen Stellen riss man Barrikaden ab oder trug Tote davon. Zögernd betraten die Leute wieder die Straßen, öffneten die Fensterläden und einige Händler stellten bereits ihre Waren hinaus vor die Türen. Zwar lastete noch immer der Schrecken der letzten beiden Nächte über Savalgor, aber es schien auch, als atme die Stadt nun auf, als kehre langsam eine erste Ahnung vom Leben in die Straßen zurück.

Leandra und ihre Freunde schritten in verhaltenem Tempo über den großen Platz vor den Toren des Palastes. Primas Jockum, Hellami, Jacko, Meister Fujima und Alina mit ihrem Neugeborenen waren bei ihr. Sie musterten ihre Umgebung, sahen Leuten zu, die damit beschäftigt waren, Trümmer und Tote wegzuschaffen, und verhielten sich dabei in einer seltsamen Art leise, so als wären angesichts dessen, was hier geschehen war, Stille und Andacht angemessen.

Savalgor hatte sicher zwei der schwersten Nächte seit hunderten von Jahren erlebt. Leandra wusste nicht, wann das letzte Mal ein Kampf wie dieser hier stattgefunden hatte. Savalgor war noch nie erobert worden und Gründe für einen echten Aufstand wie diesen hatte es seit Menschengedenken nicht gegeben. Gewöhnlich waren der Shabib und der Hierokratische Rat eine ausreichende Gewähr für geordnete Verhältnisse in der Stadt.

Dann hatten sie den Platz überquert und erreichten die breite Brücke über die Savau. Sie verband den Palast, der im Inneren des großen Savalgorer Pfeilers lag, mit der Stadt. Leute waren stehen geblieben und sahen ihnen hinterher; man schien zu ahnen, dass sich hier eine Gruppe dem Palast näherte, die ein wichtiges Anliegen hatte. Ihr Ziel war das Große Portal, das oben am Ende der breiten Treppe zum Palast lag.

Heute standen keine Wachsoldaten in Paradeuniform links und rechts auf den Stufen aufgereiht, nur oben, am Portal selbst, sah man welche; sie steckten in Kampfrüstungen und waren schwer bewaffnet.

Die kleine Gruppe schritt die flachen Stufen hinauf.

Der Primas begab sich nach vorn – er war ein bekannter Mann und würde dort am ehesten Gehör erlangen. Sie wollten Alinas Anspruch auf den Einzug in den Palast geltend machen – und auch ihren Anspruch auf den Thron.

Als die Gruppe die obersten Stufen erreichte, kamen weitere bewaffnete Soldaten aus dem Portal und bauten sich dort auf. Ein Offizier trat vor und hob die Hand.

»Im Namen des Hierokratischen Rates: Bleibt stehen! Wer seid Ihr und was ist Eurer Begehr?«, sprach er mit lautem, förmlichem Gehabe.

Der Primas trat vor.

»Ich bin Hochmeister Jockum, der ehemalige Primas des Cambrischen Ordens«, erwiderte er ebenso laut und formell.

Der Offizier ließ die Hand sinken und nickte. »Ich kenne Euch, Hochmeister. Was wollt Ihr?«

»Wenn Ihr erlaubt, Herr Offizier, möchten wir mit dem Kommandanten der Palastgarde sprechen. Wir haben ein wichtiges Anliegen, das bei höchster Stelle Gehör finden muss.«

Der Offizier musterte Jockum und seine Begleiter für eine Weile. Dann nickte er. »Wie Ihr wünscht, Hochmeister. Ich muss Euch und Eure Gefährten jedoch auffordern, meinen Leuten sämtliche Waffen auszuhändigen. Und ich erinnere Euch an das strikte Magieverbot im Palastbezirk!«

Jockum hob die Arme und wies auf seine Gefährten. »Wir kommen natürlich unbewaffnet. Und das Magieverbot ist uns bekannt und gleichermaßen eine Verpflichtung!«

Der Offizier blickte in die Runde, nickte befriedigt und verschwand.

Leandra hegte gewisse Befürchtungen, dass sie doch nicht so leicht Zutritt zum Palast erhalten würden. Die Lage in der Stadt war eigentlich noch immer gespannt, besonders weil niemand wusste, wie der Palast und der Rat zu den jüngsten Ereignissen standen.

Nach nur kurzer Zeit kam der Offizier wieder und brachte den Kommandanten mit. Er war ein kleiner, rundlicher Mann mit einem sehenswerten Schnurrbart und beginnender Glatze. Seine Augen verrieten einen sehr wachen Verstand. Er trug eine Paradeuniform ohne Helm; offenbar hatte er sich nicht allzu weit entfernt aufgehalten. Die Nachricht über Chasts Tod hatte sich sicher auch bis hierher verbreitet und man hielt sich für alles bereit.

»Oberst Kaeljar!«, rief Jockum mit Erleichterung aus. »Es tut gut, Euch hier zu sehen!«

Der Oberst musterte Jockum mit unbewegtem Gesicht. »Hochmeister Jockum«, sagte er. »Der Primas des Cambrischen Ordens. Ich wusste gar nicht, dass Ihr Euch noch in Savalgor aufhaltet!« Die Stimme des Kommandanten war erstaunlich tief und sonor, seine Aussprache gepflegt und exakt. Unverkennbar, dass es sich hier um einen klugen und gebildeten Mann handelte.

Jockum lächelte schwach. »Gut so«, erwiderte er. »Es hätte auch niemand wissen dürfen!«

Oberst Kaeljar sah Jockum lange Zeit an. »Ihr seid Führer einer Gilde, die aufgelöst wurde und nun verboten ist«, sagte er.

Jockum starrte ihn nur erstaunt an.

Dann musterte Kaeljar Jockums Begleiter. Er nickte Meister Fujima zu, registrierte die Anwesenheit Alinas, die ihr Baby im Arm trug, sah kurz Jacko an, der den Arm um Hellamis Schultern gelegt hatte – und dann blieb sein Blick an Leandra hängen.

»Ich vermute«, sagte er mit kühler Stimme, »dass du die Adeptin Leandra bist. Von der alle Welt ohne Unterlass redet. Und du bist offenbar auch, wie man hört, die … wie soll ich sagen … die Bezwingerin von Chast. Mitglied des Rates, Kommandant der Stadtwache und Oberaufseher der Duuma.«

Leandra verkrampfte sich innerlich.

» … der uns alle terrorisiert hat«, fügte er nickend hinzu.

Leandra ächzte leise.

Auch Jockum, der angespannt die Luft angehalten hatte, atmete auf. Er nickte Kaeljar erleichtert zu. »Ich bin froh, dass Ihr das so seht, Oberst!«, sagte er.

»Nichtsdestotrotz war er Ratsmitglied und wurde

umgebracht«, erklärte Kaeljar. »Wer hat ihn getötet? Warst du das, Adeptin Leandra?«

Jacko trat einen Schritt vor. »Nein, ich!«, sagte er. Er stand zwei Treppenstufen unterhalb von Kaeljar, überragte ihn aber sogar noch um ein kleines Stück. Kaeljar musterte Jacko mit scharfen Blicken.

»Bevor Ihr hier irgendwen verhaften lasst, Oberst, hört Euch bitte zuerst unser Anliegen an!«, sagte Jockum eindringlich.

Kaeljar nahm den Blick zögernd von Jacko und nickte dann Jockum zu. »Nun denn. Was kann ich für Euch tun, Hochmeister?«

Jockum wandte sich um und wies auf Alina, die mit ihrem kleinen Maric im Arm zwischen ihren Gefährten stand. »Diese junge Frau heißt Alina und sie ist eine Tochter des ermordeten Shabibs Geramon.«

Oberst Kaeljar, ein Mann, der auf alles gefasst zu sein schien, zeigte gelinde Überraschung in seinen Zügen. Er blickte zu Alina. »Eine Tochter von … *Geramon?*«

Jockum nickte bekräftigend. »Ja, Oberst. Ganz recht. Ist Euch bekannt, was Chast außerdem noch war? Außer Inhaber der Ämter und Titel, die Ihr soeben genannt habt?«

Kaeljar hob das Kinn und verschränkte die Arme vor der Brust. Ihm war nicht recht anzusehen, was er dachte, aber Leandra überlegte, dass er als Kommandant der Palastgarde zweifellos Treuepflichten hatte. Die konnte er nicht auf der Stelle fallen lassen, auch wenn ihm vielleicht danach war.

»Es gab einige unklare Gerüchte«, räumte er ein.

»Gerüchte? Welcher Art?«

Der Oberst zog die Stirn ein wenig kraus. »Es ist nicht meine Sache, mich über Gerüchte auszulassen«, sagte er dann. »Ich habe mich in unbedingter Treue zu üben. Ich bin Kommandant der Palastgarde, bin direkt dem Rat verpflichtet und dem …«

Er unterbrach sich und warf unwillkürlich Alina

einen Seitenblick zu. » … und dem Herrscher«, fügte er hinzu. »Dem Shabib oder der … Shaba.«

Wieder atmete Leandra innerlich auf. Die Geschichte schien eine gute Wende nehmen zu wollen.

»Nun, lieber Oberst«, sagte Jockum. »Aber doch wohl nicht der Duuma oder der Stadtwache, nicht wahr? Und da Chast jetzt tot ist, könnt Ihr auch nicht mehr dem Rat die Treue brechen. Denn Chast war ein Verbrecher der schlimmsten Sorte. Was für Gerüchte habt Ihr gehört? Sagt es nur!«

Der Oberst überlegte einen Augenblick. »Nun, wie Ihr wollt. Es ging die Rede, dass er der Kopf irgendeines geheimen Bundes gewesen sein soll.«

Leandra atmete endgültig auf. Diese Äußerung war ein Zugeständnis, das der Oberst nicht abgegeben hätte, wäre er gegen sie eingestellt.

»Vollkommen richtig«, rief Jockum und hob eine Hand. »Chast war der Hohe Meister der Bruderschaft von Yoor! Einer verbrecherischen Gruppe von Magiern, die das Land Akrania schon seit Urzeiten heimsucht. Chast war es, der damals den Befehl gab, die Shabibsfamilie umbringen zu lassen, und er war es, der uns Cambriern die Schuld dafür in die Schuhe schob.«

Kaeljar erweckte nicht den Eindruck, als erscheine ihm dies vollkommen abwegig. Aber er blieb steif und formell. »So? Und aus welchem Grund?«

Jockum deutete vehement auf Alina. »Wegen dieser jungen Frau!«, rief er. »Er hat sie entführen lassen, weil er wusste, dass sie eine echte Tochter des Shabibs ist. Er wollte sie zur Heirat zwingen, um über sie das Anrecht auf den Thron zu erwerben!«

»Zur Heirat zwingen?«, fragte der Oberst.

»Ja, als der Vater ihres Sohnes. Nur hat er sich verrechnet. Dieses Kind ist nicht sein Sohn. Dafür aber ist Alina, die Mutter, eine echte Tochter des Shabibs und seiner ersten Frau Hegmira. Das lässt sich beweisen. Ich möchte Euch ersuchen, Oberst, ein Mitglied des

Rates hierher zu bitten, um dies zu überprüfen. Alina trägt am Handgelenk eine Tätowierung mit einem magisch verwobenen Siegel des Hierokratischen Rates. Ein Siegel, das bestätigen wird, dass sie tatsächlich Geramons Tochter ist!«

Alle Mitglieder der Gruppe hielten unwillkürlich die Luft an, als Oberst Kaeljar seinen Blick über sie schweifen ließ. Er stand noch immer mit verschränkten Armen da – und obwohl nur klein von Statur, war seine Autorität so unbestreitbar und stark, dass man meinte, sie mit Händen greifen zu können. Er ließ sich Zeit, ehe er antwortete.

»Also gut, Hochmeister!«, sagte er, und schon in diesem Moment breitete sich leiser Jubel unter den Gefährten aus. Man gratulierte sich gegenseitig. »Euer Ansinnen erscheint mir zumindest der Überprüfung wert. Ich werde nach einem Mitglied des Rates schicken lassen. Solange aber müsst Ihr alle Euch als unter Arrest stehend betrachten!«

Das dämpfte den Optimismus wieder, aber man war trotzdem guten Mutes, dass sich alles zum Guten wenden würde. Oberst Kaeljar schickte einen Soldaten los und erklärte Jockum, dass man nun eine Weile Geduld haben müsse.

Der Oberst blieb in Positur, und das taten auch seine Soldaten, während sich Jockum wieder zu seinen Gefährten gesellte. Sie unterhielten sich leise über die Dinge, die nun kommen mochten. Alina musste mehrfach ihr Handgelenk vorzeigen, so als fürchte man, ihre Tätowierung könne sich inzwischen in Luft aufgelöst haben. Aber sie war noch da. Jockum bestätigte ebenfalls mehrfach, dass diese Tätowierung ein winziges, höchst verzwicktes magisches Siegel in sich trug, das unverkennbar das Zeichen des Hierokratischen Rates war. Wenn das Mitglied des Rates, das man ihnen schickte, kein Betrüger war, sollte er unter allen Umständen bestätigen, dass dieses Siegel echt war. Zudem, meinte Jockum, müsse es in den geheimen Schriftensammlungen des Rates auch Aufzeichnungen geben, da man solche Siegel nicht nach Belieben unter der Menschheit verteilte. Letztlich werde all dies zum Erfolg führen.

Schließlich rührten sich die Soldaten wieder. Jemand vom Rat musste in Kürze hier eintreffen.

Als Leandra sah, wer es war, hätte sie beinahe einen überraschten Laut ausgestoßen. Durch die kleine Seitentür in den riesigen Portalflügeln trat niemand anderes als Altmeister Ötzli heraus.

»Bei den Kräften!«, stieß Jockum hervor. »Ötzli! Was für eine Freude, dich zu sehen!«

Ötzli lächelte zwar nicht, er umarmte seinen Primas jedoch herzlich. Seine Miene war ernst, offensichtlich hatte man ihm bereits berichtet, um was es hier ging. Er nickte Leandra zu und sein Blick war steinern. Sie fragte sich verwundert, ob er ihr nach dieser langen Zeit tatsächlich immer noch böse war. Er hatte ihr damals, als sie in den Hügeln von Südakrania gegen den Dämon gekämpft hatten, unmissverständlich klar gemacht, was er von ihrer anmaßenden Art hielt. Dass er jedoch so nachtragend sein konnte, mochte sie fast nicht glauben.

»Um wen handelt es sich nun?«, fragte er streng.

Oberst Kaeljar wies auf Alina. »Um diese junge Frau dort. Es wird behauptet, sie sei eine leibliche Tochter des verstorbenen Shabibs Geramon. Sie soll ein Siegel des Rates am Handgelenk tragen.«

Alina trat zögernd vor und hob das rechte Handgelenk. Ötzli warf einen Blick auf den Säugling in ihrem anderen Arm, nahm dann Alinas Handgelenk und betrachtete die Tätowierung.

Leandra tippte gewohnheitsmäßig das Trivocum an und spürte, dass Ötzli eine kleine Magie wirkte. Es dauerte einige Augenblicke, dann wandte er sich um.

»Nach allem, was ich wahrnehmen kann«, sagte er

zu Kaeljar, »beinhaltet diese Tätowierung tatsächlich ein magisches Siegel des Rates.«

Mehrere erleichterte Seufzer waren zu hören.

»Könnte dieses Siegel gefälscht sein?«, fragte der Oberst.

Ötzli schüttelte den Kopf. »Nein. Natürlich kann ich es in seiner ganzen Tiefe im Augenblick nicht überprüfen. Der Rat muss die Echtheit erst bestätigen. Aber für den Augenblick müssen wir davon ausgehen, dass diese junge Frau die Wahrheit spricht, wenn sie behauptet, eine Tochter des Shabibs Geramon zu sein.«

Nun gab es kein Halten mehr. Leandra hätte Ötzli um den Hals fallen mögen – egal, wie finster er sie auch ansah. Jacko stieß einen Jauchzer aus, Jockum und Meister Fujima schüttelten sich heftig die Hände und Hellami küsste Alina auf die Wange.

Alina trat vor. »In diesem Fall«, sagte sie mit ihrer zarten Stimme, »erhebe ich Anspruch auf den Thron!«

Sie hatte ihre Forderung nicht gerade mit donnernder Stimme vorgebracht, aber sie war dennoch klar und mutig gewesen. Leandra nickte ihr aufmunternd zu.

»Verzeiht mir, junge Dame« sagte Ötzli und verbeugte sich ganz leicht, »aber Ihr müsst erst die Bestätigung durch den Rat abwarten.«

Alina lächelte ihn an, legte den Kopf ein wenig schief und zuckte mit den Schultern. »Dann warte ich eben noch ein bisschen«, meinte sie.

Sie war ein so anmutiges Wesen, dass sich Leandra nicht vorstellen konnte, wie selbst der harsche Ötzli ihrem Zauber widerstehen wollte.

Er wandte sich um. »Oberst Kaeljar!«, sagte er mit lauter Stimme. »Ich ordne hiermit im Namen des Rates an, dass Ihr das Palastportal öffnet und diese junge Frau einlasst. Verbreitet die Nachricht im Palast, dass wir Hoffnung auf eine neue, rechtmäßige Shaba haben und dass sie von jedem Soldaten, jedem Höfling, jedem

Bediensteten und jedem Ratsmitglied mit Respekt zu behandeln ist. So lange, bis der Rat ihr Anrecht auf den Thron entweder bestätigt oder verworfen hat!«

Der Oberst verneigte sich gehorsam. »Sollen diese Leute hier … ihre Begleiter … ebenfalls eingelassen werden?«

Nun zeigte sich Alina schon deutlich mutiger. Sie trat vor und sagte laut: »Darum möchte ich doch wirklich bitten!«

Ötzli sah sie kurz an und nickte Kaeljar dann zu.

*

Der Palast machte seinem Namen wirklich alle Ehre. Leandra hatte ihn zwar schon einmal betreten, allerdings nur auf dem Weg für Besucher, die sich ein paar ausgewählte Räumlichkeiten, die große Festhalle, den Sitzungssaal des Rates und den Drachenhorst ansehen durften. Was sie nun erblickte, übertraf um ein Vielfaches alles an Pomp und Glorie, was sie bisher zu Gesicht bekommen hatte.

Ihr wurde klar, dass auch der Palast sich der natürlichen Höhlen bediente, die sich in dem gesamten Untergrund und durch die Felspfeiler von Savalgor hinzogen. Nur waren die Höhlen, aus denen der Palast bestand, mit Hilfe der höchsten Steinmetzkünste erweitert und ausgestaltet worden. Die Wände waren bearbeitet und mit Friesen, Stuck und Kachelmustern überzogen, an vielen Stellen von Künstlerhand in rauschenden Farben bemalt. Man durchschritt einen Spiegelsaal, in dem feinster Kristall glänzte, und einen langen Gang mit naturbelassenen Tropfsteinen an der Decke, die sich zu Hunderten über einem fein getäfelten, dunklen Holzfußboden drängten. Überall gab es Säle und Hallen, wo monumentale Kronleuchter unter der Decke schwebten, in denen hunderte von Kerzen brannten. Fein gekleidete Höflinge und Soldaten in Paradeuniformen huschten umher; Dienstpersonal trug Speisen, Geschirr, Wäsche und sonstige Dinge hierhin und dorthin.

Man konnte direkt mitverfolgen, wie ihnen die Nachrichten über Alinas Ankunft und Rang vorauseilten. Wann immer sie Orte durchmaßen, an denen sich Leute aufhielten, verbeugte man sich höflich und blickte ihr dann neugierig hinterher. Leandra zweifelte nicht daran, dass Alina, war sie erst einmal gebadet und entsprechend gekleidet, den hier herrschenden Glanz noch verdoppeln würde.

Sie stiegen Treppenfluchten empor, über die ganze Regimenter hätten marschieren können, und durchquerten Säle, in denen die Bevölkerung ganzer Stadtviertel Platz gefunden hätte. Alina schritt mit einem glücklichen Lächeln voran und nickte freundlich den Leuten zu, die sie grüßten.

Sie wurden von einem kleinen Trupp von Bediensteten geführt und schließlich erreichten sie in einem höher gelegenen Stockwerk einen langen Gang. »Hier befinden sich die Gemächer der Shabibsfamilie, verehrte Herrin!«, sagte einer ihrer Führer, ein junger Mann, der schlicht gekleidet war, aber ausgesuchte Manieren besaß. »Wenn Ihr erlaubt, werde ich sie Euch jetzt zeigen. Eure … Begleitung wird ein Stockwerk weiter oben Platz finden, dort befinden sich die Zimmer für höhere Gäste.«

Alina trat zu ihm. »Wie heißt du?«, fragte sie.

»Äh … Larmos, verehrte Herrin«, sagte der Junge.

»Sag, Larmos, musst du tun, was ich von dir verlange?«

Er blickte sie verunsichert an, dann sah er zu Leandra und den anderen, die nahe bei ihr standen. »Nun … ja. Natürlich!«

»Fein«, sagte Alina. »Dann möchte ich dich bitten, *uns alle* dort oben unterzubringen. Erstens bin ich noch keine Shaba – das muss der Rat erst bestätigen. Solange würde ich mich hier unten noch nicht wohl fühlen. Zweitens kenne ich hier keine Seele. Ich wäre auch einsam. Ich möchte viel lieber zuerst noch bei meinen Freunden sein. Was meinst du dazu?«

»Was ich, äh … *meine?*«

»Ja, natürlich! Kannst du uns alle dort oben einquartieren?«

Er verneigte sich. »Selbstverständlich, Herrin. Wenn Ihr es befehlt.«

Alina grinste in die Runde. »Gut. Dann befehle ich es!«

Larmos verneigte sich und machte kehrt. Alina wandte sich um und lächelte ihre Gefährten an. Sie setzten sich gemeinsam in Bewegung und folgten dem jungen Mann. Maric begann zu seufzen und stimmte bald ein leises Weinen an. Er würde hungrig sein und Alina musste ihn bald stillen. Außerdem wurde es Zeit, dass sie alle ein heißes Bad nehmen und sich ausruhen konnten.

Sie gelangten bald darauf im nächsten Stockwerk an und wenige Minuten später hatte jeder von ihnen ein behagliches, bestens ausgestattetes Zimmer zugewiesen bekommen. Leandra seufzte leise, als sie sah, dass Hellami und Jacko gemeinsam in einem davon verschwanden. Es gab ihr einen leisen Stich, aber irgendwie freute sie sich auch für die beiden. Es kam ihr so vor, als habe sich Jacko um einen Hauch verändert. Noch immer war er der große, starke Kerl – aber es schien, als spiegelten seine Züge ein bisschen weniger jene derbe Härte, die sie ihm vorgeworfen hatte. Möglicherweise hatte Hellami ihn gebändigt. Leandra schätzte, dass sie das vermochte.

Dann betrat sie ihr Zimmer, entkleidete sich und betrat das Badezimmer, in dem es ständig heißes Wasser gab, wie Larmos erklärt hatte. Ein junges Mädchen wartete dort, brav in einer Ecke stehend, auf ihre Wünsche. Leandra seufzte und ließ sich in einer riesigen steinernen Wanne nieder. Es war schon ein wenig Wasser darin, und das Mädchen öffnete eine Klappe in der Wand, durch die, über eine steinerne Rinne, frisches heißes Wasser nachfloss. Dann empfahl ihr das Mädchen einige Düfte und einen Badeschaum. Leandra lehnte sich zurück, während das Mädchen zu ihr in die Wanne stieg und sich daran machte, sie zu waschen und zu massieren.

Nun schien sich alles doch gelohnt zu haben.

Sie hatten ihr Ziel erreicht, Chast war geschlagen und sie hatte den letzten Kampf überstanden. Die Letzten der Bruderschaft würden aufgeben müssen, und sie zweifelte nicht daran, dass Alinas erste Amtshandlung sein würde, die Duuma aufzulösen und den Cambrischen Orden wieder neu ins Leben zu rufen. Freilich – es hatte schlimme Opfer gegeben: Vendar, Munuel, Gablina, Jasmin – und noch viele andere tapfere Leute. Harnas würde überleben – er befand sich in der Obhut von Xarbas, der versprochen hatte, selbst die schlimmen Verbrennungen zu heilen.

Leandra dachte, dass der tragische Tod ihrer Freunde jetzt vielleicht einen Sinn erhalten hatte, nachdem Sardin, Chast und die Bruderschaft von Yoor endgültig besiegt waren. Sie selbst hatte vor, bald ihre Familie in Angadoor aufzusuchen und sich danach mit Meister Fujima zusammenzutun. Der alte Magier schien sich mit einer Menge Fragen, die sie brennend interessierten, bereits eingehend beschäftigt zu haben. Woher stammten die Menschen? Hatten sie tatsächlich früher auf der Oberfläche der Welt gelebt? Und wie sah es dort aus? Was war *darüber?* Man redete von einem Weltenall, von der endlosen Weite der Sterne, aber richtig vorstellen konnte sie sich das nicht. Vielleicht würde sie tatsächlich eines Tages den Versuch wagen, bis dorthin vorzudringen, an die Oberfläche der Welt. Sie war ja noch jung.

Und dann war da noch Victor. Sie überlegte, ob sie

ihren Plan nicht lieber doch noch ändern sollte, um ihn als Erstes zu suchen. Er fehlte ihr. Vielleicht war er gar nicht so weit entfernt. Vielleicht weilte er sogar hier, in Savalgor? Und dann waren da noch Azrani und Marina, die sie wieder sehen wollte, und auch Roya, die immer noch in Minoor sein musste.

Das Mädchen erwies sich als eine sehr gefühlvolle Masseurin und Leandra genoss ihr Bad. Schließlich raffte sie sich auf, bevor ihr die Augen ganz zufielen, ließ sich beim Abtrocknen helfen und schleppte sich mit letzten Kräften zu dem breiten, weichen Bett. Am liebsten hätte sie das Mädchen gefragt, ob sie nicht mit hineinkommen wollte, denn sie hätte jetzt liebend gern jemanden gehabt, an den sie sich anschmiegen konnte. Aber das erschien ihr dann doch etwas zu verwegen. Bald darauf schlief sie ein.

*

Es musste später Nachmittag sein, als sie wieder erwachte. Sie hätte sich am liebsten gleich herumgedreht und weitergeschlafen, aber die Neugierde zwickte sie. Sie wollte wissen, was sich ergeben hatte und wie es den anderen ging. Und ob Alina schon vom Rat vorgeladen worden war.

Sie raffte sich aus dem Bett hoch und bemerkte, dass man ihr Kleider zurechtgelegt hatte. Sie musste lächeln, als sie sah, dass es sich um echte Damenkleider handelte – nicht ihre derben Sachen, mit denen sie sich sonst zu kleiden pflegte. Schließlich machte sie sich klar, dass sie eine *gut aussehende* junge Frau war und es durchaus angemessen war, wenn sie sich auch wie eine solche kleidete. Sie zog sich an und verließ ihr Zimmer. Draußen auf dem Gang stand ein Soldat der Palastgarde, der ihr erklärte, dass sich die anderen am Ende des Ganges im Zimmer von Alina aufhielten.

Leandra eilte dorthin und öffnete eine große, doppelflügelige Tür.

Alina knöpfte eben ihre Bluse zu, nachdem sie Maric gestillt hatte. Yo war überraschenderweise da und winkte Leandra freundlich zu. Meister Fujima und der Primas saßen entspannt etwas abseits an einem Kamin, schlürften etwas aus großen Kristallgläsern und unterhielten sich lachend. Auch sie winkten Leandra. Rechts, auf einem breiten Sofa, saßen Hellami und Jacko und scherzten miteinander. Leandra trat zu ihnen.

Sie sahen beide beneidenswert gut aus. Frisch gewaschen und ausgeschlafen, mit rosiger Gesichtshaut und in allerbester Laune. Leandra stemmte die Fäuste in die Hüften. »Na, endlich habt ihr beide mal wieder was an!«, sagte sie herausfordernd. »Was habt ihr eigentlich die ganze Zeit dort unten getrieben?«

»Du wärest neidisch«, erklärte Hellami vieldeutig.

Leandra lachte auf. Jacko schüttelte ungläubig den Kopf.

»Daran musst du dich gewöhnen«, empfahl ihm Leandra lächelnd.

Er seufzte.

»Ist das alles?«, fragte Leandra. »Sonst habt ihr nichts getan?«

»Doch. Wir haben uns auch dauernd gegenseitig das Leben gerettet. Jacko hat einen Punkt Vorsprung!«

Er schüttelte den Kopf. »Stimmt nicht. Wir haben Gleichstand. Du hast den Mann am Boot vergessen!«

»Und was ist mit Chast? Der hätte mich glatt gebraten, wenn du nicht dein Schwert geworfen hättest!«

Jacko winkte ab. »Das vergiss mal! Du hast uns allen mit deinem Schwert das Leben gerettet!«

Leandra nickte. »Das sehe ich auch so!«

Hellami sah sie plötzlich scharf an und rutschte von Jackos Knien herunter. »Setz dich mal her«, sagte sie und klopfte auf den Sofaplatz neben sich.

Leandra setzte sich. »Was ist?«

Hellami wandte sich ihr zu. »Dieses Schwert war voller Magie. Seltsame Magie. Ich konnte es anfassen, Jacko aber nicht.«

Leandra spürte einen Kloß in der Kehle.

»Nun?«

»Also … was meinst du denn?«

»Stell dich nicht blöd! Diese Magie war anfangs nicht da. Wo kam sie her?«

Leandra antwortete nicht gleich. Vielleicht hätte sie es tun sollen; vielleicht wäre Hellami dann zufrieden gewesen. Schließlich sagte sie: »Nun … ich habe sie ihm eingegeben.«

Hellami studierte Leandras Gesicht. »Erzähl mir nicht, das wäre irgendeine Allerweltsmagie gewesen. Jacko hat mir alles über die Jambala erzählt. Und du auch. Du weißt, was ich meine.«

Leandra sah zu Boden. Nach einer Weile nickte sie schwach. »Ich hoffte, du würdest nie danach fragen.«

»Diese … Magie stammt von *mir*, nicht wahr? Aus *meinem* Blut. Als ich *tot* war.« Sie hatte so leise gesprochen, dass Jacko die letzten Worte nicht hatte hören können. Er hatte sich zurückgelehnt und mischte sich nicht ein.

Leandra hatte es inzwischen die Kehle zugeschnürt. Sie sah Hellami betroffen an. »Woher … woher weißt du das?«

Hellami tippte sich gegen die Stirn. »Ich bin nicht blöd, Schätzchen. Du hast mir damals genau erklärt, wie man so ein Schwert machen muss.«

Das ›Schätzchen‹ war wie ein Faustschlag.

Es bedeutete einen plötzlichen Riss zwischen ihnen; einen Bruch ihrer bislang so engen Freundschaft. Leandra fühlte sich, als werde ihr der Boden unter den Füßen weggerissen. Sie spürte, wie ihr Tränen in die Augen stiegen.

»Hellami!«, sagte sie leise und eindringlich. »Bei den

Kräften! Du weißt doch, dass Ulfa dich gerettet hat! Du warst *tot* – in diesem Augenblick! Ich wusste nur noch eins – dass ich dich um jeden Preis rächen wollte! Aber ich brauchte dazu etwas, mit dem ich Chast würde gegenübertreten können ...«

Hellamis Augen drückten Wut aus. Aber sie sprach leise weiter. »Du wusstest genau, was ich von diesem Mist hielt! Du hast meine Seele genommen und sie in dieses verfluchte Schwert gesteckt. Das ist so etwas wie eine Vergewaltigung, verstehst du?«

Leandra, für die dieser Tag in Savalgor so glücklich begonnen hatte, fühlte sich plötzlich, als sei mit einem Schlag alles zunichte gemacht worden. Sie vergrub das Gesicht in den Händen. Hellami wandte sich ab und klammerte sich an Jacko.

Die anderen merkten, dass irgendetwas vorgefallen war, und Jockum, Yo und auch Alina standen auf und eilten zu ihr. Sie riss sich los und rannte aus dem Zimmer. Die Tür krachte hinter ihr ins Schloss. Kurz darauf hatte sie ihr eigenes Zimmer erreicht und warf sich weinend aufs Bett.

Sie fühlte sich furchtbar elend; vielleicht waren es auch die Tränen wegen Vendar, die jetzt kamen, und sie weinte so verzweifelt wie schon lange nicht mehr. Sie fühlte sich plötzlich von allen Freunden verlassen. Ihr war klar, dass sie einen Fehler begangen hatte, als sie das Schwert mit Hellamis Blut zu einer zweiten Jambala gemacht hatte, aber verdammt – hätte sie das nicht getan, dann wären sie heute *alle* tot! Konnte man ihr diesen schlimmen Fehler nicht angesichts dessen, dass sie dadurch ihren Kampf gewonnen, ihren Erzfeind besiegt und Akrania befreit hatten, verzeihen?

Sie lag auf ihrem Bett und weinte verzweifelt.

Hellami hatte sich zuerst Jacko zu- und anschließend von ihr abgewandt. Bei allem, was sie mit ihrer Freundin schon durchgemacht hatte, tat ihr das im Augenblick mehr weh als irgendetwas sonst, das sie sich hätte vorstellen können. Das Elend überspülte sie wie eine Flut und lange Zeit lag sie schluchzend auf ihrem Bett.

Dann spürte sie eine Hand auf der Schulter.

Sie schoss hoch in der Hoffnung, dass es Hellami wäre, aber es war nur Alina. Sie hatte ihren Maric nicht dabei. Seufzend ließ Leandra sich zurücksinken.

»Was ist los, Leandra?«, fragte Alina sanft.

Sie brauchte eine Minute, um sich wieder zu fangen, aber dann war sie dankbar, dass sich jemand um sie kümmerte. Die Sanftmut Alinas war beruhigend. Also erzählte sie ihr alles. Schluchzend und schuldbewusst. Und dennoch um ein wenig Zuspruch und Verständnis hoffend. Als sie geendet hatte, seufzte Alina.

»Es fällt mir schwer, deine Tat zu verdammen, wo ich doch hier nicht sitzen würde, hättest du es nicht getan.« Sie holte Luft. »Aber irgendwie kann ich Hellami auch ein bisschen verstehen.«

Leandra hatte gehofft, dass Alina eher ihr als Hellami beipflichten würde, aber sie sah sich enttäuscht in dieser Annahme. Dann wurde ihr klar, dass auch Alina eine *Vergewaltigung* hinter sich hatte. So gesehen urteilte sie sogar mild über Leandra. Sie schluckte schwer.

»Du musst Verständnis für sie haben«, sagte Alina. »Vielleicht ist es gar nicht so wichtig, wie *du* dich jetzt fühlst. Vielleicht ist es wichtiger, wie es Hellami geht. Wenn ich dich richtig verstanden habe, dann war sie wirklich tot. Glaubst du nicht, dass es ein furchtbarer Kampf für sie sein muss zu begreifen, dass sie es dennoch nicht ist? Und jetzt, da sie Jacko hat, ist es vielleicht noch verwirrender für sie. Hast du nicht gesehen, wie verliebt sie ist?«

Leandra nickte matt.

»Lass ihr Zeit, das alles zu verdauen. Irgendwann wird sie merken, dass du trotz allem einen *Grund* hattest, es zu tun. Auch wenn er … zwiespältig war. Du hast mehr für Akrania getan als irgendjemand sonst in den letzten hundert Jahren. Das wird sie eines Tages verstehen und dir verzeihen.«

Leandra wischte sich die Tränen weg und sah Alina an, diese sanftmütige, wunderschöne junge Frau, auf deren Schultern nun die Erwartungen eines ganzen Volkes lasteten. Sie hatte mit einem Mal das Gefühl, dass Akrania nichts Besseres hätte passieren können, als diese Alina auf dem Thron der Shaba zu haben. Sie war sicher, dass Alina eine gute, eine sehr gute Herrscherin sein würde. Sie hatte das schon in diesem Augenblick bewiesen.

Sie umarmte Alina. »Ich möchte Victor so gern wiedersehen«, sagte sie.

»Victor? Wer ist das?«

Leandra löste sich zögernd wieder von ihr und sah sie unsicher an. »Ein guter Freund. Und Kampfgenosse.«

»Und wo steckt er?«

Sie schüttelte den Kopf. »Ich weiß es nicht. Aber ich glaube, das ist das Erste, was ich jetzt tun werde: ihn suchen.«

Alina fuhr sich nachdenklich mit der Hand über den Mund. »Ich weiß nicht. Ich meine … hast du schon darüber nachgedacht, was diese Drakken tun werden? Jetzt, da Chast tot ist?«

»Die Drakken?«, fragte Leandra verwundert. »Wer sind denn die Drakken?«